L'OFFICIEL DES TOILETTES

Conception graphique et réalisation :
Olivier Caldéron

Illustrations de la jeune femme et du perroquet :
Andrew Drawthin

Autres illustrations : **© ShutterStock**

ISBN : 978-2-7014-0230-7
Dépôt légal : septembre 2020

Imprimé en France
Hors Collection un département d'Édi8

Walter Cosette

L'OFFICIEL DES TOILETTES

800 jeux, infos & blagues
à pisser de rire !

HORS COLLECTION

LA RAIE qu'on pense

Les pétanqueurs, prout !

Vous qui venez de commencer ce livre, je vous arrête tout de suite. « Ben, on sera pas allé loin », rouspète déjà celui qui va poster son commentaire négatif dès qu'il aura foiré un jeu ou trouvé une blague un peu vulgaire, ce qui ma foi est bien improbable – certaines le sont carrément, pas qu'un peu.

On dit « la raie à laquelle on pense ». Mais j'écris ce que je veux et d'ailleurs, dans la phrase « La raie qu'on pense être plate est en fait un animal légèrement bombé », votre « à laquelle » ne voudrait rien dire. Donc mon titre restera comme cela, homophonique d'une récompense que les non-râleurs auront bien méritée.

Ainsi, le premier article s'intéresse aux pétanqueurs. « L'épais tanker ? », s'interroge le marin un peu sourd ayant jadis navigué sur un gros pet trop lié. Non ! « Les pète en chœur ? », se questionne l'ancien maître de musique des petits chanteurs à la croix de bois qui ont mué et se vengent en pétant en répétant. Toujours pas. « Les pétanqueurs ? », tente ma copine Fanny qui se demande pourquoi des mecs l'embrassent sur les fesses à la suite d'une partie de boules. Oui.

Eh bien, si j'avais été plus bref, je vous aurais parlé du jeu de la pétanque et de son vocabulaire très « toilettes » : une cagade (un raté), une lunette (deux boules collées), un pet de vieille (un tir qui effleure simplement la boule visée), une rétropissette (un effet donné à la boule lancée) et même un bouchon, mais je vous parlerai du fécalome un autre jour.

Coup de fil

Allô

Le perroquet de Carline, la jeune fille représentée en page 4, s'essaie aux textos ; il pense que les touches pressées permettront l'affichage immédiat du mot souhaité. En observant la série de chiffres et les possibilités pour chacun, devinez le mot composé par Coco.

2	2	2	2	8	6	3	7
C	A	C	A	T	O	E	S

Bouche-trous

Inscrivez une lettre par tiret pour reconstituer six mots de la langue française. Si le squelette d'UNAU – un paresseux à deux doigts – ne vous suffit pas, aidez-vous de l'indice pour vous rapprocher à un doigt de la réponse.

1. _ _ U N _ A U

2. U _ _ N A U _

3. _ U N _ _ A _ U

4. _ _ U _ N _ A U

5. _ _ U _ _ _ N _ A U

6. _ U _ N _ A U _

INDICES

1. Avec ça, ça va aller...

2. Vases pour petite commission.

3. Arme de Bruce.

4. Plus il est haut, moins on y cuisine.

5. Petit avec qui éviter la prise de bec.

6. Bon, là, ça devient lourd !

LOGICO

Quels chiffres doivent figurer dans les pieds
du dernier bonhomme ?

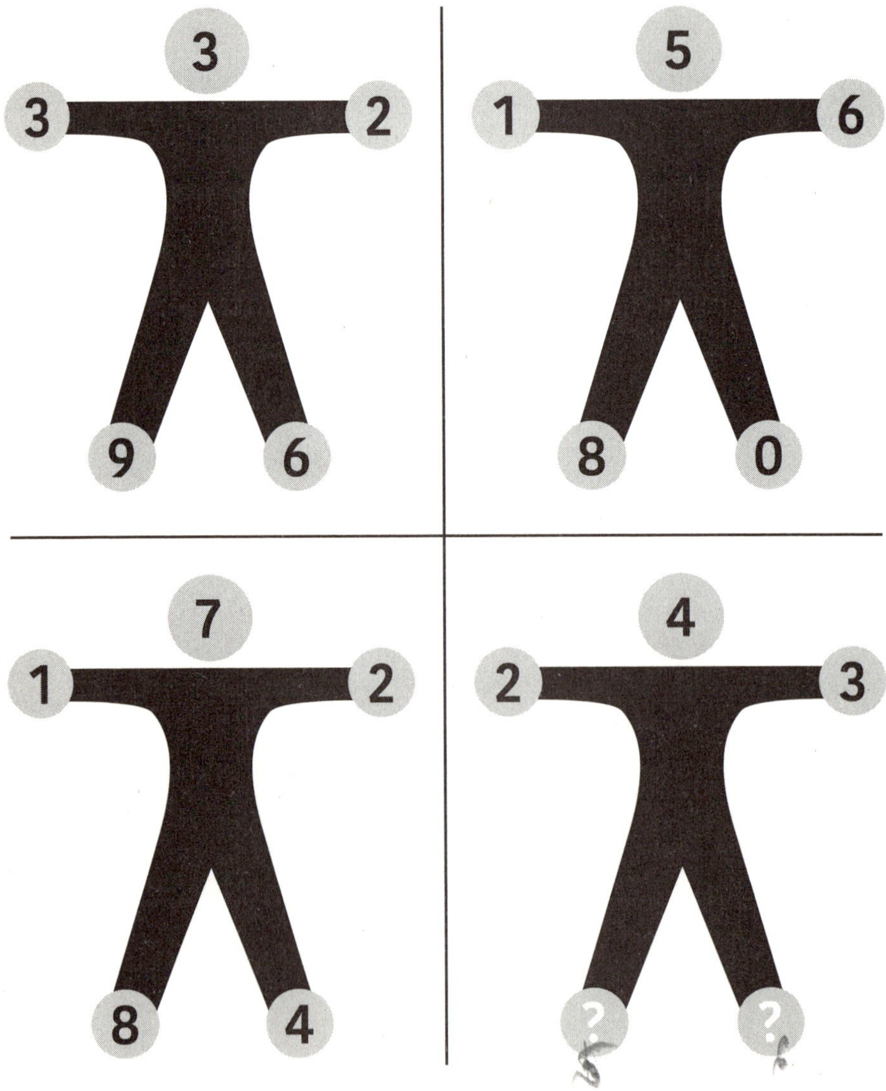

DEUX CAFÉS, UN CACA FAIT

On savait que la caféine stimulait la production de suc gastrique et donc la digestion (ou le reflux gastro-œsophagien si l'on veut voir le mauvais côté des choses), mais des études récentes – d'abord statistiques, puis scientifiques – montrent que le café a également un rôle dans la stimulation du côlon. Précisons, comme chaque année, que le côlon avec petit chapeau dit « accent circonflexe » désigne l'intestin alors que le colon, avec képi ou accent militaire, désigne le colonel ou l'envahisseur, même si son petit doigt n'est pas tordu.

Un essai : un WC, c'est ce qu'a donné le test réalisé auprès d'adultes en bonne santé. Chez trois cobayes sur dix, la consommation d'une tasse de café envoie le sujet aux toilettes dans un délai variant entre 4 et 30 minutes, au doigt mouillé.

L'essai était en fait plus invasif, puisque les « buveurs de café » étaient plutôt des volontaires qui se voyaient insérer un élément à six capteurs dans le côlon transverse, puis injecter, outre un repas à 1 000 kcal, trois doses de liquide dans un ordre aléatoire : du café colombien, du déca d'origine non précisée par l'étude et de l'eau. Eh bien, ce qui stimule le plus le côlon, c'est le café, quasiment autant que le repas, mais 23 % de plus que le déca et 60 % de plus que l'eau courante, qui porte donc mal son nom. CQFD, le titre de cet articulet est justifié : café, café, caca fait !

(M)OTS

CABRIOLETS
PLANIFIE, OURDIT
DUPLIQUONS
OR, ARGENT OU BRONZE
RECTANGLE À POINTS POUR JOUER
RIVIÈRE NORMANDE
ÉVITÉE EN PRENANT LE PÉRIPH
POIDS LOURD
FRANÇOIS L'A SUR RUE
VARICELLE RÉACTIVÉE
REPAIRE DE LION À LA PEAU DURE
PIÈCE DE FUSIL
POMPES SUR LA PLAGE
CONVIENT
C'EST CELA
ÊTRE DANS LA LUNE
OUVERTURE OÙ S'ENGOUFFRER
SOLUTION
PAROLE HÉSITANTE
DISTRAIT, DISSIPÉ
LAVABOS
FATIGANTS
MALADIE AU CHOIX AVEC LE CHOLÉRA
ENVOYÉS EN ORBITE
PROJETER AU-DEHORS
AVION PRIVÉ
CONTEMPLE
COIFFES BASQUES
À TOI
INFLAMMATION TOUCHANT L'OREILLE
REFUS DU TSAR
ÉBÈNE VERTE
FIXASSENT EN PIQUANT
PETIT COMME UN PÉPIN
EN CE LIEU PRÉCIS

(F)LÉCHÉS =

PÈRE DE BAMBI
BOUQUINÉ
LANGUE D'HAÏTI
DONNAIT LA CADENCE
BANQUET DE MARIAGE
DO
ABOMINABLE LÉGENDE
ALLURE DE GIRAFE
ENFONÇA LE PAVÉ
SUPPORT DE SUSHI
À UN AUTRE ENDROIT
IMPOSÉE

PARADIS DES DJ AUX BALÉARES
SERPENT

SPORT DE MBAPPÉ
VENU AU MONDE
REMUER COMME UN GARDON

MUSE DE L'HISTOIRE
GÉNIE NORDIQUE
MANIE LE FER

ARGON
LONGUE PÉRIODE
NOMBRE DE KILOS

DIEU SUPRÊME ASSIMILÉ À JUPITER

BOULEVERSÉE
RÉPLIQUE SECRÈTE DE THÉÂTRE
FAMILLE PRINCIÈRE

GRILLE MOBILE DE CHÂTEAU FORT

INSTALLÉ SUR SA CHAISE
L'AGENT 117

LIEUTENANT
D'OUTRE-MER

POUVANT ÊTRE ÉLUS
PIERROT, PRÊTE-MOI LA TIENNE
PASSAGE MOINS PROFOND
COL SAVOYARD
ISOLÉE
REVENU SOLIDAIRE

CREUX DU COUDE
GARÇON D'ÉCURIE
ARTICLE MASCULIN
COURS DE SUISSE
UN HÉROS DE LA GUERRE DE TROIE

FOYER
FÊTE DE PAPA

MANGEOIRE
ENZYME
IL N'A NI DIEU NI MAÎTRE
INTERJECTION
DU BLANC À LA BASE DE L'ONGLE

PARLÉE, NON ÉCRITE
IMAGE ADORÉE

SIDÉRÉE, STUPÉFAITE
POUDRE POUR BÉBÉ
CHANGE DE VOIX OU DE PEAU
PUIS

LOG NÉPÉRIEN
MOIS AVANT JUIN
SOIGNÉ, NON DROGUÉ
FROID INTENSE
DÉMONSTRATIF PLURIEL

DERNIÈRE PESÉE
SOLDAT AMÉRICAIN
PARTEZ !
SOCIÉTÉ ANONYME
MACHIN
TÉLÉVISION

LA CORSE EN EST UNE

REPEUPLES DE JEUNES POISSONS

SUDOKU-KU

Remplissez les cases vides de ce sudoku-ku pour que tous les chiffres, de 1 à 9, soient inscrits une seule fois sur chaque ligne, dans chaque colonne et dans chaque petit carré de neuf cases aux contours renforcés.

	2		4		6		8	
6	7	5			9			
	9	4			7		5	2
5				1	3		9	7
3	8		9	6				4
9	5		3			2	4	
			5			3	7	8
	3		6		4		1	

MANDALA

Un-Zéro

0	1
1	0

VOICI UN JEU « BINAIRE »

La grille ne contient que des 0 et des 1, avec trois règles à respecter :

1. Chaque ligne (et chaque colonne) contient quatre 0 et quatre 1.

2. Il est interdit d'écrire trois chiffres identiques ou plus côte à côte.

3. Deux lignes (ou deux colonnes) ne peuvent être identiques.

Avec ces indications, complétez ce Un-Zéro.

							0
			0			0	
0	1		0			0	
0							
		0	0			1	
0							0
	1					1	

(En Catimini)

Monstrueuses menstrues

Ce ne sont pas les Anglais qui débarquent, pas plus que les Américains, mais les Romains, une fois de plus, et plus encore l'indo-européen, ma seconde passion après le caca. L'idée de cette chronique m'est venue, en cherchant pour d'autres publications – des mots fléchés dans la presse télé – la signification originelle du terme catimini, à consonance rigolote.

Je ne vous cacherai pas que tout mot commençant par ca- (ou pi-) éveille toujours chez moi un intérêt particulier, avec l'espoir d'y trouver une pépite exploitable dans l'Officiel regorgeant de ca-carrés, de pi-pyramides et autres bégaiements thématiques.

Et là, je tombe de mon fauteuil ! Le très sérieux site www.cnrtl.fr évoque le travail de Guillaume Bouchet, un érudit primesautier qui publia de passionnantes *Serées* (soirées), pleines de bons mots pour égayer lesdites. Et ce passionné des règles de la fauconnerie évoque l'influence probable du grec *catamini*, signifiant « menstrues ».
L'adjectif cataménial, « relatif à la menstruation », atteste de cette racine.

Bouchet cite ainsi : « Les femmes ayant leur catamini peuvent offusquer et éblouir la clarté du miroir », exemple suivi d'une réflexion aussi peu claire : « Les larrons sont en horreur aux abeilles, aussi bien que les femmes qui ont leur catiminy. » Bon sang !

Alors, l'influence de ces règles que les femmes tentent de dissimuler a-t-elle dicté le sens actuel de la locution « en catimini » ? Le début du mot évoque certes le verbe catir signifiant à l'époque « cacher », mais aussi la famille lexicale du chat, une piste picarde liée à ce minou (une variante de chattemite, où mite signifie également « chatte ») que privilégient certains linguistes. Impossible de trancher ici !

L'odeur des sens m'enivre, m'enflamme, et je me dis que je vais explorer un peu plus profondément, jusqu'aux racines, d'autres familles de mots pour vous livrer quelques trouvailles, quelques rapprochements aussi inattendus que celui présenté ci-dessus. Si je convaincs dix personnes de s'intéresser à l'indo-européen, je serai le plus heureux des auteurs.

QUID

Trois questions, trois propositions pour chacune.
Bonne chance, comme ne dirait pas Cambronne !

1. Que signifie Manneken-Pis ?

- ☐ **A.** Le grand pisseur
- ☐ **B.** Le petit homme qui pisse
- ☐ **C.** L'homme de pierre

2. En quelle année demanda-t-on au sculpteur Jérôme Duquesnoy l'Ancien de couler un bronze représentant cette statuette de « ketje » urinant ?

- ☐ **A.** 1451
- ☐ **B.** 1619
- ☐ **C.** 1794

3. Combien de costumes différents du putto se soulageant, parfois appelé à tort « le petit Julien », la *GardeRobe MannekenPis* expose-t-elle ?

- ☐ **A.** Aucun, il est interdit de l'habiller
- ☐ **B.** Une centaine
- ☐ **C.** Plus de mille

Hello, Samuel !

Voici un petit jeu en forme de double hommage : le premier à Samuel Morse, inventeur du code connu des scouts et des radios amateurs, le second à *L'Os à moelle*, journal humoristique créé par Pierre Dac en 1938.
En utilisant l'alphabet du premier, décryptez la petite annonce inventée « à la façon » de celles que publiait le journal.

A	B	C	D	E	F	G	H	I	J	K	L	M
.-	-...	-.-.	-..	.	..-.	--.	....	..	.---	-.-	.-..	--
N	**O**	**P**	**Q**	**R**	**S**	**T**	**U**	**V**	**W**	**X**	**Y**	**Z**
-.	---	.--.	--.-	.-.	...	-	..-	...-	.--	-..-	-.--	--..

-- --- .-. ... . // ..-. --- ..- ..-. --- --.- ..- . //

....

-.-. .... . .-. -.-. .... . // --.. --- --- //

....

--. . -. . .-. . ..- -..- // .-.. ..- .. //

....

--- ..-. ..-. .-. .- -. - // - .-. .. .--. .-.. . //

....

. -. -.-. .-.. --- ... //

....

CROISÉS 3D

Cette grille est en 3D, mais inutile de chausser vos lunettes pour le cinéma ! Les mots s'y croisent dans trois directions indiquées par les flèches blanches sur fond sombre. Inscrivez vos réponses en respectant les sens indiqués et sans dévier : la perspective est un peu trompeuse au début, mais vous allez vite vous familiariser. Embarquez pour votre premier voyage dans l'espace !

HORIZONTALEMENT :

A. Marque qui ne fait pas vendre. **B.** Qui se distingue des produits déjà sortis. **C.** Pour Mao, ce n'est pas une Longue Marche. Service sans retour. **D.** En son for intérieur. **E.** La préférée d'une chanteuse. Fluide glacial. Affluent du Rhin. **F.** Déesse de la mythologie la plus connue des ados. Un 1er mai de Fabre d'Églantine. **G.** Des insectes normalement ailés. Ancienne agence de presse. Égouttoir conique à bouteilles. **H.** Diode source de lumière. Une des sœurs Brontë. Diffuse. Nid de rapace. **I.** Madame Bovary. Nymphes en cocon.

VERTICALEMENT DE GAUCHE À DROITE :

1. Vous en reverrez la chevelure fin juillet 2061. Ville bleue du Maroc. **2.** Qui exploite l'érable pour son sirop. Au stade de zoé. **3.** Poète chilien du *Chant général*. Toilettes pour minets. *Idem* dans l'Idaho. **4.** Sert avec moins de générosité. Fouines. **5.** Tel certain dessin amusant. Sans précipitations. Mon anglais. **6.** Ensemble des règles cérémoniales. Causer de la fatigue. **7.** Ajouta sa griffe au bas du chèque. **8.** Tour d'Auvergne. Combinaison à un jeu de dés. **9.** Vedette dans un titre de magazine télé.

VERTICALEMENT DE DROITE À GAUCHE :

I. Déclamation soigneuse de textes sacrés. Dévidoir pour mettre la soie en écheveau. **II.** D'un continent à nombreuses îles. Tenue de soirée. **III.** Ersatz peu prisé du gourmet. Danse traditionnelle pour Zorba. Chanteur-récitant de Grèce archaïque. **IV.** Bas de gamme. Petite péniche berrichonne. **V.** On crut qu'elle guérissait la folie. Tonne équivalent charbon. **VI.** Demande de répétition. Accueillie. **VII.** Corrections repérées en cours d'impression. **VIII.** Duteil à la guitare ou Saint Laurent dans la mode. **IX.** Très pour tout maestro.

Blagues

Attention, mesdames et messieurs, ça va commencer !

☺

Un homme s'installe devant la télé et demande à son épouse :
- Chérie, tu peux m'apporter une bière avant que ça commence ?
Sa femme lui apporte sa boisson. Quelques minutes plus tard :
- Chérie, tu peux m'apporter une bière avant que ça commence ?
La femme apporte une deuxième bière. Le même manège se reproduit trois, quatre, cinq fois. La sixième fois, madame s'énerve :
- Mais, va te la chercher toi-même, ta bière !
- Ça y est, ça commence...

***

Pendant un match de rugby, à Toulon, les sportifs se prennent par les épaules ou les cuisses, se penchent et entament une mêlée. Une spectatrice paranoïaque se met alors à hurler :
- Ça y est, ça recommence ! Ils sont encore en train de dire du mal de moi !

***

Deux petits vieux sur un banc :
- Tu te rappelles, le truc qu'on nous donnait à l'armée, pour pas qu'on aille voir les filles ?
- Le bromure !
- Ouais, c'est ça. Ben, je pense que ça commence à faire effet...

#CROISILLONS#

Complétez cette grille où les lettres P, I, C et A ont déjà été positionnées. Attention, les définitions sont souvent à prendre au second degré.

1. Péché avoué des animaux en couverture.

2. De fond, dans cet *Officiel*.

3. Duettistes au violon.

4. Squatteurs de nuages.

5. Les paupières m'en tombent…

6. Animal animant quelques pages.

7. Elle connaît la vérité de La Pallice.

8. Être dans la Lune.

Le pendu

Vous avez tous déjà joué au pendu. Observez bien les lettres des essais infructueux, et déduisez-en le seul mot possible dans cette configuration. Coco avait trouvé cet adjectif.

Lettres déjà proposées mais pas dans le mot :

Z	O	L
A	C	U
N	V	S

	E	P	E					

Le Trou

Trouvez le mot manquant
dans ces extraits de tubes que
vous avez probablement fredonnés.
Notre chanteur a un trou : comblez-le et
identifiez l'artiste et le titre.

1. « Quand on fait la …………………………………… ,
le samedi à Broadway, ça swingue comme à Meudon »

2. « Je n'ai qu'une ……………………………………,
être acceptée comme je suis »

3. « Quitte à tout prendre, prenez mes ……………………
et la télé »

4. « Il est temps d'aller pousser, on a des ……………………
à soulever »

5. « Je vais tout ……………………………………
si vous touchez au fruit de mes entrailles »

6. « J'ai des ……………………………………
imaginaires avec des gens qui ne sont pas sur la Terre »

PiPiramidal

Complétez la pyramide en inscrivant sur chaque flaque un total égal à la somme des deux nombres notés sur les deux éléments (flaque ou rouleau) immédiatement en dessous. N'utilisez que des (nombres) pairs, OK ?
Puisque Pi, c'est 314, Pipi doit valoir le double, d'où le 628 au sommet.

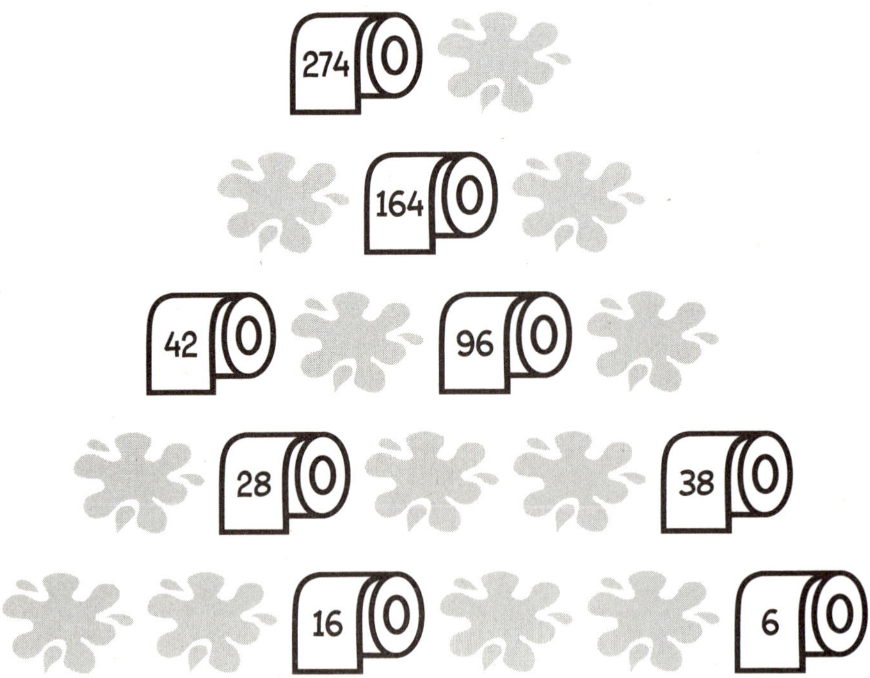

Célébr(u)ités

Cet (u), sais-tu…

Vous l'aurez remarqué, nos célébrités se sont enrichies d'un **u** intégral entre parenthèses. Mais po(**u**)rq(**u**)oi donc ? Vous allez vite comprendre. Non, nous n'allons pas transformer Alain Prost en Marcel Pro(**u**)st, Brel en Br**u**el (le pauvre !), l'énuqué en e**u**nuque (ouille !), la motarde en mo**u**tarde, ou les ans en an**us**. Ceci dit, on approche. Nous allons nous intéresser à des personnes dont le patronyme évoque un bruit de toilettes : le prout !

Alors, non, nous n'allons pas enlever un S à Proust pour en faire ce bruit évoqué dans nos célébr(**u**)ités, pas plus que nous ne changerons les röstis et rôtis, le sombre en ombre, la sortie en ortie, l'ursine en urine, ou pester en péter… Mais la sainte odeur du prout nous guidera : allez en pet !

Au fil de ces pages de poésie, vous vous familialiserez ainsi avec Pétrone et sa variante féminine Pétronille, avec les membres de la famille Prout – dont nos fidèles lecteurs auront déjà eu écho –, et nous verrons si nous avons de la place pour Pétain (coup), Pétrarque, Petri, Petrassi, Petrucciani et autres péteux.

Évidemment, rien ne sera inventé sinon, ce ne serait pas drôle. Alors, à vos marques (de sous-vêtements préférés), pet, fartez ! Rendez-vous à la page 97.

LE CHICHSTRAC

Dans les trois citations, un même terme a été remplacé par cet étrange **CHICHSTRAC**. Votre seule corvée sera de toiletter ces phrases pour retrouver le mot commun d'origine.

1. « Je me sens des **CHICHSTRACS** dans les idées quand je rentre chez moi la nuit tombée. »
(Gilbert Bécaud)

....

2. « Quand l'eau baisse, les **CHICHSTRACS** mangent les poissons ; quand l'eau monte, les poissons mangent les **CHICHSTRACS**. »
(Proverbe thaïlandais)

....

3. « Quand je regarde mon écriture, il me semble qu'une légion de **CHICHSTRACS** est sortie de l'encrier et a traversé la feuille sans s'essuyer les pieds. »
(Sydney Smith)

....

MOTOCROTTE

Sachant que chaque chiffre en début de ligne ou haut de colonne indique le nombre de déjections qui s'y trouvent, localisez et représentez par un cercle les crottes laissées par les 23 chiens de la grille, pour permettre à la motocrotte automatique de les ramasser rapidement. Un chien ne laisse une crotte que dans une case qui touche la sienne et jamais en diagonale. Commencez toujours, dans ces jeux, par marquer d'un simple point les cases dans lesquelles il est certain qu'il n'y aura pas de crotte (0 en début de ligne ou en haut de colonne).

	0	3	4	1	2	0	3	3	1	3	3
0	•	•	•	•	•	•	•	•	•	•	•
1	•					🐕				🐕	
3	🐕					•					
0	•	•	•	•	•	•	•	🐕	•	•	•
1	•		🐕			•					
2	•					🐕					🐕
3	•	🐕				•			🐕		
0	•	•	•	•	🐕	•	•	•	•	•	•
1	•					•			🐕		
0	•	•	🐕	•	•	•	•	•	🐕	•	•
3	🐕					•					
2	•					•	🐕			🐕	
0	•	•	🐕	🐕	•	•	•	•	•	•	•
4	•				🐕	•					
2	•					•		🐕			🐕
0	•	🐕	•	•	•	•	•	•	•	•	•
1	•					🐕					

LA TÊTE AU

Dans chacun des carrés ci-dessous figure un mot. Trouvez-en une anagramme correspondant à l'une des définitions sur la page de droite (exemple au centre du jeu: NATATION pour l'indice 7). Inscrivez ensuite, dans la tête dessinée, le numéro de la définition du mot recherché. Reportez l'initiale du mot trouvé, ici un N, dans les cases numérotées de l'échelle de décodage, en bas de la page des indices. Vous complèterez ainsi un extrait de fable de Jean de La Fontaine: « Quand l'eau courbe … ». À la fin, en additionnant les chiffres des définitions, il vous faudra totaliser 65 sur toutes les lignes, toutes les colonnes et les deux diagonales de ce carré magique consacré à l'eau.

RÔNIER ------	DIRE NON -------	TRENTE ------	RIA ---	OBTENIR -------	= 65
ÉROS ----	TAMISER -------	FAUCRES -------	CADUQUE -------	GÉNIE -----	= 65
USURE -----	RUINE -----	ANNOTAIT 7 **NATATION**	COUDE -----	CŒURS ------	= 65
AGENT -----	GOUETS ------	CANOË -----	REBAT -----	ÉBLOUIRAI ---------	= 65
ARROGEAS --------	RAME ----	REDOUL ------	INGÉRÉE -------	ÉON ---	= 65
= 65	= 65	= 65	= 65	= 65	

65 = (diagonale)   65 = (diagonale)

CA-CARRÉ

1. Ce liquide secrété par les reins est constitué à 95% d'eau. **2.** Cette eau congelée tombe en légers flocons blancs. **3.** Il a chanté *L'Eau vive* en 1958. **4.** Par cette action, le jardinier apporte l'eau nécessaire à ses plantes. **5.** On lui doit *Le Débit de l'eau* et *La Mer.* **6.** C'est le dernier mot du refrain d'*À la claire fontaine.* **7.** Ce sport est impossible sans eau. **8.** C'est un peu plus qu'une flaque. **9.** L'eau, la terre et le feu sont trois des éléments ; celui-ci est le dernier. **10.** Son eau convient aux romans sentimentaux mièvres. **11.** Ce canal conduit les eaux d'un point à un autre. **12.** Ce verbe signifie submerger d'eau. **13.** Cette humeur aqueuse sort pendant l'effort. **14.** Cette étendue d'eau couvre 70% de la surface du globe. **15.** Il a pu s'exclamer « Que d'eau ! » bien avant Mac Mahon. **16.** Une telle eau est utilisée dans certains réacteurs nucléaires. **17.** C'est un plan d'eau plus petit qu'un lac. **18.** Nombre de Français y prennent l'eau qu'ils boivent. **19.** C'est le sens du E dans le sigle E.A.U. désignant un État du golfe Persique. **20.** Cet adjectif signifie, pour l'eau, « non salée ». **21.** Il a réalisé *Boudu sauvé des eaux.* **22.** Les barrages permettent d'en produire. **23.** C'est la couche du dessus d'un plan d'eau. **24.** Manon bouche celle du village. **25.** Par ces conduits souterrains s'écoulent les eaux usées.

						N						
1	**2**	**3**	**4**	**5**	**6**	**7**	**8**	**9**	**10**	**11**	**12**	**13**

14	**15**	**16**	**17**	**18**	**19**	**20**	**21**	**22**	**23**	**24**	**25**

Le saviez-vous ?

FMI, vert éphémère

FMI : né – pas du tout efféminé d'ailleurs – en 1944 des accords de Bretton Woods, qui ne nous intéressent pas ici. C'est le fonds (avec un s comme sous) monétaire international. Waouh ! Mais si, vous connaissez, DSK et tout ça… Bref, ils aident les pays endettés, c'est dire s'ils sont gentils, au FMI.

Comme ils ont plein de temps libre, parce que personne n'a de dette, c'est bien connu, ils s'occupent de temps en temps de leur image. Ben oui, parce que, après DSK, euh… Alors là, depuis deux ans, ils veulent sauver les baleines ! Il n'en reste que 1,3 million et ils voudraient qu'on en ait 5 millions. Bon, s'ils le disent, c'est quand même des spécialistes. Ah ben non, en fait.

Alors, vu qu'un texte sans chiffres, ça ne leur parle pas, ils ont décrété : « Les baleines, ça vaut 1 000 milliards de dollars. » Le saviez-vous ? Et mon chat, il vaut combien ? Ah non, je n'en ai plus (voir page 512). Oui, avec le CO_2 qu'elles séquestrent pendant leur vie et après leur mort, quand le squelette coule au fond de l'océan (l'équivalent des émissions annuelles du Brésil, nous dit-on), plus le riche contenu de leur caca en fer, en phosphore et en azote, nutriments qui alimentent le phytoplancton, c'est 1 000 milliards, au bas mot. Parce que le plancton, ça vaut 1 700 milliards d'arbres.

Bref, c'est un peu comme en finance, on balance des chiffres tellement énormes qu'on ne peut pas vraiment réfléchir ; on se donne une bonne image, verte, au goût du jour, on veut sauver la planète. Surtout les gros ! Les gros mammifères et les gros États ?

7 HORREURS

COLLIER de perlouses

Pour récupérer votre « collier de perlouses », vous devez constituer une chaîne de perles contenant les nombres de 1 à 25, dans cet ordre. Chacun des nombres doit être au maximum à une case de distance du précédent : horizontalement, verticalement ou en diagonale. Commencez par placer le 9 puis tâtonnez pour trouver la seule solution.

14			2	1
	16	10		
	19	25		
20		8		

MÉGA(côlon)

La digestion se termine dans le côlon. Quel mot méga-long va sortir, élaboré à base de CACA et des dix autres lettres proposées ? C'est un test, hein !

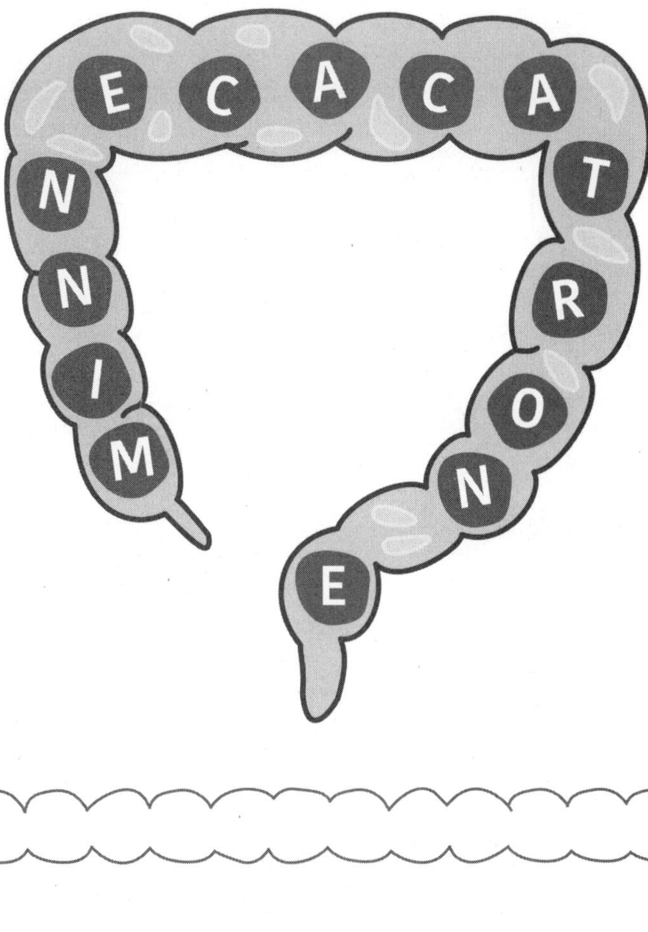

≡ (M)OTS

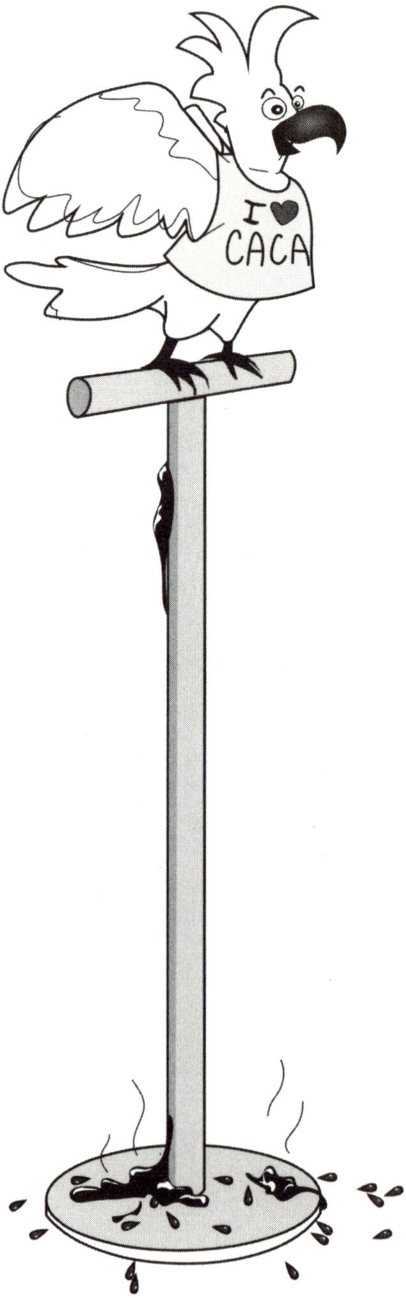

TRÈS
MUSIQUE DE CHAMBRE
FÊTE TARDIVE
UNE FEMME PAS COMME LES AUTRES
EXILÉ
BOUQUINÉ
POPULACE
TOUCHÉE
PARAGES
LE PIED DU POÈTE
DIFFICILE À DIRE...
TEENAGER
LUI FAIRE TORT TUE !
SUCCÈS, RENGAINE
VENT
PLOMB
STÉRILISÉ
JEUNES CHAMPIONS DE FOOT
SURPRIS PAR UN TIR HAUT
ALLÉGEÂT
ENTRE *RÉ* ET *FA*
MANETTE
SUPPORTE
AMÉLIO-RABLE
PÂTÉ IMPÉRIAL
FILLE DE BASSIN HOUILLER
OBTENU
CHIFFRE
ALLONS ENFANTS... D'ELLE !
LETTRE GRECQUE
REFUGE
LOGICIEL
CAPITALE DU PÉROU
MODÈLES
NÉGATION
ÉCHELLE DE TEMPÉRA-TURE
DONC PAS ACQUIS

(F)LÉCHÉS

ÉQUERRE
FRUIT DE CAVAILLON
COUPA LE SOMMET
LADY DE L'ÉDIT
SORTIES, PLUTÔT FRAÎCHEMENT
RÉSIDENCE
AUTOMATE
RESSEMBLANCES
CÔTÉ ENSOLEILLÉ
ARTISTE DE CIRQUE
SUD-OUEST
UN POISSON OU PERSONNE
TERRAIN DE DÉCOLLAGE
SOMMÉES
APRÈS-MIDI
FONCTION DE CEINTURE
TRAVAUX FORCÉS
CORRIGÉ
CHOQUÉE
REPAIRE DE LION
BRUTE DANS LA FORÊT
HUILÉE
L'AMI CAQUETTE QUÉBÉCOIS
BOUCLIERS
FIN DE PRIÈRE
TENEUR EN SEL
MILLÉSIME
POIRE
COMBATTIT AUX ARÈNES
CLOISON
PIÈCE DE CINQ FRANCS
HONORER
GREFFE
KIDNAPPÉ
COLÈRE
FÉERIQUE
COHÉSION
RISQUÉE
DRAP IMPERMÉABLE
POSSESSIF
JEU DE SOCIÉTÉ
MAUVAISE LANGUE
CABANE EN SAPIN
SONGEA
AMÉNAGÉ COMME UNE VILLE
INSTRUMENT D'OPTIQUE
SOIGNÉ AU BLOC
ARTICLE ESPAGNOL
VIGNOBLE
PAUSE D'ÉCOLIER
REVENU MINIMAL
OPUS
FAMILLE DE *DALLAS*
HOMMES LIBRES
ANTOINE DOINEL
ROI D'ISRAËL
AVIATEUR À BORD D'*ÉOLE*
FAUVETTE
LIGNE DE SYMÉTRIE
DÉPARTEMENT
AUROCHS
INTERJECTION
DÉCHETS AZOTÉS
HÉLIUM

SPHINX Ter

Le sphinx de Gizeh est impassible, le sphinx Bis est plutôt détendu mais le sphinx Ter est un peu contracté. Aidez-le à se détendre en trouvant le lien logique, le nom commun qui relie sans équivoque possible les six mots. Ayez du nez, contrairement au sphinx...

PAIN

SANG | MER

SPORTS | ARMOIRE | RESTER

ROSACE

Remplissez la rosace en ordonnant ces séries de lettres. Écrivez les mots de l'extérieur de la rosace vers le centre, comme dans les exemples FLEUR et BLEUE. Attention aux anagrammes, il n'y a qu'une seule façon de compléter la grille.

Dans le sens des aiguilles d'une montre (repères lettres)

A. EGNSU	G. ABNOT	M. AILNP
B. EIUVX	H. ABIRS	N. ACEIR
C. ELPRU	I. AEPRT	O. EEHMT
D. BEILS	J. EJLPU	P. CRSTU
E. EELRV	K. EEIMS	Q. **EFLRU**
F. AELTV	L. ACEGL	R. EEILP

Dans le sens inverse (repères chiffres)

1. CEEIN	7. ABERV	13. EILPR
2. ELSUV	8. AELSS	14. ACLMP
3. EGIPR	9. AERTT	15. ACERT
4. **BEELU**	10. ABJOT	16. AEHIT
5. EILSU	11. INPSU	17. EFINR
6. ELUVX	12. EEGLR	18. ELMPU

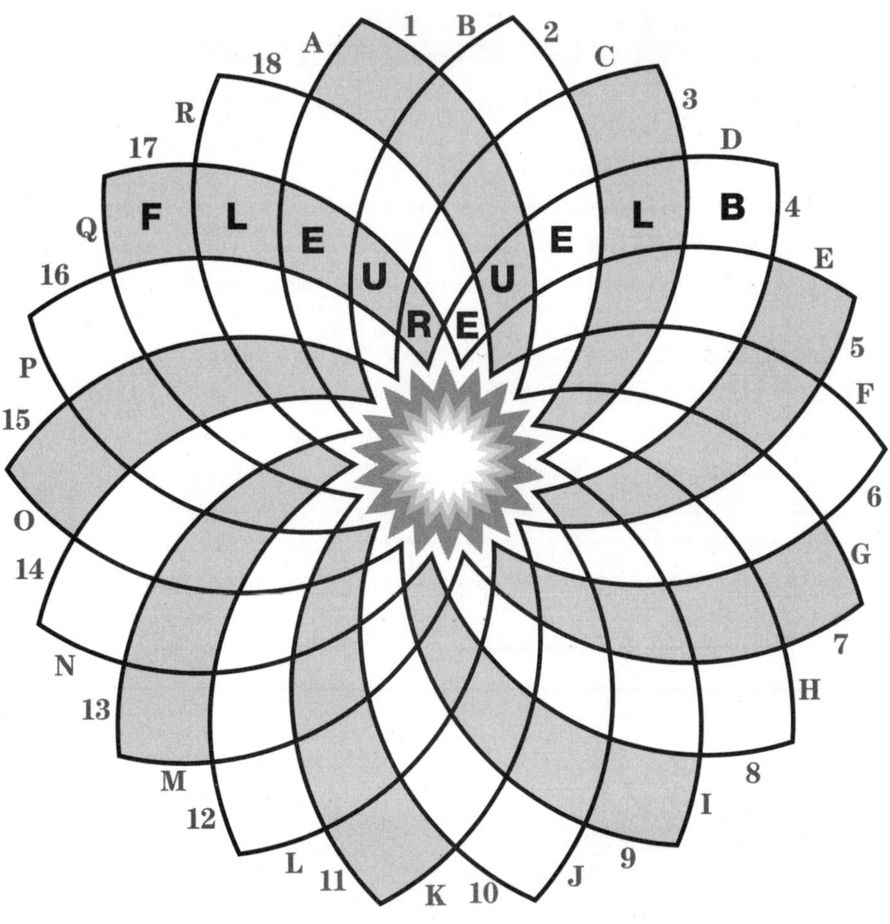

Nouvelle chronique

Tiens, une nouvelle chronique, se dira le lecteur attentif qui ne zappe pas les titres. Effectivement, pour répondre aux pages Défèque News consacrées au caca, nous avons opté pour Uronews, page d'infos internationales sur le pipi. Pas mal trouvé, non ? Accordez-moi cette ligne d'autosatisfaction, j'en ai besoin.

Je croyais avoir dégoté le titre inédit, alors j'ai googlé... Et bim, il y avait déjà un gars versant dans l'urologie qui avait publié des informations de 2007 à 2008 ; son lectorat n'a pas dû décoller et il a laissé pisser l'affaire. Mais la newsletter du service d'urologie du CHU d'Angers, puis l'AFU, association française d'urologie, ont également repris ce titre. Tant pis, c'est tant pis : tant pisser, tant pis ! Alors, disons que leurs publications ne sont pas faites de la même eau que celles que nous allons analyser ensemble. Je ne vais pas vous tenir au courant des derniers développements de la recherche sur le cancer de la vessie ou le calcul (rénal) des points de retraite chez les urologues.

Non, non, nous irons à l'essentiel, c'est-à-dire le superflu(ide), le superfétatoire, le pis du pis, le pipi de chat, l'écume et si possible, le fun. Hip, hip, hip... uro !

SUDOKU-KU

Remplissez les cases vides de ce sudoku-ku pour que tous les chiffres, de 1 à 9, soient inscrits une seule fois sur chaque ligne, dans chaque colonne et dans chaque petit carré de neuf cases aux contours renforcés.

			7					
					2		6	7
8					1	3	9	
	1			9	7			
2			3		5			8
			8	2			5	
	4	6	2					5
9	3		5					
					6			

QUI FAIT QUOI ?

Pour résoudre ce jeu de logique déductive, repérez un à un les indices donnés en les reportant dans la grille de résolution. S'il s'agit d'une affirmation, inscrivez O dans la case concernée, et complétez les propositions négatives qui en découlent en notant N dans les cases adjacentes. Notez les informations obtenues dans le tableau en bas de page.

SIX BOULOTS ET CIBOULOTS

Cinq étudiants sont obligés de travailler pour financer leurs années d'études. À l'aide des quatre indices, retrouvez le nom de chacun, son âge, le domaine dans lequel il étudie et le nombre de petits boulots qu'il cumule pour s'en sortir. Si vous coincez, deux indices supplémentaires – mais non nécessaires – figurent en bas de page.

1. Hans Édédé, qui s'estime heureux en ayant trois jobs de moins que la personne inscrite aux Beaux-Arts, est juste un an plus jeune que l'adepte de philosophie.

2. Thelma Rasm doit exercer un petit boulot de plus que Minnie Salair, pour s'en sortir. Cette dernière est née trois ans avant Thésée Xamin, qui a moins de jobs alimentaires que la personne engagée dans des études de politique.

3. La personne n'ayant « que » deux petits boulots n'étudie pas la philo et n'a pas 20 ans exactement : elle peut en avoir plus ou moins.

4. La personne qui s'investit dans le sport ne chôme pas en dehors du stade : elle a deux jobs de plus que Jean Peuplu, qui n'a ni 21 ni 22 ans.

INDICES SUPPLÉMENTAIRES

5. Au total, Minnie et Thésée ont autant de petits boulots que Thelma et Hans, le double de Jean exactement.

6. C'est le plus jeune, un garçon donc, qui a le moins de petits boulots ; mais ce n'est pas le ou la plus âgée qui en a le plus !

Grille de résolution

		ÂGES					ÉTUDES					JOBS				
		18 ans	19 ans	20 ans	21 ans	22 ans	Beaux-arts	Maths	Philo	Politique	Sport	2	3	4	5	6
ÉTUDIANTS	Hans Édédé															
	Jean Peuplu															
	Minnie Salair															
	Thelma Rasm															
	Thésée Xamin															
JOBS	2															
	3															
	4															
	5															
	6															
ÉTUDES	Beaux-arts															
	Maths															
	Philo															
	Politique															
	Sport															

TABLEAU DES RÉPONSES

Étudiants					
Âges					
Études					
Jobs					

BONUS

Observez les lettres bien placées sur fond gris foncé ou mal placées sur fond gris clair pour deviner le seul mot final possible. Attention, certaines lettres n'ont peut-être pas encore été proposées.

G Gris foncé

G Gris clair

M	O	R	D	A	N	T
M	Y	G	A	L	E	S
M	U	S	I	Q	U	E
M	I	N	I	M	U	M
M	O	M	I	F	I	E
M	_	_	_	_	_	_

Blagues

L'épeire et les mères

☺

Maman araignée dit à ses enfants :
– Ce soir, mes petits, en dessert, nous aurons… une mouche au chocolat !

***

– Pourquoi surnommait-on Grace Kelly Spider-woman ?
– Parce que c'était la femme à Rainier…

***

Hurlements à la maison quand le père rentre :
– J'ai demandé à ta fille de me passer le bottin, explique la mère.
– Et alors ?
– Alors, elle m'a traité de ringarde et elle m'a donné son Smartphone.
– Et alors ?
– Alors, l'araignée est morte mais son téléphone aussi…

***

Une araignée à sa copine :
– T'étais où en vacances ?
– Au Louvre.
– C'est pas très fun !
– Ouais, mais j'ai pu exposer mes toiles.

AnaPhrases

Complétez chaque phrase avec des mots anagrammes formés à partir des lettres données au début entre parenthèses.

1
(AAELNTT)

« Cette statue d' _______ en corniche, _______

ses muscles aussi parfaits qu'inaccessibles,

quel supplice de _______ ! »

2
(ABCEILR)

« Ce _______ parti en mer avec du matériel

du mauvais _______ a été forcé de rentrer

au _______. »

3
(EIINRSST)

« Excuse-moi d' ________, quitte à passer pour

un ________ enquiquineur, cet oiseau s'appelle

un ________ et non un p'tit serin. »

Calculs durs, hein !

+ − × ÷

Avec les quatre opérations de base (**+ − × ÷**) et en utilisant au maximum une fois les plaques proposées, tentez d'atteindre le nombre cible : 538.
Il n'existe qu'une façon d'y parvenir.

LA CIBLE

Partez de la lettre cerclée. Sautez un certain nombre de lettres (toujours le même pour cette cible), lisez la suivante, et continuez ainsi pour découvrir quatre termes qui suivent l'ordre, dans le bon ouvrage.

....

....

Pêche À LA Pêche

Que celui qui n'a jamais péché s'intéresse au fruit du pêcher ! Remettez un peu d'ordre dans les séquences de lettres inscrites sur les pêches, afin de former un mot... plein de pêche !

....

LA SUITE

Voici vos douze travaux d'Hercule. Vous avez les boules, de 1 à 11. Pour ne pas les avoir tout court, déduisez par un raisonnement logique la valeur de la dernière.

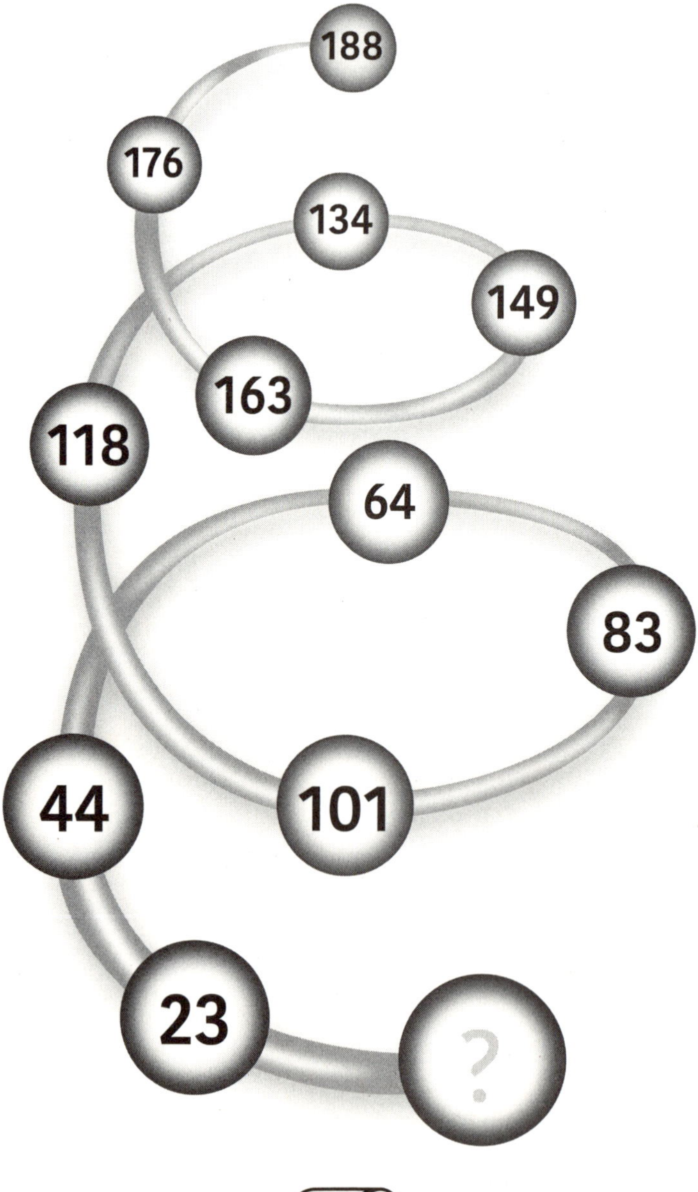

Cessons ces sons !

À l'aide des définitions, à-peu-près homophoniques (aux mots faux, nique !), trouvez les six mots solutions, en consommant la totalité de la réserve de lettres.

1. Cessons.
2. C'est « son ».
3. Sait, sont...
4. C'est « sont ».
5. Cesse « on ».
6. Ces sons.

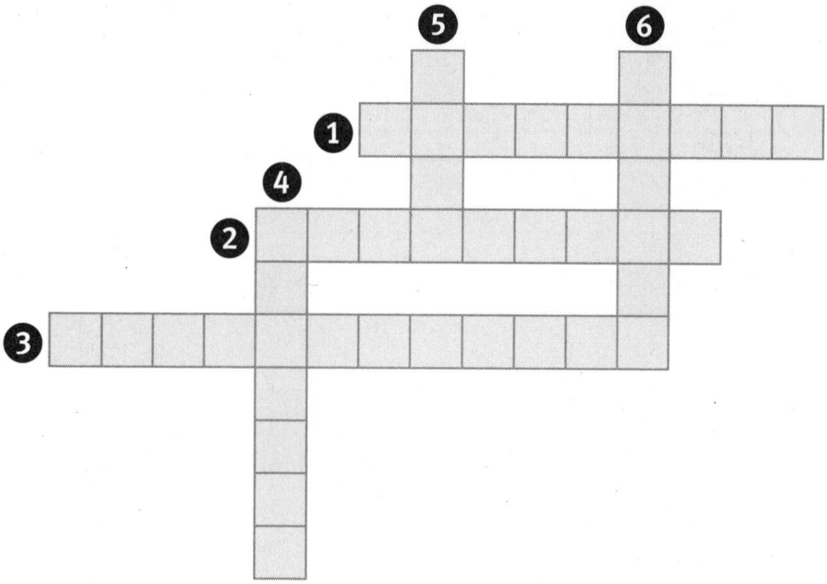

RÉSERVE DE LETTRES

A	B	C	C	E	E	F	G	I	I	I	J	J	
L	L	N	N	N	N	N	O	O	O	O	O	P	
R	R	S	S	S	S	S	S	S	T	U	U	U	U

ALPHAKU-KU

Remplissez la grille pour que chacune des lettres « B, E, U, R, K, A, T, W, C » figure une seule fois sur chaque ligne, dans chaque colonne et dans chaque petit carré de neuf cases aux contours renforcés. Quelque part s'inscrira un mot plus gracile qu'un « beurk » aux W-C !

	R		K		E	U		
T			R					
C			B			E		
	K		U			R		B
		C				K		
W		R			K		A	
		W			A			T
					R			E
		U	T		B		W	

LATIN
LA TINETTE

Cur hoc titulo ?

Les amateurs d'élucubrations – ayant pour thème les toilettes – qui auront acheté ce livre en espérant y trouver autant d'infos que dans les éditions précédentes ne seront pas déçus en découvrant cette nouvelle rubrique. Pourquoi ce titre (en latin putatif dans le texte) ?

« Le latin, c'est là où tout commence », rabâche le prof de français qui n'a pas complètement tort, si l'on omet 99,99999 % de l'histoire de l'Humanité avec un grand H (je parle du journal communiste, évidemment). « Et la tinette, c'est là où tout finit », répond la domestique chargée de transporter les matières fécales de son maître dans ce baquet, elle qui n'a toujours pas lu l'Humanité pour songer à la Révolution.

C'est donc la lutte finale entre de nobles intentions et de merdiques résultats que nous disséquerons dans ces quelques pages où, au détour d'une formule ou d'une désinence latine, nous révèlerons ce que l'homme ou l'animal a de mauvais, dans ses tripes, dans ses intestins.

Tout comme le dressage pourtant subtil jusqu'au ridicule d'un chef multi-étoilé finit en un cylindre marron et malodorant dans une cuvette, le joli terme latin passé à la moulinette de l'évolution se retrouve *in fine* dans les égouts du langage. Latin, la tinette : *sic transit gloria mundi.* Complément d'informations page 105.

GRANDES

HORIZONTALEMENT : A. Premier long dessin animé de Disney. **B.** Homme à qui l'on ne donne que des choses cassées. Jeu de société. Chanteuse du *Banana split*. Volaille pour foie gras. Gaz pour tube lumineux. **C.** S'approcher. Me montrai poli. Aux reflets nacrés. Parrain du chou-fleur à Chicago. **D.** Ouvrit deux fenêtres. Bestiole causant des démangeaisons. Dispositifs permettant d'atténuer les chocs. Toile prenant le vent. **E.** Pays des geysers. Baie du Japon. Rongeur des villes et des champs. Soin desquamant la peau. **F.** Pas brillant. Gros lézards tropicaux. Maladies sucrées. Laisse pantois. **G.** Gens ou chats de la haute. Pauses dans les hostilités. Dieu de l'amour grec. Perdis. **H.** Conditions pour plus, lors d'une rencontre. Explose. Cours d'Espagnol. Guide de prières. **I.** Interjection valant pouah ! *Id est*, c'est-à-dire. Possédâtes. Appareils pour broyer les steaks. Remet quelques graines en terre. **J.** Peu cultivée, voire pas du tout. Endommagé. Meurt. Pendant l'année. **K.** École nationale d'administration. Article de Madrid. Agent infiltré. Plante pour huile et sauce salée. *Idem*. Pays de Nairobi. **L.** Couleur de chlorophylle. Bouleversé. Cycle de 365 jours. Cours préparatoire. Assurée par un accord. **M.** Lancées dans un nouveau métier. Domaine du lapin. État-major. Non dite. **N.** Donneur d'infos à la police. *Do*. Posture au yoga. Endroits d'où décollent les avions. **O.** Union soviétique. Grande épouse royale d'Akhenaton. Obstiné. Senior. Victoire de Napoléon. **P.** Tamis de crin. Garnirai de chapelure. Désert de rocaille. Matière grasse lubrifiante. Vis. **Q.** Agréable en salade de fruits. Adorateur du Soleil. Tangible. Filles aux manières affectées. **R.** Pronom réfléchi. Armée féodale. Bêtisier. Auteur du *Nom de la rose*. Fait de la purée.

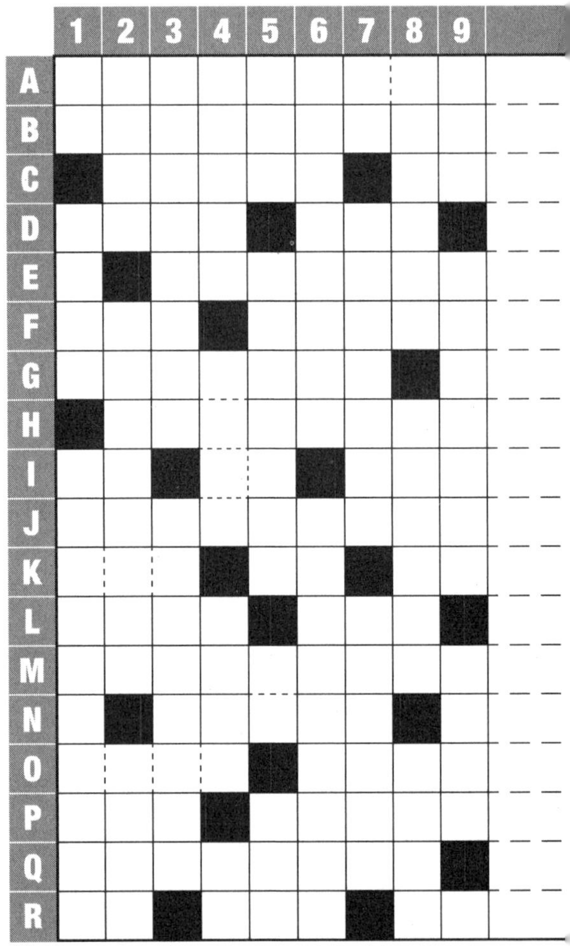

VERTICALEMENT : 1. Brome. Pont du zouave. Qui présentent une température trop élevée. **2.** Debout. Mygale ou tarentule. Découpé comme du fromage. **3.** Verre d'alcool avant le repas. Jeune homme amoureux de son image. **4.** Filles rappelant Zola. Internationale ouvrière de Jaurès et Blum. Nuances. Fleuve à Turin. **5.** Hurlement. Elle sent le pipi de chat ! Notre-dame. Mamelle de vache. **6.** Figure de l'avare, pour Molière. Repeuplant de jeunes poissons. **7.** Mais aussi. Relatif à l'Organisation des Nations unies. Sponsor, personne finançant un projet. **8.** Pablo prix Nobel de littérature. Bâton pour soutenir une plante.

vacances

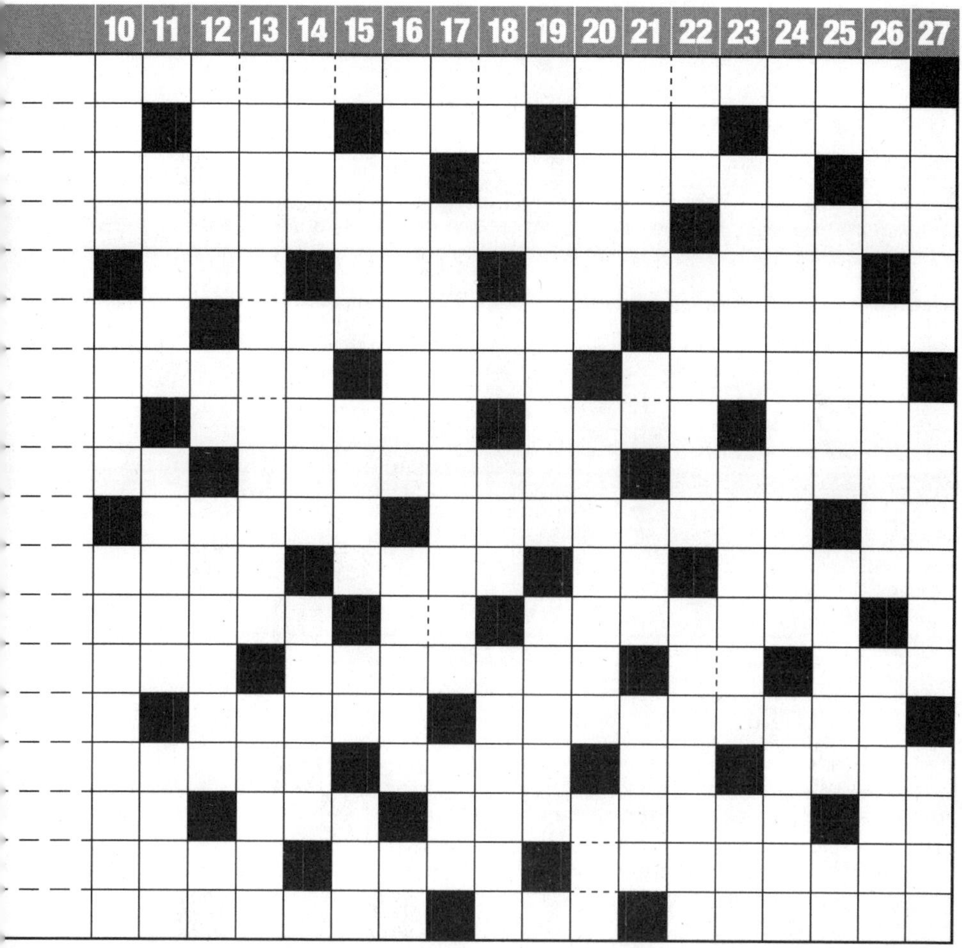

Magiciennes à baguette. **9.** Bien roulée. Donnes mal au crâne comme parfum. Zigouiller. **10.** Douce dame au ciné. Anneau de cordage. Mangerait de l'herbe. **11.** Diffusée. Hygiénique. Résista ou saisit. **12.** Pièces de la zone. Cale en forme de *V*. Arbre empêché de grandir. Plus près que là. **13.** Liquide noir pour dessin. Imitations de pierres précieuses. **14.** Abri de maison. Religion. Rend plus joyeux. **15.** Nidifia pour l'aiglon. Services gagnants. Millésime. Bon vouloir. **16.** Prénom de reines anglaises. Teintât de brun-rouge. Erbium. **17.** Condition. Cliché, vision trop réductrice. Compagne d'Adam. **18.** Matière luxueuse. Pâte de farine de mil. Se rendra. Où l'on a vu le jour. **19.** Peint sur paroi rocheuse. Protections pour chambres à air. **20.** Williams et guyot. Faire entrer par succion. Dopant du Tour. **21.** Croise les fils. *Exempli gratia*. Teenager. Ville norvégienne. **22.** Arrivée. Faciles à porter. Dédaigne. **23.** Esquiva. Âme de l'igloo. *Plus ultra*, toujours. **24.** Isolées de tout bruit. De bonne humeur. **25.** Négation. Légume-racine. Précise. À elle. **26.** Ivre. Capitale du Niger. Lichens. **27.** Fille de frère ou de sœur. Parole intimidante. Outil de tonnelier.

ESCALETTRES

Sans utiliser de noms propres, ajoutez les lettres une à une, dans l'ordre imposé, pour former un mot sur chaque ligne. Respectez la position des lettres déjà inscrites jusqu'à la découverte du mot en bas de l'escalier.

↓	M	O	T							
+E				E						
+R			T							
+N		E								
+S					T					
+A				R						
+G			G							
+O										

C'EST gâchis

Après la chasse au gaspi, voici la chasse au gâchis ! Tous les symboles écoresponsables sont présents en même quantité, sauf un. Saurez-vous le repérer ?

Alphabête

Chacune des lettres de l'alphabet doit être utilisée une et une seule fois pour compléter les dix mots de la liste, où figurent au moins trois animaux. Biffez les lettres employées au fur et à mesure, mais attention aux pistes multiples.

1		A	N	G		U	R	O	U
2		A		O	U	T			
3			U	R	E	U			
4		I		O	U				
5		E	R	R	U			E	
6		E		A		E	U	R	
7		O	R	L	O		E		
8		E		M	O				
9	G		P		E	T	E		
10	T		I	S					

A	B	C	D	E	F	G	H	I	J	K	L	M
N	O	P	Q	R	S	T	U	V	W	X	Y	Z

Blagues

Perroquet, père et roquet

☺

Un voleur s'introduit dans un cirque et dérobe la recette. Soudain, il entend une voix qui lui dit :
– Jésus va te punir, Jésus va te punir.
Il aperçoit un vieux perroquet déplumé et lui demande :
– Comment tu t'appelles, l'oiseau ?
– Coco, Coco. Jésus va te punir, Jésus va te punir...
– Coco, c'est pas très original comme prénom, pour un perroquet.
– Ouais, mais Jésus, c'est pas très courant comme prénom, pour un lion !

***

Un voleur s'apprête à entrer par effraction dans une maison lorsqu'il aperçoit une petite pancarte : « Attention, perroquet méchant. »
Il se marre intérieurement et crochète la porte. Quelques secondes plus tard, une voix retentit dans la maison :
– Vas-y, Rex ! Attaque !

***

Un punk va chez le banquier pour négocier un petit crédit.
L'homme d'affaires le regarde avec un certain mépris : mèches vertes et rouges dans les cheveux, tatouages bleus, roses, violets, sourcils teints en blond...
– Ben quoi, vous n'avez probablement jamais rien fait d'excentrique dans votre vie !
– Détrompez-vous, j'ai enculé un perroquet un jour au Mexique et je me demandais si vous ne pourriez pas être mon fils...

chenille

Passez d'un mot au suivant, dans cette chenille, en opérant la substitution indiquée et en modifiant l'ordre des lettres. Hors noms propres, il n'y a qu'une solution par ligne, en tenant compte des lettres déjà placées.

– P + T				
– I + R	**T**			
– T + A				**R**
– I + C				
– P + N				
– N + T				
– T + A		**C**		

– R + C

PO-POKER

♣♦ ♥♠

La mise la plus élevée au poker, « c’est tapis », une contrepèterie de « t’as pissé ». C’est quand on envoie tout dans le pot !
Inutile de connaître les règles pour jouer ici. Le but : deviner la cinquième lettre affichée par le croupier, « la rivière », qui permettra à un joueur de constituer un mot de sept lettres, avec les cinq du tapis plus les deux siennes. Trouvez pour chaque joueur la « rivière » idéale.
Par exemple, Carline espère un L pour former JOVIALE. Qu’attendent Coco, Doyle et Édith pour remporter ou partager le pot de notre po-poker ?

CARLINE

J	O	V	I	A	L	E

COCO

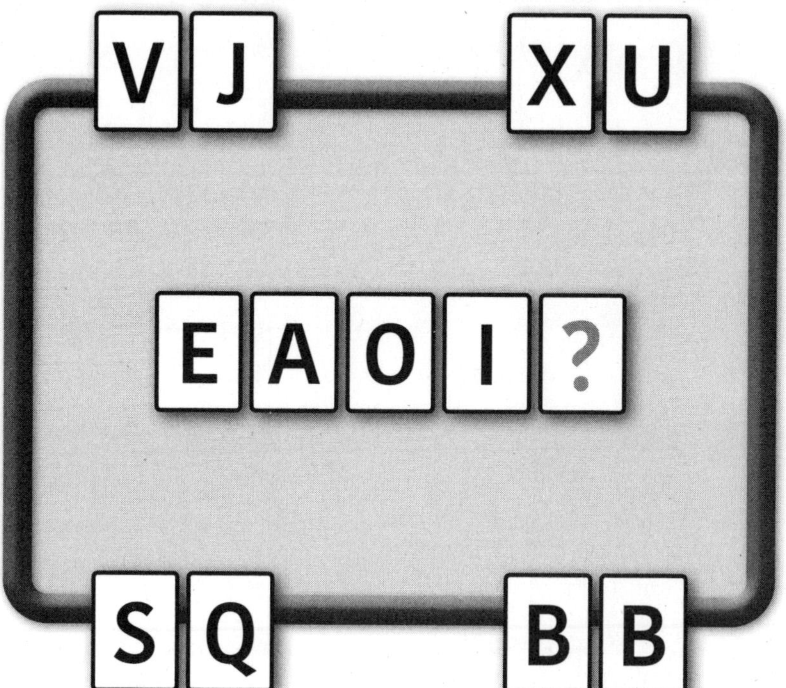

DOYLE

ÉDITH

(M)OTS

I ♥ Coco

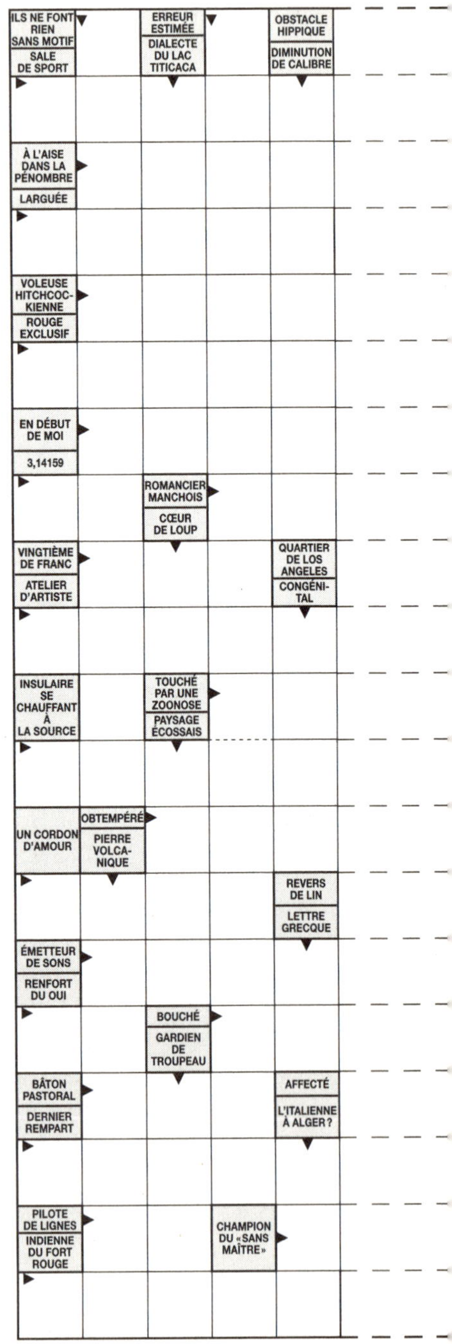

ILS NE FONT RIEN SANS MOTIF
SALE DE SPORT
ERREUR ESTIMÉE
DIALECTE DU LAC TITICACA
OBSTACLE HIPPIQUE
DIMINUTION DE CALIBRE
À L'AISE DANS LA PÉNOMBRE
LARGUÉE
VOLEUSE HITCHCOC-KIENNE
ROUGE EXCLUSIF
EN DÉBUT DE MOI
3,14159
ROMANCIER MANCHOIS
CŒUR DE LOUP
VINGTIÈME DE FRANC
ATELIER D'ARTISTE
QUARTIER DE LOS ANGELES
CONGÉNI-TAL
INSULAIRE SE CHAUFFANT À LA SOURCE
TOUCHÉ PAR UNE ZOONOSE
PAYSAGE ÉCOSSAIS
UN CORDON D'AMOUR
OBTEMPÉRÉ
PIERRE VOLCA-NIQUE
REVERS DE LIN
LETTRE GRECQUE
ÉMETTEUR DE SONS
RENFORT DU OUI
BOUCHÉ
GARDIEN DE TROUPEAU
BÂTON PASTORAL
DERNIER REMPART
AFFECTÉ
L'ITALIENNE À ALGER ?
PILOTE DE LIGNES
INDIENNE DU FORT ROUGE
CHAMPION DU « SANS MAÎTRE »

(F)LÉCHÉS

VERT PÉRICARPE
UN CANAL L'UNIT À LA RANCE
JAUGES AUX BÂTS
RESSORT COMME NICOLAS
FAIRE BOUM ET PAN!
ANION NUCLÉOPHILE
INSONDABLE
PONT DU FINISTÈRE
AVANT NOUS
SÉRUSIER OU BONNARD
SURFACE
FIBRE TEXTILE
TOUT VA BIEN
BOUM POUR PAN!
UN GOÛT DE BOUNTY
VACHERIE DE CAJUN
CHASSEUR EN COLÈRE
INTERDIT DE CHAMBRE
MINI-GOLFE
PRIVATIONS DE DROITS
INFRAROUGE
COUP DE PUB
MOYENNE OU ÉCART-TYPE
LÀ, FUT À L'AFFÛT
13 EN CHIMIE
VOISIN DU RADIUS
CHAUME DÛ?
IL ARROSE EMPOLI
PENSÉE DE PASCAL
APLANIT LES LÉS
TROTSKI
UN COIN À HUÎTRES
LANGUE DU DELTA BIRMAN
NON JUSTIFIÉ
TRAITÉ DE 1678
PARFUM DES MOLUQUES
COULÉE BRÛLANTE
LIMITE POUR ROBIN
POUR LUI, SUIVEZ LE GUIDE!
AUTREMENT DIT
FEUILLES DE MARGUERITE
MONASTÈRE DU GURU
ON LUI DIT: «PAIS SUR TERRE!»
AINSI FAITS, FAITS, FAITS
CONSACRÉ
QUESTION DE TEST
S'ABSTIENT
ENCHANTERESSES
IL MET LES BOBINES EN BOBINE
BŒUF RACORNI
PAIR DE CATULLE
LAYON
RÉSULTAT MEILLEUR QU'UNE DÉFAITE
CONSERVÉES AU GUICHET
HAVANE
SONT À NEW YORK
TRAVAILLÂT NON SANS FAÇON
ACTINIUM
INTERROGATION DE HAMLET
LENTILLES CONVERGENTES

Usage De Faux

Parmi ces cinq propositions,
une seule n'est pas une *fake news*,
une « information mensongère ».
Laquelle ?

1. En juin 2020, un ours polaire a été abattu alors qu'il venait de pénétrer dans la Kaknas Television Tower de Stockholm.

2. En juillet 2020, des pilotes d'avion suédois se sont amusés à dessiner des cœurs dans le ciel avec leurs traînées de condensation.

3. En août 2020, un astronaute suédois de la Station spatiale internationale a été infecté au coronavirus pendant une sortie dans l'espace.

4. En septembre 2020, ABBA a accepté une offre d'un milliard de dollars – d'un consortium d'affaires – pour reformer le groupe et sortir trois albums en six ans.

5. En octobre 2020, un million de Suédois ont formé une chaîne humaine ininterrompue pour encercler la capitale Stockholm.

CRYPTOGRAMME

Remplacez chaque symbole par la lettre qu'il crypte pour compléter une citation de Bob Hope, acteur et humoriste britannique mort à 100 ans, en 2003 : « J'ai grandi avec mes six frères. C'est comme cela que j'ai appris à danser...

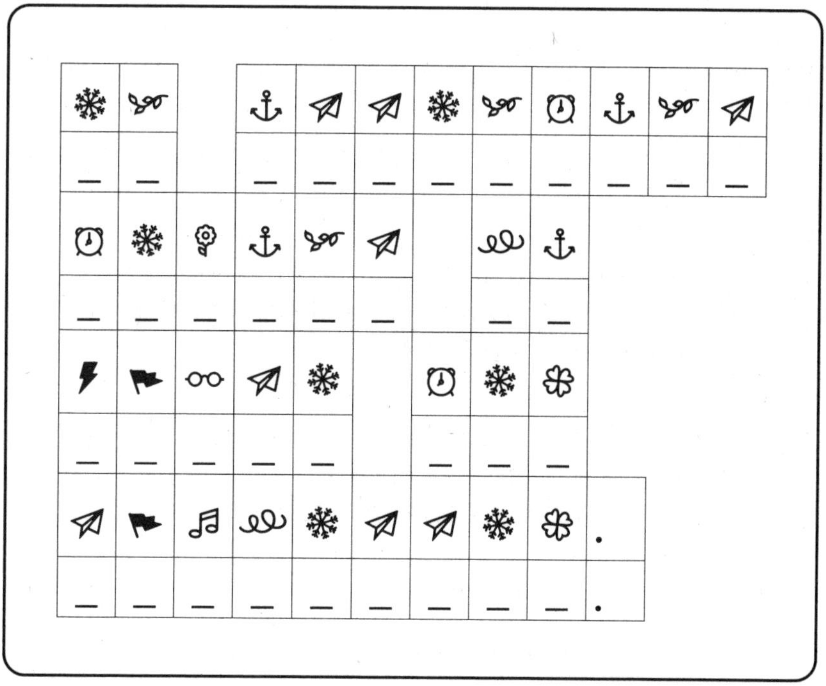

Bouche-trous

Inscrivez une lettre par tiret pour reconstituer des mots de la langue française. Si le squelette d'UNAU – un paresseux à deux doigts – ne vous suffit pas, aidez-vous de l'indice pour vous rapprocher à un doigt de la réponse.

1. _ U _ _ _ N A U _ (4 solutions)
2. _ _ U _ N A U _ _
3. U N _ _ _ A U _
4. _ _ _ U _ N _ A U
5. _ U N A _ _ U _ _ _
6. _ U N A _ _ _ U _

INDICES

1. De saison, des mousses ou du bide.

2. Un gars du *Yellow Submarine*.

3. Connus sur le bout des ongles.

4. Entrez, sansonnet !

5. Leur vie ne tient qu'à un fil.

6. D'humeur changeante.

Impoli sonnet

Un « polissonnet » n'est pas un petit polisson, mais Rimbaud en fut un. Et s'il vous arrive de croiser la définition suivante dans des mots croisés : « Forme du trou du cul de Rimbaud », en six lettres, n'essayez ni ovoïde ni cercle mais répondez : SONNET.
Le chenapan composa en effet, à quatre mains avec Verlaine, un *Sonnet du trou du cul* également titré *L'Idole,* dont vous trouverez aisément le texte en quelques clics.

La récompense (ah, voilà l'explication du titre de ces dix articulets parlant de fesses et de prout) sera jouissive : pas un seul mot vraiment vulgaire, mais des images suggestives à décrypter sans trop suer. Pourquoi *L'Idole* ? Car ce sonnet pastichait ceux d'un poète de l'époque répondant au nom d'Albert Mérat. Au style de celui-ci, précieux jusqu'à l'obsolescence et empreint d'imagerie religieuse, les deux compères répondent par la subversion et l'humour, en dépeignant l'aspect d'un anus post-coïtum.

Rimbaud semblait pourtant apprécier la poésie de Mérat, lorsqu'il la découvrit vers 1863, mais huit ans plus tard, quelques mois après une dispute mémorable lors d'un dîner donné aux Vilains Bonshommes, groupe de parnassiens souvent raillés des zutistes, l'irrévérencieux Arthur tourna sa plume acérée contre celui qu'il avait jadis admiré. À demi-raie ?

LE CHICHSTRAC

Dans les trois citations, un même terme a été remplacé par cet étrange **CHICHSTRAC**. Votre seule corvée sera de toiletter ces phrases pour retrouver le mot commun d'origine.

1. « L'eau, comme une **CHICHSTRAC**, était chargée d'évènements qui me concernaient. »
(Marie Gevers)

....

2. « Ma **CHICHSTRAC** est fantasque et parfois, il m'arrive de parler très fort à l'oreille d'un myope. »
(Sacha Guitry)

....

3. « J'ai une mauvaise **CHICHSTRAC** des noms, mais je me souviens rarement d'un visage. »
(W.C. Fields)

....

SUDOKU-KU

Remplissez les cases vides de ce sudoku-ku pour que tous les chiffres, de 1 à 9, soient inscrits une seule fois sur chaque ligne, dans chaque colonne et dans chaque petit carré de neuf cases aux contours renforcés.

4				7		3		
		9			4			
	5		8				4	
		6	2		8	9		
		4		3		5		
		7	4		9	8		
	9				6		2	
			9			4		
		1		2				7

LA TÊTE AU

Dans chacun des carrés ci-dessous figure un mot. Trouvez-en une anagramme correspondant à l'une des définitions sur la page de droite (exemple au centre du jeu : ENROUÉ pour l'indice 16). Inscrivez ensuite, dans la tête dessinée, le numéro de la définition du mot recherché. Reportez alors l'initiale du mot trouvé, ici un E, dans les cases numérotées de l'échelle de décodage, en bas de la page des indices. Vous compléterez ainsi un proverbe nigérien : « Quand la souris nargue le chat, ... ». À la fin, en cumulant les chiffres des définitions, vous obtiendrez un total de 65 sur toutes les lignes, toutes les colonnes et les deux diagonales de ce carré magique consacré aux chats et aux souris.

MENIONS - - - - - - -	LISEUR - - - - - -	OPINES - - - - - -	GALONNER - - - - - - - -	ROULANTS - - - - - - - -	= 65
MOISAIS - - - - - - -	UNIT - - - -	CÔNE - - - -	VOILER - - - - - -	ANCIEN - - - - - -	= 65
TARTEMPION - - - - - - - - - -	CÉSAR - - - - -	RENOUE 16 ENROUÉ	ROGNURE - - - - - - -	ORIN - - - -	= 65
MOT - - -	GÉMINÉ - - - - - -	UN - -	GÎTER - - - - -	PISTA - - - - -	= 65
TRAQUE - - - - - -	PÊCHER - - - - - -	LONGE - - - - -	RUINE - - - - -	LITERIE - - - - - - -	= 65
= 65	= 65	= 65	= 65	= 65	

65 = (diagonale) 65 = (diagonale)

CA-CARRÉ

1. Celle de lait sera récupérée par la petite souris, une fois tombée. **2.** Celui aux pattes de velours est un chat filmé par Robert Stevenson. **3.** Le chat l'était dans l'Égypte antique, où Bastet en avait la tête. **4.** Ce grand félin a donné son nom au pelage rayé. **5.** C'est le nombre de doigts de Mickey à une main. **6.** Celle du chat sent très fort et marque son territoire. **7.** Quand on ne sait pas la résoudre, on donne sa langue au chat. **8.** Ce père de Maigret a écrit le roman *Le Chat* qui inspira le film. **9.** Ce félin est aussi appelé léopard des neiges. **10.** Un chat de cette couleur porterait malheur. **11.** C'est le chat complice de la souris Jerry. **12.** Le rat en est un, comme la souris. **13.** Celui du chat est appelé griffe. **14.** Cette vibration inaudible pour l'homme repousse les souris. **15.** C'est le moment où tous les chats sont gris. **16.** Quand on a un chat dans la gorge, on l'est. **17.** Cette race de chat est originaire de Thaïlande. **18.** C'est l'habitat de la souris... informatique. **19.** Derrière chat, cet adjectif évoque un jeu. **20.** Daniel Keyes a écrit *Des fleurs pour...* cette souris. **21.** C'est le nom d'un gros poisson-chat. **22.** Cette caisse sert de toilettes au chat. **23.** Ce chaton abandonné est une star de Disney. **24.** Une chose ne l'est pas s'il n'y a pas de quoi fouetter un chat. **25.** Le chat sans poils l'est.

1	**2**	**3**	**4**	**5**	**6**	**7**	**8**	**9**	**10**	**11**	**12**	**13**

		E									
14	**15**	**16**	**17**	**18**	**19**	**20**	**21**	**22**	**23**	**24**	**25**

Éduquer une andouille… ou la séduire

C'est via le latin et le germanique que la racine indo-européenne *deuk–, signifiant « tirer », nous est parvenue. Le verbe *ducere* a rapidement évolué vers « tirer à soi », d'où « mener » et « guider ». En ancien français, il a donné le verbe duire au sens de « plaire, attirer ». Ce mot n'existe plus que flanqué d'un préfixe : déduire, c'est tirer de quelque chose ; séduire, c'est attirer à l'écart, détourner du droit chemin. Conduire, c'est mener ensemble.

Produire, c'est amener devant, présenter. Introduire, c'est mener à l'intérieur, alors que réduire, c'est ramener en arrière. Traduire, c'est guider d'une langue à une autre (*trans*). Enfin, éduquer, *ex ducere*, c'est conduire hors de soi, guider vers l'épanouissement. Côté adjectifs, ductile signifiait à l'origine « facile à mener » d'où, pour une matière, « qui s'étire sans se rompre ». Le muscle adducteur, lui, ramène un membre dans l'axe du corps.

Dux, chef qui mène les hommes, a donné le duc, dont la traduction allemande Herzog évoquera pour certains l'alpinisme, et pour d'autres le verbe allemand *ziehen, zog,* « tirer », lui aussi issu de *deuk–. La Bosnie Herzégovine tire ainsi son nom de cette racine indo-européenne, tout comme le doge, chef électif de Venise, et le Duce fasciste.

Ajoutez aqueduc, viaduc, oléoduc, gazoduc, crapauduc et consorts à la famille, tout comme l'oviducte, conduit donnant passage à l'ovule. Et la conduite d'eau, *ductio*, a donné notre douche. Le condottiere, chef de soldats mercenaires, a un sens proche du conducteur. De ductile, vous verrez la filiation avec… douillet, au sens proche de malléable, sensible, mou. Au contraire, inductile a donné l'improbable andouille via *inductilia*, « choses introduites », ici dans un boyau.
Éduquer et andouille, même origine, donc !

#CROISILLONS#

Complétez cette grille où les lettres A et I ont déjà été positionnées. Elle ne contient ni P ni C. Attention, les définitions sont souvent à prendre au second degré.

1. Paire au quai.

2. Donne un coup de marteau.

3. Pertes de connaissances.

4. Décade, an...

5. On peut avoir un grain sur son île.

6. Modernités pour Tiers-monde.

7. Il n'est pas né d'hier!

8. Plus bouddhas que paresseux.

BURGER

Payez-vous une bonne tranche centrale pour agrémenter votre burger. Complétez les mots horizontaux auxquels il manque deux lettres puis lisez le nom de ce qui n'est pas la femelle d'un animal.

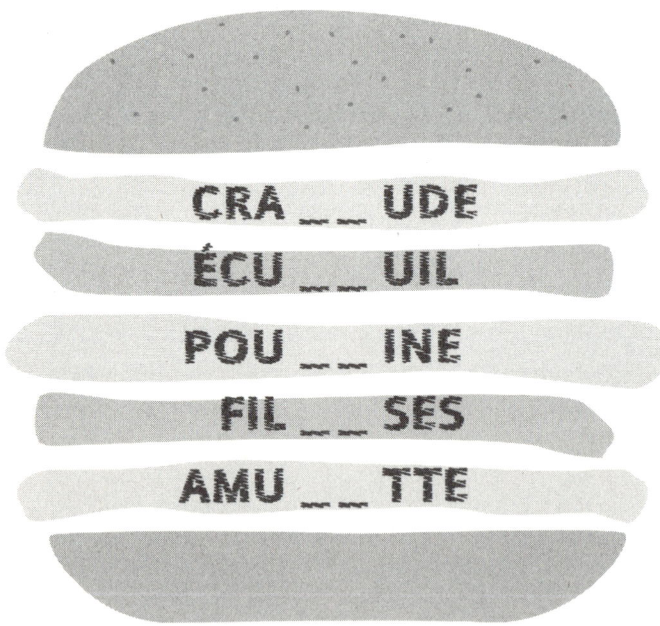

7 HORREURS

MÉGA(cô)lon

La digestion se termine dans le côlon. Quel mot méga-long va sortir, élaboré à base de CACA et des dix autres lettres proposées ? C'est un test, hein !

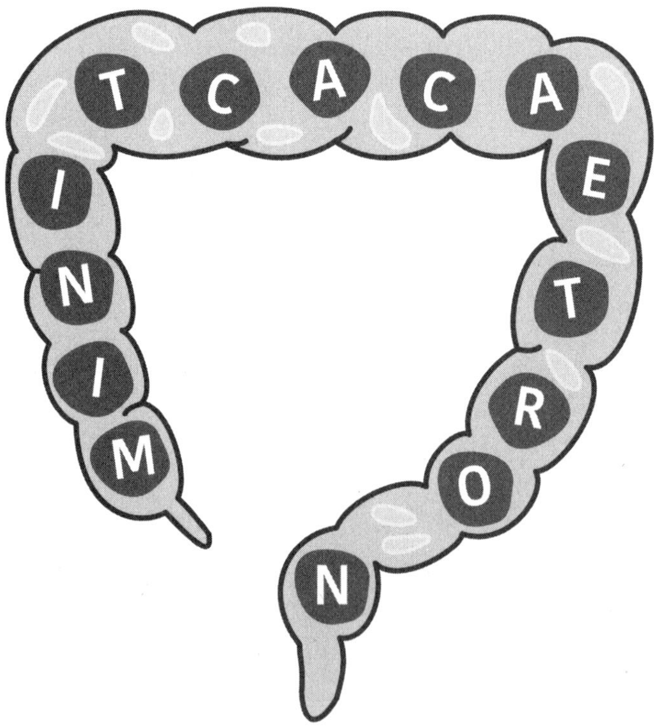

MERDRE, JARRY

Tout le monde pense Cambronne quand le mot en cinq lettres flotte dans l'air mais ne doit pas être prononcé. Alfred Jarry, mort à 34 ans avant de nous avoir livré d'autres récits ubuesques, a eu le temps de nous léguer la 'Pataphysique, science des solutions imaginaires (précédée d'une singulière apostrophe) qui séduira en France Ionesco, Queneau, Duchamp, Vian, Prévert, Perec, mais aussi Lennon et Mc Cartney, ou Man Ray, par-delà nos frontières.

Dans ses écrits, depuis l'adolescence, Alfred n'hésitait pas à jouer de scatologie : il était fasciné par la pompe de vidange des toilettes de son lycée, appelait *Sicca* ou Crotte-Sèche le surveillant général et, dès 16 ans, il créait son mot d'Ubu, « merdre », dans le méconnu *Onésime ou les tribulations de Priou*, ébauche d'un *Ubu cocu* qui ne vit jamais le jour.

La scène où Rebontier vient « impétrer » du savetier des chaussures pour ses pieds nus, témoigne du goût de Jarry pour le caca sous toutes ses formes :
« Voici, Monsieur, un très bel article, quoique innommable, la spécialité de la maison, les Écrases-Merdres. De même qu'il y a différentes espèces de merdres, y en a pour tous les goûts. Voici pour les étrons récents, voici pour le crottin de cheval, voici pour le méconium d'enfant, voici pour le fiant de gendarme, voici pour les spyrates antiques, voici pour les selles d'un homme entre deux âges. »
Les bons dictionnaires signalent désormais cette merdre, en précisant qu'il s'agit d'un ajout « paragogique » créé par Alfred Jarry dans sa pièce *Ubu roi*. 'Pataphysiquement vrai.

QUID

Répondez à ces six questions. Les personnages ou groupes à trouver ont tous les mêmes initiales : W.C.

1. Quel cinéaste américain, considéré comme l'un des maîtres des films d'horreur, a réalisé *Scream* et *Les Griffes de la nuit* ?

....

2. Quel homme politique anglais a obtenu le prix Nobel de littérature en 1953 ?

....

3. Quel était le vrai nom de Buffalo Bill ?

....

4. Quel groupe de pop rock belge, tirant son nom d'un musée londonien, a sorti le succès planétaire *Daydream*, en 1969 ?

....

5. Quel machiniste américain a créé un empire automobile et fait construire une tour de 319 m de haut qui porte son nom, à New York ?

....

6. Quel joueur des Harlem Globetrotters, né à Philadelphie, est considéré comme l'un des meilleurs pivots de l'histoire du basket-ball ?

....

CA-CARRÉ MAGIQUE

Complétez ce ca-carré magique avec des nombres allant de 1 à 25, sachant que la somme sur chaque ligne, dans chaque colonne et sur chacune des grandes diagonales doit être égale à 65. Chaque nombre ne doit apparaître qu'une seule fois.

19			1	
	10		14	5
18		13		8
				22
3	6	24	25	

CROISÉS 3D

Cette grille est en 3D, mais inutile de chausser vos lunettes pour le cinéma ! Les mots s'y croisent dans trois directions indiquées par les flèches blanches sur fond sombre. Inscrivez vos réponses en respectant les sens indiqués et sans dévier : la perspective est un peu trompeuse au début, mais vous allez vite vous familiariser. Embarquez pour votre premier voyage dans l'espace !

HORIZONTALEMENT :

A. Se prend un animal de compagnie ou, plus récemment, un mec. **B.** Ancienne réserve, aujourd'hui plus démonstrative. **C.** Prendre pour argent comptant. **D.** Luth arabe. Folle Amanda ou roi fou de douleur. Une anagramme du précédent au parfum madrilène. **E.** Constituant du granite. Saint Martin en donna sa doublure. **F.** Battues à plate couture. Sumérienne en ruines sur l'Euphrate. **G.** Donna un exemple ou orna de gravures. Scie sans grand danger. **H.** Rendez-vous d'assoce. Fait effet. Celui du divin enfant résonne sur un air de musettes. **I.** Rassemblé. Prophète biblique. Répétée.

VERTICALEMENT DE GAUCHE À DROITE :

1. Bourg attique. S'inspirer de Vlad Tepes. Devrait récupérer. **2.** Prendre une déviation. Elle est plus Panam que Paname. **3.** Des propos naïfs. À partie décimale nulle. **4.** Sauts enregistrés à la Bourse. Retirée. **5.** Proverbialement plus forte. Doté de capteurs sensoriels. **6.** Les ailes coupées du désir. Détiens. **7.** Rivière de baignade pour un Gotha. **8.** Langue d'Indiens du Brésil. **9.** Grâce à lui, c'est tout le haras qui rit.

VERTICALEMENT DE DROITE À GAUCHE :

I. Espoir de *Rehab*, chez Rihanna ou Amy Winehouse. La fin pour César. **II.** Ne produire que du creux. Ver, Adam... même combat ! Support végétal. **III.** Langage des sourds-muets. Comme un volet mobile de la cage thoracique. **IV.** Se sent quelque peu démiurge. Indice de copropriété. **V.** Cet architecte de la pyramide du Louvre est mort à 102 ans. Agripaumes cardiaques. **VI.** Fera de la peine. **VII.** Refus qui témoigne d'un certain attachement au passé. **VIII.** Quelqu'un dont le *Quelqu'un* décrocha le prix Femina en 1965. **IX.** Tente de redonner bon tain et en rajoute des couches.

Blagues

La vache, deux cerveaux

☺

– Toto, je t'avais demandé de dessiner des vaches dans un pré et ta feuille est toute blanche.
– Ah, mais j'avais tout dessiné, maîtresse. Mais les vaches ont bouffé toute l'herbe et comme y avait plus rien à becter, elles se sont fait la malle !

***

Un randonneur s'interroge en passant à côté d'un agriculteur :
– Pourquoi toutes vos vaches sont sur le dos, avec les pattes en l'air ?
– Ah, ben, ça, c'est depuis la grève des trains ! Elles regardent passer les avions...

***

Une vache demande à une autre :
– T'as pas peur d'attraper la vache folle, toi ?
– Ah ben non, moi, je crains rien, chui un lapin !

***

– Qu'est-ce qui est vert, poilu et qui fait « meuh ! » ?
– La vache-kiwi.

Le Trou

Trouvez le mot manquant dans ces extraits de tubes que vous avez probablement fredonnés. Notre chanteur a un trou : comblez-le.

1. « Et ça sent la ....
jusque dans le cœur des frites »

2. « Enlevez-moi même tout le reste,
mais pas la .... de ses gestes »

3. « Oh c'est pas pour me .... ,
ça vous n'avez rien à craindre »

4. « Il paraît qu'après quelque temps,
la .... s'affaiblit »

5. « Je suis partie un soir d'été,
sans dire un mot sans .... »

6. « Elle répondait au nom de Bella,
les .... du coin ne voulaient pas la cher-lâ »

CLÉS EN MAIN

Les graines du gourmand Coco sont gardées dans un coffre-fort. Notez dans chaque clé la lettre à laquelle elle est associée sur la page de droite. En trouvant le bon point de départ, lisez ensuite le mot de passe ouvrant la serrure. Attention aux trois clés qui sont là pour vous piéger !

A
B
C
R
O
U
L
I
S
N
M
E

(M)OTS

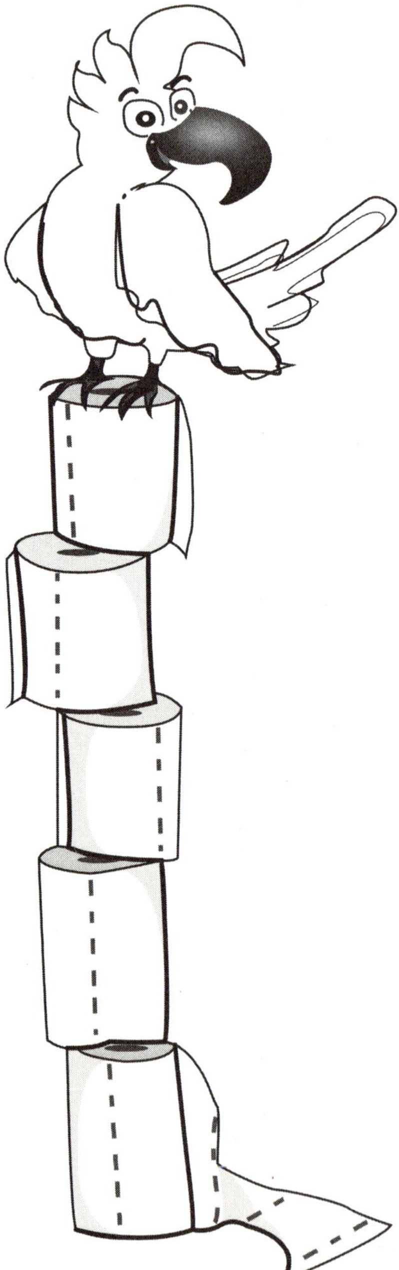

- NOUVELLE PROPRIO
- TRÔNES EN OR POUR SACRIFICES
- VENETTE
- OFF CORSE
- APPAREIL DE FITNESS
- IRIDIUM
- DONT IL FAUDRA RÉPONDRE
- MAL REÇU AU PALAIS
- LACET DE BOTTE
- CAISSE À TROU
- MONNAIES DANOISES
- IL DOMINE SA FONCTION
- SEGMENT D'INTESTIN
- ACCORD PASSÉ
- VIE D'ANGE
- RÈGLEMENT MENSUEL
- FOURRAGE
- FUT FAN
- EXPLORATION
- ORNÉE DE ROSEAUX
- MONTÉE À CRUE
- PIVOT DE CHOIX
- D'UN OUVROIR
- APRÈS VOUS
- JOUEUSE DE TENNIS
- ÇA CRÉE UN PRÉCÉDENT
- DERNIER EN DATE
- NEZ EN TIRADE
- FUTUR MÉDECIN
- FÊTE TARDIVE
- ARTICLE ESPAGNOL
- LÂCHE DU MOU
- TRAITÉ COMME UN RÔTI
- ENLEVÉE
- SORTIRAI TEL UN GAZ
- CÔTE
- ANESTHÉSIA
- DE HAUTE-ÉCOSSE

(F)LÉCHÉS ≡

UNIVERSITÉ
REPRODUCTION D'ALGUE
UN ABSENT DU CERCLE
CROISSANCES ORIENTÉES
VOIE ROUGE
ADRESSAGE UNIQUE
CABANES
UN DES PÈRES DU MONTAGE
INFUSION
MOMIE À SCEPTRE
HOLMIUM
TAQUINER
QUELQU'UN
ASTATE
LE LÉSÉ DU TANAKH
ARBRE DE CYBÈLE
TRAVAIL D'HERCULE
CHEF-LIEU ALPIN
GESTE DE DANSE INDIENNE
FOURNIR
QUI PEUT ÊTRE COMPRIMÉ
À CE POINT
DEUX À L'HEURE
ENVELOPPE DU CARYOPSE
POURRIEL
CAVITÉ OSSEUSE
MALADIVE
PASSAGE SALÉ
VILLE DE SUISSE
AMBIANTE, ELLE NE MET PAS L'AMBIANCE
MÉMOIRE
QUINT PAPE!
VER ROND PARASITE
DÉMONSTRATIF
COMBAT DE PIERRES
AU SENS LARGE
COURTE DISTANCE
S'ILLUSTRER
MANIER LA POINTE
SANS TREMBLER
DESCEND
SABLE MOUVANT
GRAND PATRON
PALETTE DE COLORIS
CELLE DU LION EST LA PLUS GROSSE
EXCIPIENT
FIN D'INFINITIF
RAB DE POULET
SOLEIL ÉGYPTIEN
ASSORTIRAI LES COULEURS
PLAT
LETTRE GRECQUE
BAIE JAPONAISE
DOMAINE DE MUSE
DISTINGUÉ
MADAME BOVARY
ÉQUERRE
ORIENT
LA TÊTE DANS L'ÉPAULE
PRIÈRE DU PÊCHEUR
MADAME SANS GÊNES
SOBRIQUET DE PARRAIN
REPRENDRE DES CERFS

Le saviez-vous ?

Sagan, bonjour tristesse !

L'homme pense être au centre de tout, là où il plaça naguère la planète qu'il habite. L'idée de Carl Sagan, un New-Yorkais d'origine ukraino-austro-hongroise n'ayant rien à voir avec Françoise, fut la suivante : ramener l'histoire de l'Univers à une année humaine et créer ainsi un calendrier cosmique allant du Big Bang à l'époque actuelle.

Nous qui nous croyions si importants, quelle tristesse de voir la place que nous y occupons ! Une seconde de ce calendrier équivaut à 400 ans, un jour à environ 37 millions d'années et l'année entière à 13,7 milliards d'années, âge approximatif de l'Univers.

Après des jours de soupe informe que nous ne détaillerons pas plus que lui, la Voie lactée s'y formerait le 1er mai, le système solaire le 9 septembre et la Terre le 14, mais son atmosphère ne se stabilise que le 1er décembre… Le 16 décembre, il n'y aurait sur Terre que quelques invertébrés, les dinosaures apparaissent à Noël et sont exterminés le 30, bien avant la dinde.

Et nous, et nous, et nous ? L'homo sapiens n'arrive qu'à 23 h 56 le 31 décembre et la Renaissance correspond à 23 h 59 m 59 s. On est bien peu de chose et mon amie la rose mourra peut-être demain, comme aurait pu le chanter une autre Françoise face à cette comparaison hardie.

BONUS

Observez les lettres bien placées sur fond gris foncé ou mal placées sur fond gris clair pour deviner le seul mot final possible. Attention, certaines lettres n'ont peut-être pas encore été proposées.

G Gris foncé **G** Gris clair

B	U	R	M	E	S	E
B	R	I	G	A	N	D
B	I	B	I	N	E	S
B	L	A	N	C	H	I
B	E	N	Z	E	N	E
B	_	_	_	_	_	_

FessesTifs

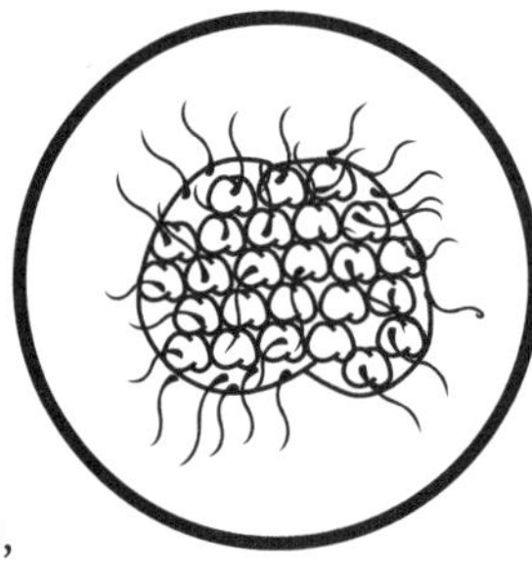

Vécébacter pilocula est une redoutable bactérie (inventée) faisant son nid dans les toilettes. Selon les espèces, son fessier et sa chevelure sont plus ou moins développés. Ah oui, nous sommes bien loin de la science que l'on vous a apprise ! Utilisez néanmoins un raisonnement tout ce qu'il y a de plus logique pour découvrir – en un élan festif – combien les bactéries de cette page (toutes identiques) ont de fesses et de tifs.

Vécébacter pilocula 1 **n'a ni 1 fesse ni 1 tif, constate Carline penchée sur son microscope. Elle a plus de tifs que de fesses. Et en multipliant son nombre de fesses par son nombre de tifs, Carline trouve 2 867.**

Alors, Coco, combien de fesses et de tifs possède ***Vécébacter pilocula 1*** **?**

....

SPHINX Ter

Le sphinx de Gizeh est impassible, le sphinx Bis est plutôt détendu mais le sphinx Ter est un peu contracté. Aidez-le à se détendre en trouvant le lien logique, le nom commun qui relie sans équivoque possible les six mots. Ayez du nez, contrairement au sphinx...

	COUTEAUX	
FLEUR		CHIEN
DÉCHARGE	ÉPAULE	COUP

BRIQUES

Placez chacun des quinze couples de gauche (les deux I doivent faire partie du même mot) dans le mur de droite, de façon à former des mots horizontaux. Quand toutes les briques seront casées, vous lirez verticalement deux anagrammes.

E	E
E	E
E	G
E	L
G	N
I	I
L	O
L	R
N	U
O	E
O	E
R	L
R	T
T	O
U	R

B	A		C		N	S
P	R		F		R	E
B	A		Y		O	N
P	H		C		E	N
B	O		V		I	L
L	E		E		D	E
C	H		V		U	X
T	R		I		L	E
M	A		R		N	E
A	I		E		O	N
A	V		U		L	E
C	O		D		I	T
C	H		M		U	R
B	R		T		S	H
C	A		O		I	N

Blagues

C'est un canari, bêêh !

☺

Monsieur rentre au domicile conjugal complètement bourré. Pour ne pas se faire repérer à l'haleine, il se fait vite un citron pressé avant de se mettre au lit.
Le lendemain :
– T'étais encore bourré, hier !
– Ah, mais non ! Pas du tout...
– Le canari empalé sur le presse-citron, ça doit être un suicide alors...

***

Au zoo, l'autruche à chopé une jaunisse.
– Transférez-la dans l'enclos des canaris, pour que personne ne s'aperçoive de rien !

***

– Vous connaissez le mouton Baby ?
– Ben si, pourtant, Baby bêle...

***

– Vous connaissez l'histoire du mouton qui s'est perdu ?
– Il se demande : « Méchoui où ? »

GRANDES

HORIZONTALEMENT : A. Ceux qui l'ont vécu(e) ne le savaient pas. Quotidien d'élagueur. **B.** Fourre son nez partout. En silence et avec sérieux. Emplois pour comédiens. **C.** Espace typographique. Fit des efforts. Première victime de jalousie. Utilisa des dégradés. Essaie. **D.** Breton d'Ille-et-Vilaine. Voua un véritable culte. Toujours, jamais et parfois. Examine avec les doigts. **E.** Offrir aux lecteurs. Chômage diplomatique. Sortir de sa poche. Dernier nombre en date. **F.** Abîmer chez le primeur. Capitale du Maroc. Salut courtois et galant. Posa sur un banc. **G.** Fin d'infinitif. Dît de mémoire. Fendus ou givrés. Deux pour un triumvirat. Signature murale à la bombe. Cassius Clay. **H.** Au mieux, tout au plus. Dans le vent. Écorce du chanvre. Guère envisagée par le pessimiste. Article de journal. **I.** Méditerranéennes. Relatif à la vigne. Sensibilité photographique. Incarnes. Débardeur bien français. **J.** Tintin en Amérique. Fondateur de la SPA. Mesure agraire. Lettre d'apôtre. Aux reflets opalins. **K.** Explosif dévastateur. Spécialité d'Épinal. Étain du chimiste. Prévîntes à temps. Pays des Gandhi. **L.** Exagéraient. Se décide. Participation financière. Sœur d'une mère. **M.** Soldat des États-Unis. Négation. Agitateur de foule. Palmier à la noix. Tenue pour Écossais. *Nota bene.* **N.** Pratique de la mortification. Développement rapide. Additionnât de varech. Être unicellulaire. **O.** Sous roumains. Rouge sur table. Chicorée mangée en salade. Débarrassée de poils disgracieux. Longoria ou Mendes. **P.** Nulle part ailleurs. Volcan de Sicile. Dès potron-minet. Fréquence basse. Renvoie à plus tard. **Q.** Nécessiteux. Récipient à vider à la pince. Argot des Gitans. Palette menaçante du vieil instit. **R.** Saison chaude. Cervidé. Ville de la clairette. Aspire. Encerclées par l'armée.

VERTICALEMENT : 1. Destin de mur. Se croit à Longchamp. **2.** Tue par immersion. Espagnole de Saragosse. Note à clé. **3.** Raccourci pour train. Xénon du labo. Mention très bien. Passer à la casserole. **4.** Regrets de Piaf. Institution de l'ONU. **5.** Pendant l'année. Surface pour rapace. Ennuis cherchés. Annonce de fin de messe. **6.** Chagrin teinté d'amertume. Art hollywoodien. Adresse urbaine. Troisième personne. **7.** Alcaloïde toxique. Mal exprimé. Victoire de Napoléon. **8.** Canton de Suisse. Petit danseur de l'opéra. Sans faire de folies. **9.** Guerrière de fiction. Selle pour bête de somme. Dernières agapes. Notre-Seigneur.

vacances

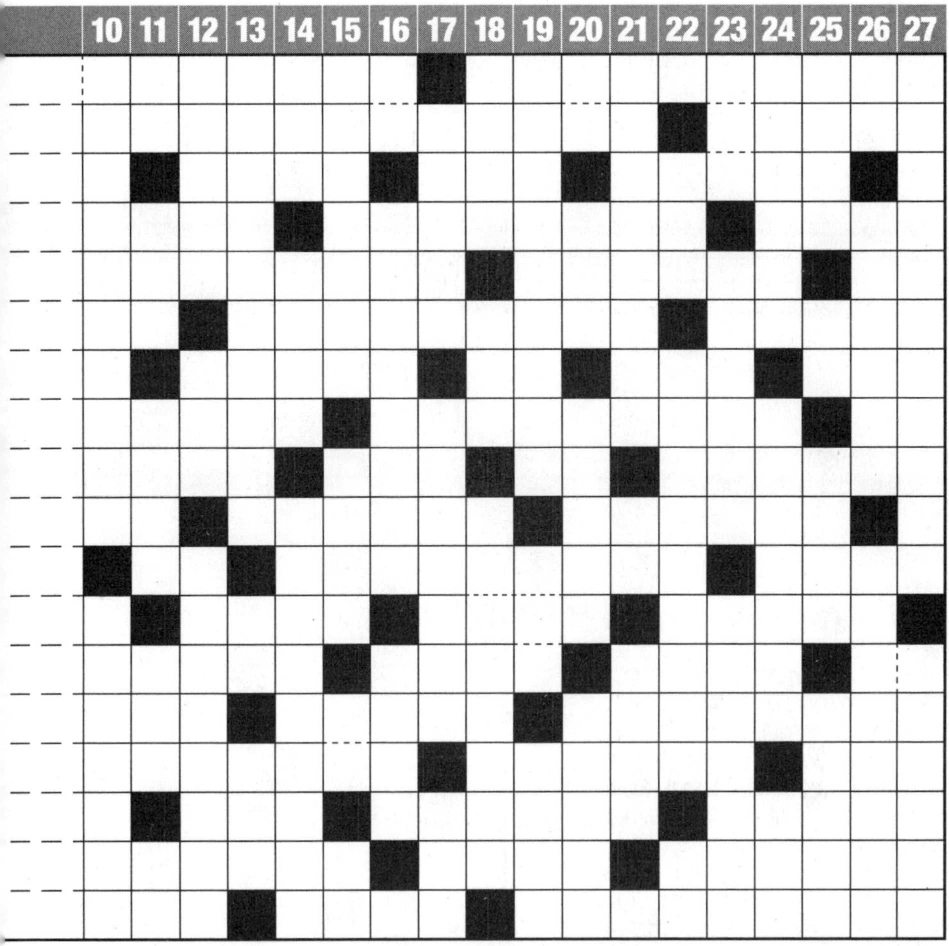

10. Mirmillon, rétiaire ou belluaire. Marie ayant créé un musée de cire. **11.** Mafieux du chou-fleur à Chicago. Roulent. Plantes des jachères. Pacotille. Plus près que là. **12.** Perdu. Coup double. Fuligineux. **13.** Kyrielle. Saint bigourdan. Monarque. **14.** Convoque les biches. Blanc de peau. Défenseurs de leur pays. **15.** Fée avant Zette dans *Les douze coups de midi*. Organe du vol. Olympique lyonnais. Mince filet d'eau. **16.** Nazi. Nageur comme Camille Lacourt. Pionnier de l'aviation. **17.** Péché capital. Contera. Service réussi. **18.** Bouleversée. Partie tendre du pain. Et ainsi de suite. **19.** Sauce pour la viande. Appellation d'origine contrôlée. Éplucha. **20.** Route nationale. Couleur de cheval. Appel sifflant. Chapeau. **21.** Touchée par le tir. Dieu solaire. Chou frisé à la mode. **22.** Horizon. Fin des hostilités. Marque de dédain. **23.** Gardien de la paix. Pestas. Modifiée. **24.** Paniers pour vendangeurs. Critiqué ou fatigué. Désert de sable. **25.** Sort jadis jeté. Possessif à elle. Dix fois dix. N'arrête pas de gigoter. **26.** La Terre. Hauteur d'homme. Baisse d'altitude. **27.** Primordiale. Restâtes bouche ouverte d'admiration.

Pêche à la Pêche

Que celui qui n'a jamais péché s'intéresse au fruit du pêcher ! Remettez un peu d'ordre dans les séquences de lettres inscrites sur les pêches, afin de former un mot… plein de pêche !

……………………………………………………………………………………

TAPIS C

Déterminez les valeurs relatives des pièces permettant d'affirmer qu'il y a autant d'argent à droite qu'à gauche sur les tapis A et B et répondez à la question finale concernant le tapis C.

TAPIS A

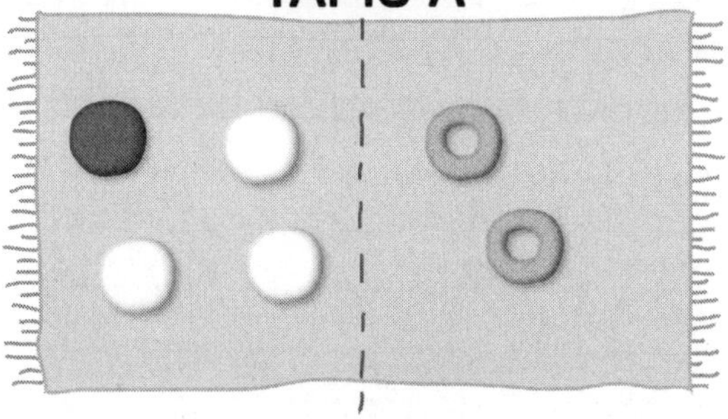

TAPIS B

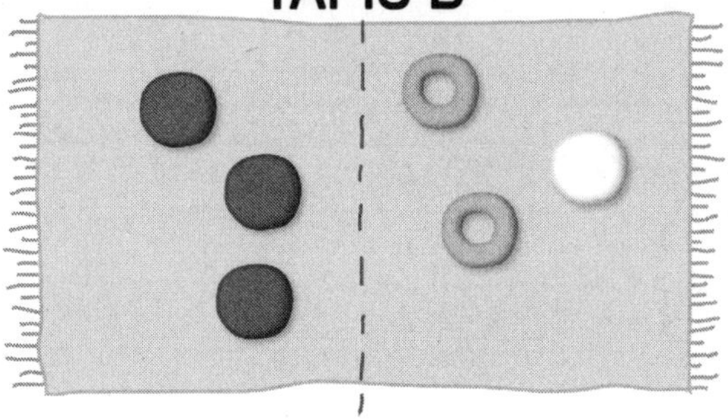

TAPIS C

Combien faut-il de « pièces noires » pour qu'il y ait autant d'argent à droite qu'à gauche, sur le tapis C ?

Calculs durs, hein !

+ − × ÷

Avec les quatre opérations de base (**+ − × ÷**) et en utilisant au maximum une fois les plaques proposées, tentez d'atteindre le nombre cible : 721.
Il existe deux approches pour y parvenir. En trouverez-vous au moins une ?

Célébr(u)ités

L'amant et la menthe

Le lecteur attentif (oui, il n'y en a qu'un) aura bien noté que je devais parler de Pétrone et non de Pétron, obscur philosophe grec pythagoricien – cité par Phanias d'Érèse – prétendant que l'univers est formé de 183 mondes et que tous se touchent… Cela ne nous semble pas correct. Nous préfèrerons Pétrone, avec un nœud final.

Dans le roman qu'on lui attribue (mais sans certitude), le *Satyricon* ou *Satiricon*, l'univers est scindé en trois mondes : *L'Éphèbe de Pergame* (quel bel homme), *La Matrone d'Éphèse* (donc ni des fesses, ni d'Érèse) et *Le Festin chez Trimalcion*. Dans ces orgies, tous se touchent aussi et cette œuvre n'est pas à mettre entre toutes les mains : Ascylte, Encolpe et son amant Giton pérégrinent à Crotone (mais je ne ferai aucune référence à la sonorité « crotte ») en quête de la prêtresse de Priape. Quelle joyeuse petite bande !

Fellini a adapté tout cela au cinéma, et je me rappelle l'avoir vu à la téloche, âgé d'une dizaine d'années, à l'époque où l'antenne n'était pas encombrée par des idioties : cela me frappa fort. « Laisse tes tics », me disait ma mère… J'arrêtai donc de cligner des yeux et de me tordre la bouche d'incompréhension, mais je réalisai plus tard qu'elle me parlait de « l'esthétique ». Pétrone, pet-trône, as-tu s(c)ellé mon destin d'auteur ?

La menthe, dans tout ça ? « C'était pour Pétronille », intervient le lecteur attentif. Bravo ! En abordant Pétronille (l'amante) puis le soir de son mariage avec elle, dans la chanson interprétée par Dranem, le mari lui dit qu'elle sent la menthe. Mais il découvre en croisant plus tard sa cousine que cette odeur est celle d'une purge…

Moins chic que Pétrone, mais on a l'époque qu'on mérite.

chenille

Passez d'un mot au suivant, dans cette chenille, en opérant la substitution indiquée et en modifiant l'ordre des lettres. Hors noms propres, il n'y a qu'une solution par ligne, en tenant compte des lettres déjà placées.

−O+R						
−B+E					**E**	
−U+M				**T**		
−L+A					**T**	
−M+I			**A**			
−E+S	**A**					
−T+L						

−A+I

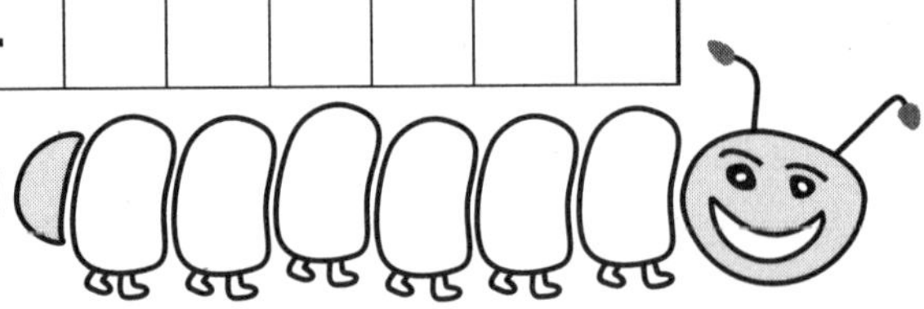

LOGICO

Complétez logiquement la dernière roue.

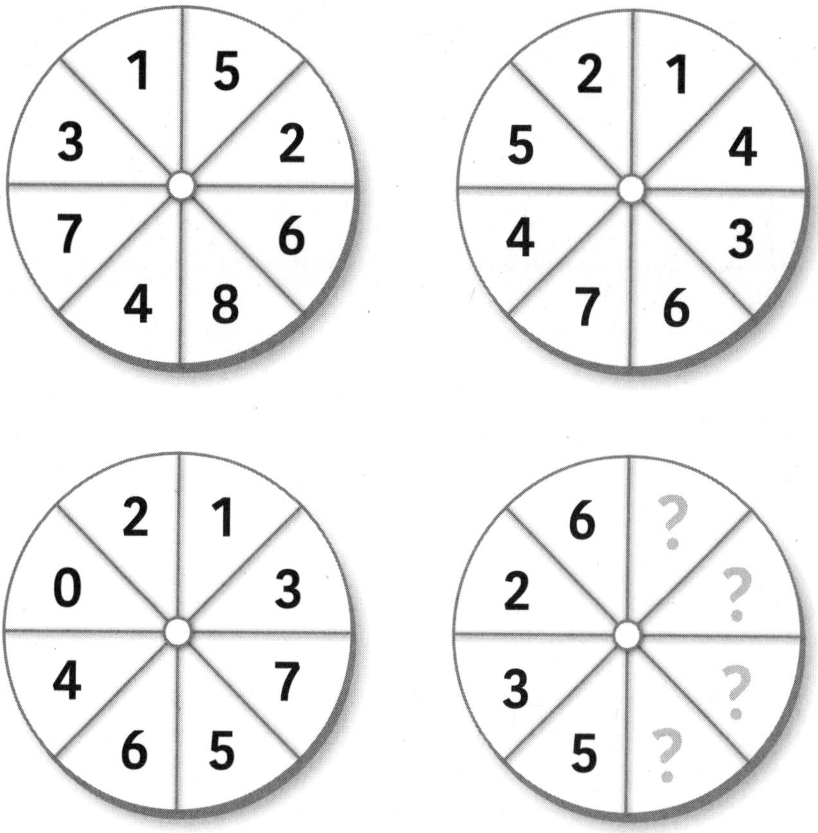

Urinator, le sous-marin de Denis Papin

« C'est pas moi, c'est ma sœur, qu'a cassé la machine à vapeur », faisait chanter Aristide Bruant dans la version soft de *Je cherche fortune*. Mais celui qui a inventé la machine à vapeur, c'est Papin ! Non, pas Jean-Pierre-qui-tape-dans-le-ballon, mais Denis. « Watt ! », s'insurgeront les défenseurs du puissant Écossais, mais on ne va pas non plus remonter à l'éolipyle de l'ingénieur grec Héron d'Alexandrie pour diminuer le crédit du Français.

Restons focus sur Denis Papin, qui dès 1673 – avec un coup de piston du savant Huygens – réussit à déplacer un piston par le principe du moteur à combustion et explosion. Protestant, il file à Londres (voir révocation imminente de l'édit de Nantes), où il construit un « digesteur ». Alors, on me voit venir, il aurait produit du caca par digestion mécanique ? Pas du tout, ce digesteur est une chaudière à soupape ! Pour résumer, car la page est courte, son idée fixe, c'est de faire s'élever l'eau.

Il part à Venise – qui n'est pas la cité des Papin, puisque c'est Avignon, hein – qui ne manque pas d'eau, retourne à Londres, file en Allemagne, où il poursuit en 1691 les expériences de « barque plongeante » du Hollandais Drebel, ce qui aboutira à la création du sous-marin *Urinator*, tonneau ovale avec pompe à air reliée à des tuyaux de cuir maintenus à la surface grâce à une vessie flottante. Mais pourquoi un tel nom ? Quel rapport avec le pipi ? Cette histoire de vessie, le fait que de l'eau s'écoule ? Que nenni ! *Urinator*, en latin, signifie « plongeur, celui qui plonge ». Version soft, disais-je. Sinon, vous pouvez chanter : « C'est pas moi, c'est ma sœur, qu'a foutu la vérole au facteur », mais là, je ne cautionne plus.

MANDALA

LA TÊTE AU

Dans chacun des carrés ci-dessous figure un mot. Trouvez-en une anagramme correspondant à l'une des définitions sur la page de droite (exemple au centre du jeu : DÉPENSER pour l'indice 13). Inscrivez ensuite, dans la tête dessinée, le numéro de la définition du mot recherché. Reportez l'initiale du mot trouvé, ici un D, dans les cases numérotées de l'échelle de décodage, en bas de la page des indices. Vous complèterez ainsi une boutade de Francis Blanche : « Pourquoi payer pour… ». À la fin, en additionnant les chiffres des définitions, il faudra totaliser 65 sur toutes les lignes, toutes les colonnes et les deux diagonales de ce carré magique qui ne paye pas que de mine.

STERLET	TROUVÉE	SŒUR	RÉALISA	DAMNÉE	= 65
CAFTEUR	ROMÉIQUE	CARTE	LONGE	RUSIONS	= 65
ENCOURIR	NEY	REPENDES 13 DÉPENSER	DICTER	TAXER	= 65
ÎLE	ÉTÊTEZ	DOSERAI	GRENAT	FRITON	= 65
BOULER	TEINTER	SUEUR	AVILIRONS	PROMISE	= 65
= 65	= 65	= 65	= 65	= 65	= 65 (diagonales)

CA-CARRÉ

1. Toute peine le mérite donc il tombe chaque mois. **2.** Quand on vous demande si c'est «jour de paye», votre braguette l'est. **3.** Cette pratique impose un taux abusif à un emprunteur. **4.** Quand elle arrive au courrier, il faut la payer. **5.** Cette monnaie circule en Hongrie. **6.** Celle-ci vaut cent kopecks. **7.** C'est forcer les travailleurs à reverser une partie de leurs revenus à l'État. **8.** Cet adverbe signifie « ponctuellement » pour un paiement. **9.** Il est le nerf de la guerre. **10.** C'est la monnaie du Japon. **11.** S'en payer un petit, c'est s'offrir quelque chose de plus que d'habitude. **12.** Un des mots de la liste lu à l'envers désigne ce magistrat athénien chargé du recouvrement des créances. **13.** On ne peut généralement pas le faire sans compter. **14.** On dit qu'on paye rubis sur lui. **15.** On doit la payer quand elle a gardé un enfant. **16.** On le demande à sa banque pour sortir du rouge. **17.** J'en suis victime quand on se paie ma tête. **18.** C'est ce qu'on n'a pas encore payé au bar. **19.** Celles de change sont des effets de commerce. **20.** Il faudra la payer quand on s'est mal garé. **21.** Ces pièces sont roumaines. **22.** Un avare en a dans les poches. **23.** En France, on les sort pour payer. **24.** Son taux détermine le niveau de nos remboursements. **25.** C'est le moment de payer ce qu'on vous a amené chez vous.

												D
1	2	3	4	5	6	7	8	9	10	11	12	13

14	15	16	17	18	19	20	21	22	23	24	25

SUDOKU-KU

Remplissez les cases vides de ce sudoku-ku pour que tous les chiffres, de 1 à 9, soient inscrits une seule fois sur chaque ligne, dans chaque colonne et dans chaque petit carré de neuf cases aux contours renforcés.

	1			6		8		
			3		7		2	
		9		5	4			
		5	7			2		4
	9			2			7	
2		8			3	6		
			6	4		9		
	5		9		8			
		1		7			8	

LATIN
LA TINETTE

Sic transit gloria mundi

Ah ben non, je n'allais pas vous laisser sur une formule inexpliquée, page 51.
Alors, *sic, sic...* « Oui, je sais maman, *sick* c'est malade, en anglais ; ça doit avoir un rapport », claironne le petit dernier. *Transit...* « Bah là, c'est fastoche, c'est intestinal », participe le père. *Gloria...* « Je sais, c'est du lait », dit la mère. *Mundi...* Silence familial gênant. « Je sais ! », hurle la gamine. « C'est le lundi pile à minuit, quand il va être mardi ; les Romains appelaient ça *mundi.* »

Effectivement, *sic transit gloria mundi* peut se traduire par : « Si tu bois du lait le lundi à minuit, t'as la chiasse le mardi ». Merci à toute la maisonnée de sa participation et à bientôt pour de nouveaux proverbes de merde. Trêve de plaisanterie gastrique, redonnons un peu à cette expression le lustre d'antan.

Je ne l'ai pas choisie au hasard ! Elle signifie « ainsi passe la gloire du monde ». Lorsque les puissants, jadis, étaient consacrés, on leur rappelait qu'ils n'étaient que des hommes. Avec prudence, car si on était un peu trop cash, on pouvait rapidement perdre la vie.

À l'empereur couronné, on portait des os et des cendres (n'oublie pas que tu es mortel, *memento mori*) ; devant le pape intronisé, dès le XIIIe siècle, un moine venait par trois fois brûler à ses pieds une mèche d'étoupe, d'une part pour chasser l'odeur pas si sainte des panards de l'époque, d'autre part – et plus sérieusement – pour rappeler au souverain de ne pas trop pontifier : l'orgueil et la vanité le voueraient au même sort que cette étoupe, disparaître et brûler. En enfer ou aux chiottes de l'histoire.

Allez, hâlez !

À l'aide des définitions, à-peu-près homophoniques (aux mots faux, nique !), trouvez les huit mots solutions, en consommant la totalité de la réserve de lettres.

1. À les.
2. Allée.
3. À laie.
4. À lai.
5. Hâlez !
6. Ah, laid !
7. Allez !
8. À lait.

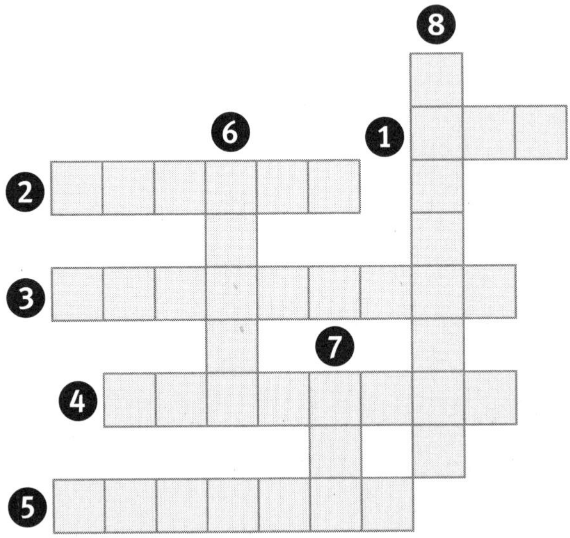

RÉSERVE DE LETTRES

A	A	A	B	C	C	C	E	E	E	E	E	H	H
I	I	I	L	M	M	N	N	N	O	O	O	P	Q
Q	R	R	S	S	T	T	T	U	U	X	Z	Z	

Hello, Samuel !

En hommage à Samuel Morse, l'inventeur du code, et à Pierre Dac, créateur de *L'Os à moelle*, décryptez la petite info inventée « à la façon » de celles que publiait le journal.

A	B	C	D	E	F	G	H	I	J	K	L	M
·–	–···	–·–·	–··	·	··–·	––·	····	··	·–––	–·–	·–··	––
N	**O**	**P**	**Q**	**R**	**S**	**T**	**U**	**V**	**W**	**X**	**Y**	**Z**
–·	–––	·––·	––·–	·–·	···	–	··–	···–	·––	–··–	–·––	––··

··–· ·· –· // –·· · // –·–· ·– ·–· ·–· ·· · ·–· · // ·––· ––– ··– ·–· //

....

·–·· ·– // –·–· ···· ·– –– ·––· ·· ––– –· –· · //

....

––– ·–·· –·–– –– ·––· ·· ––·– ··– · // –·· · //

....

–· ·– – ·– – ·· ––– –· // ·––· ·– ··· // – ·–· · ··· // ··–· ··– – · · //

....

– ·– –· – // ···– ·– // ·–·· ·– // –·–· ·–· ··– –·–· ···· · // ·– //

....

·–··' · ·– ··– // ––·– ··–' ·– // ·–·· ·– //

....

··–· ·· –· // · ·–·· ·–·· · // ··· · // –·–· ·– ··· ··· · //

....

(M)OTS

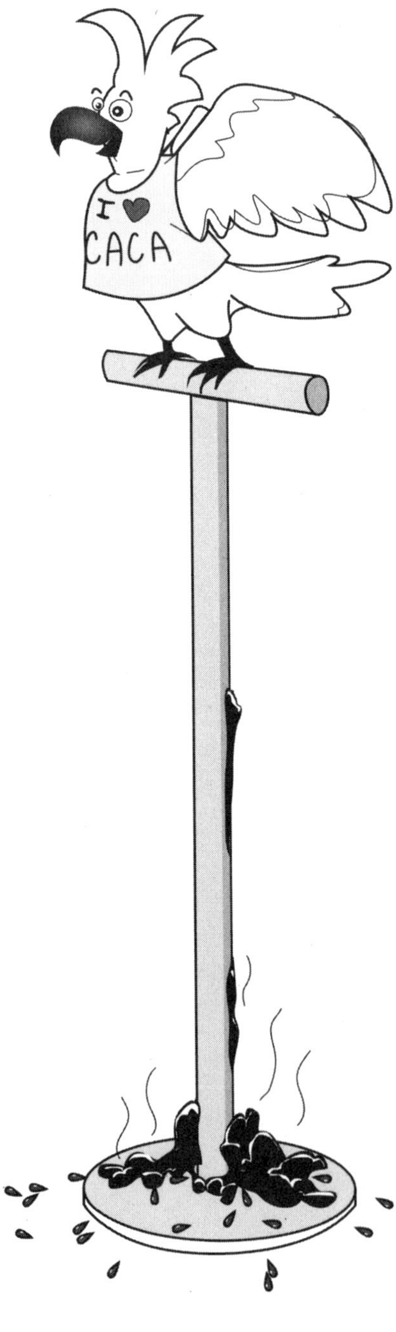

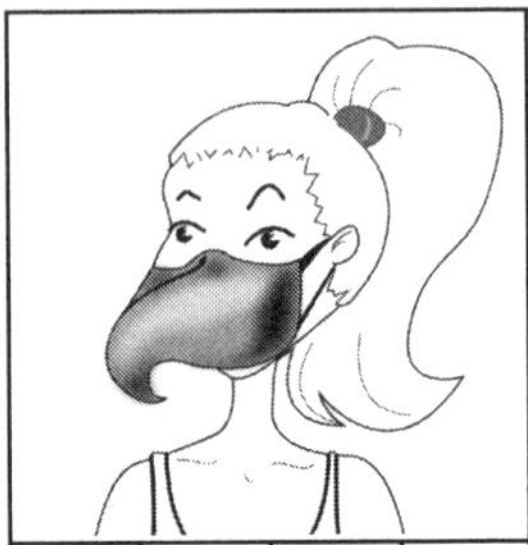

UN ÉLÈVE ÉLU PAR LA CLASSE
TRAGÉDIES DE RACINE
CHIEN NAIN
NEUVIÈME ART À BULLES
ALCALOÏDE DU PLAISIR
UN AMI POUR LA VIE
PARFAIT
SEMBLABLE À LA PIQÛRE D'ORTIE
NAVIRE
DEVOIR
FAVORI
HOMME D'ÉQUIPAGE
SOLDAT
SALE MANIE
EXPERT
LINGUISTE FÉRU D'ALLEMAND
AVANCE À LA PISCINE
EMBARRAS
CLÉ MUSICALE
SUC DE PAVOT
TROP ARROSÉES
CHEVAL DE PRIX D'AMÉRIQUE
DÉVOILÉE
NÉGATIVEMENT, C'EST NUL !
PLANCHETTE
ANTILOPE AFRICAINE
SORTIE DU JEU
POUR QUI SONNE-T-IL ?
CHARLES FOU
ÉTAT-MAJOR
CACHÉES
ÇA ME GONFLE !

(F)LÉCHÉS =

DE FAÇON HABITUELLE / BOISSON GAZEUSE
ATTENTIFS À LEUR BUDGET / ARTICLE ESPAGNOL
CUBE ROULANT / CHIFFRE PAIR
CHARGE ACADÉ-MIQUE / DIRIGEANT CHINOIS
ACCOLADES / NÉGATION
LOGIQUES
EFFILÉ, TRANCHANT / CARRÉ DE DIX
SON HERBE ENVAHIT LA COUR / *ID EST*
DANS / ENCORE JEUNE
OUBLIÉ À DESSEIN / PARFUM
MODULE D'*APOLLO* / BON FRUIT POUR COMPOTE
ORIFICE EN FACE / MONSTRE DU LOCH
QUI S'INSINUENT / MÉMOIRE DE LA TÉLÉ
DIFFUSÉE / COBALT
ENLEVÉE / CORPS CÉLESTES
DÉVELOP-PEMENT
ONCLE AMÉRICAIN / PEU RECON-NAISSANTE
ABÎMÉ / AUROCHS DISPARUS
TOUT BAS, POUR LE CHEF
MAIS ENCORE / AMÉRIN-DIENS
UNITÉ DE LUMINANCE / OBTENU
ÉTOFFE DE SOIE / INTESTI-NAUX
MUSE / FABULISTE BOSSU
VICTIME DE ZEUS / SIGNAL DU DÉPART
VARIÉTÉ DE POMME / ESPÈCE
EAU NYON ? / L'HOMME DES CAVERNES
QUELQU'UN QUI M'A DIT / APPAREILS DE FITNESS
DÉMONS-TRATIF
HÔPITAL / MARIER
VIPÈRE / ENTOURAGE DE PHOTO
COUP DE BOXEUR / POMPETTE
SUD-EST / CHOISIS
IMPOSÉES / L'ÉGAL DE PLATON
PIÉCETTE ASIATIQUE
CHANT DU RHIN / APRÈS VOUS
OURLETS / ERBIUM
ABRÉGÉ
TENTER UN GROS PLAN
SCIURE DE POUPÉE

Usage De Faux

Parmi ces cinq propositions,
une seule n'est pas une *fake news*,
une « information mensongère ».
Laquelle ?

1. Le Doc de *Retour vers le futur* est le grand-père de Kev Adams.

2. En 2020, Jean-Claude van Damme a déclaré : « Dans le futur, on comprendra les langues que parlaient les gens, avant l'invention de la parole. »

3. En 2017, l'Académie Française a changé le nom du futur antérieur, qu'il faut désormais appeler « futur constaté ».

4. En 2021, le bail du Futuroscope arrive à échéance et le parc doit quitter Poitiers pour s'installer dans la ville de Denain.

5. Depuis les îles Diomède, on peut voir le futur.

Blagues

Cinéma décès

☺

Un homme regarde un film à la télé. Il ne cesse de répéter :
– Mais barre-toi ! Mais casse-toi vite ! Putain, mais dégage tant qu'il est temps...
– Il a l'air sympa, ton film. C'est un film d'horreur, un policier ?
– Non, c'est la vidéo de notre mariage, chérie.

***

Un réalisateur tente de convaincre un producteur de financer son projet de film :
– Le scénario est inspiré d'un roman de Musso.
– Guillaume Musso ?
– Euh non, Jean-Jacques Musso. Mais nous aurons mademoiselle Binoche en vedette féminine !
– Juliette ?
– Ah non, Marie-France Binoche... Et monsieur Lambert en premier rôle masculin.
– Christophe ?
– Ah oui, désolé. Là, je n'ai rien pu faire.

***

Un jeune homme va au cinéma pour la première fois. Il achète un billet à 8 € à la caissière et entre dans la salle. Quelques secondes plus tard, il revient et demande un deuxième billet. La vendeuse le lui remet avec un sourire, pensant qu'il est désormais accompagné. Une minute plus tard, le revoici pour un troisième billet :
– Vous avez une nouvelle amie qui vient d'arriver ? lui demande la jeune fille.
– Pas du tout, mais chaque fois que j'arrive aux abords de la salle, il y a un sale type qui me déchire mon ticket.

Un-Zéro

0	1
1	0

VOICI UN JEU « BINAIRE »

La grille ne contient que des 0 et des 1, avec trois règles à respecter :

1. Chaque ligne (et chaque colonne) contient quatre 0 et quatre 1.

2. Il est interdit d'écrire trois chiffres identiques ou plus côte à côte.

3. Deux lignes (ou deux colonnes) ne peuvent être identiques.

Avec ces indications, complétez ce Un-Zéro.

	0			1			1
1		1				0	
		1					
				0	0		0
					0		
		1				1	

Bouche-trous

Inscrivez une lettre par tiret pour reconstituer six mots de la langue française. Si le squelette d'UNAU – un paresseux à deux doigts – ne vous suffit pas, aidez-vous de l'indice pour vous rapprocher à un doigt de la réponse.

1. _ U N _ _ A _ _ U _

2. _ U _ N A _ U _ _ _

3. _ _ _ _ U N A U _ _

4. _ _ U _ N A _ _ U _

5. _ U N _ _ _ _ A U _

6. _ U N A _ U _ _ _ _

INDICES

1. Vous y trouverez des crêpes.

2. Pas facile à expliquer.

3. Groupe de l'anneau.

4. Gratte-papier de peu de talent.

5. D'un type qui a le bras en écharpe.

6. Esquimau du Canada.

CROISÉS 3D

Cette grille est en 3D, mais inutile de chausser vos lunettes pour le cinéma ! Les mots s'y croisent dans trois directions indiquées par les flèches blanches sur fond sombre. Inscrivez vos réponses en respectant les sens indiqués et sans dévier : la perspective est un peu trompeuse au début, mais vous allez vite vous familiariser. Embarquez pour votre premier voyage dans l'espace !

HORIZONTALEMENT :

A. Ce fut du futur, mais il y a deux jours de cela. **B.** Tomber dessus génère quelques problèmes. Période pour le géologue. **C.** Groupe sidérurgique nationalisé en 1981. **D.** Devant idée, il est élidé et ça nous apostrophe ! Quotient intellectuel de savant anglais. **E.** Elle vous fait voir du monde. Baie abritée de Hawaii. **F.** Pays où l'on se souhaite « bon vent ». Culte des anges et des saints. **G.** Ses petits pois sont rouges. Groupe de stratèges. Jour de décade. **H.** Submergé, envahi. Arbre tropical. **I.** Béatifiée. Bras de mer. Fromage maigre de Suisse.

VERTICALEMENT DE GAUCHE À DROITE :

1. Avaler cul sec. Confession forcée chez Costa-Gavras. Il s'accompagne de Bourbon dans la restauration. **2.** Nigérian. Des fleurs qui ont bien fané. Fendre de profondes crevasses. **3.** Ah, vrai Havrais ! Elle ne siffle pas qu'au Capitole. **4.** Ville belge où l'on parle néerlandais. Relatif à l'hiver. **5.** Du canal reliant le larynx aux bronches. Bouleversé. **6.** Supposition ou affirmation. Cours breton. Actinium. **7.** Il est facile à duper. **8.** Pronom pour égocentrique. Armée du suzerain. **9.** Danger pour consommateur de bar.

VERTICALEMENT DE DROITE À GAUCHE :

I. Retouche photo. En des temps reculés. **II.** Modifier la hauteur. Reprenant en main au bloc. **III.** Ingrédient d'un bon bain. École où les enseignants s'expriment en basque. Il se nourrit de lembas chez Tolkien. **IV.** Où tout n'est pas noir ou blanc. **V.** Rivière arrosant Berne et Soleure. L'expression du mal. **VI.** Accepte ou réclame. Glissa un œil au verger. **VII.** Village haut perché surplombant Nice. Escale pour navigateur rochelais. **VIII.** Les enfants l'aiment gras. **IX.** Praséodyme du tableau périodique. Amis ou ennemis des autres.

Le pendu

Vous avez tous déjà joué au pendu. Observez bien les lettres des essais infructueux, et déduisez-en le seul adjectif et nom commun possible dans cette configuration.

Lettres déjà proposées mais pas dans le mot :

C	H	I
L	O	M
T	V	N

	A			S	S		U	

LE CHICHSTRAC

Dans les trois citations, un même terme a été remplacé par cet étrange **CHICHSTRAC**. Votre seule corvée sera de toiletter ces phrases pour retrouver le mot commun d'origine.

1. « Soignez un **CHICHSTRAC**, il dure trente jours ; ne le soignez pas, il dure un mois. »
(Proverbe québécois)

....

2. « Là où l'homme cultivé saisit un effet, l'homme d'esprit inculte attrape un **CHICHSTRAC**. »
(Oscar Wilde)

....

3. « J'ai pris mon **CHICHSTRAC** en grippe. »
(Sacha Guitry)

....

LA RAIE qu'on pense

Religieusement…

Peut-être parce qu'il n'y a qu'une lettre qui diffère entre la calotte et la culotte, le religieux est en permanence menacé de ce détournement qui le ramène dans le siècle, et pas dans le plus raffiné…

Pourquoi appeler une délicieuse pâtisserie un pet-de-nonne, si ce n'est par pure irrévérence ? La légende situe la naissance de ce beignet lors d'un repas préparé à l'abbaye de Marmoutier, en l'honneur d'un archevêque venu bénir une relique de saint Martin, patron de Tours (et pas de trous).

Le chroniqueur gastronomique Jean-Camille Fulbert-Dumonteil, ç'catho, rapporte : « Soudain, un bruit étrange et sonore, rythmé, prolongé, semblable à un gémissement d'orgue qui s'éteint, puis aux plaintes mourantes de la brise qui soupire dans les cloîtres, vient frapper de stupeur l'oreille indignée des bonnes sœurs. » Une novice venait de laisser échapper un pet et, décontenancée, elle en laissa tomber une cuillerée de pâte dans l'huile bouillante. La pâtisserie était née et baptisée… en odeur de sainteté.

On ne sait si Agnès, la novice, dut aller à con/fesse devant monsieur le cul/raie ou même en référer au sein/siège, car cette histoire est probablement pure invention.
Mais que le vocabulaire catholique soit une pro-messe de calembour, je le pro-fesse.

Coup de fil

Allô

Le perroquet de Carline, s'essaie aux textos ; il pense que les touches pressées permettront l'affichage immédiat du mot souhaité. En observant la série de chiffres et les possibilités pour chacun, devinez le mot composé par Coco.

4	6	4	8	2	8	4	3

SPHINX Ter

Le sphinx de Gizeh est impassible, le sphinx Bis est plutôt détendu mais le sphinx Ter est un peu contracté. Aidez-le à se détendre en trouvant le lien logique, le terme qui relie sans équivoque possible les six mots. Ayez du nez, contrairement au sphinx…

ÉPINGLES

VÉRITÉS — CHEMINS

MONTER — MANGER — ÉPICES

C'EST gâchis

Après la chasse au gaspi, voici la chasse au gâchis ! Tous les symboles écoresponsables sont présents en même quantité, sauf un. Saurez-vous le repérer ?

PiPiramidal

Complétez la pyramide
en inscrivant sur chaque
flaque un total égal à la
somme des deux nombres
notés sur les deux éléments
(flaque ou rouleau) immédiatement
en dessous. N'utilisez que des
(nombres) pairs, OK ?
Puisque Pi, c'est 314,
Pipi doit valoir le double,
d'où le 628 au sommet.

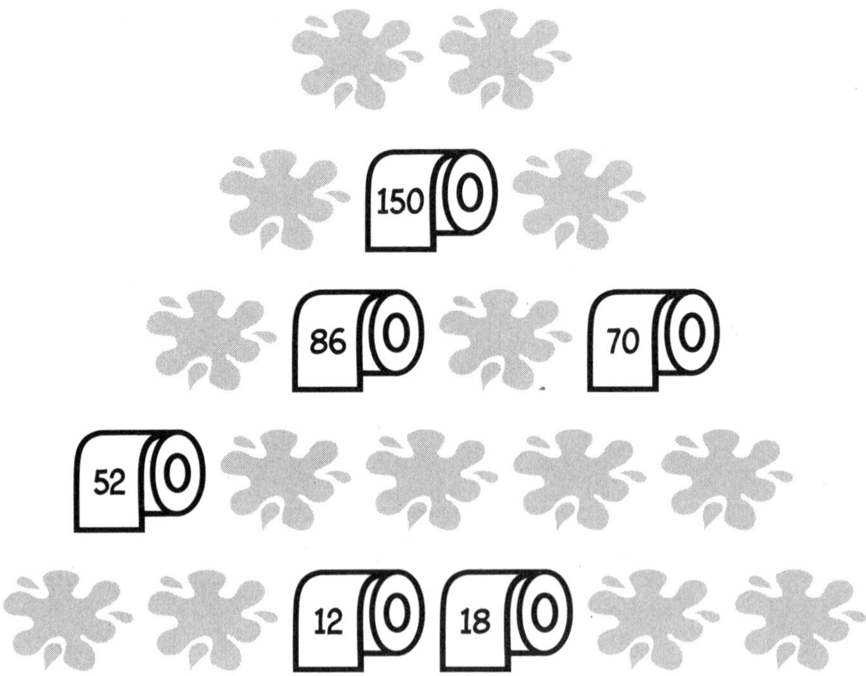

Blagues

Qu'un pet !

☺

– Que mangent les Chinois le jour de leur anniversaire ?
– Du riz quand on naît !

***

Un Chinois entre dans une petite épicerie.
– Bonjour monsieur, je voudrais trois boîtes de Canigou.
– Mais vous êtes le propriétaire du restaurant au bout de la rue ! Qu'est-ce qui me dit que vous n'allez pas servir ça à vos clients ?
Le Chinois revient deux minutes plus tard avec son yorkshire et l'épicier consent à lui donner sa pâtée pour chien.
Le lendemain, le client asiatique revient :
– Bonjour cher monsieur, je voudrais six boîtes de Ron-Ron...
– Vous avez un chat ou bien ?
Deux minutes plus tard, le Chinois lui montre son beau persan et repart avec les six boîtes.
Le soir même, le propriétaire d'animaux revient et offre à l'épicier ce qui peut au premier regard passer pour un dessert, dans une cuiller en plastique. Le commerçant goûte :
– Mais c'est de la merde !
– Très juste, monsieur. Je voudrais un rouleau de PQ...

***

Un Chinois entre dans un bar avec un superbe perroquet sur l'épaule.
– Waouh, magnifique ! s'exclame le barman. Vous l'avez ramené d'où ?
– Ben... de Chine, répond le perroquet.

LA TÊTE AU

Dans chacun des carrés ci-dessous figure un mot. Trouvez-en une anagramme correspondant à l'une des définitions sur la page de droite (exemple au centre du jeu : SIRÈNE pour l'indice 13). Inscrivez ensuite, dans la tête dessinée, le numéro de la définition du mot recherché. Reportez l'initiale du mot trouvé, ici un S, dans les cases numérotées de l'échelle de décodage, en bas de la page des indices. Vous complèterez ainsi une citation de Stendhal : « Les femmes extrêmement belles… ». En additionnant les chiffres des définitions, s'ils sont bien placés, vous obtiendrez 65 sur toutes les lignes, toutes les colonnes et les deux diagonales de ce carré magique consacré à la beauté.

APÉRO	SCORE	ARSENICS	AVENIR	VIRAGE	= 65
VOGUERA	ISOTOPES	OUVERT	SURJOUE	ÉPHORE	= 65
ÉTIOLÉ	ZEN	NÉRÉIS 13 SIRÈNE	POQUÉE	RAMAIS	= 65
DILUERA	AVENUS	NUISONS	LIE	UNIT	= 65
VEINE	ÉTRILLE	OBÉISSONS	MORDANT	GÉRÉS	= 65
= 65	= 65	= 65	= 65	= 65	

65 = (diagonale) 65 = (diagonale)

CA-CARRÉ

1. Celle d'aimer constituait la bande originale de *Comme t'y es belle*. **2.** *Je vous ... très beau* est le titre d'un film d'Isabelle Mergault. **3.** Il ne put s'empêcher de regarder la belle Eurydice aux Enfers. **4.** C'est le nom savant du grain de beauté. **5.** Il est beau dans le poème de Baudelaire. **6.** On la disait Belle en Europe avant 1914. **7.** Son si beau reflet causa sa perte. **8.** Miss France en 2002, elle est passée à la direction. **9.** Cet acteur fut la bête près de la belle. **10.** *La Belle Hélène* en est un… bouffe. **11.** Elle est belle en mer pour Laurent Voulzy. **12.** À ce moment, *C'est beau une ville...* selon Richard Bohringer. **13.** Cette belle créature à écailles fascine les marins. **14.** C'est le contraire de la beauté. **15.** Il a réalisé *Toute la beauté du monde* en 2006. **16.** *Le Beau* était Gérard Blain pour Claude Chabrol. **17.** Y dormir n'est possible que quand elle est belle. **18.** C'est l'Île de Beauté. **19.** Pour une femme, rester belle peut en devenir une. **20.** La beauté de celui de Cléopâtre aurait-elle changé la face du monde? **21.** C'est le participe présent accolé à *La Belle au bois*. **22.** S'ils sont beaux, ils acceptent la défaite. **23.** Ce nom masculin évoquant le travail devient féminin uniquement derrière la belle. **24.** C'est un bel accord à l'oreille. **25.** Il est beau à l'hôtel chanté par Claude François.

												S
1	2	3	4	5	6	7	8	9	10	11	12	13

14	15	16	17	18	19	20	21	22	23	24	25

PO-POKER

Devinez pour chaque joueur la « rivière » idéale, la cinquième lettre affichée par le croupier, qui lui permettra de constituer un mot de sept lettres, avec les cinq du tapis plus les deux siennes.
Par exemple, Carline espère un S pour former MIROIRS.
Qu'attendent Coco, Doyle et Édith pour remporter le pot de notre po-poker?

CARLINE						
M	I	R	O	I	R	S

COCO						

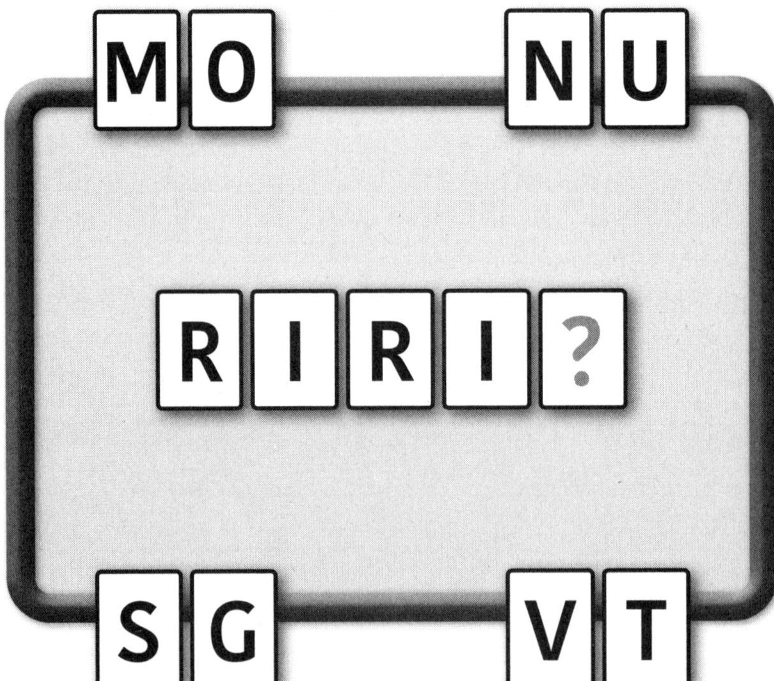

DOYLE						

ÉDITH						

#CROISILLONS#

Complétez cette grille où les lettres P, I, C et A ont déjà été positionnées. Attention, les définitions sont souvent à prendre au second degré.

1. Instrument à corde.

2. On l'aime de santal, pas de scandale.

3. Plus « acné » que « haquenées ».

4. Demande de grâce ou de covoiturage.

5. D'un coup sec.

6. Pères OK.

7. Personnage imaginé dans le *Charivari*.

8. Deux de pique.

AnaPhrases

Complétez chaque phrase avec des mots anagrammes formés à partir des lettres données au début entre parenthèses.

1
(ABEGLRU)

« J'ai connu un coiffeur _ _ _ _ _ _ _ avec qui il ne fallait pas

_ _ _ _ _ _ _ au sujet du _ _ _ _ _ _ _ des cheveux,

son soin capillaire préféré. »

2
(ABEILLR)

« Ah ce pédiatre _ _ _ _ _ _ _ ! Monsieur n'arrête pas

de _ _ _ _ _ _ _, alors que mon bébé _ _ _ _ _ _ _. »

3
(ABEIRRT)

Après avoir accordé un penalty litigieux, l'_ _ _ _ _ _ _

est parti s'_ _ _ _ _ _ _ dans les vestiaires,

mais les supporters ont tout saccagé :

maintenant, il faut _ _ _ _ _ _ _. »

ILLUSION, FAUX CACA POUR GUÉRIR LES TOC

Toc, toc ! Qui est là ?
Ce banal échange, jouable par deux personnages – et une porte – et qui a donné lieu à un déferlement de calembours inspirés des Monsieur-Madame ont un fils (ou une fille), n'aurait jamais dû ouvrir la porte (justement) aux débordements qui vont suivre.

Le toc a pris de la majuscule à défaut de majesté et certains écrivent aujourd'hui TOC pour le trouble obsessionnel compulsif. L'obsessionnel, c'est l'idée parasite et intrusive ; le compulsif, c'est le geste répétitif qui la suit pour tenter de la chasser...

L'un des TOC les plus répandus est lié à la propreté, à l'hygiène, et souvent à la peur de la contamination. Des chercheurs britanniques ont développé une expérience dite « illusion de la main en caoutchouc ». Un patient atteint de TOC pose ses deux avant-bras sur une table ; ils sont séparés par un carton et, entre le carton et l'une de ses mains, le chercheur a placé une fausse main en caoutchouc. Il caresse ensuite la vraie main et la fausse, de l'autre côté du carton, avec des pinceaux et le sujet « ressent » les coups de pinceau.

En 2020, la même expérience a été reproduite, mais en remplaçant les pinceaux par... des feuilles de papier toilette : l'une parfaitement propre, l'autre badigeonnée de fausse matière fécale. Au fur et à mesure de l'expérience, les patients sont passés de la peur au dégoût, puis à l'étonnement et au rire. Les chercheurs sont optimistes sur la capacité de ces expériences à guérir certains patients et ont publié leurs résultats dans *Frontiers in Human Neuroscience* sous le titre : *Fake it till you make it*. Simulation, stimulation !

(M)OTS

DIABOLIQUES / ENROBÉ DE SUCRE CUIT		VALET OU DAME / ODEUR DU DANGER		À RAMIFICATIONS / MÉGA-OCTET	
D'UNE ARTÈRE / INVITATION AU SILENCE					
				QUI EST À TOI / RÉUNION MONDAINE	
COL SAVOYARD / OPPOSÉ DU HAUT					
			EFFILÉE / TAMISA		
EN AVOIR, C'EST ÊTRE ADROIT / CUBE					
		VESTIBULE ROMAIN / FENDANT UN TRONC			
ALOURDIS / SOMMETS					
				BRANCHÉ / A FROID OU PEUR	
NOMBRE DE PATTES / ACCORD SIMPLE					
			PRENDRE L'AIR / POISSON PLAT		
CROCHET / ENVOYER AU TAPIS					
ÉCHANTILLON DE PERSONNES	CHEF-LIEU DU TARN / DIFFÉRENT				
DO / JOURNAL TÉLÉVISÉ			LANGUE INDIENNE / PREMIÈRE DAME		
		COLLEGE FACE À WINDSOR / DE LÀ			
PAS CONSERVÉ / ULTIME REPAS					
				BOURGEON	

(F)LÉCHÉS

PLUS MAUVAIS
DÉLICE DE MITES
MAGICIENNE
VEDETTE DU ZOO
CHAPEAU POINTU MÉDIÉVAL
3,14
ÉCHÉANCE À RÉGLER
PAYS DE MOKA
GODASSE
ENCHÂSSÉES
DIFFUSÉES
DÉMENTIT
PRINCIPE DE VIE
DIEU ÉGYPTIEN
PROPOSER DE L'INÉDIT
NOTE
TENTANT DE RÉDUIRE LES GRINCEMENTS
LES HEURES SOMBRES
PIANO, PAR EXEMPLE
DROIT DE PRIMOGÉNITURE

CERCLE DE JEUX
LEVÉE AU BRIDGE
COUTUMES
DISCOTHÈQUES
CABANE DE MOUJIK
EXTRATERRESTRE
AUTEUR DE *MORT À CRÉDIT*
JAMAIS
DE FAÇON MESQUINE
ASTUCE D'ARIANE
FLACON À OFFRIR
ASSEZ NOURRI
MORDILLE
INGRÉDIENT DE CURRY
RECONDUITE
PORT DU MORBIHAN
SÉLECTION
TENUE UNISEXE
DIMINUTIF PAR DEUX
QUI NE FONT RIEN
BONNE NOUVELLE
MESSAGÈRE DES DIEUX
TERMINUS
BOUCHON DE TONNEAU
PAILLASSE
CAPITALE DU PRUNEAU
ID EST
SON GAVE GROSSIT L'ADOUR
MEUBLE POUR ORDI
CHAUSSURE DE PLAGE
ÉDUCATION PHYSIQUE ET SPORTIVE
SCIE LA PIERRE
DEBOUT
VITRAIL SANS PLOMB
SUPPORT DE BALLE
BÉATIFIÉE
ABRAHAM Y EST NÉ
AU FRAI
GRANDE-BRETAGNE
MACHINE
EN VILLE
BONBON À LA MENTHE DE CAMBRAI

SUDOKU-KU

Remplissez les cases vides de ce sudoku-ku pour que tous les chiffres, de 1 à 9, soient inscrits une seule fois sur chaque ligne, dans chaque colonne et dans chaque petit carré de neuf cases aux contours renforcés.

	3			7		6		
			1		2		8	
		5		4	9			
		4	2			8		9
	5			8			2	
8		6			1	7		
			7	9		5		
	4		5		6			
		3		2			6	

Célébr(u)ités

William Prout

Avec un nom comme ça, il ne pouvait pas nous échapper. Enfin, si, d'ailleurs, un prout, ça échappe parfois ! Mais revenons à William, que ses amis appelaient probablement Bill. Il a existé et tout ce qui suit est vrai.

Il aurait pu naître à Buffalo, Bill, mais c'est dans le Gloucestershire anglais, à Horton, qu'il vit le jour, en 1785. Non loin de Bristol, donc. Ce fils d'agriculteur fit un carton à l'université d'Édimbourg, où il obtint un diplôme en médecine.

Que choisit-il d'explorer plus profondément, à part une ou deux étudiantes de sa promotion ? Les infections urinaires et digestives. Son choix ne fit pas rire ses amis, puisqu'en anglais, « prout » se dit *fart* (ce qui explique le « fartez » de la page 25).

À 42 ans, déjà membre de la Royal Society et donc un peu « prout prout », ce qui aurait pu se traduire par un dédoublement de personnalité pour un Prout, il sera le premier à établir la distinction « lipides, protides, glucides » dans l'alimentation et cela lui vaudra la médaille Copley.

Ses études permirent de mieux connaître la structure de l'atome et William Prout, en grand spécialiste des gaz et pressions, améliora également le fonctionnement du baromètre. Il mourut en 1850, comme Balzac, et en fut très honoré.

LA SUITE

Voici vos douze travaux d'Hercule. Vous avez les boules, de 1 à 11. Pour ne pas les avoir tout court, déduisez par un raisonnement logique la valeur de la dernière.

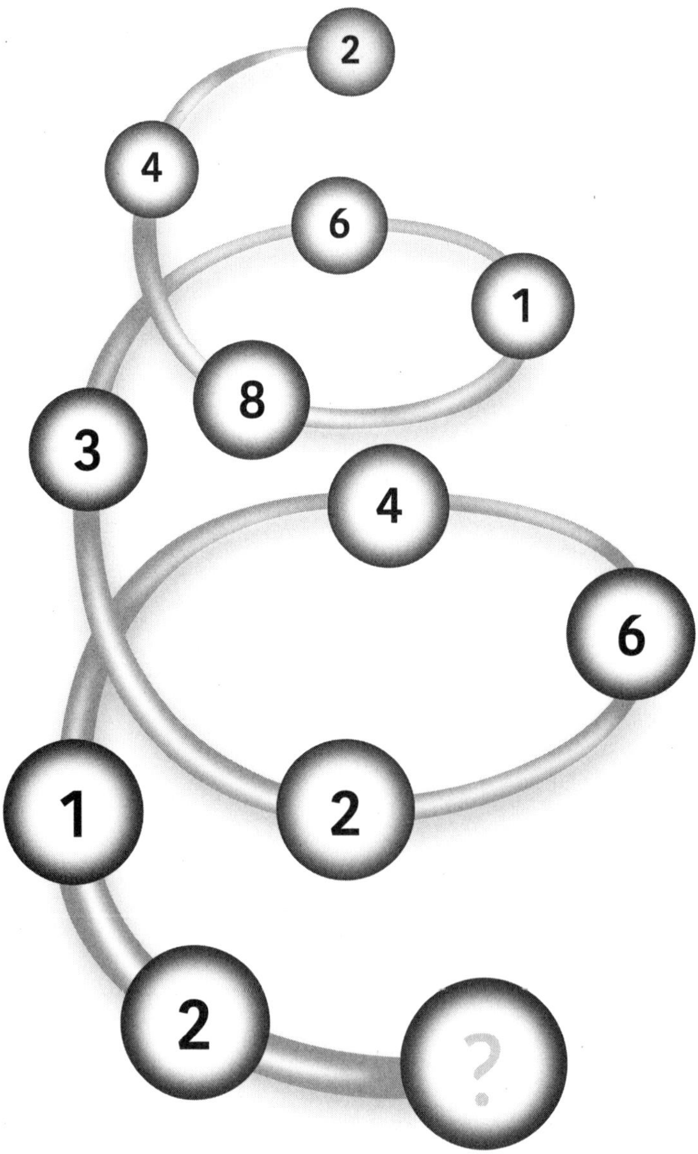

MÉGA(cô)lon

La digestion se termine dans le côlon. Quel mot méga-long va sortir, élaboré à base de CACA et des dix autres lettres proposées ? C'est un test, hein !

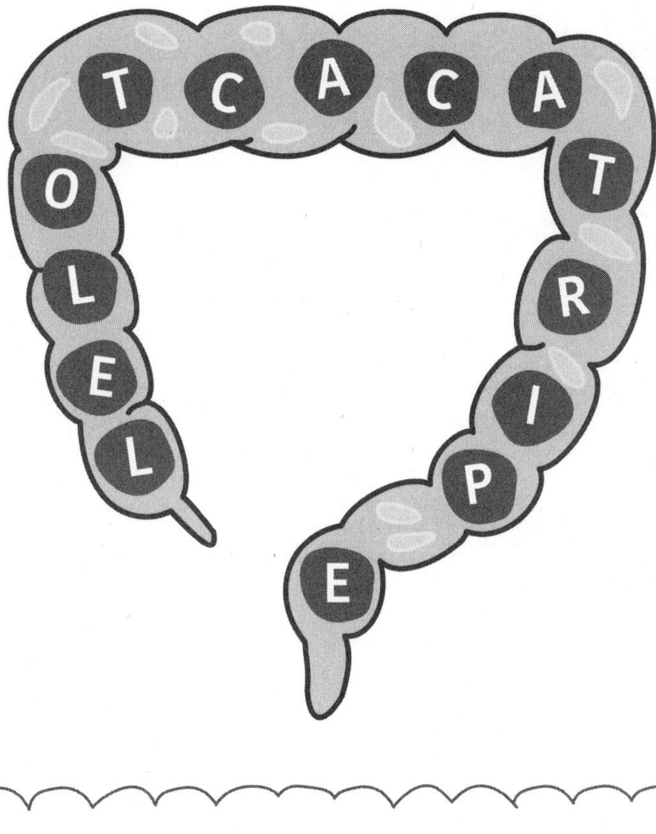

Le Trou

Trouvez le mot manquant dans ces extraits de tubes que vous avez probablement fredonnés. Notre chanteur a un trou : comblez-le.

1. « Mais ce serait une .... qu'on s'en aille un peu comme eux »

2. « Je vis avec ton .... depuis le jour de mon départ, tu grandis dans ma mémoire »

3. « En se disant des je t'aime pathétiques ont des petites .... bien sympathiques »

4. « Mais le .... a changé, il s'est déplacé quelques vertèbres »

5. « Voile sur les filles, ... sur le Nil »

6. « Oh Djadja, y a pas moyen Djadja, j'suis pas ta .... Djadja »

L'autopsie atroce d'un cyclope

La racine indo-européenne *OKw– désignant l'œil ou le verbe « voir » a une vaste descendance grecque contenant la séquence –op–, alors que le latin reprend plutôt –oc–. De *OKw-s, le Grec a tiré *ōps*, l'œil. Ainsi, le myope ferme l'œil (le plisse, en fait), le nyctalope voit la nuit, l'amblyope a la vue émoussée, le cyclope possède un seul œil circulaire et le tricératops trois cornes sur le visage, extension de l'œil. De *opsis*, « la vue », viennent la biopsie, examen visuel du vivant, le synopsis du cinéaste lui donnant une vue d'ensemble, mais aussi l'autopsie « action de voir de ses propres yeux », démarche permettant à l'origine de contempler les dieux et aujourd'hui des cadavres !

De même, l'*optikos* nous a livré l'optique, l'opticien, la dioptrie, unité de correction de vos verres, et le catadioptre des vélos. N'oublions pas l'ope, trou architectural destiné à recevoir une poutre ou les métopes ouvrant les frises du Parthénon, toutes deux tirées de l'*opê* grec. Ajoutez les dérivés de la racine tardive *ophthalmós*, désignant la cavité de l'œil.

En latin, *oculus*, mot très poli avec son suffixe diminutif *ulus*, désigne aujourd'hui dans notre langue une lucarne ronde aussi appelée œil-de-bœuf. Le nom latin est à l'origine de notre œil, mais il est plus identifiable dans l'adjectif oculaire, le nom oculiste ou le verbe inoculer, à l'origine « greffer un bourgeon sur un support », ensuite appliqué à l'inoculation de la variole, vers 1720. Les lunettes à un seul verre, pour un seul œil donc, seront des monocles, alors que les binocles couvrent les deux yeux du binoclard mais jamais l'ocelle, œil simple de l'insecte.

Aveugle vient plus probablement de *ab oculis*, « privé d'yeux » que de la seconde piste *alboculus*, « à l'œil blanc ». L'andouiller, cor du cerf, pousse juste devant l'œil (*anteoculare*). Le verbe bigler dérive, lui, de *bisoculare*, « loucher ». Citons encore l'ommatidie, élément des yeux à facettes. Enfin, seul le linguiste chevronné devinera le degré zéro de *OKw– préfixé de *ater* (noir de suie) dans atroce ou de *ghwer* (sauvage) dans féroce !

QUI FAIT QUOI ?

Pour résoudre ce jeu de logique déductive, repérez un à un les indices donnés en les reportant dans la grille de résolution. S'il s'agit d'une affirmation, inscrivez O dans la case concernée, et complétez les propositions négatives qui en découlent en notant N dans les cases adjacentes. Résumez les informations obtenues dans le tableau en bas de page.

ROUE DANS ROUE

Cinq paons vont à la fête foraine et choisissent bien entendu la grande roue pour se montrer. À l'aide des quatre indices, retrouvez le nom de chaque volatile, le nombre de tours de roue qu'il entreprend de faire, le nombre de plumes formant sa traîne et la couleur de la nacelle qu'il a choisie pour paraître le plus beau.
Si vous coincez, deux indices supplémentaires - mais non nécessaires - figurent en bas de page.

1. Le paon aux 140 plumes à ocelles, qui n'est pas Dipanda, a fait un tour de moins que celui dans la nacelle jaune. Dipanda a dix plumes de plus que Kréass, mais dix de moins que le paon en nacelle orange.

2. Talon a plus de plumes colorées que le paon dans la nacelle rouge, mais a fait moins de tours que Pleumouss.

3. Le paon dans la nacelle verte a fait trois tours de plus que l'animal dont la traîne est constituée de 110 plumes.

4. Le paon Pancucu a effectué 3, 4 ou 5 tours. Il complexe, car il a vingt plumes de moins que son concurrent exposant fièrement sa propre roue dans la nacelle bleue.

INDICES SUPPLÉMENTAIRES

5. Les deux paons faisant le moins de tours sont ceux ayant le plus et le moins de plumes; l'un avait honte, l'autre était blasé.

6. Le paon aux 130 plumes colorées n'est pas Pleumouss, n'a pas fait qu'un tour et n'est pas dans la nacelle verte.

Grille de résolution

		TOURS					PLUMES					NACELLES				
		1	2	3	4	5	110	120	130	140	150	Bleue	Jaune	Orange	Rouge	Verte
PAONS	Dipanda															
	Kréass															
	Pancucu															
	Pleumouss															
	Talon															
NACELLES	Bleue															
	Jaune															
	Orange															
	Rouge															
	Verte															
PLUMES	110															
	120															
	130															
	140															
	150															

TABLEAU DES RÉPONSES

Paons					
Tours					
Plumes					
Nacelles					

GRANDES

HORIZONTALEMENT : A. On n'est pas choqué de le voir dans le plus simple appareil ! D'une école de philosophie. Cercles autour des saints. **B.** Attitude respectueuse de la nature. Rendant propre. Telle Irma au cinéma. **C.** Fit la planche. Serez proprio. Envoyâmes *ad patres*. Fleuve venu des Faucilles. Parasite en boule. **D.** Qui éclatent. Érigés. Volcanique et poreuse. **E.** Edward Wood. Opération postale. Possessif. Bugle. Réfléchi. Narration. Empressement. **F.** Dame dans l'arbre. Complice du dialoguiste. Bismuth. Indication de rendez-vous. Habitudes ancrées. **G.** Colombe new-yorkaise. Privé de ses attributs. Maria pour l'occasion. User par frottement. **H.** Type sur le Pô. Formule répétée à l'envi. Affluent de la Seine. Question de test. **I.** Société anonyme. Ville en Bassigny. Tenter le coup. Déshabillé. Sarde ou Maltaise. Posture de yogi. **J.** Digne d'un palais parisien. Dans quelques cas. Conservateur d'aliments. Drame nippon. **K.** Cède moyennant finances. Aux traits d'un autre genre. Liquide. Terme de double exclusion. Guère. **L.** Fond de bouteille. Boisson gazeuse et sucrée. Oubliée à dessein. Médicament contre l'inflammation. **M.** Fît scion. Bois rose africain. Contenu de cavité osseuse. Vache de Savoie. **N.** Sportives qui marquent des points. Prothèse couvrant une dent. Offrait à Éole. Plia sous la charge. **O.** Rendre plus vive. Consigné dans un coin. Examen médical. Bouche la lumière. Quatre d'Henri. **P.** Tour abrégé. Grande école d'administration. Bijou pour orchestre philharmonique. Appelai les biches. Mont japonais à vaste caldeira. **Q.** Militant libertaire. Sorti de l'enceinte. Expression du mal. Grisbi. Cours kazakh. Gouvernante. **R.** Munir de châssis. Fierté du paon. Donnât un air chinois. Robert.

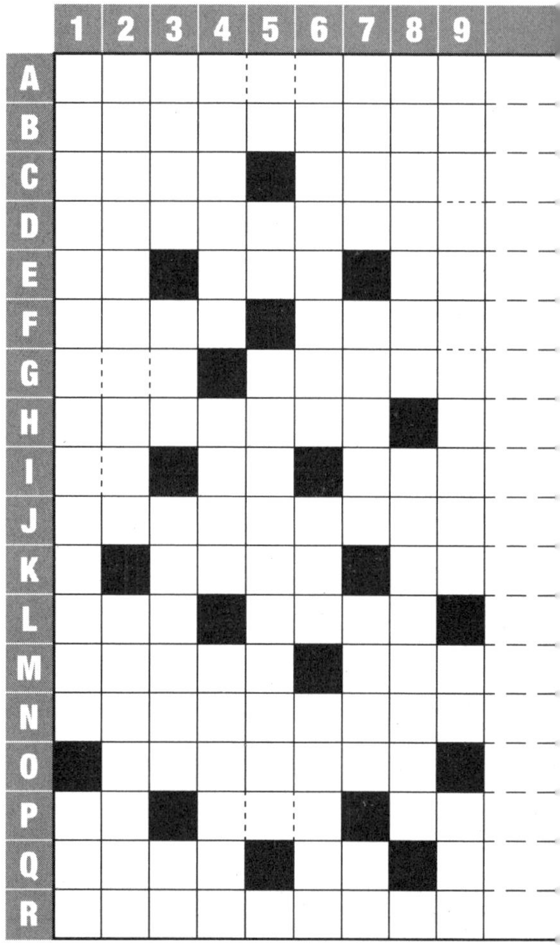

VERTICALEMENT : 1. Féminin pluriel. Boulot, truc à faire. **2.** Venu de l'ouest. Joué par un acteur. **3.** As une ardoise. Bougea dans les brancards. Commune de Seine-Maritime. Révolution pacifique. **4.** Place de côté. Sable mouvant. Tube de rouge. **5.** Lady Spencer. Site de fouilles en Chaldée. Réalisateur du *Cuirassé Potemkine*. **6.** Stratégie de souveraineté au Québec. Tokyo du shogun. Fatigant. **7.** Jus de raisin non fermenté. D'une beauté saisissante. Quantité déterminée. Fin d'infinitif. **8.** Ors des fous. Chaussures de ville en toile. **9.** La brute, face au bon et au truand. Tibia. Rivière de Suisse. **10.** Cardinal impair. Bec

vacances

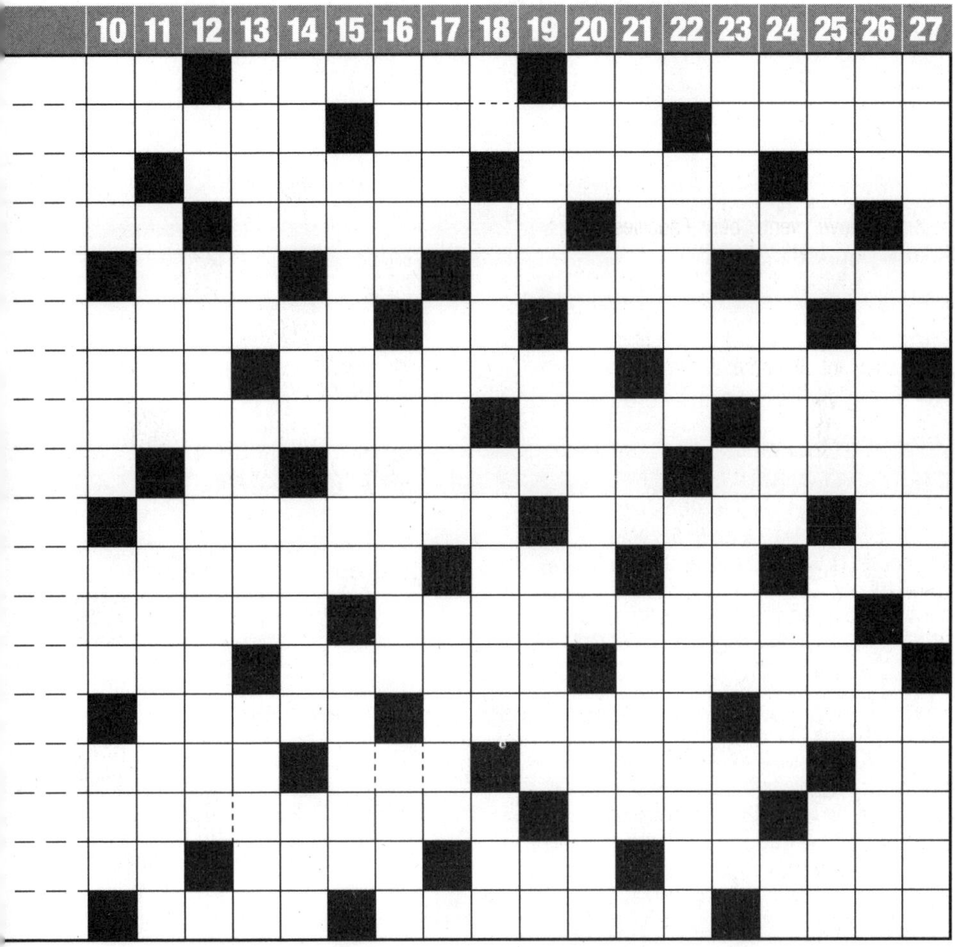

de gaz. Dément. Ourlet. **11.** Dans l'air du temps. Alouette. Assembler en fonderie. **12.** Puis. De Hô-Chi-Minh. **13.** Parcours vers les diplômes. Passés au rouge. À grosses lèvres. **14.** Roi shakespearien. Principe de Lao Tseu. Poire pour l'oreille. Sudiste. **15.** A mauvaise opinion. Entendiez comme jadis. **16.** Drap protecteur. Région occupée par les Vandales. Whiskies canadiens. **17.** Agence de presse russe. Relatif aux veaux et taureaux. C'est plus qu'un avertissement. **18.** En ville. Clapton ou Cantona. Chaume laissé sur le champ. Étoffe difficile à défroisser. **19.** Outil faisant marteau et hache. Molécule. Verre entre amis. Pan de muraille. **20.** Recueil amusant. Arpenteur. Refuges. **21.** Projet irréalisable. Partie de charrue. Feu proche du pavillon. **22.** Remarque en bas de page. S'entichant (s'...) **23.** Paradis perdu. Montré sa gaieté. Alliage. Ville olympique. **24.** Lac pyrénéen. Vêtement d'homme. Chef-lieu du 06. Indéfini. **25.** Glissa. Grecque. Pièce de serrure. Baudet. **26.** Bouclier. Général de Louis XIII et Louis XIV. Génie de la lampe. **27.** Problèmes aux sabots. Gros et costaud. Confesse ses crimes.

Blagues

Drôles d'oiseaux

☺

- Quel animal peut lire l'avenir à un Alsacien ?
- Une poule de cristal !

***

Un automobiliste vient d'écraser un poulet sur une route de campagne.
Il frappe à la porte de la ferme voisine et demande à la paysanne :
- C'est à vous, ce poulet ?
- Ah non, répond la fermière, les miens ne sont pas aussi plats...

***

Deux blonds testent leur nouvelle décapotable en suivant le bord de mer. Après quelques kilomètres, une mouette laisse tomber une fiente sur le pare-brise.
- Il faut l'essuyer, dit le premier.
- Bah, trop tard, elle est déjà loin...

***

Chez les cygnes, comment reconnaît-on le mâle de la femelle ?
Facile, le mâle, c'est celui qui fait des petits cygnes à l'autre.

MOTOCROTTE

Sachant que chaque chiffre en début de ligne ou haut de colonne indique le nombre de déjections qui s'y trouvent, localisez et représentez par un cercle les crottes laissées par les 23 chiens de la grille, pour permettre à la motocrotte automatique de les ramasser rapidement. Un chien ne laisse une crotte que dans une case qui touche la sienne et jamais en diagonale. Commencez par marquer d'un simple point les cases dans lesquelles il n'y pas de crotte (0 en début de ligne ou en haut de colonne).

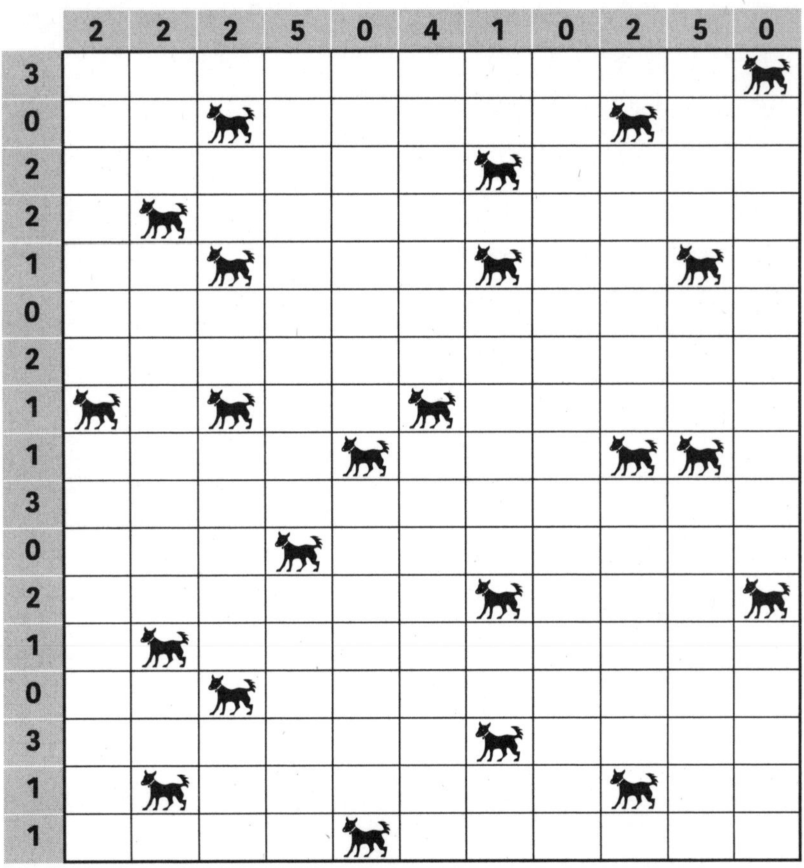

QUID

Trois questions, trois propositions pour chacune.
Bonne chance, comme ne dirait pas Cambronne !

1. **En quelle année la Jeanneke-Pis, réplique féminine nue et accroupie du Manneken-Pis, a-t-elle été dévoilée au public ?**

- [ ] **A.** 1951
- [ ] **B.** 1987
- [ ] **C.** 2016

2. **Le Manneken-Pis mesure 55,5 cm de haut. Combien mesure la Jeanneke-Pis ?**

- [ ] **A.** 50 cm
- [ ] **B.** 55,5 cm
- [ ] **C.** 60 cm

3. **À quelle adresse peut-on voir la petite fille fontaine ?**

- [ ] **A.** Impasse de la Fidélité
- [ ] **B.** Avenue du Non-avenu
- [ ] **C.** Place du Grand Soulagement

CRYPTOGRAMME

Remplacez chaque symbole par la lettre qu'il crypte pour compléter une citation de Mokokoma Mokhonoana, l'auteur de *Confessions of a Misfit* : « Il y eut probablement une époque... »

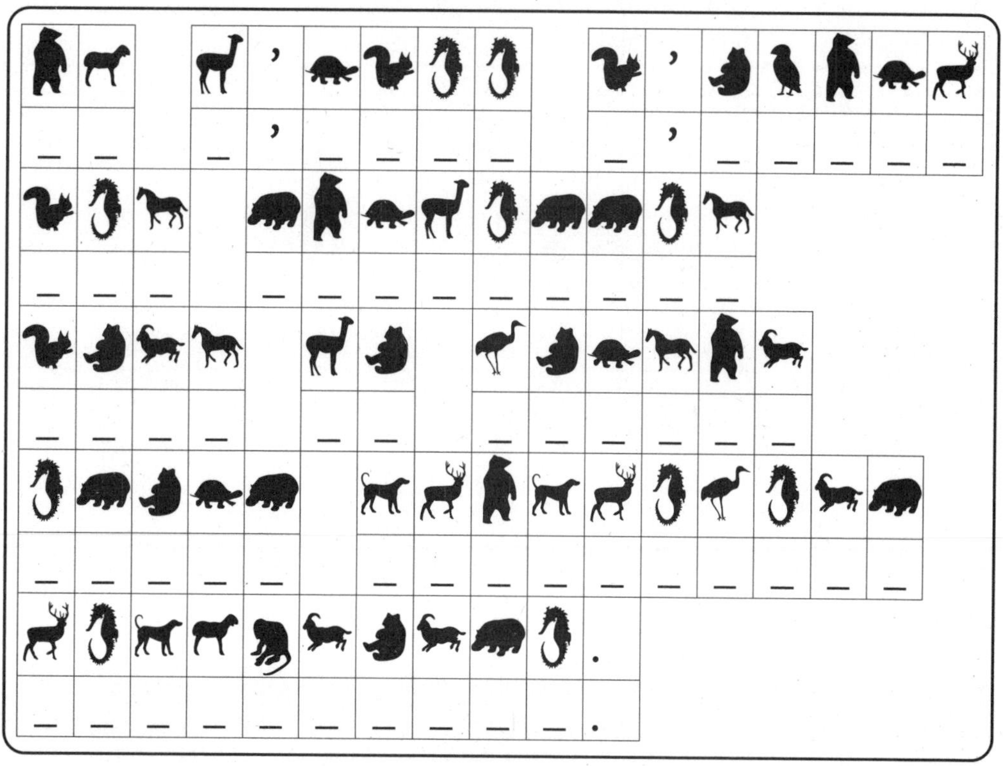

ESCALETTRES

Sans utiliser de noms propres, ajoutez les lettres une à une, dans l'ordre imposé, pour former un mot sur chaque ligne. Respectez la position des lettres déjà inscrites jusqu'à la découverte du mot en bas de l'escalier.

↓	V	O	L							
+E		E								
+A										
+C				O						
+I			O							
+T										
+S							S			
+F										

7 HORREURS

Usage De Faux

Parmi ces cinq propositions,
une seule n'est pas une *fake news*,
une « information mensongère ».
Laquelle ?

1 Le pet est un gaz inodore.

2 Le propane est un gaz inodore.

3 Le durian est un fruit inodore.

4 Un pet de lapin sent la carotte.

5 La ville de Gaza tire son nom des gisements de gaz qui s'y amassent.

Le saviez-vous ?

Le gingembre de Zanzibar

Que ce titre est curieux ! Quel est le rapport entre le gingembre et Zanzibar ?

Commençons par un point de géographie : Zanzibar est un petit archipel formé de trois îles principales appelées Pemba, Unguja et... Mafia ! Il n'est peut-être pas rare de pêcher la pieuvre dans le secteur, en l'occurrence en face de la Tanzanie.

Pourquoi ces pays partagent-ils cette lettre z ? Est-ce un hasard ? Pas du tout. Le nom Tanzanie est un mot valise composé du *Tan* de Tanganyika (dont les eaux bleues sont chantées par Sardou dans *Afrique adieu*) et du *Zan* de Zanzibar, auxquels est ajouté le suffixe *ia* en anglais ou *ie* en français.

Zanzibar tient son nom des navigateurs perses, qui l'appelaient « la terre (*bar*) des Noirs (*zanğ*) ». Ce terme de *zanğ* ou *zenj* désignait plus généralement, chez les Arabes, les habitants de la côte est de l'Afrique, lieu où ils venaient chercher... le gingembre : *Zingiber officinale*. Aujourd'hui encore, en français, le gingembre fait partie des zingibéracées, tout comme un hominidé fossile découvert en Tanzanie a été nommé « zinjanthrope ». Le saviez-vous ? Zinzin, non ?

Parmi les substituts habituels du gingembre, citons l'*asarum* faisant partie des aristolochiacées, ce qui n'indique ni sa noble origine, ni ses propriétés laxatives présumées...

BURGER

Payez-vous une bonne tranche centrale pour agrémenter votre burger. Complétez les mots horizontaux auxquels il manque deux lettres puis lisez un adjectif qui se marie bien avec eux.

SOM _ _ LER

PIO _ _ EUR

DÉP _ _ SÉS

MOL _ _ CHU

ÉDE _ _ ÉES

BONUS

Observez les lettres bien placées sur fond gris foncé ou mal placées sur fond gris clair pour deviner le seul mot final possible. Attention, certaines lettres n'ont peut-être pas encore été proposées.

G Gris foncé   G Gris clair

H	U	B	L	O	T	S
H	A	C	H	U	R	E
H	E	L	I	C	E	S
H	Y	D	R	A	T	E
H	I	D	A	L	G	O
H	_	_	_	_	_	_

≡ (M)OTS

TOMBEAU DU PHARAON
RANDONNÉE À VÉLO
COLLER
PERRET LES CHANTE JOLIES
SAISON
ÎLE DES HUÎTRES ET DU VIADUC
PÉDALEUSES SUR PISTE
ASSAISONNÉE
JIM DES *DOORS*
DÉNOUEMENT
ARMÉE FÉODALE
RISQUÉE
CÉLINE CHANTEUSE
MAGICIENNES
CRÉATRICE DE MODE
POURVUE
AFFREUX, LAID, REPOUSSANT
LÂCHAI EN TERRE
IRRÉGULIÈRE
VENU AU MONDE
IMAGINAI EN DORMANT
RAPPEL AU MOUCHOIR
BIÈRE
BOYAU DE FOURMI
CÔTÉ OPPOSÉ À PILE
ANCIEN TEMPS
PLACE SUR LA BALANCE
PLUS LOIN QU'ICI
IDÉE OU FLEUR
DIGNITÉ DE CURÉ
LE TRAVAIL, C'EST ELLE
LE GLADIATEUR Y COMBATTAIT
BRISA
NOM D'UN CHIEN
ORIENT
FIANCÉ LARGUÉ
SPÉCIALITÉ ÉTUDIÉE PAR LE DOCTEUR
BOIS NOIR PRÉCIEUX

(F)LÉCHÉS

GUILLAUME ÉCRIVAIN / SINGE POUR PHOTO SOURIANTE
DROIT D'ENTRÉE / PRUNE VERTE
TOUCHE
MÉDITERRANÉENNE

EXEMPLI GRATIA / QUELLE PERSONNE ?
RELATIF À ISIS / VILLE SUR LA TILLE
INDIEN DE L'UTAH / MICHES DU BOULANGER
ACTEUR DE PAGNOL / *DO*
BIGARREAU OU GRIOTTE / IMMENSES COMME GULLIVER
MÈCHE REBELLE / NEW YORK
STRATUS OU CIRRUS / QUI NE MOURRA JAMAIS
ADORATEUR PÉRUVIEN DU SOLEIL / CUIVRE À CLÉS
COMPLET / HABITANT DE SÈTE
MOIS PRINTANIER / INTERPELLE
FARDEAU DE BAUDET / BELLE DU TEMPS JADIS
SUJETS D'ATTILA / PIÈCE RECEVANT UNE VIS
RENDUE BRILLANTE / POINTE DE ROSIER
ÉQUERRE / RESTA OPTIMISTE
TONTONS / FORMATRICE D'AUTO-ÉCOLE
SEULEMENT
MÉDAILLES D'OR / EXCEPTIONNELLES
MANIPULE ET MET EN MOUVEMENT
PORT NORVÉGIEN / PRÉNOM DE LUPIN
CAPITALE DU BÉARN / PALPER
VIEUX NOM DE PARIS / FILS DE NOÉ ET PÈRE DES SÉMITES
DOMAINE DE MUSE / CHENAL D'EAU DE MER
BOISSONS GAZEUSES
VILLA DE TIVOLI / FIN DE PRIÈRE
POUTRES DE SOUTIEN / ARDENT DE NATURE
ASCÈTE SOLITAIRE / POISSON ROUGE
LAC PYRÉNÉEN / VOLAILLE D'UN JEU DE SOCIÉTÉ
DIMINUTIF POUR GOLF ET JUPE / PRONOM RÉFLÉCHI
BIEN EN CHAIR / DANS LE COUP
INSTITUT NATIONAL DE L'AUDIOVISUEL
AGACÉES

Blagues

As de pique

☺

- Toto, quelle est la différence entre ton père et un cactus ?
- Ben, le cactus, lui, un verre par mois, ça lui suffit !

***

Un opossum se balade dans le désert, lorsqu'il tombe sur un coyote en train de hurler.
- Mais pourquoi c'est toujours la nuit que vous hurlez comme ça, vous les coyotes ?
- Ben, le jour, on le voit quand on va s'asseoir sur un cactus !

***

- Que dit un hérisson aveugle qui se cogne à un cactus ?
- Maman ?

***

À la sortie de l'école, un petit hérisson demande à son camarade :
- Qu'est-ce qu'il a dit, ton père, quand tu lui as montré ton carnet de notes ?
- Rien, il s'est mis en boule...

***

- Quel est le comble pour un hérisson malade ?
- De se soigner par acupuncture.

COLLIER de perlouses

Pour récupérer votre « collier de perlouses », vous devez constituer une chaîne de perles contenant les nombres de 1 à 25, dans cet ordre. Chacun des nombres doit être au maximum à une case de distance du précédent : horizontalement, verticalement ou en diagonale. Étudiez par exemple les différents chemins possibles pour relier le 10 au 16, sans bloquer tout le reste...

	1		22	
	3		21	
			25	
10	6	13		16

Calculs durs, hein !

+ − × ÷

Avec les quatre opérations de base (+ − × ÷) et en utilisant au maximum une fois les plaques proposées, tentez d'atteindre le nombre cible : 821.
Il n'existe qu'une approche pour y parvenir.

LA CIBLE

Partez de la lettre cerclée. Sautez un certain nombre de lettres (toujours le même pour cette cible), lisez la suivante, et continuez ainsi pour compléter une liste où manquent deux éléments, comme à l'époque du confinement.

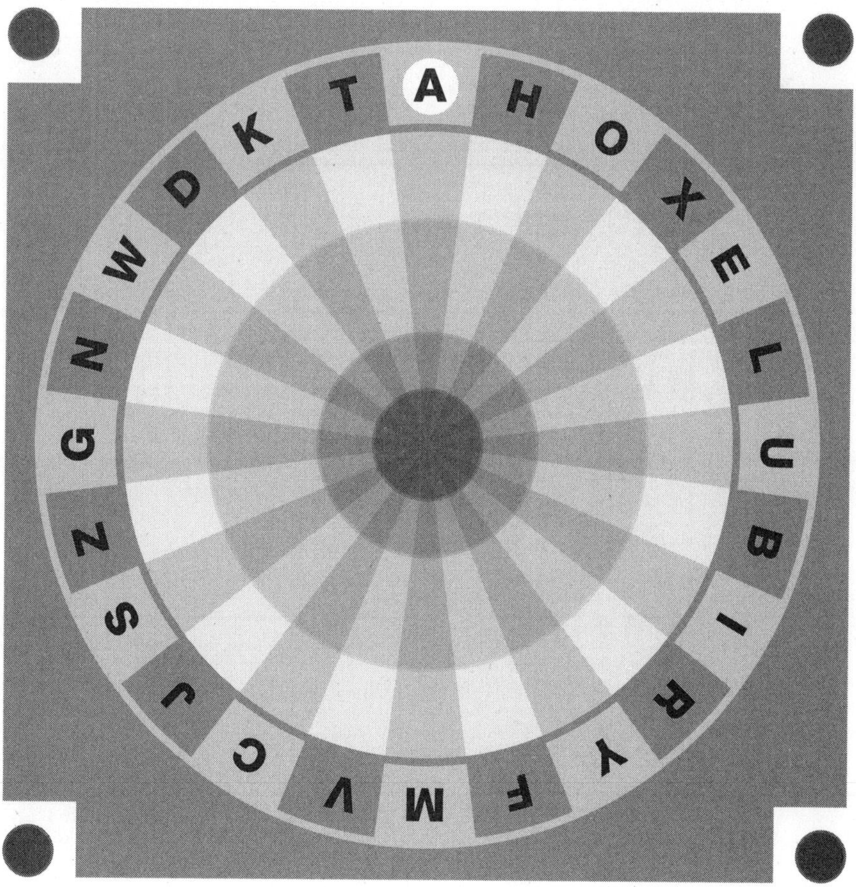

....

....

chenille

Passez d'un mot au suivant, dans cette chenille, en opérant la substitution indiquée et en modifiant l'ordre des lettres. Hors noms propres, il n'y a qu'une solution par ligne, en tenant compte des lettres déjà placées.

	D	O	R	M	I	R
−R+L						
−D+A						
−L+H						
−A+S						
−H+E	**R**					
−M+L				**L**		
−O+V						
−S+E				**E**		

Change de pot, Midas !

Avez-vous déjà entendu parler de douche dorée ? Certaines victimes de kompromat pourraient vous en dire plus, mais nous jetterons un voile pudique sur cette pratique et ne parlerons de pipi que pour illustrer notre propos pro-pot.

Le musée Guggenheim de New York (« Ah, ça y est, le niveau s'élève », se réjouit le lecteur) exposa en 2016 l'œuvre *America*, des toilettes en or massif 18 ca-carats de l'artiste italien Maurizio Cattelan. « Iiiiiiiii love America », chantait Patrick J'y vais en 1978 dans la catégorie musique de chiotte, bien avant que le trône doré n'existât. « And magic fills the air… », tant que personne n'urine dans la cuvette.

Qu'arriva-t-il en septembre 2019, alors qu'*America* – WC pushy – avait débarqué au palais de Blenheim, en Angleterre ? La cuvette fut volée vers 4h50 du mat', heure locale. Une envie nocturne.

Un suce-pet de 66 ans a été arrêté, puis un autre, une récompense de 100 000 £ a été proposée pour quiconque donnerait des infos sur celui qui avait tenté de se faire des couilles en or en volant le trône, mais pas de pot, rien n'est remonté. La chasse reste ouverte…

LOGICO

Complétez logiquement le cœur de la dernière fleur,
en observant les chiffres des pétales.

Couds, coucou !

À l'aide des définitions, à-peu-près homophoniques (aux mots faux, nique !), trouvez les cinq mots solutions, en consommant la totalité de la réserve de lettres.

1. Coup.
2. Coucou.
3. Couds !
4. Cou.
5. Coût.

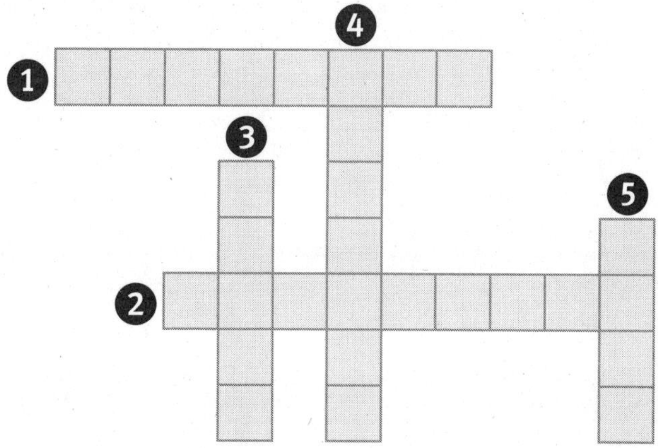

RÉSERVE DE LETTRES

A	B	C	C	E	E	E	I	I	K
L	O	P	P	P	P	Q	R	R	S
T	T	T	U	U	U	U	U	X	

LA TÊTE AU

Dans chacun des carrés ci-dessous figure un mot. Trouvez-en une anagramme correspondant à l'une des définitions sur la page de droite (exemple au centre du jeu : AUGIER pour l'indice 13). Inscrivez ensuite, dans la tête dessinée, le numéro de la définition du mot recherché. Reportez l'initiale du mot trouvé, ici un A, dans les cases numérotées de l'échelle de décodage, en bas de la page des indices. Vous compléterez ainsi le slogan d'une chaîne américaine : « Avant la télévision, deux ... ». À la fin, en cumulant les chiffres des définitions, il vous faudra totaliser 65 sur toutes les lignes, toutes les colonnes et les deux diagonales de ce carré magique consacré à la télé de naguère.

REGARNI	GERBERONT	FAIRE	LOISIR	COLÉE	= 65
TARBAISE	MESSÉANT	PERLES	RAMA	DRAIN	= 65
RENDRA	TRÔNIEZ	URIAGE 13 **AUGIER**	ATELIER	NAVRÉS	= 65
GALE	LOGE	ABEILLES	ÉPURANT	NÎMOISES	= 65
NACRE	BIEN TASSÉ	DEALEUR	NUE	VOILIER	= 65

65 = (diagonale) | = 65 | = 65 | = 65 | = 65 | = 65 | = 65 (diagonale)

CA-CARRÉ

1. Cette Simone était la complice de Guy Lux à *Intervilles.* **2.** Combien y avait-il de chaînes en France jusqu'au 18 avril 1964 ? **3.** C'est tout un programme. **4.** Composé avec télé, ce nom évoque *Loft Story.* **5.** Il anime *Pékin Express.* **6.** La télévision est le petit. **7.** Il a présenté *La Chance aux chansons* jusqu'en 2007. **8.** Cette Ariane ne perdait pas le fil du *Grand Journal.* **9.** Il s'appelle Charly et joue de l'orgue électronique. **10.** Elle a été l'un des visages féminins de *Pyramide.* **11.** Il a produit notamment *C'est mon choix* et *Toute une histoire.* **12.** Celles de la télé s'appellent Alonso, Giordano ou Moreau. **13.** Ce Sylvain animait *La Carte aux trésors.* **14.** Il posait des questions à des champions. **15.** Cette comédienne belge a présenté la *Nouvelle Star.* **16.** D'*Avis de recherche* à *Mot de passe,* il a traversé les époques. **17.** Une histoire de gants de boxe lui a coûté sa place en 1994. **18.** Il présente le JT de TF1 depuis 1988. **19.** Ce Bertrand est un calculateur fort rusé à *Des chiffres et des lettres.* **20.** Celle des fans a révélé Vanessa Paradis. **21.** Ce Patrick présentait *Le Plus Grand Cabaret du monde.* **22.** Ce journaliste commentait aussi les courses et les mariages princiers. **23.** Cette Fabienne animait *Tournez manège !* **24.** *Le Millionnaire,* à la télé, c'était lui. **25.** Choisissez : Minne, Galzi ou Duhamel.

												A
1	2	3	4	5	6	7	8	9	10	11	12	13

14	15	16	17	18	19	20	21	22	23	24	25

LATIN
LA TINETTE

Anus, suffixe latin

J'ai bien connu un Romain qui appelait tout le monde maraud, pendard ou trou du cul et, malgré l'ambiguïté de la formulation, je tiens à préciser que j'ai pas vécu dans la Rome antique et qu'il fallait bien lire ci-dessus le prénom d'un type qui n'avait rien de romantique non plus.

Diantre, me suis-je dit intérieurement après avoir un instant hésité avec morguienne, ce Romain-ci se serait-il inspiré de ce Romain-là ? Finalement, après des heures de tournage de pages d'encyclopédies, je tombe sur cette révélation : *anus* est un suffixe latin et donc, oui, foutre des trous du cul à tout bout de champ est une pratique ancienne. Moins depuis l'abolition du cuissage d'ailleurs, mais c'est un autre sujet.

Par exemple, « ce qui appartient à Virgile » se disait alors : *virgilianus*. Ce qui imite Ovide est *ovidianus* (Ovidie, anus…, ça sonne tellement actuel). On conserva cette habitude pour les érudits : au XVIe siècle, Joseph Juste Scaliger (fils de Jules César Scaliger, tout de même) nous a laissé son codex Scaligerianus.

D'ailleurs, même le Dieu Janus est le dieu des commencements et des fins, des passages et des portes… Si ça, c'est pas une référence directe à la porte de derrière, j'en perds mon latin. Notez que le temps de Janus est fermé en temps de paix, alors que l'anus est ouvert en temps de pet. C'est la seule différence que j'y voie. Mais j'y vois mal.

SUDOKU-KU

Remplissez les cases vides de ce sudoku-ku pour que tous les chiffres, de 1 à 9, soient inscrits une seule fois sur chaque ligne, dans chaque colonne et dans chaque petit carré de neuf cases aux contours renforcés.

			2					3
	9			4			6	
		5			7			1
7	2				1		8	
			7		3			
	1		9				2	5
3			4			6		
	8			7			3	
4					9			

Pêche À LA Pêche

Que celui qui n'a jamais péché s'intéresse au fruit du pêcher ! Remettez un peu d'ordre dans les séquences de lettres inscrites sur les pêches, afin de former un mot… plein de pêche !

FessesTifs

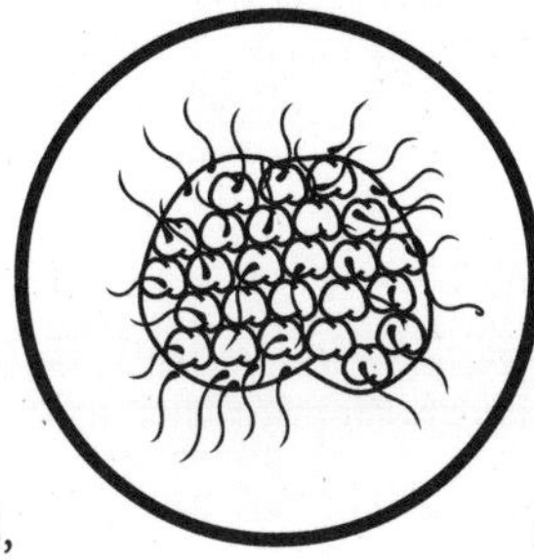

Vécébacter pilocula est une redoutable bactérie (inventée) faisant son nid dans les toilettes. Selon les espèces, son fessier et sa chevelure sont plus ou moins développés. Ah oui, nous sommes bien loin de la science que l'on vous a apprise ! Utilisez néanmoins un raisonnement tout ce qu'il y a de plus logique pour découvrir – en un élan festif – combien les bactéries de cette page (toutes identiques) ont de fesses et de tifs.

Lorsque Carline observe au microscope une plaquette où se tortillent trois *Vécébacter pilocula 2*, elle compte deux fois plus de tifs que de fesses. Et quand elle a quatre bactéries sous les yeux, Carline dénombre un total de 60 éléments anatomiques (fesses + tifs). Alors, Coco, combien *Vécébacter pilocula 2* possède-t-elle de fesses et de tifs ?

....

Cul-pide ?

Quand tout le monde est obligé de se cloîtrer chez soi et ne peut plus sortir, l'essentiel vient à manquer : la farine, les œufs, l'eau, les soirées entre amis, le foot à la télé, le shopping... Oui, tout cela, mais aussi autre chose qui a obnubilé les Français découvrant le confinement : le papier toilette !

L'auteur de ces lignes étant un hurluberlu qui en a toujours une centaine de rouleaux d'avance, il a eu à subir les railleries gogues-nardes de ses amis au téléphone : « Ben, si on vient à manquer, on sait où se fournir... » Rêvez toujours, pensais-je en effleurant d'un geste sensuel le plus doux de mes amis.

Le prix a commencé à grimper : pq ne pas se faire un peu de blé sur le PQ ! Un artisan a eu une idée moins cynique que les magasins de grande distribution : il a confectionné un gâteau avec une ganache montée au chocolat noir (le cœur caca du rouleau) contenant une mousse (référence à l'urine) à la pistache (ah ben oui, la pisse tache) et de la meringue, le tout enrobé de pâte à sucre de couleur blanche, pour figurer les feuilles de papier tant convoitées.

Ce boulanger du Calvados a écoulé sa première production deux jours après le 1er avril 2020 et a continué à avoir son petit succès en surfant sur la pénurie de PQ. Chez ses confrères, nous noterons le Corona cake, en forme de couronne, et le Choconavirus, deux exemples prouvant qu'on peut avoir peur de mourir, tout en continuant à se marrer.

Hello, Samuel !

En hommage à Samuel Morse, l'inventeur du code, et à Pierre Dac, créateur de *L'Os à moelle*, décryptez la petite annonce inventée « à la façon » de celles que publiait le journal.

A	B	C	D	E	F	G	H	I	J	K	L	M
.-	-...	-.-.	-..	.	..-.	--.	....	..	.---	-.-	.-..	--
N	**O**	**P**	**Q**	**R**	**S**	**T**	**U**	**V**	**W**	**X**	**Y**	**Z**
-.	---	.--.	--.-	.-.	...	-	..-	...-	.--	-..-	-.--	--..

.-. . .. -. . // -.. . // -... . .- ..- - . //

. . . .

-.-. .- -. .- -.. .. . -. -. . // .- .. -- .- -. - //

. . . .

...- .. -.-. - --- .-. // .... ..- --. --- //

. . . .

-.-. .... . .-. -.-. .... . // -- . - - . ..- .-. // . -. //

. . . .

... -.-. . -. . // -- --- - .. ...- . // .--. --- ..- .-. //

. . . .

-- --- -. - . .-. // .-.. . ... // -- .. .. //

. . . .

. .-. .- -... .-.. . ... //

. . . .

Bouche-trous

Inscrivez une lettre par tiret pour reconstituer six mots de la langue française. Si le squelette d'UNAU – un paresseux à deux doigts – ne vous suffit pas, aidez-vous de l'indice pour vous rapprocher à un doigt de la réponse.

1. _ U _ _ N A _ _ U _

2. _ _ U _ N _ _ _ A U _

3. U _ _ _ _ N _ _ A U _

4. _ _ _ U _ _ N _ A U _

5. _ U _ _ _ N _ _ A U _

6. _ U _ _ _ _ N _ _ A U _

INDICES

1. De l'avant-bras, pour mendier.

2. Où mes jours seront aussi longs que vos nuits.

3. Pour pipi, mais pas que...

4. Énormes !

5. Ah non ! vous ne l'avez pas sur le bout de la langue.

6. Disposés par cinq, dont un au milieu.

TAPIS C

Déterminez les valeurs relatives des pièces permettant d'affirmer qu'il y a autant d'argent à droite qu'à gauche sur les tapis A et B et répondez à la question finale concernant le tapis C.

TAPIS A

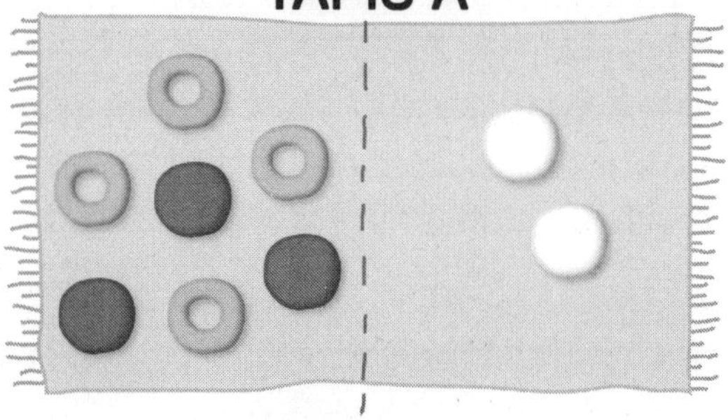

TAPIS B

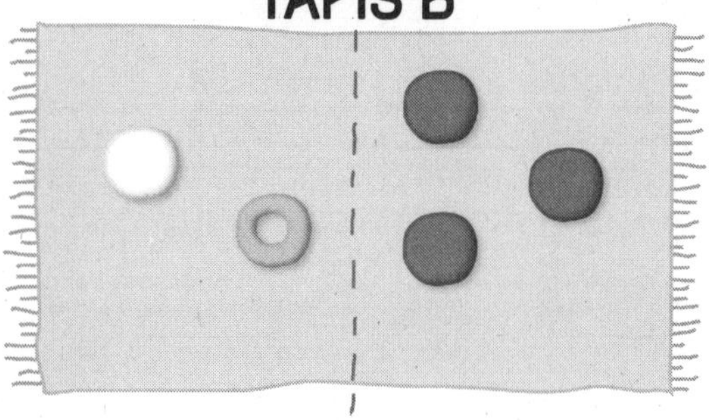

TAPIS C

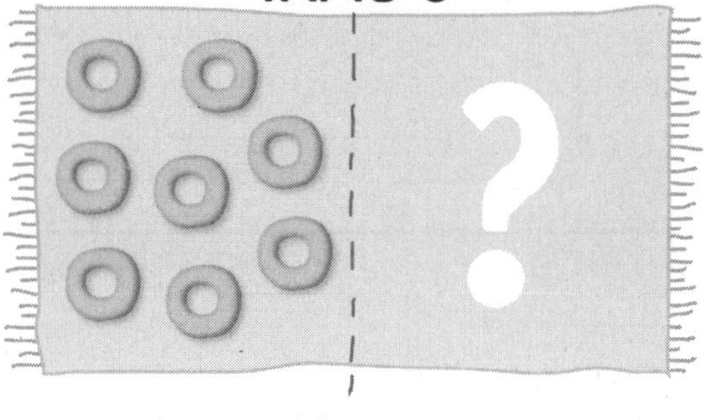

Combien faut-il de « pièces noires » pour qu'il y ait autant d'argent à droite qu'à gauche, sur le tapis C ?

SPHINX Ter

Le sphinx de Gizeh est impassible, le sphinx Bis est plutôt détendu mais le sphinx Ter est un peu contracté. Aidez-le à se détendre en trouvant le lien logique, le nom commun qui relie sans équivoque possible les six mots. Ayez du nez, contrairement au sphinx...

LAME

PENSÉE | COMBLE

COURSE | TEINT | DENTS

PAPIER TOILETTE, ÇA FAIT PT...

Initialement, cet article devait être un nouveau titre de jeu. Depuis le temps que je vous concocte des calembours pour habiller de jaune et de brun les parties supérieures de vos 666 pages de distractions toilettesques, je n'avais jamais eu cette révélation, cette épiphanie : le papier toilette, ça fait PT.

Non, l'adverbe initial « initialement » n'avait pas été utilisé au hasard, mais bien pour éveiller l'attention des plus sagaces : P de papier et T de toilette, ça fait PT, et PT, c'est « péter », tout comme IR vaut hier, AC assez et OQP occupé ! Cela devrait être écrit ainsi sur le verrou des WC, si vous voulez mon avis.

Du coup, l'idée m'est venue. Mais qui d'autre fait PT ?
Paul Touvier, par exemple, ce type qui a trop joué à la Barbie.
Pierre Tornade, un acteur qui s'y connaissait en vents violents...
Pierre Tchernia, monsieur Cinéma, créateur de *La Boîte à sel* (et pas à selles).
Philippe Tesson, critique de théâtre qui s'écoute probablement péter aussi.
Philippe Torreton, passé de Royal canin à *Tempêtes*, de Dominique Baron.
Patrick Timsit, qui avoue jouer à la *fart machine*, la boîte à prouts, avec ses fils.

La liste serait longue, mais cherchez dans votre entourage, si vous ne connaissez pas quelqu'un qui fait PT... Avec un peu de (mal) chance, il vous fait même chier !

Un-Zéro

0	1
1	0

VOICI UN JEU « BINAIRE »

La grille ne contient que des 0 et des 1, avec trois règles à respecter :

1. Chaque ligne (et chaque colonne) contient quatre 0 et quatre 1.

2. Il est interdit d'écrire trois chiffres identiques ou plus côte à côte.

3. Deux lignes (ou deux colonnes) ne peuvent être identiques.

Avec ces indications, complétez ce Un-Zéro.

0							
1				1		1	
						1	
	0		0				
0	0			1		0	
							0
		1	0				0

#CROISILLONS#

Complétez cette grille où les lettres P, I, C et A ont déjà été positionnées. Attention, les définitions sont souvent à prendre au second degré.

1. Débit de café.

2. Tube catholique.

3. L'autre pays du fromage ?

4. Lieu de drague pour l'Homme invisible.

5. Préparer la succession de ses fils.

6. Donner un coup de mains.

7. Père hoquet ?

8. Vins andalous, chéris de ces dames.

(M)OTS

DÉPLACÉS
BOURSICOTEUSE
FRUIT DE PALMIER
DURCIT EN HIVER
AU RYTHME D'ENFER
DISCULPER
PIONNIÈRES
PRÉCISE
INTERROMPANT
DÉMONSTRATIF
PRÉCÈDE
REPRIT LES MOTS
PRESSE LA DÉTENTE
VICTOIRE DE 1806
AVIVÉ
PORTUGAIS OU ESPAGNOL
TISSU POUR DRAP HOUSSE
ACCIDENT CAUSÉ PAR UNE FUITE
ENLEVER LE SAVON
PUNITION À COPIER CENT FOIS
C'EST-À-DIRE
COMPRIMÉE
FLEUVE BELGE
ÉTATS-UNIS
MILLILITRE
MOUTONNIER
CELLULES D'ASQUES
GRADE MILITAIRE
PERROQUET
VERTÈBRE
QUARTIER GÉNÉRAL
MOT DE PASSE
SIGNENT UN BAIL
APRÈS VOUS
ORNEMENT DU PRÊTRE
BELLE TRANCHE DE VIE

(F)LÉCHÉS

	HAÏR / COMMUNE DU NORD		SERVEUR EN AVION / SAINT		ÉLIMINAI LES MICROBES		ADMIRATIVE / VOILE D'AVANT		RISQUÉ / EMPLOI		MUSE DE LA POÉSIE TENDRE
					SUR-PRENDRE EN BIEN / MILLÉSIME						
			CERF DU CANADA / PRONOM RÉFLÉCHI							FORCE DE RÉSISTANCE	
							CHOISIT PAR VOTE / ZEN				
					VILLE SUR LA TILLE / ACCOLADE			NOURRICE DE DIONYSOS / DES NÈFLES			
			INHABITÉE / ILLUMINÉE								SALE À FORCE D'USAGE
				VRILLE À BOIS / VIOLON							
		À MONTRER AU DENTISTE / LUTH							TOUR DU TESSIN / DENSES, TOUFFUES		
ÉGALE À ZÉRO / TELS LES JEUX 2024						INFORMA-TEUR / ÉPOUX D'ISIS					
								TRANSPORT PARISIEN / D'ACCORD			
		MOLÉCULES / INDIVIDU					QUESTION DE PLACE / AFFEC-TUEUSE			ANIMAL FÉTICHE DE LA TRIBU	
				BILLETS / EMPEREUR							
	BOIRA SON LAIT / CÉRÉALE BARBUE							APPEL DÉSESPÉRÉ / FABULISTE GREC			
					TERRE ÉMERGÉE / VARIANTE DU PAL				ÉQUERRE / LES POINTS SUR LES I		
			AIDE / ET AINSI DE SUITE								D'UN BLANC NATUREL
		PÉRIODE / CAPITAINE D'ARCHE				STANDARD / POUFFE					
				SPÉCIALITÉ BRETONNE / SOLEIL ÉGYPTIEN						TIERCE PERSONNE	
	TEINTAI DE BRUN-ROUGE						HUILE ORIENTALE				
			RAPPELANT LE QUINQUINA					MÉTAL LÉGER			

Blagues

Allumé le fou, alluméééé le fou-ou

☺

– Que dit maman allumette à ses enfants ?
– Surtout, ne vous grattez pas la tête !

***

Un fou s'acharne sur un paquet d'allumettes, probablement humide. Il n'arrive à en allumer aucune. Au bout de la vingtième tentative, enfin, une allumette s'embrase et il l'éteint immédiatement.
– Mais pourquoi tu l'as éteinte ? lui demande son ami.
– Bah, je ne suis pas fou ! Celle-ci fonctionne, je la garde pour plus tard.

***

Aux États-Unis, dans les années 2000, un type en voiture est bloqué dans un embouteillage. Après une bonne demi-heure d'attente, un homme arrive et frappe à la vitre. L'automobiliste la baisse et demande :
– Mais qu'est-ce qui se passe ?
Des terroristes ont pris George W. Bush en otage et ils demandent 20 millions de dollars ; sinon, ils l'arrosent d'essence et lui jettent une allumette enflammée. Donc on a commencé une collecte...
– Waouh ! OK, pas de problème. Et les gens donnent combien en moyenne ?
– Bah, 5 ou 10 litres.

MANDALA

ALPHAKU-KU

Remplissez la grille pour que chacune des lettres « L, E, N, I, G, M, O, W, C » figure une seule fois sur chaque ligne, dans chaque colonne et dans chaque petit carré de neuf cases aux contours renforcés. Quelque part s'inscrira un terme qui lèvera le mystère planant sur « l'énigmo W-C ».

E	I							
	W			I		N	M	C
		N		C				
	G		N		E	O		
		O	I		G		W	
				G		L		
L	C	E		M			G	
							I	M

LE CHICHSTRAC

Dans les trois citations, un même terme a été remplacé par cet étrange **CHICHSTRAC**. Votre seule corvée sera de toiletter ces phrases pour retrouver le mot commun d'origine.

1. « Pour le **CHICHSTRAC**, le nuage devient fardeau. »
(Mahmoud de Kachgar, linguiste du XIe siècle)

....

2. « Le jour est **CHICHSTRAC** mais la nuit est active. »
(Paul Éluard)

....

3. « Le **CHICHSTRAC** est plus loyal que les autres hommes, il ne fait pas semblant de travailler. »
(Tristan Bernard)

....

CROISÉS 3D

Cette grille est en 3D, mais inutile de chausser vos lunettes pour le cinéma ! Les mots s'y croisent dans trois directions indiquées par les flèches blanches sur fond sombre. Inscrivez vos réponses en respectant les sens indiqués et sans dévier : la perspective est un peu trompeuse au début, mais vous allez vite vous familiariser. Embarquez pour votre premier voyage dans l'espace !

HORIZONTALEMENT :

A. Il aimait Hermione et Pylade, pas Pyrrhus. **B.** Nous fait toute une corrida. **C.** Branché, mais plus dans le coup. Adepte de la promotion canapé. **D.** Forcément, ça amène à réfléchir. Sensibilité à la lumière. **E.** Concernant trop Trotro. Sans lui, c'est *no* pour « J'aime ce bond ». Pilote de lignes. **F.** Emposieu ou igue, selon les régions. Vindex lui exprima sa vindicte. **G.** Profite lentement de la libation. Iridium du labo. Effeuillage de Marguerite. Interjection. **H.** Hameau antillais. Plante à bulbe. Colère. **I.** Elle avance en courant. Insupportables.

VERTICALEMENT DE GAUCHE À DROITE :

1. On n'y accède pas sans une clé. Hatha santé. Gâtés. **2.** Meilleurs des mondes. Seuls les premiers passent à son crible. **3.** Alexandre le Grand décida d'en faire son foyer. Ragoût nullement ragoûtant. Glutamyltransférase, après gamma. **4.** Adoratrice des astres en Turquie. Luth à long manche. **5.** Un compliment au chef. Supercontinent. **6.** Après cela, la moutarde ne vous monte plus au nez. Il est étain... **7.** Causes d'un mécontentement. **8.** Invitation au voyage peu poétique. **9.** Variante de note. Opère en retrait.

VERTICALEMENT DE DROITE À GAUCHE :

I. Rouage de piston. Un surveillant des forçats. **II.** Nombre d'entre elles sont ostréicultrices. Lança de brefs éclats. **III.** S'opposer à une poussée. Un surveillant des « forza » ? Terre inculte. **IV.** Branche pour les rouges gorges. Assortit harmonieusement les couleurs. Escale dans le golfe de Gascogne. **V.** Cosmétique dermatologique. Absence de réponse. **VI.** Selon Homère, Thésée l'a huée à Dia. Qui ne sent pas le renfermé. **VII.** Probablement un Romanov. **VIII.** Joua de ses charmes. **IX.** Sa vie résumée : châtré, engraissé, dévoré.

(En Catimini)

De l'affabulation infantile au blasphème

La racine indo-européenne au h aspiré *BhA–, désignant l'acte ou même l'idée de parler, nous est parvenue principalement via le verbe latin *fari, fatus* et le nom grec *phonê,* « la voix, le son ». Notons les dérivés *fabula,* « le récit », *fama,* « la réputation », et *fateri,* « l'acte de déclarer ». Mais trêve de fariboles, halte à la préface ! Parlons sans nous infatuer de parler.

Fari, via *ad fari,* « parler à » a donné *affabilis,* affable, celui à qui l'on peut parler alors qu'un souvenir ineffable ne peut être exprimé par le langage. De *praefari,* « dire avant », vient la préface. *Fans,* le participe présent de *fari,* a engendré par son contraire *infans,* l'enfant, celui qui ne parle pas encore, et ses dérivés : enfantin, infantiliser, infanterie, fantassin ou fantoche. De *fatum* naissent fatalité et fatidique, mais aussi le fado, chant portugais invoquant ce destin. Le *fatutus,* celui qui a accompli son destin, a donné feu, synonyme de décédé. Enfin, la divinité présidant à votre destinée, la *fata,* a donné le mot fée et ses dérivés, féerie en français ou *fairy* en anglais.

Jean de la Fontaine vous l'aurait avoué : de *fabula*, le récit, sont nés la fable, le fabliau, l'affabulation ou l'adjectif fabuleux. S'y ajoute de façon moins évidente le faquin hâbleur, beau parleur exagérant ses mérites, via *hablar* emprunté aux Espagnols, peuple auquel on attribuait jadis cette faconde touchant à l'incontinence. La *fama,* « bruit qui court » et donc réputation, nous est restée pour bien ou mal famé, fameux, infâme et les composés de diffamer. Enfin, *fateri* et son participe passé *fassus* devenant *fessus* dans les verbes composés, « avouer », ont donné professer, parler devant tout le monde puis enseigner, ou confesser.

Le verbe grec *phanai* a donné l'aphasie ou la dysphasie, troubles de la parole. De *phêmein,* « prononcer des paroles de mauvais augure », sont issus blasphème et prophète et les mots associé à *phonê* sont nombreux et plus évidents, comme le téléphone. Paroles, paroles, paroles !

Alphabête

Chacune des lettres de l'alphabet doit être utilisée une et une seule fois pour compléter les dix mots de la liste, où figurent au moins trois animaux. Biffez les lettres employées au fur et à mesure, mais attention aux pistes multiples. Demandez-vous où placer les lettres rares : J, K, Q, W, X, Y et Z.

1		E	S	T	E			
2	O	R		U				
3		U		R	T			
4			A	L	A			
5	L		N					
6		E			E	U		E
7		A	B		R			
8	C	O			R	I	S	
9		I		E	S	S	E	
10			A	M	A	N		

A	B	C	D	E	F	G	H	I	J	K	L	M
N	O	P	Q	R	S	T	U	V	W	X	Y	Z

CLÉS EN MAIN

Les graines du goinfre Coco sont gardées dans un coffre-fort. Notez dans chaque clé la lettre à laquelle elle est associée sur la page de droite. En trouvant le bon point de départ, lisez ensuite le mot de passe ouvrant la serrure. Attention aux trois clés qui sont là pour vous piéger!

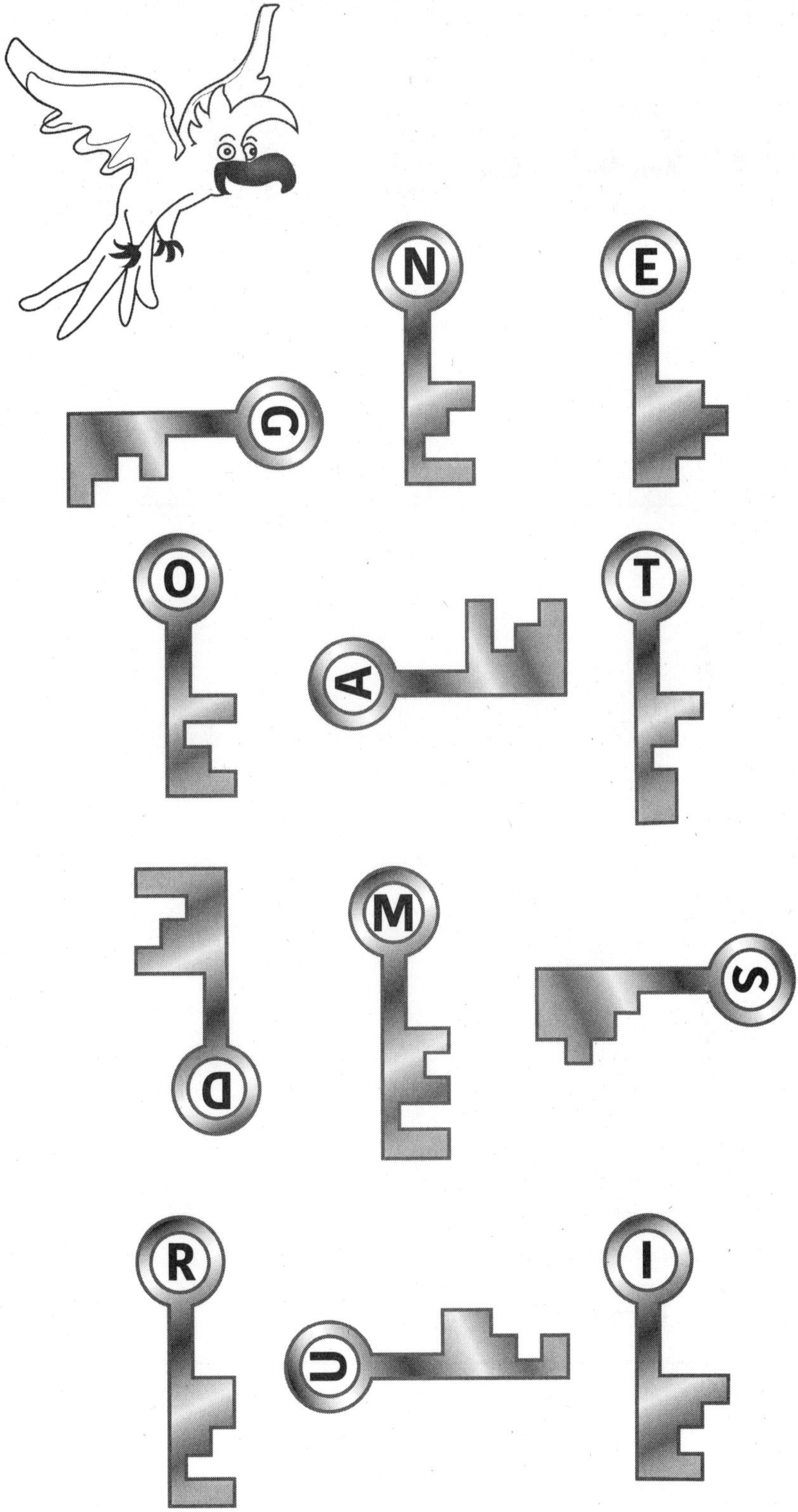
N
E
G
O
A
T
D
M
S
R
U
I

Célébr(u)ités

Ebenezer Prout

Vous vous rappelez de William Prout (p. 133) ? Nous avons retrouvé un autre Prout, né en 1835 à Oundle et mort en 1909 à Canterbury. Lui aussi a fréquenté l'université d'Édimbourg, dont il sortit docteur « au nord y s'causa », alors qu'au sud, non, il resta muet.

Lui, son truc, ce n'était pas la chimie, mais la musique, la composition surtout. Il enseigna le piano, après l'avoir étudié auprès de Charles Salaman – ce n'est pas un surnom donné par ses maîtresses –, il théorisa l'harmonie et se passionna pour les cantates de Bach et les oratorios de Haendel, qu'il réédita en y apportant ses propres nuances. Ah, ben, Prout ne se gênait guère !

Parmi ses élèves figurait un John Waterhouse qui, à force d'écouter Prout, se dit qu'il avait vraiment un nom et une vie de chiotte.

Côté musique de chambre, Ebenezer Prout fut assez créatif aussi : d'une romance et d'un duo concertant finit par naître un fils, qu'il nomma Louis Beethoven. Je vous jure que c'est vrai ! Déjà, l'ouïe et Beethoven, ça ne va pas bien ensemble, mais terminé par un prout, ça frise le ridicule. Mais, plus un mot, filez p. 246 si vous voulez savoir ce que devint le marmot...

MÉGA(cô)lon

La digestion se termine dans le côlon. Quel mot méga-long va sortir, élaboré à base de CACA et des dix autres lettres proposées ? C'est un test, hein !

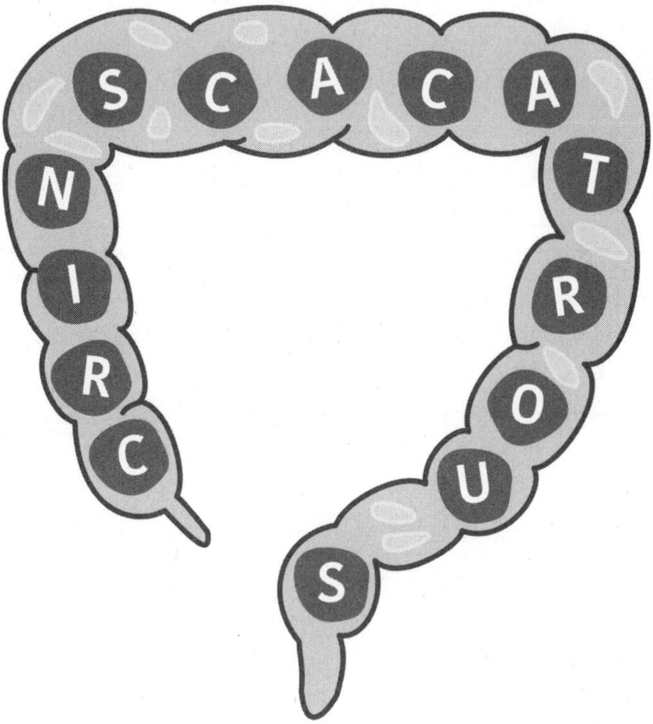

QUID

Tentez de répondre à ces six questions.

1. Comment dit-on « caca » en anglais : *number one* ou *number two* ?

2. Que contient la fosse où l'on stocke le buis utilisé pour fabriquer des peignes d'Oyonnax d'une magnifique couleur rouge palissandre ?

3. Quel ingrédient faut-il ajouter à l'eau tiède et au son pour obtenir le « confit de Millau » utilisé par les mégissiers ?

4. Dans quel pays situe-t-on l'invention du papier toilette, au XIVe siècle, pour l'usage exclusif de l'empereur ?

5. Quel président américain a exercé, en 1996, son droit de veto sur une taxe de 6 cents appliquée sur chaque rouleau de papier toilette ?

6. Depuis 2001, de quoi le 19 novembre est-il la Journée mondiale ?

CA-CARRÉ MAGIQUE

Complétez ce ca-carré magique avec des nombres allant de 1 à 25, sachant que la somme sur chaque ligne, dans chaque colonne et sur chacune des grandes diagonales doit être égale à 65. Chaque nombre ne doit apparaître qu'une seule fois.

			4	15	65
20		1			65
	5		21		65
2		25		6	65
11	22	19		3	65

65 65 65 65 65 65 65

Le Trou

Trouvez le mot manquant
dans ces extraits de tubes que
vous avez probablement fredonnés.
Notre chanteur a un trou : comblez-le.

1. « Je rêve d'un .... avec toi,
en haut de la falaise tu viendras »

2. « D'avoir des .... de choses
qui donnent envie d'autre chose »

3. « Donnez-moi une .... ,
j'en ferais quoi, papala papapala »

4. « Où t'es ? .... où t'es ? »

5. « Prends garde, sous mon .... la grenade »

6. « Car je suis .... de toi, Houna,
quand tu ne m'appartiens pas »

Le saviez-vous ?

La ferme, Orwell !

On a tenté de censurer George Orwell, auteur du génial et prophétique *1984*, journaliste et essayiste engagé contre toute forme d'impérialisme ou de colonialisme, ce qui ne plaisait ni à l'Empire duquel il faisait partie (il était né dans le Bihar, en Inde, alors Raj britannique) ni à ses alliés en temps de guerre, l'Union soviétique, pour ne pas la citer.

Les Big Brothers de tout poil avait donc un œil ou une oreille sur tout ce qu'il publiait. Lorsqu'il écrit *La Ferme des animaux*, en 1945, il compose une préface dénonçant la censure britannique sur toute critique de l'URSS, mais cet avant-propos ne paraîtra pas... Le roman d'ailleurs aura du mal à trouver un éditeur, car le texte assimile les dirigeants communistes à des cochons !

Lisez, relisez ou faites lire à ceux que vous aimez ce court récit d'une révolution, dont les idéaux fluctuent selon le rang auquel chacun accède. Les puissants imposent aux autres des règles qu'ils ne s'appliquent pas... Une morale toujours d'actualité, non ?

Saviez-vous que le titre initialement choisi pour la version française était *Union des républiques socialistes animales* ? L'acronyme (nom formé des initiales) aurait été URSA, une référence directe à l'URSS. Qui plus est, l'ours (*ursa*, en latin) est un animal fréquemment associé à ce pays. Le titre, selon Daniel J. Leab, fut changé pour « éviter de trop froisser les staliniens ».

Vous repasserez !

Usage De Faux

Parmi ces cinq propositions,
une seule n'est pas une *fake news*,
une « information mensongère ».
Laquelle ?

1. Sur la première affiche de campagne de JKF, Kennedy était écrit avec un seul N.

2. Angela Merkel a posé nue sur une affiche de campagne pour une liste briguant la mairie de Kasner, en RDA.

3. François Mitterrand a fait toute sa campagne pour la présidentielle de 1974 sans apparaître sur aucune affiche.

4. Le bébé que l'on voit derrière le slogan Génération Mitterrand, tenant la main du président, en 1988, a été élu maire de Jarnac en 2020.

5. Une affiche de campagne de Coluche pour la présidentielle de 1981 disait : « Votez caca... prout ! ».

ROSACE

Remplissez la rosace en ordonnant ces lettres. Écrivez les mots de l'extérieur de la rosace vers le centre, comme pour CHAMP et PAGNE (le champagne, c'est mieux que l'ex-crémant). Attention aux anagrammes, il n'y a qu'une solution à cette fleur.

Dans le sens des aiguilles d'une montre (repères lettres)

A. ENPRU
B. AEGLU
C. AEQSU
D. EGIPS
E. AEETX
F. ENSTV
G. CEESV
H. EGORT
I. DEINR
J. DELNO
K. ACENO
L. EEFMM
M. CEIMR
N. DDEIN
O. EFNOT
P. AEPSU
Q. **ACHMP**
R. CEHOR

Dans le sens inverse (repères chiffres)

1. AEHPS
2. AEMOR
3. LPRSU
4. **AEGNP**
5. EIQTU
6. AEGUV
7. EEEVX
8. EEGNS
9. CDEOT
10. EILRS
11. CENOS
12. ADEFT
13. EEMNR
14. DEMNO
15. EFIMR
16. CENOP
17. ACDIN
18. CEHTU

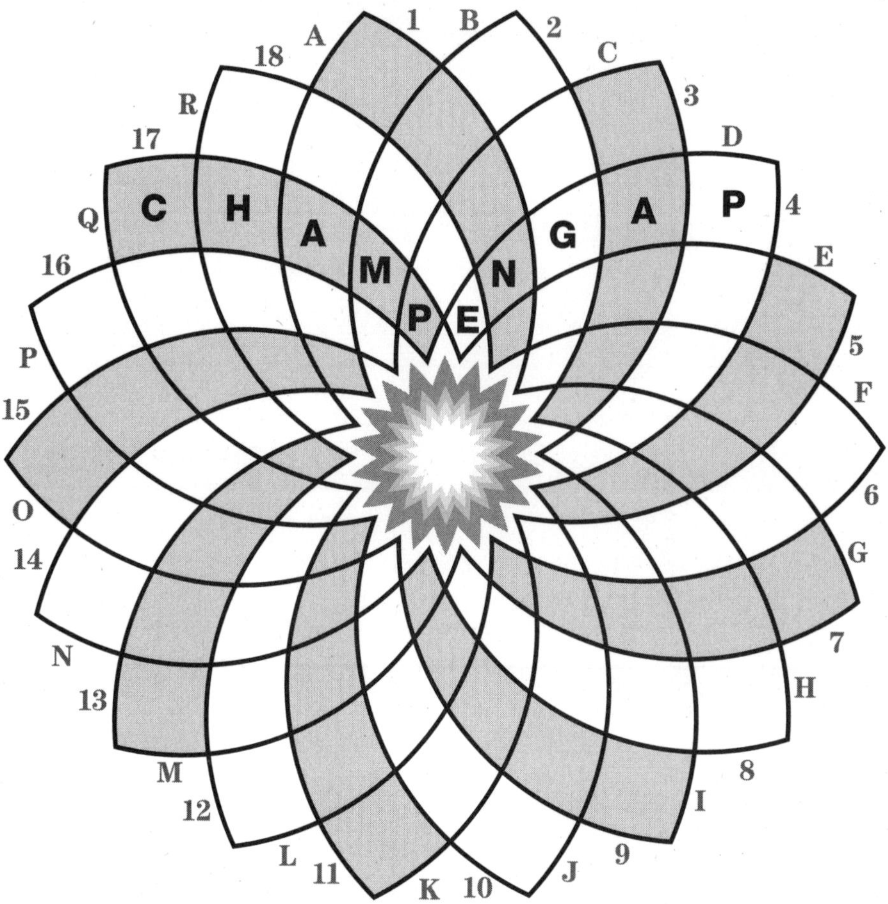

(M)OTS

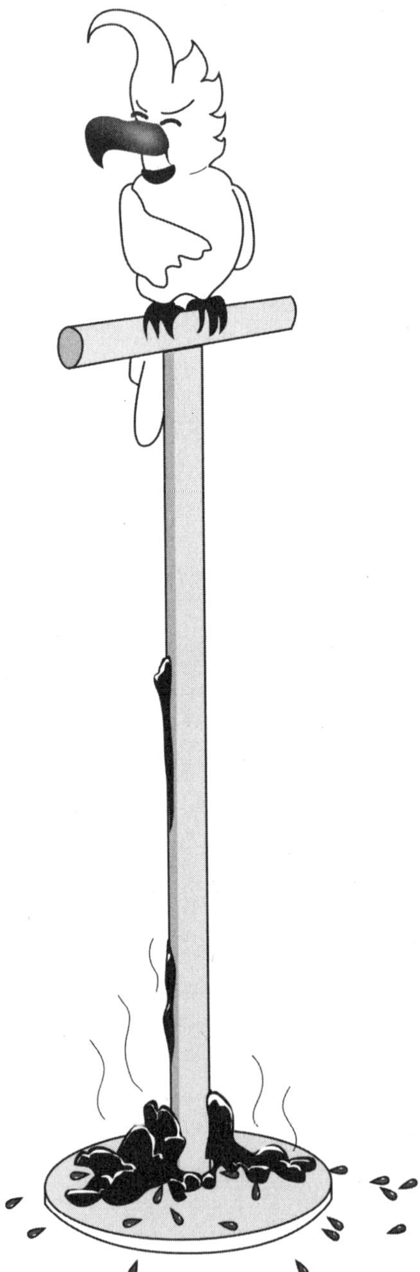

- DIADÈME À DENTELLE
- ENTRÉE EN BOÎTE AVEC NICOLAS
- DÉPASSÉ
- NÉ D'ON NE SAIT QUI
- D'AIRE-SUR-L'ADOUR
- SOLEIL AU ZÉNITH
- INDICATION EN MARGE
- NOUVEAUTÉ OCCIDENTALE
- TYPE BIEN, EN FAÇADE
- ROMAN-SAVON DE MARSEILLE
- CONFIOTE
- OUIMET QUI, TANNÉ, CAPITULA
- PSITTACIDÉ
- PETIT POUCE, HÉ !
- GRANDES GAGNANTES À MOTUS
- MERCENAIRES DU PACHA
- PETITS DE LA FRONDE
- FRUIT D'OLIVE
- RAFISTOLANT
- VIVE L'ÂME À RIEZ !
- CLÉ DES CHANTS
- RÉVÉLER
- CHANGEMENT DE RÉGIME
- LA BOULETTE !
- EXPERT EN HÉRITAGE
- RAPPELANT UNE CHUTE
- CESSA DE FLOTTER
- SINGULIER
- BEN, C'EST PAREIL !
- BOMBARDES ET BINIOUS
- FIBRE D'AGAVE
- FIT UNE FAVEUR
- GROS PORTEUR
- NŒUD DE CHAISE
- MINÉRAL
- ÉQUERRE
- DE LABOUR
- AGITÉ DU BOCAL
- MANCHE DE PINCEAU

(F)LÉCHÉS

TALUS
C'EST TOUT QOM
SHUNT ALVÉOLAIRE
MADAME LOVELACE
BOULANGER DE PAGNOL
MADAME DU ROBERT
LANGUE DU VIKING

IL A UNE TÊTE D'ALLUMEUR
UN CYGNE INSIGNE
PUIS
MICHAEL HOLBROOK PENNIMAN
JOUÉE POUR LA PREMIÈRE FOIS
EN RUINE
LANTHANE
TRAM POUR TRAME
PAS UN BUT, AU FOOT !
LA RADIO D'OPINIONS
BÉARNAIS VISANT LE PANIER
VENDANGE DES *OKIES*
ALLIAGE FABULEUX
SEYANT AU PILOTE DE LIGNE
POSTURE DE YOGA
BABA
MOUSTIQUE
LIEU DE JAVA
OMETTRE
BRETON EN WRAC'H
JE L'AVAIS PRÉVU !
PRODUIT DE VÊLAGE
UNE VUE DE BORD D'OS
JUSTE UN SUCRE, MAIS C'EST UN PEU RÉDUCTEUR
BANDA AU SULTANAT
PLUTON DE PLATON
SOUS-ENSEMBLE D'ANNEAU
L'ÎLE DES OGIENS
SON CHAT ÉTAIT BIEN PERCHÉ
ACCORD
POSSESSIF
L'ACTU D'ALAIN SOUCHON
CERCLE INTIME
HISTOIRE D'E
LAVANDE MÂLE
INCARNES
MALADIE DE LA VIGNE
SUIT
TEL NÉO DE *MATRIX*
SE PROSTERNE
L'ART DE XÉNOPHON
AUBAINE PENDANT L'EXODE
GROUPE DE STRATÈGES
PAR EXEMPLE
DÉNOUEMENT DE POLARS
BRUIT DE MARRON
AFFLUENT DE L'OUBANGUI
À FOURNIR
CANDELA PAR MÈTRE CARRÉ
TABLE DE MULTIPLICATION
RIVIÈRE DE SUISSE
MÉMORISÉ
À FÊTER
PEIGNE POUR LE LIN
CHÂTEAU DE LOUIS-PHILIPPE

LA SUITE

Voici vos douze travaux d'Hercule. Vous avez les boules, de 1 à 11. Pour ne pas les avoir tout court, déduisez par un raisonnement logique la valeur de la dernière.

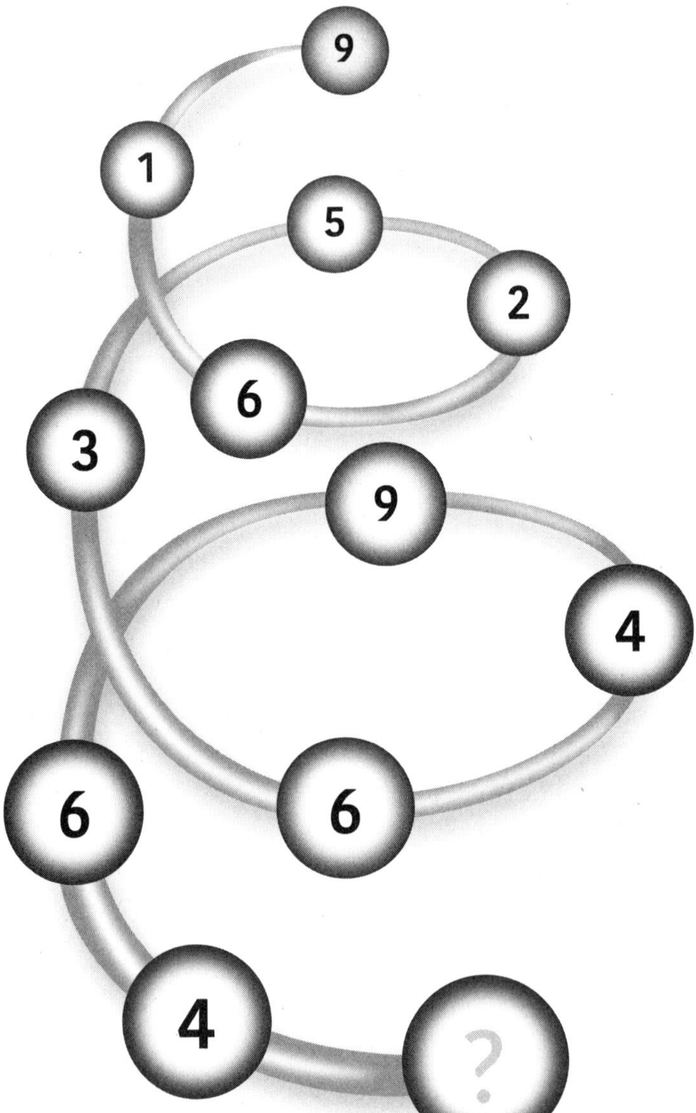

chenille

Passez d'un mot au suivant, dans cette chenille, en opérant la substitution indiquée et en modifiant l'ordre des lettres. Hors noms propres, il n'y a qu'une solution par ligne, en tenant compte des lettres déjà placées.

−T+E		**R**					
−O+L			**L**				
−B+C						**R**	
−L+I							**R**
−U+N	**A**						
−E+A					**R**		
−S+B							

−N+A 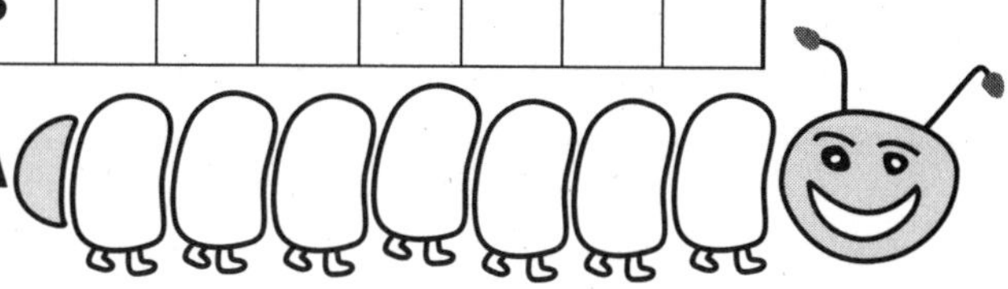

Blagues

Rhôôô, Toto !

☺

Toto a une question pour la maîtresse :
- C'est qui, Gibraltar, madame ?
- C'est un détroit, Toto !
- Ah ? Et c'est qui les deux autres, alors ?

***

- Toto, de quel auteur est *Le Petit Prince* ?
- Bah, 1 mètre 10, 1 mètre 20 à tout casser, madame !

***

- Commençons le cours de catéchisme par une question simple : combien y a-t-il de sacrements ?
- Il n'y en a plus, répond Toto, ma grand-mère vient de recevoir le dernier !

***

- Toto, Pi, c'est combien ?
- Ben, deux chez la vache, m'dame !

***

Le professeur demande à Toto :
- Toto, cite-moi le nom d'un port étranger.
Après une longue réflexion, Toto essaie :
- Un cochon d'Inde ?

7 HORREURS

Calculs durs, hein !

+ − × ÷

Avec les quatre opérations de base (+ − × ÷) et en utilisant au maximum une fois les plaques proposées, tentez d'atteindre le nombre cible : 916.
Il existe deux approches pour y parvenir. En trouverez-vous au moins une ?

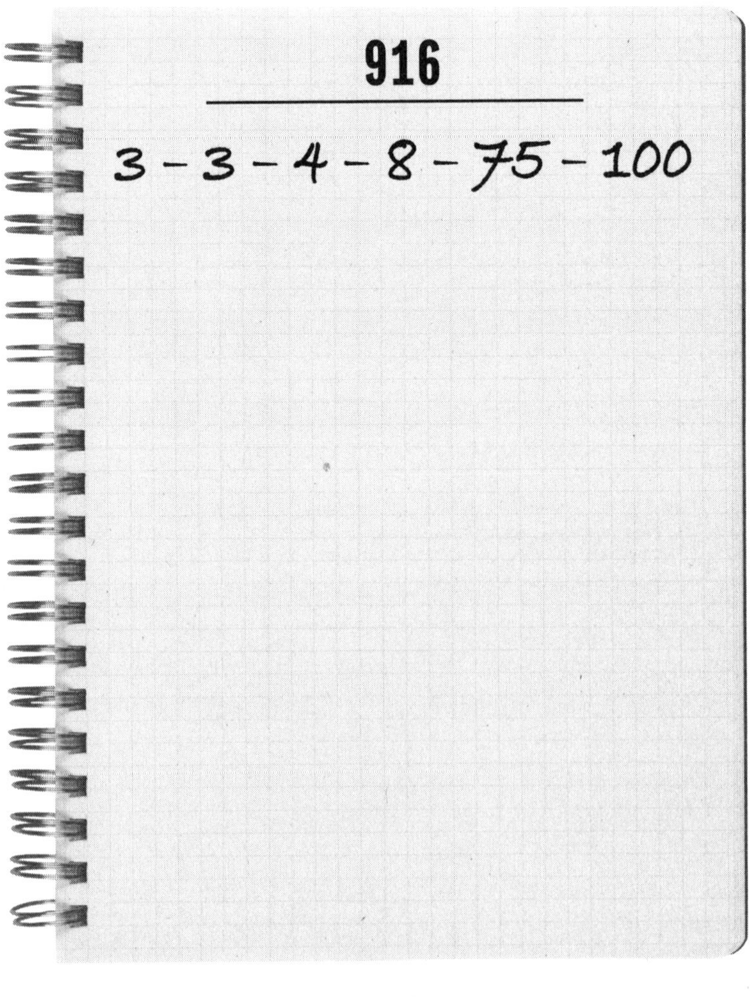

SUDOKU-KU

Remplissez les cases vides de ce sudoku-ku pour que tous les chiffres, de 1 à 9, soient inscrits une seule fois sur chaque ligne, dans chaque colonne et dans chaque petit carré de neuf cases aux contours renforcés.

	5	8					7	2
			8			9	4	
	3			7		6		
			6	8				
1								4
				9	3			
		3		1			5	
	1	9			8			
4	6					8	2	

LA TÊTE AU

Dans chacun des carrés ci-dessous figure un mot. Trouvez-en une anagramme correspondant à l'une des définitions sur la page de droite (exemple au centre du jeu : DRAME pour l'indice 5). Inscrivez ensuite, dans la tête dessinée, le numéro de la définition du mot recherché. Reportez l'initiale du mot trouvé, ici un D, dans les cases numérotées de l'échelle de décodage, en bas de la page des indices. Vous complèterez ainsi une brève de comptoir de Jean-Marie Gourio : « La première chose à faire pour jouer du piano, … ». À la fin, en cumulant les chiffres des définitions, il vous faudra totaliser 65 sur toutes les lignes, toutes les colonnes et les deux diagonales de ce carré magique consacré au jeu.

ROUGE -----	PIQUÉES -------	VOÛTÂT ------	ACQUITTE --------	INNÉITÉS --------	= 65
JEUNE -----	SINUONS -------	CAPÉES ------	NOÇAIS ------	LOGE ----	= 65
TRIPES ------	FANENT ------	MADRÉ 05 DRAME	PERCLUSE --------	SURS ----	= 65
ÉTOILER -------	NICODÈME --------	LISSOIR -------	LIÉGEÂT -------	COTISÉE -------	= 65
MARI ----	DOUCES ------	SOIE ----	OVIDE -----	CONTRARIÉE ----------	= 65
= 65	= 65	= 65	= 65	= 65	

65 = (diagonales) = 65

CA-CARRÉ

1. En jouer permet d'écarter ses rivaux plus ou moins loyalement. **2.** C'est la somme jouée revenant au gagnant. **3.** Ses jeux sont les dadas, le monopoly… **4.** C'est une stratégie pour parvenir à la victoire. **5.** Il se joue sur scène et tragiquement. **6.** Il a dit : « Dieu ne joue pas aux dés ». **7.** C'est jouer en bourse. **8.** Elles sont partout sur un jeu de 63 cases enroulées en spirale. **9.** C'est le jeu d'une même note par plusieurs instruments. **10.** La première en France fut tirée en 1539. **11.** C'est une issue de jeu sans vainqueur ni vaincu. **12.** Le jouer consiste à mettre tous ses œufs dans le même panier. **13.** Un problème facile à résoudre en est un jeu. **14.** Ce jeu de cartes s'accompagne parfois d'un gin. **15.** Tout le monde a joué avec cette brique en plastique. **16.** En mécanique, un jeu en est un petit entre deux pièces. **17.** Quand il joue, il est certain de gagner de l'argent à la fin. **18.** De Barbarie, il se joue à la force du poignet. **19.** Ce pays a organisé les Jeux Olympiques en 1980. **20.** C'est le support de jeu le plus prisé depuis Pong. **21.** Les jeux de mots y font appel. **22.** C'est le moment du jeu dans la cour de l'école. **23.** On peut y jouer aux machines à sous ou à la roulette. **24.** Les jeux, comme les sorties, les agrémentent. **25.** Elles sont souvent deux à s'affronter au cours d'un jeu.

				D								
1	2	3	4	5	6	7	8	9	10	11	12	13

14	15	16	17	18	19	20	21	22	23	24	25

Tomba tomba…

À l'aide des définitions, à-peu-près homophoniques (aux mots faux, nique !), trouvez les huit mots solutions, en consommant la totalité de la réserve de lettres. Tomba était le roi du slalom.

1. Ton bât.
2. Ton bas.
3. Ton bas.
4. Tombe à…
5. Ton bas.
6. Tomba.
7. Tombât.
8. Tomba.

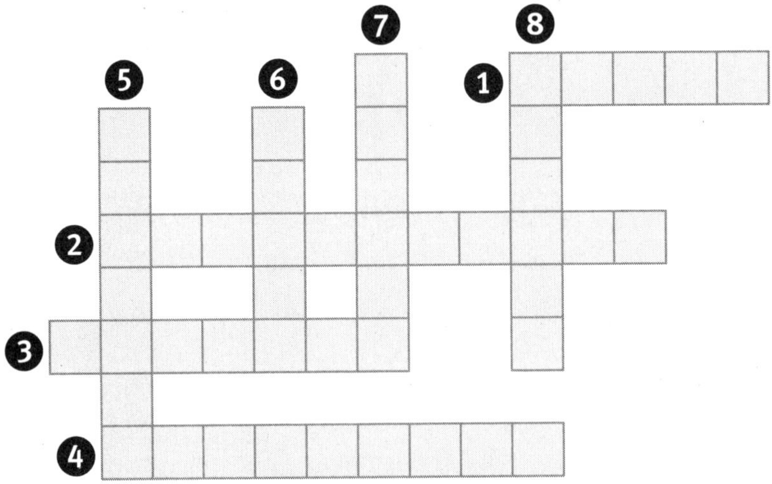

RÉSERVE DE LETTRES

A	C	C	D	E	E	E	E	E	E	E	H
I	K	L	L	L	L	L	M	M	N	N	O
O	P	R	R	R	R	S	S	S	S	S	T
T	T	T	U	U	U	U	U	U	U	U	

50 uros d'amende

Amender un sol, c'est en améliorer la qualité. Lui-même exploitant agricole, le maire de Prudemanche, commune d'Eure-et-Loir de 260 âmes, en a eu ras le bol des arrêtés anti-pesticides pris par ses homologues au bras en écharpe qui ne connaissent pas la terre aussi bien que lui.

Il a donc décidé d'y aller de son propre arrêté interdisant de faire « pipi à moins de cinq mètres d'un champ », sous peine d'une amende de 50 euros, dont nous avons subtilement omis l'e initial dans notre titre… L'urine humaine révèle « une présence importante de produits chimiques interdits en agriculture », justifie-t-il non sans malice.

Messieurs, laissez votre prude manche reposer derrière sa braguette, car l'arrêté stipule que « toute infraction constatée sera sanctionnée d'une amende de 50 euros et, en cas de récidive, la pénalité pourra aller jusqu'à la saisie des moyens incriminés ».
La saisie, zi, zi ! La saisie, zi, zi !

Au même moment, un programme lancé par l'École des Ponts Paristech fertilisait 7 000 m² de cultures de céréales dans les Yvelines et dans l'Essonne. Le responsable annonçait même qu'en récupérant l'urine des 10 millions de Franciliens pour enrichir les champs de blé, on pourrait produire 25 millions de baguettes de pain par jour…
Alors, amende ou amendement ?

Le pendu

Vous avez tous déjà joué au pendu. Observez bien les lettres des essais infructueux, et déduisez-en le seul mot possible dans cette configuration. Cela rime (pauvrement) avec pendu…

Lettres déjà proposées mais pas dans le mot :

S	Y	M
P	A	C
O	I	E

		R	L					

BONUS

Observez les lettres bien placées sur fond gris foncé ou mal placées sur fond gris clair pour deviner le seul mot final possible. Attention, certaines lettres n'ont peut-être pas encore été proposées.

G Gris foncé

G Gris clair

N	A	V	R	A	N	T
N	U	B	U	C	K	S
N	U	P	T	I	A	L
N	A	B	I	S	M	E
N	U	N	U	C	H	E
N	_	_	_	_	_	_

LA CIBLE

Partez de la lettre cerclée. Sautez un certain nombre de lettres (toujours le même pour cette cible), lisez la suivante, et continuez ainsi pour trouver deux anagrammes, dont la pertinence a éclaboussé le monde entier en 2020.

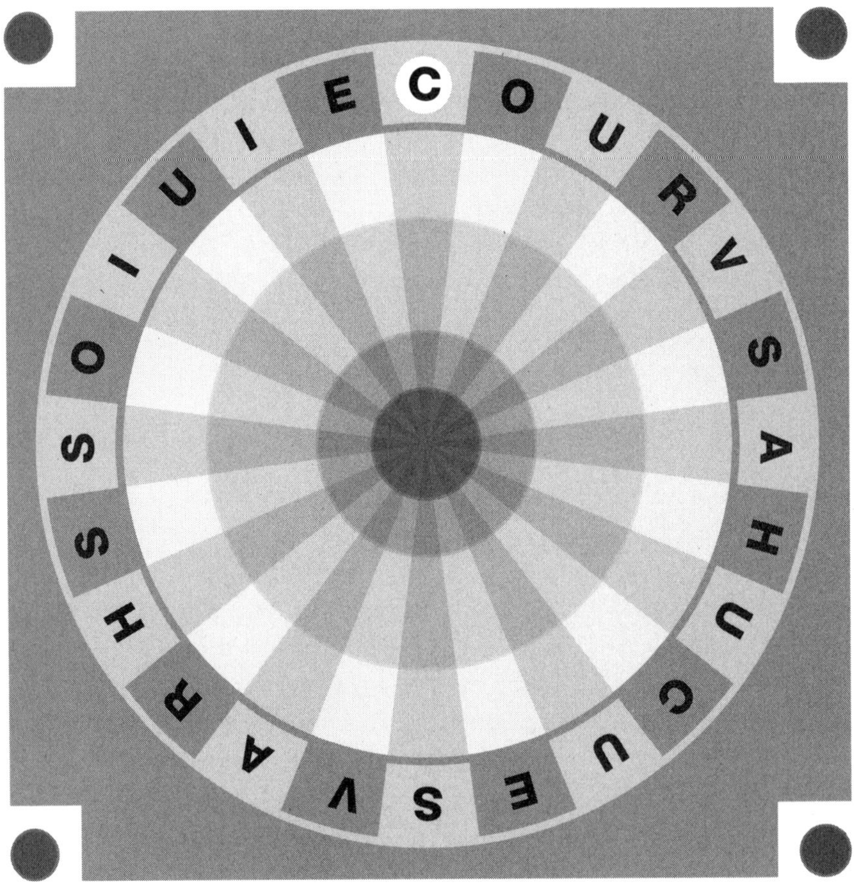

Pêche à la Pêche

Que celui qui n'a jamais péché s'intéresse au fruit du pêcher ! Remettez un peu d'ordre dans les séquences de lettres inscrites sur les pêches, afin de former un mot... plein de pêche !

....

GRANDES

HORIZONTALEMENT : **A.** Conseil vestimentaire de saison. Appareil d'écoute sous-marine. **B.** Modifier pour un meilleur usage. Premier jour des soldes. C'est le souk ! Sorti de l'enceinte. **C.** Froid intense. Aux normes de son temps. C'est-à-dire. Solidement fixée. Portés jusqu'à la corde. **D.** Plus que fatigué. Cariatide au masculin. Articles suivant un décès. **E.** Révolte de bambin. Creusât d'étroites entailles. Matelas, sommier et draps. Laisse entrer la bise. Poignée de sac. **F.** Complément du masque. Marquée de rayures. Tourneur-fraiseur. Moment de payer le loyer. **G.** Toile de jean de Nîmes. Pousser le bouchon un peu loin. Démonstratif. Planche de soutien. Établir son nid. **H.** Monnaie asiatique. Pages opposées aux rectos. Élément de trousseau. Identique. Nombre de merveilles. Paysage admirable. **I.** Juif du Nigéria. Détesté. Assujettissent ou proposent. Ypres, en version flamande. **J.** Compère du lipide et du glucide. Rendre sans danger. Antique réponse de divinité. Métal en filon. **K.** Cri effrayant. Revenus assurés pour la vie. Article pluriel. Filles d'une sœur. Relève la préparation. **L.** Donneras dans le pastiche. Cheville support de balle. Estomaqué. Prit sa plus belle plume. **M.** Lac des Pyrénées. Rebelle libertaire. Au visage méconnaissable. Cessa de tergiverser. Aspira du lait. **N.** Génisses. Évêque qui convertit Clovis. Molécule chargée. Johnny Hallyday. Grisbi. Ytterbium. **O.** Commencer. Pourri, dans un sens. Pseudonyme. Considéré sans le recul nécessaire. **P.** Quotient émotionnel. Romanesque ou utopique. Textes de Bigflo et Oli. Des queues de cerises. Interdit et muet. **Q.** Qui sert. Clément dans le vent. Diplôme de professeur. Prison. **R.** Durées constituées de plusieurs ères. Pagny ou Peyre. Frangins. Envoies des signaux.

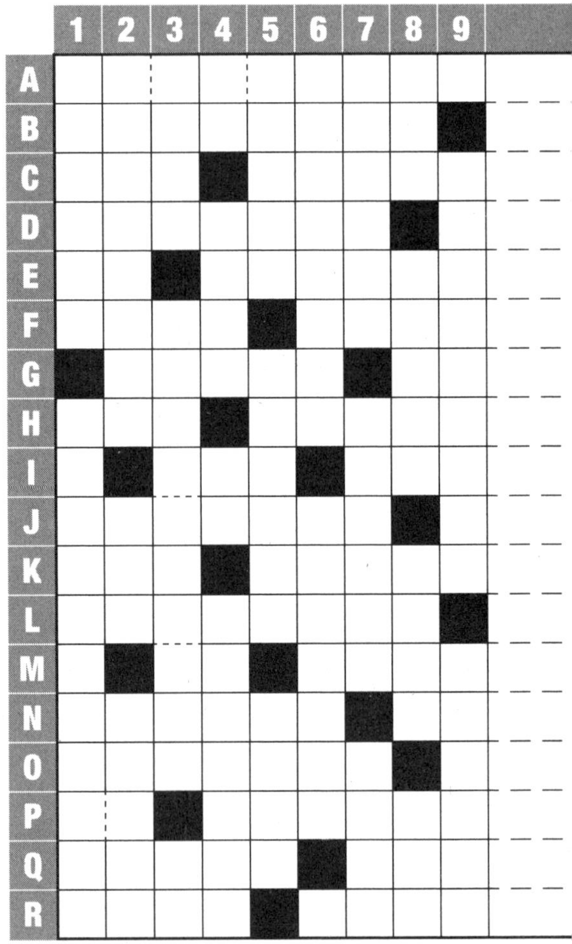

VERTICALEMENT : **1.** Tentent de rejoindre la côte. Élégant, mais à la limite du prétentieux. **2.** Pierre précieuse verte. Tsigane. Glacier à 3 404 m. **3.** Tube cathodique. Personne ne disant jamais non. Dans le coup. **4.** Dans. Domaine du chah. Bouts du bout. Cercles d'or pour colliers de perles. **5.** Voua à l'enfer. Constituant de la défense. L'Irlande locale. **6.** Culte du moi. Abattre un sommet de mur. **7.** Se montrent plus intelligents. De la vallée du Rhin. Un adversaire du PSG. **8.** Monnaie scandinave. Mit à niveau. Empereur russe. Jeune pousse. **9.** Tondu, au jeu ou chez le coiffeur. Payer l'addition. **10.** Se

vacances

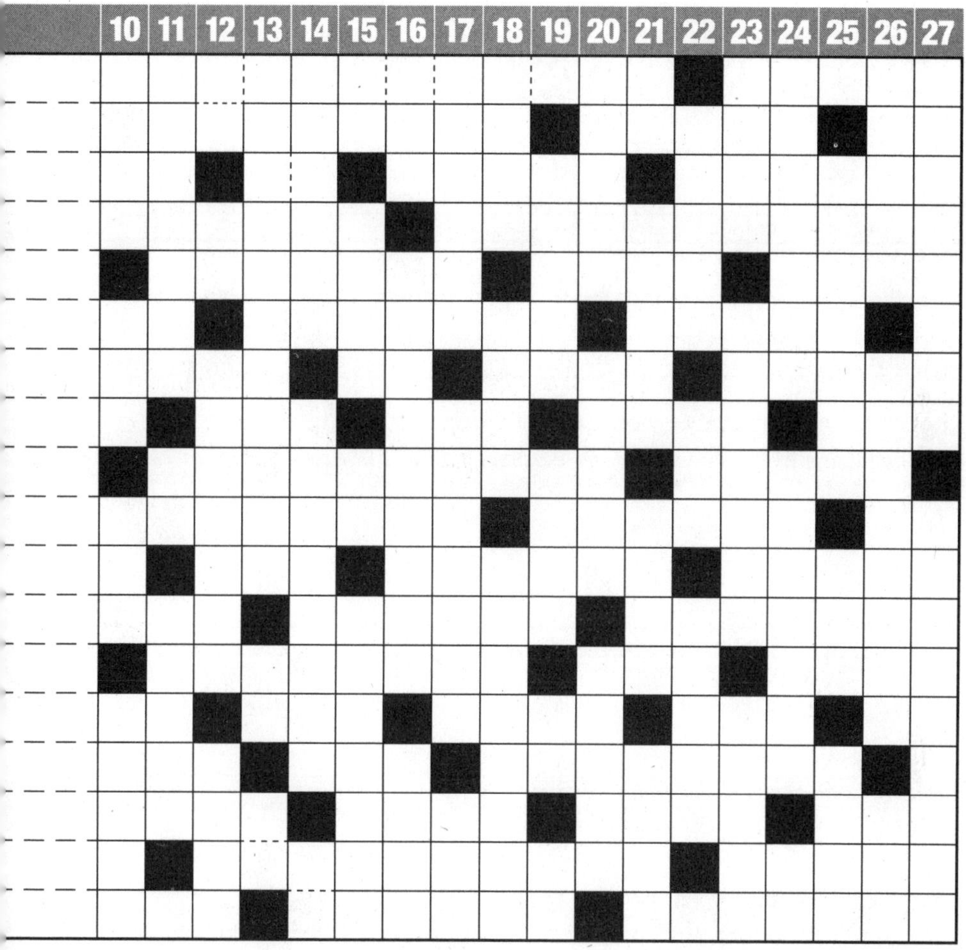

dirigent. Possédés. Direction sur boussole. Magistrat communal. **11.** Voies secondaires. Scandium. Décisions de roi scellées en vert. **12.** Adresse en ville. Paresseux. Revendue clandestinement. Nation. **13.** Manie le pinceau sans virtuosité. Marque de dédain. *Exempli gratia.* **14.** Cœurs de loups. Programme en chaîne. République française. **15.** Devant le patron. Zemmour et Naulleau. Vis. Ne pas savoir. **16.** Coriace. Que l'on n'a pas anticipé. Visiteur à Bethléem. **17.** Évacuée. Boucles pour cavalier. Score moyen pour Tiger Woods. **18.** Masse froide. Affluent de l'Oubangui. Bénéficiaire d'un revenu minimal. **19.** Souplesse de gymnaste. Fête de mariés. Diminutif d'Edward. Ville sur la Tille. **20.** D'une péninsule au sud de la Gaule. Corps céleste. Belle de la Belle Époque. **21.** Note. Plante où ne pas pousser mémé. Dieux nordiques. Premier fils. **22.** Assidue. Cime. Vieux télégramme. **23.** Lombarde de *120 journées.* Ramasser le foin. Contenu de machine. **24.** Art du pliage. Chers cailloux. Puis. **25.** Athéna des Romains. Bugle. Part à verser. **26.** Fardeaux. Train international. Mot de passe. **27.** Rapproché. Remises en bon état.

De l'anus aux anas, hosanna !

Alors, que ceux qui pensent encore que *anus* signifie âne en portent le bonnet ! L'âne, c'est *asinus ;* mais il est vrai qu'*anus* (et son féminin *ana*) avait aussi le sens de « vieux, vieille » chez Suétone, et que le nom féminin *anus* désignait également une vieille femme chez Cicéron, voire une vieille sorcière chez Horace.

Mais c'est l'adjectif pluriel neutre qui nous emmène ailleurs : les propos de Virgile (*dicta virgiliana*) ou plus tard du grammairien Ménage (*Menagiana*) ou d'Huet (*Huetiana*) ont fini par imposer ce nom d'ana, ne reprenant que le suffixe, pour désigner un recueil de mots, d'anecdotes, de traits attribués à un auteur célèbre. On notait d'ailleurs alors « des ana », sans s final, car le pluriel était dans l'étymon.

L'ana était né, révélant un surprenant « anal » lu à l'envers, lui offrant droit de cité dans notre chronique. Voltaire put alors candidement écrire « Tous nos livres en ana ont répété l'historiette », Rousseau put confesser « Il savait par cœur tous les petits traits des ana » et Zola écrivit un bouquin qu'il commença par appeler *Un ana*, puis *Un ana, na !*, avant de se dire que *Nana* tout simplement serait plus vendeur.

Le curé lui-même encourage l'écrivain amateur à oser l'ana, comme le titre de cette page l'indique finement, au plus haut d'essieu.

CRYPTOGRAMME

Remplacez chaque symbole par la lettre qu'il crypte pour compléter une citation de Don DuPay, un policier de l'Oregon ayant écrit un témoignage sur les coulisses de son métier. Il parle ici des cambrioleurs qui défèquent dans l'appartement, avant de partir : « Certaines personnes réagissent au stress en allant chier... »

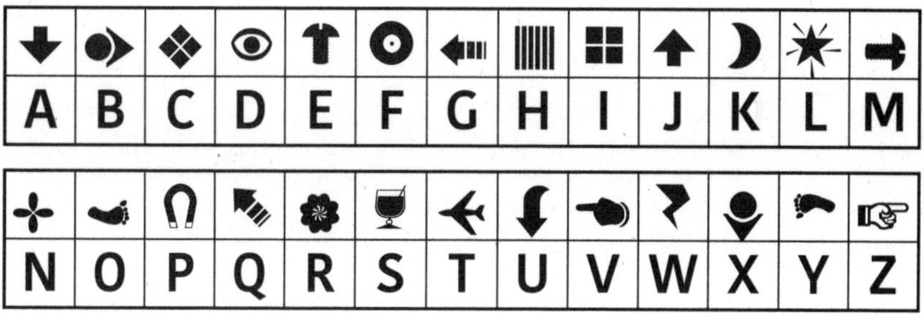

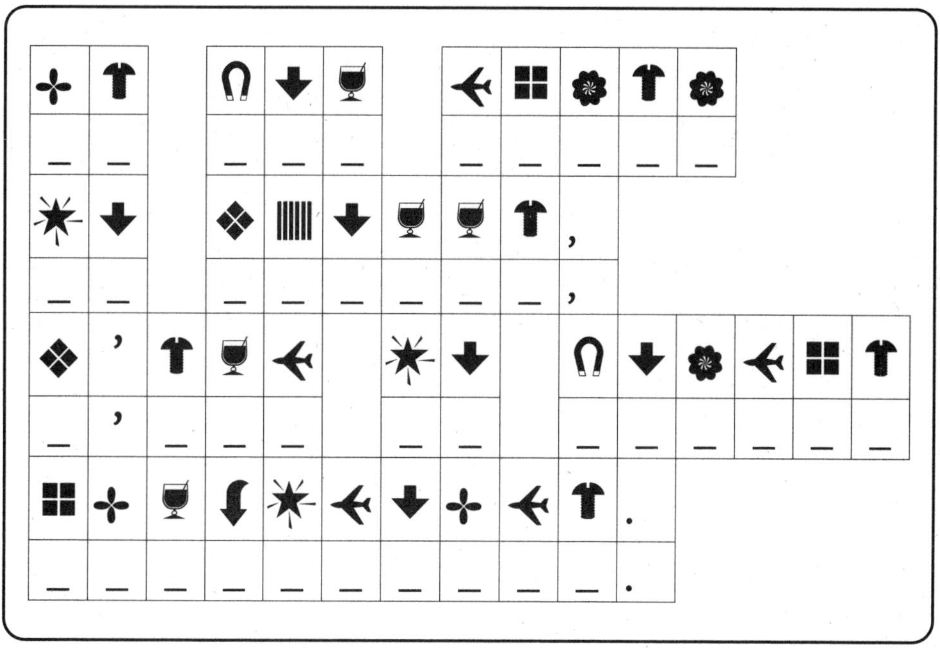

Bouche-trous

Inscrivez une lettre par tiret pour reconstituer six mots de la langue française. Les paresseux sont des animaux LENTS. Si ce squelette ne vous suffit pas, aidez-vous de l'indice pour vous rapprocher plus rapidement de la réponse.

1. L E N T _ S _ _ _

2. L _ _ _ E N T _ _ S _

3. _ _ L E N T _ _ _ S _

4. _ L E _ _ _ N T _ _ S _

5. _ _ L E _ _ _ N T _ S _ _

6. _ L E _ _ _ N T _ S _ _ _

INDICES

1. Pistachier… et je suis poli !

2. Fille de l'Ouest au nom rappelant l'est.

3. À dispositions.

4. Du chef-lieu du Puy-de-Dôme.

5. Mode de vie léger, au gré de sa fantaisie.

6. De poids et de taille supérieurs à la moyenne.

PiPiramidal

Complétez la pyramide
en inscrivant sur chaque
flaque un total égal à la
somme des deux nombres
notés sur les deux éléments
(flaque ou rouleau) immédiatement
en dessous. N'utilisez que des
(nombres) pairs, OK ?
Puisque Pi, c'est 314,
Pipi doit valoir le double,
d'où le 628 au sommet.

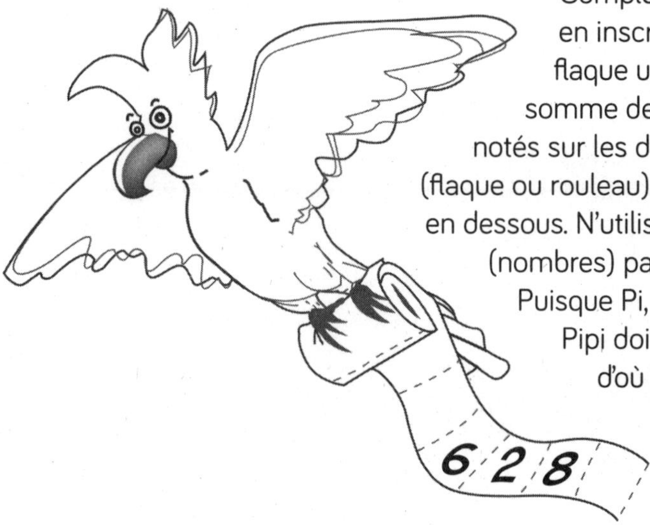

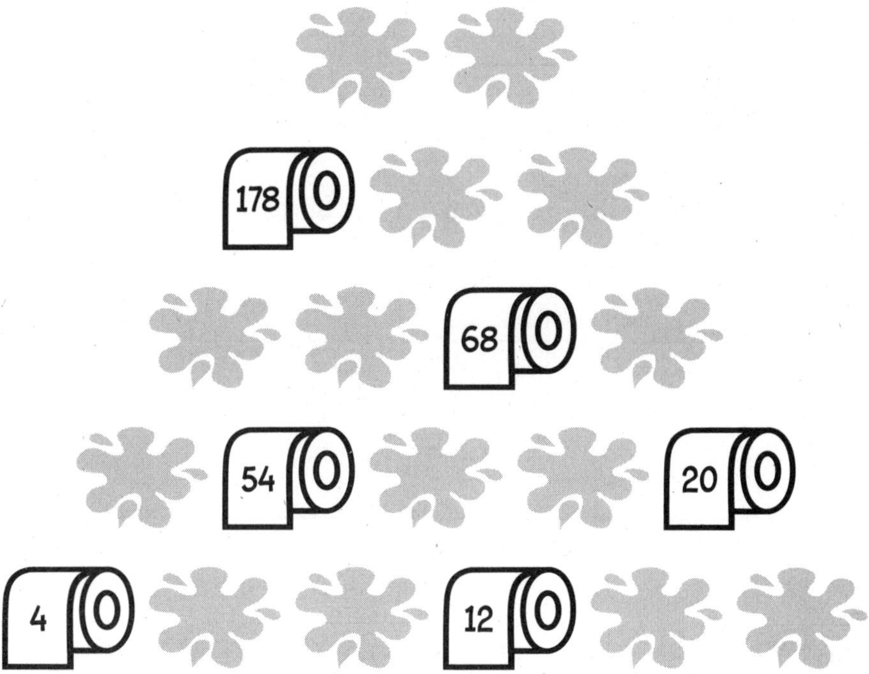

LE CHICHSTRAC

Dans les trois citations, un même terme a été remplacé par cet étrange **CHICHSTRAC**. Votre seule corvée sera de toiletter ces phrases pour retrouver le mot commun d'origine.

1. « Le **CHICHSTRAC**, c'est le crime enfoncé dans l'âme, qui s'oxyde. »
(Victor Hugo)

....

2. « On garde peu de **CHICHSTRAC** des fautes où l'on prit peu de joie. »
(Jean Rostand)

....

3. « Un financier, ça n'a jamais de **CHICHSTRAC**. Même pas de regrets. Tout simplement la pétoche. »
(Michel Audiard)

....

Blagues

Hips, hips, hips... bourra !

☺

– Fiston, tu vois les deux arbres là-bas ? Ben, un alcoolique, il en verrait quatre !
– Mais papa, il n'y a qu'un arbre...

***

– Comment appelle-t-on un singe alcoolique ?
– Un Whiskiki.

***

Un homme rentre chez lui très tard et passablement éméché. Sa femme l'attend de pied ferme :
– T'es encore à moitié bourré, hurle-t-elle.
– C'est pas de ma faute. J'avais plus d'argent !

***

Un type se confie à son meilleur pote :
– Ma femme, en ce moment, ça ne va pas du tout. Elle passe ses soirées entières à faire le tour des bars de la ville ?
– Ah bon, elle boit ?
– Non, elle me cherche !

(M)OTS

- PORTEUSE DE BOTTES
- ON Y INVESTIT À RECULONS
- GAUDI LE GAUDIT
- MONNAIE CHINOISE
- BON PIED, MAIS PAS BON ŒIL
- RODRIGUE
- VIVES SATIRES
- SA PÉRIODE DE LATENCE SE TERMINE
- AFFLUENT DU RHIN
- BORNE
- NON TRANS POUR L'ISOMÉRIE
- PORTE-ÉPÉE
- CORROMPUE
- NOBEL EN SAVAIT LE PRIX
- NEUF GREC
- BOULE DE NOËL
- TERRIER PAS FAN DU COFFEE
- ÉSAÜ, UN TEMPS
- ZONES DE TIR
- SUCCOMBE
- SUPPORTÉE AVEC RÉSIGNATION
- DE L'UNICEF OU DE L'UNESCO
- MANQUER DE MESURE
- 100 GRAMMES D'EAU PURE
- S'ARRANGER
- DÉBINEUR
- IRLANDE
- 50, 100 ET 1 POUR INFO
- DÉBRIS D'ALGUE
- MORIN-LÉVESQUE
- PROMESSE EN L'AIR
- APPAREIL DE LEVAGE
- ANGOISSE DE MUNCH
- ACADÉMIE
- CALE
- EMBALLAGE DE POULET
- COMMENCEMENT
- PASSERA LE ROULEAU APRÈS LE LABOUR

(F)LÉCHÉS ☰

QUI PORTENT MALHEUR
PROTOZOAIRE
AUTOCOLLANT
ABATTU
GRANDE GRIVE
AMMONIAC ÉVACUÉ
RANCH ARGENTIN
FLÛTE ANDINE
JOUR DE TRAITE
SES GLACES NE FONDENT PAS
TENIR SON RÔLE
SEREIN
OUÏS
DANS UN BOURBIER
RÉPARATION DE VOILE
NON TEINT
PROPHÈTE BIBLIQUE
ACARIEN
PIC PYRÉNÉEN
CHACUN VEUT L'AVOIR
MAGNÉSIUM
VENU AU MONDE
EFFLUVE
NOTE
MORDEUSE D'ANTAN
FILET DE PÊCHE
INDIVIDU
CIRCUIT POUR GROS SERVEURS
LION DE MER
PLEIN D'ORGUEIL
ASTRAGALE
BOÎTE DU SOUFFLEUR
ALLURE DE MULET
ORIENT
POINT DE SAIGNÉE
VIRTUOSE DE L'ARBALÈTE
BARRE BRETONNE
SCORE HONORABLE
RAPIDE CHEVAL DE TROT
LES PLUS PURS PRINCIPES
PLACE DE FORMATION
VIF
DE PARTIE IMAGINAIRE NULLE
ÉPOQUE
BOUQUINÉ
EN LANGAGE NON SCIENTIFIQUE
NIVELER
CRÉUSE EN FUT PLEINE
ÎLE CROATE
ROMAINE CROQUANTE
ORNEMENTS TROMPEURS
PASSE-LACETS
MANCHE LONGUE
GROUPE DE STRATÈGES
MANTRA
TÊTE D'ÉPINGLE
PUIS
HABITUDES
MÈRE D'AVERELL
CHANGE D'HORIZON
SERVICE DÛ AU SUZERAIN

BRIQUES

Placez chacun des quinze couples de gauche (ils sont indissociables, les R feront partie du même mot) dans le mur de droite, de façon à former des mots horizontaux. Quand toutes les briques seront casées, vous lirez verticalement deux anagrammes.

E	E	M	E	U		T		I
E	E	F	L	E		R		N
E	L	C	O	S		U		E
E	T	C	A	P		L		T
I	U	E	M	O		I		N
J	E	F	I	D		I		N
L	J	R	I	S		T		O
M	I	A	Z	U		E		O
O	E	P	U	D		Q		E
O	T	O	T	H		L		O
R	R	S	O	M		E		L
T	M	V	E	N		T		S
T	O	C	A	N		A		E
T	T	B	L	U		T		E
U	O	V	E	R		L		S

C'EST gâchis

Après la chasse au gaspi, voici la chasse au gâchis ! Tous les symboles écoresponsables sont présents en même quantité, sauf un. Saurez-vous le repérer ?

SPHINX Ter

Le sphinx de Gizeh est impassible, le sphinx Bis est plutôt détendu mais le sphinx Ter est un peu contracté. Aidez-le à se détendre en trouvant le lien logique, le nom commun qui relie sans équivoque possible les six mots. Ayez du nez, contrairement au sphinx...

ŒIL

HÔTEL — DIEU

MAIN — BORD — COUP

RAIE-PLIQUE POLLOCK

Plic, ploc ! Voici un titre qui sent bon l'eau, les gouttes qui tombent, ou encore les informations prises çà et là, comme celles que je vous livre modestement chaque année. Vous aurez remarqué l'ajout de raie… et pour les quelques personnes vraiment inattentives, il est écrit Pollock et non ploc. Comme Jackson, mais pas Michael.

Jackson Pollock était un peintre abstrait expressionniste, qui pratiquait notamment le dripping, technique consistant à « laisser goutter » différentes couleurs sur une toile tenue horizontalement et à obtenir des superpositions. La peinture peut par exemple s'échapper d'un pot percé oscillant plus ou moins vite…

Un artiste né en 1961 dans le Mississippi, Keith Boadwee, a voulu rendre hommage à Pollock, mais en adaptant légèrement la méthode utilisée pour le dripping. Keith s'introduit de la peinture dans l'anus puis lâche une Keith et projette ainsi la couleur sur la toile… Cela lui a valu un certain buzz et le surnom de « l'artiste qui peint ses tableaux avec son anus ».

Puisque le ridicule ne tue plus, et qu'il rapporte même, l'artiste suisse Milo Moiré a décidé de s'introduire des œufs remplis de peinture dans le vagin, puis d'expulser le coco à la verticale d'une toile, créant le nouveau courant de Plopegg, « plop » onomatopéique du son que fait l'œuf (*egg*) lors de sa sortie. Pas glop, pas glop !

QUI FAIT QUOI ?

Pour résoudre ce jeu de logique déductive, repérez un à un les indices donnés en les reportant dans la grille de résolution. S'il s'agit d'une affirmation, inscrivez O dans la case concernée, et complétez les propositions négatives qui en découlent en notant N dans les cases adjacentes. Résumez les informations obtenues dans le tableau en bas de page.

COMPOSTE-T-ELLE ?

Sur les chemins du boulot, un véritable pèlerinage selon certaines d'entre elles, nos cinq utilisatrices du métro omettent parfois de composter. À l'aide des quatre indices, retrouvez le nombre de fois que chacune a pris le transport en commun, le nombre de fois où elle a fraudé et le nombre d'amendes qu'elle a dû payer. Si vous coincez, deux indices supplémentaires - mais non nécessaires - figurent en bas de page.

1. Cookie St Jack a fraudé plus de 100 fois. La jeune fille aux 7 amendes a effectué vingt trajets de plus que Cookie, mais vingt de moins que celle aux 120 tickets non compostés.

2. Alice Engalice a dû payer une prune de moins qu'Inès Pagna, mais une de plus que la voyageuse aux 410 trajets.

3. Elizabeth-Télémaque, dite E.T. Néraire, a fraudé dix fois de plus - en moins de 430 trajets - que la jeune fille aux 9 amendes. Celle à exactement 430 trajets a fraudé dix fois de plus que Camille Nofrancès.

4. La voyageuse rattrapée 6 fois par les contrôleurs compte vingt trajets de moins que celle qui a fraudé 110 fois.

INDICES SUPPLÉMENTAIRES

5. Inès Pagna a fraudé plus que la jeune fille aux 410 trajets, mais moins que celle qui n'a finalement écopé que de 5 amendes.

6. Camille Nofrancès n'a pas effectué pile 390 voyages, n'a pas fraudé exactement 120 fois et n'a pas reçu précisément 8 contraventions.

Grille de résolution

		TRAJETS 370	TRAJETS 390	TRAJETS 410	TRAJETS 430	TRAJETS 450	FRAUDES 100	FRAUDES 110	FRAUDES 120	FRAUDES 130	FRAUDES 140	AMENDES 5	AMENDES 6	AMENDES 7	AMENDES 8	AMENDES 9
VOYAGEUSES	Alice Engalice															
	Camille Nofrancès															
	Cookie St Jack															
	E.T. Néraire															
	Inès Pagna															
AMENDES	5															
	6															
	7															
	8															
	9															
FRAUDES	100															
	110															
	120															
	130															
	140															

TABLEAU DES RÉPONSES

Voyageuses					
Trajets					
Fraudes					
Amendes					

LA RAIE qu'on pense

Les villes rudes

L'auteur de ces lignes (c'est moi, mais on m'a dit de moins commencer par « je ») sera en dédicace avec cet ouvrage toute l'année, à des dates restant à préciser, mais jamais le jeudi, car ça commence par je, et jamais aucun mois, car ça débute par moi. Du coup, va falloir me chercher pour me trouver.

Sinon, entre la Saint-Glinglin et les calendes grecques, vous auriez pu me croiser à Sallespisse, dans les Pyrénées-Atlantiques. Pour trouver la maison de la presse, suivez la ligne jaune. Ensuite, je remonte vers Le Fion, un lieudit de la commune de Chevenoz, en Haute-Savoie, à ne pas confondre avec le Fion, affluent de la Marne, qui coule donc toute l'année...

Pour rester dans la thématique, j'enchaînerai ensuite à Anus, près de la commune de Fouronnes, dans l'Yonne, avant de repartir vers Duranus, dans les Alpes-Maritimes, non loin de Levens... « Il va nous parler de Montcuq », anticipent les impatients. Non point ! Je terminerai mes signatures à Glandage, aux portes du Vercors, puis à Trécon, dans la Marne. Alors, à très vite.

#CROISILLONS#

Complétez cette grille où les lettres P, I, C et A ont déjà été positionnées. Attention, les définitions sont souvent à prendre au second degré.

1. Menace pour la couronne.

2. Huile de coco.

3. Elles bradent les cowpers, en septembre.

4. Peintre de *Femme au perroquet*.

5. Monté à crue.

6. Auto-stop.

7. Musique de chambre.

8. Ils vous proposent rapidement la botte.

BURGER

Payez-vous une bonne tranche centrale pour agrémenter votre burger. Complétez les mots horizontaux auxquels il manque deux lettres puis lisez un verbe qui se marie bien avec eux.

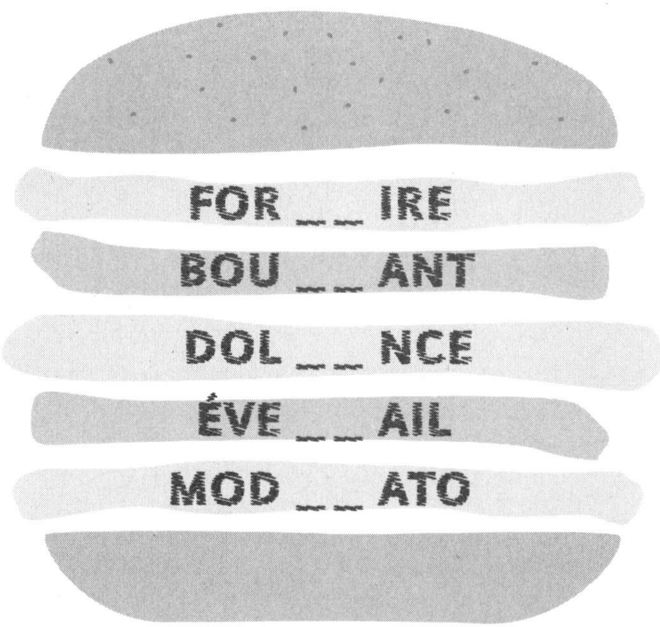

MÉGA(cô)lon

La digestion se termine dans le côlon. Quel mot méga-long va sortir, élaboré à base de CACA et des dix autres lettres proposées ? C'est un test, hein !

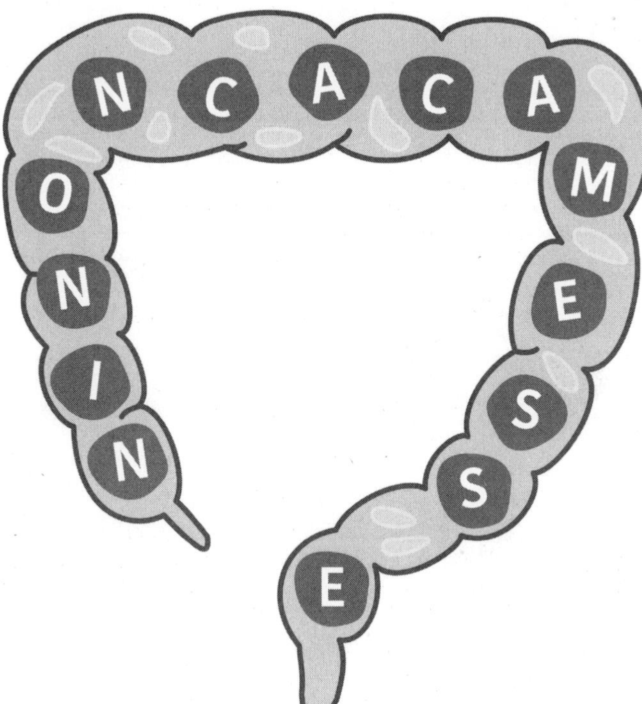

CROISÉS 3D

Cette grille est en 3D, mais inutile de chausser vos lunettes pour le cinéma ! Les mots s'y croisent dans trois directions indiquées par les flèches blanches sur fond sombre. Inscrivez vos réponses en respectant les sens indiqués et sans dévier : la perspective est un peu trompeuse au début, mais vous allez vite vous familiariser. Embarquez pour votre premier voyage dans l'espace !

HORIZONTALEMENT :

A. Pas encore revenu, semble-t-il. **B.** Employé de conserverie, de mégisserie ou sur un bateau de pêche. **C.** Parfaitement mémorisé. Grand Timonier de Longue Marche. **D.** Sport pour Barjots, Costauds et Experts. Fulminant dans un silence hargneux. **E.** Puis. En vient au faîte. Baie japonaise. **F.** Débarrassée d'un excès de savon. Rame vers la banlieue. **G.** Montré sa joie. Réalisateurs d'émissions. Mieux vaut ne pas en péter un. **H.** Appliquer une technique chirurgicale. Allongé dans un carré. Dépouillée de ses branches superflues. **I.** Prononcer un mariage. Participant à la chasse. Lentilles bâtardes.

VERTICALEMENT DE GAUCHE À DROITE :

1. Bi qui nie ? Bourgade où l'on parlait le yiddish. Grandes ouvertes. **2.** Prix approximatifs renseignés. Vocaliser comme un Tyrolien. **3.** Conformes aux normes imposées. Prise en raison de la soif. **4.** Jongleuses à moustaches. Abîmée. **5.** Appellation. Perte de vue. **6.** Spécialiste de la santé. Dès potron-minet. **7.** Protéger des coups de chaud ou des coups de jus. **8.** Manipuler. **9.** Diminuer la taille d'une sardine.

VERTICALEMENT DE DROITE À GAUCHE :

I. As de pique, même pas habillé. Toucher le fonds pour parfois rebondir. **II.** Créatrice dont la tenue est indémodable. Le sens de l'histoire technique. **III.** Langue des Philippins. Adhésion à ce qui vient d'être dit. Sanction redoutée par le cancre. Nombre fascinant. **IV.** Équipe d'importation. Fera la planche sans obligatoirement être en nage. **V.** Proposer une pâle imitation. La mémoire de la télévision française. **VI.** Il reçoit ou est reçu. Fut proprio. Musique de Madness. **VII.** Fond de bouteille à ne pas boire. Découvert à la bibliothèque. **VIII.** Haute récompense hollywoodienne. **IX.** Neuvième art. Argent.

Blagues

Veaux, vaches, cochons

☺

Deux veaux discutent :
– Je voudrais faire la moue avec toi...
– D'accord, baisse un peu la bajoue.

***

– Pourquoi les vaches ne parlent-elles pas ?
– Parce que sur la porte de l'étable, il est écrit : LA FERME.

***

Un cochon dit à un autre :
– Oh, tu as vu ? Un éléphant rose !
– C'est ça ! Prends-moi pour un jambon...

***

– Qu'est-ce qui est rose et branché ?
– Un porc USB !

***

Un sanglier rencontre un cochon :
– Tu dois en chier, avec ta chimio...

Coup de fil

Allô

Le perroquet de Carline, s'essaie aux textos ; il pense que les touches pressées permettront l'affichage immédiat du mot souhaité. En observant la série de chiffres et les possibilités pour chacun, devinez le mot composé par Coco.

7	3	7	7	8	2	4	3

MANDALA

QUID

Trois questions, trois propositions pour chacune.
Bonne chance, comme ne dirait pas Cambronne !

1. **Comment s'appelle le collectif new-yorkais détournant depuis 2006 les excréments de chien en « œuvres d'art », comme *Excalibur*, une petite épée en plastique jaune plantée dans un caca, ou *Poodolph*, un renne (odorant) au nez rouge ?**

- ☐ **A.** Poo Poo Pee Do
- ☐ **B.** New York Shitty
- ☐ **C.** Sprinkle Brigade

2. **Quelle est la hauteur de *Complex Pile*, précédemment nommé *Complex Shit*, l'étron gonflable de l'artiste américain Paul McCarthy ?**

- ☐ **A.** 15,5 m
- ☐ **B.** 31,4 m
- ☐ **C.** 69 m

3. **Qu'utilise l'artiste Jacques Lizène, autoproclamé « inventeur de l'art nul », pour réaliser ses peintures ?**

- ☐ **A.** Du vent
- ☐ **B.** Des cercles (zéros) d'urine
- ☐ **C.** De la matière fécale

SUDOKU-KU

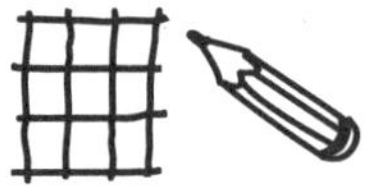

Remplissez les cases vides de ce sudoku-ku pour que tous les chiffres, de 1 à 9, soient inscrits une seule fois sur chaque ligne, dans chaque colonne et dans chaque petit carré de neuf cases aux contours renforcés.

	9			8		5		
1		6	2	7				
	7					6		4
	4	2	1					8
5					8	9	4	
7		9					8	
				1	7	4		2
		3		9			5	

Le saviez-vous ?

Des chiffres et des lettres

Si je vous dis que 11 + 1 = 10, vous n'allez pas me croire. En chiffres romains, XI + I = X n'est guère plus convaincant, mais retournez le livre et appréciez la nouvelle égalité : X = I + IX. Ce 10 = 1 + 9 vous prouve que, selon le point de vue, une chose peut apparaître erronée ou exacte. Enfin, c'est mon point de vue.

Voici deux petites curiosités différentes mêlant chiffres et lettres, cette fois. Commençons par l'anglais. Si j'affirme que 12 + 1 = 11 + 2, vous serez d'accord pour admettre que 13 figure bien de chaque côté de l'égalité. Maintenant, que les anglophones me corrigent si nécessaire, écrivons cette égalité en toutes lettres :
TWELVE + ONE = ELEVEN + TWO.
Ne remarquez-vous rien ? Il y a neuf lettres identiques de chaque côté : trois E, plus L, N, O, T, V et W. Cette égalité de chiffres s'est muée en égalité de lettres ! Étonnant, non ?

En voici un autre exemple en français : 101 – 60 + 15 = 51 + 11 – 6. Les matheux auront rapidement vérifié : 56 à gauche, 56 à droite. Et en toutes lettres :
CENT UN – SOIXANTE + QUINZE = CINQUANTE ET UN + ONZE – SIX.

Comparez les vingt lettres nécessaires : on utilise un A, un C, trois E, deux I, quatre N, un O, un Q, un S, deux T, deux U, un X et un Z de part et d'autre.

Certains y voient l'existence de Dieu. Le saviez-vous ?

AnaPhrases

Complétez chaque phrase avec des mots anagrammes formés à partir des lettres données au début entre parenthèses.

1
(ACEEFIN)

« Ma _ _ _ _ _ _ _ est accro à la _ _ _ _ _ _ _ et elle est tellement nerveuse qu'elle abîme la _ _ _ _ _ _ _ de la cuisine à chaque fois qu'elle repose sa tasse ! »

2
(ACEERRT)

« Ce documentaire _ _ _ _ _ _ _ bien l'histoire de ce _ _ _ _ _ _ _ né du mouvement tectonique de deux plaques en train de s'_ _ _ _ _ _ _, si j'ai bien compris… »

3
(ACEFRTU)

« Le nouveau _ _ _ _ _ _ _ est un _ _ _ _ _ _ _ ! Je lui avais confié que je paierais une _ _ _ _ _ _ _ d'électricité en retard et il m'a dénoncé à la compagnie. »

Le Trou

Trouvez le mot manquant
dans ces extraits de tubes que
vous avez probablement fredonnés.
Notre chanteur a un trou : comblez-le.

1. « Au bout du .... il y a votre voix
et il y a les mots que je ne dirai pas »

2. « J'adore regarder les gens et de temps en temps
je .... le son »

3. « Et ses yeux amoureux suivent le jeu nerveux
et les .... secs et longs de l'artiste »

4. « Le nec plus ultra en ce ....
c'est d'aimer des deux côtés »

5. « Déchirées nos .... de vauriens,
les fers à nos chevilles loin bien loin »

6. « Balance ton .... ,
un jour peut-être ça changera »

(M)OTS

LE DUC DE PARME
SPORT À BALLE ET RAQUETTE
LONG PATIN
FROMAGE DU DAUPHINÉ
MANŒUVRES DILATOIRES
COURS D'ALSACE
ON Y GAGNE TIERCÉ
TOUR DE TAILLE
COMPÉTENCE
ADJECTIF POSSESSIF
LEURS JOURS SONT COMPTÉS
HUITIÈMEMENT
EN PLEIN MILIEU
CONVIENS
MI MINEUR
CUITE À FEU DOUX
FÊTE DE L'UMMA
VALS DE VIENNE
VICIA ERVILIA
STYLITES
MANGANÈSE
L'AIR D'UN TRIANGLE
REMUGLE
ÉCARTEUR
CIGOGNE OU HÉRON
VOLUME RÉDUIT
PIQUE
BÊTE DE SOMME
PRENDS AU PIF
ANNE BOURGUIGNON
VERTÈBRE
SES CHAÎNES NOUS RETIENNENT
CHANTEUR D'ÉPOPÉE
UNE SORTIE DANS LE MARAIS
RÉPONSE AU VA
CITÉ NIGÉRIANE
SIGNE ANNONCIATEUR
SORTANT D'UNE SPHÈRE

(F)LÉCHÉS

CARDINAL DE METZ
À GRANDE PORTÉE
HUMANISTE CARTÉSIEN
IL CACARDE OU JARGONNE
LANDOLPHIA
TOILETTES
FILLES DE STEWART
UN PEU AIGRE
QUARTIER DE POMME
VOILE D'AVANT
UN BLAIREAU Y VIT L'ARC-EN-CIEL
TROIS SUR DOUZE
SCULPTEUR ABSTRAIT
L'EUROPE
ÇA VEUT DIRE COI
BOUCLIER DIGITAL
MÉTHODE DE GRÈVE
GLUCIDE
RAVI DE LA CRÈCHE
DIFFICILE À TRAVERSER
JOUEUR D'ÉCHECS HONGROIS
VENT
VAGUES
RUBRIQUE-À-BRAC

PILOTE DE LIGNE
LA FUREUR DE LIVRE
UN JOUR AILLEURS
PERDUE EN DROIT
ENTRELACÂT LES TORONS
NI VU NI CONNU
PRISE
ROMAN DE S. KING
CHEMIN DU BAC
COUP DE PUB
CANOT
TÊTE DE BISCAYE
ON Y VISITE WINDSOR ET LONDON
BLANCHE
BISMUTH
TRONQUA
FOURRURES DE CHARME
ACCORD CADUC
MOTEUR PERSO
MOUVEMENT DE FOULE
COMPAGNIE À SECTIONS
ON S'Y HEURTE À UN MUR
DANSE D'*OMBRE EST LUMIÈRE*
MISS DEREK
CORPS CELLULAIRE
LA ROMAINE EST À PILULES
LOISIR DE BOUFFON
VOISIN D'AGE
VILLE DE BOLIVIE
RAPPEL D'AIR
H D'ATHÈNES
MÈRE DES TITANS
DIRECTEUR GÉNÉRAL
PLAÇÂT À L'ARRÊT
DÉBINEUR
SODIUM
ÉCLOS
INTERJECTION
COULÉE DE LAVE

PO-POKER

Devinez pour chaque joueur la « rivière » idéale, la cinquième lettre affichée par le croupier, qui lui permettra de constituer un mot de sept lettres, avec les cinq du tapis plus les deux siennes.
Par exemple, Carline espère un S pour former SOUTENU.
Qu'attendent Coco, Doyle et Édith pour remporter le pot de notre po-poker?

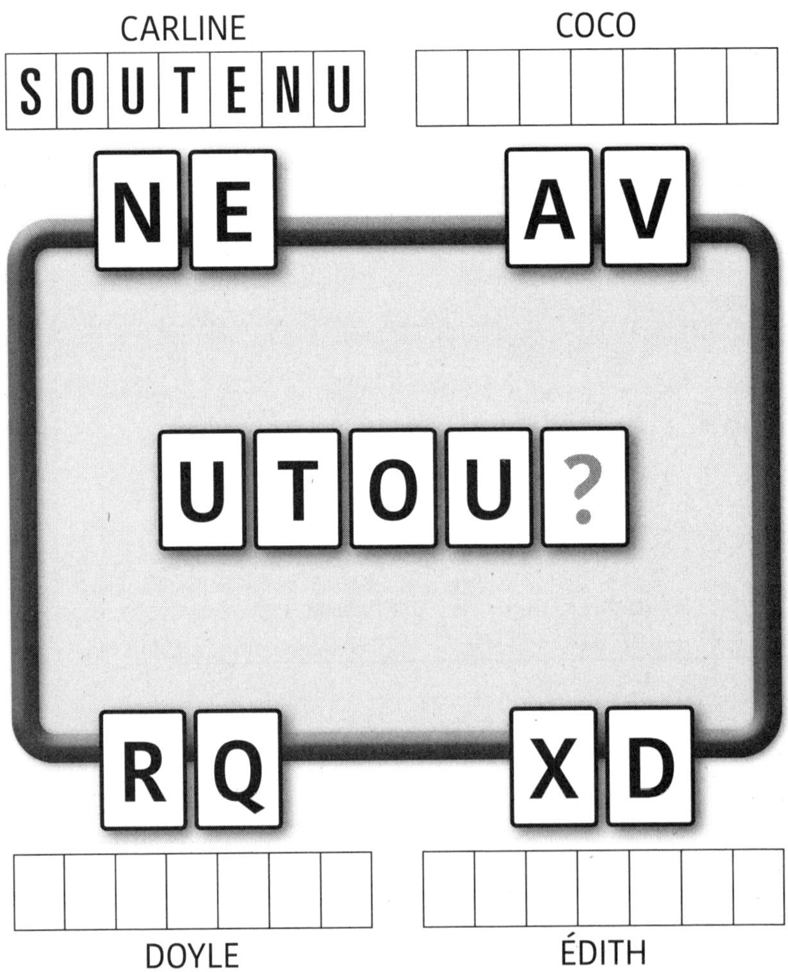

chenille

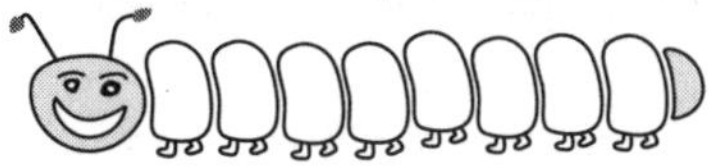

Passez d'un mot au suivant, dans cette chenille, en opérant la substitution indiquée et en modifiant l'ordre des lettres. Hors noms propres, il n'y a qu'une solution par ligne, en tenant compte des lettres déjà placées.

– S + G			E				
– S + N							
– P + O							
– N + B							
– G + L			R				
– E + U			B				
– L + C					E		

– B + G 

Célébr(u)ités

Louis Beethoven Prout

Pff ! Comment parler sérieusement de quelqu'un qui porte ce nom ? Bon, en même temps, s'il ne s'appelait pas comme ça, il ne serait pas dans ce bouquin et peu de monde s'y intéresserait. Et pourtant, ce type est une référence !

Côté zizique, il a tout piqué à papa (Ebenezer Prout, p. 188) et, en bon théoricien de la musique, il a analysé (avec un « y », tss, tss, pas de blague comme ça chez nous !) les fugues de Bach. Mais son violon d'Ingres est tout autre : il est incollable sur les géomètres.

Alors, pas les types qui squattent votre trottoir pendant trois plombes pour mesurer l'inclinaison du caniveau du voisin, non ! Les *Geometridæ*, des insectes, des lépidoptères, des papillons, quoi, pour le commun des mortels.

Les annales de nombreux musées (Transvaal Museul, South African Museum) sont remplies de référence à ce Prout et ses cahiers constituent la base des fiches du musée d'histoire naturelle de Londres, qui ne jure que par lui.

Monsieur Louis Beethoven Prout sait tout sur les papillons et il a créé de nombreux taxons. On a ainsi collé son nom à de nombreuses espèces. Donc, si vous voyez des *Milionia Isodoxa Prout* ou des *Oporinia Christyi Prout*, laissez-les voler en pet, euh… en paix !

MOTOCROTTE

Sachant que chaque chiffre en début de ligne ou haut de colonne indique le nombre de déjections qui s'y trouvent, localisez et représentez par un cercle les crottes laissées par les 23 chiens de la grille, pour permettre à la motocrotte automatique de les ramasser rapidement. Un chien ne laisse une crotte que dans une case qui touche la sienne et jamais en diagonale. Commencez par marquer d'un simple point les cases dans lesquelles il n'y pas de crotte (0 en début de ligne ou en haut de colonne).

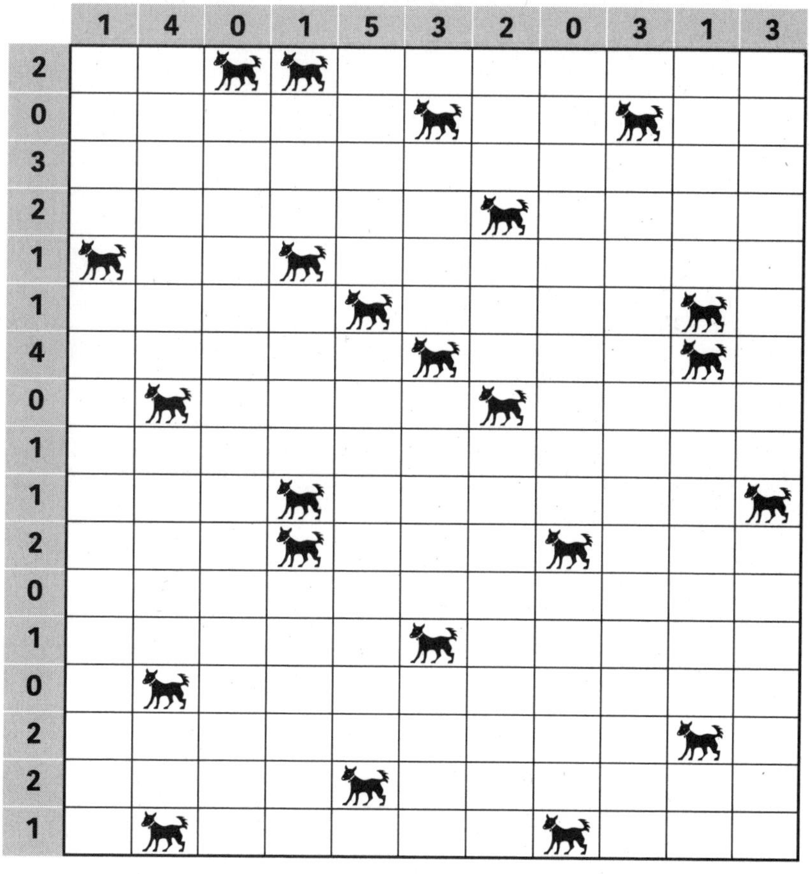

Usage De Faux

Parmi ces cinq propositions,
une seule n'est pas une *fake news*,
une « information mensongère ».
Laquelle ?

1. Une Australienne de Brisbane a obtenu le divorce en 2017 au motif de « défécations intentionnellement trop bruyantes et trop odorantes » de son mari.

2. En procédure de divorce, Johnny Depp a accusé son épouse Amber Heard d'avoir fait caca dans le lit conjugal.

3. Le rappeur 50 Cent a appelé son dernier fils Poop, ce qui signifie « faire caca ».

4. Dans un épisode de *Game of Thrones*, on voit un rouleau de papier toilette de la marque Lotus dans la salle de bain de Cersei.

5. Lady Gaga est apparue aux *MTV Video Music Awards* 2010 dans une robe entièrement constituée de papier toilette.

COLLIER de perlouses

Pour récupérer votre « collier de perlouses », vous devez constituer une chaîne de perles contenant les nombres de 1 à 25, dans cet ordre. Chacun des nombres doit être au maximum à une case de distance du précédent : horizontalement, verticalement ou en diagonale.

			18	
25	21	20		
1				14
	4			
		5		11

LA TÊTE AU

Dans chacun des carrés ci-dessous figure un mot. Trouvez-en une anagramme correspondant à l'une des définitions sur la page de droite (exemple au centre du jeu: ENVOÛTÉS pour l'indice 13). Inscrivez ensuite, dans la tête dessinée, le numéro de la définition du mot recherché. Reportez l'initiale du mot trouvé, ici un E, dans les cases numérotées de l'échelle de décodage, en bas de la page des indices. Vous compléterez ainsi une citation de François Truffaut: « Les femmes sont magiques… ». À la fin, en additionnant les chiffres des définitions, il faudra totaliser 65 sur toutes les lignes, toutes les colonnes et les deux diagonales de ce carré magique consacré… à la magie elle-même!

TOUPIE	FAMÉLIQUE	OREILLE	MÂLES	RECONNUT	= 65
GLANE	ORIGINEL	MIGRAINE	ALDINE	RECÈLERONS	= 65
IRONE	RELIRE	VENTOUSE 13 ENVOÛTÉS	RECROISÉ	TIÉDIRENT	= 65
MONGE	LOVER	NOCE	DRACHME	MAJES	= 65
RÉGALÈRENT	MASSÉE	PITRES	COEXISTER	SAUGE	= 65
= 65	= 65	= 65	= 65	= 65	= 65

65 = (diagonale)

CA-CARRÉ

1. C'est le pays de Poudlard. **2.** Son chant magique a perdu bien des marins. **3.** C'est le sens du mot Oz dont on connaît le Magicien. **4.** La magie s'oppose autant à elle qu'à la science. **5.** Si elle s'appelle Samantha, elle est bien-aimée. **6.** C'est le prénom du père de Harry Potter. **7.** Ce verbe signifie « jeter un sort ». **8.** Ce mot magique ouvre une caverne. **9.** C'en serait une de prétendre régler ses problèmes par la magie. **10.** La magie l'est par l'Église sous peine de bûcher. **11.** Cette ville servit en 1692 de cadre à un procès de sorcières. **12.** C'est le prénom de l'acteur incarnant Harry Potter. **13.** Ceux qui le sont subissent les misères infligées à la figurine à leur effigie. **14.** Un balai magique permet de le faire. **15.** Ce prêtre chasse les démons dans le film de 1973. **16.** Lorsque la magie l'est, elle ne fait rien de bon. **17.** Celui de la baguette demande un long apprentissage. **18.** Cet adjectif signifie mauvais et occulte. **19.** Ce vampire vu dans Buffy a des pouvoirs magiques. **20.** Ce petit génie garde les trésors de la terre. **21.** Ce qui est du domaine de l'illusion l'est. **22.** Trois sœurs unies par le Pouvoir des trois sont les héroïnes de cette série. **23.** C'est se livrer à la pensée magique. **24.** Il frappe quand les guéridons tournent. **25.** Le sabbat l'est, on ne le voit donc normalement pas le jour.

												E
1	2	3	4	5	6	7	8	9	10	11	12	13

14	15	16	17	18	19	20	21	22	23	24	25

Blagues

La belle-mère guèze*

☺

Un mari et sa femme font les derniers achats avant Noël.
- Pour maman, un appareil électrique lui fera plaisir, je le sais.
- Très bien, chérie, que penses-tu d'une chaise ?

***

Le même type croise son ami après les fêtes. Il est couvert d'égratignures...
- Ouh la la, mais qu'est-ce qui t'est arrivé ?
- Sale période, je viens d'enterrer ma belle-mère...
- C'est triste ! Mais ces égratignures ?
- Ah ben, elle ne voulait pas, elle s'est défendue !

***

- Quel est le poids idéal d'une belle-mère ?
- Un kilo, urne comprise.

***

À la mort de sa belle-mère, un homme rencontre l'employé des pompes funèbres.
- Vous désirez l'embaumer, l'enterrer ou l'incinérer ?
- Faites les trois, c'est plus sûr...

*guèze : nul(le), minable (en argot)

7 HORREURS

FessesTifs

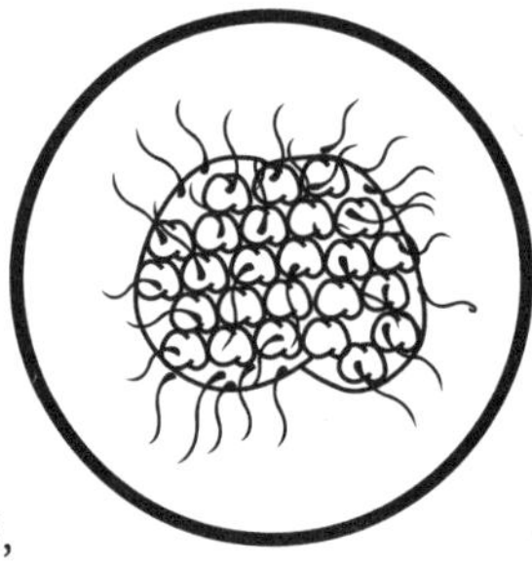

Vécébacter pilocula est une redoutable bactérie (inventée) faisant son nid dans les toilettes. Selon les espèces, son fessier et sa chevelure sont plus ou moins développés. Ah oui, nous sommes bien loin de la science que l'on vous a apprise ! Utilisez néanmoins un raisonnement tout ce qu'il y a de plus logique pour découvrir – en un élan festif – combien les bactéries de cette page (toutes identiques) ont de fesses et de tifs.

Vécébacter pilocula 3, constate Carline penchée sur son microscope, a autant de fesses que de tifs.
Et en multipliant ce nombre de fesses par le nombre de tifs, Carline trouve 1 089.

Alors, Coco, combien de fesses et de tifs possède *Vécébacter pilocula 3* ?

....

Hautbois aubois

À l'aide des définitions, à-peu-près homophoniques (aux mots faux, nique !), trouvez les huit mots solutions, en consommant la totalité de la réserve de lettres.

1. Au bois.
2. Eau boit.
3. Hautbois.
4. Ô, bois !
5. Haut bois.
6. Aubois.
7. Haut bois.
8. Hauts bois.

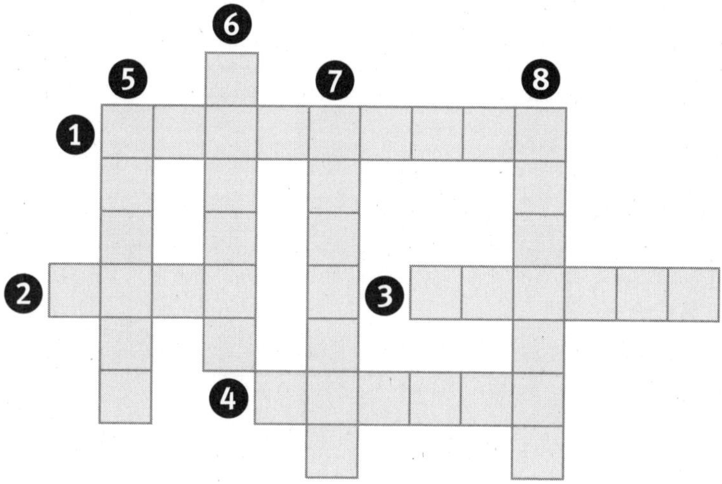

RÉSERVE DE LETTRES

A	A	A	A	C	E	E	E	E	E	E	F	I	I
I	L	L	M	N	N	O	O	O	R	O	O	P	P
Q	R	R	R	S	S	T	T	T	U	U	U	Y	Z

Hello, Samuel !

En hommage à Samuel Morse, l'inventeur du code, et à Pierre Dac, créateur de *L'Os à moelle*, décryptez la petite devinette inventée « à la façon » de celles que publiait le journal.

A	B	C	D	E	F	G	H	I	J	K	L	M
.-	-...	-.-.	-..	.	..-.	--.	....	..	.---	-.-	.-..	--
N	**O**	**P**	**Q**	**R**	**S**	**T**	**U**	**V**	**W**	**X**	**Y**	**Z**
-.	---	.--.	--.-	.-.	...	-	..-	...-	.--	-..-	-.--	--..

--.- ..- . .-.. .-.. . ... // ... --- -. - // .-.. . ... //

....

-.. . ..- -..- // -- .- .-.. .- -.. .. . ... //

....

--. ..- . - - .- -. - // .-.. . //

....

..-. --- --- - -... .- .-.. .-.. . ..- .-. // ?

....

-... . // .-.. .. -... . .-. -.-- // ... -.-. --- .-. . //

....

-... ..- - //

....

(En Catimini)

L'histoire d'un pingouin dans le rétroviseur

La racine indo-européenne *weyd–, désignant le fait de connaître par la vue, nous est parvenue principalement via le verbe latin *videre, visus* et le nom *visio.* Tous les composés de voir ou prévoir, ceux dérivant de vision incluant le téléviseur ou le rétroviseur, et les descendants de la vidéo sont d'évidents membres de la famille. Évident, « qui se voit de loin », celui-là l'était moins ! Aviez-vous remarqué voici et voilà, où l'impératif de voir précède un court adverbe ?

Ne confondons pas la « belle vue », à contempler du belvédère emprunté à l'italien, et la bévue, erreur où le préfixe *bis* a ici valeur péjorative. Simone de Beauvoir ne s'y serait pas trompée, en femme prudente, mot issu de *providentia,* « sagesse consistant à prévoir ». De façon moins prévisible, le voyant celtique, *wid,* devenait *druwid,* « le druide », lorsqu'il était puissant alors que le gallois *gwyn,* « très visible, blanc», a donné naissance au mot *pen gwyn,* « pingouin », à la tache blanche très visible devant l'œil.

L'ancien français « vis », aujourd'hui supplanté par visage, zone d'où l'on voit et que l'on mémorise pour reconnaître quelqu'un, subsiste dans l'expression vis-à-vis, face à face. Aller voir souvent quelqu'un, c'est le visiter. Venir sans préavis, c'est arriver à l'improviste, de façon imprévue. Pour éviter telle irruption, un pays délivre un visa, neutre pluriel de *visus,* « choses vues », attestant la vérification des documents. Parfois, il n'est que provisoire et un garde-frontière, après vous avoir dévisagé, pourra envisager de changer d'avis, « ce qui semble bon en le regardant », *de visu.* Il révisera alors son jugement, se ravisera, le regard dur sous sa visière lui protégeant le front.

Prenez une longue-vue pour lire l'histoire, récit de témoins issu de *wid-tôr,* « qui a vu, donc qui sait ». Dans la même veine, les Védas, premiers textes écrits indiens, dérivent du sanskrit *veda,* « je sais ». Par le glissement du w en gu dans les langues romanes, guide, guidon et guise rejoignent la liste. Le latin *invidere,* « regarder d'un œil malveillant », a donné l'envie. Et la disparition du w en grec aboutit à *idea* et *eidos,* « l'idée », forme visible par la pensée. On devine la filiation d'idéal, mais moins celle d'idole et idylle, images adorées. Ajoutons les suffixes -ide ou -oïde de glucide ou ovoïde (en forme d'œuf), issus également de la racine *weyd–. Incroyable, non ?

GRANDES

HORIZONTALEMENT : A. Monument au cœur de l'Étoile. Pâte pour chaussures ternes. Passer tout près. **B.** Voilier à aileron vertical. Entendons dans le passé. Caprices d'un temps. Radium. **C.** Privé de parole. Fini. Cheville de golfeur. Cobalt. Habitant du Pas-de-Calais. **D.** Incorrigible comme joueuse. Pays du Royaume-Uni. Possessif. **E.** Refusa d'avouer. L'être anonyme. Début de journée. Centimètre cube. Dans le vent. Fond de poêle à déglacer. Amérindien de l'Utah. **F.** Enchaîne les petits bonds. Se referme, pour une plaie. Insectes patinant sur la mare. **G.** Doublure parfaite. Capitale de l'Autriche. Argon. Trop chère. Négation rarement utilisée seule. **H.** Chaleurs fort supportables. Elle alla de mâle en pis. Accroché au sulky. Ligne de symétrie. Fait fondre en aspirant. **I.** Voie sur l'itinéraire. Marteau coupant et clouant l'ardoise. Peu convaincu par Bruxelles. Thymus de veau. **J.** Dieu solaire égyptien. Fanfaronnades. Mont où mourut Héraclès. Lichens grisâtres. **K.** Vedette de votre magazine. Vincent de *La Crise*. Journal télévisé. Manque de foi. Interjection en dehors. **L.** Sortie de messe. Poisson vendu saur. Brique de construction. Charade visuelle. Affluent de la Volga. **M.** Plantation de petits saules. Introduction téléphonique. Cri canin. Coussins pour le lit. **N.** Révolte de bambin. Millésime. Couvrir d'un blanc manteau. Sortie souvent de secours. Pierres sphériques tapissées de cristaux. **O.** Désert de roches. Oublia. Engin d'excavation sous la Manche. La paix sur Terre. Col dominant Nice. **P.** Commerce de carreaux. Menu poisson. Vieux de la vieille. **Q.** Pendant l'année. Mouche gluante. Annonçant un scoop. Revenu de solidarité. Sous *sol*. **R.** Rejoint. Nombre donné par la balance. Courroux. Encouragement d'aficion. Quatre semaines.

VERTICALEMENT : 1. Corps public des fonctionnaires. Asticot. **2.** Regroupé. Sacrément huilé. Impératrice. **3.** Piège mortel pour alpiniste. Assez dangereuse. Mais aussi. **4.** Sortie de la bouche. Apportant un secours. Polit à la ripe. **5.** Raccourci urbain. Halées, remorquées. Souffle de bûcheron. Travail de fourmi. **6.** Boivent du lait chaud. Abîmerai. Cordage attaché à l'ancre. **7.** Tenter d'éjecter le cavalier. Recalées par l'éthylotest. Ressortie ou encore renvoyée. **8.** Impossible à mener à bien. Refus de Poutine. **9.** Cône de foin. Faisant ses besoins. Le matin. **10.** Obsession d'égoïste. Aspergé

vacances

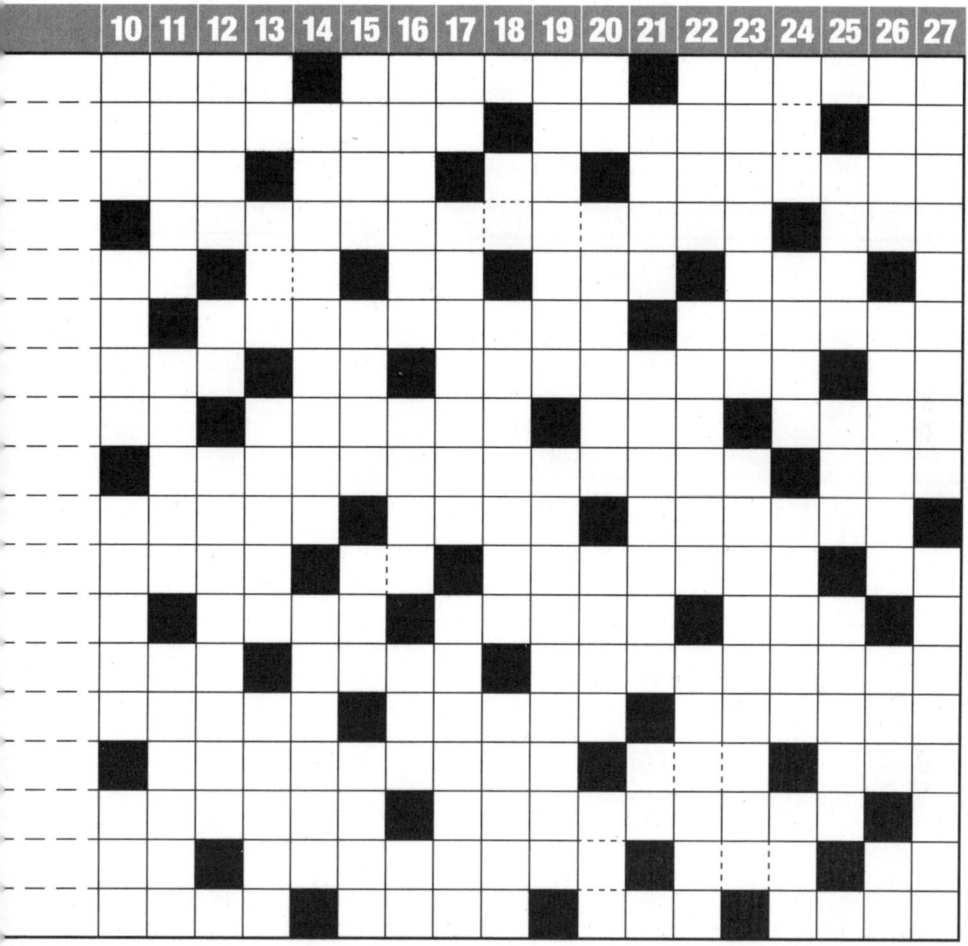

d'eau. Protection digitale. Double coup de baguettes. **11.** Privée de dessert. Spécialité marine. Volumes de liquide. **12.** Un jour avant. Démonstratif. Chercheur d'extraterrestres. **13.** Préposition pour le docteur. Chaîne d'information. Cercle de combat. Pousse la porte. **14.** Jeux détachés. Décorée. **15.** Frères cinéastes. Domaines des Muses. Taf. À qui mieux mieux (à l'...). **16.** Pas encore rencontré. Part à verser. Accord du Nord. Erbium. **17.** Tour de reins. Recrutée. Dont on peut se moquer. **18.** Disque lancé en 1982. Ânerie. Deviendras. **19.** Imite la poule ou se marre. Instrument à grelots sonores. **20.** Détenu. Jouerai de dégradés. Non diluée. Travaux forcés. **21.** Ensemble compact. Succulente. Oui occitan. **22.** Aussi hautain qu'Artaban. Mendiante ou bière belge. Sans aucune culture. **23.** Restituées. Malfaiteurs usant de tromperies. **24.** Hubert Bonisseur de la Bath. Extrêmement. Commune flamande néerlandophone. Privation de la vue de Dieu. **25.** Saint d'Audomarois. Aurochs. Diseurs d'épopées. **26.** Grand Lac américain. Joue du bistouri. Au ras de. Pouah ! **27.** Suffisamment nourris, repus. Lèveras la voile ou le drapeau.

ESCALETTRES

Sans utiliser de noms propres, ajoutez les lettres une à une, dans l'ordre imposé, pour former un mot sur chaque ligne. Respectez la position des lettres déjà inscrites jusqu'à la découverte du mot en bas de l'escalier.

↓	N	I	D							
+E		E								
+V										
+A			A							
+R			I							
+G										
+T										
+U			R		U			D		

Calculs durs, hein !

+ − × ÷

Avec les quatre opérations de base (+ − × ÷) et en utilisant au maximum une fois les plaques proposées, tentez d'atteindre le nombre cible : 637.
Il n'existe qu'une façon d'y parvenir.

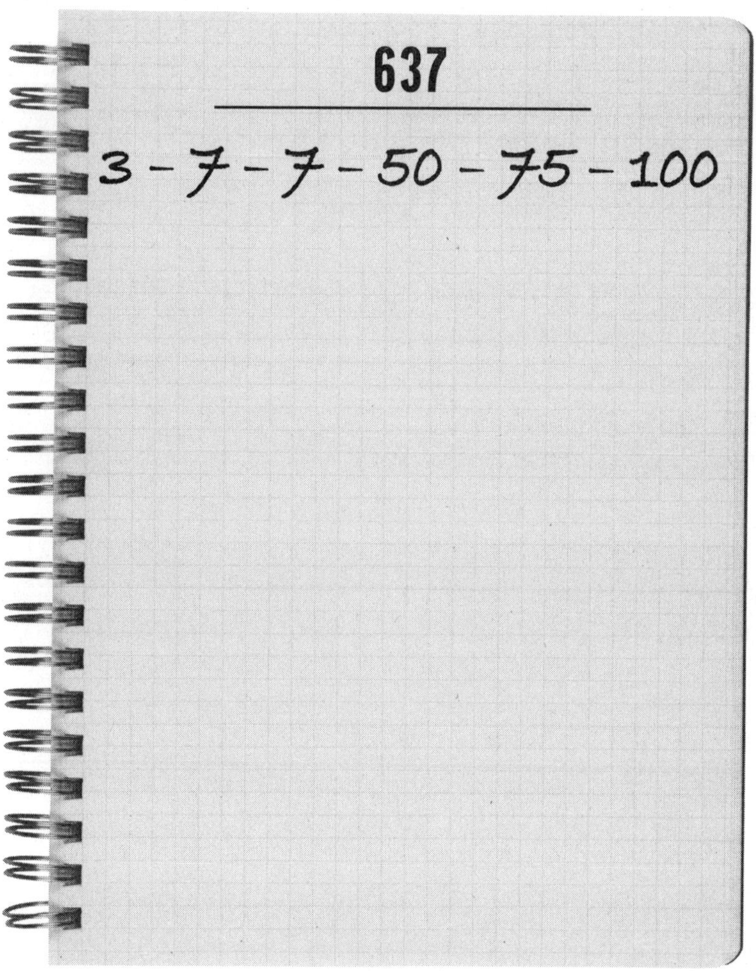

Blagues

Petit coin (coin)

☺

– Qu'est-ce qui mesure 10 cm de long, 4 cm de large, et rend folles toutes les femmes à la culotte baissée ?
– Le rouleau de PQ vide que monsieur a laissé sur le porte-papier !

***

– À quoi reconnaît-on le slip de Dark Vador ?
– À son côté obscur...

***

Un touriste égaré en montagne arrive devant une minuscule cabane. Il frappe à la porte et demande :
– Il y a quelqu'un ?
– Oui, répond un gamin
– Ton père est là ?
– Ah non, il est sorti juste avant que maman ne rentre !
– Alors, ta mère est là ?
– Ah non, elle est sortie au moment où moi je rentrais !
– Mais alors, vous n'êtes jamais ensemble dans cette famille...
– Ah ben non, pas ici ! Ici, c'est les toilettes.

***

– Pourquoi les Belges vont-ils aux toilettes avec de la mie de pain ?
– Pour nourrir le Canard WC, bien sûr !

SUDOKU-KU

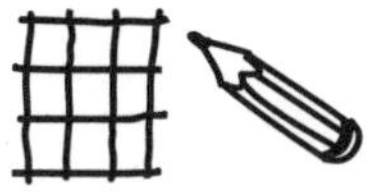

Remplissez les cases vides de ce sudoku-ku pour que tous les chiffres, de 1 à 9, soient inscrits une seule fois sur chaque ligne, dans chaque colonne et dans chaque petit carré de neuf cases aux contours renforcés.

			9			7		
		5	7	4				
	9	3			2		6	
	2				8			3
	5						2	
8			5				4	
	4		6			5	7	
				1	4	3		
		1			7			

BONUS

Observez les lettres bien placées sur fond gris foncé ou mal placées sur fond gris clair pour deviner le seul mot final possible. Attention, certaines lettres n'ont peut-être pas encore été proposées.

G Gris foncé G Gris clair

P	E	C	O	R	I	N	O
P	H	R	Y	G	I	E	N
P	I	G	N	A	D	A	S
P	E	M	M	I	C	A	N
P	L	A	C	E	N	T	A
P	_	_	_	_	_	_	_

TAPIS C

Déterminez les valeurs relatives des pièces permettant d'affirmer qu'il y a autant d'argent à droite qu'à gauche sur les tapis A et B et répondez à la question finale concernant le tapis C.

TAPIS A

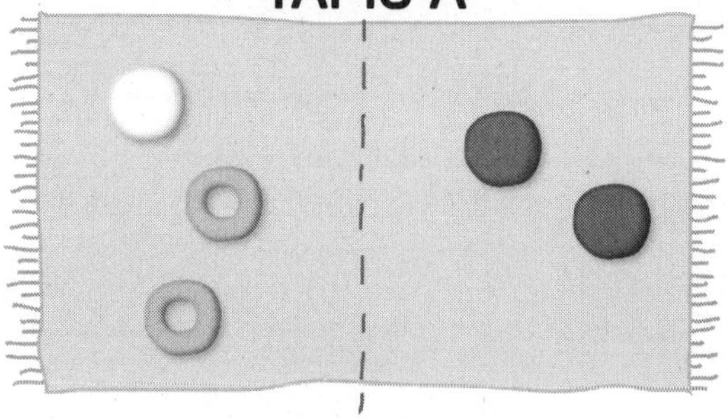

TAPIS B

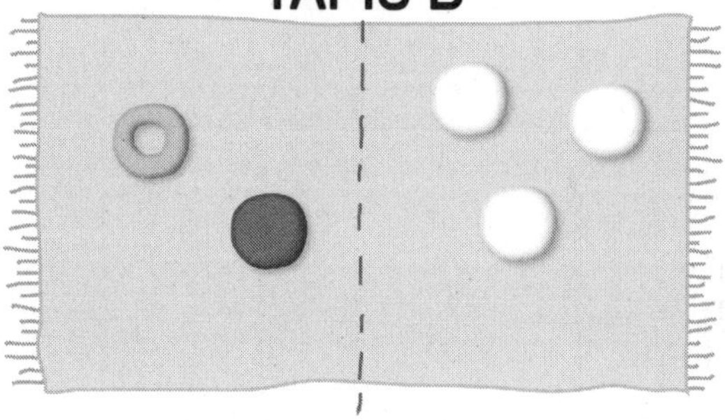

TAPIS C

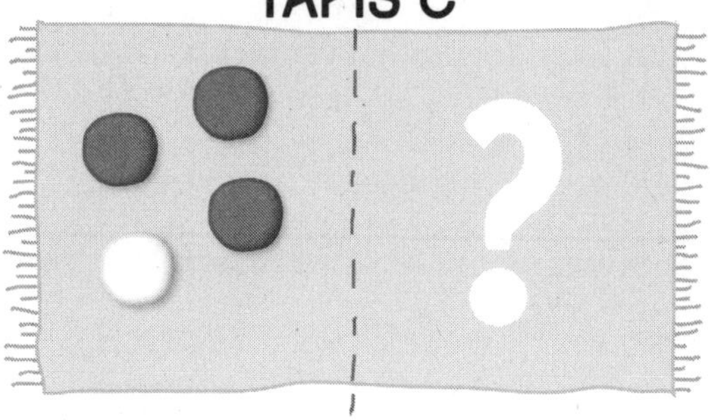

Combien faut-il de « pièces trouées » pour qu'il y ait autant d'argent à droite qu'à gauche, sur le tapis C ?

(M)OTS

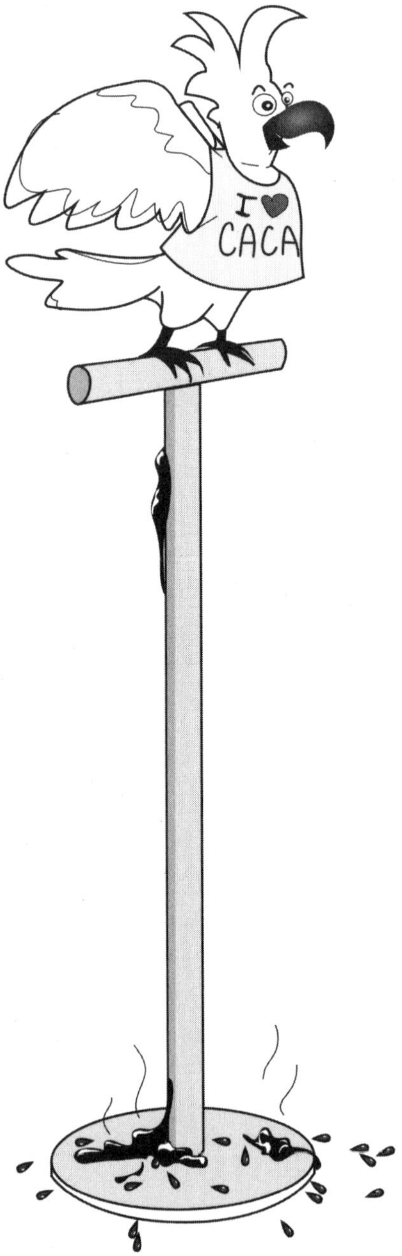

... EXPIALIDOCIOUS
VITESSE À PASSER
DOMAINE DE VERLAINE
CROQUEUSES
CONCERNER
PLAÇA EN DÉTENTION
FOURGON
BOLETS
SOLEIL D'ÉGYPTE
GLISSE
VER SOLITAIRE
PIED DE VIGNE
SALLE DES ÉTOILES
UN MOKO
CHANGE DE TON
ESTIME LA MASSE
CLORE
PARLÉE
RESTA OPTIMISTE
SUPPORT DE NOTES
GÊNE FACE À LA NUDITÉ
DÉTENU
L'ÉPREUVE DU FEU
COMPORTEMENT
POURVU D'UN SULKY
PRIX À PAYER
BARRE BRETONNE
BIEN ÉCOUTER
DÉCRITE PAR MÉTAPHORE
BOISSON GAZEUSE
D'UN BOURG DES VOSGES OU DE L'AIN
DÉMONSTRATIF
COLLECTION
SORTI DU VENTRE
À DÉCOUVRIR
CHAMP
CRITIQUE, AIGRE, AGRESSIF

(F)LÉCHÉS

HABITANTS
CONDENSATION MATINALE
PRÉNOM CRIÉ EN CHANSON
FAÇONNAGE
3,14
ÉQUIPES D'ANGLETERRE
CHEF-LIEU DU TARN
PLUS MAUVAIS
CUBE
DE MANIÈRE FORTUITE
INITIE UNE CULTURE

GAMIN DE L'OASIS
LARVE DE CRAPAUD
RUMINANT À BOIS APLATIS

VALLÉE D'UN LION FABULEUX
RETOURS EN CLASSE
SARDAIGNE OU SICILE
MÉTAL LÉGER

SAINT
ENLEVÉE
CRÉATION DIVINE
ATTACHÉE

BIBI ROMAIN
CHÂTEAU POUR DIANE
HYDROCARBURE
RAYONNEMENT

SOUCHON OU DELON

ROI FRANC
BIDON
SOUTENEUR
STUPÉFAIT

DÉTAILLÉ AU PROF
ÉCRITURE ABRÉGÉE

CRACK
CARESSÉE PAR LE VENT
RECUEIL AMUSANT
À LA PAGE
LACÉE

GRANDE ÉCOLE
ID EST
MAÎTRE DE MILOU
BOUT DE SEIN

DRAME À TOKYO
APPART OCCUPÉ SANS BAIL

PORT D'ALGÉRIE
REPRENDRE DES FORCES
VERTÈBRE
DÉSHABILLÉE
STATION THERMALE DE L'ISÈRE

DE MÉMOIRE
POSSESSIF À MOI

TAUX EXCESSIF
ROCHER À ÉVITER

GÉNÉRAL SUDISTE
BAIE DE NAGOYA
PARESSEUX
ARIDE
RENVOI MIEUX VU EN ORIENT QU'À PARIS

CONTEUR AMBULANT AFRICAIN
ÉQUERRE
VEDETTE
BONNE ACTION

TRAITE AVEC SUPÉRIORITÉ
JEU DE STRATÉGIE

CELUI DE LA POSTE FAIT DATE

Pipi propre

Ah, les repentis, s'ils ne sont pas bien protégés, ils n'ont pas le temps de parler longtemps. Espérons que Grigory Rodchenkov sera toujours en vie, au moment où vous lirez ces lignes…

Cet homme, ancien responsable de la branche russe de l'AMA, l'agence mondiale antidopage, s'est réfugié aux États-Unis et il enchaîne les publications et déclarations sur le dopage d'État mis en place par la Russie – et auparavant par l'URSS – et sur les méthodes pour échapper aux contrôles.

Ainsi, selon ses dires, la délégation soviétique avait prévu de dissimuler un laboratoire de contrôle du dopage à bord d'un navire mouillant dans le port de Los Angeles, lors des JO de 1984, mais les autorités ont refusé l'accès du port à ce bateau, suite à quoi l'URSS a simplement boycotté les Jeux, sur ordre du Politburo.
En revanche, le navire se trouvait bien à Séoul, en 1988.

Le principal souci, pour fournir de fausses analyses, était de trouver de l' « urine propre » : le dopage était tellement répandu qu'aucun athlète ne pouvait se soumettre sereinement au test. Rodchenkov affirme également que le sulfureux Ben Johnson, vainqueur de Carl Lewis en 1988, avait déjà été testé positif au même stéroïde anabolisant en 1986, mais que son gouvernement l'avait empêché de le signaler.

Babourine, Kondiurine, Tiourine, Khaltourine, Tchepourine, ce sont des noms russes assez courants, non ? Je cherche la rime…

Pêche à la Pêche

Que celui qui n'a jamais péché s'intéresse au fruit du pêcher ! Remettez un peu d'ordre dans les séquences de lettres inscrites sur les pêches, afin de former un mot... plein de pêche !

....

C'EST **gâchis**

Après la chasse au gaspi, voici la chasse au gâchis ! Tous les symboles 100 % naturels sont présents en même quantité, sauf un. Saurez-vous le repérer ?

Bouche-trous

Inscrivez une lettre par tiret pour reconstituer six mots de la langue française. Les paresseux sont des animaux LENTS. Si ce squelette ne vous suffit pas, aidez-vous de l'indice pour vous rapprocher plus rapidement de la réponse.

1. _ _ _ _ L _ _ _ E N T S _ _

2. _ _ L _ _ _ E N T _ _ S _ _

3. _ _ L E _ _ _ N T _ _ _ S _

4. _ _ _ _ L _ E N T _ _ S _ _ _

5. _ _ _ L E _ _ _ N T _ _ S _

6. _ L _ _ _ E N T _ S

INDICES

1. La crème renversée ?

2. Système proposé par Copernic.

3. Qui génère de la gêne.

4. Bon ? Non, beaucoup plus !

5. Formation d'éléments chimiques dans les étoiles.

6. Qui parlent bien.

LOGICO

Complétez logiquement la dernière fleur,
en observant les chiffres des pétales
et les nombres du cœur.

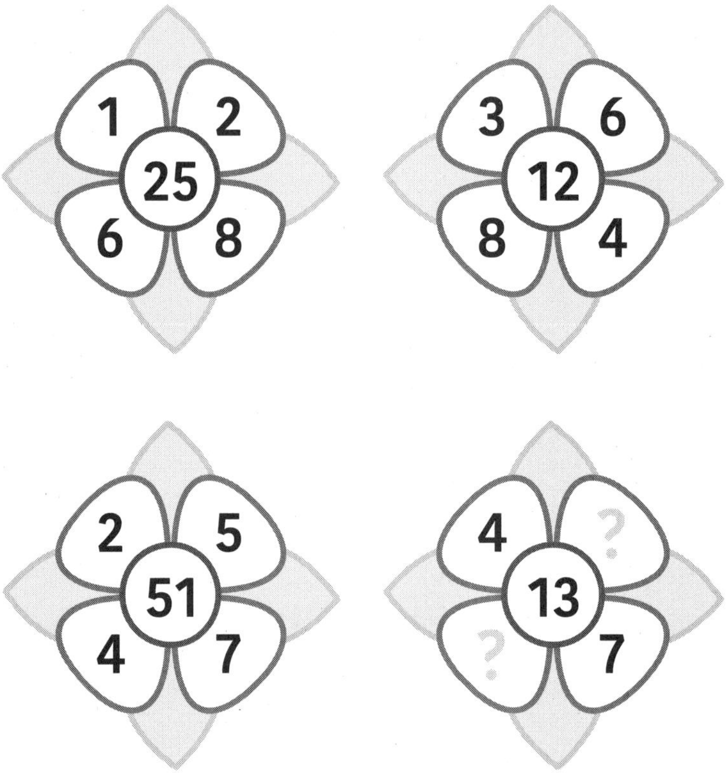

Punaiser

Le lecteur se demandera à juste titre ce que ce verbe fiche là. L'amateur d'anagrammes aura repéré que PUNAISER = PIRE ANUS, mais se dira toujours à juste titre que le rapport semble lointain avec le latin, même si l'on s'approche de la tinette. Eh bien, le lien avec le latin qui fait que ce titre est juste, c'est la punaise. Laissez-moi vous fixer les idées, en l'enfonçant d'un pouce rageur tel un drapeau noir dans votre crâne incliné.

Une punaise est un insecte piqueur du sous-ordre des hétéroptères, mais ça, on s'en soucie comme de colin-maillard, parce qu'on m'a dit de ne pas écrire tampon. Là où vous allez vous esbaudir, c'est en lisant l'étymologie de ce mot : *putinasius.* C'est-y pas mignon ? Non ! Mais ça se coupe en deux, c'est déjà ça.

Putere, c'est « puer », en latin, et *nasus* désigne le nez : *putinasius* signifie donc « qui sent mauvais ». Il y eut d'ailleurs un adjectif « punais, punaise » en ce sens : un œuf punais ou une femme punaise, qui n'a rien à voir avec la pin-up que le GI punaisait au-dessus de son lit souvent infesté de punaises. René Maran parle de l'homme comme « de tous les êtres animés celui dont les excréments dégagent l'odeur la plus intolérable [...]. Quelle punaisie ! »

L'insecte parasite ovale exhale cette odeur repoussante, d'où son nom. Et la « punaise de caserne » désigne une fille à soldats. Oui, vous avez bien compris, la pute ou putain tire son nom de ce verbe *putere* aux sens multiples : « être pourri, corrompu, puer ». Voyez où ce verbe punaiser nous a menés. Oh, punaise !

PiPiramidal

Complétez la pyramide en inscrivant sur chaque flaque un total égal à la somme des deux nombres notés sur les deux éléments (flaque ou rouleau) immédiatement en dessous. N'utilisez que des (nombres) pairs, OK ? Puisque Pi, c'est 314, Pipi doit valoir le double, d'où le 628 au sommet.

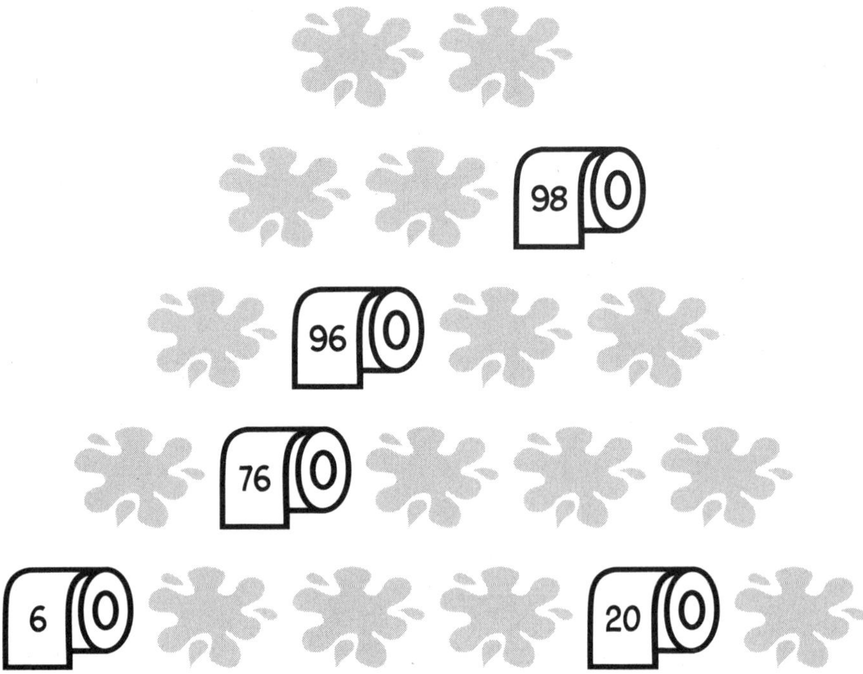

LE CHICHSTRAC

Dans les trois citations, un même terme a été remplacé par cet étrange **CHICHSTRAC**. Votre seule corvée sera de toiletter ces phrases pour retrouver le mot commun d'origine.

1. « Voyager, c'est demander d'un coup à la **CHICHSTRAC** ce que le temps ne peut nous donner que peu à peu. »
(Paul Morand)

....

2. « La proximité installe, à la longue, une étrange **CHICHSTRAC**. »
(Nathalie Petrowski)

....

3. « Du dire au faire la **CHICHSTRAC** est grande. »
(Miguel de Cervantès, *Don Quichotte*)

....

ALPHAKU-KU

Remplissez la grille pour que chacune des lettres « S, Y, R, I, E, A, U, W, C » figure une seule fois sur chaque ligne, dans chaque colonne et dans chaque petit carré de neuf cases aux contours renforcés. Quelque part s'inscrira un mot évoquant plus la détente qu'un voyage aux toilettes de Raqqa !

	Y		E					A
W	E		A		I			
						C		
Y	C					A		
I				S				Y
		U					W	R
		Y						
			I		R		S	C
A					E		I	

LA RAIE qu'on pense

Mais au pot t'as mis ?

En fouillant bien, ce que font très professionnellement les archéologues en Mésopotamie et les cambrioleurs chez mes potes amis, n'entend-on pas dans cette formulation qui nous servira de titraille l'interrogation stupéfaite d'une maman dont la chère tête blonde a enfin fait caca ailleurs que dans sa couche : « Mais, au pot, t'as mis ? » Notez l'élégante ellipse finale du « ton caca », caractéristique de mon style inimité.

Cette longue introduction nous amène au sujet qui nous passionne : la Mésopotamie.
Et deux questions vous taraudent : quel rapport avec un hippopotame ? Et j'ai oublié la seconde. Eh bien, commençons par la première, qui me semble plus précise et qui n'est pas si conne qu'elle en a l'air à la première lecture.

Potamos, en grec, c'est le fleuve. L'hippopotame, un pote à moi, est donc le « cheval du fleuve », le potamochère un sanglier de marécage (ça reste humide), tripotâmes veut évidemment dire « nager trois fois dans un fleuve » et chipotâmes « faire caca dans l'eau ». Mais la Mésopotamie ? Alors, non, ce n'est pas « mes eaux », ça aurait pu, mais plutôt le squelette grec *mésos* signifiant « au milieu, entre ».
Car la Mésopotamie est au milieu de deux fleuves : le Tigre et l'Euphrate.

Un article très pointu, que je ne pourrais résumer en moins de 600 pages, m'a appris récemment que la fable était probablement d'origine mésopotamienne. C'est d'autant plus drôle que, si vous enlevez l'initiale de cette région, vous retrouvez un certain Ésope, dont je vous dirai plus en page 497.
Ah, j'oubliais la deuxième question. La réponse est « non ».

LA TÊTE AU

Dans chacun des carrés ci-dessous figure un mot. Trouvez-en une anagramme correspondant à l'une des définitions sur la page de droite (exemple au centre du jeu : ENCRE pour l'indice 15). Inscrivez ensuite, dans la tête dessinée, le numéro de la définition du mot recherché. Reportez l'initiale du mot trouvé, ici un E, dans les cases numérotées de l'échelle de décodage, en bas de la page des indices. Vous complèterez ainsi un proverbe arabe : « La fourmi noire, sur la pierre noire, ... ». À la fin, en additionnant les chiffres des définitions, il vous faudra atteindre 65 sur toutes les lignes, toutes les colonnes et les deux diagonales de ce carré de magie noire.

SÉIDE -----	REVISSÉ -------	CHANTERAIT ----------	REFLET ------	LOGUASSE --------	= 65
TOUR ----	VOIRIE ------	CHAÎNERA --------	TONALE ------	FIGEANT -------	= 65
AUGNE -----	RIDES -----	CERNE 15 **ENCRE**	LIE ---	REVINS ------	= 65
GARDER ------	UNIT ----	ÉLOI ----	MANDAIT -------	ÎLETS -----	= 65
LIAGE -----	MEULIER -------	NUI ---	BROME -----	BURINA ------	= 65
= 65	= 65	= 65	= 65	= 65	

65 = (diagonale) 65 = (diagonale)

CA-CARRÉ

1. Noir, il s'appelle carbonado et est utilisé pour les forages. **2.** Le symbole de ce mouvement est le drapeau noir. **3.** S'il est noir, la pluie arrive. **4.** Ce peintre décline tous les reflets de la couleur noire. **5.** Dans une pièce noire, il n'y en a pas. **6.** Cette couleur charbon est un gris très foncé. **7.** C'est le moment où tout est noir, sauf les chats. **8.** Derrière Noir, cet adjectif de la ville renvoie à une collection de polars. **9.** Elle est noire dans le septième album des aventures de Tintin. **10.** Quand il est noir dans l'Univers, il engloutit tout. **11.** Sur cette image, le noir apparaît blanc et le blanc devient noir. **12.** La nôtre est toujours noire, si on la voit. **13.** Cet état caractérise un individu noir, en tout cas grisé ! **14.** Lorsqu'il est lancé noir, méfiance ! **15.** Celle de Chine est noire. **16.** Après Noir, c'est une groupe de rock. **17.** Les noires ont inspiré Franquin. **18.** Ce cheval noir passionne la jeunesse depuis 1941. **19.** Un carré noir sur fond noir en est un. **20.** En faire partie quand elle est noire, c'est être tricard. **21.** Cet oiseau noir a été chanté par Barbara. **22.** Celui aux ongles de la gothique est noir. **23.** L'avoir au beurre noir est la conséquence d'une violente altercation. **24.** Le noir animal de cette matière est le pigment le plus utilisé en peinture. **25.** C'est l'autre couleur noire avec le pique.

1	2	3	4	5	6	7	8	9	10	11	12	13

	E										
14	15	16	17	18	19	20	21	22	23	24	25

QUID

Répondez à ces six questions sur la vessie.

1. Quel autre nom commun est utilisé dans une expression parlant de vessies et signifiant « se faire de grossières illusions » ?

....

2. Par quel canal l'urine arrive-t-elle dans la vessie : l'urètre ou l'uretère ?

....

3. Quel nom porte l'inflammation de la vessie, bobo touchant plus fréquemment les femmes que les hommes ?

....

4. Quel cordon entre l'ombilic et la vessie est un reliquat embryonnaire s'écrivant en sept lettres, donc cinq voyelles ?

....

5. Quel est l'adjectif signifiant « relatif à la vessie » ?

....

6. Quelle plante, aussi appelée « amour en cage », tire son nom du mot grec signifiant « vessie », en raison de la forme du calice enfermant sa baie ?

....

Blagues

Dans un voyage en Absurdie

☺

Un homme entre dans une charcuterie.
– Je voudrais du jambon.
– Combien de tranches ?
– Je vous arrêterai.
La charcutière coupe pendant bonne cinq minutes et soudain, le client crie :
– Stop ! C'est celle-là que je veux.

***

– Garçon, il y a une mouche qui se noie dans mon potage.
– C'est la faute du cuisinier ! Il a mis trop de soupe ; d'habitude, elles ont pied.

***

Le médecin à son patient :
– Alors, ces bains de pieds à la moutarde, ça marche ?
– Ben docteur, pour dire vrai, je n'ai jamais réussi à rentrer les pieds dans le pot !

***

– Chef, chef, il y a eu un vol cette nuit dans un entrepôt. On a dérobé 1 000 cartouches de cigarettes et 200 kilos de carottes.
– Ah ! Et vous avez un suspect ?
– Ben, on recherche un lapin qui tousse...

LA COURANTE

Deux ou trois courantes de suite, ça vous vide un homme ou une femme. Et pourtant, c'est bon pour la santé. Ah non, non, nous ne parlons pas de diarrhée, mais de la danse en vogue du XVIe au XVIIIe siècle en France et en Italie, et dont la « courante » est le nom.

La courante française est de tempo plus modéré, apprend-on en se penchant sur les écrits d'Antoine Furetière, alors que l'italienne est plus vive : « un temps, un pas, un balancement, un coupé », un enchaînement qui promène un couple – oui, la courante se pratique à deux – au gré d'un air (pur) musical qui s'appelle lui aussi « courante ».

Louis Reybaud, Marseillais auteur du roman satirique *Jérome Paturot à la recherche d'une position sociale* qui fit grand bruit vers 1843, écrit ainsi : « Madame de Sévigné n'avait rendu à Louis XIV pleine et entière justice que le jour où ce grand monarque avait daigné danser une courante avec elle ».

Une encyclopédie nous apprend que c'était d'ailleurs la danse préférée du Roi-Soleil, lui qui n'avait pas de problème à se mettre en scène et en selles. Alors, à quand le retour de la courante en discothèque ? Et sans l'aide d'Ebola ou de covid-19, même si cela serait peut-être une occasion de se co-vider pour les couples amoureux…

SPHINX Ter

Le sphinx de Gizeh est impassible, le sphinx Bis est plutôt détendu mais le sphinx Ter est un peu contracté. Aidez-le à se détendre en trouvant le lien logique, le nom commun qui relie sans équivoque possible les six mots. Ayez du nez, contrairement au sphinx...

JEU

ENREGISTREMENT | TOUR

ESCRIME | FAUSSE | ÉTOILES

LA SUITE

Voici vos douze travaux d'Hercule. Vous avez les boules, de 1 à 11. Pour ne pas les avoir tout court, déduisez par un raisonnement logique la valeur de la dernière.

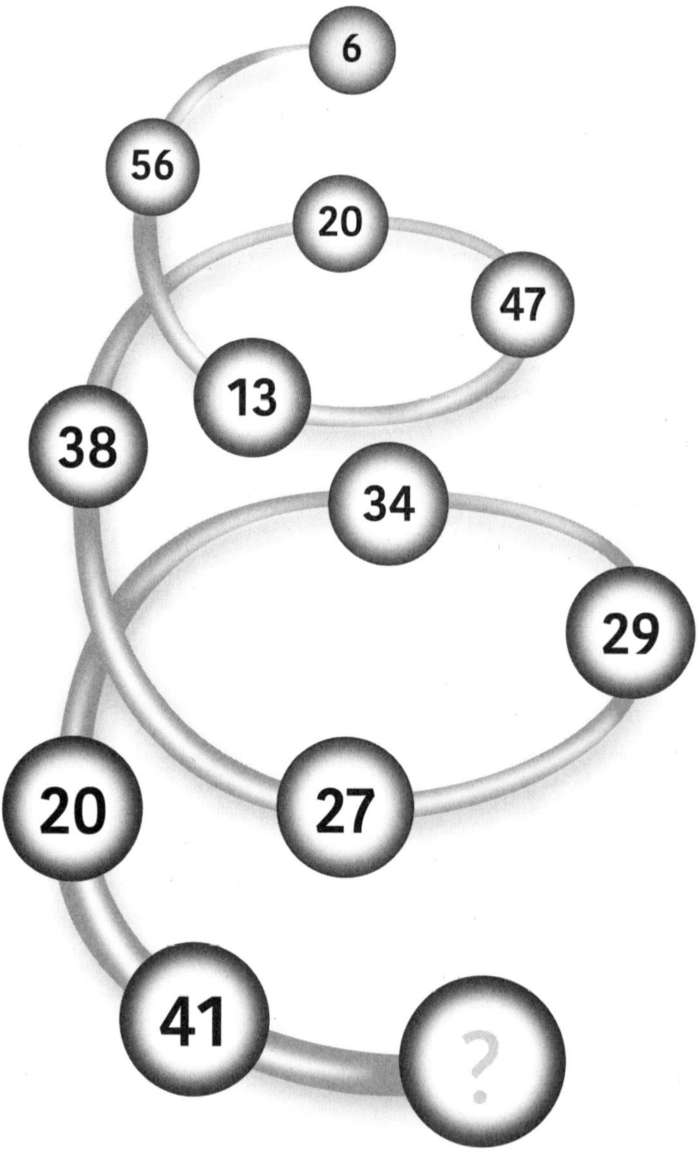

#CROISILLONS#

Complétez cette grille où les lettres P, I, C et A ont déjà été positionnées. Attention, les définitions sont souvent à prendre au second degré.

1. Contre la montre.
2. Des fruits qui ne valent rien.
3. So 6 de (notre) pays !
4. Instrument de Barbarie.
5. Couloir entre deux caves.
6. Pif-gadget.
7. On en connaît un rayon !
8. Décor qui a quelque chose de pourri.

Un-Zéro

0	1
1	0

VOICI UN JEU « BINAIRE »

La grille ne contient que des 0 et des 1, avec trois règles à respecter :

1. Chaque ligne (et chaque colonne) contient quatre 0 et quatre 1.

2. Il est interdit d'écrire trois chiffres identiques ou plus côte à côte.

3. Deux lignes (ou deux colonnes) ne peuvent être identiques.

Avec ces indications, complétez ce Un-Zéro.

				1	1		
				1			
			0			0	
0							
		1		0			
	0						0
1	1		1			0	

COLLIER de perlouses

Pour récupérer votre « collier de perlouses », vous devez constituer une chaîne de perles contenant les nombres de 1 à 36, dans cet ordre. Chacun des nombres doit être au maximum à une case de distance du précédent : horizontalement, verticalement ou en diagonale.

12		1			
	11	10			7
				8	
	29	18		21	23
33			20		24
		36			

(M)OTS

D'HOMMES DES CAVERNES
SUEUR ODORANTE

DU TUBE DIGESTIF
PARFUM DE SUCETTE

ÉCONOMIE D'UNE BRIQUE
ZIGZAGUER

COMPLÈTE
LABRADOR OU COCKER

SORTIES DE SECOURS
COUTUMES

IL REGARDE TF1 ET ARTE
SURFACE DE JARDIN

PASSER SOUS SILENCE
POP AU CINÉMA

TOUR D'ESPAGNE
VILLE LOMBARDE

BRAMÂMES
3,14

ENDROIT NOMMÉ
ILS AMÉNAGENT LA CITÉ

ADJECTIF INTERRO-GATIF
CERTAIN

CAPITALE DU PRUNEAU
MUSE

BOIS NOIR
EMPEREUR

POÈMES À MARQUISE
BOÎTES POUR BULLETINS

LETTRES DES APÔTRES

COQUILLE EN SPIRALE
PAUMÉ

PÈRE RAJEUNI DE JASON
HABILETÉ

SECTIONNA DES BRANCHES
ET VOILÀ !

TOUFFU
FINASSA

LICENCIÉES

(F)LÉCHÉS

AVANCE BANCAIRE
OPALIN
NAPPÉE, TARTINÉE
QUATRE-VINGT DIX
EN CE LIEU
VENU AU MONDE

AFFECTION TOUCHANT L'ADO
CRIAIT «MAMAN»
VARIÉTÉ DE RAISIN
EN HAUTE ALTITUDE
IL PEUT PARTIR EN FAC
FINALE DE COUPE
SAINTE
NOTA BENE
COURAGE
SEREIN
CHEVILLE DE GOLFEUR
GROSSE GUÊPE
MIRAGES
ÉQUERRE
TAUX PROHIBITIF
DATANT D'HIER
LE FILM D'UN NAUFRAGE
HÉLIUM
DISPARITION ASTRALE
OLYMPIQUE LYONNAIS
SPORT À L'ÉCOLE
SŒUR PLUS ÂGÉE
PRONONCÉ À L'AIDE DES INCISIVES
DOPANT SANGUIN
CHANGÉ EN OS
JAMAIS SANS CLOPANT
BANDE ORIGINALE
REMETTE À L'ÉTAT D'ORIGINE
MOUVEMENT
NON ACQUIS
FAIS PÉRIR SOUS L'EAU
CHÈRE
CONDITION
GRANDE TAILLE
UN AMI POUR MOI
TRAVAILLA AU MÉTIER
SOMME À PAYER
FAMILLE PRINCIÈRE
SONNER LE TOCSIN
PÂTISSERIE BRETONNE
BORIS DE *L'ÉCUME DES JOURS*
CAUSÉ DES RAVAGES
ÉNERVE, IRRITE
ARTICLE MASCULIN
AVANCER EN CRAWL
RONGEUR
FRÈRE DE GRICHKA BOGDANOFF
VICTOIRE DE NAPOLÉON
TRANSPORT PARISIEN
DISSIMULÉ
TRÔNERA
ARGENT BULGARE
IL TIRE DES FLÈCHES
COURROUX
MYSTÈRE À RÉSOUDRE
CHAMPION
TROPHÉE POUR ACTRICE
AUTHENTIQUE
NOTRE PLANÈTE

LA CIBLE

Partez de la lettre cerclée. Sautez un certain nombre de lettres (toujours le même pour cette cible), lisez la suivante, et continuez ainsi pour compléter la citation d'Edmond Rostand : « L'homme, comme le perroquet du persil, est… »

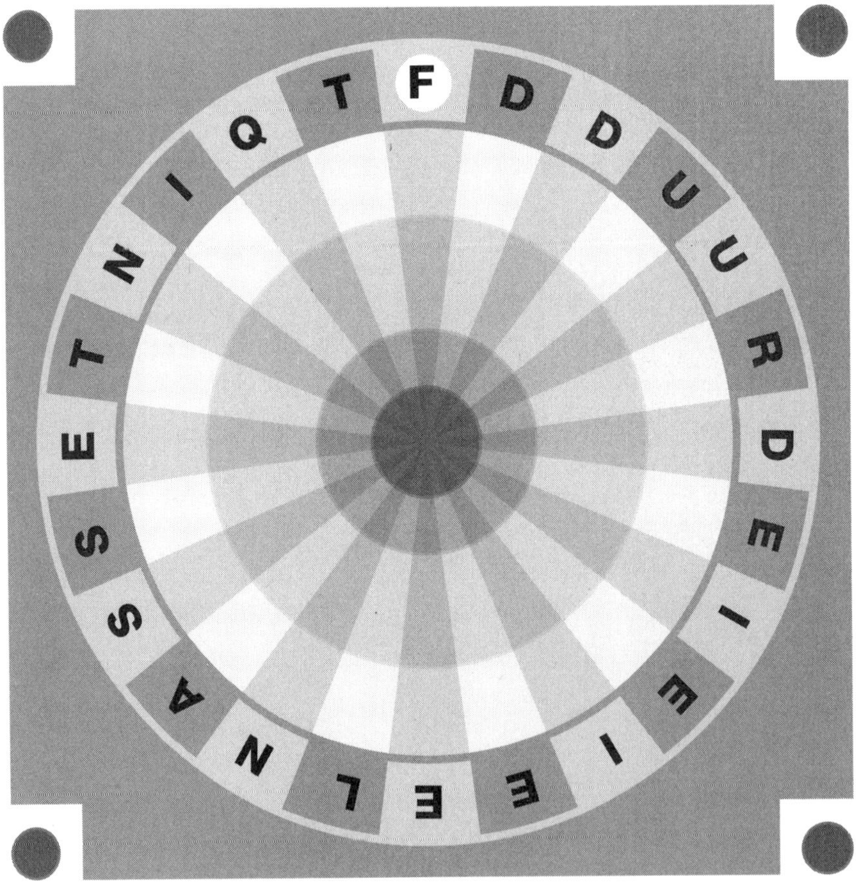

....

....

MÉGA(cô)lon

La digestion se termine dans le côlon. Quel mot méga-long va sortir, élaboré à base de CACA et des dix autres lettres proposées ? C'est un test, hein !

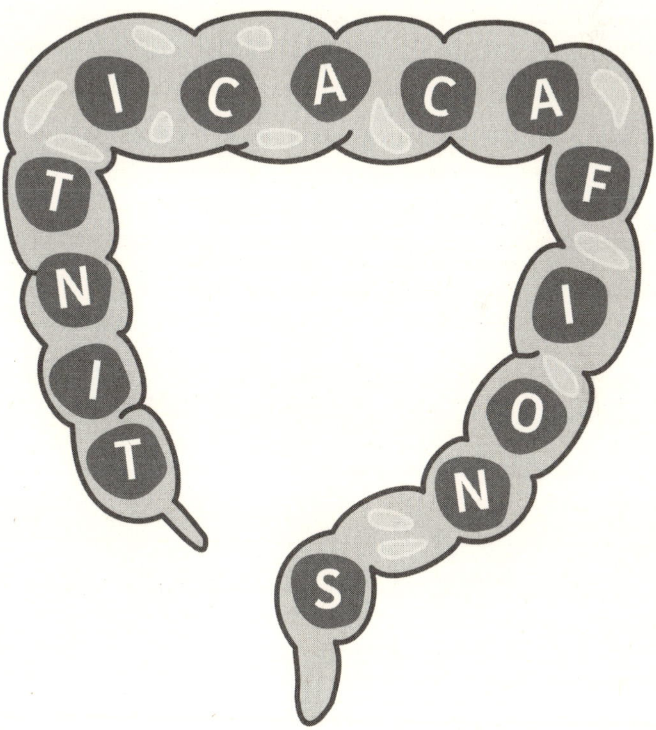

SUDOKU-KU

Remplissez les cases vides de ce sudoku-ku pour que tous les chiffres, de 1 à 9, soient inscrits une seule fois sur chaque ligne, dans chaque colonne et dans chaque petit carré de neuf cases aux contours renforcés.

7		5		4	1			2
					8	1		
1		8			5			7
			5					6
2	6	1	8		7	9	4	5
8					9			
3			9			6		4
		6	1					
5			4	8		3		9

Le saviez-vous ?

Du riz dans la Muraille

Saviez-vous que la Grande Muraille de chine était renforcée, à certains endroits, par un ciment mélangé à de la bouillie de riz ? Cela semble être une blague, et pourtant c'est vrai, si l'on en croit les études récentes qui ont été réalisées à partir de prélèvements.

La fortification a été construite pendant mille ans, du IIIe siècle avant J.-C. au VIIe après le même J.-C. Ce rempart, dont subsistent environ 7 000 des 21 000 kilomètres construits au cours des âges, tient depuis deux millénaires. Quel est son secret ?

Les experts ont analysé le ciment à la chaux contenant 3 % d'amidon de riz, qui a été probablement utilisé surtout au moment de la rénovation par la dynastie Ming, suite à l'observation de la force avec laquelle le riz gluant se collait dans les assiettes. Le mortier ainsi obtenu est très dur à l'extérieur, mais plus souple à l'intérieur, ce qui permet en outre d'absorber les secousses sismiques mieux que les ciments modernes ! L'amidon de riz a une structure chimique rappelant un filet de pêche : il permet à la chaux humide de cristalliser en formant des micro- ou nanostructures extrêmement résistantes.

Quant à l'affirmation prétendant que la Muraille est le seul ouvrage humain visible depuis la Lune, elle est complètement fausse. Déjà depuis 400 km de haut, soit environ l'orbite de la station spatiale internationale, la Muraille n'est plus visible à l'œil nu. Alors, depuis environ 384 000 km, distance Terre-Lune, inutile d'y penser ! Elle est aussi invisible qu'un grain de riz vieux de 700 ans dans la Muraille...

Le Trou

Trouvez le mot manquant
dans ces extraits de tubes que
vous avez probablement fredonnés.
Notre chanteur a un trou : comblez-le.

1. « Y marche pas au .... ,
son taxi jaune connaît toutes les rues par cœur »

2. « J'ai oublié les rêves et les .... ,
toutes ces choses qui avaient un prix »

3. « Moi des .... d'enfance,
en France, violence, manque d'indulgence »

4. « Y a comme un goût de ....
quand je marche dans ma ville »

5. « Quand le cœur n'y est plus,
brûler ce que l'on adore et .... son corps »

6. « Il faisait un temps .... ,
je me suis assis sur l'herbe »

CRYPTOGRAMME

Remplacez chaque symbole par la lettre qu'il crypte pour compléter une citation de Peter Milligan, auteur britannique de la bande dessinée *The Discipline*, d'où celle-ci – à prendre au second degré – est extraite : « Plus tôt, aujourd'hui, j'ai eu des relations sexuelles avec un singe que j'ai ensuite fait rôtir et mangé, arrosé d'un… »

■	✿	✚	❀	❯	❂	▲	✺	◆	✻	●	❊	✪
A	B	C	D	E	F	G	H	I	J	K	L	M

✭	✹	✤	✱	❉	❤	✖	♣	✥	◗	✙	✷	✗
N	O	P	Q	R	S	T	U	V	W	X	Y	Z

✥	❯	❉	❉	❯		❀	❯		✤	◆	❤	❤	❯
_	_	_	_	_		_	_		_	_	_	_	_
❀	'	❯	✭	❂	■	✭	✖		❀	❯			
_	'	_	_	_	_	_	_		_	_			
✚	✺	✹	❯	♣	❉	.		✻	'	■	◆	✪	❯
_	_	_	_	_	_	.		_	'	_	_	_	_
✪	❯		✪	❯	✖	✖	❉	❯		❀	■	✭	❤
_	_		_	_	_	_	_	_		_	_	_	_
❊	'	■	✪	✿	◆	■	✭	✚	❯	.			
_	'	_	_	_	_	_	_	_	_	.			

CROISÉS 3D

Cette grille est en 3D, mais inutile de chausser vos lunettes pour le cinéma ! Les mots s'y croisent dans trois directions indiquées par les flèches blanches sur fond sombre. Inscrivez vos réponses en respectant les sens indiqués et sans dévier : la perspective est un peu trompeuse au début, mais vous allez vite vous familiariser. Embarquez pour votre premier voyage dans l'espace !

HORIZONTALEMENT :

A. Rangée de sièges dans un amphithéâtre. **B.** Zone d'attraction magnétique. **C.** Faut-il croire ce qu'il raconte ? Jeu de cartes dérivé du 8 américain. **D.** Singe-araignée. Explose. **E.** Bousillé ou sans intérêt. Gaz utilisé pour la conservation de la viande. **F.** Fît métier de son métier. Romain de Tirtoff. **G.** Paresse souvent qualifiée d'aiguë. Européens avec accès à la mer Baltique. **H.** Un tiers. Donneriez une heure de colle. Pays de Gandhi. **I.** Théâtre de la métamorphose d'Io en génisse. *Ante meridiem*. Garant du bon déroulement du scrutin.

VERTICALEMENT DE GAUCHE À DROITE :

1. Un tel épisode provoque de sacrées inondations. Rappel de ceux pour qui le *bis* n'a pas suffi. Battre comme plâtre. **2.** Surveillé en secret et avec attention. Plante crucifère à racine comestible. Bien perçu. **3.** Non sans agacement. Corossolier ou pommier-cannelle. **4.** Pas prises des deux côtés. **5.** Courroie attachée au mors. Opposé de l'amont. Commune sur la Tille. **6.** Bretons et Écossais. Refusera d'avouer. **7.** Bande organisée souvent violente. **8.** Galope et trotte à la fois. **9.** Immortalisée par le réalisateur.

VERTICALEMENT DE DROITE À GAUCHE :

I. La totalité. Linéaire pour un matheux. **II.** Stimulée par un cavalier impatient. La trouver dans une botte de foin n'est pas chose aisée. **III.** Qui se propage rapidement sur les réseaux sociaux. Sensible ni à la fatigue ni au découragement. **IV.** Rappelant le sabre d'un Jedi. En ville. À partir de deux, il fait froid dans le dos. **V.** Cale en forme de V. Plante des jardinières au balcon. **VI**. Notion plus si immuable, depuis Einstein. **VII.** Route nationale. Son mont Bastide surplombe Beaulieu-sur-Mer. **VIII.** Effectuât une soustraction. **IX.** Reniflés.

CA-CARRÉ MAGIQUE

Complétez ce ca-carré magique avec des nombres allant de 1 à 25, sachant que la somme sur chaque ligne, dans chaque colonne et sur chacune des grandes diagonales doit être égale à 65. Chaque nombre ne doit apparaître qu'une seule fois.

3		20	9	
	18			4
	7			25
10	14		23	
		24		8

Blagues

Mes docs, mes médocs

☺

Une femme s'est fait greffer une nouvelle paire d'oreilles par un chirurgien réputé.

Lors de la visite de contrôle, elle lui fait remarquer :

– Docteur, je pense que vous m'avez greffé des oreilles d'hommes...

– Mais pourquoi dites-vous ça ?

– J'entends bien, mais je ne comprends rien !

***

Un artiste se rend à la galerie exposant ses toiles, pour voir comment vont les affaires. Le directeur le reçoit et lui annonce que tout est vendu !

– C'est une bonne nouvelle ! s'exclame le peintre.

– Pas forcément...

– Mais pourquoi ça ?

– Un homme est venu et m'a demandé si vos œuvres prendraient de la valeur à votre mort. J'ai répondu que oui.

– Et c'était qui, cet homme ?

– Ben... votre médecin traitant !

***

– Docteur, je serai forte, mais dites-moi : combien de temps me reste-t-il à vivre ?

Le médecin reste silencieux mais la dame insiste, alors le médecin montre sept doigts.

– Sept ans ? Sept mois ? Sept jours ?

À chaque fois, le toubib fait « non » de la tête.

Puis il replie le premier doigt et parle enfin :

– 7, 6, 5...

CLÉS EN MAIN

Les graines du gourmand Coco sont gardées dans un coffre-fort. Notez dans chaque clé la lettre à laquelle elle est associée sur la page de droite. En trouvant le bon point de départ, lisez ensuite le mot de passe ouvrant la serrure. Attention aux trois clés qui sont là pour vous piéger !

I
E
A
S
R
B
L
U
C
N
F
T

chenille

Passez d'un mot au suivant, dans cette chenille, en opérant la substitution indiquée et en modifiant l'ordre des lettres. Hors noms propres, il n'y a qu'une solution par ligne, en tenant compte des lettres déjà placées.

– J + S							
– O + F							
– C + U							
– F + T	T						
– D + B					N		
– N + L							
– S + A							E

– O + A

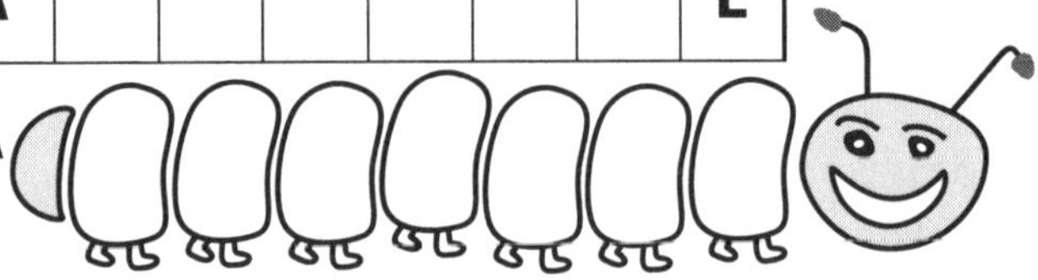

(En Catimini)

Ce pyromane amnésique est un monstre

La racine indo-européenne *men–, désignant le fait de penser ou de voir par la pensée, nous est parvenue principalement en latin via le nom *mens,* « l'esprit », ou le verbe *monere,* « avertir », et en grec par les noms *mania* et *mnêmê.* Notez dès à présent le glissement du verbe latin *mentiri* signifiant à l'origine « penser, imaginer », et qui se transformera en « ne pas dire vrai » !

Du latin *mens,* on notera mental, « relatif à l'esprit », s'opposant à dément, qui en manque. Mentor, ami d'Ulysse dans l'*Odyssée* désormais associé à un sage conseiller, dérive tout autant de *mens* que le verbe mentir, construire par la pensée un discours faux, un mensonge. L'ablatif *mente,* « dans l'esprit de », recueille le plus grand nombre de mentions dans le dictionnaire ; il sert à former les adverbes de manière : gentiment, seulement et même comment. Du travail de l'esprit naissent le memento, du latin « souviens-toi », et les commentaires parfois véhéments. La réminiscence, souvenir vague, naît elle aussi de *mens,* tout comme le mot anglais désignant l'esprit, *mind.*

Le verbe *monere*, dérivé de *men–, nous est parvenu avec trois sens : avertir, faire penser et montrer. Au premier se rattachent la prémonition et le moniteur, servant de guide avertissant des dangers. Nous y ajouterons la monnaie, tirée de Moneta, nom romain de Junon, déesse qui avertit et conseille, à qui fut dédié un temple où l'on fondait la monnaie. Dans la famille, n'oublions pas admonestation, semonce ou remontrance ou même l'anglais *to summon,* « avertir ». Enfin, le monstre est à l'origine un prodige avertissant de la volonté divine. Dans le sens de faire penser, seul monument semble nous être transmis : il nous invite à nous souvenir. Au sens de montrer, enfin, la filiation est plus simple et ne nécessite aucune démonstration ; la « monstre d'oreloge » médiévale démontre ce lien sur l'heure !

Dans la branche grecque, *mania* – signifiant folie ou enthousiasme – a donné la manie et tous ses excès : kleptomanie, mythomanie, pyromanie ou mélomanie. Du proche *manteia*, « oracle », viennent la cartomancienne ou l'oniromancie, divination par le rêve. De *mnêmê* sont issus mnémotechnique, amnésie quand la mémoire est perdue, d'où l'amnistie, oubli volontaire d'une condamnation, mais aussi l'anamnèse, récit des symptômes que vous rappelez à votre médecin. Mnémosyne, mère des Muses, personnifie la mémoire et Prométhée réfléchit avant son frère Épiméthée.

Usage De Faux

Parmi ces cinq propositions,
une seule n'est pas une *fake news*,
une « information mensongère ».
Laquelle ?

1. Un Allemand de Mönchengladbach a joué du saxophone à l'entrée d'un tuyau de gazoduc en construction et improvisé avec l'écho renvoyé.

2. Un chien disparu a été retrouvé après avoir parcouru 40 kilomètres à l'intérieur d'un gazoduc : il a été repéré par un drone d'inspection thermique.

3. Le crapauduc (ou batrachoduc) le plus long du monde mesure 2,6 kilomètres et se situe au Canada.

4. L'écuroduc ou écureuilloduc est un tuyau creux reliant deux arbres situés de part et d'autre d'une voie rapide.

5. Un éléphantoduc – dont l'ouverture se déclenche avec le poids de l'animal – permet aux éléphants d'entrer et de sortir du cratère du Ngorongoro, en Tanzanie.

ROSACE

Remplissez la rosace en ordonnant ces lettres. Écrivez les mots de l'extérieur de la rosace vers le centre, comme dans les exemples PÉROT (arbre préservé de la coupe) et QUAIS. Attention aux anagrammes, il n'y a qu'une seule façon de compléter la grille.

Dans le sens des aiguilles d'une montre (repères lettres)

A. AEILS	G. EIRTT	M. AEGGR
B. AILNT	H. AEFOV	N. ABHIT
C. EFITU	I. ABELM	O. ELMNO
D. EINQU	J. EMMNO	P. BINOV
E. EOPRS	K. AMPSV	Q. **EOPRT**
F. EPRUV	L. AEGRS	R. DEPSU

Dans le sens inverse (repères chiffres)

1. INRSU	7. ENORT	13. AAGMM
2. ALNOP	8. EEFIR	14. AEHPR
3. EFILT	9. EMORV	15. AEGMS
4. **AIQSU**	10. EENUV	16. BBEES
5. EINPU	11. ELOTV	17. ILOPR
6. IPSTT	12. AABGM	18. DEOTV

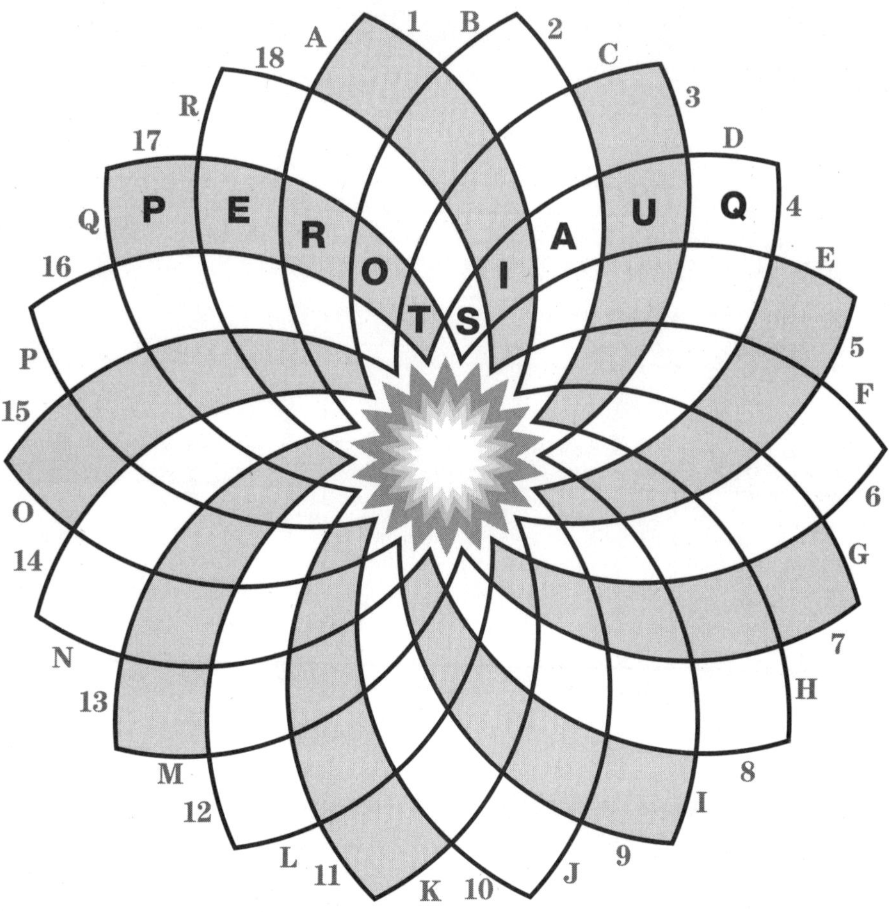

≡ (M)OTS

AIMABLE AVEC SES POTES
SALSIFIS
TOILE À SOLEIL
FIGURE DE LA RÉSISTANCE
PRÉSENT PASSÉ AU FUTUR
VAPEUR
ENJÔLEURS
SANDWICH OU GRENOUILLE
LOCUTION PROPRE AU NATIF
Y A UN BLÊME !
REMPLIT À RÂ
INSPIRATION AU SÉRAIL
DEVENIR CHAIR
VETO
CHOIX CORNÉLIENS
EXCLAMATION
PAYS D'AFRIQUE
ADJECTIF POSSESSIF
MAIS ENCORE
OFFICES CLAUSTRAUX
EXTRACTIONS
HYDROCARBURE
PRINCE INDIEN
COMMETTRE UN PÉCHÉ
FRÈRE DE JACOB
RÉSERVE NATURELLE
PASSE LE TORCHON
COUTEAUX FLEXIBLES DE PEINTRE
RAPIÉCÉ
ARCIMBOLDO Y EST NÉ
OISEAU DE THOT
MILLILITRE
SAUCES CORAIL
MOYEN EXCLUSIF
HALL DE CINÉMA
À PISTILS OU À ÉTAMINES

(F)LÉCHÉS

POCHE PLEINE
CAPITAINE QU'A VERNE
BLABLA SUR BLABLA
CARGO BRUN
ENDROIT QUI FILE LES JETONS
ANGLE
LONGUE PÉRIODE
CHAMBRE OÙ LE VIZIR NE DORT PAS
TÊTE DE COCHON
TROP OXYDÉE
VAS À DAME
TOURNÉE EN DEDANS
FRINGUE
PAMPHLETS
TROTSKI
HUILE DE COCO
JARDIN ANGLAIS
E D'EINSTEIN
RIVIÈRE D'OREL
ADORATEURS D'HUMAINS DIVINISÉS
ŒUVRE MUSICALE
CLICHÉ MÉDICAL
GUEULE DE BOIS
EST DANS LE PUBLIC
SANS EUX, LES JOURS ALLONGENT
ÎLE
DE NÉMÉSIS
TALISMAN
INDÉPENDANTISTE
ABÎMÉ
FILS D'ÉCOSSE
ATTACHÉ À LA GLÈBE
PRONOM RÉFLÉCHI
LA TERRE
PHILIPPE DE L'ORATOIRE
TERRITOIRE D'ÉVÊQUE
BLOC URBAIN
UN TIERS
STRUCTURE FAMILIALE
GORE
FÎT PRENDRE APPUI
MONNAIE CHINOISE
SUCRES
ENNUYER L'AUDITOIRE
SOUCI D'UTÉRUS
DÉBUT D'EXPLICATION
VACCIN
MANTRA
LAC PYRÉNÉEN
LIVRE RELIGIEUX
CROISSANT EN MILIEU STÉRILE
ÉQUIPERA DANGEREUSEMENT
POIRE À LA POMME
ERBIUM CHIMIQUE
ROI DE ROME
CUIVRE
À ZAGAZIG, IL ZIGZAGUE
LE 22, MAIS PAS QU'À ASNIÈRES
À BIBI

Le pendu

Vous avez tous déjà joué au pendu. Observez bien les lettres des essais infructueux, et déduisez-en le seul mot possible dans cette configuration.

Lettres déjà proposées mais pas dans le mot :

C	M	P
S	G	A
F	L	R

		E		T				E

7 HORREURS

Blagues

Rêves, errances...

☺

– Chérie, tu veux voir l'homme de tes rêves ?
– Oh, oui ! Oh, oui !
– Ben, va dormir !

***

– Docteur, mon mari se prend pour un réfrigérateur.
– Ne vous inquiétez pas, ça va passer.
– Peut-être mais, en attendant, comme il dort la bouche ouverte, cette satanée lumière m'empêche de dormir.

***

Une blonde va le chez le psy :
– Toutes les nuits, je fais le même rêve : je suis devant une porte et je veux entrer, alors je pousse, je pousse, je pousse et je me réveille épuisée.
– Effectivement, c'est un blocage. Et y a-t-il quelque chose d'écrit sur cette porte, qui nous donnerait un indice sur la nature de ce blocage.
– Maintenant que vous le demandez, il me semble que c'est écrit : « Tirez ! »

***

Deux amis :
– Moi, mon rêve, ce serait d'avoir une femme qui tous les matins m'amène mon café au lit.
– Moi, mon rêve, reprend l'autre, ce serait d'avoir une femme qui tous les soirs m'amène mon lit au café.

Meuh long, melon ?

À l'aide des définitions, à-peu-près homophoniques (aux mots faux, nique !), trouvez les sept mots solutions, en consommant la totalité de la réserve de lettres. Connaissiez-vous le nom latin du melon?

1. Melon.
2. Meulons.
3. Meuh long.
4. Melon.
5. Melon.
6. Me, l'on.
7. Melon.

RÉSERVE DE LETTRES

A	A	A	A	C	C	C	E	E	E	E	E	E	E	E
G	G	H	I	I	I	L	M	M	M	N	N	O	O	O
P	P	Q	R	S	S	S	S	T	T	T	U	U	U	U

PO-POKER

Devinez pour chaque joueur la «rivière» idéale, la cinquième lettre affichée par le croupier, qui lui permettra de constituer un mot de sept lettres, avec les cinq du tapis plus les deux siennes.
Par exemple, Carline espère un I pour former HUILAGE.
Qu'attendent Coco, Doyle et Édith pour remporter le pot de notre po-poker?

CARLINE

H	U	I	L	A	G	E

COCO

DOYLE

ÉDITH

BONUS

Observez les lettres bien placées sur fond gris foncé ou mal placées sur fond gris clair pour deviner le seul mot final possible. Attention, certaines lettres n'ont peut-être pas encore été proposées.

G Gris foncé G Gris clair

M	A	I	L	L	O	T	S
M	I	D	S	H	I	P	S
M	I	N	I	G	O	L	F
M	I	X	T	U	R	E	S
M	A	K	R	O	U	D	S
M	_	_	_	_	_	_	_

Alphabête

Chacune des lettres de l'alphabet doit être utilisée une et une seule fois pour compléter les dix mots de la liste, où figurent au moins trois animaux. Biffez les lettres employées au fur et à mesure, mais attention aux pistes multiples.

1	P				I	T				
2			C	A	T	O		S		
3		E	C		O					
4		E		R	E					
5	A			L	O	T				
6	P		G	A		G	U	E		
7		A	G	U	A	R	O			I
8			I	P	P	E	T			
9		O	U		T	I			E	
10		A	U		E	T	T	E		

A	B	C	D	E	F	G	H	I	J	K	L	M
N	O	P	Q	R	S	T	U	V	W	X	Y	Z

Petrassi

Alors, vous l'avouerez, pas besoin de se casser le c... à trouver un titre amusant, quand il suffit d'inscrire le nom de celui dont on va causer : Goffredo Petrassi est un compositeur italien mort en 2003, à Rome. « Arôme de pet rassi » n'est pas une blague que nous nous permettrons, respect oblige.

Me croirez-vous si je vous dis qu'un certain Ennio Morricone, qui nous a quittés dans sa quatre-vingt-douzième année en 2020, fut l'un de ses élèves ? Oui, oui, ce monsieur au nom malheureux est une référence internationale. Il a lui-même touché à la musique de film, notamment pour le chef-d'œuvre *Riz amer* (Giuseppe De Santis, 1949), dont il a composé la bande-son.

Il signore Petrassi s'est également essayé au ballet et nous avons choisi *Ritratto di Don Chisciotte*, « portrait de Don Quichotte », pour sa sonorité très scato dans la langue d'origine : n'entendez-vous point « chie chiotte » ? Alors que, dans sa version espagnole, Quijote rappelle plutôt « qui rote ».

Bref, si vous entendez « pet rassi », ne prenez plus cela pour une insulte. Le compositeur a même donné son nom à une salle de l'auditorium Parco della Musica, immense complexe dont l'architecte fut un Piano, Renzo en l'occurrence.

È chi va piano va sano...

LA TÊTE AU

Dans chacun des carrés ci-dessous figure un mot. Trouvez-en une anagramme correspondant à l'une des définitions sur la page de droite (exemple au centre du jeu: ÉGOUT pour l'indice 7). Inscrivez ensuite, dans la tête dessinée, le numéro de la définition du mot recherché. Reportez l'initiale du mot trouvé, ici un E, dans les cases numérotées de l'échelle de décodage, en bas de la page des indices. Vous complèterez ainsi une citation de Victor Hugo dans *Les Misérables*: « L'égout est le … ». À la fin, en cumulant les chiffres des définitions, il vous faudra totaliser 65 sur toutes les lignes, toutes les colonnes et les deux diagonales de ce carré magique consacré à la ville.

NAGAÏKAS	ENCLAVE	DÉNUDÉ	ALDINES	MÉLO	= 65
SUINTA	CONGÉLO	TÉNOISE	VENGÉE	BURINA	= 65
BAIL	MUÂMES	GOÛTE 7 ÉGOUT	CINÉ	NOTE	= 65
ÉCLAIRÉ	LOUÉS	TRAQUE	AÎNÉ	VEILLES	= 65
ENVIES	ENNOBLIS	MANIES	NAGE	GLIOMES	= 65
= 65	= 65	= 65	= 65	= 65	= 65

65 =

CA-CARRÉ

1. Cette ville accueille les amoureux sur ses gondoles. **2.** Dans ce pays de geysers, Reykjavik est la capitale. **3.** L'eau de cette ville allemande ne sent pas le parfum ! **4.** Cette ville est connue pour son *college* qui reçut le prince William. **5.** C'est le nombre de lettres de la ville où l'égout Cloaca Maxima fut construit vers 600 av. J.-C. **6.** Cet adjectif signifie relatif à la ville. **7.** Tout ce qui est usé, en ville, finit dans ce conduit souterrain. **8.** C'est la capitale de l'Égypte. **9.** Cette ville française est réputée pour ses pruneaux. **10.** On la trouve en Espagne... ou dans la Drôme. **11.** Cette ville a souri à Napoléon. **12.** C'est le siège portugais d'un traité européen signé en 2007. **13.** Ce port du Togo en est la capitale. **14.** Ce pays a pour villes principales Tallinn et Tartu. **15.** Cette ville du Tarn a subi une croisade. **16.** Dans cette ville d'Écosse, on n'a jamais vu de crocodile. **17.** C'est la capitale du Texas. **18.** On s'y balade sur la Promenade des Anglais. **19.** Cette capitale asiatique fait partie des cinq villes les plus peuplées du monde. **20.** On connaît cette ville pour sa porcelaine. **21.** Ce bourg de Judée a donné son nom au mouvement de l'abbé Pierre. **22.** Son barbier en barbe certains. **23.** C'est une ville, en Somme. **24.** Une bombe atomique la détruisit en 1945. **25.** Cette ville suisse est sur le lac Léman.

						E						
1	**2**	**3**	**4**	**5**	**6**	**7**	**8**	**9**	**10**	**11**	**12**	**13**

14	**15**	**16**	**17**	**18**	**19**	**20**	**21**	**22**	**23**	**24**	**25**

Calculs durs, hein !

+ − × ÷

Avec les quatre opérations de base (+ − × ÷) et en utilisant au maximum une fois les plaques proposées, tentez d'atteindre le nombre cible : 679.
Il n'existe qu'une façon d'y parvenir.

AnaPhrases

Complétez chaque phrase avec des mots anagrammes formés à partir des lettres données au début entre parenthèses.

1
[ACEILNP]

« On ne va pas porter au _ _ _ _ _ _ _ ce _ _ _ _ _ _ _ sous prétexte qu'il a signé d'une monumentale fiente le _ _ _ _ _ _ _ de cet ornithologue. »

2
[ADEINRV]

« Que va-t-il _ _ _ _ _ _ _ de ce skieur vieillissant, jadis assez _ _ _ _ _ _ _ pour remporter quelques slaloms, mais qui désormais ne fait plus que se _ _ _ _ _ _ _ ? »

3
[AEEGILN]

« Cette pierre mal _ _ _ _ _ _ _ avec les autres, sur le site de Carnac, certains y voient la _ _ _ _ _ _ _ inspiration d'un artiste du Néolithique, d'autres n'y constatent que la distribution _ _ _ _ _ _ _ des mégalithes. »

Bouche-trous

Inscrivez une lettre par tiret pour reconstituer six mots de la langue française. L'aï, xénarthre à trois doigts, est parfois appelé « mouton paresseux » – et parsou, en Guyane. Si ces lettres ne vous suffisent pas, aidez-vous de l'indice pour deviner les réponses.

1. M O U _ _ _ _ T O N

2. M O _ U _ _ T _ O N

3. _ _ M O U _ T _ _ _ _ _ O N

4. G _ U _ _ Y A N _ E

5. P A R _ S _ _ O _ _ _ U _

6. P A R _ _ S _ _ _ O _ _ _ U _

INDICES

1. L'aï n'en a pas besoin pour grimper aux arbres.

2. Celle de la voix du paresseux lui confère un étrange cri.

3. C'est un massacre animal.

4. Fraîche et légère au chai.

5. Il étudie les tiques vivant dans la fourrure de l'aï.

6. Vous mettra-t-il en contact avec un aï défunt ?

Vit russe = pipi ?

Devant la pandémie de covid-19, les annonces faites partout sur la planète sur l'utilité des masques, à des moments où ils n'étaient de toute façon pas disponibles, ont été pour le moins « évolutives ». De complètement inutiles voire dangereux à plutôt efficaces voire indispensables, toutes les nuances d'adverbes, d'adjectifs et de comparaisons ont fleuri, pour combler le silence du sage, qui se tait quand il ne sait pas, à la différence de nombre d'animateurs d'antenne et de pseudo-experts en tout…

Un schéma, qualifié d'humoristique sur la Toile mais qui ne l'est pas tant, a alors eu un retentissement certain chez les sceptiques, avec un c, ne vous faites pas de fosses idées. On y voyait deux silhouettes d'hommes nus, que l'on pouvait imaginer en plein air, un jour de grand vent…

Le premier fait pipi et son urine souille par conséquent son voisin.
Sur le second dessin, ce dernier porte un pantalon, et quand l'autre se soulage, il est certes atteint par l'urine, mais il est partiellement protégé par ce vêtement, qu'il lui faudra laver.
Sur le troisième dessin, le pisseur porte lui aussi un pantalon et son urine ne le quitte pratiquement pas ; en tout cas, elle n'atteint pas du tout son voisin, lui aussi protégé.

Appliqué au virus, ce schéma montre comment l'épidémie serait rapidement contenue si tout le monde, contaminé ou pas, portait un masque…

BURGER

Payez-vous une bonne tranche centrale pour agrémenter votre burger. Complétez les mots horizontaux auxquels il manque deux lettres puis lisez un dernier nom verticalement.

FRA _ _ SSÉ

FEI _ _ ANT

MUS _ _ DER

SYN _ _ QUÉ

ANI _ _ TTE

Pêche à la Pêche

Que celui qui n'a jamais péché s'intéresse au fruit du pêcher !
Remettez un peu d'ordre dans les séquences de lettres inscrites sur les pêches, afin de former un mot... plein de pêche !

....

SUDOKU-KU

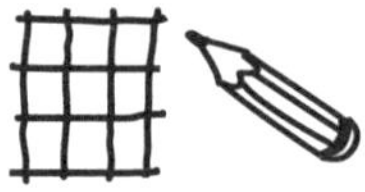

Remplissez les cases vides de ce sudoku-ku pour que tous les chiffres, de 1 à 9, soient inscrits une seule fois sur chaque ligne, dans chaque colonne et dans chaque petit carré de neuf cases aux contours renforcés.

	2				7	6		
7			3	6				
						4	5	
8		4			9			
			7		8			
			6			7		5
	6	1						
				1	6			2
		9	5				7	

LATIN
LA TINETTE

Pedo, pepedi, peditum

Rassurez-vous : cette page ne contiendra aucune blague pédophile, pédérastique ou pédopsychiatrique. Car notre propos est ailleurs, pour dames et sur mesure, dans le meilleur des cas. Mais puisqu'on traîne dans le quartier latin, autant en explorer tous les recoins.

Comment dit-on « péter » en latin, m'interrogé-je ainsi, avide de transmettre plus même que mon savoir à mon public ? Une vague visite à *petere* me confirma que ce verbe signifiait plutôt « chercher à obtenir, briguer, aspirer à » et aspirer, ce n'est pas « expulser de l'air », péter, pan, quoi !

Et là, par je ne sais quelle association avec cet enfant qui ne veut pas grandir, je crois me rappeler m'être déjà gaussé en tombant sur ce verbe : *pedo*, je pète. Je vérifie et bingo : « émettre un gaz intestinal », à relier au *pérdomai* grec et à l'indo-européen **perd–* ou **pesd–* signifiant « péter bruyamment ». J'ai pu en extraire des termes intéressants en albanais, en hindi, en bengali et en lituanien, mais il m'a semblé que je risquais de toucher un public assez restreint avec ces développements.

Alors, quant à savoir si « expédier, expédition » sont apparentés à *pedo,* le supin *peditum* semble l'accréditer, mais les sources les relient plutôt à *pes,* le pied, et à l'idée de « libérer le pied ». Quant au parfait *pepedi,* pépé dit que ça le fait rire, mais nous n'en saurons pas plus. Bref, est-ce que péter, c'est le pied ? La question étymologique reste ouverte. Contrairement à la porte des toilettes.

GRANDES

HORIZONTALEMENT : A. Fête des amoureux, le 14 février. Son cap attire les vacanciers. Anciennes monnaies en argent. **B.** Einstein y a vu le jour. Radical des esters. Point opposé au zénith. Instrument de musique. Divinité marine. **C.** Chante comme un moineau. Tend l'oreille. Qui ne convient pas à l'emploi. Bien pourvu. **D.** Coincé dans un sol sableux. Envoyas à l'ancienne. Arbre à pommes. Couleur des yeux de l'Aigle noir. Assemblée générale. **E.** Propre de l'homme. Refuser la version proposée. Danoise de la capitale. Couche sur miroir. **F.** Brome du labo. Jeté par jalousie. Dressé pour le vol. But au bowling. **G.** Discours souvent funèbre. Ordre de départ. Partie que l'on crut insécable. Nettoyeur. Désigné par scrutin. **H.** Spaghettis sur la bobine. Maisons russes. Voile triangulaire. Te débarrasses de cailloux. **I.** Nulle part ailleurs. Commune de la Mer de sable. Relatif aux corps célestes. Conjonction de coordination. **J.** Article de souk. C'est-à-dire. Olympique de Marseille. Descendre en bas en est un. Esclaves à Sparte. **K.** Se marreront méchamment. Cité en Bassigny. Détentrices d'une carte. Travaux pratiques. **L.** Habitude héritée. Enchaînait les bleues et les rouges. Aluminium. Vis. Charpenté. Via. **M.** Interrogation shakespearienne. Cœur de miche. Enseigne de cavalerie. Lettre grecque. Descendant de papa. **N.** Service incorrect. Bismuth. Courroie pour cheval. Métal de médaille. Dirigea. Bébête, nunuche, pas très fute-fute. **O.** Barre bloquant la porte. Frontières. Heureux qui comme lui a fait un beau voyage. Tour d'Italie. **P.** Sorti de sa coquille. Canapé. Mortels. Surprenantes, dans le bon sens. **Q.** Épicerie fine pour Jeunet et Caro. Iridium. Oxyde d'uranium. Cale. **R.** Nourrains à remplir patiemment. Balte. Béatifié. Sans végétation.

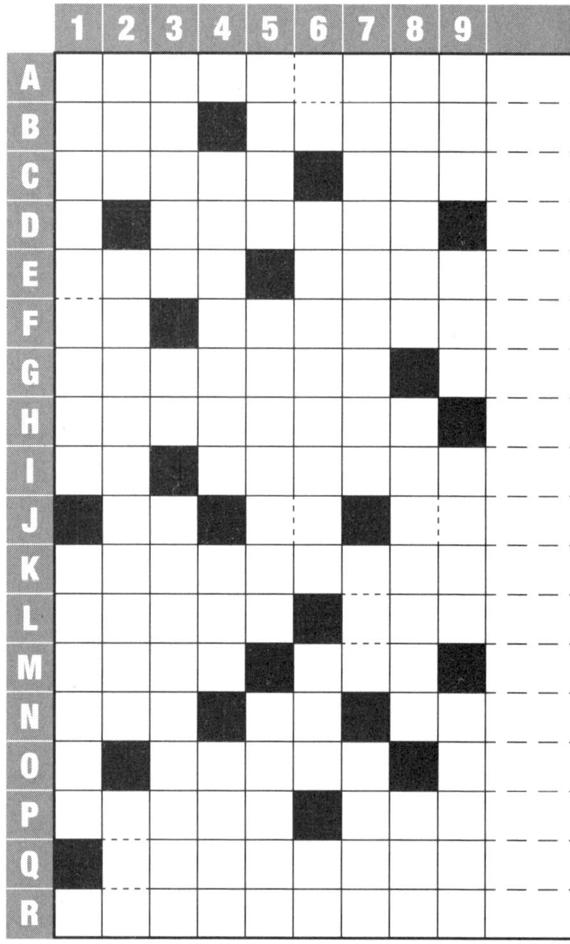

VERTICALEMENT : 1. Finale de football américain. Voie secondaire. **2.** Bière de malt peu torréfié. Impossible à accomplir. Contrat de travail recherché. **3.** Vêtement de pluie. Honneur au bridge. Tenter d'arracher les membres. **4.** Jamais lue jusqu'à présent. Nombre d'ans. Point sur un axe de rotation. **5.** Quarantaine de grammes. Extrait de fève à éviter. Détective privé de Disney. **6.** Véhicule léger. Tenue au courant. Station spatiale. Curie. **7.** Gardoise qu'un R rend invisible. Sécu des auto-entrepreneurs. Empereur. **8.** Ex-collégien. Billard haut en couleurs. Opère par déduction. **9.** Niveau de joueur d'échecs. Désert

vacances

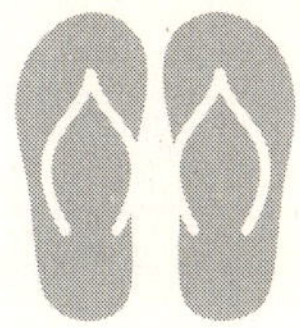

de caillasse. Tout devant. Sages génies dans l'œuvre de Tolkien. **10.** Carré impair. Propreté. Vers solitaires. **11.** Sens du toucher. Formule de politesse rapide. Question de test. Pronom réfléchi. **12.** Manque d'indulgence totale. Destinations pour touristes. **13.** Révolte fort précoce. Sans corolles à effeuiller. Inscrivent. **14.** Prononce. Ville des Jeux olympiques d'hiver 1952. Versant montagneux ensoleillé. **15.** Département en tête de liste. Appellation. Changea de volume. Hygiénique. **16.** Façons d'écrire un mot. Suis propriétaire. Règlement mensuel. Canton suisse. **17.** Diapositives. Séquence de chorégraphie. **18.** Doctrines des protestants. Nouvelle lune. Cinq sur cinq. **19.** *Internet Protocol.* Vague de liesse. Identique. Sortir le chéquier. **20.** Labrador. Une des Cyclades. Bains à remous. **21.** Occlusion intestinale. Gagnant en compacité. **22.** Grand patron. Bâtons aidant à marcher. Mont fatal à Héraclès. **23.** Refus. Aurochs. Cocos comestibles. Circuit pour tennismen. **24.** Vin italien pétillant. Filet de gladiateur. Grignotée. **25.** Pape. Prévenu. Modeste en taille. **26.** Coupure. Vedette. Songe. **27.** Attentionnée. Chargée de service.

FessesTifs

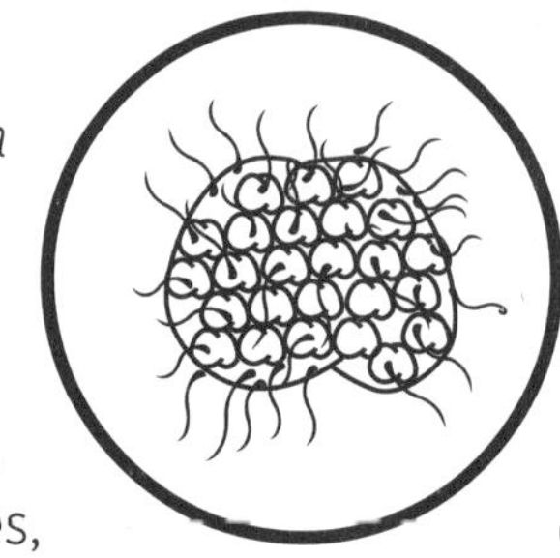

Vécébacter pilocula est une redoutable bactérie (inventée) faisant son nid dans les toilettes. Selon les espèces, son fessier et sa chevelure sont plus ou moins développés. Ah oui, nous sommes bien loin de la science que l'on vous a apprise ! Utilisez néanmoins un raisonnement tout ce qu'il y a de plus logique pour découvrir – en un élan festif – combien les bactéries de cette page (toutes identiques) ont de fesses et de tifs.

Lorsque Carline observe au microscope une plaquette où se débat une unique *Vécébacter pilocula 4*, elle compte deux tifs de plus que de fesses. Mais quand elle a quatre bactéries sous les yeux, Carline dénombre un total de 96 éléments anatomiques (fesses + tifs).

Alors, Coco, combien *Vécébacter pilocula 4* possède-t-elle de fesses et de tifs ?

#CROISILLONS#

Complétez cette grille où les lettres (P), I, C et A ont déjà été positionnées. Attention, les définitions sont souvent à prendre au second degré.

1. Un chardon ou la maîtresse de Coco.

2. Un Max !

3. Travailler empois de forme.

4. Repas du mâtin.

5. Faire l'âne.

6. Exquis mot qui jette parfois un froid.

7. Employé de bureau toujours assis sur cela.

8. Impérial mais à surveiller par le pompier.

Hello, Samuel !

En hommage à Samuel Morse, l'inventeur du code, et à Pierre Dac, créateur de *L'Os à moelle*, décryptez la petite annonce inventée « à la façon » de celles que publiait le journal.

A	B	C	D	E	F	G	H	I	J	K	L	M
.-	-...	-.-.	-..	.	..-.	--.	....	..	.---	-.-	.-..	--
N	**O**	**P**	**Q**	**R**	**S**	**T**	**U**	**V**	**W**	**X**	**Y**	**Z**
-.	---	.--.	--.-	.-.	...	-	..-	...-	.--	-..-	-.--	--..

.... --- -- -- . // --. .-. . -. --- ..- .. .-.. .-.. . //

....

.-.. .- ... . // -.. . ... // -... .- .. ..-. ... // -.. . //

....

.-.. .- .. -.. . .-. --- -. ... // . -. // --.- ..- . - . // -.. ..- //

....

.--. .-. .. -. -.-. . // -.-. .... .- .-. -- .- -. - //

....

.--. .- .-. - .- --. . .-. .- .. - //

....

...- --- .-.. --- -. - .. . .-. ... // ... --- -. // - . -- .--. ... //

....

.- ...- . -.-. // -- .. .. // -- . - . --- //

....

LA RAIE qu'on pense

Le cul de culture

Désolé d'écrire un gros mot, mais puisque l'occasion m'est enfin donnée de m'exprimer librement, voire de m'épancher – même si *E pericoloso sporgersi* –, je voulais vous faire réfléchir un tantinet. Allez, dans la position où vous êtes censé vous tenir en lisant ce bouquin, vous avez quelque chose du *Penseur* – de Rondin, si vous vous laissez aller.

Oui, en réalité, ce qui fait peut-être le succès de ce livre, année après année, c'est le savant dosage entre des jeux faciles et d'autres imbitables (je veux parler des coloriages, par exemple), entre des éructations potaches sur des sujets futiles (aucun exemple ne me vient en tête, mais cherchez, vous trouverez) et de réelles pages de culture, où l'on parle latin, grec, indo-européen, italien (*confer supra*), voire français.

Alors, à chaque fois, grogneront certains, ça part d'un ca, d'un caca, d'un pi, d'un pipi, d'un prout, d'une raie, d'un cul… Certes ! Mais ce n'est qu'un prétexte pour vous entraîner dans des apartés passionnants (eh oui, on dit « un aparté » et pas « une », Jean-Jacques), vous égarer dans des digressions passionnantes (et sans jamais une répétition), vous acculer à des conclusions… passionnantes !

Quoi ? Non, dans la dernière phrase, je n'ai pas écrit de gros mot. Circulez ! Et sortez des toilettes, y en a qui attendent.

ESCALETTRES

Sans utiliser de noms propres, ajoutez les lettres une à une, dans l'ordre imposé, pour former un mot sur chaque ligne. Respectez la position des lettres déjà inscrites jusqu'à la découverte du mot en bas de l'escalier.

↓	P	O	U							
+S			U							
+L	L									
+E			U			E				
+C				P						
+T			T							
+N									S	
+R										S

MANDALA

BRIQUES

Placez chacun des dix-sept couples de gauche (ils sont indissociables) dans le mur de droite, de façon à former des mots horizontaux. Quand toutes les briques seront casées, vous lirez verticalement deux anagrammes.

A	I
A	P
E	A
E	E
E	R
E	T
I	E
J	P
N	A
N	U
P	J
P	R
R	E
R	N
R	R
T	E
U	N

	A	C	K		O	T
	F	F	R		Y	E
	N	T	I		U	B
	A	P	P		G	E
	I	R	O		O	K
	C	E	B		R	G
	M	B	A		G	O
	A	D	I		U	X
	A	D	I		E	S
	R	R	A		U	M
	A	U	V		E	T
	B	O	U		U	R
	E	P	A		T	I
	A	G	E		S	E
	V	A	R		C	E
	R	G	E		T	E
	O	R	R		N	T

LE CHICHSTRAC

Dans les trois citations, un même terme a été remplacé par cet étrange **CHICHSTRAC**. Votre seule corvée sera de toiletter ces phrases pour retrouver le mot commun d'origine.

1. « J'ai perdu des amis. Certains par la mort, d'autres par pure **CHICHSTRAC** de traverser la rue. »
(Virginia Woolf)

....

2. « Un roi, réalisant son **CHICHSTRAC**, peut soit déléguer, soit abdiquer. Un père ne peut ni l'un ni l'autre. »
(Marlene Dietrich)

....

3. « Au sein d'une hiérarchie, tout employé tend à s'élever jusqu'à son niveau de **CHICHSTRAC**. »
(Laurence J. Peter & Raymond Hull, *Le Principe de Peter*)

....

(M)OTS

SIGNE SUR UN Ï
IL PRÉVOIT LE SCORE DU MATCH
SURPRISE EN BIEN
DIFFICILE À AVALER

IL EST DANS LA TABLE DES HUIT
ENDURER
L'AMOUREUX DE DALIDA
RADE DU FINISTÈRE
PORTION DE COURBE
BOUDEURS, GROGNONS

AMATEUR DE TANGO
DIMINUAIS TA VITESSE

CARTE
VALIDER
ASTIQUANT
LYOÉENNE

FORTES PLUIES, MÊME POUR NOÉ
INTERVALLE MUSICAL
LÉPREUX OU AVARE

TELLE LA CITÉ DU CORBUSIER
HÉLICE DE VIE
SAVEUR PIQUANTE

EXTRÊME SALETÉ
LE NÉANT

ORIGINAIRE
SURFACES

MÉDECIN EST UNE TELLE PROFESSION
ÉCORCE
APPLAUDISSEMENT

POSSESSIF
PARADIS DES GONDOLES
CONDUITS POUR EAUX USÉES

(F)LÉCHÉS

- ILS N'ONT NI DIEU NI MAÎTRE / ADDITION OU DIVISION
- RISQUÉ / ENLEVÉ
- 3,14 / DU TÉMOIN
- SUJET D'ATTILA / BON CÔTÉ
- SE SENTIR PAPILLON OU ABEILLE / CANARD SAUVAGE
- NOM D'UN CHIEN
- CHIFFRE AVANT LA VIRGULE / PASCAL
- BAIN À REMOUS / IRIDIUM CHIMIQUE
- NOMBRE PAIR / TSAR REDOUTÉ
- NAPOLITAIN / ARTICLE INDÉFINI
- AJOUTER DES GRAINS BLANCS
- ESTOMAQUÉ / TROU DE NEZ
- POMPETTES / DOMAINES DES MUSES
- DOMPTA / PROCHE DU *SOL*
- SOLEIL D'ÉGYPTE / PRONOM FAMILIER
- PRENNENT DES CAROTTES / SIÈGE ROYAL
- ROYAUME DE KATMANDOU
- SATELLITE TERRESTRE / EXISTES
- ORATEUR / MATCHS À DEUX
- ERBIUM / OLYMPIQUE LYONNAIS
- BOISSON GAZEUSE / SITUÉES AU CADASTRE
- ORDRE D'ARRÊT / FAIRE DES RAVAGES
- QUANTITÉ INDÉNOMBRABLE
- CHABAT ET SES POTES / CUBE
- COURSE AVANT SAUT / FINALE DE COUPE
- PENSÉE SOUDAINE / FAÇONNAGE SELON COTATIONS
- RÉACTEUR NUCLÉAIRE / VERRE ENTRE AMIS
- BOUQUINÉ / UNIES
- NETTOIERA / «À LES» CONTRACTÉ
- SPIKE OU BRUCE
- RAMASSE-POUSSIÈRE / FRANGINE
- RIVIÈRE ARROSANT RENNES / ÉTABLIT SON NID
- ARBRE DU CANADA / CROCHET À VIANDE
- INSCRIT
- OBSTACLE À FRANCHIR / SAINT NORMAND
- INSULAIRE / À CET ENDROIT
- RÉCEPTION / ÉQUERRE
- COUTUMES
- DÉMONSTRATIF
- POSSÉDA
- RECOMMENÇASSE

Blagues

L'école honnie

☺

La nouvelle institutrice se tient devant ses élèves et décide de leur inculquer quelques notions de psychologie :

– Que ceux qui se sentent parfois stupides se lèvent.

Les enfants se regardent, personne ne se décide à bouger. Au bout de trente secondes, Toto se lève :

– C'est bien, tu as conscience que parfois tu n'as pas un comportement adapté ?

– Non, c'est pas ça, madame. Mais ça me mettait mal à l'aise de vous voir toute seule, comme ça, debout devant nous...

***

Les enfants sont turbulents et tardent à prendre la pose pour la traditionnelle photo de classe. La maîtresse essaie de les motiver en leur expliquant :

– Mais vous serez bien contents, plus tard, de regarder la photo et de vous dire : « Tiens, là, c'était Sophia, elle est infirmière maintenant. Et Suzanna est boulangère, Théo instituteur, Lou et Enzo ont deux enfants... »

Alors, une petite voix ajoute :

– Ou bien de dire : « Et la maîtresse est morte ! »

***

Toto revient de l'école avec son bulletin de notes : des zéros partout.

– Quelle excuse vas-tu encore me donner ? lui demande sa maman.

– J'hésite : l'hérédité ou l'environnement familial...

SPHINX Ter

Le sphinx de Gizeh est impassible, le sphinx Bis est plutôt détendu mais le sphinx Ter est un peu contracté. Aidez-le à se détendre en trouvant le lien logique, le nom commun qui relie sans équivoque possible les six mots. Ayez du nez, contrairement au sphinx…

NATURE

TYPE | CHERCHEZ

JEUNESSE | JUDICIAIRE | MARGE

QUI FAIT QUOI ?

Pour résoudre ce jeu de logique déductive, repérez un à un les indices donnés en les reportant dans la grille de résolution. S'il s'agit d'une affirmation, inscrivez O dans la case concernée, et complétez les propositions négatives qui en découlent en notant N dans les cases adjacentes. Résumez les informations obtenues dans le tableau en bas de page.

CATHERINETTES

Pour nos célibataires de plus de 25 ans, le 25 novembre signifie fête des catherinettes. À l'aide des quatre indices, retrouvez l'âge de chacune, la nuance de vert de son chapeau et le nombre de papillons jaunes décoratifs qui y ont été accrochés par les amis. Si vous coincez, deux indices supplémentaires – mais non nécessaires – figurent en bas de page.

1. La plus âgée des cinq arbore un papillon de plus que la fille de 30 ans. Celle au chapeau tilleul est plus vieille que la fille aux 16 insectes, mais plus jeune que Sanza Mour (qui n'a pas 30 ans et dont le chapeau porte moins de papillons que le couvre-chef lichen).

2. Mado Moizel a un papillon de moins sur la tête qu'Elvire Toulémec, mais un de plus que la jeune fille de 28 ans.

3. Le couvre-chef anis a un lépidoptère de plus que celui de Marie Agenvu ; celle qui le porte est née un an après la catherinette à galurin pistache.

4. Jade Orétseul a moins de papillons que son amie coiffée d'un bibi menthe, mais elle a un an de plus que celle dont le chapeau porte 15 bestioles.

INDICES SUPPLÉMENTAIRES

5. Être né un an après, c'est avoir un an de moins. Mado, qui ne porte rien de pistache, est née un an avant la fille aux 14 papillons.

6. Les papillons, insectes lépidoptères, sont plus nombreux sur le chapeau anis que sur le tilleul, mais moins que sur le lichen.

Grille de résolution

		ÂGES					VERTS					PAPILLONS				
		27 ans	28 ans	29 ans	30 ans	31 ans	Anis	Lichen	Menthe	Pistache	Tilleul	12	13	14	15	16
CATHERINETTES	Elvire Toulémec															
	Jade Orétseul															
	Mado Moizel															
	Marie Agenvu															
	Sanza Mour															
PAPILLONS	12															
	13															
	14															
	15															
	16															
VERTS	Anis															
	Lichen															
	Menthe															
	Pistache															
	Tilleul															

TABLEAU DES RÉPONSES

Catherinettes					
Âges					
Verts					
Papillons					

Miction spatiale

À l'automne 2020, les habitants de l'ISS, la station spatiale internationale, bénéficient de nouvelles toilettes, qui auront coûté la bagatelle de 23 millions de dollars.
Dans les années 1960, les astronautes se contentaient de poches et de sacs en plastique. L'équipage avait en outre droit à des lavements avant le départ, à des aliments à faibles résidus en mission, et à des traitements pour réduire la motilité intestinale, afin de limiter les manipulations peu ragoûtantes de pipi et de fèces, dans un environnement de microgravité.

Jusqu'à peu, la station possédait deux toilettes, l'une dans la partie américaine, l'autre dans la partie russe. Les astronautes s'improvisent plombier lorsqu'un incident survient, ce qui arriva à Thomas Pesquet lors de son séjour en 2016.

Les grosses améliorations de 2020 : le kit « mains libres », puisque les astronautes s'arrimeront au trône par les pieds, et une meilleure adaptation à l'anatomie féminine. La NASA continue de solliciter toute idée géniale permettant de récupérer au mieux l'eau présente dans les selles et l'utilisation optimale du reliquat solide. Alors, miction impossible ou pas ?

TAPIS C

Déterminez les valeurs relatives des pièces permettant d'affirmer qu'il y a autant d'argent à droite qu'à gauche sur les tapis A et B et répondez à la question finale concernant le tapis C.

TAPIS A

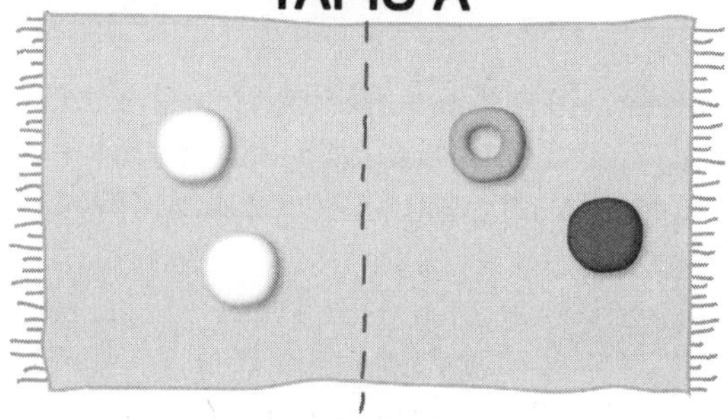

TAPIS B

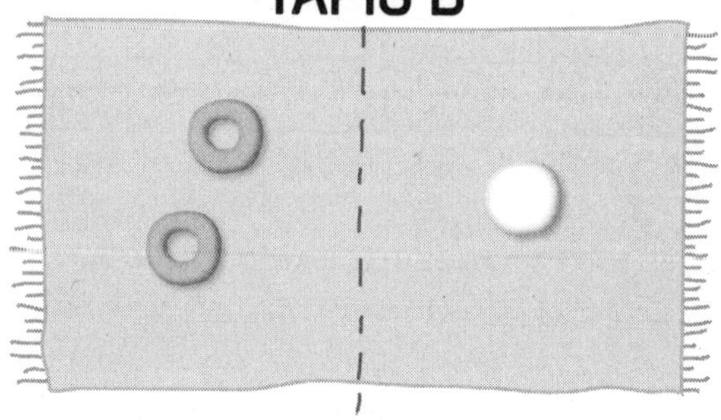

TAPIS C

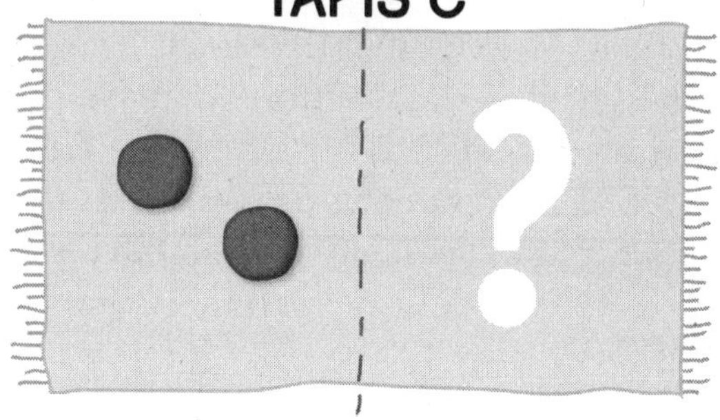

Combien faut-il de « pièces blanches » pour qu'il y ait autant d'argent à droite qu'à gauche, sur le tapis C ?

MÉGA(cô)lon

La digestion se termine dans le côlon. Quel mot méga-long va sortir, élaboré à base de CACA et des dix autres lettres proposées ? C'est un test, hein !

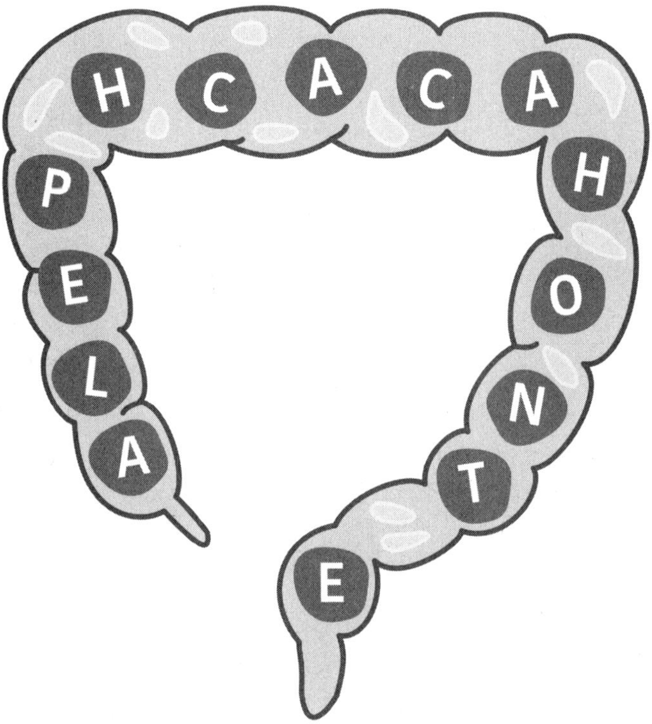

LOGICO

Quelle lettre doit figurer dans la tête
du dernier bonhomme ?

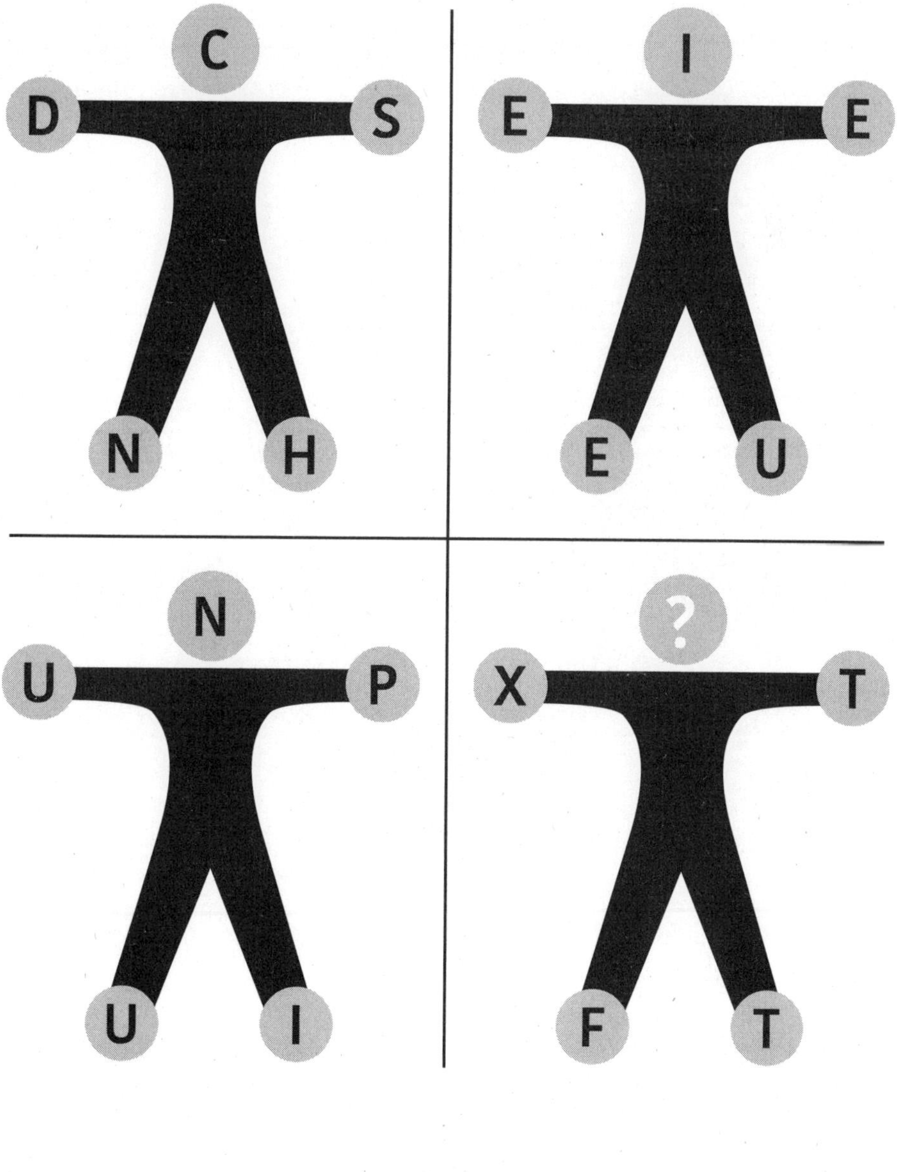

CROISÉS 3D

Cette grille est en 3D, mais inutile de chausser vos lunettes pour le cinéma ! Les mots s'y croisent dans trois directions indiquées par les flèches blanches sur fond sombre. Inscrivez vos réponses en respectant les sens indiqués et sans dévier : la perspective est un peu trompeuse au début, mais vous allez vite vous familiariser. Embarquez pour votre premier voyage dans l'espace !

HORIZONTALEMENT :

A. C'était moins une, pour Shéhérazade ! **B.** Disposés sur une large surface. **C.** Test d'âge mental pour enfants de moins de 12 ans. **D.** Des moutons de Panurge. Violon au son grave. **E.** Transformer une créance en produits financiers négociables. Période de parades nuptiales. **F.** Immunoglobuline. Journaliste de l'AFP ou de Reuters. **G.** Accord répété chez Enid Blyton. Trotte-menu, elle désigne les rongeurs. Gamma de l'analyse de sang. Diffuse. **H.** Déposa une invention. Authentique. Point d'eau. **I.** Sortis. Genevoise. Coutumes.

VERTICALEMENT DE GAUCHE À DROITE :

1. Ernesto Guevara. Pays de Greta Thunberg. Annonces intrigantes avant une campagne de pub. **2.** Serrée. De tels moyens permettent de biaiser. Dévêtu. **3.** Alambics dosant la teneur de vins en alcool. Enleva. **4.** Crochet de boucherie. Hélium. Article de souk. **5.** Institutrices. **6.** Bienfait de scout. Lymphatiques, ils se font par de doux massages. **7.** Un film que l'on peut éviter d'aller voir. **8.** Ils servent de monnaie d'échange. **9.** Fin d'infinitif du premier groupe. Repéré par un œil.

VERTICALEMENT DE DROITE À GAUCHE :

I. Elle a été élue Miss France 2020. Ceinture de kimono japonais. **II.** A établi son adresse. Tabarly, Pajot, Kersauson et Riguidel. **III.** Usâmes par le talon. Le clown Grippe-Sou de Stephen King. Diversifiés. **IV.** Tokyo du shogun. Pendant l'année. Cigarillos faits de débris de tabac. **V.** Tentant de caser son produit en effectuant du porte-à-porte. **VI.** Barre bretonne périlleuse à passer. Victoire pour Napoléon contre Hohenlohe. Pouffé. **VII.** Elle tient le haut du panier. **VIII.** Pronom réfléchi. Possessif pluriel. **IX.** Plante de lieux humides.

(En Catimini)

Fragments de brioche au breakfast

Le latin a comme souvent transformé le Bh - au h aspiré - de la racine indo-européenne *BhREG– en F et nous étudierons donc les descendants des mots *fragor, frangere, fractus* évoquant tous l'idée de briser. En revanche, dans les mots issus de la branche germanique, c'est le B qui a subsisté. Sans nous accorder de break, engouffrons-nous sans effraction dans cette brèche.

Cette racine a donné l'allemand *brechen* et l'anglais *to break,* signifiant tous deux « briser ». On ajoutera breakfast, « casser le jeûne » et même brunch, mot-valise de breakfast et lunch. En français, on rapprochera la brèche du verbe ébrécher, briser de façon moins radicale que broyer, dont la variante *brier* a donné la brioche ! La brique nous vient, elle, des Pays-Bas, *via* le verbe *breken,* « casser ». Le verbe briquer, « nettoyer le pont d'un bateau à la brique » et le diminutif briquet, désignant tout morceau, sont de la famille, tout comme le braquemart, épée courte tirée de *breken* et de *mes,* le couteau. Une bricole était à l'origine une catapulte destinée à briser les murailles. Ses dérivés récents, issus de bricoler, tendent plutôt à réparer les dégâts. Enfin, n'oublions pas le Brabant, province wallonne dont le nom vient de *brahha + bant,* « région nouvellement scindée ».

On reconnaît facilement la filiation avec *fragor* pour fragile et son doublet frêle. Le naufrage est le bris du navire (*navis frangere*), le suffrage l'expression du vote exprimé avec fracas, oralement, ou au moyen de tessons, fragments de terre cuite. Ajoutons les frais, dépenses pour réparer la casse, et la frayeur, vacarme à l'origine puis peur qui en découle. Moins évidents, le refrain revenant régulièrement briser le reste du chant et le fretin, constitué de menus débris sans valeur ou de petits poissons remis à l'eau. L'orfraie, oiseau de proie, tire son nom d'*ossifraga,* « briseuse d'os », alors que la plante saxifrage brise, elle, les rochers. Terminons par la réfringence, « capacité à réfracter les rayons lumineux », le verbe enfreindre et l'adjectif infrangible, « qui ne peut être brisé ».

Pour *fractus,* le lien est facile avec les mots fraction, fracture et leurs dérivés, infraction, « où l'on enfreint un engagement », effraction, « bris de clôture ou fracture de serrure », ou fractale, structure fascinante qui reste identique où que l'on zoome. Attention, l'infarctus, souvent mal prononcé, n'a rien à voir avec *fractus :* il vient de *infarcire,* signifiant remplir, en référence à l'obstruction artérielle. Mortel !

Un-Zéro

0	1
1	0

VOICI UN JEU « BINAIRE »

La grille ne contient que des 0 et des 1, avec trois règles à respecter :

1. Chaque ligne (et chaque colonne) contient quatre 0 et quatre 1.

2. Il est interdit d'écrire trois chiffres identiques ou plus côte à côte.

3. Deux lignes (ou deux colonnes) ne peuvent être identiques.

Avec ces indications, complétez ce Un-Zéro.

		0				0	0
				1			
0	0				0		
			0				
	1				1	1	
1			1				
		0					

QUID

Trois questions, trois propositions pour chacune.
Bonne chance, comme ne dirait pas Cambronne !

1. Qu'est-ce que le « cuculien », néologisme inventé par Hervé Bazin ?

☐ **A.** La « période historique » où l'enfant fait caca dans un pot pour la première fois

☐ **B.** Le langage inventé pour parler aux très jeunes enfants par onomatopées

☐ **C.** L'attachement « bébête » d'un jeune enfant à sa mère, jusqu'à 4 ans

2. Que désigne un « agélaste », mot inventé par Rabelais ?

☐ **A.** Quelqu'un qui ne peut pas faire pipi quand on le regarde

☐ **B.** Quelqu'un qui ne prononce pas les gros mots, lorsqu'il doit les lire

☐ **C.** Quelqu'un qui n'a aucun humour et qui ne sait pas rire

3. Que voit-on dans le coin en bas à gauche sur l'œuvre *Foire de village avec une église derrière*, tableau d'Isaac Van-Ostade peint en 1643 ?

☐ **A.** Un monsieur accroupi en train de faire caca

☐ **B.** Un extraterrestre en train d'uriner

☐ **C.** Un dictionnaire ouvert à la page du mot « caca »

C'EST gâchis

Après la chasse au gaspi, voici la chasse au gâchis ! Tous les symboles écoresponsables sont présents en même quantité, sauf deux. Saurez-vous les repérer ?

Coup de fil

Allô

Le perroquet de Carline, s'essaie aux textos ; il pense que les touches pressées permettront l'affichage immédiat du mot souhaité. En observant la série de chiffres et les possibilités pour chacun, devinez le mot composé par Coco.

2	6	2	9	6	6	4	3

Le saviez-vous ?

De la roupie de sansonnet

« Entrez, sansonnet ! » est une invitation courante à partager le nid chez l'étourneau. La roupie, on sait que c'est de l'argent que l'on situe, selon les voyages que l'on a faits, en Inde, en Indonésie, à l'île Maurice ou au Pakistan… Mais quel rapport entre l'un et l'autre. Il n'y en a guère, le saviez-vous ! Alors d'où vient cette obscure expression ?

De la roupie de sansonnet ou de singe, c'est une chose insignifiante. Pour le singe, on comprend : payer en monnaie de singe, c'était jadis faire exécuter quelques tours à ses chimpanzés pour amuser l'employé censé collecter l'octroi. On ne réglait pas en espèces sonnantes et trébuchantes, mais on « troquait » l'entrée contre ce divertissement.

Le mot « roupie » a un autre sens moins connu : il désigne ces gouttes de sécrétions nasales qui sortent des muqueuses et semblent toujours pendre du pif enrhumé, prêtes à s'échapper si un bruyant reniflement ne les faisait momentanément regagner leurs pénates.

Il est probable que l'expression d'origine était « roupie de sous son nez » et que l'usage changea ce pif en piaf. D'ailleurs, la roupie est aussi la monnaie du Népal. Si c'est pas une preuve, ça !

(M)OTS

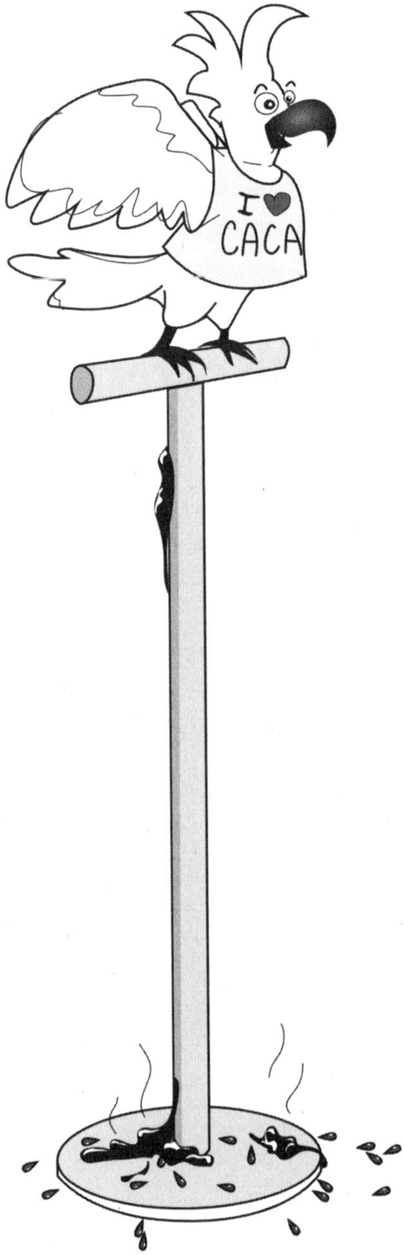

- OIGNON DE COURSE
- INSECTE SACRÉ EN ÉGYPTE
- LIMITE DE FORÊT
- IDOLÂTRER
- ÉCOUTES PAPA
- DETTE
- CHANSON DE CHARLES AZNAVOUR
- UN JOUR OU L'AUTRE
- ARTICLE MASCULIN
- PIQUÉ UN SOMME
- DIFFUSION DE MATIÈRE
- NOMBRE À QUATRE CHIFFRES
- GARDEZ POUR VOUS
- GREC
- RAPPORTÂT
- ALUMINIUM CHIMIQUE
- PHARMA-CIEN
- DEVANT LE PATRON
- ÉCORCE DE CHÊNE
- FLEUVE TURINOIS
- VARIÉTÉ DE THÉ
- CANCRE
- TEINTÂTES DE BRUN-ROUGE
- SALE MANIE
- PORTEURS VERS L'EVEREST
- TRAVAIL D'ÉCRIVAIN
- 3,14159
- PART À PAYER
- LA PLUS ÂGÉE
- MUSÉE PARISIEN
- ABRI EN TOILE
- ASPIRA DU LAIT
- OS DE MERLAN
- INCITATION AU LEVER
- SOLEIL SUR LE NIL
- BRÉSILIEN DU PSG
- PARIS HIPPIQUES

(F)LÉCHÉS ≡

LÉZARDS / DANS

TOURBIL-LON

COUTUMES / POSSESSIF

MARQUE DE FER / SON RÉPÉTÉ

MESURER EN VOLUME / DE LA NATION

CASSANT

JEUX D'ENFANTS / AFFLUENT DE LA SEINE

REPRISE / GUEVARA

DE MAUVAIS GOÛT, MAIS AMUSANT / ÇA ALORS!

ÉDIFICE DE TRIOMPHE / ÉCHANGER

CONTENANT HIVERNAL

TOTAUX

COMME UN ANGE? / GORE

ÊTRE HUMAIN / RÉSERVE D'ARGENT

BOXEUR / COLIS

NÉFASTES HABITUDES

TIRÉ D'AFFAIRE / PAGE DE TITRES

ÎLE / APPAREIL DE PUISAGE À GODETS

JEU DE BOULES / PLATINE

POISSON MUET / SUIVRE SON COURS

EMBELLIR / LANGUE AZTÈQUE

ATTENDANT LA PHOTO / ORATEUR ATTIQUE

LA SANTÉ MONDIALE ORGANISÉE / PILOTE D'AÉRONEF

VIENNE EN AIDE

SANS PARENTS / TERMINUS DE DESCENTE

UN CHOUIA / RÉPRI-MANDE

INFUSION POUR GRIEZMANN / NOTE

COPAIN / FACILE

SCANDIUM / DEVISE COMMUNE

POUSSE À L'EXCÈS / LA TERRE MÈRE

IDENTIQUE

PAS MÉCHANT / TOMBÉE DU SOIR

TENUE DE BALLERINE / MILLÉSIME

CONFIER À ÉOLE

PAISIBLE

MOT DE PASSE

LA SUITE

Voici vos douze travaux d'Hercule. Vous avez les boules, de 1 à 11. Pour ne pas les avoir tout court, déduisez par un raisonnement logique la valeur de la douzième et dernière de l'année.

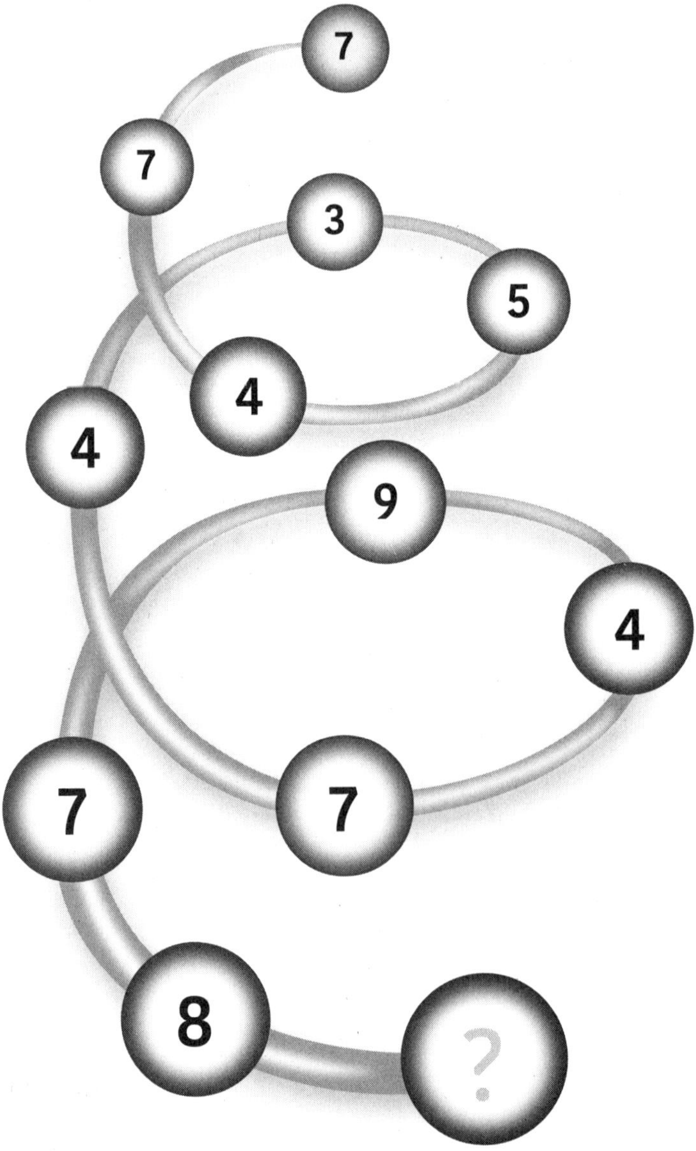

Pêche À LA Pêche

Que celui qui n'a jamais péché s'intéresse au fruit du pêcher !
Remettez un peu d'ordre dans les séquences de lettres inscrites sur les pêches, afin de former un mot... plein de pêche !

....

Blagues

Dif-femme-ation

☺

Un homme entre dans une pharmacie.
– Je voudrais de l'arsenic, c'est pour ma femme.
– Vous avez une ordonnance ?
– Non, mais j'ai sa photo.

***

Adam s'ennuie au paradis. Alors il demande à Dieu la compagne parfaite et fait la liste complète des qualités souhaitées. Dieu lui annonce :
– Ça va te coûter un bras et un œil.
Alors, Adam :
– Et pour une côte, j'aurais quoi ?

***

Dieu créa l'univers et il vit que c'était beau. Puis il créa la Terre et il vit que c'était beau. Dieu créa la nature et il vit que c'était beau. Il créa les animaux et il vit que c'était beau. Dieu créa l'homme et il vit que c'était beau.
Puis Dieu créa la femme et il se dit :
– Bon, ben, elle se maquillera...

***

Un couple après quarante ans de mariage :
– Avant, le soir, tu me caressais le menton en lisant ton journal, dit la femme.
– Avant, ma chérie, tu n'en avais qu'un...

SUDOKU-KU

Remplissez les cases vides de ce sudoku-ku pour que tous les chiffres, de 1 à 9, soient inscrits une seule fois sur chaque ligne, dans chaque colonne et dans chaque petit carré de neuf cases aux contours renforcés.

3	2		9	8				
8					6	2		1
		8				3	9	2
		3				1		
1	7	6				4		
9		4	5					6
				3	8		1	9

Le Trou

Trouvez le mot manquant dans ces extraits de tubes que vous avez probablement fredonnés. Notre chanteur a un trou : comblez-le.

1. « Du plus loin que me revienne l’ombre de mes .... anciennes »

2. « Collégienne aux .... bleus de méthylène »

3. « Je parie que c’est des .... , viens faire un tour dans le terrain vague »

4. « Et dans ce .... y a écrit que des gars se la coulent douce à Miami »

5. « Nuit tu n’en finis pas, comme un .... , il est parti sans moi »

6. « Et sans la regarder, je sens la .... d’un autre langage »

CRYPTOGRAMME

Remplacez chaque symbole par l'une des deux lettres qu'il crypte pour compléter une citation de John Scalzi, dans *Old Man's War* (Le Vieil Homme et la Guerre) : « Je vais me soulager. Si l'univers est plus complexe et plus étrange...

A	B	C	D	E	F	G	H	I	J	K	L	M
N	O	P	Q	R	S	T	U	V	W	X	Y	Z

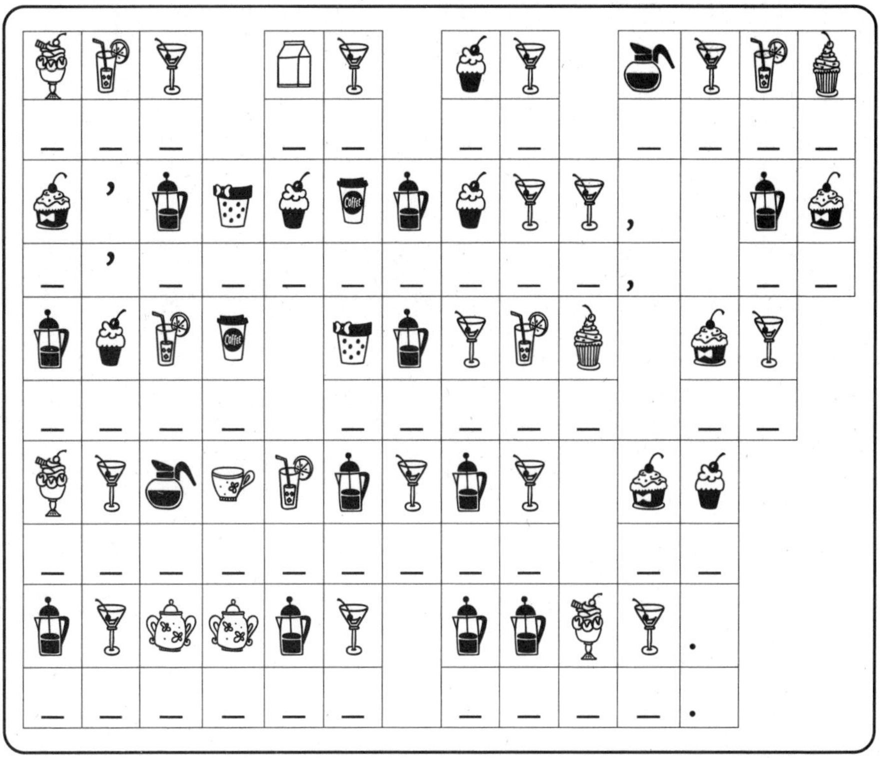

chenille

Passez d'un mot au suivant, dans cette chenille, en opérant la substitution indiquée et en modifiant l'ordre des lettres. Hors noms propres, il n'y a qu'une solution par ligne, en tenant compte des lettres déjà placées.

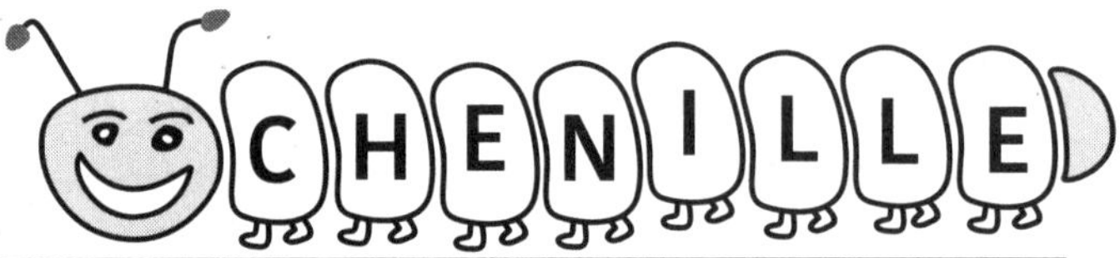

– N + A								
– H + R								
– C + T								E
– L + N				E				
– E + O	O							
– R + P			T					
– T + P								

– E + L 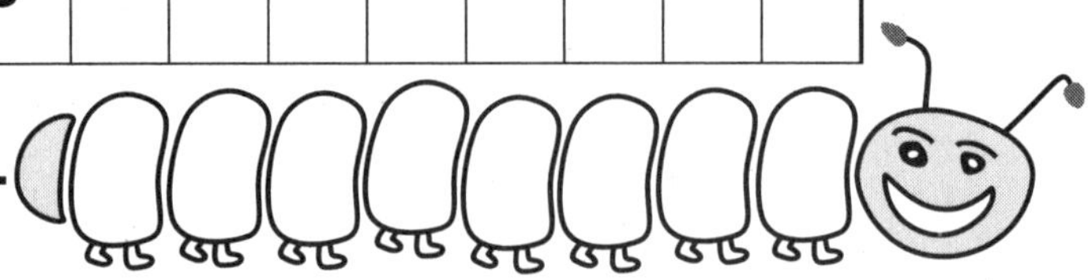

Célébr(u)ités

Pétrarque

Cet Arétin (arrête-un peu tes conneries, me susurre un diablotin), natif d'Arezzo donc puisque c'est le sens d'Arétin, fut follement épris de Laure de Sade (née de Noves), ce qui n'était pas dur quand on avait vu cette aïeule du futur Divin Marquis, et il mourut près de Padoue, à 70 ans moins un jour, c'est bête, hein ! Il créa – au XIVe siècle, ah oui, c'est une vieille histoire – un mouvement littéraire : le pétrarquisme.

Ceux qui veulent voir sa tronche peuvent reluquer la jolie sanguine de Jacques Le Boucq, qui ne sentait pas mauvais. Mais, à part les trois premières lettres de son nom, qu'est-ce qui peut bien relier cet érudit, poète et humaniste au pet ? Pas grand-chose, à vrai dire, mais en fouillant bien, on va trouver.

Pétrarque se prenait des vents et les chassait aussi : ainsi, après avoir visité Lombez dans le Gers, une proposition guère entendue par Laure, il entreprit avec son frère Gérard l'ascension du mont Ventoux, en 1336. Ou en 1353, ou jamais. Les historiens (dupés ?) se déchirent, c'est un(e) comb(l)e (rayez les mentions inutiles).

Mais il décrit bien le col des Tempêtes (de joie) au sommet de ce *Mons Ventosus*, où les vents – et notamment le mistral – soufflent parfois jusqu'à 300 km/h : le Comtat Venaissin ne convainquit toujours pas Laure de lui amener les siens.

Laure mourut de la peste noire en 1348. Ah ben non, toutes les histoires ne se finissent pas par « Ils furent heureux et eurent de nombreux enfants », heureusement pour la planète.

LA TÊTE AU

Dans chacun des carrés ci-dessous figure un mot. Trouvez-en une anagramme correspondant à l'une des définitions sur la page de droite (exemple au centre du jeu : ARMÉE pour l'indice 13). Inscrivez ensuite, dans la tête dessinée, le numéro de la définition du mot recherché. Reportez l'initiale du mot trouvé, ici un A, dans les cases numérotées de l'échelle de décodage, en bas de la page des indices. Vous compléterez ainsi une citation d'Honoré de Balzac : « Pour ne point rougir de sa victime, l'homme qui a … ». À la fin, en additionnant les chiffres des définitions, il faudra totaliser 65 sur toutes les lignes, toutes les colonnes et les deux diagonales de ce carré magique consacré à la couleur rouge.

ÉVISCÉRÉS _ _ _ _ _ _ _ _ _	ÉCLATERA _ _ _ _ _ _ _ _	BELON _ _ _ _ _	ÉCRIÉS _ _ _ _ _ _	AIMANTE _ _ _ _ _ _ _	= 65
GUANINES _ _ _ _ _ _ _ _	RATER _ _ _ _ _	CORÊ _ _ _ _	ÎLETS _ _ _ _ _	RÉTROS _ _ _ _ _ _	= 65
VÊLER _ _ _ _ _	SHETLAND _ _ _ _ _ _ _ _	MARÉE 13 ARMÉE	PATRICE _ _ _ _ _ _ _	ÉBOULER _ _ _ _ _ _ _	= 65
MANGEÂT _ _ _ _ _ _ _	REBAB _ _ _ _ _	SÛRS _ _ _ _	TOILÉE _ _ _ _ _ _	EN SOIE _ _ _ _ _ _	= 65
ÉMOIS _ _ _ _ _	MONTOISE _ _ _ _ _ _ _ _	BRUIS _ _ _ _ _	PLAIN _ _ _ _ _	CONTRA _ _ _ _ _ _	= 65
= 65	= 65	= 65	= 65	= 65	

Diagonales : 65 = / = 65

CA-CARRÉ

1. Lorsqu'il est rouge, le joueur fautif doit sortir. **2.** C'est un brun-rouge utilisé comme pigment à Lascaux. **3.** Il faut marier cette couleur primaire au jaune pour obtenir le rouge.
4. La mer Rouge s'est ouverte pour laisser passer son peuple.
5. C'est une teinte d'un rouge très vif. **6.** La Croix-Rouge a décroché ce prix en 1944. **7.** C'est un fruit rouge dont le temps est chanté. **8.** Ce colorant est un acide antiseptique.
9. En argot, c'est du gros rouge qui tache. **10.** Il est obligatoire lorsque le feu est rouge. **11.** Cette maladie s'accompagne souvent d'une éruption cutanée de macules rouges. **12.** Rouge, elle regroupe certains abonnés du téléphone. **13.** Lorsqu'elle est rouge, ses chœurs jouent du canon... pacifique. **14.** Celle du pirate de Charlier est rouge en bande dessinée. **15.** Un bâton de rouge la colore parfois. **16.** Elle est rouge sur le drapeau algérien. **17.** Il a écrit *Le Rouge et le Noir.* **18.** Cette orange a le cœur rouge. **19.** Elles nous font monter le rouge au visage.
20. Cette pierre est la variété rouge du corindon. **21.** S'il a les yeux rouges, il a peut-être la myxomatose. **22.** Tue-mouches, elle possède un chapeau rouge foncé à éviter. **23.** Celui de Rackham le Rouge est le douzième album de Tintin. **24.** Cet ancien État fédéral avait sa place Rouge à Moscou. **25.** Elle rougit au court-bouillon.

												A
1	2	3	4	5	6	7	8	9	10	11	12	13

14	15	16	17	18	19	20	21	22	23	24	25

MOTOCROTTE

Sachant que chaque chiffre en début de ligne ou haut de colonne indique le nombre de déjections qui s'y trouvent, localisez et représentez par un cercle les crottes laissées par les 23 chiens de la grille, pour permettre à la motocrotte automatique de les ramasser rapidement. Un chien ne laisse une crotte que dans une case qui touche la sienne et jamais en diagonale. Commencez par marquer d'un simple point les cases dans lesquelles il n'y pas de crotte (0 en début de ligne ou en haut de colonne).

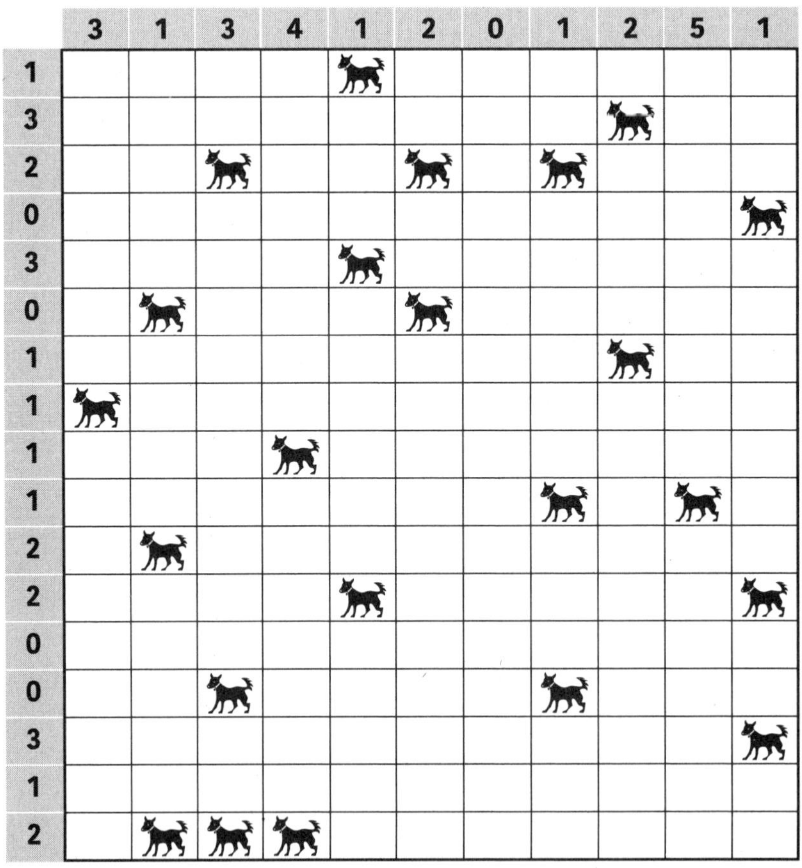

Usage De Faux

Parmi ces cinq propositions,
une seule n'est pas une *fake news*,
une « information mensongère ».
Laquelle ?

1. Le leader nord-coréen Kim Jong-il, auquel succéda Kim Jong-un, a conseillé au peuple de boire son urine pour préserver les réserves d'eau potable du pays.

2. Le général De Gaulle a quitté une réunion du G7, où le vin servi à table n'était pas français.

3. Emmanuel Macron a fait servir du Champomy aux personnes présentes lors du conseil des ministres du mercredi 1er avril 2020.

4. Pierre Mendès-France demandait régulièrement à boire du lait, lors des réceptions officielles.

5. George W. Bush a terminé son discours, lors d'un dîner en Arabie Saoudite, en levant son verre vide et en réclamant « un peu d'alcool » pour célébrer le succès de la coopération des deux pays, alors que la consommation en était interdite dans le royaume.

PiPiramidal

Complétez la pyramide
en inscrivant sur chaque
flaque un total égal à la
somme des deux nombres
notés sur les deux éléments
(flaque ou rouleau) immédiatement
en dessous. N'utilisez que des
(nombres) pairs, OK ?
Puisque Pi, c'est 314,
Pipi doit valoir le double,
d'où le 628 au sommet.

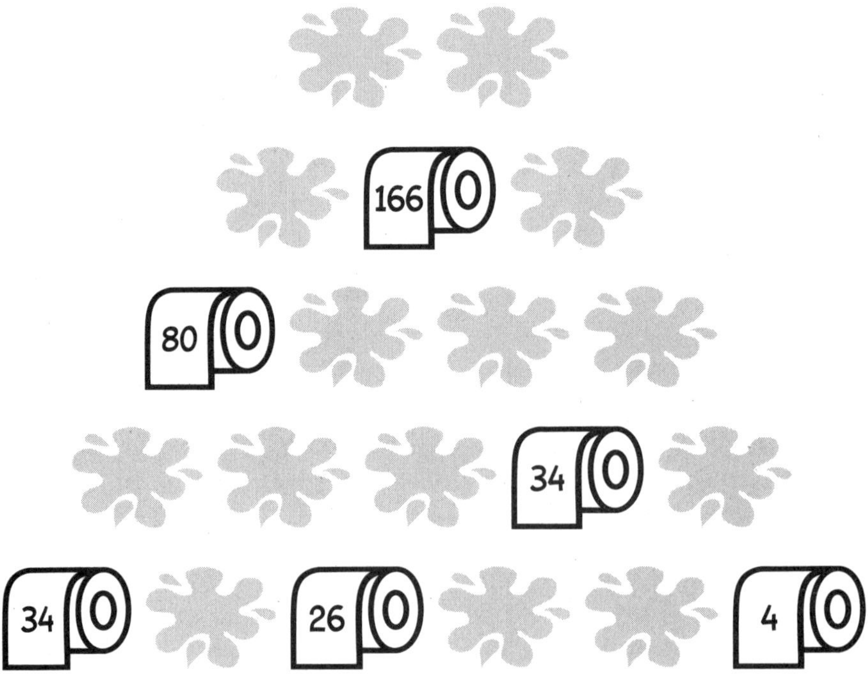

JEUX DE SELLES,

MOTS QUI SE LISENT DANS LES DEUX SENS

Le CACA n'est pas réversible, car lu à l'envers, ça fait ACAC et n'évoque que l'acacia, que nous ne conseillons pas d'utiliser pour se torcher dans la savane, ses longues épines pourraient vous écorcher. Vous avez cinq minutes pour composer un rap faisant rimer « torcher » et « écorcher ».

Le PIPI n'est pas réversible non plus, car IPIP est un cri de ralliement qui sera généralement suivi de « pipe, hourrah », réjouissement rassemblant les amateurs de fumée, de scoutisme et de fellations (options cumulables). J'allais oublier le célèbre IPIP… hippopotame d'une blague que vous avez peut-être déjà lue sous notre plume. Mais non, pas sous mon lit !

En revanche, les SELLES sont réversibles. Ah ben si, lisez bien ! De gauche à droite ou de dextre en sinistre, ça fait SELLES. C'est marrant, non ? Parce que, s'il y a un truc qui semble irréversible, c'est bien la digestion. On a rarement vu une choucroute arriver près du trou de balle et se dire brusquement : « Comme je regrette ma vie antérieure », avant d'entamer une remontée intestinale, accompagnée de reconstitution de saucisse, démâchage de chou et isolation de moutarde. C'est ça la force de la langue (pas du muscle où tout commence), ça remet tout en perspective.
L'ANAL est réversible, ça m'apostrophe ! Comme le groupe ABBA, le Xanax et les SEXES.

Et pendant ce temps, Ève rêve ; l'âme d'Ève rêve de mal :
Éros s'essore.

Le pendu

Vous avez tous déjà joué au pendu. Observez bien les lettres des tentatives infructueuses de Carline, et tentez de deviner le seul nom commun possible en cinq lettres. C'est un pluriel, propre à relever le butin du boucanier.

Lettres déjà proposées mais pas dans le mot :

B	O	U
C	A	N
I	E	R

7 HORREURS

Comptant content

À l'aide des définitions, à-peu-près homophoniques (aux mots faux, nique !), trouvez les six mots solutions, en consommant la totalité de la réserve de lettres.

1. Content.
2. Compte-ans.
3. Comptant.
4. Con, tant !
5. Contant.
6. Qu'on tend.

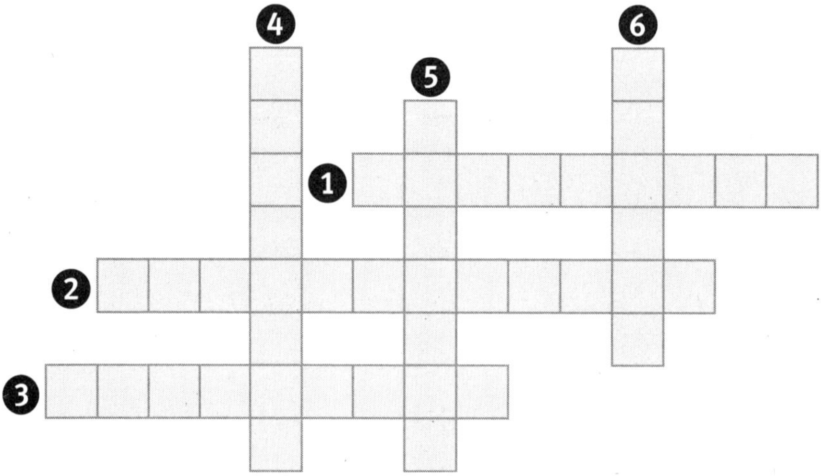

RÉSERVE DE LETTRES

A	A	A	A	A	A	A	A	C	C	C
D	E	E	E	F	F	I	I	I	I	L
L	N	N	N	N	N	O	O	R	R	R
R	S	S	S	T	T	T	T	T	U	V

COLLIER de perlouses

Pour récupérer votre « collier de perlouses », vous devez constituer une chaîne de perles contenant les nombres de 1 à 36, dans cet ordre. Chacun des nombres doit être au maximum à une case de distance du précédent : horizontalement, verticalement ou en diagonale.

		1	5	8	
36					
	35				20
34				17	18
32			12		

≡ (M)OTS

TRÈS BONNE
VENTES À L'ÉTRANGER
PAROLES DE GLADIATEURS
MISER
FIXER AU SULKY
RENVOI MALPOLI
ENSEIGNES DE TABACS
S'ENRICHIR APRÈS UN DÉCÈS
PIEU
VERSE QUELQUES LARMES
CHAMPIGNON
ROUSPÉTAS
... *HUMANUM EST*
IMPAIR
TROISIÈME PERSONNE
LETTRES
FUTUR BATRACIEN
VÉRIFIÉE SUR LA BALANCE
AYANT TOUJOURS À DIRE SUR LE SUJET
VILLE SUR LA TILLE
LOCOMOTIONS AQUATIQUES
MISTER ANGLAIS
CORRIGE PEUT-ÊTRE
SA FILLE EST INVISIBLE
CHAUMES LAISSÉS
VIN ITALIEN PÉTILLANT
MAIS ENCORE
EXCITA
CAPITALE DU VERRE À BULLES
FILS ARABE
MAL MARCHER
OBJET POUR MOUILLAGE
DOPANT SANGUIN
DRAME JAPONAIS
MALADIE OSSEUSE
AUX POUVOIRS DE TOUTES LES DIVINITÉS

(F)LÉCHÉS =

SAISON / FOYER
FLEUVE ITALIEN / SORTIS
CROCHET DE BOUCHER / AVANÇA EN CRAWL
FLÉTRIE, DANS LE BOUQUET
DISEUR DE MESSE / SERRÉE À LA TAILLE
PENDANT L'ANNÉE
IRRITANT / AVIDE DE CONQUÊTES
RELATIF À L'ÂNE / LANCEUR DE FLÈCHES
SANS FAIRE DE FOLIES / CALE
PLACE PUBLIQUE GRECQUE
SITE JORDANIEN DU WADI RUM
ARRÊT EN CROISIÈRE / CANARDS
DÉSERT ROCHEUX / ELLE FAIT LA FORCE
LIGNE D'ADRESSE / DE MOINS DE 18 ANS
MADAME ANDRESS OU SORCIÈRE DE DISNEY

RISTOURNE
PARESSEUX / RATÉS
SOLEIL D'ÉGYPTE / ÉQUILIBRE OU ARBRE
TROP MAL ÉCRITES
VIEUX CHEF DE FAMILLE / NAZI
SÉDUIT / CHANTEUR BELGE
INSENSÉ / DÉGRAISSAI
AFFLUENT DU RHIN / CULTE DU BRÉSIL
CONSTITU-TIF / PROPRIÉTÉ QUANTIQUE
ÎLE / CHAMP DE MEETING ROYAL
FAMILLE DE HERGÉ / LONGUEUR CHINOISE
LES ROIS MAGES SUIVAIENT CELLE DU BERGER
TAPIS DE BOX / MESURAS À VIDE
RESTES OUVERT / 3,14
ATTRIBUÉ POUR UN TEMPS / OBTENUES
LE 01, EN GÉO / BALLE À REJOUER
COURS SIBÉRIEN / DOMAINE DE MUSE
LUCARNES RONDES / VENU AU MONDE
FAUX / ORDI
BAVARDE
LONGUE ÉPÉE POINTUE
ÉQUERRES

Blagues

Sot d'homme, ego mort

☺

Pépé a 90 ans, il va voir son médecin à qui il confie :
– Je me porte comme un charme, je fume, je bois et j'ai une femme de 25 ans enceinte de 6 mois.
Le médecin lui dit alors :
– Fort bien, exactement comme mon meilleur ami qui est un redoutable chasseur. Ce week-end, il a pris son parapluie au lieu de son fusil. Dans les bois, il a croisé un sanglier de 300 kilos, il a pointé son parapluie, pressé la détente et le sanglier s'est écroulé raide mort.
– Mais c'est impossible, s'écrie le vieillard. C'est quelqu'un d'autre qui a tiré !
– C'est exactement ce que je voulais vous entendre dire, ironise le médecin.

***

Les hommes, c'est comme l'essence : des pieds à la taille, c'est du super ; de la taille aux épaules, c'est de l'ordinaire ; des épaules au sommet du crâne, c'est du sans plomb.

***

Une petite fille feuillette l'album de famille et s'arrête sur une photo :
– Maman, c'est qui le beau monsieur tout musclé en maillot de bain, à côté de toi, là, sur la plage ?
– Ah ça, c'est ton papa quand je l'ai rencontré.
– C'est mon papa ! Mais alors c'est qui le gros chauve qui vit à la maison ?

Alphabête

Chacune des lettres de l'alphabet doit être utilisée une et une seule fois pour compléter les dix mots de la liste, où figurent au moins trois animaux. Biffez les lettres employées au fur et à mesure, mais attention aux pistes multiples.

1	G			E	U				
2		E	R		A		E		
3		U	N	T		A	C		
4	I	N		I		E		E	
5			M		U	A	T		
6	I	N				E	N	T	S
7		E			E	A	U		
8		L	U	M	E		S		
9		A	L	L	A	B			
10	L		C	O	R	N			

A	B	C	D	E	F	G	H	I	J	K	L	M
N	O	P	Q	R	S	T	U	V	W	X	Y	Z

BONUS

Observez les lettres bien placées sur fond gris foncé ou mal placées sur fond gris clair pour deviner le seul mot final possible. Attention, certaines lettres n'ont peut-être pas encore été proposées.

G Gris foncé   G Gris clair

D	E	P	R	I	M	E	S
D	A	H	A	B	I	E	H
D	O	L	O	S	I	F	S
D	U	V	E	T	E	U	X
D	I	V	I	N	I	T	E
D	_	_	_	_	_	_	_

BURGER

Payez-vous une bonne tranche centrale pour agrémenter votre burger. Complétez les mots horizontaux auxquels il manque deux lettres puis recomposez un bijou de famille.

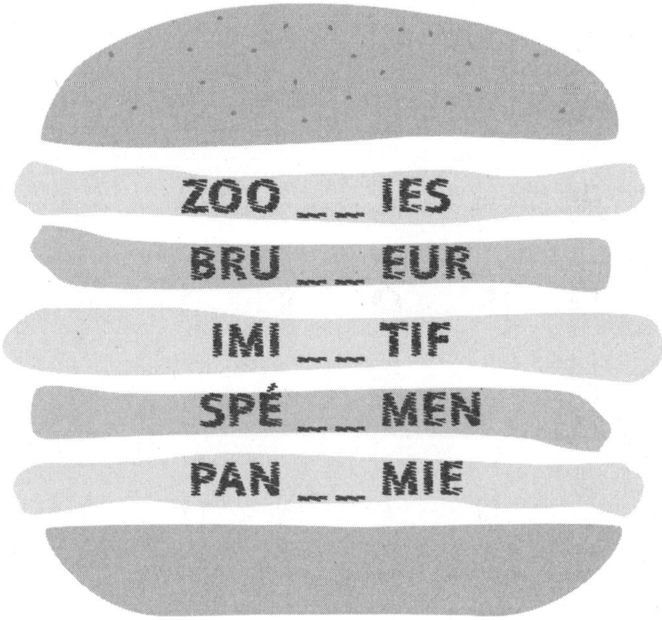

Calculs durs, hein !

+ − × ÷

Avec les quatre opérations de base (+ − × ÷) et en utilisant au maximum une fois les plaques proposées, tentez d'atteindre le nombre cible : 752.
Il n'existe qu'une façon d'y parvenir.

752

2 - 2 - 3 - 5 - 7 - 7

AnaPhrases

Complétez chaque phrase avec des mots anagrammes formés à partir des lettres données au début entre parenthèses.

1
(AEENRTV)

« Le syndrome de stress post-traumatique _______ le quotidien de ce _______, qui passe désormais plus de temps à la _______ qu'au combat... »

2
(AEGORTU)

« Ce _______ a été condamné pour _______, après avoir insulté son fournisseur d'Internet, qui tentait en vain de lui expliquer que le _______ de ses données ne pouvait se faire à dos de chameau ! »

3
(AEILORV)

« Tiens, _______ ce client hypocondriaque dans notre restau ! Il disait avoir peur d'attraper la _______, s'il mangeait une _______. »

GRANDES

HORIZONTALEMENT : A. En respectant l'ordre établi. Vague à lames. Accord au sud de la Loire. **B.** Extraterrestre au petit doigt tordu. Personne utilisant un nom d'emprunt. Des souris et des hommes. **C.** Facteur rhésus. Cougouar argentin. Filles d'un frère. Douce femme au cinéma. Se montrer plus intelligent. **D.** Accessoire indispensable au cinéaste. Durillon. Employées à Bakou. **E.** Roi du théâtre burlesque. Kiosque à moujik. Enchaînez. Animal causant des dommages. Nuances. **F.** Pièces de Pirandello. Descendant de Caïn. Bientôt nommées. Coupé de tout le groupe. **G.** Américain. Insignifiant. Pile. Brin utilisé par le vannier. **H.** Os d'avant-bras. Se prononcer. Entrée du dictionnaire. Danseuse peu expérimentée. Argon. 55 hors mode. **I.** Démonstratif. Dernier en date. Puissant explosif. Contrat à durée indéterminée. Démentie. Tenter de reconstituer un souvenir accidenté. **J.** Organisation dont Arafat fut le chef. Regarder de haut. Esclaves à Sparte. Matelas et sommier. **K.** Avion évoluant au gré des courants. Trop crédules. Fis une bombe. Moins frais dans la huche. **L.** Assaini. Zitrone ou treize papes. Reprise mot pour mot. Tonus. Footballeur brésilien. Devant le patron. **M.** Qui dit « oui ». De la zone du dessous. Obsession d'égoïste. **N.** Refuge du fou. Adresse d'ordinateur. Lettre grecque. Conférence de 1945. Précolombien aimant le soleil. Centre de remise en forme. **O.** Territoire du lion. Médoc évité en œnologie. Oubli en fin de carte. Sont propriétaires. Mâchoire fixée à l'établi. **P.** Saint de Bigorre. Roi du chou-fleur pour Brecht. Congé donné par le prêtre. Commencement de rêve ou de songe. Badigeonnes. Récipient à pâté. **Q.** Ville d'Algérie. Morceaux de noix. C'est rarement une faiseuse. Première arrivée. **R.** Manteau. Registre de Cécile. Parviennes enfin.

VERTICALEMENT : 1. Héros à la force légendaire. Vieille branche. Rock ou punk. **2.** Différente de ce que l'on observe généralement. Espagnol ou Portugais. **3.** Électron-volt. Fixé verticalement. Arrêt du goal. Capone ou Pacino. **4.** Fromage pour gratin. Volcan sicilien. Entrée d'église. Satellite de notre planète. **5.** Plus qu'étonnante. Miss Brindacier. **6.** Fournis un écho au poète. Habitudes ancrées. Lien entre Perec et Queneau. Curie. **7.** Gendarme de l'audiovisuel. Applaudissement souvent triple. Shooter. Que dalle. **8.** Hors service. Trouvions une petite place. Oublier à dessein. **9.** Victoire impériale. Mandat de Mitterrand ou

vacances

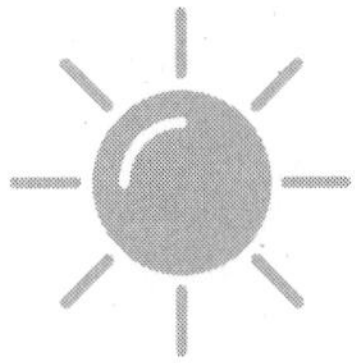

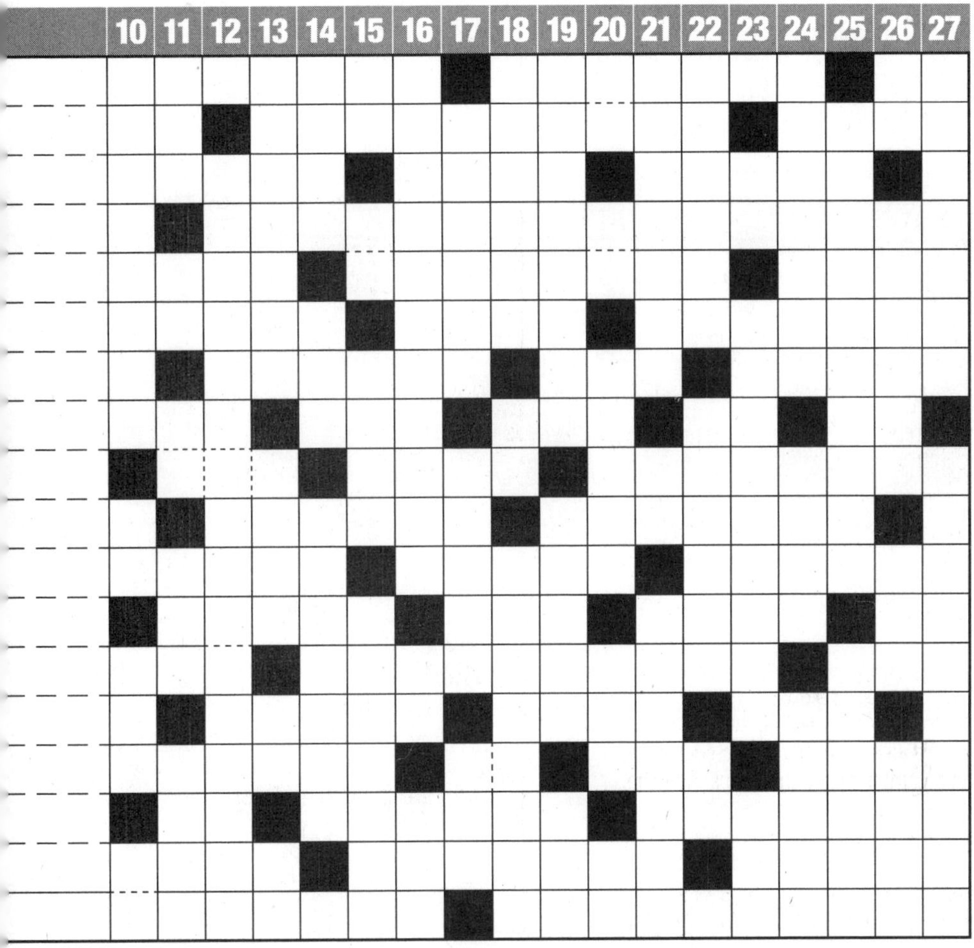

Auriol. Dans. **10.** Visant avec un projectile. Disque égyptien. Graffiti. État-major. **11.** Aurochs éteint. Ville sur la Tille. Expert-comptable. En ce lieu. Frère ayant perdu ses droits. **12.** Auguste fils de Dieu. **13.** Crieur du minaret. Hameau antillais. Article contracté. Variante de ksi. **14.** L'araignée s'y suspend. Legs familial. Argent en langue verte. **15.** Académie. Route nationale. Parmi lesquels. Bien reçu au pavillon. **16.** Relatif à l'orateur. Degré suivant *mi*. Ville de la clairette. **17.** Capverdien. Fabuliste avant La Fontaine. Liquide infecté. **18.** Eau de Londres. Cube. Arbre donnant des bigarreaux. **19.** Supporter de Toulouse, au rugby. Rendez-vous volontairement zappé. Transpire. **20.** Union européenne. Un surnom pour Molière ? Gîtes. Discipline scolaire. Bien appris. **21.** De la zone dorsale du cou. Puis. Nauséabondes. **22.** Cercles pour gladiateurs. Rendre plus tranchant. Équerre. **23.** Acquiescement moscovite. Des sœurs. Faisceau lumineux. **24.** Inflammations. Sable mouvant. Meurs. **25.** Voyous. Débuts de journées. **26.** Fleuve sibérien. Ôté. Préfixe d'égalité. Fardeau sur bât. **27.** Imiter un batracien. Rendues.

LATIN
LA TINETTE

Sels et selles

Mais pourquoi dit-on « aller à la selle », alors qu'il ne viendrait à l'esprit d'aucun être normalement constitué de monter sur un cheval quand il a un Boeing en bout de piste ? Nous l'allons éclairer, là longuement. En fait, le latin *sella* désigne une chaise et ce terme dérive – *via sedile,* le siège – de *sedeo*, « être assis ». Rien à voir avec « ces déos » aux sels d'aluminium que vous utilisez parfois aujourd'hui...

Par euphémisme, figure de style masquant une réalité dérangeante, le terme plus vague et latinisant de « selle » remplaça celui trop explicite de « chaise percée » et, par un glissement aussi lent mais sûr que celui d'une crotte dans un côlon non irrité, on désigna – par métonymie cette fois – du nom de « selles » les excréments déposés en allant à la selle.

Mais le sel, dans tout ça ? Salé se disait en latin *salsus*, ce qui en soit est déjà drôle. Il en vint *salsa* pour toutes les choses salées, ce qui donna notamment notre sauce, mais aussi la danse cubaine ne manquant pas de piquant !

Pour résumer, si vous mangez trop de sauce piquante et dansez la salsa en vous rendant aux toilettes pour évacuer sels et selles, rappelez-vous que CHIASSE est l'anagramme de CHAISES. Voici un autre mystère de percé.

SPHINX Ter

Le sphinx de Gizeh est impassible, le sphinx Bis est plutôt détendu mais le sphinx Ter est un peu contracté. Aidez-le à se détendre en trouvant le lien logique, le nom commun qui relie sans équivoque possible les six mots. Ayez du nez, contrairement au sphinx...

BATTRE

VERDURE | BAISSER

OREILLE | CHASSE | QUARANTAINE

CLÉS EN MAIN

Les graines du gourmand Coco sont gardées dans un coffre-fort. Notez dans chaque clé la lettre à laquelle elle est associée sur la page de droite. En trouvant le bon point de départ, lisez ensuite le mot de passe ouvrant la serrure. Attention aux trois clés qui sont là pour vous piéger !

N
S
P
A
Y
O
D
H
E
I
X
G

LA RAIE qu'on pense

La raie nette

« Ah ben, c'est du propre ! », comme dit la grenouille qui, pétant le plus souvent dans l'eau, a toujours la raie nette, c'est bien connu, et je crois que mon grand-père avait arrêté de raconter cette blague avant même que je ne naquisse. Donc, vous vous doutez bien que j'ai une autre idée en tête. Vous avez vu juste !

Je souhaitais vous parler des *Pipidae*. C'est fou parce que, après environ 560 éditions annuelles de bouquins sur le pipi-caca (oui, ça doit être ça, j'ai dû commencer 4 ou 5 ans après la B42 de Gutenberg), j'arrive encore à croiser des termes, forcément peu courants, qui collent pile-poil au thème de ma propre Bible, avec majuscule, mot qui contient d'ailleurs *majus,* pour ceux qui ne l'auraient pas vu.

Les *Pipidae,* c'est une famille d'amphibiens qui, en filles bien, ont toujours la raie nette, mais dont la rainette ne fait pas partie, non. Ils ont tous des noms à la con : *Hymenochirus* (moi, j'aurais mis *Hymenodechirus* pour déconner, mais « chie russe », ça peut le faire), *Pseudhymenochirus* (bon, c'est le sosie de l'autre, quoi), *Xenopus* (ça fait pas un peu raciste, ça ?) et... *Pipa.*

Alors, non, ce n'est pas la sœur de Kate Middleton qui a inspiré John Edward Gray, en 1825, quand il a nommé la famille. *Pipa* vit en Amérique centrale ou en Amérique du Sud. Je vous jure que, si les *Cacadae* existent, je vous en parle l'an prochain.

#CROISILLONS#

Complétez cette grille où les lettres P, I, C et A ont déjà été positionnées. Attention, les définitions sont souvent à prendre au second degré.

1. Hausse aux buccaux.

2. Un neuf à la coque.

3. Défilé d'images.

4. Profit lactique.

5. Proprement douchées.

6. Le paresseux n'en a pas besoin pour dormir.

7. Pirate de l'air.

8. De l'eau de Cologne.

Bouche-trous

Inscrivez une lettre par tiret pour reconstituer six mots de la langue française. Le paresseux à crinière a d'abord été observé aux alentours de Bahia, au Brésil. Si ces lettres ne vous suffisent pas, aidez-vous de l'indice pour deviner les réponses. Interdiction de conjuguer !

1. C _ R _ _ I N I E R E

2. C R _ _ I _ _ N _ I E R E

3. B _ A _ H I A _

4. _ B A H I _ _ A _ _

5. B _ A _ H I _ _ A _ _ _

6. B _ _ R _ E _ _ S I _ L

INDICES

1. Heureusement qu'elle ne vise pas les paresseux !

2. Elle peut succomber à la paresse et continuer à bien vivre.

3. Fort à bras.

4. Qui vous laisse quoi ? Coi !

5. Bestiole d'une autre taille et époque que le paresseux.

6. D'une des branches les plus hautes.

SUDOKU-KU

Remplissez les cases vides de ce sudoku-ku pour que tous les chiffres, de 1 à 9, soient inscrits une seule fois sur chaque ligne, dans chaque colonne et dans chaque petit carré de neuf cases aux contours renforcés.

2	9					3	5	
						2		8
8		6	2	3	9			4
9				2		4		
1	3	5				8	2	7
		4		8				5
3			7	1	4	5		9
5		1						
	4	9					3	1

LA TÊTE AU

Dans chacun des carrés ci-dessous figure un mot. Trouvez-en une anagramme correspondant à l'une des définitions sur la page de droite (exemple au centre du jeu : SOÛLE pour l'indice 5). Inscrivez ensuite, dans la tête dessinée, le numéro de la définition du mot recherché. Reportez l'initiale du mot trouvé, ici un S, dans les cases numérotées de l'échelle de décodage, en bas de la page des indices. Vous complèterez ainsi une citation de Booth Tarkington : « Il boit comme un… ». À la fin, en cumulant les chiffres des définitions, il vous faudra atteindre un total de 65 sur toutes les lignes, toutes les colonnes et les deux diagonales de ce carré magique consacré aux boissons.

THIBAUDE	RÉVISES	NAGARIS	ÉMÉTISANT	MAROCAINE	= 65
MONDIALE	ALARMAS	CANTER	ERGOTA	OPTION	= 65
CALMEZ	ÉCRIÉS	LOUES 5 **SOÛLE**	KASHER	AMOK	= 65
ADOS	ÉPANCHA	INGÉRÉE	ONAGRE	ATHLONE	= 65
PÉTRIFIA	UNIFIONS	KÉAS	OSAIS	THÉBAINS	= 65
= 65	= 65	= 65	= 65	= 65	

65 = (diagonale) 65 = (diagonale)

CA-CARRÉ

1. Cette boisson magique donne de la force à Astérix. **2.** C'est le meilleur endroit pour boire un verre dans le désert. **3.** Cet état n'autorise pas la conduite. **4.** C'est une boisson gazeuse sucrée. **5.** La dame qui l'est a abusé de boissons alcoolisées. **6.** Son jus se marie bien avec la vodka. **7.** Cette boisson exquise est le breuvage des dieux. **8.** De l'agave fermenté fournit cet alcool mexicain. **9.** Ce cocktail rouge ambré est à base de Campari. **10.** Cette boisson chaude du soir n'est pas alcoolisée. **11.** C'est une préparation à base de vin et de fruits. **12.** C'est un mélange de bière et de la boisson 15. **13.** On l'appelait fée verte et Van Gogh en abusa. **14.** Le barman l'utilise pour secouer ses cocktails. **15.** Cette boisson gazeuse a un goût de citron. **16.** On le prend avec ses amis. **17.** Ce café peut recevoir un petit verre de gnaule. **18.** Un certain taureau rouge vous permet d'en faire le plein. **19.** Ce vin sicilien s'utilise en sauce avec le veau. **20.** C'est un débit de boissons, dans le Nord. **21.** Ce fruit parfume notamment la kriek et le cherry. **22.** S'adonner à la boisson en est une mauvaise. **23.** Ce sirop rafraîchissant a un goût d'amande. **24.** Au Japon, cet alcool de riz se consomme froid ou tiède. **25.** C'est le terme chimique désignant l'alcool obtenu par fermentation ou par distillation.

				S								
1	2	3	4	5	6	7	8	9	10	11	12	13

14	15	16	17	18	19	20	21	22	23	24	25

(En Catimini)

L'élégante horloge du collège

Quel rapport entre un collègue et un légume, une diligence et une horloge, l'élégance et la dyslexie ? Plongez-vous cinq minutes dans ce retour aux racines et vous serez… cueilli ! La racine indo-européenne *leg– a le sens initial de cueillir, mais elle signifie également choisir, ramasser et rassembler. Elle nous est parvenue principalement par le latin *legere, lectum,* « lire », c'est-à-dire recueillir dans son esprit, et par les mots grecs *legein, lexis* ou *logos,* évoquant plutôt le parler.

Commençons par la légion, troupe de soldats choisis. Le choix des fleurs a donné florilège, désormais étendu aux œuvres remarquables, alors que le sacrilège vole des objets sacrés. Le *sortilegus,* devin, lit l'avenir et par extension, un sortilège est un maléfice de sorcellerie. Et les choses à lire, *legenda,* ont engendré la légende. Parmi les verbes de *legere, eligere* a donné élégant, « qui sait choisir ses tenues », mais aussi le verbe élire alors que *negligere,* « ne pas cueillir », donc laisser la fleur se faner, c'est la négliger. De *colligere,* nous avons récolté cueillir, recueil, collège ou collègue alors qu'*intelligere* a fourni l'intelligence, cette faculté de se rassembler pour s'entendre. N'oublions pas *diligens,* dont le sens initial de « soigneux, assidu » a évolué vers celui de rapide, que nous connaissons par le carrosse de diligence, moyen de transport express naguère.

Pour *lectum,* citons l'élection, choix décisif, mais aussi le collectif, la collecte ou la collection, rassemblement d'objets sélectionnés, c'est-à-dire choisis et mis à part. L'intellectuel lecteur pourra se montrer sélect sur ses auteurs de prédilection. Terminons par la leçon, traduction directe de *lectio,* la lecture, sans oublier l'élite, choisie comme étant la meilleure, qui restera peut-être… collector !

Un petit tour par la Grèce va nous permettre de compléter notre catalogue. Du verbe *legein* et du nom *logos,* nous avons tiré monologue (seul), dialogue (à deux), prologue d'avant et épilogue en outre. Logique, non ? Moins évident, l'horloge dit pourtant l'heure qu'on y lit. Zappons la liste de près de 400 mots finissant par –LOGIE en ne retenant que lexicologie, doublement imprégné de la racine, via *lexis,* dont nous avons tiré lexique, lexical ou dyslexie. Façon de parler, ajoutons dialecte, lui aussi issu du grec.
Enfin, nous écarterons un petit cube : le Lego®, inventé par un Danois ; son nom est né de *leg godt* signifiant « joue bien ».

MANDALA

FessesTifs

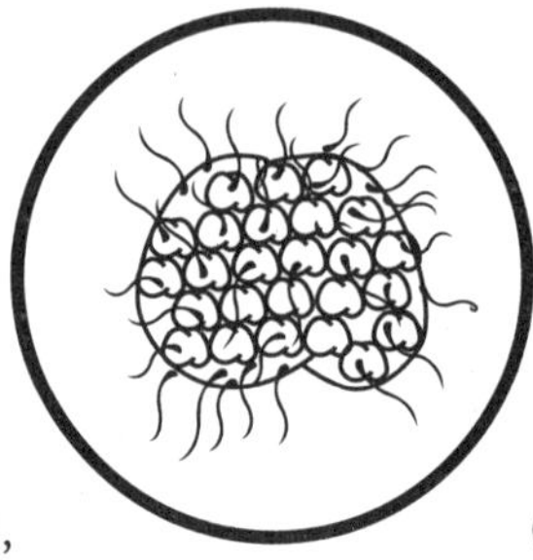

Vécébacter pilocula est une redoutable bactérie (inventée) faisant son nid dans les toilettes. Selon les espèces, son fessier et sa chevelure sont plus ou moins développés. Ah oui, nous sommes bien loin de la science que l'on vous a apprise ! Utilisez néanmoins un raisonnement tout ce qu'il y a de plus logique pour découvrir – en un élan festif – combien les bactéries de cette page (toutes identiques) ont de fesses et de tifs.

Vécébacter pilocula 5, constate Carline penchée sur son microscope, a autant de fesses que de tifs. Et en multipliant ce nombre de fesses par le nombre de tifs, Carline trouve 729.

Alors, Coco, combien de fesses et de tifs possède *Vécébacter pilocula 5* ?

....

LE CHICHSTRAC

Dans les trois citations, un même terme a été remplacé par cet étrange **CHICHSTRAC**. Votre seule corvée sera de toiletter ces phrases pour retrouver le mot commun d'origine.

1. « Toute **CHICHSTRAC** commence par les sentiments. »
(Léonard de Vinci)

....

2. « Le savoir, c'est ce qu'on apprend. La **CHICHSTRAC**, c'est ce que vous apprenez par vous-même. »
(Marguerite Duras)

....

3. « La **CHICHSTRAC** est une vieille erreur qui pense à sa jeunesse. »
(Francis Picabia)

....

Hello, Samuel !

En hommage à Samuel Morse, l'inventeur du code, et à Pierre Dac, créateur de *L'Os à moelle*, décryptez la petite annonce inventée « à la façon » de celles que publiait le journal.

A	B	C	D	E	F	G	H	I	J	K	L	M
.-	-...	-.-.	-..	.	..-.	--.	....	..	.---	-.-	.-..	--
N	**O**	**P**	**Q**	**R**	**S**	**T**	**U**	**V**	**W**	**X**	**Y**	**Z**
-.	---	.--.	--.-	.-.	...	-	..-	...-	.--	-..-	-.--	--..

.--. . -.. .. -.-. ..- .-. . // . -. // .- --. . // -.. . //

....

.--. .- ... .-. // .-.. .- // -- .- .. -. //

....

-.-. . -.. . .-. .- .. - // ...- --- .-.. --- -. - .. . .-. ... //

....

-.-. --- -- -- . .-. -.-. . // .- // .--- . ..- -. . //

....

-- .- -. ..- -.-. ..- .-. . // .--. ..- .. //

....

.--. .-. --- -- . - - .- -. - // -.. . //

....

- .-. .- ...- .- .. .-.. .-.. . .-. //

....

-.. ' .- .-. .-. .- -.-. .... . .--. .. . -.. //

....

Blagues

Remède de cheval

☺

Un fermier demande à son voisin :
– Qu'est-ce que tu avais donné à ton cheval, quand il était malade, l'hiver dernier ?
– De la térébenthine.
Le lendemain, le premier recroise le second :
– Je lui ai donné la térébenthine, comme tu m'avais dit. Mon cheval est mort sur le coup !
– Ah, ben le mien aussi !

***

– Pourquoi les majorettes ont-elles un neurone de plus que les chevaux ?
– Pour ne pas chier pendant qu'elles défilent...

***

Une femme s'approche de son mari, l'air furieux, et lui montre un petit morceau de papier où est écrit : NATACHA.
– C'est qui cette fille ?
– Mais ce n'est pas une fille. C'est le nom d'un cheval, c'est un tuyau qu'un copain m'a donné pour le tiercé et, comme j'avais peur de l'oublier, je l'ai noté sur ce papier.
La femme décide de croire son mari. Mais le lendemain, lorsqu'il rentre du travail, elle se précipite vers lui avec le rouleau à pâtisserie.
– Mais qu'est-ce qui te prend ? lui demande-t-il en se protégeant.
– Ton cheval vient d'appeler...

≡ (M)OTS

IL CHANGE LES VIEUX EN DIEUX
GO WEST! POUR BONZE
ON S'Y REND À LA RAME
ENFERMER AU COUVENT
SUIVIES
DOMAINE DU TROTTEUR
ÉTAT ATOMIQUE
BOULARD DE BOUVARD ?
EXPLIQUE EN MARGE
FILLE PAS PROPRE
PORT DE PARÁ
EMBALLAGE FINAL
GRÈS GROSSIER
BOUCHON DE CRÉTIN
UN HÈRE DE FAMILLE
CAPITALE DEPUIS 1997
VA-T'EN GUÈRE
MINE DE SEL
IL TRAHIT UN CŒUR DE LION
TAXACÉES
PARTICIPE DE FAÇON AUXILIAIRE
CAR NAVAL
MADAME PORTE DU NUBUCK!
JÉSUITE
PATRON DES VERTS
FONTANELLE ANTÉRIEURE
POUR LUI, TOUT EST LUXE ET VOLUPTÉ
PASSAGES À TABAC
IL SAIT CE QU'IL PEUT
ON LE CLOUE SANS MARTEAU
GARNIR LE TOIT
AVACHISSEMENT
ELLE RENAÎT DES CARTES
EXPÉRIMENTÉE
RÉTRÉCIES

(F)LÉCHÉS

RÉFORMÉ
PLANTE DE JACHÈRE
TENDRE JUMEAU
MAURE D'UN ÉCLAT DE GRENADE
SITES DE GÊNES
CORE À CORPS
REINE DE SABA

ARGENT DE DACCA
CHYPRIOTE
PERSONNAGE DUPÉ PAR TARTUFFE
FOLIE DES FOLLICULAIRES
CLÉMENT AVEC ÉOLE
VISCÉRALES
BOISSET EN A TIRÉ UN BON PRIX
MOREAU, MAIS PAS JEANNE
PAR EXEMPLE
SOS, MONSIEUR SEGUIN
COURS D'ALSACE
PLANCHES DE SALUT
ÇA NE FAIT PAS QU'UN PLI...
INCONNUE D'IMPUDENT
SON MAKI FAIT DE LA RÉSISTANCE
NOUER TOUT AUTOUR
UN PEU DE GRENADINES
OPÉRA DE HAENDEL
GÉNITRICE D'AVERELL
SAPA
PILOTE DE LIGNE
VIATIQUE DE DEVIN
ÂME IMMORTELLE D'ÉGYPTE
L'EFFET D'UNE BOMBE
ON LUI FAIT SA FÊTE
PÉNINSULAIRE
EN TEL LIEU
VOISIN DU BHOUTAN
LEVIER À CANON
EST LONDONIEN
AFFIDÉE
GERMANIUM
SON PAS N'EST PAS DU JEU
CRÉATION D'EXUVIE
CÉPAGES BLANCS
RECOMMENCÉE
NEC PLUS ULTRA
MINERAI DE NICKEL
MARS GAULOIS
CAUSE DE RUÉE
UN TIERS
LACET DE BOTTE
CORPUS NON SANS ESPRIT
BOUT CHASSÉ
RIVIÈRE BRETONNE
RIVIÈRE KAZAKHE
TERME DE COPROPRIÉTÉ
ACCORD RÉVOLU
ARTICLE DU SOUK
CARDINAL DE CLUB
INTERJECTION
BOUCLIER DIGITAL
FLEUR
ON LA TROUVE CAUSTIQUE
MOINS BASSES

LA CIBLE

Partez de la lettre cerclée. Sautez un certain nombre de lettres (toujours le même pour cette cible), lisez la suivante, et continuez ainsi pour compléter une citation d'Alphonse Allais : « Depuis l'invention du phonographe et du gramophone, le perroquet est devenu un volatile dont le besoin ne se... »

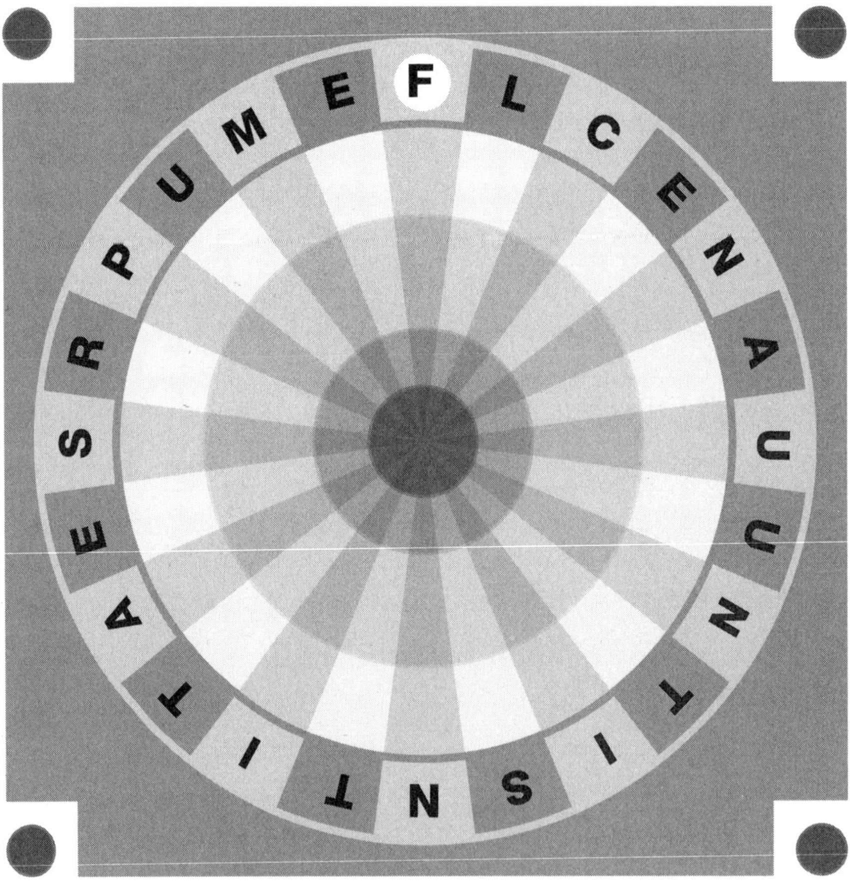

Pêche à la Pêche

Que celui qui n'a jamais péché s'intéresse au fruit du pêcher ! Remettez un peu d'ordre dans les séquences de lettres inscrites sur les pêches, afin de former un mot… plein de pêche !

....

BRIQUES

Placez chacun des seize couples de gauche (ils sont indissociables) dans le mur de droite, de façon à former des mots horizontaux. Quand toutes les briques seront casées, vous lirez verticalement deux anagrammes.

A	A
A	I
A	J
D	A
E	F
E	L
E	N
F	A
I	E
J	N
L	O
N	E
N	N
N	T
O	D
T	E

	B	A		O	U	E
	A	C		L	L	E
	S	S		G	I	E
	E	U		O	T	S
	U	T		O	O	R
	N	V		N	T	E
	C	O		I	E	R
	E	S		V	E	U
	D	I		I	C	E
	I	N		T	T	E
	C	O		O	M	E
	U	P		I	A	L
	A	D		I	S	E
	B	E		L	L	E
	U	A		C	E	R
	A	V		R	N	E

Le saviez-vous ?

Un accent de Pâris

L'accent circonflexe n'est pas purement français : on le trouve en portugais, roumain, turc, vietnamien, espéranto ou dans la transcription romane de langues telles que le grec ancien, l'hébreu et le japonais. Il est parfois en concurrence avec une barre horizontale surmontant une lettre, elle aussi annonciatrice d'une longueur de voyelle : le macron ! Le saviez-vous ?

C'est en 1740 que l'accent circonflexe déferle dans notre dico. Les académiciens l'imposent là où des lettres devenues muettes dans la prononciation effective des mots – principalement des *s* et ceci souvent depuis le XIe siècle – sont enfin supprimées de la graphie ; le petit chapeau permet de signaler la modification et une origine étymologique à explorer avec précaution.

Aujourd'hui, l'accent sert principalement à deux choses : marquer une prononciation particulière – résultant souvent d'un allongement compensatoire de la disparition d'une lettre ancienne, comme dans âge (jadis *aage*) – ou distinguer deux homophones, comme mur et mûr, ou pêcher et pécher.

Sans autre but que de donner du prestige à certains mots, il fut ajouté à prône (annonces du prêtre), trône ou suprême, mais pas à suprématie, et les passés simples en –âmes n'ont pour justification que de faire écho à ceux en –âtes, étymologiquement cohérents, eux. Il cohabite enfin dans des graphies non tranchées comme gaieté ou gaîté, nuement ou nûment.

Bref, l'accent circonflexe est un oiseau rebelle et n'obéit qu'à peu de règles : l'idée du réformateur moderne est de le faire disparaître (disparaitre ?) là où il n'est pas nécessaire à la compréhension. Ce sera du gateau.

ESCALETTRES

Sans utiliser de noms propres, ajoutez les lettres une à une, dans l'ordre imposé, pour former un mot sur chaque ligne. Respectez la position des lettres déjà inscrites jusqu'à la découverte du mot en bas de l'escalier.

↓	B	O	L							
+A		A								
+I			O							
+N			O							
+L										
+T										
+E										
+U										

7 HORREURS

QUID

Répondez à ces six questions sur le trône.

1. De quelle matière est le trône convoité notamment par Sansa et Daenerys, dans la série littéraire de George R.R. Martin ?

....

2. Des plumes de quel oiseau étaient constitués les *flabella*, éventails ornant le trône mobile sur lequel se déplaçait jadis le pape ?

....

3. De quelle matière étaient faits les trônes d'Ivan le Terrible et du roi Salomon ?

....

4. Dans quelles circonstances Louis XIV occupait-il un trône appelé « chaise d'affaire » ?

....

5. Quelle fleur à seize pétales donne son nom courant au trône impérial du Japon ?

....

6. À quel dieu est consacré le trône amycléen, œuvre du sculpteur grec Bathyclès de Magnésie datant du VIe siècle avant J.-C. ?

....

Petri

Ceux qui chantent déjà *Ève, lève-toi,* vous arrêtez tout de suite : c'était Pietri, la Julie, avec un i comme dans « piètre ». Et les érudits qui pensent au réformateur suédois Olaus, désolé, mais il ne m'intéresse pas. Le mien, c'est Julius Richard Petri. Il est né à Barmen et c'est lui qui a inventé les boîtes...

Alors, non, relisez bien, le mec ne servait pas des cocktails en discothèque, vous avez mal compris. Il est né en Rhénanie et il a donné son nom aux petites boîtes transparentes dans lesquelles les biologistes mettent en culture des micro-organismes, les boîtes de Petri.

J'avais un Petri dans ma classe, Bruno, un type rigolo. On lui faisait la blague tous les jours : « Alors, t'étais en boîte, hier ? » Hilarant, quand on a de l'acné. Julius, lui, il a bossé pour Koch, il faisait partie de la bande qui a découvert le bacille. Bah si, le bacille de Koch (pas la bande à bacille, bande d'imbéciles), celui qui vous file la tuberculose ! Ah ben, à l'ère des épidémies à complications pulmonaires, faut vous tenir informés, les lecteurs.

Petri n'est jamais allé à Pétra et ça, ça me rend triste. J'ai pas dit « prout », non plus, remarquera le râleur... « Pète un coup, ça te fera marrer », rétorquerai-je. Pète, ris. *Tout ça... pour ça !*, comme le titre prémonitoire de Lelouch résumant assez bien l'intérêt de ce film.

CROISÉS 3D

Cette grille est en 3D, mais inutile de chausser vos lunettes pour le cinéma ! Les mots s'y croisent dans trois directions indiquées par les flèches blanches sur fond sombre. Inscrivez vos réponses en respectant les sens indiqués et sans dévier : la perspective est un peu trompeuse au début, mais vous allez vite vous familiariser. Embarquez pour votre premier voyage dans l'espace !

HORIZONTALEMENT :

A. Abattue d'un coup. **B.** Clé de transposition. Sans précipitations. **C.** Maladie des films *Philadelphia* et *Les Nuits fauves*. **D.** Chantal Desbordes fut la première dans la Marine. Vagues de supporters. **E.** S'il est de verdure, un dormeur ne s'y réveillera pas. Entame le lut final. **F.** Breuvage jadis réservé aux dieux. Tout sauf le cœur. **G.** Colorant blanc interdit pour sa toxicité. Roman clownesque de Stephen King. Météorite. **H.** Surface de jardin. Chalutier. Évêque et martyr lyonnais. **I.** Vilenie. Conceptuel. Plantes légumineuses.

VERTICALEMENT DE GAUCHE À DROITE :

1. Inspirât du dégoût. Pronom réfléchi. À ôter du bouquet. **2.** À pattes d'ef. Aux effets nuisibles. Nouveau rappel. **3.** Quelques centaines de kilos mis sur orbite. Salle du siècle des Lumière. **4.** Passage chez une esthétichienne? **5.** Précolombien adorateur du Soleil. Soleil adoré par le Précolombien? **6.** Outil de maçon ou d'archéologue. Le gratin du chou-fleur, à la sauce Chicago. **7.** Enguirlandées sans nulle animosité. **8.** Refusasse d'admettre. **9.** Plus pour le maestro et l'orchestre.

VERTICALEMENT DE DROITE À GAUCHE :

I. C'est sans aucune poésie qu'elle s'attaque aux *Aedes*. Voiture hippomobile à cocher. **II.** Expulsion privilégiant l'intrigue à la force. Plus Hyde que Jekyll. Va déraper. **III.** Témoin public de petits bécots sympathiques. Robert et ses frères. **IV.** Utérin, pour faire court. Pieuses initiales. **V.** La base du swing. Engin d'excavation de mine à ciel ouvert. **VI.** Qui demande une mise au point urgente. Liane des régions tropicales. **VII.** Pouvoir magique de Clochette. **VIII.** Numéro un aux courses. Les gars de la narine. **IX.** Élément de trousseau.

PO-POKER

Devinez pour chaque joueur la « rivière » idéale, la cinquième lettre affichée par le croupier, qui lui permettra de constituer un mot de sept lettres, avec les cinq du tapis plus les deux siennes.
Par exemple, Carline espère un O pour former HYPOXIE.
Qu'attendent Coco, Doyle et Édith pour remporter le pot de notre po-poker?

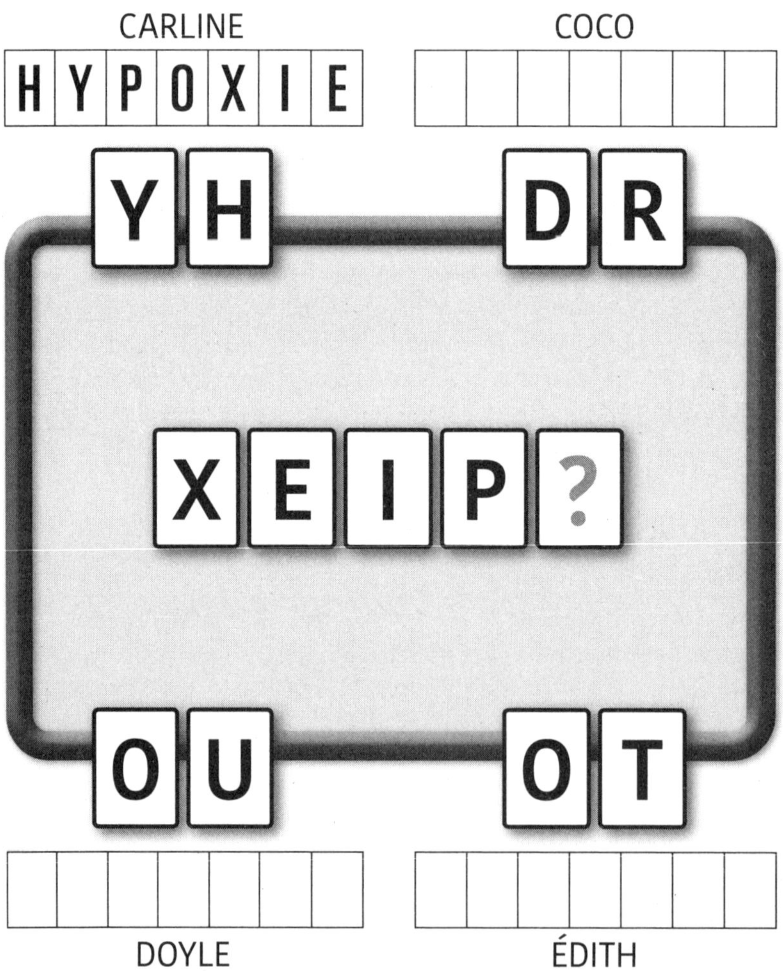

Le Trou

Trouvez le mot manquant
dans ces extraits de tubes que
vous avez probablement fredonnés.
Notre chanteur a un trou : comblez-le.

1. « Je vais bien finir par l'avoir
cette .... ridicule »

2. « Me donne tous ses .... me touche
quand même du bout de ses doigts »

3. « C'est pas .... dans les livres
que le plus important à vivre est de vivre au jour le jour »

4. « C'est ta .... , fais ce que tu veux,
tant pis, un jour tu comprendras »

5. « Tout ce que tu voudras entre mes lignes,
ton .... étendu si loin sur le mien »

6. « Comme un fou, comme un .... ,
comme une star de cinéma »

Blagues

Il était une foi...

☺

Jésus est assis, tout nu, sur l'eau de sa baignoire. Il lève les yeux au Ciel et finit par s'emporter :
– Bon, papa, t'arrêtes un peu tes conneries ! J'aimerais bien prendre un bain.

***

Simon, le futur apôtre, pêche – avec un accent circonflexe : c'était un pêcheur, pas un pécheur. Et toute la journée, il pêche, il pêche, il pêche.
Jésus voit qu'il est épuisé, alors il lui dit :
– Arrête !
Mais Simon, épuisé, continue : il pêche, il pêche, il pêche.
Alors Jésus insiste :
– Si t'es naze, arrête !

***

– Monsieur le curé, elle faisait quoi comme métier la Vierge Marie ?
– Elle était mère au foyer, mon petit...
– Ben alors, pourquoi elle a mis son fils à la crèche ?

***

Un enfant demande à sa mère :
– C'est bien les cigognes qui apportent les bébés, le petit Jésus qui nous donne notre pain quotidien et le Père Noël qui amène les cadeaux en décembre ?
– Mais oui, mon chéri, c'est bien cela.
– Alors, à quoi il sert, papa ?

CA-CARRÉ MAGIQUE

Complétez ce ca-carré magique avec des nombres allant de 1 à 25, sachant que la somme sur chaque ligne, dans chaque colonne et sur chacune des grandes diagonales doit être égale à 65. Chaque nombre ne doit apparaître qu'une seule fois.

	6		22	8	65
19		11		7	65
3	9		17		65
			10	25	65
18	20				65

65 65 65 65 65 65 65

MÉGA(cô)lon

La digestion se termine dans le côlon. Quel mot méga-long va sortir, élaboré à base de CACA et des dix autres lettres proposées ? C'est un test, hein !

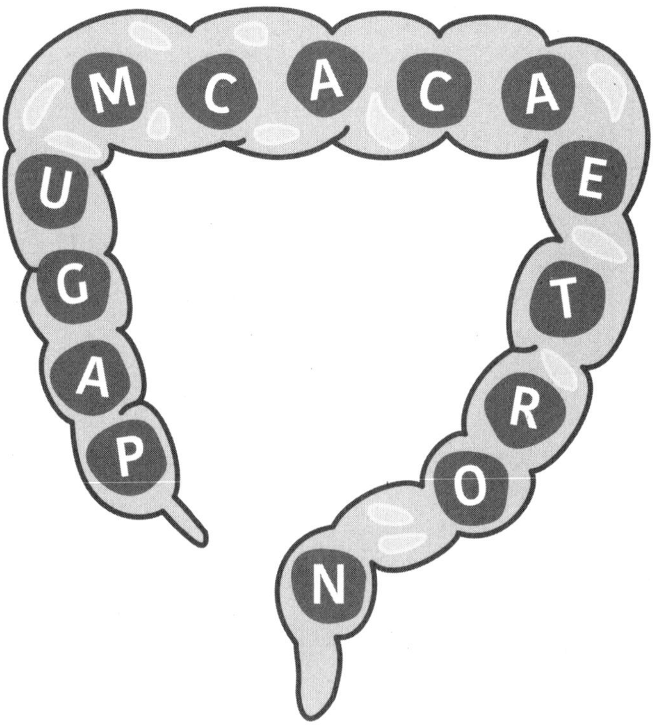

ALPHAKU-KU

Remplissez la grille pour que chacune des lettres « R, C, A, B, I, N, E, T, S » figure une seule fois sur chaque ligne, dans chaque colonne et dans chaque petit carré de neuf cases aux contours renforcés. Quelque part s'inscrira un mot qui vous rappellera une atmosphère moins confinée que l'R des CABINETS – ou « vent de gogues », comme disent les férus de peinture.

E	T						N	S
	S		R					
		R	T			E		
		B	A			I		R
	E						C	
C		I			N	A		
		S			T	B		
					E		I	
R	B						A	C

≡ (M)OTS

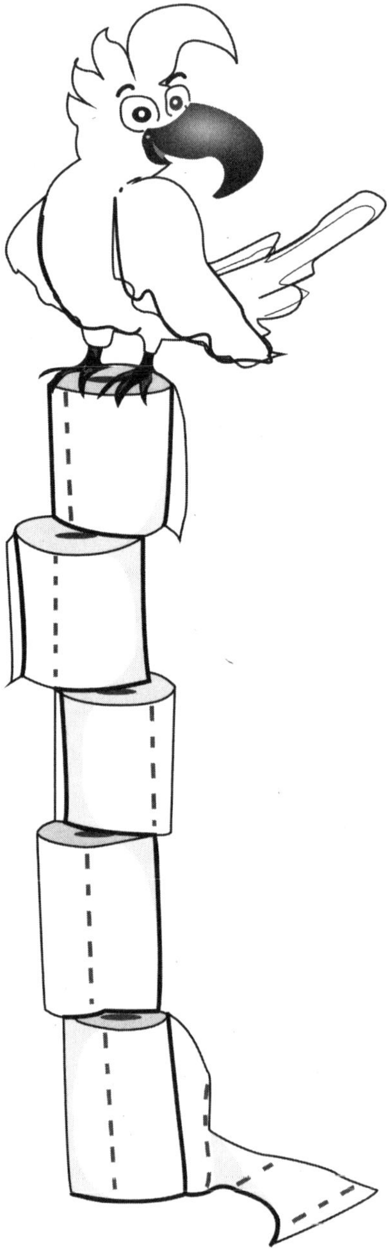

- LE GRAND DU MILIEU
- LA BOUCHE DES GOÛTS ?
- ANIMAUX PLUS VÉHICULE
- SOCIÉTÉ
- OLIFANT
- FLAMBOIE
- EMPAIL-LAGE
- ANTONYME D'UBAC
- SANS PROCRAS-TINER
- *DO*
- ÉTAT DE JUNEAU
- ACTEUR DE PÈRE DANOIS
- DÉGLUTIT
- LIEU DE JAVA
- ACCORD DÉSUET
- INCOMPÉ-TENT
- PRONOM RÉFLÉCHI
- CARACAL OU PUMA
- DIVINITÉ MARINE
- C'EST ÇA, LE CLOWN
- ÉTABLISSE-MENT DE BIEN-ÊTRE
- ZONE DE TIR
- TROUBLES MENTAUX
- FAMILLE PRÉHISTO-RIQUE
- ÉCLOSION
- OS
- DÉBOIRE MÊLÉ DE DÉPIT
- ENZYME
- CHAUSSÉE PARISIENNE DU DUC
- TÊTE D'ÉPINGLE
- GEORGE POUR HARRY
- IL N'AIME PAS LE BOURBON
- PLUS MUSICAL
- FERME UN ŒIL
- PAPIER-TOILETTE
- RECOURS D'ASSISES
- IL VAUT 11 À LA BELOTE
- TRAVAILLES DU CHAPEAU

(F)LÉCHÉS ≡

ACCUSATEUR / UN TEMPS BIEN COURT
COMPTE DE LIVRES / CHANGEA D'HORIZON
FLÛTE !
PLAÎT-IL ? / PLUS FONTE QUE NEIGE
UN TIERS / RÊVE D'ÉMEU
VENU DU CŒUR

TOUT SAUF RARES / PRÊT AU COMBAT

DÉTRUIT

AGITER LE BASSIN / AYMERIC OU KIKI ?
MEUBLE DE CHAPIER / CINQ SUR CINQ

GIGOTE
JAMAIS / RAMASSE-MIETTES

À L'INTÉRIEUR DU CORPS

MALFRAT DU CHOU-FLEUR / LUPIN BLÉSOIS
ARGON / AU SÉRAIL, IL INSPIRA MOZART

ESPÈCE DE FABLE / INSECTE EN VASE
BIEN APPRIS

KITTY POUR DIANA

COURBURES AU VERGER / BRAME
ALLEMAGNE DE L'OUEST / PAYÉE PAR VIAGER
SEULEMENT / PROPHÈTE BIBLIQUE
MOUSTIQUES

SIED / THYMUS DE VEAU
POSTE DE PAPA

BROYÈRENT / COMPÉTITIONS

ÉCRIVAIN DU *CYCLE DES ROBOTS* / À BIBI

GAILLARD DE LA BLAGUE / MOUSSE
SUPPORT DU SOC / BOUILLON AUX PÂTES DU JAPON
MONNAIE DE FREETOWN

ARBRE TROPICAL / PARTIE LATÉRALE
LIGUE DE HOCKEY / ATTENDU QUE

PLANTE MALODORANTE / TOKYO DU SHOGUN

POIRE À CONDUIT AUDITIF / VILLE SUR LA TILLE
SAINT NORMAND / HÉROÏNE EN HERBE

REGRET DE MÔME

CHEVALIER DE TONNERRE
TENTE LE COUP

TROU MANCHOT !

Que ceux qui n'ont pas vu le film *The Truman Show* lèvent dix doigts, « sauf les manchots, ça va de soi », comme chantait Brassens.

Le professeur néozélandais Victor Benno Meyer-Rochow s'intéresse à l'Antarctique et son nom me fait penser à un *hoax*, un *fake* : meilleur au chaud ? Mais admettons qu'il existe : il s'est intéressé aux manchots de la Terre Adélie, qui ne quittent jamais leurs œufs pendant la période de couvaison. Ainsi, lorsqu'ils ont besoin de faire les leurs (de besoins, on suit !), ils lèvent la queue et propulsent les excréments le plus loin possible. Ce qui a poussé (comme le manchot) le scientifique a évaluer la pression produite pour la propulsion des fèces.

Trois fois plus que l'homme, révèle l'étude qui lui a valu un prix Ig Nobel en catégorie « dynamique des fluides », en 2005. Le trou manchot fait un carton !
Tellement même que deux Japonais, Hiroyuki Tajima et Fumiya Fujisawa, ont repris et affiné l'étude, précisant l'angle d'éjection et la longueur maximale atteinte : 1,34 mètre.

Vous voilà prévenu : si vous voyez un manchot en train de couver, n'approchez pas à moins d'un mètre cinquante, si vous ne voulez pas vous retrouver dans la merde.

CRYPTOGRAMME

Remplacez les symboles par les lettres qu'ils cryptent pour découvrir ce graffiti lu dans des toilettes publiques.

A	B	C	D	E	F	G	H	I	J	K	L	M
N	O	P	Q	R	S	T	U	V	W	X	Y	Z

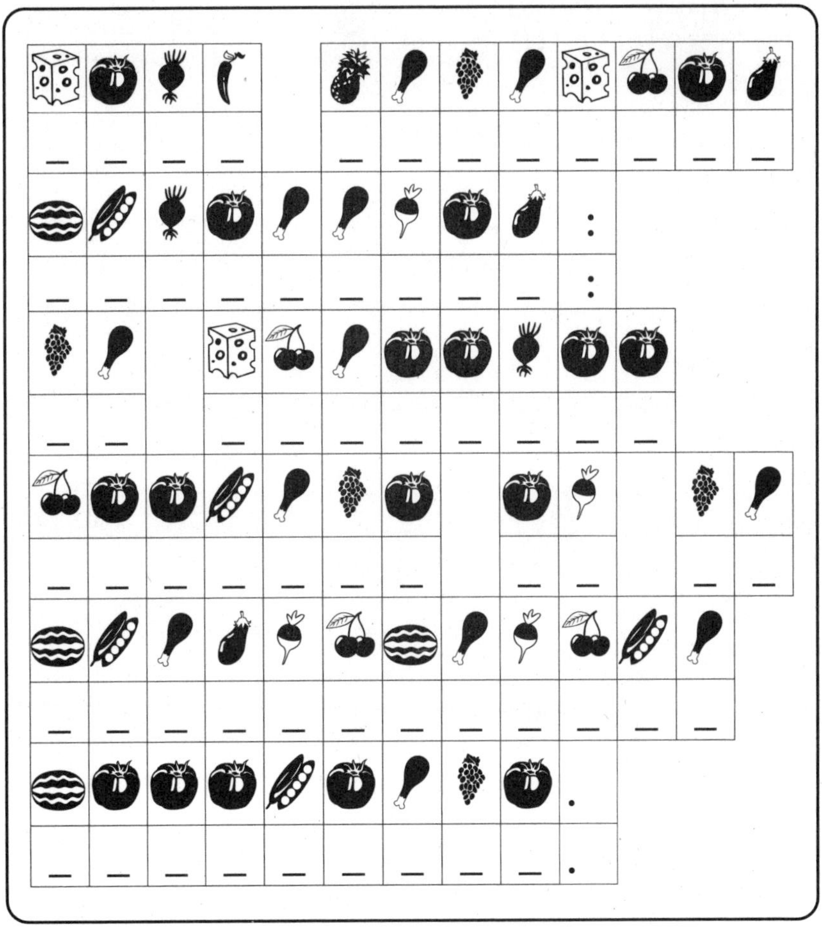

BONUS

Observez les lettres bien placées sur fond gris foncé ou mal placées sur fond gris clair pour deviner le seul mot final possible. Attention, certaines lettres n'ont peut-être pas encore été proposées.

G Gris foncé   G Gris clair

F	I	L	A	M	E	N	T
F	R	A	P	P	E	U	R
F	E	L	O	N	I	E	S
F	A	I	L	L	I	T	E
F	O	R	M	U	L	E	E
F	_	_	_	_	_	_	_

TAPIS C

Déterminez les valeurs relatives des pièces permettant d'affirmer qu'il y a autant d'argent à droite qu'à gauche sur les tapis A et B et répondez à la question finale concernant le tapis C.

TAPIS A

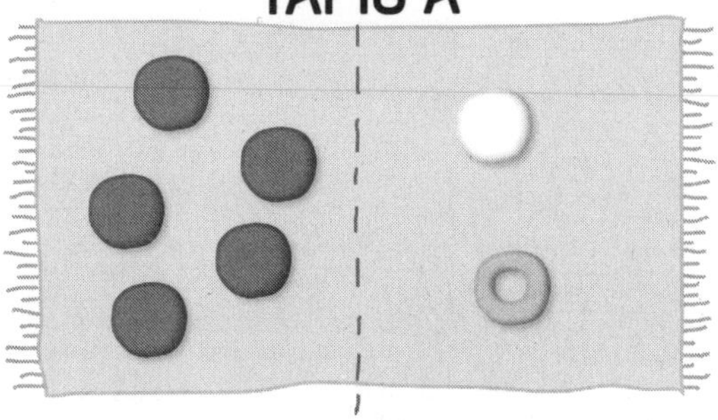

TAPIS B

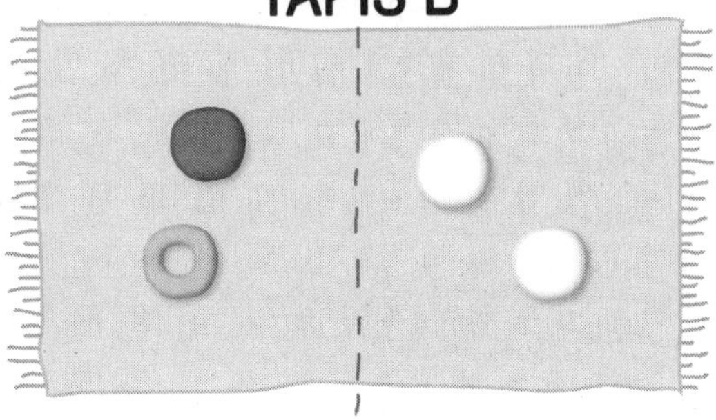

TAPIS C

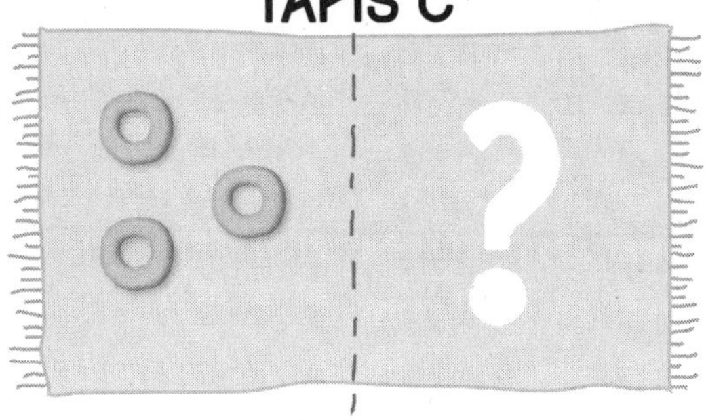

Combien faut-il de « pièces noires » pour qu'il y ait autant d'argent à droite qu'à gauche, sur le tapis C ?

Calculs durs, hein !

+ − × ÷

Avec les quatre opérations de base (+ − × ÷) et en utilisant au maximum une fois les plaques proposées, tentez d'atteindre le nombre cible : 931.
Il existe deux approches pour y parvenir, mais avec une fin commune. En trouverez-vous au moins une ?

Blagues

Mort de rire

☺

– Nathan, qu'est-ce qu'il fait comme métier, ton papa ?
– Il est radiologue, maîtresse.
– Et toi, Élisa, quel est le métier de ta maman ?
– Elle est chercheuse en microbiologie, maîtresse.
– Et toi, Toto, il fait quoi, ton papa ?
– Mon papa, il est mort, madame...
– Oh, je suis désolée ; mais qu'est-ce qu'il faisait, avant de mourir ?
– Il faisait : « Aaaah, aaaaaaaah, aaaaaah, argh ! »

***

Un médecin examine une vieille dame proche de la mort. Il demande à son mari :
– Ça fait longtemps qu'elle râle comme ça ?
– Pas loin de soixante ans, docteur...

***

– Savez-vous comment est mort le capitaine Crochet ?
– En se grattant les couilles...

***

– Tu as entendu l'histoire de ce Belge qui est mort en buvant du lait ?
– Le lait était empoisonné ?
– Non, la vache s'est assise.

LA TÊTE AU

Dans chacun des carrés ci-dessous figure un mot. Trouvez-en une anagramme correspondant à l'une des définitions sur la page de droite (exemple au centre du jeu : UNIVERSITÉS pour l'indice 13). Inscrivez ensuite, dans la tête dessinée, le numéro de la définition du mot recherché. Reportez l'initiale du mot trouvé, ici un U, dans les cases numérotées de l'échelle de décodage, en bas de la page des indices. Vous compléterez ainsi une citation de Napoléon Bonaparte : « On peut s'arrêter quand on … ». À la fin, en cumulant les chiffres des définitions, il vous faudra totaliser 65 sur toutes les lignes, toutes les colonnes et les deux diagonales de ce carré magique consacré à Napoléon.

ENTOIR ------	GÉNIE -----	OCTANES -------	DÉFIÂTES --------	CORDIÉRITE ----------	= 65
LONNES ------	ORACLE ------	TOILÉE ------	AÎNÉ ----	MÉTAL -----	= 65
ADMISE ------	ANISASSES ---------	TÜVSINSIREE 13 UNIVERSITÉS	TRAQUE ------	BÊLE ----	= 65
PRIMÉE ------	PODESTAT --------	TIRE-JUS -------	ROSAY -----	LIN ---	= 65
ROMAGNE -------	CÉSAR -----	OCRES -----	INSTALLE --------	ENNEMI ------	= 65
= 65	= 65	= 65	= 65	= 65	

65 = (diagonale) 65 = (diagonale)

CA-CARRÉ

1. Cette victoire de 1800 évoque une recette de veau. **2.** Cette armée fut créée en avril 1798 pour partir en Égypte. **3.** Ses grognards durent alors franchir ce fleuve. **4.** C'est la région italienne d'origine de la Maison Bonaparte. **5.** Napoléon y fut exilé en avril 1814. **6.** Ce professionnel doit le Code civil à Napoléon. **7.** Napoléon y fit rétablir l'esclavage en 1802 en invoquant la raison d'État. **8.** Cette île sous la Sicile fut conquise en 1798. **9.** Cette victoire fut acquise en 1796 grâce au bruit de tambours simulant l'arrivée de renforts. **10.** L'armée prussienne y fut balayée en 1806. **11.** Celui de Napoléon se tint le 2 décembre 1804. **12.** C'est le numéro du Napoléon né en 1856. **13.** Il les recrée en 1806, alors que la Révolution les avait abolies. **14.** Ainsi mourut son général Kléber en 1800 au Caire. **15.** Elle causa sa défaite en Russie en 1812. **16.** Ce régime politique n'est pas loin de celui qu'imposa Napoléon. **17.** Il fit édifier ce palais à partir de 1810. **18.** Cet amiral anglais écrasa notre flotte à Aboukir. **19.** Trafalgar et Waterloo sont ses deux plus cuisantes. **20.** Il commanda un Arc de triomphe pour cette place. **21.** C'est le jour de sa mort. **22.** Il est né sur cette île. **23.** Le premier s'acheva en 1815. **24.** Sur ce fleuve, il signa le traité de Tilsit. **25.** Il y mit fin par le coup d'État du 18 brumaire.

												U
1	2	3	4	5	6	7	8	9	10	11	12	13

14	15	16	17	18	19	20	21	22	23	24	25

Palier pas lié

À l'aide des définitions, à-peu-près homophoniques (aux mots faux, nique !), trouvez les six mots solutions, en consommant la totalité de la réserve de lettres.

1. Pas liés.
2. Pas lier.
3. Pas lié.
4. Pâli, eh !
5. Palier.
6. Pallier.

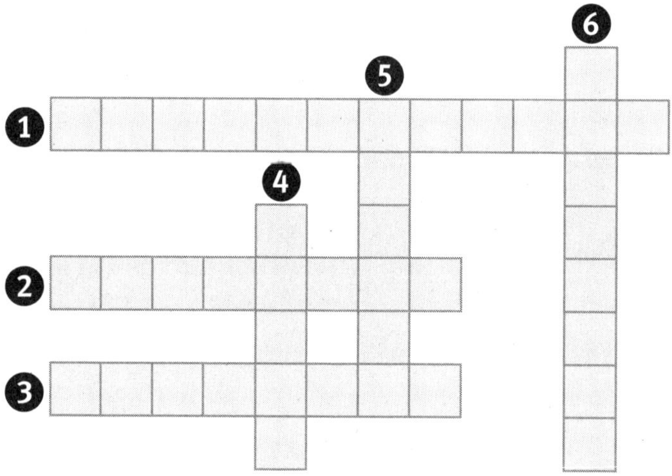

RÉSERVE DE LETTRES

A	A	A	A	D	D	D	E	E	E	E
E	E	E	F	I	I	I	L	L	N	
N	N	N	N	O	P	Q	R	R	R	
S	S	T	T	T	T	U	U	V	V	

C'EST **gâchis**

Après la chasse au gaspi, voici la chasse au gâchis ! Tous les symboles de recyclage sont présents en même quantité, sauf un. Saurez-vous le repérer ?

Tique, eau, tique, autarcie !

« Tico, tico, par-là », quel rapport avec le choro brésilien ? Aucun ! C'est de la tique, cet horrible arachnide acarien ectoparasite que nous voulons vous entretenir. Celle-là même (sans trait d'union) qui vous file la maladie de Lyme, à prononcer très approximativement à l'américaine « laille-meuh », car c'est une ville du Connecticut qui lui a donné son nom.

Que fait un chien quand il a chaud ? Il tire la langue et halète, bonne mère ! Que fait un chat quand il a chaud ? Il transpire ou il prend une bière dans le frigo, à moins que je ne confonde avec l'homme. Que fait la tique quand elle a chaud ? Elle se pisse dessus.

Bah oui, c'est scientifique, je n'invente rien. Les chercheurs expliquent même que ce quasi-réflexe n'est pas une réponse à la chaleur du soleil, mais plutôt à l'augmentation de température qui survient lorsque la tique se nourrit de sang (chaud, prends ça).
Les scientifiques remarquent que des glandes situées près de la base de leurs pattes sécrètent alors de grandes quantités de liquide… qui n'est autre que de l'urine.

Le vautour, la dinde et la cigogne urinent aussi pour abaisser leur température. Quant au vampire, aucune étude sérieuse n'a démontré qu'il se soulageait après avoir bu un cou.

Usage De Faux

Parmi ces cinq propositions,
une seule n'est pas une *fake news*,
une « information mensongère ».
Laquelle ?

1. Rimbaud a composé un poème en acrostiche dont les premières lettres de chaque vers forment le nom VERLHAINE, le H (de haine) symbolisant la rupture entre les deux amants.

2. « Car ce n'est pas régner qu'être deux à régner ! ». Ce vers guère arachnophobe est un pastiche de Corneille écrit par Stéphane Bern.

3. Dans les quarante romans de Pierre Benoît, les prénoms des héroïnes commencent tous par un B.

4. Dans *Jules César*, Shakespeare fait dire à Cassius : « L'horloge a frappé trois coups » (*hath stricken thrice*) après une indication « L'horloge sonne » (*Clock strikes*), alors que l'horloge qui « sonne » ou « frappe » n'est apparue que vers 1300.

5. Un personnage du *Horla*, de Maupassant, s'appelle Jean Castex.

QUI FAIT QUOI ?

Pour résoudre ce jeu de logique déductive, repérez un à un les indices donnés en les reportant dans la grille de résolution. S'il s'agit d'une affirmation, inscrivez O dans la case concernée, et complétez les propositions négatives qui en découlent en notant N dans les cases adjacentes. Résumez les informations obtenues dans le tableau en bas de page.

PETITES BOÎTES, TROUSSES, CHEMISES...

Une prof visiblement fan des chansons d'Aznavour impose des quantités précises de fournitures aux élèves. À l'aide des quatre indices, retrouvez pour chaque classe le nombre de petites boîtes, de trousses et de chemises requises. Si vous coincez, deux indices supplémentaires – mais non nécessaires – figurent en bas de page.

1. La classe aux 5 boîtes doit avoir 14 ou 15 chemises ainsi que 3, 4, 5 ou 6 trousses, alors que celle aux 6 petites boîtes aura deux chemises de plus que la classe de $3^{\text{ème}}$, où chaque élève sera tenu de posséder 4, 5 ou 6 trousses.

2. Les élèves de $5^{\text{ème}}$ doivent avoir deux boîtes de plus que les élèves aux 11 chemises, mais une de moins que les détenteurs de 5 trousses.

3. Les $4^{\text{ème}}$ doivent avoir plus de trousses que les 2nde, mais une de moins que la classe où chaque élève est en possession de 14 chemises exactement.

4. Les $6^{\text{ème}}$, qui ont une trousse de plus que la classe aux 8 boîtes, ont eux-mêmes plus de petites boîtes que les élèves possédant 15 chemises.

INDICES SUPPLÉMENTAIRES

5. Les $5^{\text{ème}}$ et les $3^{\text{ème}}$ sont les deux classes ayant le moins de fournitures au total, mais cela représente tout de même 21 objets !

6. Les $4^{\text{ème}}$ sont la seule classe où chaque élève doit acheter autant de chemises que de trousses et de petites boîtes réunies.

Grille de résolution

		PETITES BOÎTES					TROUSSES					CHEMISES				
		4	5	6	7	8	2	3	4	5	6	11	12	13	14	15
CLASSES	6ème															
	5ème															
	4ème															
	3ème															
	2nde															
CHEMISES	11															
	12															
	13															
	14															
	15															
TROUSSES	2															
	3															
	4															
	5															
	6															

TABLEAU DES RÉPONSES

Classes					
Petites boîtes					
Trousses					
Chemises					

LATIN
LA TINETTE

Tartir un jour

Ah, les 2B3, j'ai eu la chance de les côtoyer deux ou trois ans avant qu'ils ne soient célèbres et je guettai donc, comme mon ami David guetta aussi, la première diffusion du single qu'ils m'avaient confié avoir enregistré. « Ça s'appelle *Partir un jour,* tu ne peux pas le rater », m'avaient dit Filip et Adel à la salle de gym. Il m'a quand même fallu quinze jours de patience avant d'en entendre résonner les premières notes, alors que j'allais éteindre mon autoradio. Ma vie en fut beaucoup moins bouleversée que la leur.

« Partir, pas tartir », aurait pu me répéter Franck, mais lui, je ne le connaissais que de vue, donc il ne m'a rien dit. Oui, mais moi, pour ma chronique, c'est tartir qui m'intéresse. Ce verbe signifie évidemment « faire caca », et il vient de l'argot italien, le fourbesque, pour ceux que les mots rares branchent et ne font pas *cagare.*

Et tout cela vient du latin *torquere*, participe passé *tortus*, signifiant « tordre », d'où tortir, « se tordre », et *tortire* ou *tartire,* en italien bouffonesque, « déféquer », puisque quelqu'un qui se tord comme ça ne peut qu'avoir un skieur au bord du gouffre.

Alors, pour répondre brièvement car l'encre coûte cher, à diverses questions : oui, Torquemada l'inquisiteur faisait chier tout le monde ; non, la tortue ne fait pas tout le temps caca ; oui, je peux l'avouer maintenant que je ne les croise plus, la chorégraphie des 2B3 avait quelque chose qui n'était pas sans évoquer les torsions liées à une urgence intestinale que nous avons décrite précédemment. Effacé, notre amour...

Bouche-trous

Inscrivez une lettre par tiret pour reconstituer sept mots de la langue française. « Aï, aï, aï », crie le paresseux tombé de son arbre. Si ce squelette ne vous suffit pas, aidez-vous de l'indice pour que tombe la réponse. Interdiction de conjuguer !

1. A _ _ I A _ _ _ I _ A I _
2. A _ _ I _ A _ I _ A _ I _ _
3. A _ I _ _ A _ I _ A _ I _ _
4. A _ _ I _ A _ I A _ I _ _
5. _ A _ _ I _ A _ I _ A _ I _ _ (2 solutions)
6. A _ _ I _ A _ I _ A _ I _ _ _ _

INDICES

1. Qui ne croit pas aux bonnes étoiles.

2. Rayonnement culturel continental.

3. Formalisation de concepts mathématiques.

4. Qui protège d'une émission nocive.

5. C'est tout prendre pour soi ou tout rejeter.

6. Qui rejettent le système actuel.

GRANDES

HORIZONTALEMENT : **A.** Machine agricole pour céréales à grains. Amoureuse. **B.** Causes de retard en milieu urbain. Passionné. Dans. **C.** Mal utilisée. Garnit de glaces. Préparai la pesée. Poussant à agir. **D.** Don Rodrigue de Corneille. Joue les perroquets. Eau coulant des yeux. Nouer son soulier. Lancer les jambes arrière. **E.** Théologien musulman. Préviendra à Malibu. Infusions pour sirs anglais. Irlande. Notre Terre. **F.** Outil pour la manucure. Affluent du Rhin. Une des Cyclades. Sable mouvant. Possessif à lui. Broyât avant d'avaler. **G.** Ordinateur du parti. Traiter sans ménagement. Rappel suivant bis. Mise sur la paille. Mille-pattes. **H.** Frère aîné de Moïse. Bruyants soulèvements populaires. Au goût de quinquina. Se prononcer au tribunal. **I.** De belle dimension. Auteure de livres. Produit. Ensemble de règles à respecter. **J.** Marcheur. Choisir comme représentant. Général sudiste. Accord désuet. Fille de la famille. **K.** Dieu funéraire égyptien. Capable. Pièces roumaines. Berger. Grosses lignes des journaux. **L.** Châssis de charrette. Sauce émulsifiée à l'échalote. Prise dans un filet. Équerre du dessinateur industriel. **M.** Verre de contact. Sensible à l'humour. Légumineuses. Assaut militaire bref. Fortement charpentées. **N.** Appellation. Morceau d'intestin grêle. Abréviation de docteur. Filtres élaborant l'urine. Réacteur nucléaire européen. Petit tour. **O.** Volcan rouge de Sicile. Pas assez concentré. Alourdie à dessein. Répondu à un stimulus. **P.** Agit en décorateur. Ville bretonne dans le nom d'une pâtisserie. Laisser échapper des bulles. Allemagne de l'Ouest. Rouleau servi au Vietnam. **Q.** Se battra à mains nues. Recette aux olives. Amateur de fiestas tardives. **R.** Puis. Décortiquera les pois. Saison. Gazouiller. Rivière à Munich.

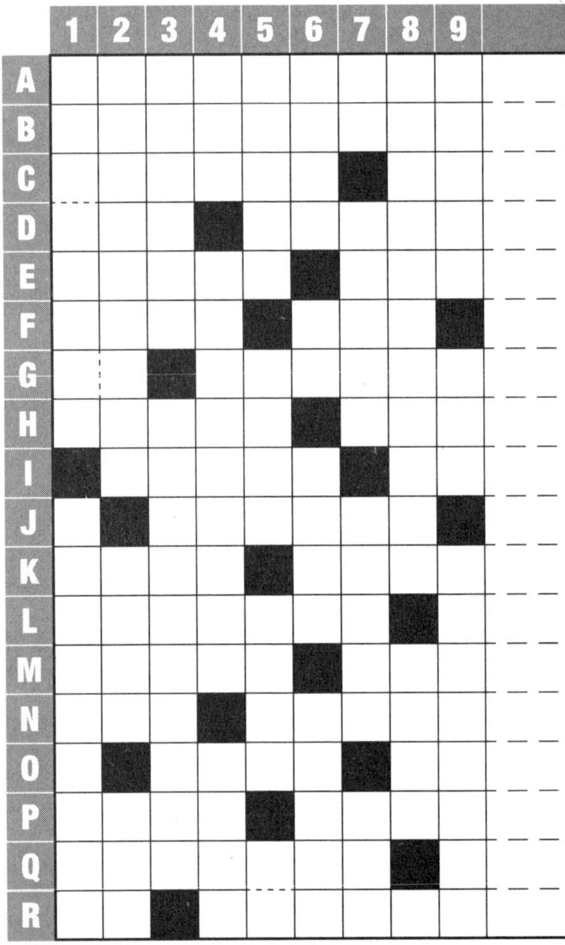

VERTICALEMENT : **1.** Reconnaissance d'une faute. Danse parfaite pour les desserts. **2.** Relatif au tout premier cordon. Polytechnicien. Période des chaleurs animales. **3.** Dans le même ouvrage. Fissa. **4.** Monnaie kirghize. Retenir en apprenant. Façon de marquer un but. **5.** Transpirera à grosses gouttes. Cupidon. À bonne distance. Expert-comptable. **6.** Soustraite. Troisième personne. Table pour débiter la viande. Romancier de *L'Étudiant étranger*. **7.** Venu au monde. Feuille sous coco. Fait de la chirurgie. Court. **8.** Unification, souvent par le bas. Parfum d'algue. **9.** Fine fleur. Entre *fluctuat* et *mergitur*.

vacances

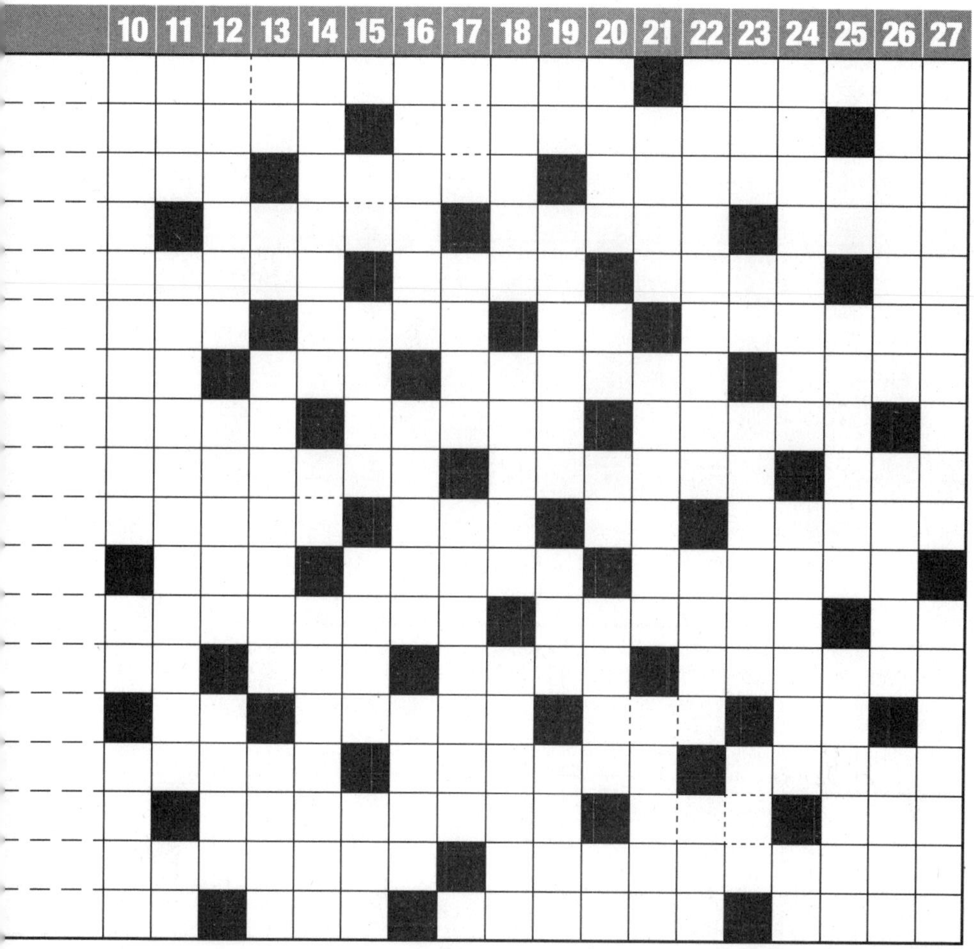

Artisan travaillant le bois. **10.** Survenue après. Obtenu. Vedette. **11.** Poisson à museau pointu. Trains qui secouent. Pascal physique. **12.** Identiques. Lavabo. Glisse. **13.** Béryllium. Argon. Femme de l'empereur. Mécanisme de serrure. **14.** Qualifiant un corps céleste. *Id est*, c'est-à-dire. Interrompît. **15.** Le matin. Perse moderne. Ville à édifice penchant. Agité du bocal. **16.** Traits d'union. Mixas. Voisine de la Vilaine. **17.** Grande école d'administration. Pauvre type. Garanti sans échéance. **18.** D'usage fréquent. Presser. Porte avec violence. **19.** Pronom réfléchi. Installée sur une chaise. Inflorescence. Excessivement. **20.** Zemmour et Naulleau. Dernier en date. Adversaire de James Bond. Réflexion. Ailleurs que là. **21.** Héros troyen. Envoyé à l'extérieur. Déficit. **22.** Sportif habitué des quartes. Prince de Kiev. Spécialité aux pruneaux. **23.** Lettre grecque. Dieu solaire. Mouvements humains. Mémoire de bécane. **24.** Moins étendue. Cousin proche de Pylade. Bismuth. **25.** Article contracté. Criée. Planète. **26.** Pays de Dakar. Du balai ! Durcit à cause du froid. **27.** Maintenir en bon état. Donner un prix indicatif.

Un-Zéro

0	1
1	0

VOICI UN JEU « BINAIRE »

La grille ne contient que des 0 et des 1, avec trois règles à respecter :

1. Chaque ligne (et chaque colonne) contient quatre 0 et quatre 1.
2. Il est interdit d'écrire trois chiffres identiques ou plus côte à côte.
3. Deux lignes (ou deux colonnes) ne peuvent être identiques.

Avec ces indications, complétez ce Un-Zéro.

					1		
				0			1
				0		0	
			1				
1					0		0
	0						
	1		0	0			

chenille

Passez d'un mot au suivant, dans cette chenille, en opérant la substitution indiquée et en modifiant l'ordre des lettres. Hors noms propres, il n'y a qu'une solution par ligne, en tenant compte des lettres déjà placées

–X+V								
–Q+A				N				
–V+T								
–E+R	T							
–A+L			T					
–N+C								
–R+S								

–U+S

LA RAIE qu'on pense

Sires anaux

« Des larmes au baiser, il n'y a qu'un frisson. » Aaaaaah ! lisez ou relisez *Cyrano de Bergerac,* cette pièce que le prof rosse tend à un élève au pif remarquable. Et enchaînez avec *Chantecler,* le coq du même Rostand, pour un plaisir aussi intense. À ne pas confondre avec Messire Chanteclerc, volaille du *Roman de Renart* juché sur un tas de fumier (le coq, pas le roman).

Messire, messire ? Ce titre fut d'abord réservé aux nobles, puis seulement au chancelier de France, à ne pas confondre avec les Chantecler(c) de France. Mais Cyrano, messire ? Ah no, mais « sires anaux », ça me parle. Ben oui, parce qu'on est quand même à la page « raie qu'on pense », alors fi de la poésie !

Sire, c'est un titre tombé en désuétude qui désignait le seigneur féodal. Après la chute de la royauté, nous n'en avons gardé trace que dans des formes figées comme « pauvre sire » ou « triste sire », cette dernière forme désignant un homme peu recommandable, notamment du point de vue de la moralité. Alors, accoler « anaux » à ces sires en fait de parfaits trous du cul !

Triste Sire est aussi le nom d'un groupe lyonnais de rock alternatif qui sévit jusqu'en 2010, année de sortie de l'album *Comme un crash,* au titre qui s'avérera une prophétie autoréalisatrice...

Pêche À LA Pêche

Que celui qui n'a jamais péché s'intéresse au fruit du pêcher !
Remettez un peu d'ordre dans les séquences de lettres inscrites sur les pêches, afin de former un mot... plein de pêche !

....

(M)OTS

ACTIVITÉ QUI MUSCLE
AMI D'AL
BONNE EN CURE
INSTRUMENTS À CORDES
DATTE CHINOISE
AMBIANCE MUSICALE
CARLA MANNEQUIN
IRONISERA
BON THON
QUELQU'UN QUI M'A DIT
PLUS AUSSI IMMACULÉ
CINQUIÈME MOIS
CONNEXION
STATUETTE PRISÉE DU NANOMANE
PLEIN DE FRIC
FROID INTENSE
DROIT DU PREMIER ARRIVÉ
ACCROCHÉ
POISSON FACILE À PÊCHER
VILLE D'IMAGES
NOURRIE
RÉGION ALLEMANDE
3,14
RUGBYMEN
DÉTESTABLE
PAYSAN RUSSE
ÉCLAIRAGE MODERNE
SANS HUMIDITÉ
PENDANT L'ANNÉE
DÉMENTIR
CORDE DE SÉCHAGE
OBTENU
BLESSANTE
COMMUNE SUR LA TILLE

(F)LÉCHÉS

PATIENTER
PIRE ROMAIN PYROMANE
NOM D'UN CHIEN
PIQUÉ UN FARD
MOKA
QUI SORT SIX FOIS PAR AN
LANGAGE DE GEEK
LA MAISON DE TOUTOU
SURFACE INTERNE DE L'ŒIL
SIGNES DE CROIX
RABÂCHAIT

TYPE
PILE
REPOSE EN PAIX
MONTRÉ AVEC FIERTÉ

SENTIMENT NÉGATIF
COUCHE SUR MIROIR

FIGURE ÉTOILÉE
PARFUM DE SUCETTES
MAIS ENCORE
ON Y LAVE SON LINGE SALE

AMATEUR DE REGGAE
VICTOIRE DE NAPOLÉON
BRIGITTE BARDOT
AGENT INFECTIEUX
STUPIDITÉ DÉBITÉE PAR LE CANCRE

ME BIDONNAI
PUISSANTE DAME

SE DÉPLAÇANT
CRÉATURES DE CONTES

DESCARTES OU GOSCINNY
OISEAU COUREUR
IRIDIUM CHIMIQUE

DOCTEUR DE LA LOI
ARTICLE ESPAGNOL
HURLEMENT
VIENS AU MONDE

MÉTAL ROUILLANT
MAILLOT DE BAIN
OBÉLISQUE D'OBÉLIX
ESPACE DÉLIMITÉ

ÉTAT VOISIN DU GUATEMALA
STATION ORBITALE
OUILLE !
ANCÊTRE
CHÂTIMENTS CORPORELS

ATTACHAIS
GUEULE DE PIAF
CANAL ÉVACUANT L'URINE

BIEN MAL DIT
TOUCHÉ PAR MIDAS
SORTIE
CARTE

DAME D'ÉDEN
INVOCATION ORGIAQUE
LENTILLES
AGRIPPÉ

BANQUET
ARMÉE FÉODALE
DIFFÉRENTS
LE SPORT À L'ÉCOLE

FAIBLE VOLONTÉ
CHROME

PELLE POUR VIDER L'EAU
ARBRE À SOUMBALA

RENDEZ-VOUS GOURMAND
VIS

LE CHICHSTRAC

Dans les trois citations, un même terme a été remplacé par cet étrange **CHICHSTRAC**. Votre seule corvée sera de toiletter ces phrases pour retrouver le mot commun d'origine.

1. « Avant, il y avait les **CHICHSTRACS** ; maintenant, il y a la télévision. »
(Gérard Depardieu)

....

2. « Dieu sait quelles métaphysiques et géométries l'invention des miroirs et des vitres a pu engendrer chez les **CHICHSTRACS**. »
(Paul Valéry)

....

3. « Des **CHICHSTRACS** aux mains d'enfants espiègles, voici ce que nous sommes pour les dieux ; ils nous tuent pour s'amuser. »
(William Shakespeare)

....

SUDOKU-KU

Remplissez les cases vides de ce sudoku-ku pour que tous les chiffres, de 1 à 9, soient inscrits une seule fois sur chaque ligne, dans chaque colonne et dans chaque petit carré de neuf cases aux contours renforcés.

		1		7		2		
			5	9				
5	9	4	8				6	
9								8
7			1		4			5
3								4
	5				1	3	8	2
				8	9			
		3		2		4		

Le Trou

Trouvez le mot manquant
dans ces extraits de tubes que
vous avez probablement fredonnés.
Notre chanteur a un trou : comblez-le.

1. « J'ai troqué mes cliques et mes claques contre des .... et des flaques »

2. « Je suis un homme de Cro-Magnon, je suis un .... ou un poisson »

3. « J'peux plus voir la vie des autres même en .... »

4. « Laisse ta peau contre ma peau, laisse-moi donner le .... »

5. « Sur une .... ou sur un oreiller, au fond d'un train ou dans un vieux grenier »

6. « Et si l'humble .... qui nous servait de nid ne payait pas de mine »

Blagues

Génération 2.0

☺

L'auxiliaire de crèche aux enfants de deux ans :

— Le chien fait...

— Ouah, ouah ! Très bien.

— La vache fait...

— Meuh ! Bravo.

— La souris fait...

— Clic, clic.

***

— Quel est le meilleur endroit pour dissimuler un cadavre ?

— En page 2 des référencements Google.

***

— Que dit une maman à son geek de fils quand le dîner est servi ?

— Alt Tab.

***

— Quelle est la meilleure heure pour écouter de la musique ?

— Deezer.

***

— Que dit un geek qui sort du métro ?

— Je libère la RAM.

QUID

Trois questions, trois propositions pour chacune.
Bonne chance, comme ne dirait pas Cambronne !

1. Quelle chaîne de télévision a diffusé, en 2008 à l'heure du dîner, la trilogie *Au nom de la rose*, *La Révolution du trône* et *Sacrées Bouses* formant *La Fabuleuse Histoire des excréments* ?

- ☐ **A.** Canal +
- ☐ **B.** C8
- ☐ **C.** Arte

2. Dans quelle émission le candidat « Kristov » Leroy a-t-il eu pour derniers mots : « J'ai envie de faire caca » ?

- ☐ **A.** *Loft Story*, en 2001
- ☐ **B.** *Les Marseillais à Miami*, en 2012
- ☐ **C.** *Nouvelle Star*, en 2008

3. Dans quelle émission a-t-on droit aux « leçons » de Toto Caca ?

- ☐ **A.** *Groland*
- ☐ **B.** *Objectif Nuls*
- ☐ **C.** *Cabou Cadin*

MANDALA

CROISÉS 3D

Cette grille est en 3D, mais inutile de chausser vos lunettes pour le cinéma ! Les mots s'y croisent dans trois directions indiquées par les flèches blanches sur fond sombre. Inscrivez vos réponses en respectant les sens indiqués et sans dévier : la perspective est un peu trompeuse au début, mais vous allez vite vous familiariser. Embarquez pour votre premier voyage dans l'espace !

HORIZONTALEMENT :

A. Porte ou affirme sans ménagement. **B.** Spectacle dramatique au Japon. Envoi de missile. **C.** Succès d'une époque. **D.** Affirmation répétée. Circonstance aggravante. **E.** En quantité suffisante. Singes à longs bras. **F.** Satisfait. Indignation collective. Trouvée dans un roman. **G.** Signe précédant le résultat. Préposition de temps. Col voisin du Tourmalet. **H.** À traiter sans délai. Roi des Francs. Fleur du poète. **I.** Affole le harpail par ses cris. Il est souvent le dernier arrivé. Au squelette imposant. Sans elle, on ne ferait pas de mots croisés.

VERTICALEMENT DE GAUCHE À DROITE :

1. Un père ou une prière s'adressant à lui. Amidonné. Personnage important. **2.** Fabricant de meubles. Manques de vigueur, avachissements. **3.** Crasse. Jane lui a donné Lou. Sentit mauvais. **4.** Avance sans but. Gros dormeur. **5.** Dessinateur des albums d'Astérix. Caractères d'alphabet mystérieux. **6.** Relevé d'identité bancaire. Volcan rouge de Sicile. Adulte en puissance. **7.** Incohérent, stupide. **8.** Circuit des tennismen. *Nota bene.* **9.** Houellebecq en a envisagé la possibilité.

VERTICALEMENT DE DROITE À GAUCHE :

I. Force d'attraction vers le centre de la Terre. Lui, il s'en échappe. **II.** Qui décontenance et laisse muet. Vouloir, qu'il soit bon ou mal. **III.** Identiques, semblables. Femelle de race ovine. Développement dans le champ de céréales. **IV.** Mais encore. A quelques soucis pour démarrer. Venu parmi nous. **V.** Frontière naturelle de l'Europe méridionale. **VI**. Panégyrique. Question d'inspectrice. Toujours noté sur l'ardoise. **VII.** Saint du Cotentin. Absorbé pour se désaltérer. **VIII.** Comme le code réservé au criminel. **IX.** Objet de ruée. Aride.

Le saviez-vous ?

Trait d'union

Le trait d'union n'est pas spécifique au français : on trouve en grec un arc renversé appelé *énotikon* à ne pas confondre avec l'émoticône agrémentant nos SMS ; le *macaph* hébreu et la double barre oblique dans la Bible de Gutenberg somment également d'unir deux éléments. En 1694, l'Académie sépare certains mots, en laisse d'autres soudés et établit un usage dont la cohérence nous échappe toujours...

Casse-tête des dictées, le millefeuille des exemples ne nous inspire qu'un ou trois mots : sauve-qui-peut ! Le trait d'union lui-même n'a pas de trait d'union... Le bonnet-de-prêtre se mange, mais il serait indigeste sans les tirets. Pour le compte rendu ou le compte-chèques, c'est au choix, avec ou sans, mais le compte-tours réclame son séparateur. Ne parlons pas (aujourd'hui) des pluriels !

Côté grammaire, on utilise le trait d'union pour lier un pronom au verbe le précédant, notamment à l'impératif : « dis-nous ! » et à la forme interrogative pour frère Jacques : « dormez-vous ? ». Appréciez la double ration pour les syntagmes comme « rends-le-moi » et « où ira-t-il ? », que certains notent à tort avec une apostrophe.

Logiquement, le trait d'union sera obligatoire lorsque le sens global du mot composé est distinct de celui des éléments pris un à un : un rouge-gorge n'est pas qu'une gorge rouge ; un gratte-ciel relève de la métaphore. On garde également le tiret magique pour différencier deux natures grammaticales : « À propos de Paul, je dirais qu'il a de l'à-propos ! » ou pour les mots dont l'un des composants, vieilli, serait incompréhensible seul : à vau-l'eau, croc-en-jambe, rez-de-chaussée...

La réforme de l'orthographe aura probablement sa peau, elle qui préfère concaténer : le piquenique, le vatout et le vanupied ont déjà pignon sur dico.

MÉGA(cô)lon

La digestion se termine dans le côlon. Quel mot méga-long va sortir, élaboré à base de CACA et des dix autres lettres proposées ? C'est un test, hein !

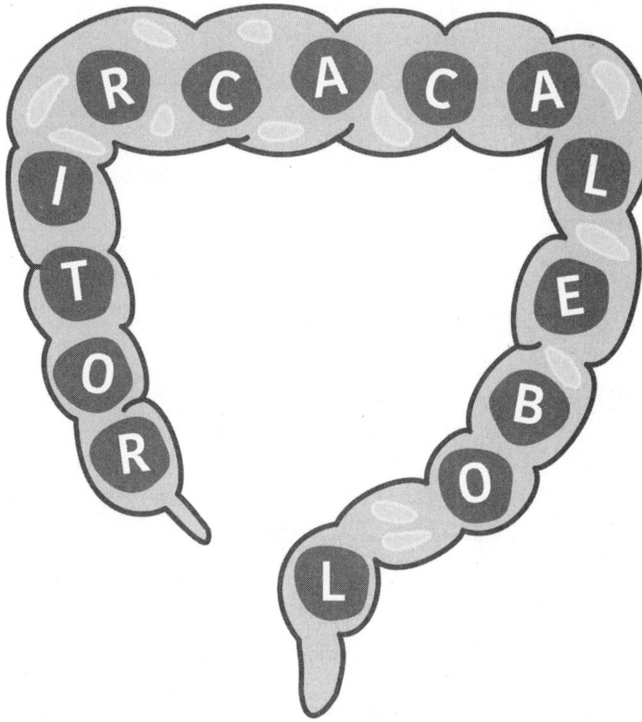

LOGICO

Complétez logiquement la dernière roue.

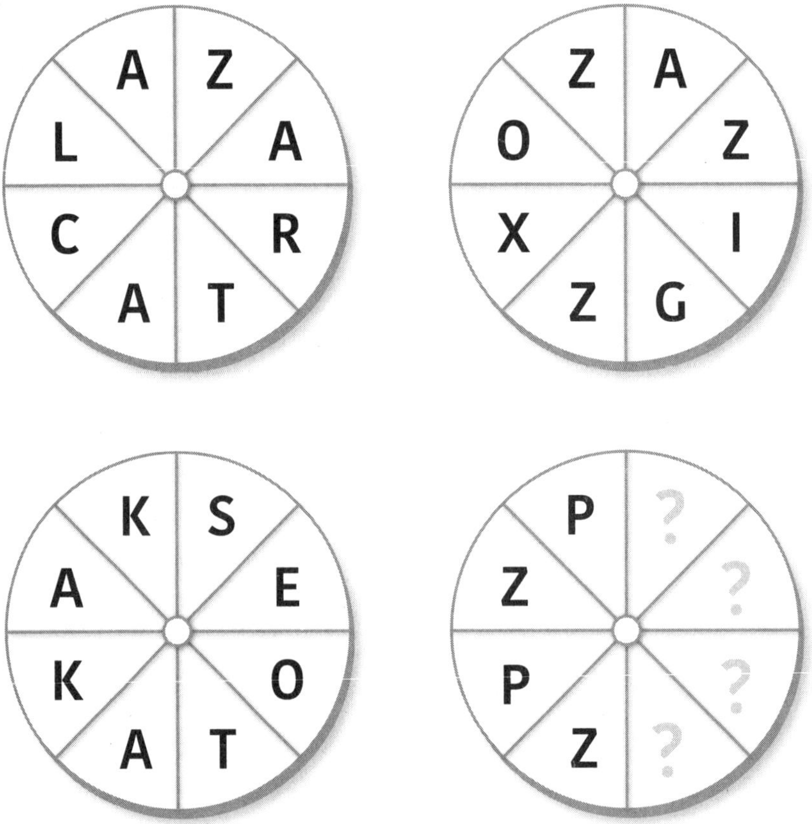

#CROISILLONS#

Complétez cette grille où les lettres P, I, (C) et A ont déjà été positionnées. Attention, les définitions sont souvent à prendre au second degré.

1. Femme priée de fermer sa boîte !

2. Fais le gai.

3. Imitant un nain et méritant une bénédiction.

4. Bête du Gévaudan ou d'ailleurs.

5. Moteur vital.

6. Fragrants délits.

7. Neuf de cœur.

8. Laissés pour compte.

ALPHAKU-KU

Remplissez la grille pour que chacune des lettres « O, L, A, T, R, I, N, E, S » figure une seule fois sur chaque ligne, dans chaque colonne et dans chaque petit carré de neuf cases aux contours renforcés. Quelque part s'inscrira un terme issu de cet idolâtre « Ô latrines ! », où Nicolas boit l'eau lorsqu'il a la pépie.

N			L	E				I
L							S	T
				S			N	
							O	S
			O		A			
E	A							
	E			I				
O	R							E
T				N	O			R

(En Catimini)

Un souci aux obsèques de mon associé

La racine indo-européenne *sek-w signifie « suivre ». Elle nous est parvenue principalement par le verbe latin *sequor, sequi* de même sens, le nom *socius,* « compagnon », et l'adjectif *secundus,* « second ». Si vous pensez à des mots absents de cet article, ils proviennent peut-être de *sek– signifiant « couper », comme dans section ou segment.

Sequor, « je suis », est la première personne du présent. Ceci n'est pas sans conséquence et nous mène directement à une succession – une séquence – de mots issus de ce radical. Sans préfixe, les séquelles désignent les troubles suivant la guérison d'une maladie, évitant ainsi des obsèques, du latin *obsequia,* le convoi funèbre que l'on suit. Suivre docilement les usages, c'est se montrer obséquieux : rien de mortel ici. Du latin *exsequor,* « suivre jusqu'au bout », nous avons tiré exécuter, au sens d'accomplir mais aussi d'achever : exécution et les mots-valises comme électrocution ou hydrocution sont donc du même tonneau. Le détenu sera séquestré, confié aux mains d'un tiers qui le suivra en attendant la mort, ce qui n'est pas intrinsèquement (en suivant sa nature intérieure) irrationnel. Enfin, en espagnol, *sequor* est devenu *seguir* qui a donné la séguedille, danse populaire andalouse.

Le participe passé *secutus*, « suivi », nous amène à la secte via *secta*, ligne de conduite à suivre et par conséquent parti, école, secte. L'apparition du *c* en lieu et place du *qu* nous oriente vers persécuter, poursuivre sans relâche, ou encore consécutif, « qui vient après, qui suit ». D'ailleurs, le second suit le premier ; la seconde, *minutum secunda,* est la division de second rang suivant la minute.

De *sequor* est né un substantif *sequius,* qui se transforma en *socius,* l'allié, le compagnon, celui que l'on suit, l'associé. Les sociétaires de l'Académie vous le diront : le socialisme vise à transformer la société dans un sens plus égalitaire, en faisant du « social ». Puisque tout dérive de suivre, notre société serait donc grégaire, selon un sociologue. L'homme sociable goûtera aux joies de l'association avec ses pairs alors que l'asocial préférera s'en dissocier.

Comme le latin *coquere* a donné « cuire », *sequor* est devenu *sequire* en latin populaire, le *qu* a évolué en *g* puis a fini par tomber. Ensuite, un détour par le vieux français sivre… et suivre était né. La chute du v dans « je suis » a induit la confusion avec le verbe être. Alors, *to be or not to be ?*

≡ (M)OTS

AU TAPIS ET SANS TAPIS
ROUGE SUR BLEU
LE SAC ADO
CE TYPE A PERDU LA TÊTE !
TENUE DE BÉBÉ
PROCHE DE L'AGRÉABLE
QUI SE REFILENT AISÉMENT
COURANT BAPTISTE
CALE
PROJET, INTENTION
LATO SENSU
BONNE FOI
MÈCHE À PLAQUER
FERME D'ÉLEVAGE D'ÂNES
TRAITÉ ROMAIN DE 1957
À TORT
TEINTER DE BRUN-ROUGE
ATTAQUE AU SIGNAL
IL EST BIEN À CÔTÉ DE SES POMPES
ENCOURT UN JET EN RETOUR
JOUE DES DISQUES
SALLES DU SIÈCLE DES LUMIÈRE
ESSAYER
LA MER AU PONT-EUXIN
LAC PYRÉNÉEN
LE HUITIÈME PASSAGER
C'EST LOUIS XIV
PRÉSIDENT PORTUGAIS
CHAPELLE D'ART
CAPITALE DU PRUNEAU
COHÉSION
ACADÉMIE
AVANTAGE
SI J'OSAIS... FINE DE BEAU HARNAIS

(F)LÉCHÉS

MOYÉE
FAUX, D'OÙ USAGE DE FAUX
COMPTA-BLEMENT SAGE
GAZ NUMÉRO 2
ON INVOQUE LE CINQUIÈME
GLUCIDE
LA POINTE DU COMBAT

GARDIENNE DU PALAIS
AVEC POUR ÉTAPE
DAME DE LA CÔTE
SÉJOUR À L'HÔTEL
BAS DE GAMME
ROMAN DE NUIT
SAISON DES SPORTS
CHOIX ÉDITORIAUX
PETITE MAIN DE NÉMÉSIS
SIED
NOM D'OISEAU
OPPOSÉ AU PROGRÈS
VAINQUEUR DE FORTS BOYARDS
ASSÉCHÉE
ESCALE POSSIBLE
UN SOUCI JUSQU'AU COU
SERA RÉVÉLÉE
RACONTÉE
PAQUET DE LETTRES
DOYEN DE CHAPITRE
CHAMBRE HAUTE
CHROME
S'ENTRAÎNE AU BILLARD
AFFLUENT DU RHIN
PRONOM RÉFLÉCHI
MAUVAIS CONDUC-TEUR
ÉVANOUI
MORNE PLAINE
CONQUÊTE IMPÉRIALE
AVANCÉE
METTRE SUR LA PAILLE
ÉCLAT DE RIRE
PRÉCIS
FILET OÙ FUT PRIS UN LION
MORCEAUX DE VIANDE
MORDUE
PIFS
ARBRE TROPICAL
REPAS LIQUIDE
SA TAILLE, C'EST TOUT CE QU'ON AIME EN ELLE
POMME DE TERRE
HOMME BOURRU
POGNON DU MILIEU
HÉLICE POUR TEST
ARGENT
S'ATTAQUE AUX CAROTTES
ABÎMER AU VERGER
BOULE-VERSÉ
ÉCORCE DE CHÊNE
CENSÉ COURIR VITE
ARTICLE ESPAGNOL
UN NŒUD GUÈRE MARIN
SANS COMPAGNIE
ENGUEU-LADE CONJUGALE

Coup de fil

Allô

Le perroquet de Carline, s'essaie aux textos ; il pense que les touches pressées permettront l'affichage immédiat du mot souhaité. En observant la série de chiffres et les possibilités pour chacun, devinez le mot composé par Coco.

7	4	8	2	2	7	2	3

SPHINX Ter

Le sphinx de Gizeh est impassible, le sphinx Bis est plutôt détendu mais le sphinx Ter est un peu contracté. Aidez-le à se détendre en trouvant le lien logique, le nom commun qui relie sans équivoque possible les six mots. Ayez du nez, contrairement au sphinx...

MORDRE

BUS | POINT

VIE | DÉFENSE | PÊCHE

BRIQUES

Placez chacun des quatorze couples de gauche (ils sont indissociables) dans le mur de droite, de façon à former des mots horizontaux. Quand toutes les briques seront casées, vous lirez verticalement deux anagrammes… en anglais !

A	R
E	A
E	H
E	P
G	E
H	I
I	L
L	E
L	O
N	G
O	N
P	T
R	L
T	E

C	H		R		U	E
F	I		N		S	S
S	T		E		L	E
S	A		U		E	S
P	R		F		C	E
R	E		E		E	R
D	A		L		A	S
A	B		N		E	E
R	E		E		A	T
B	R		C		E	T
N	A		U		R	E
V	E		L		E	R
P	A		O		E	S
R	E		O		K	E

Blagues

Fort homme : master chef

☺

Papa cuisine pour les enfants, mais comme il fait du lapin, il ne le leur dit pas tout de suite, de peur qu'ils ne veuillent pas goûter à ce que certains voient comme un animal de compagnie. La benjamine dit :
– C'est très bon, c'est quoi ?
La cadette confirme :
– Oui, c'est bon ! C'est quoi ?
L'aînée ne dit rien, alors le père donne un indice :
– Je peux vous dire que maman m'appelle des fois comme ça...
Alors l'aînée hurle à ses sœurs :
– Recrachez vite et ne mangez pas : c'est du trou du cul !

***

Discussion de célibataires :
– Tu t'es mis à la cuisine ?
– Bah, j'ai acheté un bouquin de recettes, mais c'est vraiment trop compliqué.
– Ah bon ? Des ingrédients pas possibles à trouver ?
– Non, c'est pas ça ! Mais toutes les recettes commencent de la même façon : prenez un plat propre...

***

Une femme corse remplit un sablier avec les cendres de son mari. Elle plonge un œuf dans l'eau bouillante, retourne le sablier et murmure :
– Et maintenant, travaille !

AnaPhrases

Complétez chaque phrase avec des mots anagrammes
formés à partir des lettres données au début
entre parenthèses.

1
(ACEEINNRT)

« Ce _ _ _ _ _ _ _ _ _ de bouiboui vous vend, sous le manteau,

un _ _ _ _ _ _ _ _ _ à base de _ _ _ _ _ _ _ _ _

que les clients s'arrachent. »

2
(EEFIINRRU)

« Ce chirurgien me promet de _ _ _ _ _ _ _ _ _

le canal _ _ _ _ _ _ _ _ _ avec le segment _ _ _ _ _ _ _ _ _

des tubes collecteurs de Bellini, mais ça sert à quoi ? »

3
(CEEEINPRTT)

« En tenant compte de la force _ _ _ _ _ _ _ _ _ _,

le boucher a _ _ _ _ _ _ _ _ _ _ une _ _ _ _ _ _ _ _ _ _

qu'un apprenti peu sérieux avait lancée,

après avoir tourné cinq fois sur lui-même. »

7 HORREURS

LA TÊTE AU

Dans chacun des carrés ci-dessous figure un mot. Trouvez-en une anagramme correspondant à l'une des définitions sur la page de droite (exemple au centre du jeu : NOIR DÉSIR pour l'indice 10). Inscrivez ensuite, dans la tête dessinée, le numéro de la définition du mot recherché. Reportez l'initiale du mot trouvé, ici un N, dans les cases numérotées de l'échelle de décodage, en bas de la page des indices. Vous complèterez ainsi une citation de Jaroslaw Iwaszkiewicz : « Là où tout le monde chante à l'unisson, les … ». À la fin, en additionnant les chiffres des définitions, il faudra totaliser 65 sur toutes les lignes, toutes les colonnes et les deux diagonales de ce carré magique consacré à la chanson.

HÉLAIS ------	NAVARIN -------	RAMONAI -------	AMYLE -----	SENTIER -------	= 65
NEIGER ------	DRAPAIS -------	DUCALE ------	REBUTA ------	PASSER ------	= 65
ROUND -'----	PIFA ----	REDIRIONS 10 NOIR DÉSIR	DRAIN -----	APÉRO -----	= 65
ÉGALES ------	ÉBROUONS --------	ENDURA ------	GAULERAI --------	RÔDE ----	= 65
INÉGAL ------	SALE ----	TENTER ------	OSAIS -----	PICOLE ------	= 65
= 65	= 65	= 65	= 65	= 65	

65 = (diagonale) 65 = (diagonale)

CA-CARRÉ

1. Sa carrière a été lancée par un taxi nommé Joe. **2.** Elle a chanté *Avant de partir...* dans la Ferme. **3.** Ce gentil loubard s'est fait un prénom dès *Laisse béton.* **4.** Florent Pagny s'y est essayé avec *Baryton.* **5.** Cette chanteuse québécoise nous a offert ses *Souliers verts.* **6.** Ce groupe reste associé à *Hotel California.* **7.** Son troisième album s'appelait simplement *Britney.* **8.** C'était le groupe rock de Kurt Cobain. **9.** Alors que celui-ci était mené par les frères Gallagher. **10.** Ce groupe s'est reformé un temps après la libération de Bertrand Cantat. **11.** Il a composé *La Mer.* **12.** Marion Cotillard l'a incarnée au cinéma. **13.** C'est l'un des chanteurs du groupe Téléphone. **14.** Son vrai nom est Annie Chancel. **15.** Ce Gardois a gagné *la Nouvelle Star* 2007. **16.** Cette chanteuse fut la Suédoise préférée des Français. **17.** Le Chanteur de *Mexico* était le prince de l'opérette. **18.** Ce groupe britannique avait Sting pour voix. **19.** Ozzy est le prénom de scène de ce chanteur de heavy metal. **20.** Elle a fait un tabac avec *La Grande Zoa.* **21.** Il a composé la bande originale d'*Amélie Poulain.* **22.** Cette Américaine a atteint les sommets avec *Hurt* et *Beautiful.* **23.** Son duo avec Neneh Cherry durait plus que 7 seconds. **24.** François, Barzotti ou Nougaro, il chante. **25.** Avait-elle chanté *T'en va pas* à Bixente Lizarazu?

									N			
1	2	3	4	5	6	7	8	9	10	11	12	13

14	15	16	17	18	19	20	21	22	23	24	25

Calculs durs, hein !

+ − × ÷

Avec les quatre opérations de base (+ − × ÷) et en utilisant au maximum une fois les plaques proposées, tentez d'atteindre le nombre cible : 829.
Il existe trois méthodes pour y parvenir. En trouverez-vous au moins une ?

829

4 – 4 – 5 – 7 – 7 – 10

Célébr(u)ités

Petrucciani

Aïe, aïe, aïe ! Si je m'en prends au géniiiiiiiie du piano, ~~nain~~ de petite taille, ~~mort~~ non vivant et dont le père (d'origine sicilienne, glurps) a enseigné la guitare à Marianne James, on va me tomber dessus. Et si c'est Marianne ou la Mafia qui me tombe dessus, je suis mal. Bon, j'ai trouvé un subterfuge, pour ne pas jeter à la mer Michel.

Loana, ça vous dit quelque chose ? Mais si le *Loft*, la piscine, Jean-Édouard, les décolletés jusqu'au nom du fils... Voilà, elle, on peut se moquer, elle a l'habitude. Ça fait même partie du business. Eh bien, Loana s'appelle Loana Petrucciani. Mais aucun lien familial avec le fils du Sicilien.

Alors, « pet, trou, chia », ça fait beaucoup pour ne pas figurer dans cette rubrique, quand même. Y a que le « ni » final qui est presque décevant. En fait, j'aurais dû parler des Petrucci, parce que le préfixe *ani* (pluriel d'*anus* ou suffixe comme expliqué page 164) n'ajoute rien, mais bon : des imprimeurs, hommes politiques, coureurs cycliste ou de moto... Ils n'étaient pas assez vendeurs.

Tous ces noms dérivent du mot « pierre » en latin, *petrus*, et il n'y a donc pas matière à rire. Sauf si le pétrus est tout boutonneux, comme celui des gosses des *Jolies Colonies de vacances* de Pierre (*petrus*) Perret, atteint de typhus après baignade dans un petit bras de rivière où sortent les égouts de la ville...

BURGER

Payez-vous une bonne tranche centrale pour agrémenter votre burger. Complétez les mots horizontaux auxquels il manque deux lettres puis lisez verticalement le nom d'un genre de perroquets ne vivant que sur quelques îles (Madagascar, Comores, Seychelles, Maurice).

DIS _ _ URS

CHA _ _ BIA

BRA _ _ NNÉ

APE _ _ IES

RED _ _ ANT

BONUS

Observez les lettres bien placées sur fond gris foncé ou mal placées sur fond gris clair pour deviner le seul mot final possible. Attention, certaines lettres n'ont peut-être pas encore été proposées.

G Gris foncé   G Gris clair

C	H	A	M	P	I	O	N
C	H	E	Q	U	I	E	R
C	A	H	O	T	A	N	T
C	A	C	A	T	O	I	S
C	L	O	N	A	G	E	S
C	_	_	_	_	_	_	_

LA SUITE

Voici vos douze travaux d'Hercule. Vous avez les boules, de 1 à 11. Pour ne pas les avoir tout court, déduisez par un raisonnement logique la lettre devant figurer dans la dernière.

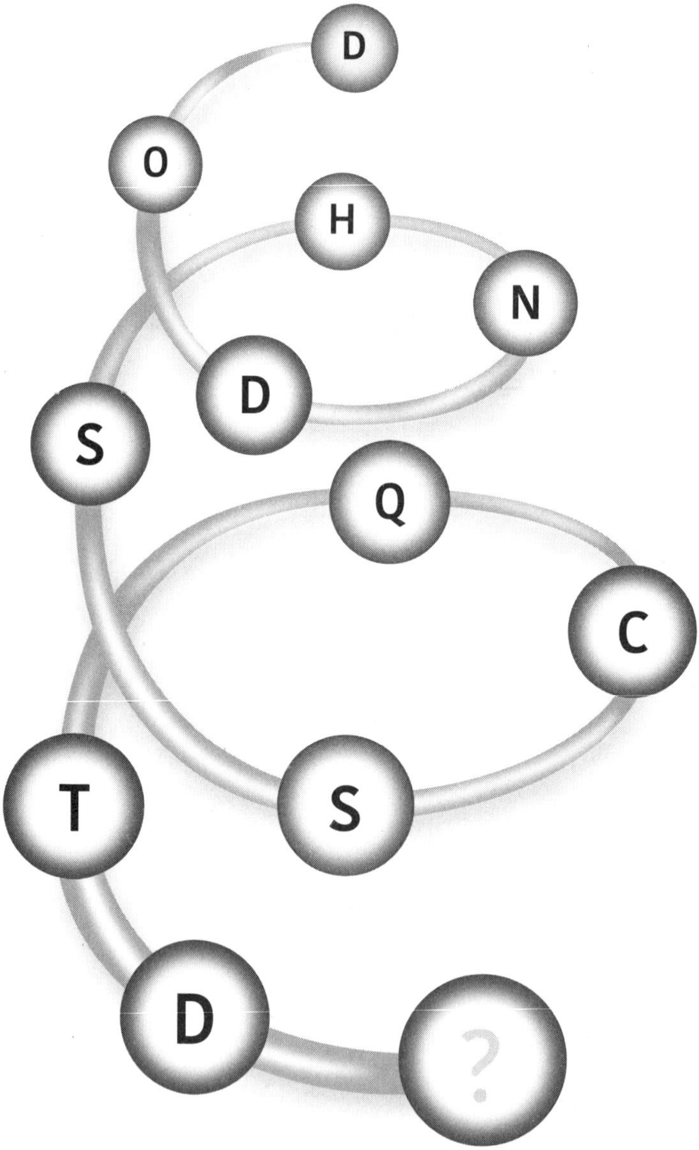

Matamore mata mort

À l'aide des définitions, à-peu-près homophoniques (aux mots faux, nique !), trouvez les neuf mots solutions, en consommant la totalité de la réserve de lettres. Qui Hari à la 6?

1. Matamore.
2. Mata mort.
3. Maths à mort.
4. Mate à mort.
5. Mat, à mort.
6. Mata mort.
7. Mate à mors.
8. Mat à mort.
9. Mâte à mort.

RÉSERVE DE LETTRES

A	A	A	A	A	A	B	C	D	E	E	E	E
E	E	E	E	E	F	F	G	G	G	G	I	I
I	I	J	L	L	N	N	N	O	O	R	R	R
R	S	S	S	S	T	T	U	U	U	V		

≡ (M)OTS

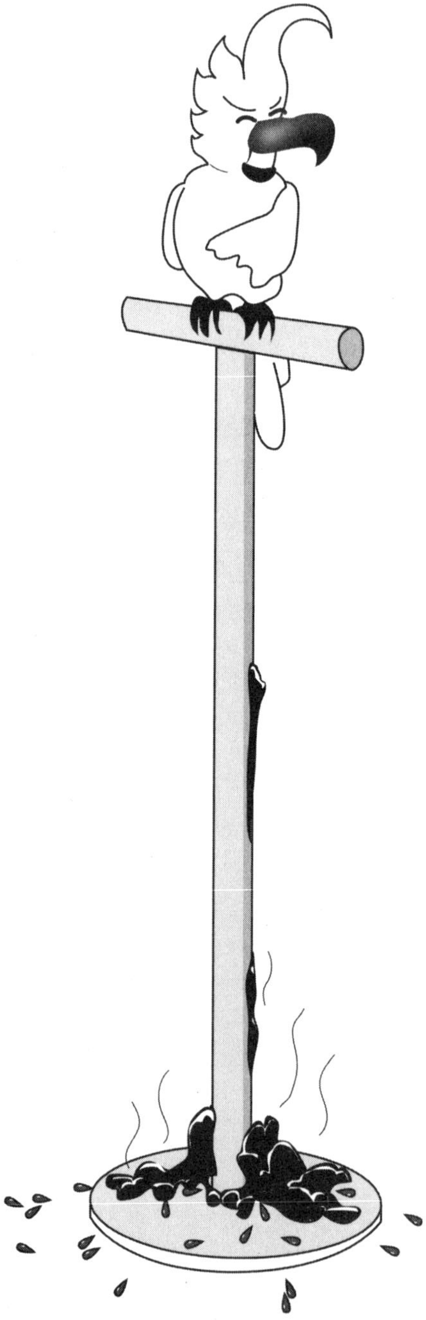

- REMONTE SA MANCHE
- UN *BAIN* PUBLIC
- L'AUBE EST À SON EST
- SON AUBE SE VOIT À L'EST
- MIRACU-LEUSE
- INDIEN DE L'UTAH
- CLAUDICA-TION
- AMENDES
- TRANCHE D'HISTOIRE
- DÉMONS-TRATIF
- TEL LE RÊVE FAMILIER DE VERLAINE
- À MARQUES SINUEUSES
- COPYCAT DE JACK
- SÉDUM BRÛLANT
- VIVRE EN APPART D'ÉTUDIANT
- À L'EX-MÉTAYER
- CIRCUIT ÉLEC-TRIQUE
- ENROBÉE DE MIETTES
- PAROLES À DOUBLE SENS
- DU MILLÉSIME
- PACINO OU GORE
- PRIMOR-DIAUX
- FIT LA PLANCHE
- EST LONDONIEN
- COUPÉE AU SCALPEL
- ENNUYER
- DÉSUET
- SENSIBILITÉ PHOTO
- MARQUÉ À VIE
- RHYTHM AND BLUES
- POSSESSIF
- TROUBLE
- ASSAI-SONNA
- SERVICE MÉDIÉVAL
- BRUIT DE SONNETTE
- CITÉ D'ABRAHAM
- DU DELTA
- ALLER EN JUSTICE

(F)LÉCHÉS =

ÉVIDENT, MANIFESTE / FIN D'INFINITIF
APERÇU / FAUSSER COMPAGNIE
TAMISAS LA FARINE / À BOUT DE FORCES
CUBE DE YAMS / HÉLIUM
IDIOT / ON EST FAIT COMME LUI
CHANSON DE GUESCH PATTI

ROULÉE / FIN D'OFFICE RELIGIEUX
MAÎTRISE / PUIS

LINGE BÉNI DU PRÊTRE / DANS
FOURREAU / PLUS ROCOCO

ÉQUERRE / SEMBLANT VRAIE

ARBRE DE CYBÈLE / IMAGE SACRÉE

CANONIQUE

VIEIL ACCORD / SECONDE MAIN
DURÉE DU FILM

COMPLIMENTÉ / ÉTAT DE TOPEKA
APARTHEID

DANSEUSE DE VICTOR HUGO

FAUX MARBRE / SPECTACLE JAPONAIS
PAUSE DANS LA COUR / SÉPARÉE DU GROUPE
FLEUVE HAVRAIS / NOTE DU DIAPASON

VACCIN ANTITUBERCULEUX / UVULA

OLIFANT DE ROLAND / BISMUTH
SEULEMENT / SAUVÉ DE L'ÉCHAFAUD
ÉCRASÉ

LAISSE EN PARTANT / OBÉISSANTS
ARGENT DU LABO / FÊTES EL-KÉBIR ET EL-FITR

RÉPARA / CHAUFFAGE DES PYRAMIDES

CESSA L'HUIS CLOS / FLEUVE D'ÉGYPTE
FIN DE PARTIE AU FLIPPER / LE PIED EN A UN

PARVINS / NÉGATION

UN JOUR, ELLE A TROUVÉ SABOT À SON PIED
TRAVAUX FORCÉS

DÉCOR POUR *HAMLET*
TENDANCE

T'en tiens une couche !

Connecté, ça commence par con, vous avez remarqué ? Oups, pardon, vous aviez votre Smartphone dans la main droite, votre souris dans la gauche, et votre tablette posée sous votre Smartwatch ? Bah, alors, si la pub dit que c'est smart (intelligent), c'est que ça l'est…

Mais alors, tout l'est ! Impossible de survivre sans un truc qui compte vos pas, écrit avant vous ce que vous pourriez penser. Bientôt, on ne va plus pouvoir pisser sans qu'une appli nous indique comment baisser notre sous-vêtement. Eh bien, on en approche.

Des chercheurs du Massachusetts Institute of Technology (on écrit MIT, parce que sinon, quand on dépasse trois lettres, de nombreux lecteurs décrochent) se sont penchés sur la question des couches connectées. Il paraît même que l'un d'eux est tombé le nez dedans. Ah ben, avant, au MIT, on se penchait sur les ondes gravitationnelles, mais maintenant, ils préfèrent le pipi.

Du coup, ils ont intégré un capteur RFID (ça fait quatre lettres, je parie que vous n'allez pas comprendre) dans une capsule d'hydrogel (ils avaient essayé avec l'hydromel, mais ça n'avait pas marché), le tout fiché dans la couche. Quand le chiard urine, l'hydrogel se gonfle d'eau et devient conducteur (demandez à Claude François qu'il vous explique), ce qui permet de déclencher l'envoi d'un signal radio par le tag RFID (*Radio Frequency Identification*).
C'est chié, non ?
Plus besoin de surveiller le moutard, on peut jouer à Candy Cruche.

Hello, Samuel !

En hommage à Samuel Morse, l'inventeur du code, et à Pierre Dac, créateur de *L'Os à moelle*, décryptez une des petites annonces publiées dans ce journal.

A ·–	B –···	C –·–·	D –··	E ·	F ··–·	G ––·	H ····	I ··	J ·–––	K –·–	L ·–··	M ––
N –·	O –––	P ·––·	Q ––·–	R ·–·	S ···	T –	U ··–	V ···–	W ·––	X –··–	Y –·––	Z ––··

–·–· ·– –· –· ·· –··· ·– ·–·· · // –– · ·–·· ––– –– ·– –· · //

....

–·–· ···· · ·–· –·–· ···· · // – ·–· ·– ···– ·– ·· ·–·· //

....

–·· ·– –· ··· // ––– ·––· · ·–· ·– //

....

–··· ––– ··–· ··–· ··–· · //

....

Usage De Faux

Parmi ces cinq propositions,
une seule n'est pas une *fake news*,
une « information mensongère ».
Laquelle ?

1. Claire Chazal a annoncé au JT « vingt morts, mais aucun grave », en parlant d'un accident de car russe en janvier 2013.

2. Le journaliste Emmanuel Ostian a claironné la mort de Jack Lang, alors que celui-ci était sur le plateau !

3. En 2014, le magazine *People* a publié par erreur la nécrologie de Kirk Douglas (mort à 103 ans en 2020).

4. En 2015, l'AFP déclare par erreur la mort de Jacques Chirac et deux journalistes devront démissionner.

5. Une journaliste anglaise a révélé une « fracture du col de l'utérus » du prince Philip, en 2007.

SUDOKU-KU

Remplissez les cases vides de ce sudoku-ku pour que tous les chiffres, de 1 à 9, soient inscrits une seule fois sur chaque ligne, dans chaque colonne et dans chaque petit carré de neuf cases aux contours renforcés.

					2	7	5	4
				7	3			
2	1		4					
		3		4		2		
6	9						3	7
		1		9		5		
					4		7	6
			2	6				
3	6	8	5					

GRANDES

HORIZONTALEMENT : A. Récompense pour le vainqueur en sport. Ourdir un complot. Zone où prendre le pouls. **B.** En valant deux, selon un proverbe. Battue lors des qualifications. Première étape vers le césar. **C.** Commandant le respect. Position dans la hiérarchie. Prévue et parfois prévenue. Vin pétillant du Piémont. **D.** Saison chaude. Bonne pomme de terre. Blanc manteau. Possessif. Compté dans le total. **E.** Tenez des propos erronés. Château pour Diane de Poitiers. Site de fouilles. Début de passion. Après vous. Réacteur nucléaire européen. **F.** Limite de bois. Chanson de Johnny Hallyday. Prend la tangente. **G.** Payai. Beau parleur question héritage. Corps céleste. Désert. C'est-à-dire. **H.** Établissement de balnéothérapie. Ouvertes pour assainissement. Empereurs. Écart entre des valeurs extrêmes. **I.** Colorants rouges. Roi aux filles machiavéliques. Liées. Assurer un revenu régulier. **J.** Bouquiné. Petit poids. Lettre grecque. Boyaux pleins de sang. Truquée. Ceinture de kimono. **K.** Capitale du Pérou. Prendre de haut. Général sudiste. Abîmai au verger. Hélice faisant ressort. **L.** Coupe des branches. Bien élevées. Une du clan Campbell. Sodium chimique. Soleil du Nil. **M.** Grande joie populaire. Montré les crocs. Médicament contre le cholestérol. Religion basée sur le Coran. Cube. **N.** Serein. Réserve de grains. Toile abrasive. Borne au compteur. Passé à la guillotine. **O.** Question d'enquêteur. Différé, retardé. Allongé. Zone de transit pour voyageurs lointains. Monnaie scandinave. **P.** Charpenté. Coureur australien. Interjection. Creuse le fût. Vendeur de binocles. **Q.** Fleuve à Givet. Sources d'énergie. Refus de Moscou. Période. Arrivé. **R.** Carburant parfois sans plomb. Bon état d'esprit. Préparation de Noël. Imite un bon feu.

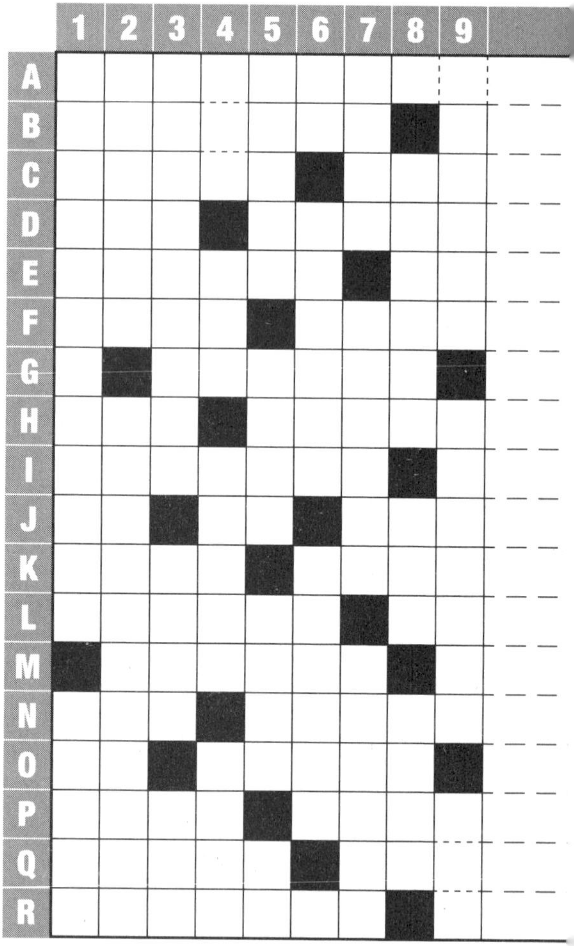

VERTICALEMENT : 1. Cœur à prendre. Se fait des plans. **2.** Passer à distance. Habituées des histoires de toto. **3.** Allas de mal en pis. Organe du toucher. Cri effrayant l'ennemi. **4.** Acide ribonucléique. Cheville dans le parcours. Métaphore. Joue de ficelles. **5.** Effectue une boucle. Groupe aux mauvaises intentions. Demeure où résida Perrault. D'ici. **6.** Bonne trotte à Pékin. Cousine du rhododendron. Formule d'ouverture. **7.** Comparable à l'aï. Bruit horrible de micro. Usée jusqu'à la corde. **8.** Botte de Trente. Signal sonore. Lac de Lombardie. **9.** Dans un nouvel état. Réfléchi, structuré. Engin volant. **10.** Explosion de Grenade. Lancée par un

vacances

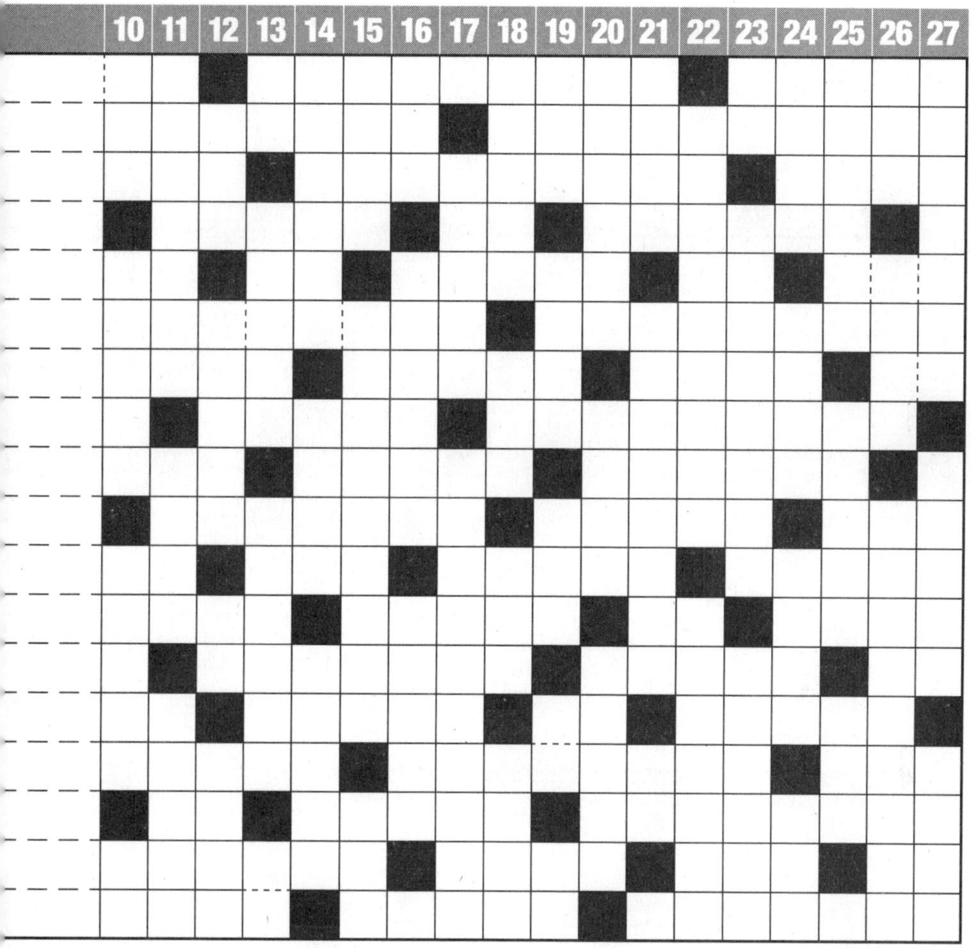

diffuseur. Choisir par un scrutin. Zeus l'envoya paître. **11.** Enjouées. Périmètre de sécurité. Substance volatile. **12.** Déménagement animal. Effet de tennisman. As une vie. Victoire de Napoléon. **13.** Plus près que là. Mille-pattes. Province d'Irlande. Phase lunaire. **14.** Âne sauvage. Département de Carcassonne. Mal reçue au palais. **15.** Sein. Inactivité assumée en vacances. Échelle photographique. **16.** Manche pour Tsonga. Expression artistique. Établis mon nid. **17.** Amoureuse de Tristan. Habitante de Tallinn. **18.** Précolombiens. Plus que court. Conscience. Filtre du corps. **19.** Pièce aux échecs. Pareillement. Ourlet. Fin de combat. Puis. **20.** Grand groupe industriel. S'adressa au ciel. Taxe. **21.** Des queues de cerise. Carnets. Opus musical. **22.** Fruit à peau orange. Sonner l'alarme. **23.** Tantale. Instruments astronomiques. Joue un rôle d'aimant. **24.** Mâchoire d'acier à l'établi. Gouffre du Quercy. En passe de défaillir. Pied de vigne. **25.** Livre de messe. Sans détour. L'un de nous. **26.** Chance. Poisson plat. Inventèrent des détails. **27.** Grisée par l'apéritif. Hydrocarbure. Prince de Troie.

Blagues

Zoo zozo

☺

– Que prend un éléphant quand il va au restaurant ?
– Il prend de la place !

***

– Pourquoi les coccinelles sont-elles nulles en jogging ?
– Parce qu'elles ont toujours un point de côté.

***

– Quel animal a le plus de dents ?
– La petite souris.

***

– Qu'est-ce qui a deux bosses et qu'on trouve au pôle Nord ?
– Un chameau qui s'est perdu.

***

– Qu'est-ce qui a trois bosses et qu'on trouve au pôle Sud ?
– Un chameau qui s'est cogné avant de se perdre.

LA CIBLE

Partez de la lettre cerclée. Sautez un certain nombre de lettres (toujours le même pour cette cible), lisez la suivante, et continuez ainsi pour compléter la citation de Jean Cocteau : « Tout homme porte sur l'épaule gauche un singe et, sur… »

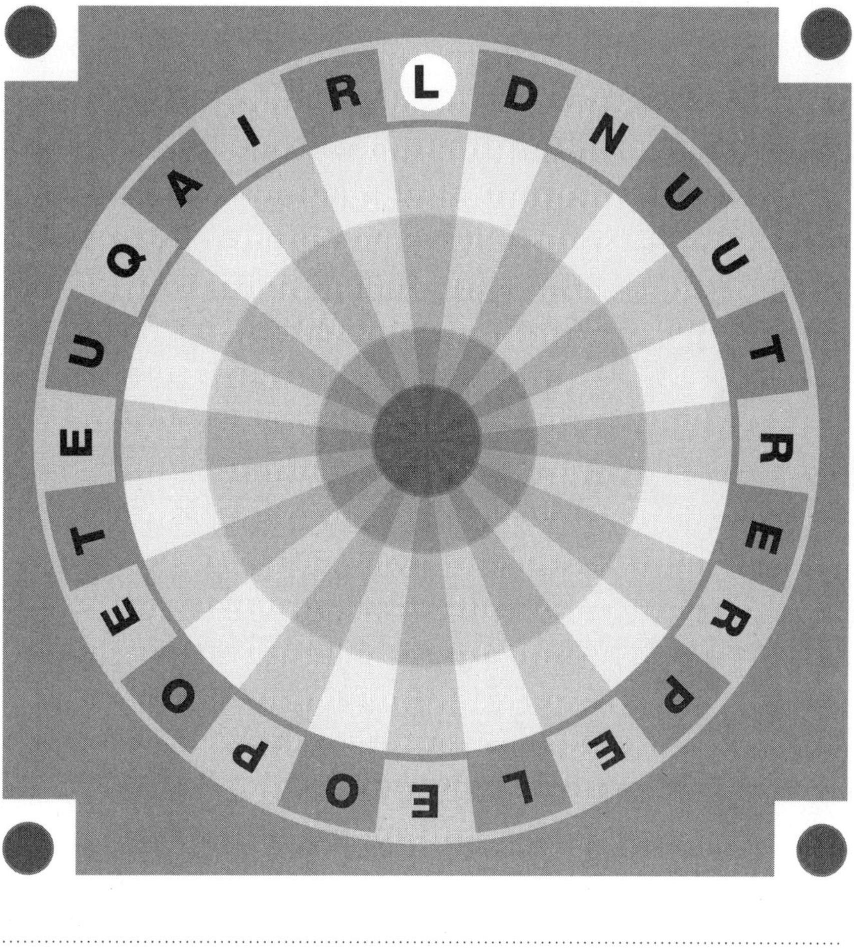

Pêche À LA Pêche

Que celui qui n'a jamais péché s'intéresse au fruit du pêcher ! Remettez un peu d'ordre dans les séquences de lettres inscrites sur les pêches, afin de former un mot… plein de pêche !

....

PO-POKER

♣♦ ♥♠

Devinez pour chaque joueur la «rivière» idéale, la cinquième lettre affichée par le croupier, qui lui permettra de constituer un mot de sept lettres, avec les cinq du tapis plus les deux siennes.
Par exemple, Carline espère un T pour former FLÂNANT.
Qu'attendent Coco, Doyle et Édith pour remporter ou partager le pot de notre po-poker?

CARLINE

F	L	A	N	A	N	T

COCO

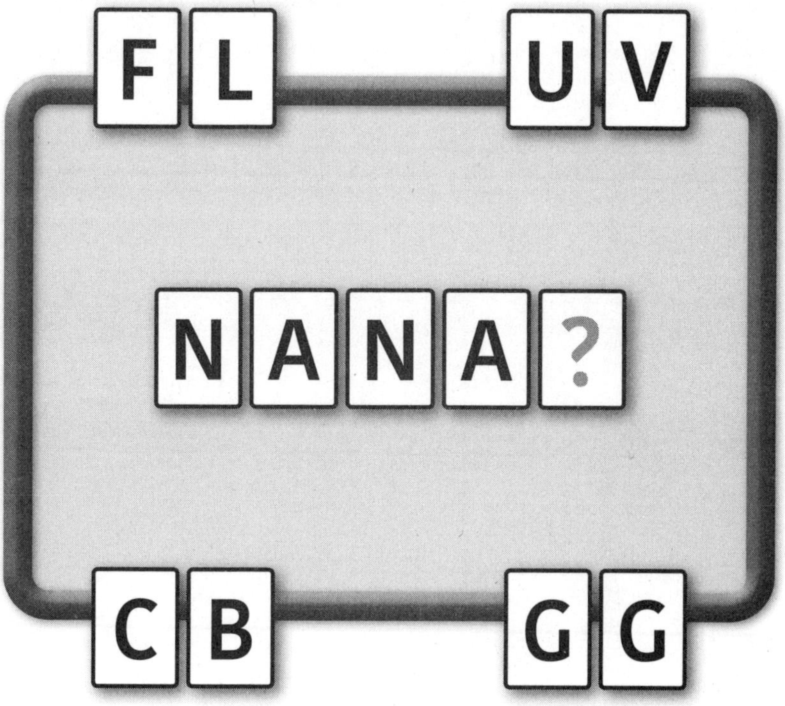

DOYLE

ÉDITH

LA TÊTE AU

Dans chacun des carrés ci-dessous figure un mot. Trouvez-en une anagramme correspondant à l'une des définitions sur la page de droite (exemple au centre du jeu : SONNET pour l'indice 10). Inscrivez ensuite, dans la tête dessinée, le numéro de la définition du mot recherché. Reportez l'initiale du mot trouvé, ici un S, dans les cases numérotées de l'échelle de décodage, en bas de la page des indices. Vous compléterez ainsi une citation de Frédéric Dard : « Les poètes comptent... ». À la fin, en additionnant les chiffres des définitions, il faudra totaliser 65 sur toutes les lignes, toutes les colonnes et les deux diagonales de ce carré magique consacré à la poésie.

ALEVINER - - - - - - - -	INAPTES - - - - - - -	HONGRES - - - - - - -	AORTE - - - - -	GOULAFRE - - - - - - - -	= 65
SONDES - - - - - -	TOUPIE - - - - - -	ANGORA - - - - - -	ÉPINIERS - - - - - - - -	REMORDU - - - - - - -	= 65
EDO - - -	SURINVESTIE - - - - - - - - - - -	TONNES 10 SONNET	MIRE - - - -	PÉTRIE - - - - - -	= 65
MALS - - - -	ACIÉRÉS - - - - - - -	ARGUTIE - - - - - - -	ADULER - - - - - -	DÉLIAI - - - - - -	= 65
RICANE - - - - - -	REPOS - - - - -	LYCHEES - - - - - - -	AIL - - -	TRENTE - - - - - -	= 65
= 65	= 65	= 65	= 65	= 65	

65 = (diagonale) 65 = (diagonale)

CA-CARRÉ

1. Le poème le plus connu de ce Jules est certainement *La cigarette.* **2.** Ce poète grec gagna treize fois le concours de tragédie. **3.** Ce projet irréalisable de Thomas More était une satire pleine de poésie. **4.** C'est la fin du vers. **5.** Grand Corps Malade a popularisé ce genre poétique. **6.** Monsieur Jourdain en faisait sans le savoir. **7.** Homère a composé ce poème épique en vingt-quatre chants. **8.** Elle est la muse de la poésie lyrique. **9.** Ce surréaliste prénommé Robert est né en 1900. **10.** Cette forme classique se compose de quatorze vers. **11.** Jean Ferrat l'a beaucoup chanté. **12.** Son nom est souvent associé à celui de Rimbaud. **13.** Ce discours en vers désigne aussi des livres du Nouveau Testament. **14.** Il était Aimé bien au-delà de la Martinique. **15.** C'est un poème narratif médiéval. **16.** On a tous entendu son poème *Liberté.* **17.** La poésie est disséquée dans ces lieux d'enseignement. **18.** Ce dramaturge a écrit *Phèdre* en 1677. **19.** Léopold Sédar, né au Sénégal, siégea sous ce nom à l'Académie française. **20.** Celui du val a deux trous rouges au côté droit. **21.** Ce poème lyrique pouvait être chanté. **22.** Autrement dit, touchée par une muse. **23.** Ce poète a aussi écrit des romans comme *Le Capitaine Fracasse.* **24.** Il a chanté *L'Âme des poètes.* **25.** Ce serait un quatrain, s'il n'avait sept vers...

									S			
1	**2**	**3**	**4**	**5**	**6**	**7**	**8**	**9**	**10**	**11**	**12**	**13**

14	**15**	**16**	**17**	**18**	**19**	**20**	**21**	**22**	**23**	**24**	**25**

UN ROBOT QUI CA-CARBURE

La US Navy adore explorer les fonds (marins, rassurez-vous) et utilise pour cela de petits robots dont, malheureusement, l'autonomie laisse à désirer. Pas fastoche de leur coller des mini-réacteurs au plutonium, comme sur Mars, sans déclencher l'ire justifiée des écolos.

Les ingénieurs-chercheurs-deux-point-zéro ont eu une idée stupé-fiente : utiliser du caca de poisson pour créer des *Microbial Fuel Cells* ou « piles à bactéries », dont le principe est simple. Quand ces bactéries digèrent de la matière organique (ta mer), elles produisent un surplus d'électrons (d'étrons, ici) qui permettent, avec des électrodes bien placées, de récupérer le courant ainsi généré.

Une seule pi-pile au caca parviendrait à charger un Smartphone en 24 heures, mais il lui faudrait un an pour fournir assez d'énergie à un petit véhicule sous-marin autonome. Il va donc falloir multiplier les MFCs, installer des batteries géantes sédentaires, et améliorer l'efficacité de tout cela avant de recharger un sous-marin à partir de caca de poisson ! Mais quand on vous annoncera que c'est fait, en 2050, vous vous souviendrez qu'un type qui écrivait des bouquins dans les années 2020 en avait parlé, de ces robots qui ca-carburent.

C'EST **gâ**chis

Après la chasse au gaspi, voici la chasse au gâchis ! Tous les symboles écoresponsables sont présents en même quantité, sauf un. Saurez-vous le repérer ?

chenille

Passez d'un mot au suivant, dans cette chenille, en opérant la substitution indiquée et en modifiant l'ordre des lettres. Hors noms propres, il n'y a qu'une solution par ligne, en tenant compte des lettres déjà placées.

– N + R							I		
– S + E							I		
– I + A									
– O + L		I							
– M + V			S						
– S + G									
– E + I									

– R + C 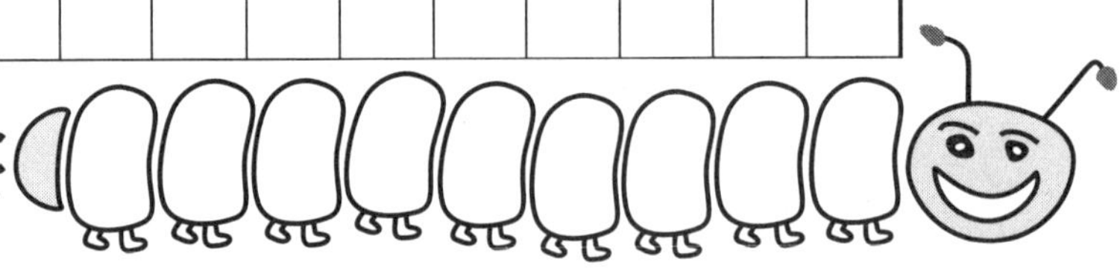

PiPiramidal

Complétez la pyramide en inscrivant sur chaque flaque un total égal à la somme des deux nombres notés sur les deux éléments (flaque ou rouleau) immédiatement en dessous. N'utilisez que des (nombres) pairs, OK ? Puisque Pi, c'est 314, Pipi doit valoir le double, d'où le 628 au sommet.

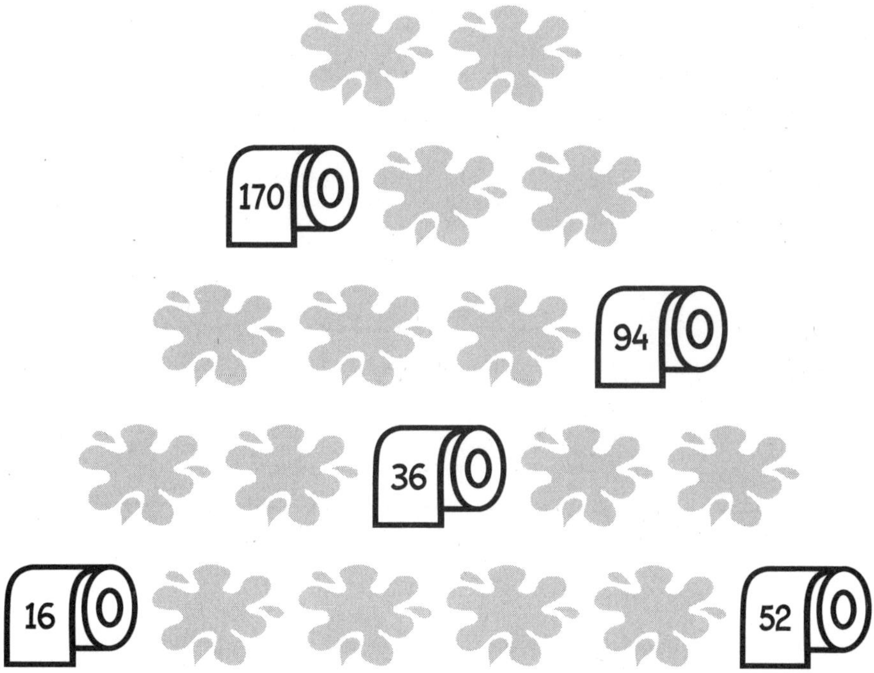

Bouche-trous

Inscrivez une lettre par tiret pour reconstituer six mots de la langue française. Pour les paresseux, il est temps de se reposer. Si les squelettes soporifiques ne vous suffisent pas, aidez-vous de l'indice pour vous réveiller. Interdiction de conjuguer !

1. D O R _ _ _ _ M _ _ I R _

2. S I _ E _ _ _ _ _ S T E

3. S _ _ _ I _ E _ _ _ _ _ S T E

4. _ _ R E _ P O S _

5. _ _ _ _ R E P O _ S _ _

6. _ S _ _ O P O R _ _ _

INDICES

1. Zone courbe chez le paresseux.

2. Ce travailleur n'est pas un paresseux.

3. On le devient à force de renifler de l'eau de rose.

4. Un peu plus près du Soleil.

5. Le paresseux en aurait besoin lorsqu'il grignote une cochonnerie de la canopée.

6. Si tu l'as dans l'os, tu l'as dans l'os !

Les boyaux d'un lièvre

Non, je ne lis pas l'avenir dans les entrailles, mais je sens que certains vont décrocher dès la deuxième ligne... Et hop, bim, bang, la page est tournée : où est le prochain sudoku pour me relaxer, plutôt que de lire ses conneries ? Je suis devin : il est page 498, si je lis bien dans le boyau de lièvre.

« Pourquoi ce titre ? », vous languissez-vous. J'y viens. D'ailleurs, « se languir » vient de *langueo* et de l'indo-européen **(s)leg-* pour tout ce qui est nonchalant, abattu, lâche (*slack*, en anglais). Et le lièvre grec que je lève, *lagôs* (qui a donné lagomorphe pour décrire tout ce qui se rapproche du lapin), vient lui aussi de cette racine, en raison de ses oreilles... pendantes ! Tout comme *lactes*, les intestins (grêles), les boyaux, eux aussi tout mous.

Tout ça, c'est la famille de *laxus*, quoi, un adjectif signifiant « large, étendu » au sens propre et « lâche, détendu » au sens moins propre. Vous y êtes ? Ceux qui ne se relaxent pas d'un sudoku ont venu venir sans relâchement la référence au laxatif, qui a la propriété de « lâcher le ventre ».

Ainsi, malaxer, c'est ramollir ; se relaxer, c'est se ramollir ; la galaxie, non, c'est un dérivé du mot « lait ». Mais le mollet, c'est mou, c'est d'ailleurs pour cela qu'il s'appelle comme ça. Donc, si quelqu'un vous reprend en vous disant que « laxatif » est un mot laid, vous saurez lui expliquer toute sa beauté, comme le chat.

CROISÉS 3D

Cette grille est en 3D, mais inutile de chausser vos lunettes pour le cinéma ! Les mots s'y croisent dans trois directions indiquées par les flèches blanches sur fond sombre. Inscrivez vos réponses en respectant les sens indiqués et sans dévier : la perspective est un peu trompeuse au début, mais vous allez vite vous familiariser. Embarquez pour votre premier voyage dans l'espace !

HORIZONTALEMENT :

A. Mette à plat. **B.** Rassemblements autour du bétail. **C.** Causé des dommages. Devant le patron du jour. **D.** Type qui se fait mener en bateau. Deux ancien. **E.** Apprends en accordant de l'importance aux répétitions. On le donne sans jamais être remercié. **F.** Vélo pour balade cahoteuse. De l'Égypte de Neith. **G.** Pendant le mois de. Ressort de thriller. Travail de la grume. **H.** Faire entendre un même son final. Beaux, ils excluaient l'enseignement des libéraux. Réagit à une poudre. **I.** Recueil divertissant. Individu. Enzymes hydrolases.

VERTICALEMENT DE GAUCHE À DROITE :

1. N'appréciait pas à sa juste valeur. Rabattues sur elles-mêmes. **2.** Trouble causé par une baisse du pH du sang. Exercice pour comédien et cauchemar pour zozoteur. **3.** Masse d'un mètre cube d'eau. Sans effets. Atlantique et pacifique. Repères pour les historiens. **4.** Impératrice byzantine iconophile. Roulés. Conjonction de coordination. **5.** Titane. Papier peint ne nécessitant pas d'encollage. **6.** De clocher, il frôle le chauvinisme. Récipient pour le café. **7.** Gare du Gard. **8.** Oiseau-lyre de l'Est australien. **9.** Mickey ou Minnie.

VERTICALEMENT DE DROITE À GAUCHE :

I. On y voit le jour même en pleine nuit. Enverra du courrier non sollicité. **II.** Villégiature responsable. Pas du tout équitable. **III.** Sans fixer d'autre date. Nouveau riche. Lucky Luke ne lâche pas ses fils. **IV.** Plus grand contributeur à l'océan Arctique. Il divise ou multiplie. **V.** Union européenne. D'un dépouillement monastique. **VI.** Faisant usage de son klaxon. **VII.** Organite pour la photosynthèse ou le stockage d'amidon. **VIII.** Pour le pêcheur ayant pris la mouche, il s'accompagne d'un bon coup de fouet. **IX.** Tendance. Conviendra.

CA-CARRÉ MAGIQUE

Complétez ce ca-carré magique avec des nombres allant de 1 à 25, sachant que la somme sur chaque ligne, dans chaque colonne et sur chacune des grandes diagonales doit être égale à 65. Chaque nombre ne doit apparaître qu'une seule fois.

	4		15	
			2	9
3		14		20
		5	8	
10		22		1

I ou Ysopet

Les hommes affables sont-ils polis ? Oui !
Les hommes à fables sont-ils polis ? Non, enfin oui mais... bon je capitule comme en 45. Je m'explique : l'ana, recueil de fables, se lit tout de même « anal » à l'envers. Si ça, c'est poli, je m'incline... Et l'autre recueil médiéval de fables que j'ai trouvé en fouillant dans ma mémoire, dans mon dico et parfois dans mon nez, l'isopet, a quand même un vague air de prout.

Iso, c'est l'égal des Grecs. Mais pas là ! La preuve, c'est que mon dico me renvoie à Ysopet, avec un Y, celui-là même qui termine la ville de Cergy qui, à l'envers, se lit Ygrec... Cela ne vous en bouche-t-il pas un coin ? Mais alors, si ce n'est un « pet égal », qu'est-ce qu'un isopet ou ysopet ? On vous l'a dit : un recueil de fables !

Il tire ses noms (ben oui, il en a deux : isopet et ysopet) du plus célèbre des fabulistes : Ésope. Et hop ! On ne sait même pas s'il a existé mais, paradoxalement, on affirme qu'il était bossu, laid et même phrygien, ce qui aurait pu lui assurer un beau nez. Mais il était doué pour l'écriture, calme comme placide est Musso, et obsédé par les histoires d'animaux, que La Fontaine lui a toutes piquées.

Alors comment est-on passé de l'initiale d'Aesopus en latin ou ίσωπος en grec à cet i ou y initial ? La chute du A devant l'autre voyelle semble une bonne explication. Et pourquoi ce t final ? C'est un diminutif : un petit Ésope, un petit apologue à la manière d'Ésope. Ce mot a même disparu des radars pendant six siècles, avant d'être réhabilité par les philologues. « File au logis ! » : n'est-ce pas le départ d'une course entre un lièvre et une tortue ?

SUDOKU-KU

Remplissez les cases vides de ce sudoku-ku pour que tous les chiffres, de 1 à 9, soient inscrits une seule fois sur chaque ligne, dans chaque colonne et dans chaque petit carré de neuf cases aux contours renforcés.

	6	7		2				4
	4		5			8		9
	8							7
	7	2	9	1				
5				8				1
				6	2	7	8	
6							5	
4		9			6		7	
7				5		9	3	

QUID

Répondez à ces six questions sur la chasse d'eau.

1. Par quel principe l'obturateur flotte-t-il et redescend-il retrouver sa place, lorsque la réserve d'eau se vide ?

2. Quel était le « métier » de John Harrington, inventeur du système moderne de nettoyage des toilettes ?

3. Quel nom de roi, de club de foot ou de produit ménager, donna Harrington à son invention ?

4. Dans quel concours Noberto Neves remporta-t-il une Médaille d'or, en 2009, pour son invention de la première chasse d'eau sans clapet joint ?

5. Un foyer français moyen utilise-t-il plus ou moins de 50 tonnes d'eau, en un an de tirages de chasse d'eau ?

6. Dans quel film en noir et blanc d'Alfred Hitchcock voit-on, pour la première fois au cinéma en gros plan, quelqu'un actionner une chasse d'eau ?

Blagues

Juste un doigt

- Docteur, je voudrais un traitement qui me permette de bien dormir.
- Alors, j'ai un truc qui marche très bien, mais c'est un suppositoire.
- Ça me va, mais c'est efficace ?
- Terriblement ; d'ailleurs, la plupart de mes clients qui l'ont essayé se réveillent le matin avec encore un doigt dans le cul !

***

- Quelle est la couleur d'un doigt après un toucher rectal ?
- Caca d'oie / caca doigt (rayer la mention inutile).

***

- Vanessa, enlève tes doigts du nez de ton grand-père !
- Vanessa, enlève tes doigts de la bouche de papy !
- Vanessa, dernier avertissement ! Si tu n'arrêtes pas, on referme le cercueil.

***

- Pourquoi les éléphants se promènent-ils en voiture et pas à vélo ?
- Parce qu'ils n'ont pas de petit doigt pour actionner la sonnette.

ROSACE

Remplissez la rosace en ordonnant ces lettres. Écrivez les mots de l'extérieur de la rosace vers le centre, comme pour PSITT et ACIDE. Attention aux paires (d'anagrammes), OK? Il n'y a qu'une seule façon de compléter la grille-fleur.

Dans le sens des aiguilles d'une montre (repères lettres)

A. ADEIR	G. EEJRT	M. EMORU
B. ABEIN	H. AEIRT	N. BELLU
C. ACLPS	I. AEIMR	O. EHILU
D. AMORU	J. ACILR	P. EIMNO
E. CENOR	K. EFINS	Q. **IPSTT**
F. EGNOU	L. AELTT	R. AELNU

Dans le sens inverse (repères chiffres)

1. EINRU	7. CEPRU	13. AEIMN
2. ABELT	8. ENORT	14. BEELR
3. AINST	9. AJMOR	15. EHRSU
4. **ACDEI**	10. ACEIU	16. LMOTU
5. AEEMN	11. FILRT	17. ILOPU
6. EGLNO	12. AEIRT	18. AEILS

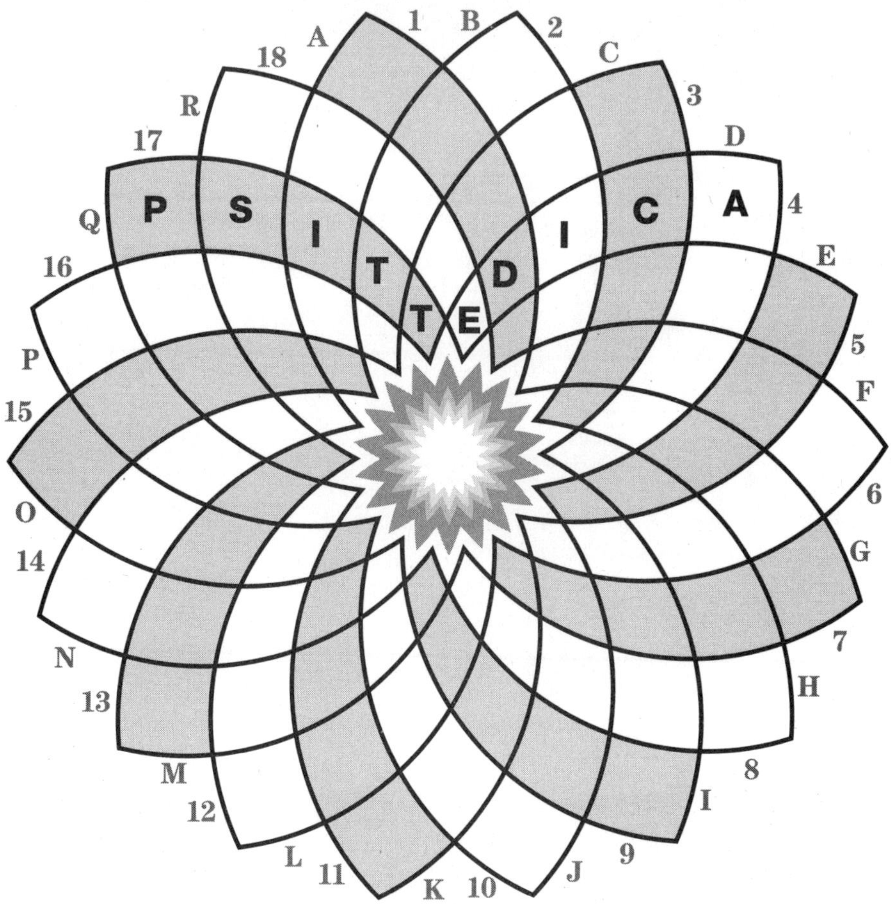

≡ (M) OTS

DU BÉLIER OU DU LION
SOURCES DE BAGARRES
CONSÉQUENCE
NON DATÉ
INDIVIDU, TYPE
CONTENTIEUX
AU VISAGE ALTÉRÉ
CHATON
PRÉVOIR, DEVANCER
EN CE LIEU PRÉCIS
EMBARRAS INCONNU DE MADAME
EFFACER
SAXOPHONE AU SON GRAVE
FROID INTENSE
PÂTISSERIE POUR GAG
PARTIE DE GOLF
QUESTION DE LIEU
PAROLE MAGIQUE
PASSION
AMNÉSIE
INDIEN DE L'UTAH
PORTUGAIS OU ESPAGNOL
OBTENU
TRANCHE D'HISTOIRE
NOTE D'ACCORD
CURSUS SCOLAIRE
ALTERNATIVE À L'API
SIGNES DE CROIX
PAUSES POUR ÉCOLIERS
1515 OU 2019
CANAL DE MARAIS SALANT
RECUEILS AMUSANTS
DIEU DU VENT
VAINCRE AVEC PANACHE
EXISTENCE
PRINCESSE DE *STAR WARS*
COUTUMES
TOUCHÉE
À PROXIMITÉ
DEUX PRÉSIDENTS AMÉRICAINS

(F)LÉCHÉS ≡

ÉVENTRÉ
GRAINE AROMATIQUE
CUBE À 21 POINTS
COURS AFRICAIN
PAYS DE TEL-AVIV
ENDROIT DE REPOS
WILLIAMS OU CONFÉRENCE
SAISON
DES VOIX QUI PORTENT
DIRIGÉES, AXÉES
HÔPITAL
EXPOSÉ À LA MOQUERIE
AGACER, ÉNERVER
EXAMEN MÉDICAL
SOLDAT
PIÈCE DE PRISON
MON AMI
INCAPABLE DE MORDRE
BAMAKO EST SA CAPITALE
NUANCE
PRUNE VERTE
DU PÈRE DE LA PSYCHIATRIE
GRANDIT
TRANSPIRER

PISTOLETS À DÉCHARGES ÉLECTRIQUES
ÉNUMÉRATION
BORDEAUX
CHAMPION
SOLIDIFIERONT
ABSENCE DE MICROBES
DANS
PREMIER PLAT
FIN DE MESSE
ÉVÊCHÉ DE L'ORNE
RUSAS
SOLEIL DU PHARAON
TRAITER LA PLAIE
HUMANISTE DES *ADAGES*
CHANTEUSE AYANT SA CHANSON
ROUMANIE DU WEB
MOURRAIS
EMPLETTES
APPORTÉE
ÉPINCETTE
AUTHENTIQUE
À CETTE ÉPOQUE
RAGOÛT DE GIBIER
PLUMARD
PAPIER D'ARMÉNIE
VOYAGE DE NUIT
CERCLE INTIME
NOURRICE DE DIONYSOS
FACILE
EXCLAMATION
REFUS CLAIR
DANS LE COUP
MÉTAL POUR BIBELOTS
CARREAU DE FENÊTRE
COMPÉTITION OUVERTE AUX AMATEURS
PRONOM RÉFLÉCHI

LE CHICHSTRAC

Dans les trois citations, un même terme a été remplacé par cet étrange **CHICHSTRAC**. Votre seule corvée sera de toiletter ces phrases pour retrouver le mot commun d'origine.

1. « Si on ne peut plus tricher avec ses **CHICHSTRACS**, ce n'est plus la peine de jouer aux cartes. »

(Marcel Pagnol, *Marius*)

....

2. « Si vous désirez savoir qui sont vos **CHICHSTRACS**, faites-vous condamner à une peine de prison. »

(Charles Bukowski)

....

3. « Il ne faut jamais juger les gens sur leurs fréquentations. Tenez, Judas, par exemple, il avait des **CHICHSTRACS** irréprochables. »

(Paul Verlaine)

....

COLLIER de perlouses

Pour récupérer votre « collier de perlouses », vous devez constituer une chaîne de perles contenant les nombres de 1 à 49, dans cet ordre. Chacun des nombres doit être au maximum à une case de distance du précédent : horizontalement, verticalement ou en diagonale.

	1		23		26	
	21				39	
	4					
18				36	41	
17			8			49
	16		34		44	

Célébr(u)ités

Pétain

J'avais espéré ne pas avoir assez de place pour parler du maréchal, mais nous voilà coincés, puisqu'il reste la 506 à remplir. La page, pas la Peugeot ; je crois qu'ils sont passés de la 504, à la 505, puis directement à la 508. Elle n'a pas dû exister, même à manivelle. Nivelle ! Les mutineries de 1917. Et bim, Painlevé qui le remplace au pied levé par Pétain, sur le Chemin des Dames, dames qui se tenaient déjà à carreaux dans leurs belles robes vichy.

Tiens, c'est marrant, il a un homophone, Pétain : pétun. C'est un vieux nom pour le tabac, ou tout ce qui se fume. Ça a donné le verbe pétuner, « priser du tabac ». Je pétune, tu pétunes, Pétain pétune. Ce nom de pétun vient du tupi-guarani, une langue des indigènes du Brésil. Vous me croirez si vous voulez, mais certains de ces types fumaient des pétunias, lors de rituels religieux. J'hallucine !

Dans la même famille, on trouve la *Ruella tuberosa*, que les Guadeloupéens (imaginatifs) appellent « patate-chandelier », alors que les Martiniquais (plus cash) préfèrent « ipéca bâtard », parce que – pour le dire crûment – ça fait gerber. Sauf si on boit de l'eau de Vichy. Célestins, ça rime avec Pétain. Et ça fait péter, à cause des bulles. Bah oui, le gaz qui entre quelque part, il faut bien qu'il ressorte. Tout le monde n'a pas cette chance.

« Raie, pète un peu ! », répète un peu le pétomane avant sa représentation. Tant que ce n'est pas l'histoire qui se répète, on signe.

Le pendu

Vous avez tous déjà joué au pendu. Observez bien les lettres des essais infructueux, et déduisez-en le seul nom commun possible dans cette configuration. Même sans les O, il n'y aurait qu'une seule solution en ayant éliminé les lettres de BRIGANDES.

Lettres déjà proposées mais pas dans le mot :

B	R	I
G	A	N
D	E	S

		O				O	

Le Trou

Trouvez le mot manquant
dans ces extraits de tubes que
vous avez probablement fredonnés.
Notre chanteur a un trou : comblez-le.

1. « Ne tire pas sur l'ambulance,
garde la .... , plus rien n'a d'importance »

2. « Elle se dessine sous des .... fendues
et je devine des histoires défendues »

3. « Son bel amant, le prince charmant,
la prend sur son .... blanc »

4. « Mais c'est pas vrai qu'ils ont l'air d'un .... ,
asexués une fois dévêtus »

5. « On boira du rock'n'roll
sur des vieux .... à la gomme »

6. « Parmi mes amis de faïence,
de faïence, je sais ma .... »

7 HORREURS

LA TÊTE AU

Dans chacun des carrés ci-dessous figure un mot. Trouvez-en une anagramme correspondant à l'une des définitions sur la page de droite (exemple au centre du jeu : FLÉTAN pour l'indice 13). Inscrivez ensuite, dans la tête dessinée, le numéro de la définition du mot recherché. Reportez l'initiale du mot trouvé, ici un F, dans les cases numérotées de l'échelle de décodage, en bas de la page des indices. Vous compléterez ainsi une citation de Francis Blanche : « La quenelle est le poisson le plus… ». En additionnant les chiffres des définitions, vous totaliserez 65 sur les cinq lignes, les cinq colonnes et les deux diagonales de ce carré magique consacré au poisson.

MARCIEU -------	MORUE -----	CANOËS ------	ORGANISÉE ---------	LIVRA -----	= 65
CHANTE ------	ANTILOPE --------	DÉDORA ------	ROULANTS --------	TÂTONNAI --------	= 65
REM ---	NOME ----	ENFLÂT 13 **FLÉTAN**	TARÉE -----	CHÈRE -----	= 65
FEELING -------	TOLET -----	CAILLÉE -------	DIE ---	RICTUS ------	= 65
NIVÉAL ------	ORGUE -----	ALDINES -------	GAULLIEN --------	TUILE -----	= 65

65 = (diagonale) | = 65 | = 65 | = 65 | = 65 | = 65 | = 65 (diagonale)

CA-CARRÉ

1. C'est le milieu naturel de nombreux poissons. **2.** Sous roche ou pas, elle est difficile à attraper. **3.** Ce Bobby a chanté *La Maman des poissons.* **4.** Ajoutez Jamie Lee pour trouver une actrice d'*Un poisson nommé Wanda.* **5.** C'est le film de 2010 de Jacques Perrin. **6.** Les principales sont caudales et dorsales. **7.** Son monde était très animé. **8.** Le poisson-clown l'est à l'anémone. **9.** Quand elle est royale, son O devient AU. **10.** Fumé, c'est du haddock. **11.** On la cuisine souvent à l'américaine. **12.** C'est le mois des poissons. **13.** Ce poisson plat a fait l'objet d'une surpêche comme le thon rouge. **14.** Tout jeune, il sert à repeupler les étangs. **15.** Certains poissons comme l'alose l'entendent, mais pas nous. **16.** C'est le sport préféré des poissons. **17.** Elle constitue une partie de la peau des poissons et des sirènes. **18.** Le poisson répondant à ce prénom pousse le bouchon un peu loin. **19.** C'est la raie, au milieu. **20.** Tout le monde a eu un poisson de cette couleur chez soi. **21.** Pierre Loti a conté les équipées d'un pêcheur breton dans ce pays. **22.** Cette voisine de la carpe vit en eau douce. **23.** Cet agité du bocal est une star des mots croisés. **24.** Le nom de ce poisson est l'anagramme d'un autre, dont le foie fournit une huile. **25.** C'est garnir l'hameçon d'un appât pour attirer les gourmands.

												F
1	2	3	4	5	6	7	8	9	10	11	12	13

14	15	16	17	18	19	20	21	22	23	24	25

Comment supprimer l'odeur de pipi de chat ?

De nombreuses lectrices, avides de conseils, m'écrivent en me suppliant de leur donner des astuces pour nettoyer les traces de pipi, de caca, sur les vêtements, dans les toilettes ou sur les murs. Je réponds parfois en privé, mais devant l'immense courriel reçu concernant le pipi de chat, j'ai décidé d'y consacrer cette page pour vous donner ma méthode infaillible.

Les spécialistes auto-proclamés du nettoyage, sur le Net et dans la vie, vous serinent les mêmes astuces de grands-mères qui, si elles avaient fait leurs preuves, auraient tari la source du questionnement.

Juste histoire d'ajouter un paragraphe inutile, mais nécessaire pour que cet article ne soit pas trop court, je m'en vais (mais non, je déconne, je reste) vous les résumer. Le vinaigre blanc (3 cuillères pour une d'eau) : perso, je conseille le vinaigre jaune ; au moins, si la tache de pipi ne part pas, on peut dire « Ah non, ce jaune, c'est le vinaigre ». Le bicarbonate de soude : c'est bien connu, ça marche sur tout ; je me demande pourquoi on n'en met pas dans le réservoir d'essence de la bagnole. Le citron : alors là, je me dis qu'il y a un petit futé qui a déjà pensé à ma blague sur le vinaigre jaune. Les huiles essentielles : les trois bobos qui viennent d'avoir un orgasme, on se calme ; ça pollue, l'huile essentielle, donc ouvrez vos fenêtres chaque fois que vous tentez de vous intoxiquer.

Bon, on est d'accord, ça ne marche pas, ces trucs ?
D'où mon conseil qui, lui, fonctionne dans 100 % des cas : débarrassez-vous du chat !
PS : ça marche aussi avec les chiens, les poules et les hommes.

Calculs durs, hein !

+ − × ÷

Avec les quatre opérations de base (**+ − × ÷**) et en utilisant au maximum une fois les plaques proposées, tentez d'atteindre le nombre cible : 237.
Il n'existe qu'une façon d'y parvenir.

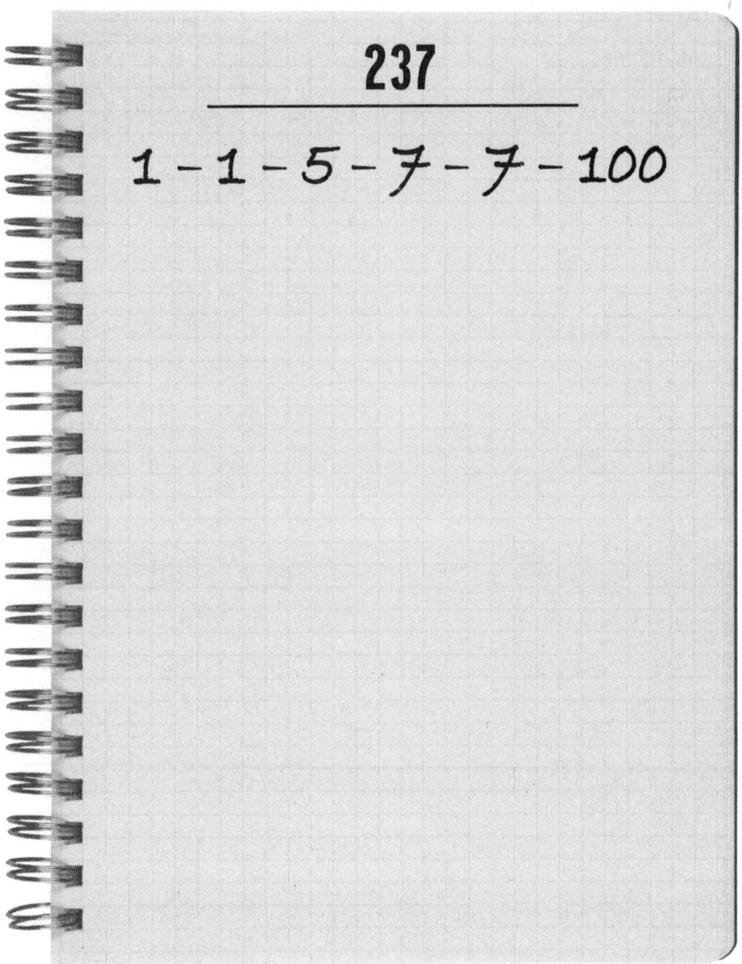

CLÉS EN MAIN

Les graines du gourmand Coco sont gardées dans un coffre-fort. Notez dans chaque clé la lettre à laquelle elle est associée sur la page de droite. En trouvant le bon point de départ, lisez ensuite le mot de passe ouvrant la serrure. Attention aux trois clés qui sont là pour vous piéger !

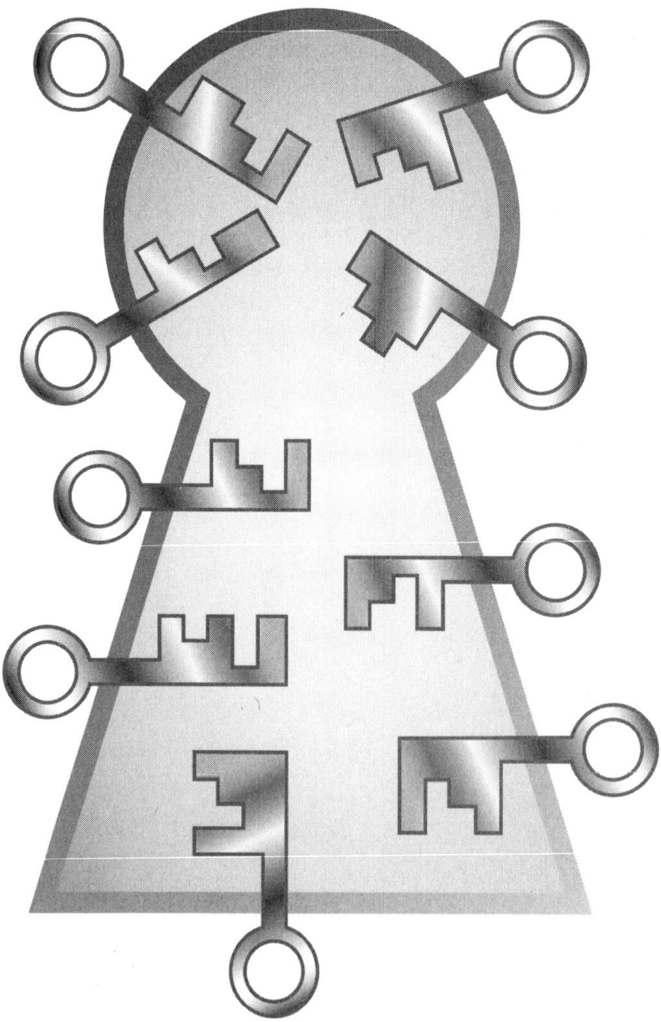

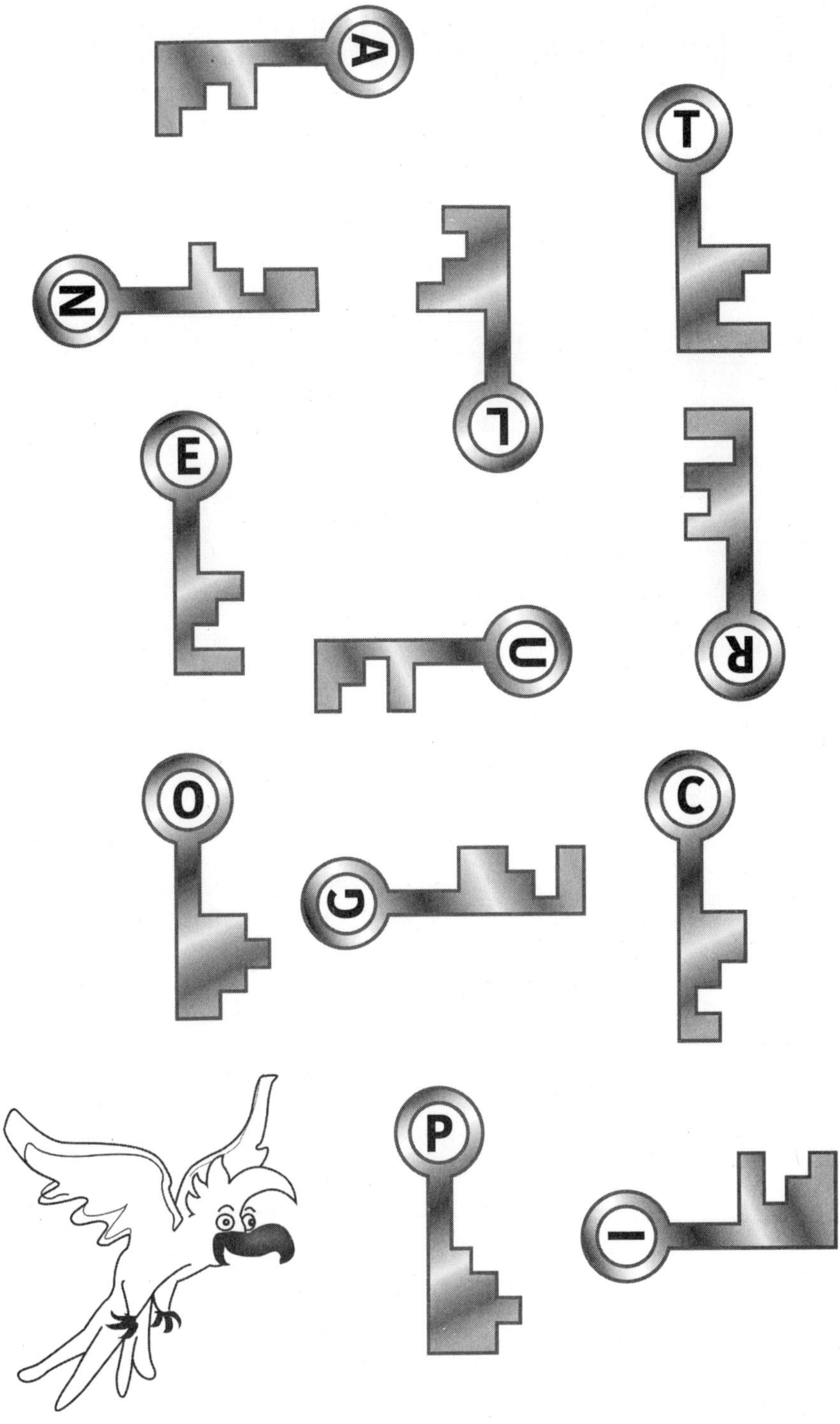
A
T
N
L
E
R
U
O
C
G
P
I

Blagues

L'origine du monde

☺

Une petite fille demande à sa mère :
– Maman, comment la race humaine est apparue ?
– Alors, Dieu a créé Adam et Ève au Paradis ; ils ont eu des enfants et nous sommes tous leurs descendants.
– Ah...
Le lendemain, la fillette pose la même question à son père :
– Alors, il y a longtemps, on était des singes et puis, bon, petit à petit, les singes se sont mis debout, et on a évolué en hommes et en femmes.
– Ah...
Le lendemain, elle retourne voir sa mère :
– Tu m'as dit que nous avions été créés par Dieu et papa m'a dit que nous descendions du singe. C'est quoi la vérité ?
– Ma chérie, je t'ai expliqué d'où venait ma famille et papa t'a dit d'où venait la sienne.

***

Dieu s'adresse à Adam et Ève :
– Il ne me reste plus que deux cadeaux à vous faire...
Le premier, c'est le pouvoir de faire pipi debout.
– Je prends, dit Adam.
– Et moi, j'aurai quoi ? demande Ève.
– Toi, tu auras le cerveau, alors...

#CROISILLONS#

Complétez cette grille où les lettres (P), I, C et A ont déjà été positionnées. Attention, les définitions sont souvent à prendre au second degré.

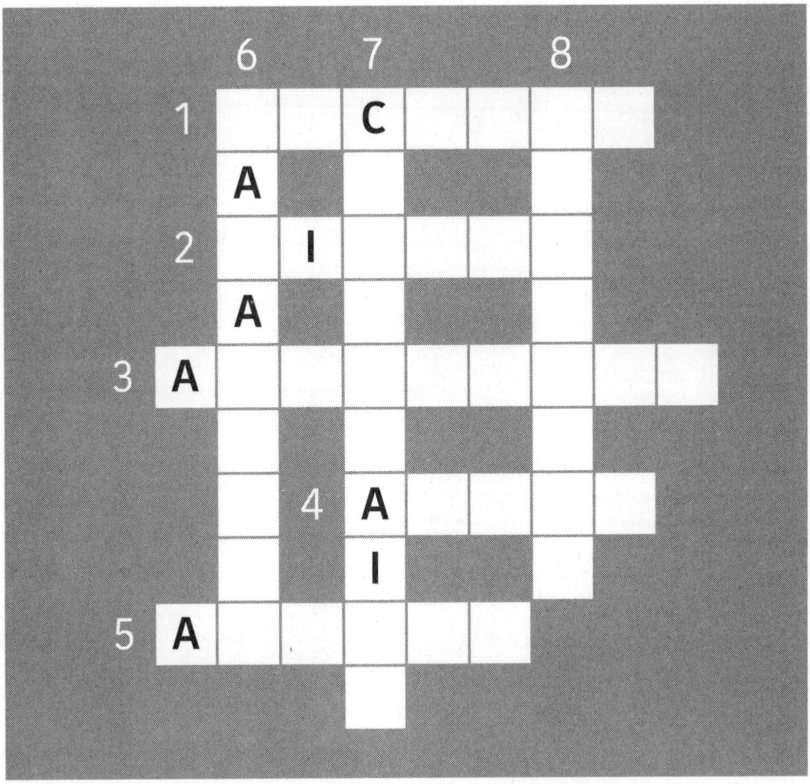

1. Faire parler la poudre.
2. Sa promenade au trot ne fait qu'un tour.
3. Aux urnes, citoyen !
4. Ramène sa fraise ou protège la toile.
5. Structures familiales.
6. Enfant de la balle.
7. En vie, âgé, et parfois en viager.
8. Habituée des vacheries.

(M)OTS

MON AMIE / SUJET À RAGE DEDANS		GUILLOTINER / 1992, POUR ÉLISABETH		DÉFAUT DE VUES / MORPHÈME VERBAL
TAPER FOR / POINTS DE RUPTURE				
				MIROIR PYRÉNÉEN / TRÈS, À LAS, DOUX, ZEN
ON Y ADORE LE KAWA LOCAL / ZONE DE FORMATION				
			PUIS / POINT DE NON-RETOUR	
DE NEUFCHÂTEAU, PAS DE CHÂTEAUNEUF	À LEURRE D'ÉTÉ / THÉBAIN À GRANDE FLOTTE			
DESCENDEZ-LA, ELLE MONTERA / TOURVES S'Y TROUVE				
			CONTRÔLE Z / GUIDES AYANT L'ÂGE D'ORAISON	
ISOLANT ÉLECTRIQUE / DEMI À DOUBLETTE INITIALE				
CLIN D'ŒIL / OBJECTIF DE ROALD AMUNDSEN				
				ABRAHAM Y NAQUIT / PRIONS
NOM D'UN ROBERT ! / FIXÉE EN SURFACE				
RECOLLER LES MORCEAUX		UN ÉLU DE LA TOILE / OCCUPATIONS D'OCCUPÉS		
MOI DE MARS	CŒUR DE MIE			
			ON LE VIDE QUAND ON SE PLAINT	

(F)LÉCHÉS

ENDROIT D'ANVERS / COURS
EXPLOITANTE DE FORET / QUI A TOUT DE DIGNE
COMMUTATIF / CESSA DE FLOTTER
TRIAS ET LIAS

REJOINT / POSSESSIF

PETIT BOUT DE BOIS / IL PRÉCÈDE LE CANON
ENTAME DE POULET / MANIER L'ABSTRAIT
3,14 / CINÉASTE DE *KABOOM*

HARENG MIGRATEUR / MODIFIE LA SECTION
FRÈRE SIAMOIS / RÉVISION DE VOLTAIRE

SOL VACHEMENT PEUPLÉ / ÔTAI
EXPLORATEURS DE WERBER

CHANGEÂT L'AMBIANCE / S'AVÈRE SAISISSANT

PAROLES DE LA BOHÈME / DIVINE SUCRERIE
HYDRURE DE POTASSIUM / GORGONE OU MÉDUSE

CONSTITUÉ DE / BAILLE
AH, TOUT PIQUE! / PASTILLE POUR LA THYROÏDE
IL NE SERVIRAIT À RIEN, À FORT KNOX

PARTANT / DÉBROUILLE
COUCHE D'ÉCORCE / BOUILLON

OIT PYTHIE / CRIEUR DE L'ARMÉE GRECQUE

SUJET DE RECHERCHES / CE GAIN, SA *CHÈVRE*!

LABIÉES / NOM D'UN ROBERT!
PRÉNOM ÉCOSSAIS / SUPÉRIEUR

PILOTE DE LIGNE / TERRITOIRE DU TIGRE
LABOURA / PETIT ROBOT

ÉVÉNEMENT RARE / LAMARTINE Y MIT LES PIEDS
ELLE RESTE SOUVENT EN CARAFE

CALE AMARRE ET TIRE SÈCHEMENT / LA TERRE
GRADE DE COLUMBO / DÉBINEUR

POÈTE AU *FRONT ROUGE*
LARGEUR DE COUPE D'UNE SCIE

PÉTROLES LAMPANTS

MÉGA(cô)lon

La digestion se termine dans le côlon. Quel mot méga-long va sortir, élaboré à base de CACA et des dix autres lettres proposées ? C'est un test, hein !

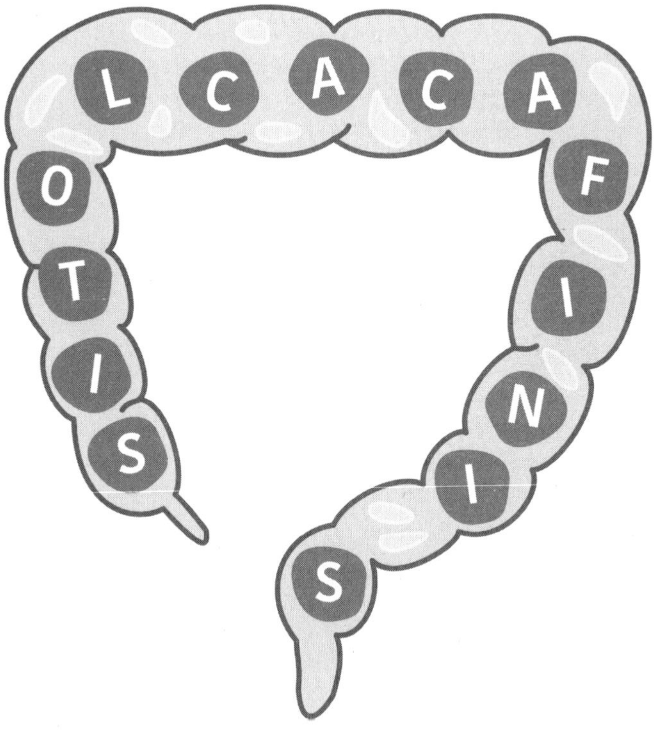

(En Catimini)

Un accident en descendant de l'échelle

Ce n'est certes pas une coïncidence si quelques récidives de scandales survenus en Occident aboutissent, par malchance, à une cascade de cadavres pour lesquels il faudra casquer. Tout s'explique étymologiquement et l'occasion nous est donnée de le prouver. L'indo-européen *kad– nous est parvenu principalement via le latin *cadere, casum* signifiant « tomber » et ses dérivés comme *incidere,* mais également par une racine dérivée *skand– associée au sens de « grimper » ! Cette contradiction semble plutôt mal… tomber ! Mais étudions les périlleuses étapes menant de l'ascension à la chute.

Débutons par la cadence, issue de *cadentia verba,* paroles tombantes, la chute des mots. De là, les syllabes accentuées ou non et la cadence (au sens de rythme) puis la décadence, symbole de la chute de Rome. Ce qui est caduc est proche de sa chute, qu'il s'agisse de mode ou de feuilles (décidues) ; tout finit en cadavre. Les verbes composés sont plus nuancés : *accidere* et *incidere* donnent l'accident et l'incident qui surviennent, tombent sur quelqu'un, tout comme l'Occident est le point où le Soleil décline. Pour la coïncidence, les évènements tombent en même temps alors que la récidive signe la répétition. Le supin *casum* a donné le cas, circonstance, arrivée fortuite tombée du Ciel, peu différent de l'occasion et le fréquentatif *casicare* a abouti à la cascade, semblant doublement chuter. Ajoutons le verbe casquer au sens initial de tomber dans un piège, notamment en payant d'avance !

Oui, il y a un lien évident entre *kad– et *skand–, ce n'est pas un scandale de l'affirmer ! Ce scandale nous arrive via le grec *skandalon,* « piège placé sur le chemin pour faire trébucher » qui, au sens imagé, fait tomber notamment dans le péché. Rapprochons-en l'esclandre au sens évolutif de piège, puis de bruit, puis d'événement scandaleux. Si certains mots évoquent sans ambiguïté l'élévation, comme ascenseur, ascension ou ascendance, un changement de préfixe nous renvoie vers le bas, en descente, sans parler du ton condescendant. La transcendance dépasse, quant à elle, notre horizon. Mais la scansion, art de scander, de rythmer les vers, nous renvoie au départ, à la cadence.

Scandere nous mène directement à *scala,* l'échelle. De là, l'escalier, l'escalade et même l'escale du bateau, endroit où l'on descend l'échelle pour débarquer. Le son CH est introduit amenant, de cette rubrique... la chute !

MOTOCROTTE

Sachant que chaque chiffre en début de ligne ou haut de colonne indique le nombre de déjections qui s'y trouvent, localisez et représentez par un cercle les crottes laissées par les 23 chiens de la grille, pour permettre à la motocrotte automatique de les ramasser rapidement. Un chien ne laisse une crotte que dans une case qui touche la sienne et jamais en diagonale. Commencez par marquer d'un simple point les cases dans lesquelles il n'y pas de crotte (0 en début de ligne ou en haut de colonne).

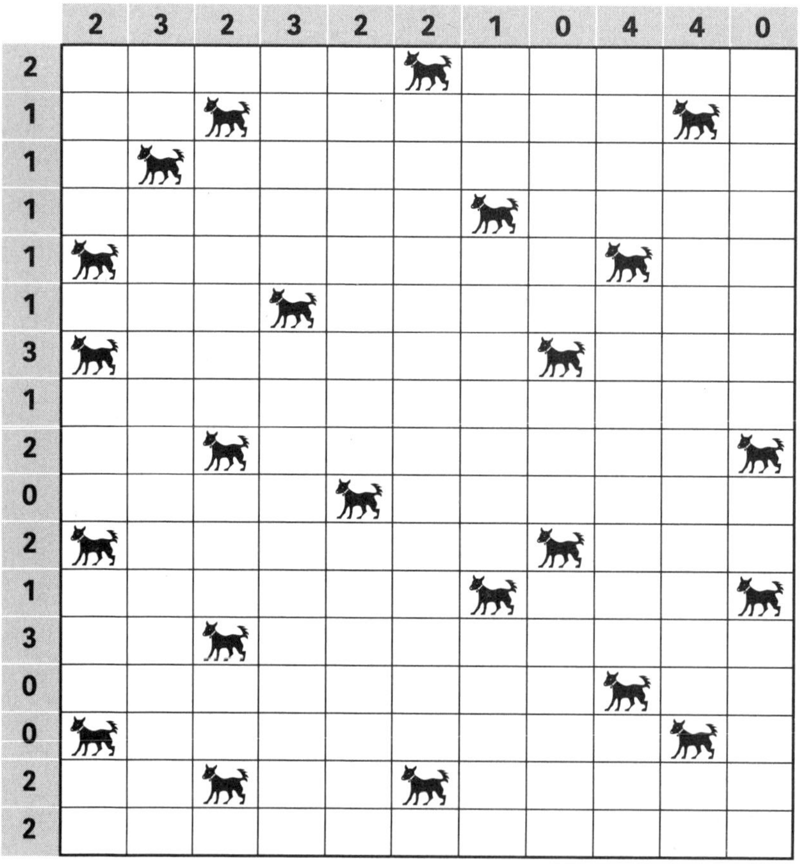

SPHINX Ter

Le sphinx de Gizeh est impassible, le sphinx Bis est plutôt détendu mais le sphinx Ter est un peu contracté. Aidez-le à se détendre en trouvant le lien logique, le nom commun qui relie sans équivoque possible les six mots. Ayez du nez, contrairement au sphinx...

ISIS

DISCOURS | SALLE

FOIRE | MONTER | FER

SUDOKU-KU

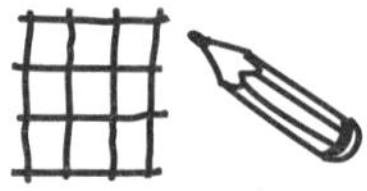

Remplissez les cases vides de ce sudoku-ku pour que tous les chiffres, de 1 à 9, soient inscrits une seule fois sur chaque ligne, dans chaque colonne et dans chaque petit carré de neuf cases aux contours renforcés.

			3				5	
						9	8	
			1	6	8	4		
1				4		8		
	7			5			2	
		9		3				6
		2	7	1	3			
	5	6						
	3				5			

Le saviez-vous ?

De toutes les couleurs

Lorsque la couleur est exprimée par un adjectif simple, non dérivé d'un nom, elle s'accorde en genre et en nombre : des fraises bleues, des draps beiges, une jument baie ou verte, des joues cramoisies.

Lorsque l'adjectif de couleur dérive d'un nom commun, propre ou d'origine étrangère, il est généralement invariable : des murs brique, des canapés orange, des photos sépia, des couettes crème, des pantalons kaki, des chevaux isabelle, des fauteuils havane. Pensez que des cacas marron sont en fait des cacas (de la couleur du) marron. Il existe plusieurs exceptions à mémoriser : écarlate, incarnat, fauve, mauve, pourpre, rose, vermeil et le plus controversé, châtain, qui s'accorde toujours en nombre (châtains) mais rarement en genre : une chevelure châtain sera préférable à châtaine, qui existe toutefois ! Les versions « allongées » comme crémeux, argenté, beigeâtre ou le rare marronnasse s'accordent toutes en genre et en nombre.

Lorsque la nuance est constituée de plusieurs mots, l'adjectif reste invariable : des vagues gris-bleu (un trait d'union liera les deux couleurs), des voitures bleu clair (sans trait d'union), des cravates cœur-de-pigeon et les Martiens, petits hommes traditionnellement verts, deviendront des petits hommes vert olive en version provençale !

Lorsque plusieurs couleurs sont liées par « et », elles s'accordent selon les règles de base s'il s'agit d'indications distinctes et restent invariables s'il s'agit d'une seule indication : des drapeaux bleu, blanc et rouge seront ainsi des drapeaux français, alors que des drapeaux bleus, blancs et rouges seront trois types de drapeaux, chacun d'une couleur unie ! « Des canapés abricot et caramel » ne nous donne en revanche aucune indication, puisque ces adjectifs sont individuellement invariables...

GRANDES

HORIZONTALEMENT : A. Le bleu de la mer. Relative à une poche de digestion. Complément d'attrape. **B.** Petites tromperies et mauvais tours. Habitant d'une île d'Indonésie. Sobriquet de Capone. **C.** À nul autre. Plaça. Colombe parfois domestiquée. Prend peur. **D.** Métal précieux. Sortie d'un ventre. Mon ami. Du système nerveux. Mettre en vitesse. **E.** Marquer de sillons. À radicules visibles. Paresseux. Assemblée générale. Nourrice de Dionysos. Variété d'ébène verte. **F.** Contenant de l'eau. Voleur de poules. De façon hygiénique. Agence spatiale américaine. **G.** Absorbée. Religieuses à bures brun clair. De façon régulière. Obligé du seigneur. **H.** Inconnu célèbre. Attaque à pleines dents. Sportif pratiquant l'escrime. **I.** Capitaine de vaisseau. Garnies de poignées. De la région de Grenoble. Propre à l'ours. **J.** Cœur tendre du pain. Catégorie entre junior et vétéran. Argent liquide. Habille. Boisson gazeuse et sucrée. Accord dialectal. **K.** De Haute-Écosse. Deuxième sous *sol.* Pays asiatique à drapeau non rectangulaire. Disséminée. Plante à calice renflé. **L.** Négation à doubler. Bavarda. Agrume plus petit que l'orange. Pièges à goulet. **M.** Empereurs russes. Mise totale au poker. Tierce personne. Imitât Atchoum. Rapport du cercle. **N.** Publié sous forme d'arrêté. Qui rime avec harmonie. Question d'inspecteur. Caoutchouc percé pour bébé. **O.** Avancer. Tapas contre un obstacle. Souverain. Au revoir définitif. Armée féodale. **P.** De taille modeste. Illustration médiévale sur manuscrit. Chanteur à la voix grave. **Q.** Défalqué des taxes. Griffe de ronce ou de rosier. Acceptant les positions différentes. Pédale d'auto. Île face à La Rochelle. **R.** Domestiquer et faire obéir. Repérés. Cantine militaire. Récipient pour le ménage. Crochets.

VERTICALEMENT : 1. D'une manière qu'on n'oubliera pas. Donne un œuf. **2.** Du domaine du rêve. Produire un aspect opalin. Erbium. **3.** Amérindien de l'Utah. Vieux chaperons espagnols. Suiveur de gourou. **4.** Fortement secouée. Zeus l'envoya paître. Notée sur un support. **5.** Parfaitement retenu. Rotes. Fakirs et consorts. **6.** Moyen de défense. Capucin. Bouleversé. Prend du plaisir... ou du boyau. **7.** Cours alimentant le lac Balkhach. Maître de la langue allemande. Shoot. **8.** Chair de baudroie. Pourvu. Coulée brûlante à Hawaii. Fils d'ailleurs. **9.** Emprunté à la une. Sur-Marne, Jean en était comte. Capitale du Béarn.

vacances

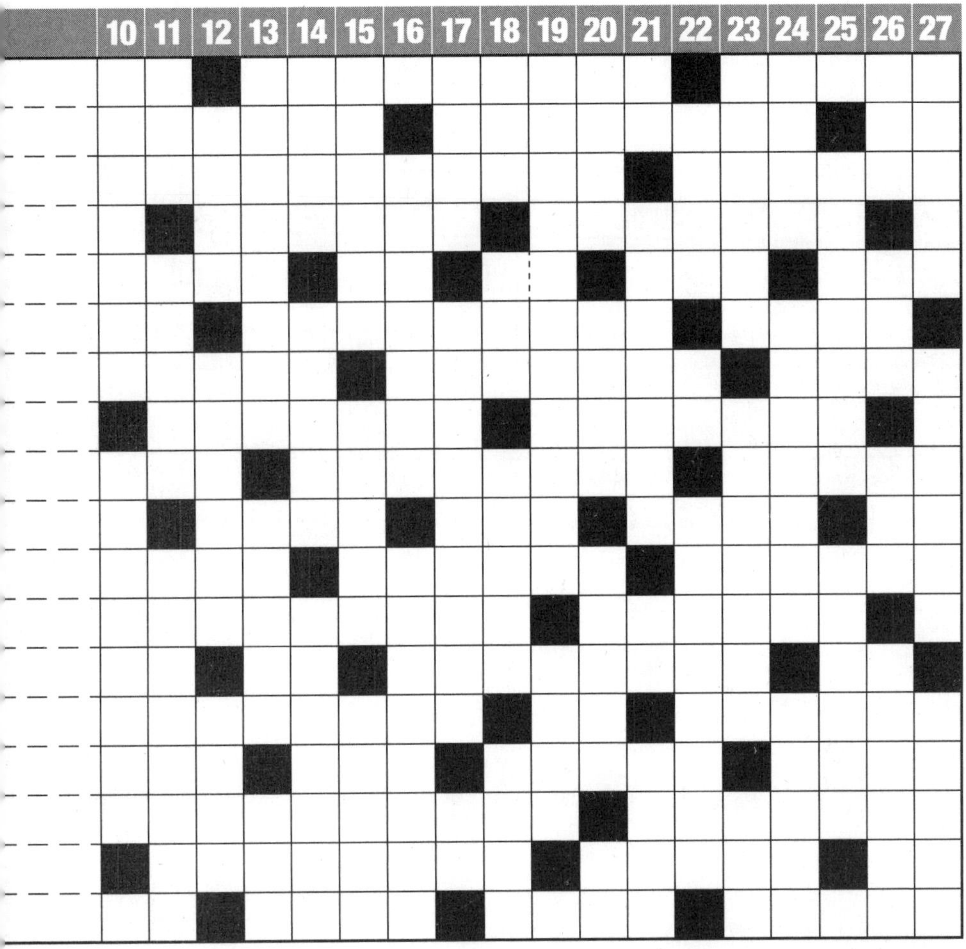

Électron-volt physique. **10.** Difficile à améliorer. Bénéficiaire d'un revenu minimal. **11.** Héros de *Matrix*. Prend la tête. Marcheurs à proximité. **12.** Argent de la rue. De Florence ou de Pise. Christiania de Norvège. **13.** Tendre nerveusement. Créé par des imprimeurs vénitiens. Einstein y a vu le jour. **14.** Attaché à ses idées. Installé sur une chaise. Prévenue du danger. **15.** Tenterai ma chance. Cette maison chuta en nouvelle. Obscurs. **16.** Entaille de menuisier. Marchas sans avancer. **17.** Une des premières victimes. Qui met en rogne. Entier naturel après zéro. **18.** Durillon. Copain. Où la bise circule. Domaines des neuf Muses. **19.** Réductions de poids. Traîne en manigançant quelque chose. **20.** Attache. Punaise d'eau. Tracas. Degré de la gamme. **21.** Pendant l'année. Gym de forme. Article contracté. D'un blanc non teinté. **22.** Pour. Titane du chimiste. Squelette. **23.** Candidat à la présidence, en 2017. Partenaire de Lee. Volaille au jeu. **24.** Vaste cinquième. Du corps céleste. Bonites. **25.** Appréciées. Agent en infiltration. **26.** Direction à suivre. Score de golfeur. Molécule. Glissé. **27.** Disciple. Rouler vite. Individus.

CRYPTOGRAMME

Remplacez chaque symbole par l'une des deux lettres qu'il crypte pour découvrir ce graffiti lu dans des toilettes publiques.

■	✿	✚	❤	♣	☼	▲	✖	◆	✱	●	✷	✪
A	B	C	D	E	F	G	H	I	J	K	L	M
N	O	P	Q	R	S	T	U	V	W	X	Y	Z

✷ ■ ❤ ♣ ✪ ✿ ✚ ♣ ■ ▲ ◆ ♣
_ _ _ _ _ _ _ _ _ _ _ _

✪ ♣ ✪ ■ ■ ❤ ✖ ♣ ,
_ _ _ _ _ _ _ _ ,

✷ ♣ ✚ ■ ✚ ◆ ♣ ♣
_ _ _ _ _ _ _ _

▲ ✿ ◆ ✷ ♣ ▲ ▲ ♣
_ _ _ _ _ _ _ _

■ ✖ ☼ ☼ ◆ .
_ _ _ _ _ .

C'EST **gâ**chis

Après la chasse au gaspi, voici la chasse au gâchis ! Tous les symboles de recyclage sont présents en même quantité, sauf un. Saurez-vous le repérer ?

BONUS

Observez les lettres bien placées sur fond gris foncé ou mal placées sur fond gris clair pour deviner le seul mot final possible. Attention, certaines lettres n'ont peut-être pas encore été proposées.

G Gris foncé

G Gris clair

O	M	N	I	V	O	R	E
O	L	I	B	R	I	U	S
O	C	C	U	P	A	N	T
O	D	O	R	A	N	T	E
O	B	S	T	A	C	L	E
O	_	_	_	_	_	_	_

FessesTifs

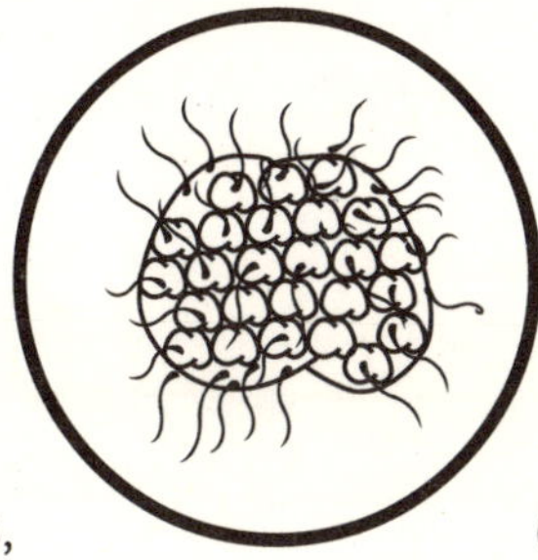

Vécébacter pilocula est une redoutable bactérie (inventée) faisant son nid dans les toilettes. Selon les espèces, son fessier et sa chevelure sont plus ou moins développés. Ah oui, nous sommes bien loin de la science que l'on vous a apprise ! Utilisez néanmoins un raisonnement tout ce qu'il y a de plus logique pour découvrir – en un élan festif – combien les bactéries de cette page (toutes identiques) ont de fesses et de tifs.

***Vécébacter pilocula 6*, constate Carline penchée sur son microscope, a plus de tifs que de fesses. Et en multipliant son nombre de fesses par son nombre de tifs, Carline trouve 77. Pourtant, *Vécébacter pilocula 6* n'a pas 7 fesses.**

Alors, Coco, combien de fesses et de tifs possède cette étrange bactérie ?

....

Usage De Faux

Parmi ces cinq propositions,
une seule n'est pas une *fake news*,
une « information mensongère ».
Laquelle ?

1. Un candidat visiblement éméché a annoncé « 10 litres » au lieu de « 10 lettres », au jeu *Des chiffres et des lettres*.

2. À Julien Lepers, demandant ce qui « était presque parfait » chez Hitchcock, un candidat a répondu : « Un dîner ».

3. À *Une famille en or,* à la question « Qu'est-ce que vous faites généralement dans le noir ? », une candidate nonagénaire a répondu : « Caca ».

4. Un footballeur ghanéen désigné « homme du match » a remercié – tout ému devant les caméras – Dieu, sa femme... et sa *girlfriend*, avant de se reprendre comme il pouvait !

5. En interview, Jacques Chirac a affirmé bien connaître Zazie, en parlant de Zinédine Zidane (au lieu de Zizou).

Blagues

La mémoire qui flanche

☺

Mamy galère devant ses mots croisés :
– Un mot en sept lettres, qui finit par OUILLE : « Se vide quand on tire un coup ! » Tu l'aurais trouvé, toi ? demande-t-elle à sa fille.
– Ben, DOUILLE, maman.
Alors Mamy prit sa gomme et effaça la première lettre...

***

Une dame âgée sort de chez le docteur.
– Capricorne ou balance, je ne sais plus ce qu'il m'a dit. Je vais être obligée d'y retourner.
Quelques minutes plus tard, chez le spécialiste :
– Vous m'avez dit capricorne ou balance, docteur ?
– Cancer, madame, cancer...

***

– Docteur, j'ai un problème, je perds la mémoire.
– Depuis quand ?
– Depuis quand, quoi ?

TAPIS C

Déterminez les valeurs relatives des pièces permettant d'affirmer qu'il y a autant d'argent à droite qu'à gauche sur les tapis A et B et répondez à la question finale concernant le tapis C.

TAPIS A

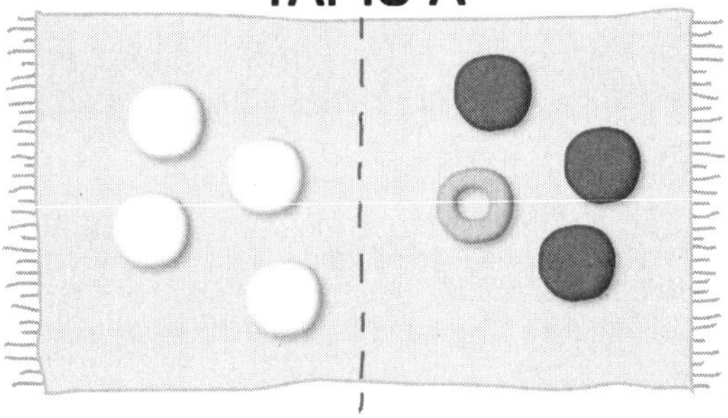

TAPIS B

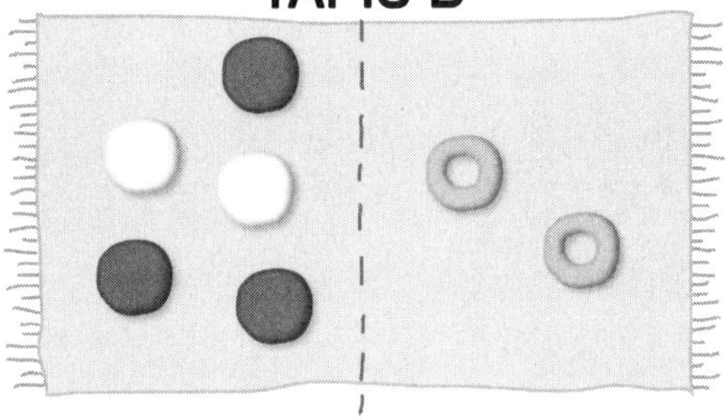

TAPIS C

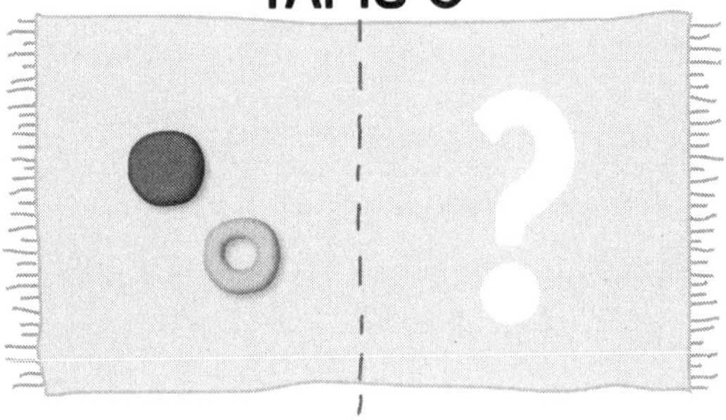

Combien faut-il de « pièces noires » pour qu'il y ait autant d'argent à droite qu'à gauche, sur le tapis C ?

Feins faim !

À l'aide des définitions, à-peu-près homophoniques (aux mots faux, nique !), trouvez les six mots solutions, en consommant la totalité de la réserve de lettres.

1. Faims.
2. Fins.
3. Fin.
4. Faim.
5. Feint.
6. Feins.

RÉSERVE DE LETTRES

A	C	C	D	D	E	E	E	E
E	I	I	I	I	L	L	L	M
N	N	N	O	O	P	R	R	S
S	S	S	S	T	T	U	U	U

Alphabête

Chacune des lettres de l'alphabet doit être utilisée une et une seule fois pour compléter les dix mots de la liste, où figurent au moins trois animaux. Biffez les lettres employées au fur et à mesure, mais attention aux pistes multiples.

1		A			T		D	E	
2		A	R	S					
3		L	A		O	N			
4		A	R		I	N	I		
5		U	I						
6		E			S	S	E		
7	O	U			A		E		
8		A	V		I				
9		E		U	R				
10			D	R	E				

A	B	C	D	E	F	G	H	I	J	K	L	M
N	O	P	Q	R	S	T	U	V	W	X	Y	Z

MANDALA

(M)OTS

- GAGNANTES
- MOT POUR MAUX
- MOI
- SOUFFLE COMME UN BÛCHERON
- TROMPÉ
- AFFECTÉ D'UN CHIFFRE
- GÂTÉES, FAVORISÉES
- ENLEVA
- VIEILLE PEAU
- CRYPTAGE
- PETITE QUANTITÉ
- SITUÉES EN AVANT DE LA BOUCHE
- COURSE À LA VOILE
- REHAUSSA DE TONS PRÉCIEUX
- SALARIÉ EN COLÈRE
- À TRAITER AU PLUS TÔT
- RISQUÉE
- ERBIUM
- ASSAINI
- EN VILLE
- MANUFACTURE
- VOLCAN JAPONAIS
- NÉGATION À RÉPÉTER
- LANCER
- FEMME-POISSON
- TAILLÉE
- BOUCHEZ ET POUX
- SINGER
- SOUS ROUMAINS
- DÉMONSTRATIF
- CHÂTEAU D'EURE-ET-LOIR
- MILLÉSIME
- PARADIS FISCAL
- VÉRIFIÉ
- A BESOIN D'HUILE
- SURVEILLANCE
- PRENDRA LA PLUME
- CALE EN *V*
- AGRICULTRICE
- ELLES FONT SOIXANTE MINUTES

(F)LÉCHÉS

TRAVAUX FORCÉS
CHANTEUSE DES *ROIS MAGES*
CONSIGNER À L'ÉTUDE
MILLE-PATTES
DIMINUE SA VITESSE
KILO-GRAMME
PRÉFIXE D'ÉQUITÉ
SÉDUIT
ESPIONNE
CROCHET DE BOUCHERIE

SE MARRE
SIGNE AVANT RÉSULTAT

AUTOCAR
KYRIELLES

TROUPES ROMAINES
PRONOM RÉFLÉCHI
GÉNÉRAL SUDISTE

COL SAVOYARD
AMPHI-THÉÂTRES
COURS AFRICAIN
DESSINE, MAIS MAL

FACILE À SOULEVER
MONARQUE

VOYAGER DE NUIT
TAMPON SUR PASSEPORT

MA POMME, À LA FIN
TRAITÉ COMME UNE CRÊPE

FÊTE AVEC MANÈGES
SÉLECTION
BRANCHÉ

IRLANDE

DOCTEUR
CONTEURS D'ÉPOPÉES
BOURRIQUE
HABITANT
DIXIÈME DE DIZAINE
DEUX FRÈRES D'ANNAUD

ASSURÉ
SVELTES
ÉBAHI ET MUET
FACTEUR DE VIOLONS

QU'IL GAGNE, À LA TÉLÉ !
NAPOLITAIN

COLLE
GIBECIÈRE
ÎLE
CHOQUER

PAIMPOLAIS
MOYENNE AU GOLF
PARMI

MINÉE
BOUCLIER
CONSPUÉE
EXAGÉRA-TION

ENNUYAIT, FATIGUAIT
REVENU SOLIDAIRE
OBTENUE

COIFFE FRANÇAISE
MÉTAL EN FILON

MARATHO-NIEN

CHEF-LIEU DU MAINE-ET-LOIRE
BRAME

ESCALETTRES

Sans utiliser de noms propres, ajoutez les lettres une à une, dans l'ordre imposé, pour former un mot sur chaque ligne. Respectez la position des lettres déjà inscrites jusqu'à la découverte du mot en bas de l'escalier.

↓	F	I	N							
+A		A								
+C										
+E										
+E			I							
+S				C						
+D										
+E										

chenille

Passez d'un mot au suivant, dans cette chenille, en opérant la substitution indiquée et en modifiant l'ordre des lettres. Hors noms propres, il n'y a qu'une solution par ligne, en tenant compte des lettres déjà placées. Je congratule chacun de vous, lecteurs et lectrices, d'être arrivé jusqu'ici et je vous dis...

– N + A										
– G + E										
– A + X										
– L + D										
– X + S										
– A + V										
– T + N	**C**									

– C + Z

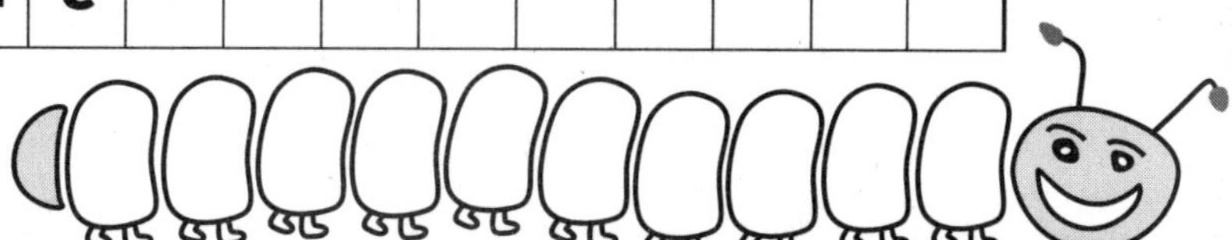

LES SOLUTIONS

P. 6

Coup-de-fil

CACATOÈS,
un cousin de Coco, de la famille des psittacidés.

P. 7

Bouche-trous

1. Pruneau. **2.** Urinaux. **3.** Nunchaku. **4.** Fourneau.
5. Fauconneau. **6.** Quintaux.

P. 8

LOGICO

9 et 2

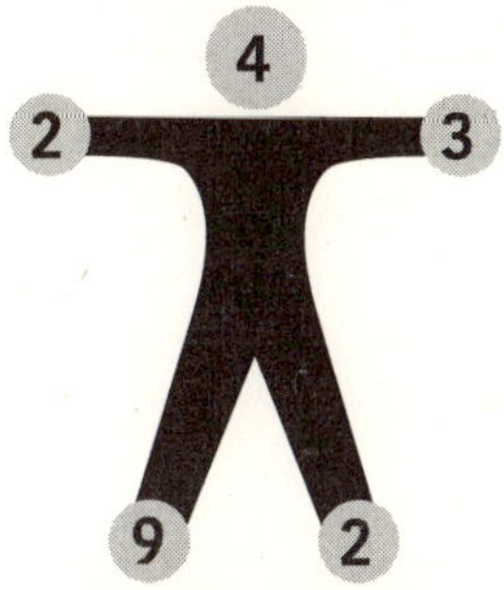

Constituez un nombre avec les chiffres des mains et multipliez-le par le chiffre dans la tête, pour obtenir le nombre constitué des deux chiffres des pieds.

Bonhomme 1 : 3 × 32 = 96.
Bonhomme 2 : 5 × 16 = 80.
Bonhomme 3 : 7 × 12 = 84.
Bonhomme 4 : 4 × 23 = 92.

P. 10-11

MOTS FLÉCHÉS

	D		M		C		C		C		U		A		R	
M	E	D	A	I	L	L	E		R	Y	T	H	M	A	I	T
	C	O	N	T	O	U	R	N	E	E		I	B	I	Z	A
C	A	M	I	O	N		F	O	O	T	B	A	L	L		X
	P	I	G	N	O	N		C	L	I	O		E	L	F	E
Z	O	N	A		N	E	M	E	E		A	R		E	R	E
	T	O	N	G	S							E	M	U	E	
V	A		C	A		Z					A	P	A	R	T	E
	B	R	E	C	H	E						A	S	S	I	S
C	L	E		H	E	U					O	S	S		L	T
	E	V	I	E	R	S		E		G		S	E	U	L	E
U	S	A	N	T	S		P	L	I	U	R	E		L	E	
		S	A	T	E	L	L	I	S	E	S		A	T	R	E
P	E	S	T	E		A	U	G	E		A	N	A	R		N
	J	E	T		A	D	M	I	R	E		O	R	A	L	E
B	E	R	E	T	S		E	B	A	H	I	E		M	U	E
	C		N	I	E	T		L	N		C	L	E	A	N	
O	T	I	T	E		A	M	E		G	O		T	R	U	C
	E	P	I	N	G	L	A	S	S	E	N	T		I	L	E
B	R	E	F		I	C	I		A	L	E	V	I	N	E	S

P. 12

SUDOKU-KU

1	2	3	4	5	6	7	8	9
6	7	5	8	2	9	4	3	1
8	9	4	1	3	7	6	5	2
5	4	6	2	1	3	8	9	7
2	1	9	7	4	8	5	6	3
3	8	7	9	6	5	1	2	4
9	5	8	3	7	1	2	4	6
4	6	1	5	9	2	3	7	8
7	3	2	6	8	4	9	1	5

P. 14

Un-Zéro

1	0	1	1	0	0	1	0
1	0	1	0	1	1	0	0
0	1	0	0	1	1	0	1
0	0	1	1	0	0	1	1
1	1	0	0	1	0	1	0
0	1	1	0	1	1	0	0
1	0	0	1	0	1	0	1
0	1	0	1	0	0	1	1

P. 16

QUID

1B. N'est-il pas étonnant que l'on appelle aujourd'hui « mannequin » un individu de grande taille, alors que ce terme vient du néerlandais *mannekijn* signifiant « petit homme » ?

2B. On a trace de la statuette dès 1451, mais en pierre. C'est depuis 1619 que le putto se fait bronzer. Une autre fontaine publique fait mention dès 1388 d'un « petit Julien » qui n'est pas le Manneken-Pis.

3C. Le premier costume officiel – datant de 1698, un habit bleu d'arquebusier de Bavière – n'a malheureusement pas survécu. Le Manneken-Pis se parait dès le XVIIIe siècle de quatre tenues par an, mais c'est surtout au XXe que sa garde-robe s'est étoffée.

P. 17

Hello, Samuel !

« Morse loufoque cherche zoo généreux lui offrant triple enclos. »

P. 18-19

CROISÉS 3D

P. 21

#CROISILLONS#

	P	A	R	E	S	S	E	
	E		O			E		
	R	E	C	T	A	L		
	R		H			E		
C	O	D	E	T	E	N	U	S
	Q		L			I		
	U		A	N	G	E	S	
	E		I			N		
P	T	O	S	E	S			
			E					

P. 22

Le Pendu

RÉPÉTITIF

Fastoche pour un perroquet !

P. 23

Le Trou

1. Java (Michel Sardou, *La Java de Broadway*).
2. Philosophie (Amel Bent, *Ma philosophie*).
3. Gosses (Florent Pagny, *Ma liberté de penser*).
4. Rêves (Soprano, *Le Coach*).
5. Casser (Daniel Balavoine, *Mon fils, ma bataille*).
6. Conversations (Louane, *Si t'étais là*).

P. 24

PiPiramidal

628

274 354

110 164 190

42 68 96 94

14 28 40 56 38

2 12 16 24 32 6

P. 26

LE CHICHSTRAC

FOURMIS

P. 27

MOTOCROTTE

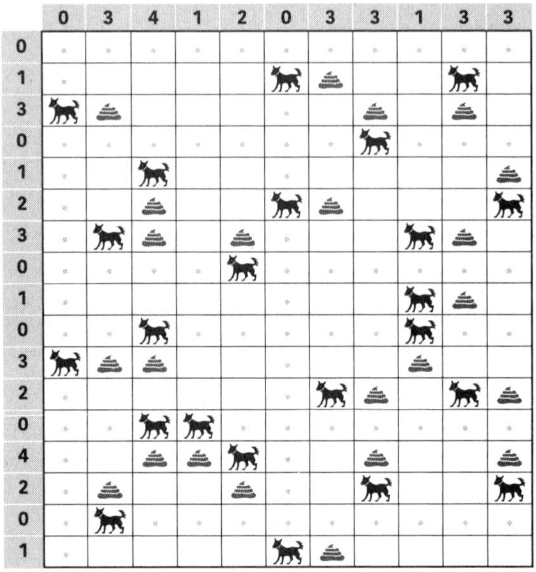

P. 28-29

LA TÊTE AU CA-CARRÉ

RÔNIER 21 RENOIR	DIRE NON 12 INONDER	TRENTE 5 TRENET	RIA 9 AIR	OBTENIR 18 ROBINET
ÉROS 10 ROSE	TAMISER 19 ÉMIRATS	FAUCRES 23 SURFACE	CADUQUE 11 AQUEDUC	GÉNIE 2 NEIGE
USURE 13 SUEUR	RUINE 1 URINE	ANNOTAIT 7 NATATION	COUDE 20 DOUCE	CŒURS 24 SOURCE
AGENT 17 ÉTANG	GOUETS 25 ÉGOUTS	CANOË 14 OCÉAN	REBAT 3 BÉART	ÉBLOUIRAI 6 OUBLIERAI
ARROGEAS 4 ARROSAGE	RAME 8 MARE	REDOUL 16 LOURDE	INGÉRÉE 22 ÉNERGIE	ÉON 15 NOÉ

U	N		B	A	T	O	N		M	A		R	A	I	S	O	N
1	2		3	4	5	6	7		8	9		10	11	12	13	14	15

L	E		R	E	D	R	E	S	S	E
16	17		18	19	20	21	22	23	24	25

P. 31

7 HORREURS

P. 32

COLLIER de perlouses

14	13	12	2	1
15	16	10	11	3
17	19	25	9	4
20	18	8	24	5
21	22	23	7	6

P. 33

MÉGA(cô)lon

CARTOMANCIENNE

Elle vous propose un service à la carte.

P. 34-35

MOTS FLÉCHÉS

	F		A		D		T		E		E		A		D	
R	O	N	F	L	E	M	E	N	T		M	A	I	S	O	N
	R	O	T	U	R	E		A	E	R	O	D	R	O	M	E
E	M	U	E		A	L	E	N	T	O	U	R	S		P	M
	I	N	R	A	C	O	N	T	A	B	L	E		S	T	O
A	D	O		N	I	N	J	A		O	U	T	R	E	E	
	A	U	T	A	N		O	I	N	T	E		E	C	U	S
P	B		U	P	E	R	I	S	E		S	A	L	U	R	E
	L	O	B	E		E	N	E	M	A		M	U	R		V
D	E	L	E	S	T	A	T		E	N	T	E		I	R	E
	M	I		T	O	L	E	R	E		U	N	I	T	E	
L	E	V	I	E	R		S	A		O	N		R	E	V	A
	N	E	M		E	U		V	I	S	E	U	R		E	L
S	T	E	P	H	A	N	O	I	S	E		R	E	C	R	E
		T	A	U		O	P		B	E	R	B	E	R	E	S
P	A	T	R	I	E		E	L	A		M	A	L	U	R	E
	S	O	F	T	W	A	R	E		A	I	N				
L	I	M	A		I	D	E	A	U	X		I				
	L		I	N	N	E		U	R	E	E	S				
C	E	N	T	I	G	R	A	D	E		H	E				

P. 36

SPHINX Ter

GLACE : pain de glace, le sang qui se glace (verbe ici), Mer de Glace, sports de glace, armoire à glace, rester de glace.

P. 37

ROSACE

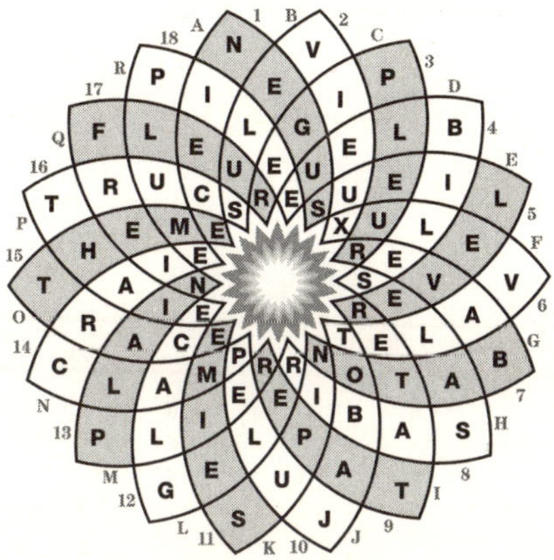

P. 39

SUDOKU-KU

4	2	9	7	6	3	5	8	1
3	5	1	9	8	2	4	6	7
8	6	7	4	5	1	3	9	2
5	1	8	6	9	7	2	4	3
2	9	4	3	1	5	6	7	8
6	7	3	8	2	4	1	5	9
1	4	6	2	7	9	8	3	5
9	3	2	5	4	8	7	1	6
7	8	5	1	3	6	9	2	4

P. 40-41

QUI FAIT QUOI ?

Étudiants	Hans Édédé	Jean Peuplu	Minnie Salair	Thelma Rasm	Thésée Xamin
Âges	18 ans	20 ans	22 ans	21 ans	19 ans
Études	Maths	Politique	Beaux-Arts	Sport	Philo
Jobs	2	4	5	6	3

P. 42

BONUS

MARMITE

M, R et E sont bien placés ; restent à caser A, T, I et un second M pour la seule solution possible : MARMITE.

P. 44

AnaPhrases

1. Atlante, étalant, Tantale.
2. Câblier, calibre, bercail.
3. Insister, sinistre, tisserin.

P. 45

Calculs durs, hein !

50 – 1 = 49 ; 4 + 7 = 11 ; 49 × 11 = 539 et 539 – 1 = 538.

P. 46

LA CIBLE

Beauté, luxe, calme et volupté
(en lisant une lettre sur cinq).
Après « ordre », ce sont les mots utilisés par Charles Baudelaire dans *L'Invitation au voyage*.

P. 47

Pêche à la Pêche

COMBATTIVITÉ

C'est avoir la pêche et parfois en distribuer...
Le mot s'écrit aussi avec un seul T.

P. 48

LA SUITE

1

La suite partant du sommet décroît de 12 (188 – 176), puis de 13 (176 – 163), puis de 14, 15, 16, 17, 18, 19, 20 et enfin 21 (44 – 23). Elle doit ensuite diminuer de 22 et le dernier terme sera par conséquent : 23 – 22 = 1.

P. 49

Cessons ces sons

							N				B			
						C	O	N	J	U	R	O	N	S
							U				U			
				P	O	S	S	E	S	S	I	F		
				L							T			
C	O	N	J	U	G	A	I	S	O	N	S			
				R										
				I										
				E										
				L										

P. 50

ALPHAKU-KU

On lit WATERBUCK dans la colonne centrale. Cette antilope vit non loin des points d'eau : vérifiez dans vos toilettes s'il n'y en a pas une.

B	R	A	K	W	E	U	T	C
T	U	E	R	A	C	W	B	K
C	W	K	B	T	U	E	R	A
A	K	T	U	E	W	R	C	B
U	B	C	A	R	T	K	E	W
W	E	R	C	B	K	T	A	U
R	C	W	E	U	A	B	K	T
K	T	B	W	C	R	A	U	E
E	A	U	T	K	B	C	W	R

P. 52-53

GRANDES vacances

B	L	A	N	C	H	E	N	E	I	G	E	E	T	L	E	S	S	E	P	T	N	A	I	N	S	■
R	E	P	A	R	A	T	E	U	R	■	U	N	O	■	L	I	O	■	O	I	E	■	N	E	O	N
■	V	E	N	I	R	■	R	E	M	E	R	C	I	A	I	■	I	R	I	S	E	E	S	■	U	I
A	E	R	A	■	P	O	U	■	A	M	O	R	T	I	S	S	E	U	R	S	■	V	O	I	L	E
L	■	I	S	L	A	N	D	E	■	I	S	E	■	R	A	T	■	P	E	E	L	I	N	G	■	C
M	A	T	■	I	G	U	A	N	E	S	■	D	I	A	B	E	T	E	S	■	E	T	O	N	N	E
A	R	I	S	T	O	S	■	T	R	E	V	E	S	■	E	R	O	S	■	E	G	A	R	A	I	■
■	A	F	F	I	N	I	T	E	S	■	E	C	L	A	T	E	■	T	A	G	E	■	I	M	A	M
F	I	■	I	E	■	E	U	T	E	S	■	H	A	C	H	O	I	R	S	■	R	E	S	E	M	E
I	G	N	O	R	A	N	T	E	■	A	B	I	M	E	■	T	R	E	P	A	S	S	E	■	E	N
E	N	A	■	E	L	■	E	S	P	I	O	N	■	S	O	Y	A	■	I	D	■	K	E	N	Y	A
V	E	R	T	■	E	M	U	■	A	N	N	E	E	■	C	P	■	P	R	O	M	I	S	E	■	C
R	E	C	O	N	V	E	R	T	I	E	S	■	G	A	R	E	N	N	E	■	E	M	■	T	U	E
E	■	I	N	D	I	C	■	U	T	■	A	S	A	N	A	■	A	E	R	O	P	O	R	T	S	■
U	R	S	S	■	N	E	F	E	R	T	I	T	I	■	T	E	T	U	■	S	R	■	I	E	N	A
S	A	S	■	P	A	N	E	R	A	I	■	R	E	G	■	V	A	S	E	L	I	N	E	■	E	S
E	P	E	P	I	N	E	E	■	I	N	C	A	■	R	E	E	L	■	P	O	S	E	U	S	E	S
S	E	■	O	S	T	■	S	O	T	T	I	S	I	E	R	■	E	C	O	■	E	C	R	A	S	E

P. 54

ESCALETTRES

↓	MOT
+E	TOME
+R	METRO
+N	MENTOR
+S	MONSTRE
+A	MATRONES
+G	ANGSTROEM
+O	GASTRONOME

P. 55

C'EST gâchis

Il n'y a que 5 ampoules, alors que tous les autres symboles sont au nombre de 6.

P. 56

Alphabête

1. Kangourou. **2.** Mazout. **3.** Écureuil. **4.** Bijoux. **5.** Perruque. **6.** Défaveur. **7.** Horloge. **8.** Sermon. **9.** Gypaète (vautour). **10.** Twist.

Ni minous, ni hiboux, ni perruche, par exemple, parmi les fausses pistes animales.

P. 58

chenille

CACA

	P	I	P	I
– P + T	T	I	P	I
– I + R	T	R	I	P
– T + A	P	A	I	R
– I + C	P	A	R	C
– P + N	C	R	A	N
– N + T	T	R	A	C
– T + A	A	C	R	A
– R + C	C	A	C	A

P. 59

PO-POKER

Coco : un **S** pour OISEAUX.

Doyle : un **U** pour SÉQUOIA.

Édith : un **L**, tout comme Carline, pour BABIOLE.

P. 60-61

(M)OTS (F)LÉCHÉS

■	O	■	I	■	S	■	B	■	A	■	P	■	E	■	A	■
T	R	A	N	S	P	I	R	A	N	T	E	■	N	A	B	I
■	N	Y	C	T	A	L	O	P	E	■	R	H	O	V	Y	L
S	E	M	E	E	■	L	U	P	E	R	C	A	L	E	S	■
■	M	A	R	N	I	E	■	E	S	A	U	■	A	N	S	E
C	A	R	T	O	N	■	I	R	■	S	T	A	T	■	A	L
■	N	A	I	S	S	A	N	T	E	■	E	T	E	U	L	E
P	I	■	T	E	U	L	E	■	P	A	R	I	■	L	E	V
■	S	O	U	■	B	E	L	A	I	R	■	M	O	N	■	A
S	T	U	D	I	O	■	I	L	A	N	G	I	L	A	N	G
■	E	■	E	N	R	A	G	E	■	O	R	E	E	■	I	E
I	S	L	A	N	D	A	I	S	E	■	A	S	R	A	M	■
■	■	O	B	E	I	■	B	E	N	I	T	■	O	M	E	T
L	A	C	S	■	N	I	L	■	T	O	U	R	N	A	G	E
■	P	H	O	N	A	T	E	U	R	■	I	I	■	N	U	L
D	A	■	L	U	T	E	■	R	E	S	T	A	N	T	E	S
■	T	A	U	■	I	M	P	U	T	E	■	N				
L	I	B	E	R	O	■	U	S	I	N	A	T				
■	T	E	■	A	N	A	R	■	E	T	R	E				
D	E	L	H	I	■	C	O	R	N	E	E	S				

P. 62

Usage De Faux

2. Les pilotes voulaient rendre hommage aux victimes du coronavirus et à ceux ayant perdu leur emploi, notamment dans le domaine de l'aviation.
L'offre d'un milliard de dollars pour ABBA aurait été formulée en 1999 et refusée… ce qui nous laisse douter de sa réalité, malgré ce qu'affirment certains sites.

P. 63

CrYPtoGramme

« En attendant devant la porte des toilettes. »

P. 64

Bouche-trous

1. Automnaux, muscinaux, duodénaux ou surrénaux.
2. Aquanaute. **3.** Unguéaux. **4.** Étourneau.
5. Funambules. **6.** Lunatique.

P. 66

LE CHICHSTRAC

MÉMOIRE

P. 67

SUDOKU-KU

4	2	8	1	7	5	3	6	9
1	7	9	3	6	4	2	8	5
6	5	3	8	9	2	7	4	1
5	3	6	2	1	8	9	7	4
9	8	4	6	3	7	5	1	2
2	1	7	4	5	9	8	3	6
3	9	5	7	4	6	1	2	8
7	6	2	9	8	1	4	5	3
8	4	1	5	2	3	6	9	7

P. 68-69

LA TÊTE AU CA-CARRÉ

MENIONS 8 SIMENON	LISEUR 21 SILURE	OPINES 2 ESPION	GALONNER 20 ALGERNON	ROULANTS 14 ULTRASON
MOISAIS 17 SIAMOIS	UNIT 15 NUIT	CÔNE 9 ONCE	VOILER 23 OLIVER	ANCIEN 1 CANINE
TARTEMPION 24 IMPORTANTE	CÉSAR 3 SACRÉ	RENOUE 16 ENROUÉ	ROGNURE 12 RONGEUR	ORIN 10 NOIR
MOT 11 TOM	GÉMINÉ 7 ÉNIGME	UN 25 NU	GÎTER 4 TIGRE	PISTA 18 TAPIS
TRAQUE 5 QUATRE	PÊCHER 19 PERCHÉ	LONGE 13 ONGLE	RUINE 6 URINE	LITERIE 22 LITIÈRE

C'	E	S	T	Q	U	E	S	O	N
1	2	3	4	5	6	7	8	9	10

T	R	O	U	N'	E	S	T	P	A	S	L	O	I	N
11	12	13	14	15	16	17	18	19	20	21	22	23	24	25

P. 71

#CROISILLONS#

	A	M	A	R	R	E	S	
	N		U			V		
	A	D	J	U	G	E		
	G		O			I		
B	R	O	U	I	L	L	E	S
	A		R			L		
	M		D	U	R	E	E	
	M		H			S		
B	E	A	U	T	E			
			I					

P. 72

BURGER

PARESSEUSE

Eh oui ! on dit « une femelle paresseux », pour les animaux en couverture de votre *Officiel*. La poussine est une poulette suisse, dans cette amusette.

CRA	**PA**	UDE
ÉCU	**RE**	UIL
POU	**SS**	INE
FIL	**EU**	SES
AMU	**SE**	TTE

P. 73

7 HORREURS

P. 74

MÉGA(cô)lon

CONTAMINATRICE

Telle la main aux fèces, en période d'épidémie…

P. 76

QUID

1. Wes Craven. **2.** Winston Churchill.
3. William Cody. **4.** Wallace Collection.
Le refrain s'inspire du final du *Lac des cygnes*.
5. Walter Chrysler (*Chrysler Building*).
6. Wilt Chamberlain.

P. 77

CA-CARRÉ MAGIQUE

19	20	2	1	23
21	10	15	14	5
18	17	13	9	8
4	12	11	16	22
3	6	24	25	7

P. 78-79

CROISÉS 3D

P. 81

Le Trou

1. Morue (Jacques Brel, *Amsterdam*). **2.** Douceur (Kendji Girac, *Les Yeux de la mama*). **3.** Plaindre (Céline Dion, *Encore un soir*). **4.** Passion (Axel Red, *Sensualité*). **5.** T'embrasser (Nicoletta, *Mamy Blue*). **6.** Gens (Maître Gims, *Bella*).

P. 82-83

CLÉS EN MAIN

BOUCANIER

Carline devait penser à ses amis pirates, en mettant les graines sous clé.

P. 84-85

MOTS FLÉCHÉS

■	P	■	A	■	S	■	F	■	C	■	A	■	I	■	T	■
P	R	O	P	I	T	I	A	T	O	I	R	E	S	■	H	O
■	I	M	P	R	E	S	C	R	I	P	T	I	B	L	E	S
A	M	E	R	■	P	O	■	O	N	■	E	S	A	U	■	I
■	O	R	E	S	■	G	A	P	■	P	R	E	S	T	E	R
M	A	T	H	E	M	A	T	I	C	I	E	N	■	I	C	I
■	C	A	E	C	U	M	■	S	O	N	■	S	I	N	U	S
O	C	■	N	U	D	I	S	M	E	■	E	T	I	E	R	■
■	E	R	S	■	R	E	P	E	R	A	G	E	■	R	A	M
A	D	M	I	R	A	■	A	S	C	A	R	I	S	■	G	O
■	A	■	O	U	■	C	M	■	I	R	O	N	I	S	E	R
I	N	O	N	D	E	E	■	A	B	A	T	■	X	L	■	O
■	T	U	■	E	X	■	D	I	L	U	A	N	T	■	P	S
R	E	L	A	N	C	E	U	S	E	■	N	U	E	R	A	I
■	■	I	N	T	E	R	N	E	■	E	T	A	■	A	R	T
C	A	P	■	E	L	■	E	M	I	N	E	N	T	■	T	E
■	F	I	C	E	L	E	■	E	S	T	■	C				
O	T	E	E	■	E	M	A	N	E	R	A	I				
■	E	N	D	O	R	M	I	T	■	E	V	E				
E	R	S	E	S	■	A	L	■	R	E	E	R				

P. 87

BONUS

BOUCHON

Le mot contient B, U, C, H et un seul N (benzène), mais pas les trois voyelles suivantes : A, E, I. Sur les quatre mots possibles restants, BRUNCHS, BRUCHON et BÛCHONS sont éliminés car la solution ne contient ni R ni S (burmese). Il ne reste que BOUCHON. Dans tous les jeux de ce type qui suivront, si toutes les lettres de la solution ne figurent pas dans les cinq mots donnés dans la grille, constituez-vous un petit alphabet, rayez les lettres interdites et essayez toutes celles qui restent possibles.

P. 88

FessesTifs

41 fesses et 67 tifs.

Si la solution de ce problème est unique, c'est qu'elle s'obtient en multipliant deux nombres premiers. En effet, s'il avait fallu trouver 36, les solutions auraient été multiples :
2 × 18 ; 3 × 12 ; 4 × 9. Ici, il existe un seul produit aboutissant à 2867 : 41 × 67. *Vécébacter pilocula 1* a donc 41 fesses et 67 tifs.

P. 89

SPHINX Ter

FUSIL : fusil à (aiguiser les) couteaux, la fleur au fusil, couché en chien de fusil, décharge de fusil, changer son fusil d'épaule, coup de fusil.

P. 90

BRIQUES

« Le Rouge et le Noir – Ô, éternel orgueil »

Teinté d'arrivisme, l'orgueil entraîne Julien Sorel dans la conquête de Mathilde.

B	A	L	C	O	N	S
P	R	E	F	E	R	E
B	A	R	Y	T	O	N
P	H	O	C	E	E	N
B	O	U	V	R	I	L
L	E	G	E	N	D	E
C	H	E	V	E	U	X
T	R	E	I	L	L	E
M	A	T	R	O	N	E
A	I	L	E	R	O	N
A	V	E	U	G	L	E
C	O	N	D	U	I	T
C	H	O	M	E	U	R
B	R	I	T	I	S	H
C	A	R	O	L	I	N

P. 92-93

GRANDES vacances

E	N	T	R	E	D	E	U	X	G	U	E	R	R	E	S	■	E	B	R	A	N	C	H	A	G	E
F	O	U	I	N	E	■	R	E	L	I	G	I	E	U	S	E	M	E	N	T	■	R	O	L	E	S
F	I	N	E	■	P	E	I	N	A	■	A	B	E	L	■	N	U	A	■	T	E	S	T	E	■	S
R	E	N	N	A	I	S	■	A	D	O	R	A	■	A	D	V	E	R	B	E	S	■	T	A	T	E
I	■	E	D	I	T	E	R	■	I	N	E	M	P	L	O	I	■	N	A	I	T	R	E	■	A	N
T	A	L	E	R	■	R	A	B	A	T	■	B	A	I	S	E	M	A	I	N	■	A	S	S	I	T
E	R	■	R	E	C	I	T	A	T	■	F	E	L	E	S	■	I	I	■	T	A	G	■	A	L	I
M	A	X	I	■	I	N	■	T	E	I	L	L	E	■	I	N	E	S	P	E	R	E	E	■	L	E
E	G	E	E	N	N	E	S	■	U	V	A	L	■	A	S	A	■	E	S	■	M	A	R	C	E	L
N	O	■	N	O	E	■	A	C	R	E	■	E	P	I	T	R	E	■	I	R	I	S	E	E	■	L
T	N	T	■	I	M	A	G	E	■	S	N	■	A	L	E	R	T	A	T	E	S	■	I	N	D	E
■	A	B	U	S	A	I	E	N	T	■	O	P	T	E	■	E	C	O	T	■	T	A	N	T	E	■
G	I	■	N	E	■	E	M	E	U	T	I	E	R	■	A	R	E	C	■	K	I	L	T	■	N	B
A	S	C	E	S	E	■	E	S	S	O	R	■	I	O	D	A	T	■	B	A	C	T	E	R	I	E
L	E	U	S	■	V	I	N	■	S	C	A	R	O	L	E	■	E	P	I	L	E	E	■	E	V	A
O	■	I	C	I	■	E	T	N	A	■	T	O	T	■	R	A	R	E	T	E	■	R	E	M	E	T
P	U	R	O	T	I	N	■	S	U	C	R	I	E	R	■	C	A	L	O	■	F	E	R	U	L	E
E	T	E	■	E	L	A	N	■	D	I	E	■	S	U	C	E	■	A	S	S	I	E	G	E	E	S

P. 94

Pêche À LA Pêche

DÉTERMINATION

C'est un trait de caractère d'une personne manifestant de la volonté, qui a donc la pêche.

P. 95

TAPIS C

1 pièce noire

Enlevez une pièce blanche de chaque côté du tapis B, puis comparez les 2 pièces trouées restantes avec celles du tapis A : 2 pièces trouées = 3 pièces noires – 1 pièce blanche = 1 pièce noire + 3 pièces blanches.
Ajoutez une pièce blanche et enlevez une pièce noire de chaque côté de cette égalité :
3 pièces noires – 1 pièce noire = 3 pièces blanches + 1 pièce blanche, soit 2 pièces noires = 4 pièces blanches.
Donc, l'équivalent de « 2 pièces blanches », c'est une seule pièce noire.

P. 96

Calculs durs, hein !

Nous parlons d'approche car, selon l'ordre dans lequel vous aurez effectué vos multiplications arrivant à 108 (9 × 4 = 36 et 36 × 3 = 108) ou vos additions parvenant au 11 (3 + 5 = 8 et 8 + 3 = 11), vous pourriez avoir l'impression d'avoir trouvé une autre méthode ; mais elle serait similaire à l'une des deux présentées ci-dessous.

Première approche : (108 – 5) × 7.
3 × 4 = 12 ; 12 × 9 = 108 ; 108 – 5 = 103 et 103 × 7 = 721.

Deuxième approche : (99 + 4) × 7.
3 + 3 = 6 ; 6 + 5 = 11 ; 11 × 9 = 99 ; 99 + 4 = 103 et 103 × 7 = 721.

P. 98

chenille

LOISIR

	B	O	U	L	O	T
– O + R	B	R	U	L	O	T
– B + E	O	U	R	L	E	T
– U + M	M	O	R	T	E	L
– L + A	O	M	E	R	T	A
– M + I	O	T	A	R	I	E
– E + S	A	R	I	S	T	O
– T + L	S	A	L	O	I	R
– A + I	L	O	I	S	I	R

P. 99

LOGICO

1, 3, 4 et 0

- Dans la première roue, le total de deux chiffres dans des secteurs diamétralement opposés vaut toujours 9 (1 + 8 ; 5 + 4 ; 2 + 7 ; 6 + 3).
- Dans la deuxième roue, ce total vaut toujours 8 (2 + 6 ; 1 + 7 ; 4 + 4 ; 3 + 5).
- Dans la troisième, ce total est 7 (2 + 5 ; 1 + 6 ; 3 + 4 ; 7 + 0).
- **Dans la quatrième,** ce total doit valoir 6 et il faudra par conséquent positionner, diamétralement opposés aux chiffres 6, 2, 3 et 5, les compléments 0, 4, 3 et 1.

P. 102-103

LA TÊTE AU CA-CARRÉ

STERLET 19 LETTRES	TROUVÉE 2 OUVERTE	SŒUR 23 EUROS	RÉALISA 1 SALAIRE	DAMNÉE 20 AMENDE
CAFTEUR 4 FACTURE	ROMÉIQUE 17 MOQUERIE	CARTE 8 RECTA	LONGE 14 ONGLE	RUSIONS 22 OURSINS
ENCOURIR 15 NOURRICE	NEY 10 YEN	REPENDES 13 DÉPENSER	DICTER 16 CRÉDIT	TAXER 11 EXTRA
ÎLE 21 LEI	ÉTÊTEZ 12 ZÉTÈTE	DOSERAI 18 ARDOISE	GRENAT 9 ARGENT	FRITON 5 FORINT
BOULER 6 ROUBLE	TEINTER 24 INTÉRÊT	SUEUR 3 USURE	AVILIRONS 25 LIVRAISON	PROMISE 7 IMPOSER

S	O	U	F	F	R	I	R
1	2	3	4	5	6	7	8

A	Y	E	Z
9	10	11	12

D	O	N	C
13	14	15	16

M	A	L
17	18	19

A
20

L'	O	E	I	L
21	22	23	24	25

P. 104

SUDOKU-KU

5	1	3	2	6	9	8	4	7
8	4	6	3	1	7	5	2	9
7	2	9	8	5	4	1	3	6
1	3	5	7	8	6	2	9	4
6	9	4	1	2	5	3	7	8
2	7	8	4	9	3	6	1	5
3	8	7	6	4	1	9	5	2
4	5	2	9	3	8	7	6	1
9	6	1	5	7	2	4	8	3

P. 106

Allez, hâlez !

							L		
							A	U	X
C	H	E	M	I	N		C		
			O				T		
M	A	R	C	A	S	S	I	N	
			H				Q		
	P	O	E	T	I	Q	U	E	
					T		E		
B	R	O	N	Z	E	Z			

P. 107

Hello, Samuel !

« Fin de carrière pour la championne olympique de natation pas très futée : tant va la cruche à l'eau qu'à la fin elle se casse. »

P. 108-109

(M)OTS (F)LÉCHÉS

				■	D	■	U	■	E	■	D	■	R	■	E	■
				D	E	S	S	E	C	H	E	M	E	N	T	S
				■	L	O	U	L	O	U	■	A	C	E	R	E
				B	E	D	E	■	N	I	C	O	T	■	E	N
■	D	■	I	■	G	A	L	I	O	T	E	■	O	M	I	S
D	O	U	D	O	U	■	L	E	M	■	N	A	R	I	N	E
■	P	R	E	F	E	R	E	■	E	N	T	R	A	N	T	S
M	A	T	A	F	■	E	M	I	S	E	■	O	T	E	E	■
■	M	I	L	I	C	I	E	N	■	S	A	M	■	U	S	E
T	I	C	■	C	O	N	N	A	I	S	S	E	U	R	■	S
■	N	A	G	E	■	E	T	■	N	I	T	■	R	E	P	S
G	E	N	E	■	U	T	■	E	G	E	R	I	E	■	I	O
■	■	T	R	O	T	T	E	U	R	■	E	L	S	T	A	R
T	R	E	M	P	E	E	S	■	A	S	S	E	■	O	N	■
■	E	■	A	I	S	■	O	S	T	O	■	A	S	P	I	C
A	V	E	N	U	■	U	P	P	E	R	C	U	T	■	S	E
■	E	L	I	M	I	N	E	E	■	T	A	X	E	E	S	■
G	L	A	S	■	V	I	■	L	I	E	D	■	P	L	I	S
■	E	N	T	E	R	R	E	E	S	■	R	E	S	U	M	E
O	E	D	E	M	E	■	Z	O	O	M	E	R	■	S	O	N

P. 110

Usage De Faux

5. Ces îles se situent dans le détroit de Béring, non loin de la ligne de changement de date. En fixant l'ouest, par une nuit claire, vers 23h59 un samedi, vous apercevrez donc un endroit où nous sommes déjà... dimanche ! Pour le Doc, Christopher Lloyd a joué dans *La Famille Addams* (Fester, Oncle Fétide), mais ce n'est pas celle de Kev, dont le nom ne contient qu'un D.

P. 112

Un-Zéro

Si vous pensez avoir trouvé une autre solution, vérifiez que vous n'avez pas deux lignes (ou deux colonnes) rigoureusement identiques, ce qui est interdit.

1	0	0	1	1	0	0	1
1	0	1	0	0	1	0	1
0	1	1	0	1	0	1	0
1	0	0	1	0	1	1	0
0	1	0	0	1	1	0	1
1	0	1	1	0	0	1	0
0	1	0	1	1	0	0	1
0	1	1	0	0	1	1	0

P. 113

Bouche-trous

1. Funérarium (les crêpes de deuil, évidemment).
2. Surnaturel.
3. Communauté (de l'Anneau, dans l'œuvre de Tolkien).
4. Journaleux. **5.** Municipaux.
6. Nunavumiuq (du Nunavut, entre le Nord du Canada et le Groenland, à ne pas confondre avec « nunavimiuq », du Nunavik, dans la région Nord-du-Québec).

P. 114-115

CROISÉS 3D

P. 116

Le Pendu

PARESSEUX

Comme les animaux en couverture.

P. 117

LE CHICHSTRAC

RHUME

P. 119

Coup-de-fil

IMITATIF,

comme le perroquet sait l'être.

P. 120

SPHINX Ter

QUATRE :

tiré à quatre épingles, dire ses quatre vérités,
ne pas y aller par quatre chemins,
monter (les marches) quatre à quatre,
manger comme quatre, quatre-épices.

P. 121

C'EST gâchis

L'ampoule dans les mains est présente en 6 exemplaires, les autres symboles en seulement 5.

P. 122

PiPiramidal

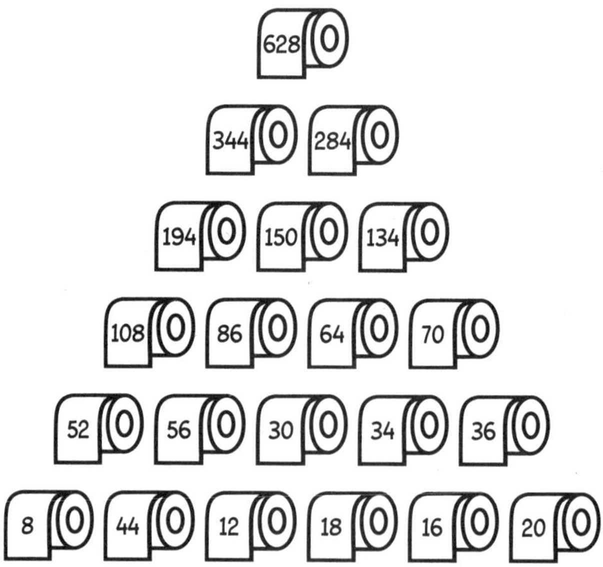

P. 124-125

LA TÊTE AU CA-CARRÉ

APÉRO 10 OPÉRA	SCORE 18 CORSE	ARSENICS 7 NARCISSE	AVENIR 5 NAVIRE	VIRAGE 25 RIVAGE
VOGUERA 23 OUVRAGE	ISOTOPES 15 ESPOSITO	OUVERT 2 TROUVE	SURJOUE 22 JOUEURS	ÉPHORE 3 ORPHÉE
ÉTIOLÉ 17 ÉTOILE	ZEN 20 NEZ	NÉRÉIS 13 SIRÈNE	POQUÉE 6 ÉPOQUE	RAMAIS 9 MARAIS
DILUERA 14 LAIDEUR	AVENUS 4 NÆVUS	NUISONS 24 UNISSON	LIE 11 ÎLE	UNIT 12 NUIT
VEINE 1 ENVIE	ÉTRILLE 8 TELLIER	OBÉISSONS 19 OBSESSION	MORDANT 21 DORMANT	GÉRÉS 16 SERGE

E	T	O	N	N	E	N	T
1	2	3	4	5	6	7	8

M	O	I	N	S
9	10	11	12	13

L	E
14	15

S	E	C	O	N	D
16	17	18	19	20	21

J	O	U	R
22	23	24	25

P. 126

PO-POKER

Coco : un **O** pour URINOIR. Doyle : un **G** pour GRIGRIS.
Édith : un **E** pour VITRIER.

P. 127

#CROISILLONS#

	P	O	T	E	N	C	E	
	A		A			O		
	P	A	R	F	U	M		
	O		T			P		
J	U	V	E	N	I	L	E	S
	N		M			I		
	E		P	O	U	C	E	
	T		I			E		
E	S	S	O	R	E			
			N					

P. 128

AnaPhrases

1. Bulgare, blaguer, brûlage. **2.** Libéral, bâiller, braille.
3. Arbitre, abriter, rebâtir.

P. 130-131

(M)OTS (F)LÉCHÉS

	M		C		T		P		F		H		P		Y	
C	A	R	A	M	E	L	I	S	E		E	M	I	S	E	S
	C	O	R	O	N	A	R	I	E	N	N	E		A	M	E
C	H	U	T		T	I	E	N		I	N	N	O	V	E	R
	I	S	E	R	A	N		G	R	A	I	S	S	A	N	T
B	A	S		A	C	E	R	E	E		N	U	I	T		I
	V	I	S	O	U							A	R	E	N	E
D	E		A	U	L	A					P	L	I		U	S
	L	E	S	T	A	I						I	S	B	A	
P	I	C	S		I	N					E	T		O	N	C
	Q	U	A	T	R	E		F		R		E	P	I	C	E
O	U	I		R	E	S	P	I	R	E	R		E	T	E	L
	E	S	S	E		S	A	L	O	P	E	T	T	E		I
A	S	S	O	M	M	E	R		G	U	E	R	I	S	O	N
		A	L	B	I		F	I	N		L	I	T		I	E
P	A	N	E	L		B	U	R	E	A	U		E	P	S	
	U	T		O	T	O	M	I		G	E	M	M	A	I	L
J	T		E	T	O	N		S	T	E		O	E	U	V	E
	R	E	V	E	N	D	U		E	N	G	I	N		E	V
C	E	N	E		G	E	R	M	E		B	E	T	I	S	E

P. 132

SUDOKU-KU

4	3	1	8	7	5	6	9	2
6	9	7	1	3	2	4	8	5
2	8	5	6	4	9	3	1	7
3	1	4	2	6	7	8	5	9
7	5	9	3	8	4	1	2	6
8	2	6	9	5	1	7	3	4
1	6	2	7	9	3	5	4	8
9	4	8	5	1	6	2	7	3
5	7	3	4	2	8	9	6	1

P. 134

LA SUITE

8

Le début devait attirer votre attention : 2, 4, 8 ; on double à chaque étape. Puis vient ce 1... Mais en le rapprochant du 6 qui suit, voici le 16 qui apparaît. Les deux boules d'après, 3 et 2, forment 32 et les deux suivantes, 6 et 4, donnent 64. En doublant à nouveau, nous serons à 128 : le 1 et le 2 sont sur la spirale. Ne manque que le 8 final.

P. 135

MÉGA(cô)lon

CAPILLOTRACTÉE

Tirée par les cheveux, mais pas par d'autres poils !

P. 136

Le Trou

1. Veine (William Sheller, *Un homme heureux*). **2.** Regard (France Gall, *Babacar*). **3.** Gueules (Georges Brassens, *Les Amoureux des bancs publics*). **4.** Monde (Julien Doré, *La Fièvre*). **5.** Barques (Claude François, *Alexandrie Alexandra*). **6.** Catin (Aya Nakamura, *Djadja*).

P. 138-139

QUI FAIT QUOI ?

Paons	Dipanda	Kréass	Pancucu	Pleumouss	Talon
Tours	5	1	3	4	2
Plumes	120	110	130	140	150
Nacelles	Jaune	Rouge	Orange	Verte	Bleue

P. 140-141

GRANDES vacances

M	O	D	E	D	E	M	P	L	O	I	■	E	L	E	A	T	E	■	A	U	R	E	O	L	E	S
E	C	O	C	I	T	O	Y	E	N	N	E	T	E	■	L	A	V	A	N	T	■	D	O	U	C	E
S	C	I	A	■	A	U	R	E	Z	■	T	U	A	M	E	S	■	S	A	O	N	E	■	G	U	I
D	I	S	R	U	P	T	I	V	E	S	■	D	R	E	S	S	E	S	■	P	O	N	C	E	■	M
E	D	■	T	R	I	■	T	A	■	I	V	E	■	S	E	■	R	E	C	I	T	■	H	A	T	E
M	E	R	E	■	S	C	E	N	A	R	I	S	T	E	■	B	I	■	H	E	U	R	E	■	U	S
O	N	U	■	E	M	A	S	C	U	L	E	■	A	S	S	O	C	I	A	■	L	I	M	E	R	■
I	T	A	L	I	E	N	■	L	E	I	T	M	O	T	I	V	■	O	I	S	E	■	I	T	E	M
S	A	■	I	S	■	O	S	E	R	■	N	U	■	I	L	I	E	N	N	E	■	A	S	A	N	A
E	L	Y	S	E	E	N	N	E	■	R	A	R	E	M	E	N	T	■	E	P	I	C	E	■	N	O
L	■	V	E	N	D	■	E	F	F	E	M	I	N	E	S	■	E	A	U	■	N	I	■	P	E	U
L	I	E	■	S	O	D	A	■	O	M	I	S	E	■	I	B	U	P	R	O	F	E	N	E	■	S
E	N	T	A	T	■	O	K	O	U	M	E	■	M	O	E	L	L	E	■	T	A	R	I	N	E	■
S	C	O	R	E	U	S	E	S	■	O	N	L	A	Y	■	A	E	R	A	I	T	■	C	E	D	A
■	A	T	T	I	S	E	R	■	P	U	N	I	■	I	R	M	■	O	B	T	U	R	E	■	I	V
T	R	■	E	N	A	■	S	A	L	L	E	P	L	E	Y	E	L	■	R	E	A	I	■	A	S	O
A	N	A	R	■	N	E	■	A	I	E	■	P	E	Z	E	■	I	L	I	■	N	O	U	N	O	U
F	E	N	E	S	T	R	E	R	■	R	O	U	E	■	S	I	N	I	S	A	T	■	N	E	N	E

P. 143

MOTOCROTTE

	2	2	2	5	0	4	1	0	2	5	0
3			💩						💩	💩	🐕
0			🐕						🐕		
2		💩				💩	🐕				
2		🐕					💩			💩	
1			🐕	💩			🐕			🐕	
0											
2	💩					💩					
1	🐕		🐕	💩		🐕					
1				💩	🐕				🐕	🐕	
3				💩					💩	💩	
0				🐕							
2						💩	🐕			💩	🐕
1	💩	🐕									
0			🐕								
3		💩	💩			💩	🐕				
1		🐕							🐕	💩	
1				💩	🐕						

P. 144

QUID

1B. Elle a été créée en 1985 par le sculpteur Denis-Adrien Debouvrie, propriétaire de plusieurs restaurants du centre historique de Bruxelles, qui souhaitait rétablir l'égalité homme-femme… et peut-être aussi attirer plus de touristes dans la capitale belge.

2A. Environ 50 cm, *too bad* pour l'égalité ! Mais bon, accroupie, ce n'est pas si mal.

3A. Impasse de la Fidélité. Si je ne me trompe…

P. 145

CRYPTOGRAMME

« Où l'idée d'avoir des toilettes dans la maison était proprement répugnante. »

P. 146

ESCALETTRES

↓	V O L
+E	V E L O
+A	O V A L E
+C	A L C O V E
+I	V I O L A C E
+T	L O C A T I V E
+S	V O C A L I S T E
+F	O L F A C T I V E S

P. 147

7 HORREURS

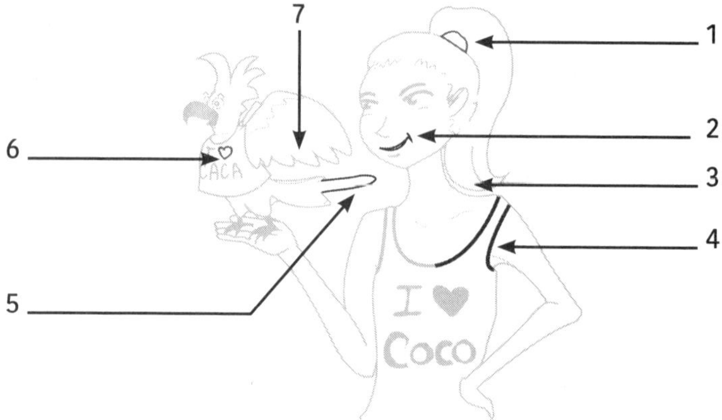

P. 148

Usage De Faux

2. Si vous sentez une odeur émanant de votre bouteille de propane, c'est justement pour que vous repériez les fuites éventuelles ; un additif de formule C_2H_5SH, l'éthanethiol – ou mercaptan éthylique ou Sultan T –, est spécialement prévu pour vous alerter avec son odeur d'œuf pourri (soufre) qui n'est pas sans rappeler celle du durian, fruit exotique dont la pulpe contient de l'éthionine. Gaza tire son nom du cananéen *gazza* signifiant « forte » ou « forteresse ».

P. 150

BURGER

NONCHALANT

Comme le paresseux pionceur et mollachu (« mou », en Suisse) à la une. Les termes du burger convenaient assez bien à tous ces édentés déphasés passant leur temps à somnoler.

SOM	**NO**	LER
PIO	**NC**	EUR
DÉP	**HA**	SÉS
MOL	**LA**	CHU
ÉDE	**NT**	ÉES

P. 151

BONUS

HÔPITAL

Le H et le I sont bien placés et la solution contient également L, O, T et A, plus une septième lettre mystérieuse.
La deuxième lettre du mot n'est aucune des voyelles A, E, I, U ou Y, donc le O s'impose naturellement.
Cela pousse le A et le L en avant-dernière ou en dernière position. L'HÔPITAL n'est plus très loin.

P. 152-153

MOTS FLÉCHÉS

	P		G		E		M		V		E					
C	Y	C	L	O	T	O	U	R	I	S	M	E				
	R	O	U	L	E	U	S	E	S		E	G				
S	A	L	E	E		I	S	I	A	Q	U	E				
	M	O	R	R	I	S	O	N		U	T	E		R		C
F	I	N		O	S	T		E	P	I		N	U	A	G	E
	D	I	O	N		I	N	C	A		E	N	T	I	E	R
F	E	E	S		S	T	Y	L	I	S	T	E		M	A	I
		S	E	M	A	I		A	N	E	E		H	U	N	S
H	I	D	E	U	X		L	U	S	T	R	E	E		T	E
	N	E		N	O	E	U	D		O	N	C	L	E	S	
R	E	V	A	I		P	R	E	M	I	E	R	E	S		Q
	G	A	L	E	R	I	E		O	S	L	O		P	A	U
F	A	C	E		A	N	T	A	N		L	U	T	E	C	E
	L	A		P	R	E	T	R	I	S	E		A	R	T	
P	E	N	S	E	E		E	S	T	E		E	T	A	I	S
		C	A	S	S	A		E	R	M	I	T	E		O	O
A	R	E	N	E		M	I	N	I		G	I	R	O	N	D
	E	S	T		M	E	D	E	C	I	N	E		I	N	A
E	X		E	B	E	N	E		E	N	E	R	V	E	E	S

P. 155

COLLIER de perlouses

2	1	23	22	20
4	3	24	21	19
5	11	12	25	18
10	6	13	17	16
9	8	7	14	15

P. 156

Calculs durs, hein !

On commence par multiplier 3, 7 et 8 pour obtenir 168 :
3 × 7 = 21 ; 21 × 8 = 168 ; 168 – 3 = 165 ; 165 × 5 = 825
et 825 – 4 = 821.

P. 157

LA CIBLE

ABCDEFGHIJKLMNORSTUVWXYZ
(en lisant une lettre sur sept).
Comme en période de confinement, le PQ est introuvable !

P. 158

chenille

RÉVEIL

	D	O	R	M	I	R
– R + L	M	I	L	O	R	D
– D + A	M	A	R	I	O	L
– L + H	M	O	H	A	I	R
– A + S	H	O	R	M	I	S
– H + E	R	E	M	O	I	S
– M + L	I	S	O	L	E	R
– O + V	L	I	V	R	E	S
– S + E	R	E	V	E	I	L

P. 160

LOGICO

3

Pour déterminer le chiffre du centre, on multiplie les chiffres des pétales du haut et on soustrait le nombre constitué des chiffres des deux pétales du bas.
Fleur 1 : 9 × 7 = 63 en haut, 55 en bas et 63 – 55 = 8.
Fleur 2 : 6 × 8 = 48 en haut, 42 en bas et 48 – 42 = 6.
Fleur 3 : 5 × 5 = 25 en haut, 21 en bas et 25 – 21 = 4.
Fleur 4 : 7 × 3 = 21 en haut, 18 en bas et donc 21 – 18 = 3 au cœur de la fleur.

P. 161

Couds, coucou !

U	P	P	E	R	C	U	T			
					O					
			P		L					
			I		B					P
		S	Q	U	A	T	T	E	U	R
			U		C					I
			E		K					X

P. 162-163

LA TÊTE AU CA-CARRÉ

REGARNI 1 GARNIER	GERBERONT 5 ROTENBERG	FAIRE 15 EFIRA	LOISIR 24 RISOLI	COLÉE 20 ÉCOLE
TARBAISE 16 SABATIER	MESSÉANT 8 MASSENET	PERLES 14 LEPERS	RAMA 17 AMAR	DRAIN 10 NARDI
RENDRA 19 RENARD	TRÔNIEZ 22 ZITRONE	URIAGE 13 AUGIER	ATELIER 4 RÉALITÉ	NAVRÉS 7 SEVRAN
GALE 23 ÉGAL	LOGE 9 OLEG	ABEILLES 12 ISABELLE	ÉPURANT 18 PERNAUT	NÎMOISES 3 ÉMISSION
NACRE 6 ÉCRAN	BIEN TASSÉ 21 SÉBASTIEN	DEALEUR 11 DELARUE	NUE 2 UNE	VOILIER 25 OLIVIER

G	U	E	R	R	E	S
1	2	3	4	5	6	7

M	O	N	D	I	A	L	E	S
8	9	10	11	12	13	14	15	16

A	P	R	E	S
17	18	19	20	21

Z	E	R	O
22	23	24	25

P. 165

SUDOKU-KU

8	4	6	2	1	5	9	7	3
1	9	7	3	4	8	5	6	2
2	3	5	6	9	7	8	4	1
7	2	4	5	6	1	3	8	9
9	5	8	7	2	3	4	1	6
6	1	3	9	8	4	7	2	5
3	7	1	4	5	2	6	9	8
5	8	9	1	7	6	2	3	4
4	6	2	8	3	9	1	5	7

P. 166

Pêche à la Pêche

TEMPÉRAMENT

Le tempérament, c'était à l'origine la « composition équilibrée d'un corps », la « mesure dans la conduite ». Ce sens a été laissé à « tempérance » et l'on associe désormais le tempérament à une forte personnalité, énergique, ayant la pêche !

P. 167

FessesTifs

5 fesses et 10 tifs.

Quel que soit le nombre de bactéries observées, puisqu'elles sont identiques entre elles, il y a toujours deux fois plus de tifs que de fesses. Les 60 éléments anatomiques se décomposent par conséquent en 20 fesses + 40 tifs. Cela correspond à quatre bactéries, donc *Vécébacter pilocula* 2 possède 5 fesses et 10 tifs.

P. 169

Hello, Samuel !

« Reine de beauté canadienne aimant Victor Hugo cherche metteur en scène motivé pour monter *Les Miss Érables.* »

P. 170

Bouche-trous

1. Supinateur (le mouvement de supination permet de mettre la paume de la main vers le haut).
2. Équinoxiaux. **3.** Urogénitaux. **4.** Monumentaux.
5. Sublinguaux (situés sous la langue). **6.** Quinconciaux.

P. 171

TAPIS C

4 pièces noires

Comparez les tapis A et B : 3 pièces noires valent soit 2 blanches – 4 trouées, soit 1 blanche + 1 trouée. Enlevez 1 blanche et ajoutez 4 trouées dans chaque expression, pour établir que 1 blanche = 5 trouées. Ensuite, sur le tapis B, 3 noires = 1 blanche + 1 trouée = 5 trouées + 1 trouée = 6 trouées, donc 1 noire = 2 trouées.
Pour équilibrer quatre fois plus (8 trouées), il faudra 4 pièces noires.

P. 172

SPHINX Ter

FOND :

lame de fond, le fond de ma pensée, de fond en comble, course de fond, fond de teint, les dents du fond (qui baignent).

P. 174

Un-Zéro

Si vous pensez avoir trouvé une autre solution, vérifiez que vous n'avez pas deux lignes (ou deux colonnes) rigoureusement identiques, ce qui est interdit.

0	1	0	1	0	1	0	1
1	1	0	0	1	0	1	0
0	0	1	1	0	0	1	1
1	1	0	1	0	1	0	0
0	0	1	0	1	0	1	1
0	0	1	0	1	1	0	1
1	1	0	1	0	0	1	0
1	0	1	0	1	1	0	0

P. 175

#CROISILLONS#

	A	R	D	O	I	S	E	
	P		I			H		
	P	S	A	U	M	E		
	L		P			R		
B	A	C	H	K	I	R	I	E
	U		R			I		
	D		A	R	L	E	S	
	I		G			S		
T	R	A	M	E	R			
			E					

P. 176-177

(M)OTS (F)LÉCHÉS

					I		D		S		A		B		O	
				I	N	V	E	S	T	I	S	S	E	U	S	E
					D	A	T	T	E		E	P	A	T	E	R
				G	E	L	E		W	A	P	I	T	I		A
	E		N		C	E	S	S	A	N	T		E	L	I	T
I	N	N	O	C	E	N	T	E	R		I	S		I	N	O
	D	E	V	A	N	C	E		D	E	S	E	R	T	E	
C	I	T	A		T	I	R	E		T	A	R	I	E	R	E
	A	T	T	I	S	E		C	A	R	I	E	E		T	N
I	B	E	R	E		N	U	L	L	E		I	N	D	I	C
	L		I	N	O	N	D	A	T	I	O	N		R	E	R
P	E	R	C	A	L	E		I	O	N	S		O	U		A
		I	E		Y	S	E	R		T	I	C	K	E	T	S
P	E	N	S	U	M		T	E	T	E	R	A		S	O	S
	C	C		S	P	O	R	E	S		I	L	E		T	E
G	R	E	G	A	I	R	E		A	S	S	I	S	T	E	
	A	R	A		Q	G		E	R	E		N	O	R	M	E
O	S		L	O	U	E	N	T		C	R	E	P	E		C
	E	T	O	L	E		O	C	R	A	I		E	M	I	R
J	E	U	N	E	S	S	E		A	M	E	R		A	L	U

P. 180

ALPHAKU-KU

On lit **WELCOMING** dans la ligne centrale,
un terme anglais « accueillant » vous souhaitant la bienvenue.
Welcome to the loo, bienvenue aux wawas !

E	I	C	M	N	O	G	L	W
O	W	G	E	I	L	N	M	C
M	L	N	G	C	W	E	O	I
I	G	M	N	W	E	O	C	L
W	E	L	C	O	M	I	N	G
C	N	O	I	L	G	M	W	E
N	M	I	W	G	C	L	E	O
L	C	E	O	M	I	W	G	N
G	O	W	L	E	N	C	I	M

P. 181

LE CHICHSTRAC

PARESSEUX

P. 182-183

CROISÉS 3D

P. 185

Alphabête

1. Western. **2.** Orgue. **3.** Quartz. **4.** Koala. **5.** Lynx. **6.** Bêcheuse. **7.** Jabiru (grand échassier). **8.** Compris. **9.** Vitesse. **10.** Flamand.

Le W ne pouvait s'inscrire qu'à WESTERN, éliminant le N pour « aînesse » et « finesse », ne laissant que VITESSE. Le Z n'était plaçable que dans QUARTZ, prenant le A possible pour « oraux » et le Q pour « orque », imposant ainsi ORGUE. En raisonnant ainsi avec chaque lettre rare, vous parveniez au résultat final. Ni orque, ni huart, ni flamant (rose) parmi les fausses pistes animales.

P. 186-187

CLÉS EN MAIN

GOURMANDS

Les perroquets le sont-ils tant qu'il faille cacher leur pitance dans un coffre ?

P. 189

MÉGA(cô)lon

RACCOURCISSANT

Vers 40 ans, nos vingt-trois disques vertébraux commencent à perdre de leur élasticité : on se tasse !

P. 190

QUID

1. *Number two* (le numéro un, c'est du pipi, et je ne parle pas des émissions de Maritie et Gilbert Carpentier).

2. Du fumier. **3.** Des crottes de chien. Ce bain de préparation des peaux s'écrit « confis » ou « confit ».

4. La Chine. **5.** Bill Clinton. **6.** Des toilettes.

P. 191

CA-CARRÉ MAGIQUE

23	16	7	4	15
20	8	1	12	24
9	5	13	21	17
2	14	25	18	6
11	22	19	10	3

P. 192

Le Trou

1. Duel (Étienne Daho, *Duel au soleil*).
2. Quantités (Alain Souchon, *Foule sentimentale*).
3. Limousine (Zaz, *Je veux*).
4. Papa (Stromae, *Papaoutai*). Notez que la précédente disait « papala papapala », donc difficile de savoir où papa est, là ou pas là.
5. Sein (Clara Luciani, *La Grenade*).
6. Fou (BB Brunes, *Dis-moi*).

P. 194

Usage De Faux

5. Sur d'autres, il était inscrit « Votez caca, boudin » ou encore « Je vote prout ». Ces 22 affiches officielles ont été publiées par Charlie Hebdo. La photo d'Angela Merkel – née Kasner – a été prise pendant un camp de vacances de militants de la FDJ, la Jeunesse libre allemande de l'ex-RDA.

P. 195

ROSACE

P. 196-197

(M)OTS (F)LÉCHÉS

	E		D		A		O		A		C					
A	P	P	E	R	T	I	S	A	T	I	O	N				
	E	R	R	E	U	R		D	E	L	C	O				
R	I	E	N		R	A	V	A	L	E	U	R				
	R	A	I	S	I	N	E		E	T		R		D		D
G	E	D	E	O	N		R	M	C		C	O	L	E	R	E
		A	R	A		E	D	I	T	O	R	I	A	L	E	S
T	O	M		P	A	L	I	K	A	R	E	S		A	L	I
	M	I	M	O	S	A		A	S	I	E		A	B	E	R
R	E	T	A	P	A	N	T		I	C	E	B	E	R	G	
	R	E	I	E	N		A	C	E	H		I	D	E	A	L
U	T		T	R	A	H	I	R		A	Y	M	E		T	A
	A	C	R	A		A	R	E	O	L	E		S	P	I	C
I	S	E	E		E	D	E	N	I	Q	U	E		R	O	T
		I	S	O	L	E		E	L	U		S	T	E	N	O
I	B	N		S	I	S	A	L		E	M		R	S		S
	A	T	L	A	S		D	U	E		A	B	A	Q	U	E
A	G	U	I		I	N	O	R	G	A	N	I	Q	U	E	
	A	R	A	T	O	I	R	E		A	N	N	U	E	L	S
I	D	E		E	N	T	E		D	R	E	G	E		E	U

P. 198

LA SUITE

8

Comme à la page 134, il fallait parfois « rapprocher » les chiffres de deux boules.
Observez ces calculs de « carrés » :
3 × 3 = 9 ; 4 × 4 = 16 ; 5 × 5 = 25 ; 6 × 6 = 36 ; 7 × 7 = 49 ; 8 × 8 = 64 et 9 × 9 = 81. Ne regardez maintenant que les résultats : 9 – 16 – 25 – 36 – 49 – 64 – 81.
Séparez les chiffres : 9, 1, 6, 2, 5, 3, 6, 4, 9, 6, 4, 8, 1.
Vous avez reconstitué la suite : après le 4 viendra donc le 8 (de 81).

P. 199

chenille

ARABICA

	R	O	B	U	S	T	A
– T + E	A	R	B	O	U	S	E
– O + L	S	A	L	U	B	R	E
– B + C	L	A	C	E	U	R	S
– L + I	S	A	U	C	I	E	R
– U + N	A	R	S	E	N	I	C
– E + A	C	A	N	A	R	I	S
– S + B	C	A	R	A	B	I	N
– N + A	A	R	A	B	I	C	A

P. 201

7 HORREURS

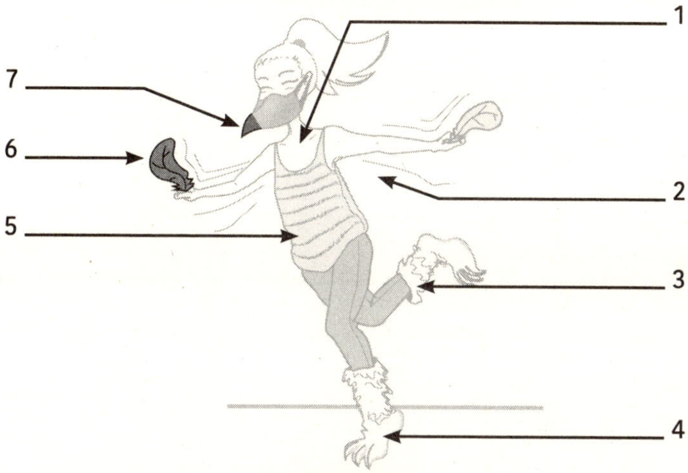

P. 202

Calculs durs, hein !

Première méthode : (104 × 8) + 84. Ainsi, 4 + 100 = 104 ; 104 × 8 = 832 ; 3 × 3 = 9 ; 9 + 75 = 84 et 832 + 84 = 916.

Deuxième méthode : (204 × 4) + 100. Ainsi, 75 – 8 = 67 ; 67 × 3 = 201 ; 201 + 3 = 204 ; 204 × 4 = 816 et 816 + 100 = 916.

P. 203

SUDOKU-KU

6	5	8	3	4	9	1	7	2
2	7	1	8	6	5	9	4	3
9	3	4	2	7	1	6	8	5
3	9	2	6	8	4	5	1	7
1	8	6	7	5	2	3	9	4
5	4	7	1	9	3	2	6	8
8	2	3	4	1	6	7	5	9
7	1	9	5	2	8	4	3	6
4	6	5	9	3	7	8	2	1

P. 204-205

LA TÊTE AU CA-CARRÉ

ROUGE 18 ORGUE	PIQUÉES 25 ÉQUIPES	VOÛTÂT 12 VA-TOUT	ACQUITTE 4 TACTIQUE	INNÉITÉS 6 EINSTEIN
JEUNE 2 ENJEU	SINUONS 9 UNISSON	CAPÉES 16 ESPACE	NOÇAIS 23 CASINO	LOGE 15 LEGO
TRIPES 21 ESPRIT	FANENT 13 ENFANT	MADRÉ 5 DRAME	PERCLUSE 7 SPÉCULER	SURS 19 URSS
ÉTOILER 10 LOTERIE	NICODÈME 17 COMÉDIEN	LISSOIR 24 LOISIRS	LIÉGEÂT 11 ÉGALITÉ	COTISÉE 3 SOCIÉTÉ
MARI 14 RAMI	DOUCES 1 COUDES	SOIE 8 OIES	OVIDE 20 VIDÉO	CONTRARIÉE 22 RÉCRÉATION

C'	E	S	T	D	E	S	O	U	L	E	V	E	R
1	2	3	4	5	6	7	8	9	10	11	12	13	14

L	E	C	O	U	V	E	R	C	L	E
15	16	17	18	19	20	21	22	23	24	25

P. 206

Tomba tomba...

						M			S	E	L	L	E
	D			C		O			K				
	E			H		U			I				
	S	U	S	U	R	R	E	M	E	N	T		
	S			T		U			U				
C	O	L	L	A	N	T			R				
	U												
	S	E	P	U	L	T	U	R	E				

P. 208

Le Pendu

TURLUTUTU

Si vous avez trouvé, chapeau ! Vous êtes pointu...

P. 209

BONUS

NYMPHES

Entre le N initial et le S final, il faudra caser P, M, E, H et une septième lettre à déterminer. Avouez qu'on manque de voyelles ! Or, la solution ne doit contenir ni A, ni I, ni U (nuptial) : O et Y sont à privilégier. Seule la seconde amène à de jolies NYMPHES.

P. 210

LA CIBLE

Chauve-souris, souche à virus

(en lisant une lettre sur sept).

On a accusé la chauve-souris et le pangolin d'être responsables de la pandémie de covid-19. Les chauves-souris ont un système immunitaire unique les protégeant des effets délétères de la plupart des virus : elles en sont donc un dangereux réservoir.

P. 211

Pêche à la Pêche

PUGILISTIQUE

L'art pugilistique, c'est la boxe, un sport où la pêche doit être consommée avec modération.

P. 212-213

GRANDES vacances

N	E	T	E	D	E	C	O	U	V	R	E	P	A	S	D	U	N	F	I	L	■	S	O	N	A	R
A	M	E	N	A	G	E	R	■	O	U	V	E	R	T	U	R	E	■	B	A	Z	A	R	■	N	E
G	E	L	■	M	O	D	E	R	N	E	■	I	E	■	R	I	V	E	E	■	E	L	I	M	E	S
E	R	E	I	N	T	E	■	A	T	L	A	N	T	E	■	N	E	C	R	O	L	O	G	I	E	S
N	A	■	R	A	I	N	A	T	■	L	I	T	E	R	I	E	■	A	E	R	E	■	A	N	S	E
T	U	B	A	■	S	T	R	I	E	E	■	U	S	I	N	E	U	R	■	T	E	R	M	E	■	R
■	D	E	N	I	M	■	A	B	U	S	E	R	■	C	A	■	E	T	A	I	■	A	I	R	E	R
S	E	N	■	V	E	R	S	O	S	■	C	L	E	■	T	E	L	■	S	E	P	T	■	V	U	E
O	■	I	B	O	■	H	A	I	■	S	O	U	M	E	T	T	E	N	T	■	I	E	P	E	R	■
P	R	O	T	I	D	E	■	S	E	C	U	R	I	S	E	R	■	O	R	A	C	L	E	■	O	R
H	O	U	■	R	E	N	T	E	S	■	L	E	S	■	N	I	E	C	E	S	■	E	P	I	C	E
I	M	I	T	E	R	A	S	■	T	E	E	■	S	I	D	E	R	E	■	E	C	R	I	V	I	T
S	■	O	O	■	A	N	A	R	■	D	E	F	I	G	U	R	E	■	O	S	A	■	T	E	T	A
T	A	U	R	E	S	■	R	E	M	I	■	I	O	N	■	S	M	E	T	■	B	L	E	■	Y	B
I	N	I	T	I	E	R	■	G	A	T	E	■	N	O	M	■	I	D	E	A	L	I	S	E	■	L
Q	E	■	I	R	R	E	A	L	I	S	T	E	■	R	A	P	S	■	R	I	E	N	■	C	O	I
U	T	I	L	E	■	A	D	E	R	■	A	G	R	E	G	A	T	I	O	N	■	G	E	O	L	E
E	O	N	S	■	F	L	O	R	E	N	T	■	F	R	E	R	E	S	■	E	M	E	T	T	E	S

P. 215

CrYPtoGramMe

« Ne pas tirer la chasse, c'est la partie insultante. »

P. 216

Bouche-trous

1. Lentisque. **2.** Lorientaise. **3.** Talentueuse. **4.** Clermontoise.
5. Dilettantisme. **6.** Éléphantesque.

P. 217

PiPiramidal

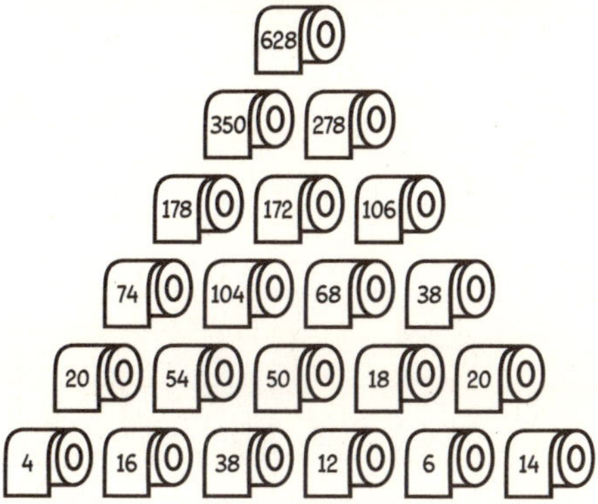

P. 218

LE CHICHSTRAC

REMORDS

P. 220-221

(M)OTS (F)LÉCHÉS

■	E	■	C	■	F	■	F	■	S	■	D	■				
A	S	T	A	C	I	C	U	L	T	U	R	E				
■	C	A	T	I	L	I	N	A	I	R	E	S				
P	R	E	A	D	O	L	E	S	C	E	N	T				
■	I	L	L	■	C	I	S	■	K	E	N	A	■	M	■	Z
K	M	■	A	C	H	E	T	E	E	■	E	N	L	I	S	E
■	E	N	N	E	A	■	E	C	R	U	■	C	I	R	O	N
G	U	I	■	I	R	I	S	H	■	R	A	I	S	O	N	■
■	S	T	A	N	D	S	■	E	M	A	N	A	T	I	O	N
P	E	R	I	T	■	A	R	A	G	N	E	■	E	T	R	E
■	■	O	N	U	S	I	E	N	■	O	T	A	R	I	E	■
D	I	G	E	R	E	E	■	C	A	P	O	T	■	E	S	T
■	D	L	■	O	N	■	T	E	L	L	■	P	A	R	■	A
M	O	Y	E	N	N	E	R	■	T	A	S	■	R	E	E	L
■	L	C	I	■	E	T	A	P	I	S	T	E	S	■	L	U
M	A	E	R	L	■	E	C	R	E	T	E	R	■	V	I	S
■	T	R	E	U	I	L	■	O	R	I	P	E	A	U	X	■
C	R	I	■	N	U	■	E	M	■	E	P	■	P	L	I	S
■	E	N	V	E	L	O	P	P	E	■	E	M	I	G	R	E
O	R	E	E	■	E	M	O	T	T	E	R	A	■	O	S	T

P. 222

BRIQUES

« Rut et jolie météo – Roméo et Juliette »

C'est vrai que c'était chaud, à Vérone.

M	E	U	R	T	R	I
F	L	E	U	R	O	N
C	O	S	T	U	M	E
C	A	P	E	L	E	T
E	M	O	T	I	O	N
F	I	D	J	I	E	N
R	I	S	O	T	T	O
A	Z	U	L	E	J	O
P	U	D	I	Q	U	E
O	T	H	E	L	L	O
S	O	M	M	E	I	L
V	E	N	E	T	E	S
C	A	N	T	A	T	E
B	L	U	E	T	T	E
V	E	R	O	L	E	S

P. 223

C'EST gâchis

Chaque symbole est présent à 6 reprises,
sauf l'ampoule qui apparaît en 7 exemplaires.

P. 224

SPHINX Ter

MAÎTRE :

l'œil du maître, maître d'hôtel, ni Dieu ni maître,
de main de maître, être seul maître à bord, coup de maître.

P. 226-227

QUI FAIT QUOI ?

Voyageuses	Alice Engalice	Camille Nofrancès	Cookie St Jack	E.T. Néraire	Inès Pagna
Trajets	450	410	390	370	430
Fraudes	100	110	140	130	120
Amendes	8	7	6	5	9

P. 229

#CROISILLONS#

	C	A	R	A	M	E	L	
	O		O			P		
	L	E	N	I	N	E		
	L		F			I		
L	I	L	L	O	I	S	E	S
	S		E			T		
	I		M	A	N	E	T	
	O		E			S		
I	N	O	N	D	E			
			T					

P. 230

BURGER

FAINÉANTER

C'est y aller moderato, les doigts de pieds en éventail.
Une doléance (plainte) pourra être formulée contre le fainéant qui, en bouinant (« en lambinant », en Suisse), sera accusé de forfaire (« manquer gravement à ses devoirs »), ce qui le laisse indifférent !

FOR	**FA**	IRE
BOU	**IN**	ANT
DOL	**ÉA**	NCE
ÉVE	**NT**	AIL
MOD	**ER**	ATO

P. 231

MÉGA(cô)lon

MÉCONNAISSANCE

L'acheteur fidèle de *L'Officiel des Toilettes* n'en affiche plus aucune sur le tube digestif.

P. 232-233

CROISÉS 3D

P. 235

Coup-de-fil

PERRUCHE,

un petit perroquet qui ne parle pas.

Coco a pu aussi écrire RESSUAGE, « affinage d'un métal brut par fusion partielle », mais cela nous semble nettement moins probable.

P. 237

QU!D

1C. Oui, je sais, mes deux noms inventés étaient plus drôles. *To sprinkle*, en anglais, c'est « saupoudrer, parsemer, asperger », mais aussi « joncher », comme ces excréments jonchent le sol.

2A. C'est déjà pas mal : 51 pieds, mais difficile de mettre le pied dedans à cette hauteur. Pendant la FIAC 2014 à Paris, l'artiste avait tenté d'exposer place Vendôme son œuvre *Tree*, un arbre vert gonflable ressemblant un peu trop – et pas par hasard – à un plug anal. L'érection de cette œuvre a été contestée, l'œuvre vandalisée, et McCarthy est retourné à ses étrons.

3C. Maintenant, vous avez eu vent de cet artiste.

P. 238

SUDOKU-KU

2	9	4	6	8	3	5	7	1
1	5	6	2	7	4	8	3	9
3	7	8	9	5	1	6	2	4
9	4	2	1	3	5	7	6	8
8	3	7	4	6	9	2	1	5
5	6	1	7	2	8	9	4	3
7	1	9	5	4	2	3	8	6
6	8	5	3	1	7	4	9	2
4	2	3	8	9	6	1	5	7

P. 240

AnaPhrases

1. Fiancée, caféine, faïence.

2. Retrace, cratère, écarter.

3. Facteur, cafteur, facture.

P. 241

Le Trou

1. Téléphone (Françoise Hardy, *Message personnel*). **2.** Coupe (Philippe Katerine, *Louxor j'adore*). **3.** Doigts (Édith Piaf, *L'Accordéoniste*). **4.** Paysage (Mylène Farmer, *Pourvu qu'elles soient douces*). **5.** Guenilles (Jean-Jacques Goldman, *Il suffira d'un signe*). **6.** Quoi (Angèle, *Balance ton quoi*).

P. 242-243

(M)OTS (F)LÉCHÉS

	C		S		A		E		G		J		W		V	
B	A	S	K	E	T		S	A	L	L	A	N	C	H	E	S
	M	A	I	N	E	E	T	L	O	I	R	E		A	R	P
O	B	I		A	R	T		A	B	A	S	O	U	R	D	I
	A	N	S		M	E	D	I	A	N		Z	E	L	E	
O	C	T	A	V	O		E	N	L	E	V	E		E	L	O
	E	M		A	I	D						L	A	M	E	S
B	R	A	I	S	E	E					F	A	Q		T	E
	E	R	S		M	N						N	U	I	T	
A	S	C	E	T	E	S					A	D	I	R	E	E
		E	R	I	N	E		I		C		A	L	E		P
R	E	L	E	N	T		O	N	T	A	R	I	O		B	I
	C	L		T	S	E	T	S	E		U	S	N	E	E	S
C	H	I	P	E		N	E	U	R	O	N	E		C	R	S
	A	N	E	M	O	N	E		M	I	A		S	O	M	A
O	S		T	E	L	E		B	I	L	B	O	Q	U	E	T
	S	A	U	N	A	I	S	O	N		O	R	U	R	O	
V	I	E	N	T		G	E		A	B	U	T	A	T		E
	E	D	E		D	E	P	O	L	I	T	I	S	A	N	T
P	R	E	S	A	G	E		N	E	S		E	H		A	A

P. 244

PO-POKER

Coco : un **R** pour VAUTOUR. Doyle : un **A** pour QUATUOR.
Édith : un **E** pour DOUTEUX.

P. 245

chenille

COURAGE

	P	A	R	E	S	S	E
– S + G	P	R	E	S	A	G	E
– S + N	E	P	A	R	G	N	E
– P + O	O	R	A	N	G	E	E
– N + B	A	B	R	O	G	E	E
– G + L	B	O	R	E	A	L	E
– E + U	L	A	B	O	U	R	E
– L + C	C	O	R	B	E	A	U
– B + G	C	O	U	R	A	G	E

P. 247

MOTOCROTTE

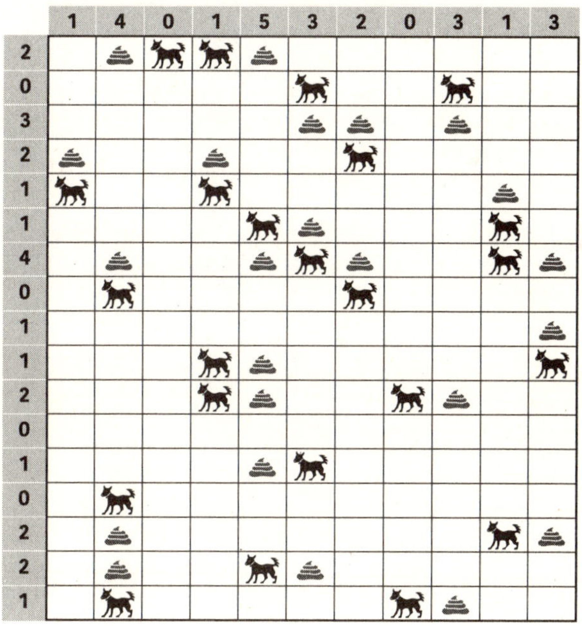

P. 248

Usage De Faux

2. Une « petite blague », selon l'actrice qui accuse son ex-mari de violences conjugales. En juillet 2020, Johnny Depp raconte cette anecdote durant l'audience !
La robe de Lady Gaga était faite... de viande de bœuf crue.

P. 249

COLLIER de perlouses

24	23	22	18	17
25	21	20	19	16
1	8	9	15	14
2	4	7	10	13
3	6	5	12	11

P. 250-251

LA TÊTE AU CA-CARRÉ

TOUPIE 9 UTOPIE	FAMÉLIQUE 18 MALÉFIQUE	OREILLE 2 LORELEI	MÂLES 11 SALEM	RECONNUT 25 NOCTURNE
GLANE 19 ANGEL	ORIGINEL 4 RELIGION	MIGRAINE 23 IMAGINER	ALDINE 12 DANIEL	RECÈLERONS 7 ENSORCELER
IRONE 16 NOIRE	RELIRE 21 IRRÉEL	VENTOUSE 13 ENVOÛTÉS	RECROISÉ 5 SORCIÈRE	TIÉDIRENT 10 INTERDITE
MONGE 20 GNOME	LOVER 14 VOLER	NOCE 3 ONCE	DRACHME 22 CHARMED	MAJES 6 JAMES
RÉGALÈRENT 1 ANGLETERRE	MASSÉE 8 SÉSAME	PITRES 24 ESPRIT	COEXISTER 15 EXORCISTE	SAUGE 17 USAGE

A	L	O	R	S
1	2	3	4	5

J	E
6	7

S	U	I	S
8	9	10	11

D	E	V	E	N	U
12	13	14	15	16	17

M	A	G	I	C	I	E	N
18	19	20	21	22	23	24	25

P. 253

7 HORREURS

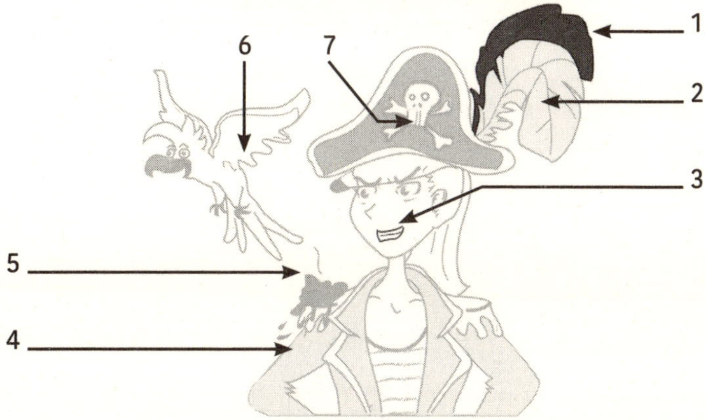

P. 254

FessesTifS

33 fesses et 33 tifs.

Le nombre 1 089 se décompose en 3 × 363 = 3 × 3 × 121 = 3 × 3 × 11 × 11.
En arrangeant différemment, 1 089 = 3 × 11 × 3 × 11 = 33 × 33.
On dit que 33 « est la racine carrée » de 1 089.
Vécabacter pilocula 3 possède par conséquent 33 fesses (rondes) et 33 tifs (dont les racines sont peut-être carrées).

P. 255

Hautbois aubois

			T									
	F	O	R	E	S	T	I	E	R			
	U		O		E				A			
	T		Y		Q				M			
L	A	P	E		U		Z	O	U	R	N	A
	I		N		O				R			
	E			P	I	C	O	L	E			
					A				S			

P. 256

Hello, Samuel !

« Quelles sont les deux maladies guettant le footballeur ?
Bê, Ribery, score, but ! »

Béribéri et scorbut, ça ne s'écrirait pas ainsi ?

P. 258-259

GRANDES vacances

A	R	C	D	E	T	R	I	O	M	P	H	E	■	C	I	R	A	G	E	■	F	R	O	L	E	R
D	E	R	I	V	E	U	R	■	O	U	I	S	S	O	N	S	■	L	U	B	I	E	S	■	R	A
M	U	E	T	■	T	E	R	M	I	N	E	■	T	E	E	■	C	O	■	L	E	N	S	O	I	S
I	N	V	E	T	E	R	E	E	■	I	R	L	A	N	D	E	D	U	N	O	R	D	■	M	E	S
N	I	A	■	O	N	■	A	U	B	E	■	C	C	■	I	N	■	S	U	C	■	U	T	E	■	A
I	■	S	A	U	T	I	L	L	E	■	C	I	C	A	T	R	I	S	E	■	G	E	R	R	I	S
S	O	S	I	E	■	V	I	E	N	N	E	■	A	R	■	O	N	E	R	E	U	S	E	■	N	I
T	I	E	D	E	U	R	S	■	I	O	■	A	T	T	E	L	E	■	A	X	E	■	S	U	C	E
R	N	■	A	S	S	E	A	U	■	E	U	R	O	S	C	E	P	T	I	Q	U	E	■	R	I	S
A	T	O	N	■	E	S	B	R	O	U	F	E	S	■	O	E	T	A	■	U	S	N	E	E	S	■
T	■	S	T	A	R	■	L	I	N	D	O	N	■	J	T	■	I	M	P	I	E	T	E	S	E	H
I	T	E	■	H	A	R	E	N	G	■	L	E	G	O	■	R	E	B	U	S	■	O	K	A	■	I
O	S	E	R	A	I	E	■	A	L	L	O	■	A	B	O	I	■	O	R	E	I	L	L	E	R	S
N	A	■	A	N	■	E	N	N	E	I	G	E	R	■	I	S	S	U	E	■	G	E	O	D	E	S
■	R	E	G	■	O	M	I	T	■	T	U	N	N	E	L	I	E	R	■	O	N	U	■	E	Z	E
V	I	T	R	E	R	I	E	■	F	R	E	T	I	N	■	B	R	I	S	C	A	R	D	S	■	R
E	N	■	E	R	I	S	T	A	L	E	■	R	E	V	E	L	A	N	T	■	R	S	A	■	F	A
R	E	G	A	G	N	E	■	M	A	S	S	E	■	I	R	E	S	■	O	L	E	■	M	O	I	S

P. 260

ESCALETTRES

- ↓ NID
- +E DENI
- +V DEVIN
- +A VIANDE
- +R VEINARD
- +G VIDANGER
- +T DEGIVRANT
- +U VERTUGADIN

P. 261

Calculs durs, hein !

Il faut d'abord trouver 2 en utilisant 3, 50 et 75 :
3 × 50 = 150 ; 150 ÷ 75 = 2 ; 2 + 7 = 9 ; 100 − 9 = 91
et 91 × 7 = 637.

P. 263

SUDOKU-KU

4	1	2	9	6	5	7	3	8
6	8	5	7	4	3	9	1	2
7	9	3	1	8	2	4	6	5
9	2	6	4	7	8	1	5	3
1	5	4	3	9	6	8	2	7
8	3	7	5	2	1	6	4	9
2	4	8	6	3	9	5	7	1
5	7	9	2	1	4	3	8	6
3	6	1	8	5	7	2	9	4

P. 264

BONUS

PANDÉMIE

Le P et le E de placenta sont bien placés et la solution contient en plus I, N, A, D, M, plus une huitième lettre indéterminée. Étudiez les places probables du N : il ne peut être qu'en deuxième ou troisième position et PN n'est guère prometteur. Avec P _ N _ E _ _ _, le A est plus que probable derrière le P et P A N _ E _ _ _ vous met sur la piste de la PANDÉMIE qui toucha le monde en 2020.

P. 265

TAPIS C

5 pièces trouées

Doublez tout le tapis B et comparez les 2 pièces noires : 1 blanche + 2 trouées = 6 blanches – 2 trouées, donc 4 trouées = 5 blanches. **Triplez le tapis A** et comparez les 3 pièces blanches : 6 noires – 6 trouées = 1 noire + 1 trouée, donc 5 noires = 7 trouées. On cherche l'équivalent de (3 noires + 1 blanche), mais multiplions cette quantité par 20 : 60 noires + 20 blanches s'expriment plus facilement en « pièces trouées ». 60 noires = 12 × 5 noires = 12 × 7 trouées = 84 trouées. 20 blanches = 4 × 5 blanches = 4 × 4 trouées = 16 trouées. Au total, cela fait 84 + 16 = 100 trouées pour 20 fois l'équivalent de la gauche du tapis C. Divisons par 20, il restera 100 / 20 = 5 pièces trouées à droite du tapis C.

P. 266-267

MOTS FLÉCHÉS

				■	S	■	A	■	A	■	P	■	A	■	D	■
				S	U	R	M	U	L	T	I	P	L	I	E	E
				■	P	O	E	S	I	E	■	I	B	N	■	N
				D	E	S	S	I	N	A	T	R	I	C	E	S
■	I	■	V	■	R	E	■	N	E	M	E	E	■	I	L	E
I	N	C	A	R	C	E	R	A	■	S	T	■	A	D	A	M
■	T	E	N	I	A	■	E	G	O	■	A	L	L	E	N	E
C	E	P	■	P	L	A	N	E	T	A	R	I	U	M	■	N
■	R	E	P	E	I	N	T	■	E	U	D	E	■	M	A	C
P	E	S	E	■	F	E	R	M	E	R	■	E	P	E	L	E
■	S	■	P	O	R	T	E	E	■	A	S	■	A	N	A	■
E	S	P	E	R	A	■	E	N	A	■	T	I	N	T	I	N
■	E	U	■	A	G	I	S	S	E	M	E	N	T	■	N	O
O	R	D	A	L	I	E	■	O	R	A	N	■	O	S	■	U
■	■	E	T	E	L	■	M	N	E	M	O	N	I	Q	U	E
C	O	U	T	■	I	M	A	G	E	E	■	U	S	U	R	E
■	B	R	E	S	S	A	N	E	■	L	E	E	■	A	I	■
C	E	■	L	O	T	■	G	R	I	O	T	■	S	T	A	R
■	I	N	E	D	I	T	E	■	S	N	O	B	E	■	G	O
P	R	E	■	A	C	E	R	B	E	■	C	A	C	H	E	T

P. 269

Pêche à la Pêche

HALIEUTIQUE

C'est l'adjectif relatif à la pêche, notamment celle en mer. Il fallait bien noyer le poisson, avec nos histoires de pêche…

P. 270

C'EST gâchis

Tous les symboles apparaissent à 5 reprises, sauf la feuille présente en 6 exemplaires.

P. 271

Bouche-trous

1. Intelligentsia. **2.** Héliocentrisme. **3.** Malencontreuse. **4.** Excellentissime. **5.** Nucléosynthèse. **6.** Éloquentes.

P. 272

LOGICO

8 et 4

Il faut dissocier le nombre du cœur et y voir deux chiffres séparés dont chacun alimentera une des deux diagonales. Ensuite, en lisant le nombre formé des trois chiffres dans chaque diagonale, vous constaterez que celui de la diagonale (2) haut droite – bas gauche est le double de celui de la diagonale (1) haut gauche – bas droite.

Fleur 1 : 128 dans la diagonale (1) et 256, le double, dans la diagonale (2).

Fleur 2 : 314 dans la diagonale (1) et 628, le double, dans la diagonale (2).

Fleur 3 : 257 dans la diagonale (1) et 514, le double, dans la diagonale (2).

Dans la fleur 4, on lit 417 dans la diagonale (1). Il faudra le double, 834, dans la diagonale (2). Pour obtenir ce 834, on notera un 8 en haut à droite et un 4 en bas à gauche, tout en récupérant le 3 du cœur.

P. 274

PiPiramidal

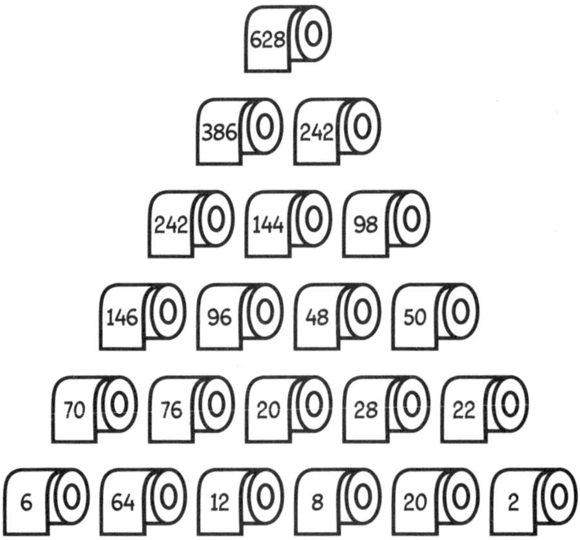

P. 275

LE CHICHSTRAC

DISTANCE

P. 276

ALPHAKU-KU

On lit CRUISEWAY dans la colonne centrale. Ce terme anglais désigne une voie navigable ouverte aux croisières. À vous de choisir la vôtre, s'approchant ou pas de la Syrie.

U	Y	I	E	C	S	W	R	A
W	E	C	A	R	I	S	Y	U
R	S	A	W	U	Y	C	E	I
Y	C	E	R	I	W	A	U	S
I	W	R	U	S	A	E	C	Y
S	A	U	Y	E	C	I	W	R
C	I	Y	S	W	U	R	A	E
E	U	W	I	A	R	Y	S	C
A	R	S	C	Y	E	U	I	W

P. 278-279

LA TÊTE AU CA-CARRÉ

SÉIDE 17 IDÉES	REVISSÉ 13 IVRESSE	CHANTERAIT 6 ANTHRACITE	REFLET 25 TRÈFLE	LOGUASSE 4 SOULAGES
TOUR 10 TROU	VOIRIE 24 IVOIRE	CHAÎNERA 2 ANARCHIE	TONALE 18 ÉTALON	FIGEANT 11 NÉGATIF
AUGNE 3 NUAGE	RIDES 16 DÉSIR	CERNE 15 ENCRE	LIE 9 ÎLE	REVINS 22 VERNIS
GARDER 14 REGARD	UNIT 7 NUIT	ÉLOI 23 OEIL	MANDAIT 1 DIAMANT	ÎLETS 20 LISTE
LIAGE 21 AIGLE	MEULIER 5 LUMIÈRE	NUI 19 UNI	BROME 12 OMBRE	BURINA 8 URBAIN

D	A	N	S	L	A	N	U	I	T	N	O	I	R	E
1	2	3	4	5	6	7	8	9	10	11	12	13	14	15

D	I	E	U	L	A	V	O	I	T
16	17	18	19	20	21	22	23	24	25

P. 280

QUID

1. Lanternes. « Prendre des vessies pour des lanternes » ou, plus anciennement, « vendre vessie pour lanterne ».

2. L'uretère apporte l'urine, qui est ensuite émise par l'urètre.

3. Cystite. L'urètre plus court de la femme explique cette inégalité.

4. L'ouraque.

5. Vésical.

6. Physalis, du grec *phusalis*. On l'appelle aussi « lanterne japonaise », ce qui nous ramène à la question 1.

P. 283

SPHINX Ter

PISTE :

jeu de piste, piste d'enregistrement, tour de piste, piste d'escrime, fausse piste, *La Piste aux étoiles*.

P. 284

LA SUITE

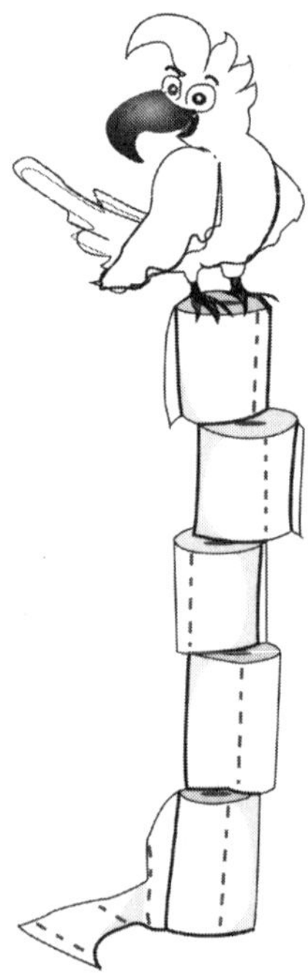

11

Il y a deux suites imbriquées :
- l'une, partant de 6, augmente de 7 à chaque étape et fournit 13, 20, 27, 34 et 41 ;
- l'autre, débutant à 56, diminue régulièrement de 9 pour donner 47, 38, 29 et 20.

C'est cette dernière qui détermine le nombre de la dernière boule : 20 – 9 = 11.

P. 285

#CROISILLONS#

	P	O	I	G	N	E	T	
	I		N			L		
	N	E	F	L	E	S		
	C		R			E		
H	E	X	A	G	O	N	A	L
	A		R			E		
	N		O	R	G	U	E	
	E		U			R		
A	Z	Y	G	O	S			
			E					

P. 286

Un-Zéro

Si vous pensez avoir trouvé une autre solution, vérifiez que vous n'avez pas deux lignes (ou deux colonnes) rigoureusement identiques, ce qui est interdit.

0	1	0	0	1	1	0	1
1	0	0	1	1	0	1	0
1	0	1	0	0	1	0	1
0	1	0	1	1	0	1	0
0	1	1	0	0	1	0	1
1	0	1	0	1	0	1	0
1	1	0	1	0	1	0	0
0	0	1	1	0	0	1	1

P. 287

COLLIER de perlouses

12	13	1	2	3	4
14	11	10	9	5	7
30	15	16	17	8	6
31	29	18	19	21	23
33	32	28	20	22	24
34	35	36	27	26	25

P. 288-289

(M)OTS (F)LÉCHÉS

■	P	■	I	■	O	■	P	■	E	■	N	■				
T	R	A	N	S	P	I	R	A	T	I	O	N				
■	E	N	T	I	E	R	E	■	A	C	N	E				
C	H	I	E	N	■	I	T	A	L	I	A	■				
■	I	S	S	U	E	S	■	P	E	■	N	B	■	Z	■	F
U	S	■	T	E	L	E	S	P	E	C	T	A	T	E	U	R
■	T	A	I	R	E	■	T	E	■	R	E	C	E	N	T	E
C	O	R	N	■	V	U	E	L	T	A	■	H	E	■	O	L
■	R	E	A	M	E	S	■	A	I	N	E	E	■	E	P	O
P	I	■	L	I	E	U	D	I	T	■	C	L	O	P	I	N
■	Q	U	E	L	■	R	E	T	A	B	L	I	S	S	E	■
S	U	R	■	A	G	E	N	■	N	O	I	E	S	■	S	I
■	E	B	E	N	E	■	T	O	I	■	P	R	I	X	■	N
T	S	A	R	■	S	T	A	N	C	E	S	■	F	L	A	N
■	■	N	A	U	T	I	L	E	■	S	E	V	I	■	L	E
E	P	I	T	R	E	S	■	R	A	T	■	I	E	N	A	■
■	E	S	O	N	■	S	I	E	G	E	R	A	■	A	R	C
A	R	T	■	E	L	A	G	U	A	■	E	N	I	G	M	E
■	D	E	N	S	E	■	O	S	C	A	R	■	R	E	E	L
R	U	S	A	■	V	I	R	E	E	S	■	T	E	R	R	E

P. 290

LA GIBLE

Friand des idées qui le tuent

(en lisant une lettre sur cinq).

Des études plus récentes ont montré que le persil était toxique pour les petits rongeurs, mais pas pour les oiseaux. En revanche, l'exposition au soleil après ingestion de persil n'est pas recommandée pour Coco.

P. 291

MÉGA(cô)lon

SANCTIFICATION

Un petit détour à Saint-Pé (de Léren ou de Bigorre) s'impose pour y respirer une odeur de sainteté.

P. 292

SUDOKU-KU

7	3	5	6	4	1	8	9	2
6	4	9	7	2	8	1	5	3
1	2	8	3	9	5	4	6	7
9	7	3	5	1	4	2	8	6
2	6	1	8	3	7	9	4	5
8	5	4	2	6	9	7	3	1
3	8	7	9	5	2	6	1	4
4	9	6	1	7	3	5	2	8
5	1	2	4	8	6	3	7	9

P. 294

Le Trou

1. Soda (Vanessa Paradis, *Joe le taxi*).
2. Mercis (Johnny Hallyday, *L'Envie*).
3. Souvenirs (Laurent Voulzy, *Belle-Île-en-Mer*).
4. Haine (Diam's, *La Boulette*).
5. Réchauffer (Jenifer, *Au soleil*).
6. Superbe (Fernandel, *Félicie aussi*).

P. 295

Cryptogramme

**« Verre de pisse d'enfant de chœur.
J'aime me mettre dans l'ambiance. »**

P. 296-297

CROISÉS 3D

P. 298

CA-CARRÉ MAGIQUE

3	21	20	9	12
22	18	6	15	4
19	7	13	1	25
10	14	2	23	16
11	5	24	17	8

P. 300-301

CLÉS EN MAIN

FLIBUSTER

Ce terme signifiant « escroquer » dérive de flibuste, une association de pirates des mers d'Amérique.

P. 302

chenille

TABLEAU

	J	O	C	O	N	D	E
– J + S	S	E	C	O	N	D	O
– O + F	F	E	C	O	N	D	S
– C + U	F	O	N	D	U	E	S
– F + T	T	O	N	D	U	E	S
– D + B	O	B	T	E	N	U	S
– N + L	B	O	U	L	E	T	S
– S + A	T	A	B	O	U	L	E
– O + A	T	A	B	L	E	A	U

P. 304

Usage De Faux

1. L'écuroduc ou écureuilloduc existe, mais c'est une simple corde, pas un tuyau. Et les éléphants, malgré leur taille et leur masse, sont capables – s'ils le veulent – d'escalader les flancs escarpés du Ngorongoro.

P. 305

ROSACE

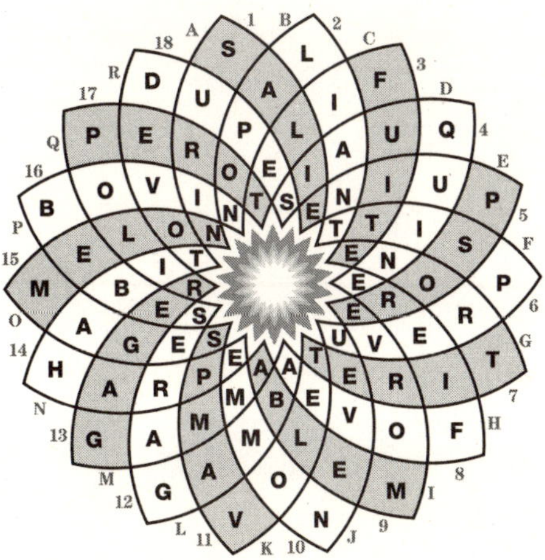

P. 306-307

(M)OTS (F)LÉCHÉS

■	A	■	T	■	D	■	H	■	M	■	C	■	D	■	H	■
S	C	O	R	S	O	N	E	R	E	■	A	Z	I	M	U	T
■	C	H	A	T	T	E	M	I	T	E	S	■	V	A	R	A
H	O	M	M	E	■	M	A	Z	A	R	I	N	A	D	E	S
■	R	■	P	A	L	O	T	■	L	E	N	I	N	E	■	S
I	D	I	O	M	E	■	O	K	A	■	O	P	■	R	E	E
■	E	N	L	E	V	E	M	E	N	T	■	P	A	I	N	S
R	O	S	I	R	■	V	E	N	G	E	R	E	S	S	E	■
■	N	O	N	■	A	H	■	T	A	L	E	■	S	E	R	F
D	I	L	E	M	M	E	S	■	G	E	■	S	I	E	G	E
■	S	A	■	A	U	M	O	N	E	R	I	E	S	■	I	L
E	T	■	A	L	L	E	N	E	■	A	L	■	T	A	E	L
■	E	N	V	I	E	R	■	R	A	D	O	T	E	R	■	A
E	S	A	U	■	T	I	M	I	D	I	T	E	■	B	C	G
■	■	B	L	E	T	S	E	■	O	O	■	T	O	R	A	H
A	M	A	S	S	E	T	T	E	S	■	A	R	M	E	R	A
■	I	B	I	S	■	E	R	■	S	A	X	O				
M	L	■	O	U	R	S	I	N	A	D	E	S				
■	A	N	N	I	E	■	T	I	T	A	N	E				
U	N	I	S	E	X	U	E	L	■	M	E	S				

P. 308

Le Pendu

IDENTIQUE

Tel le mot que vous renvoie un bon perroquet.

P. 309

7 HORREURS

P. 311

Meuh long, melon ?

				C	H	A	P	E	A	U
							R			
			C				O			
A	I	G	U	I	S	O	N	S		T
			C				O			E
	M	E	U	G	L	E	M	E	N	T
			M				S			E
			I							
	P	A	S	T	E	Q	U	E		

P. 312

PO-POKER

Coco : un **U** pour HULULER.
Doyle : un **C** pour CHEVELU.
Édith : un **S** pour HUMBLES.

P. 313

BONUS

MOSAÏQUE

La solution commence par M et contient A, I, O, S, U, E et une huitième lettre à déterminer. Même en conjuguant, vous ne trouverez aucun autre mot que MOSAÏQUE pour absorber cette profusion de voyelles. Si vous avez rayé les lettres interdites (D, F, G, H, second I, K, L, N, P, R, second S, T, X), les candidats pour être cette huitième lettre étaient bien moins nombreux.

P. 314

Alphabête

1. Pitpit (ou pipit, « passereau » ; à la page 314, jamais assez de π). **2.** Cacatoès (jamais loin de pipi). **3.** Gecko (lézard). **4.** Zèbre. **5.** Axolotl (salamandre). **6.** Pygargue (aigle). **7.** Jaguarondi (félin d'Amérique). **8.** Whippet (chien). **9.** Moustique. **10.** Fauvette. Aucune fausse piste pour ce jeu 100 % animal.

P. 316-317

LA TÊTE AU CA-CARRÉ

NAGAÏKAS 24 NAGASAKI	ENCLAVE 10 VALENCE	DÉNUDÉ 16 DUNDEE	ALDINES 2 ISLANDE	MÉLO 13 LOMÉ
SUINTA 17 AUSTIN	CONGÉLO 3 COLOGNE	TÉNOISE 14 ESTONIE	VENGÉE 25 GENÈVE	BURINA 6 URBAIN
BAIL 15 ALBI	MUÂMES 21 EMMAÜS	GOÛTE 7 ÉGOUT	CINÉ 18 NICE	NOTE 4 ETON
ÉCLAIRÉ 8 LE CAIRE	LOUÉS 19 SÉOUL	TRAQUE 5 QUATRE	AÎNÉ 11 IÉNA	VEILLES 22 SÉVILLE
ENVIES 1 VENISE	ENNOBLIS 12 LISBONNE	MANIES 23 AMIENS	NAGE 9 AGEN	GLIOMES 20 LIMOGES

V	I	C	E		Q	U	E		L	A		V	I	L	L	E
1	2	3	4		5	6	7		8	9		10	11	12	13	14

A		D	A	N	S		L	E		S	A	N	G
15		16	17	18	19		20	21		22	23	24	25

P. 318

Calculs durs, hein !

3 × 5 = 15 ; 15 – 1 = 14 ; 14 × 7 = 98 ; 98 – 1 = 97 et 97 × 7 = 679.

P. 319

AnaPhrases

1. Pinacle, pélican, calepin. **2.** Advenir, veinard, viander. **3.** Alignée, géniale, inégale.

P. 320

Bouche-trous

1. Mousqueton. **2.** Modulation. **3.** Démoustication. **4.** Gouleyante. **5.** Parasitologue. **6.** Parapsychologue.

P. 322

BURGER

CAGNARDISE

Ce mot dérivé de *canis*, « le chien » en latin, est un synonyme d'indolence, de fainéantise. L'expression *puta canha*, datant du XIIe siècle, signifiait « de mauvaise engeance » et ne doit pas être confondue avec Punta Cana, en République dominicaine…

FRA	**CA**	SSÉ
FEI	**GN**	ANT
MUS	**AR**	DER
SYN	**DI**	QUÉ
ANI	**SE**	TTE

P. 323

Pêche à la Pêche

COPROPHAGIE

La pêche, en argot, c'est aussi le caca. La coprophagie est une pratique d'insectes se nourrissant de « pêches » (de déjections, d'excréments), comme le bousier, et une déviance que nos dictionnaires associent à certains psychopathes… Dévorer ce livre n'a rien d'inquiétant, rassurez-vous !

P. 324

SUDOKU-KU

1	2	5	4	9	7	6	3	8
7	4	8	3	6	5	2	1	9
6	9	3	1	8	2	4	5	7
8	7	4	2	5	9	3	6	1
5	1	6	7	3	8	9	2	4
9	3	2	6	4	1	7	8	5
2	6	1	8	7	4	5	9	3
3	5	7	9	1	6	8	4	2
4	8	9	5	2	3	1	7	6

P. 326-327

GRANDES vacances

S	A	I	N	T	V	A	L	E	N	T	I	N	■	A	G	D	E	■	R	I	X	D	A	L	E	S
U	L	M	■	A	L	L	Y	L	E	■	N	A	D	I	R	■	V	I	E	L	L	E	■	I	N	O
P	E	P	I	E	■	E	C	O	U	T	E	■	I	N	A	D	A	P	T	E	■	N	A	N	T	I
E	■	E	N	L	I	S	E	■	F	A	X	A	S	■	P	I	N	■	R	U	B	I	S	■	A	G
R	I	R	E	■	N	I	E	R	■	C	O	P	E	N	H	A	G	O	I	S	E	■	T	A	I	N
B	R	■	D	E	F	E	N	E	S	T	R	E	■	O	I	S	E	L	E	■	Q	U	I	L	L	E
O	R	A	I	S	O	N	■	G	O	■	A	T	O	M	E	■	L	A	V	E	U	R	■	E	L	U
W	E	S	T	E	R	N	S	■	I	S	B	A	S	■	S	P	I	■	E	P	I	E	R	R	E	S
L	A	■	E	R	M	E	N	O	N	V	I	L	L	E	■	A	S	T	R	A	L	■	E	T	■	E
■	L	E	■	I	E	■	O	M	■	P	L	E	O	N	A	S	M	E	■	I	L	O	T	E	S	■
R	I	C	A	N	E	R	O	N	T	■	I	S	■	F	I	D	E	L	I	S	E	E	S	■	T	P
U	S	A	G	E	■	S	K	I	A	I	T	■	A	L	■	E	S	■	O	S	S	U	■	P	A	R
E	T	R	E	■	M	I	E	■	E	T	E	N	D	A	R	D	■	P	S	I	■	F	R	E	R	E
L	E	T	■	B	I	■	R	E	N	E	■	O	R	■	M	E	N	A	■	S	O	S	O	T	■	P
L	■	E	P	A	R	T	■	L	I	M	I	T	E	S	■	U	L	Y	S	S	E	■	G	I	R	O
E	C	L	O	S	■	S	O	F	A	■	L	E	T	A	U	X	■	E	P	A	T	A	N	T	E	S
■	D	E	L	I	C	A	T	E	S	S	E	N	■	I	R	■	U	R	A	N	A	T	E	■	V	E
T	I	R	E	L	I	R	E	S	■	E	S	T	O	N	I	E	N	■	S	T	■	P	E	L	E	E

P. 328

FessesTifs

11 fesses et 13 tifs.

Vous pouvez tâtonner pour arriver au résultat. Si vous êtes scientifique, vous appellerez x le nombre de fesses d'une bactérie. Celle-ci possède alors (x + 2) tifs.

Au total, cela fera donc (2x + 2) éléments anatomiques pour une bactérie.

Pour quatre bactéries, ce total montera à 4 (2x + 2) et il est égal à 96.

Si 8x + 8 = 96, cela signifie que 8x = 96 – 8 = 88

et donc que x = 11.

Vécébacter pilocula 4 possède 11 fesses et 13 tifs.

P. 329

#CROISILLONS#

	C	A	R	L	I	N	E	
	A		O			E		
	L	I	N	D	E	R		
	E		D			O		
A	M	I	D	O	N	N	E	R
	B		E			I		
	O		C	U	R	E	E	
	U		U			N		
B	R	A	I	R	E			
			R					

P. 330

Hello, Samuel !

« Homme-grenouille lassé des baisers de laiderons en quête du Prince charmant partagerait volontiers son temps avec Miss Météo. »

P. 332

ESCALETTRES

↓	P O U
+S	O P U S
+L	L O U P S
+E	S O U P L E
+C	C O U P L E S
+T	O C T U P L E S
+N	P O N C T U E L S
+R	C O R P U L E N T S

P. 334

BRIQUES

« Jean-Pierre Pernaut – Papa, je rentre ruiné »

C'était quand l'animateur promettait des millions (le jackpot de la première ligne), mais que le candidat rentrait bredouille !

J	A	C	K	P	O	T
E	F	F	R	A	Y	E
A	N	T	I	P	U	B
N	A	P	P	A	G	E
P	I	R	O	J	O	K
I	C	E	B	E	R	G
E	M	B	A	R	G	O
R	A	D	I	E	U	X
R	A	D	I	N	E	S
E	R	R	A	T	U	M
P	A	U	V	R	E	T
E	B	O	U	E	U	R
R	E	P	A	R	T	I
N	A	G	E	U	S	E
A	V	A	R	I	C	E
U	R	G	E	N	T	E
T	O	R	R	E	N	T

P. 335

LE CHICHSTRAC

INCOMPÉTENCE

P. 336-337

MOTS FLÉCHÉS

				■	T	■	A	■	O	■	P	■	H	■	B	■
				P	R	O	N	O	S	T	I	Q	U	E	U	R
				■	E	P	A	T	E	E	■	U	N	I	T	E
				A	M	E	R	E	■	S	P	A	■	D	I	X
■	Q	■	G	■	A	R	C	■	I	T	A	L	I	E	N	■
S	U	B	I	R	■	A	H	U	R	I	■	I	V	R	E	S
■	A	R	G	E	N	T	I	N	■	M	A	T	A	■	R	A
F	R	E	I	N	A	I	S	■	F	O	R	E	N	T	■	L
■	A	S	■	F	R	O	T	T	A	N	T	■	L	U	N	E
E	N	T	E	R	I	N	E	R	■	I	S	E	E	■	E	R
■	T	■	T	O	N	■	S	O	D	A	■	S	T	O	P	■
D	E	L	U	G	E	S	■	N	U	L	S	■	E	L	A	N
■	■	A	D	N	■	I	D	E	E	■	E	P	R	■	L	U
R	A	D	I	E	U	S	E	■	L	A	V	E	R	A	■	E
■	C	R	A	S	S	E	■	A	S	P	I	■	I	L	L	E
R	I	E	N	■	I	S	S	U	■	E	R	A	B	L	E	■
■	D	■	T	A	N	■	O	X	E	R	■	I	L	I	E	N
L	I	B	E	R	A	L	E	■	S	O	I	R	E	E	■	O
■	T	A	■	E	G	O	U	T	S	■	C	A	■	E	U	T
V	E	N	I	S	E	■	R	E	E	D	I	T	A	S	S	E

P. 339

SPHINX Ter

ERREUR :

erreur de la nature, erreur type (statistiques), cherchez l'erreur, erreur de jeunesse, erreur judiciaire, marge d'erreur.

P. 340-341

QUI FAIT QUOI ?

Catherinettes	Elvire Toulémec	Jade Orétseul	Mado Moizel	Marie Agenvu	Sanza Mour
Âges	27 ans	30 ans	29 ans	28 ans	31 ans
Verts	Lichen	Pistache	Anis	Tilleul	Menthe
Papillons	16	12	15	14	13

P. 343

TAPIS C

3 pièces blanches

Doublons le tapis A : 4 pièces blanches = 2 trouées + 2 noires ; or, 2 trouées = 1 blanche (tapis B), donc 4 blanches = 1 blanche + 2 noires, ou encore 3 blanches = 2 noires. Il faudra 3 pièces blanches à droite pour équilibrer le tapis C.

P. 344

MÉGA(cô)lon

ACANTHOCÉPHALE

C'est un parasite intestinal, « au proboscis rétractable », comprenne qui pourra (c'est une trompe, si je ne me trompe). Cette bestiole de quelques millimètres pourrait atteindre près d'un mètre, lorsqu'elle squatte un porc (l'animal). Grouik !

P. 345

LOGICO

Q

Observez les mains à gauche : D, E, U, X forment DEUX.
À droite, S, E, P, T forment SEPT.
Avec les pieds à gauche, N, E, U, F écrivent NEUF.
À droite, H, U, I, T écrivent HUIT.
Pour la tête, on lit : C, I, N et il manque le Q final pour CINQ.

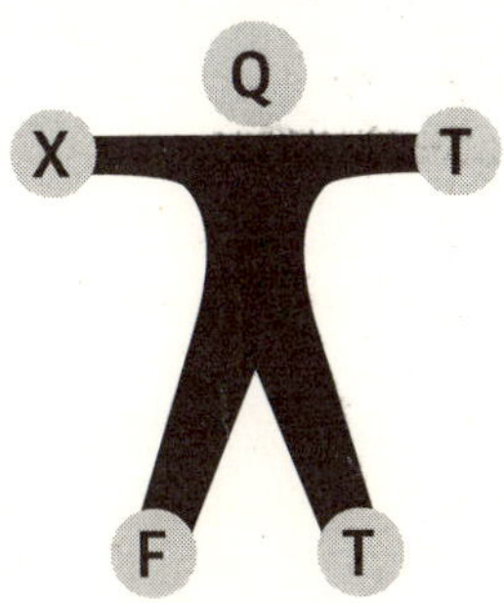

P. 346-347

CROISÉS 3D

P. 349

Un-Zéro

Si vous pensez avoir trouvé une autre solution, vérifiez que vous n'avez pas deux lignes (ou deux colonnes) rigoureusement identiques, ce qui est interdit.

1	1	0	1	0	1	0	0
0	0	1	0	1	0	1	1
1	1	0	0	1	1	0	0
0	0	1	1	0	0	1	1
1	0	1	0	1	0	0	1
0	1	0	1	0	1	1	0
1	0	1	1	0	1	0	0
0	1	0	0	1	0	1	1

P. 350

QUID

1B. Ainsi l'auteur traduit « L'a bobo à sa mimine, mon coco ? », exprimé en cuculien par Mariette lorsque Nicolas s'égratigne, en un simple « Tu as mal à la main ? » et Bazin regrette que de nombreux mots de la « langue de lait » soient passés en français majeur, comme « bébé, pipi, bonbon ».

2C. Formé du préfixe privatif « a » et de la racine grecque « *gelos* », l'agélaste n'a aucun humour et ne sait pas rire. D'autres néologismes récents reprennent cette racine : la gélotologie est l'étude du rire et de ses effets sur le corps et la gélothérapie est une méthode thérapeutique basée sur le rire. « Ah, j'ai l'os » zygomatique déboîté !

3A. Quant à savoir si, dans le titre de l'œuvre, « foire » fait référence à la diarrhée et « derrière » est un adverbe de lieu ou un nom commun, nul ne pourra lire dans les pensées de l'artiste. Mais les peintres néerlandais de l'époque, dans un souci de réalisme et pour rappeler à chacun que nous sommes tous pareils, représentaient souvent des personnages ou des animaux en train de se soulager.

P. 351

C'EST gâchis

Chaque symbole apparaît 5 fois, sauf la bouteille présente en 9 exemplaires et le robinet proposé 6 fois.

P. 352

Coup de fil

AMAZONIE,
une forêt où vivent de nombreux perroquets et qui a donné son nom à une espèce, l'amazone.

P. 354-355

MOTS FLÉCHÉS

P. 356

LA SUITE

8

« Dernière de l'année » était un indice. Qu'est-ce qui va par douze ? Les mois ! Comptez le nombre de lettres de chacun : janvier en a sept (7), février sept aussi (7), mars quatre (4), avril cinq (5), mai trois (3), juin quatre (4), juillet sept (7), août quatre (4), septembre neuf (9), octobre sept (7) et novembre huit (8). Dans la dernière boule, il fallait inscrire le nombre de lettres de décembre, huit (8).

P. 357

Pêche à la Pêche

IMPÉTUOSITÉ

Cette vivacité – cette pêche – rappelle celle de la tempête, d'un torrent, du vent. Mais pas du vent précédant la sortie d'une pêche, restons polis ! Un pet tue, aux cités ?

P. 359

SUDOKU-KU

6	1	5	7	2	4	9	8	3
3	2	7	9	8	1	6	4	5
8	4	9	3	5	6	2	7	1
4	5	8	1	6	7	3	9	2
2	9	3	8	4	5	1	6	7
1	7	6	2	9	3	4	5	8
9	8	4	5	1	2	7	3	6
7	6	2	4	3	8	5	1	9
5	3	1	6	7	9	8	2	4

P. 360

Le Trou

1. Amours (Barbara, *Ma plus belle histoire d'amour*).
2. Bas (Alizée, *Lolita*). L'accord de bleu nous semble fautif, mais laissons le bénéfice du doute à la licence poétique.
3. Santiags (Renaud, *Laisse béton*).
4. Bouquin (Serge Gainsbourg, *Le Poinçonneur des Lilas*).
5. Voleur (Elsa, *T'en va pas*).
6. Chaleur (Calogero, *En apesanteur*).

P. 361

CrYPtoGraMMe

« Que je ne peux l'imaginer,
il vaut mieux le découvrir la vessie vide. »

P. 362

chenille

PAPILLON

	C	H	E	N	I	L	L	E
– N + A	A	C	H	I	L	L	E	E
– H + R	E	C	A	I	L	L	E	R
– C + T	R	E	T	A	I	L	L	E
– L + N	R	A	L	E	N	T	I	E
– E + O	O	R	I	E	N	T	A	L
– R + P	A	N	T	I	L	O	P	E
– T + P	P	A	N	O	P	L	I	E
– E + L	P	A	P	I	L	L	O	N

P. 364-365

LA TÊTE AU CA-CARRÉ

ÉVISCÉRÉS 25 ÉCREVISSE	ÉCLATERA 5 ÉCARLATE	BELON 6 NOBEL	ÉCRIÉS 7 CERISE	AIMANTE 22 AMANITE
GUANINES 18 SANGUINE	RATER 10 ARRÊT	CORÊ 2 OCRE	ÎLETS 12 LISTE	RÉTROS 23 TRÉSOR
VÊLER 15 LÈVRE	SHETLAND 17 STENDHAL	MARÉE 13 ARMÉE	PATRICE 9 PICRATE	ÉBOULER 11 RUBÉOLE
MANGEÂT 3 MAGENTA	REBAB 14 BARBE	SÛRS 24 URSS	TOILÉE 16 ÉTOILE	EN SOIE 8 ÉOSINE
ÉMOIS 4 MOÏSE	MONTOISE 19 ÉMOTIONS	BRUIS 20 RUBIS	PLAIN 21 LAPIN	CONTRA 1 CARTON

C	O	M	M	E	N	C	E		P	A	R		L	A
1	2	3	4	5	6	7	8		9	10	11		12	13

B	L	E	S	S	E	R		L	A		T	U	E
14	15	16	17	18	19	20		21	22		23	24	25

P. 366

MOTOCROTTE

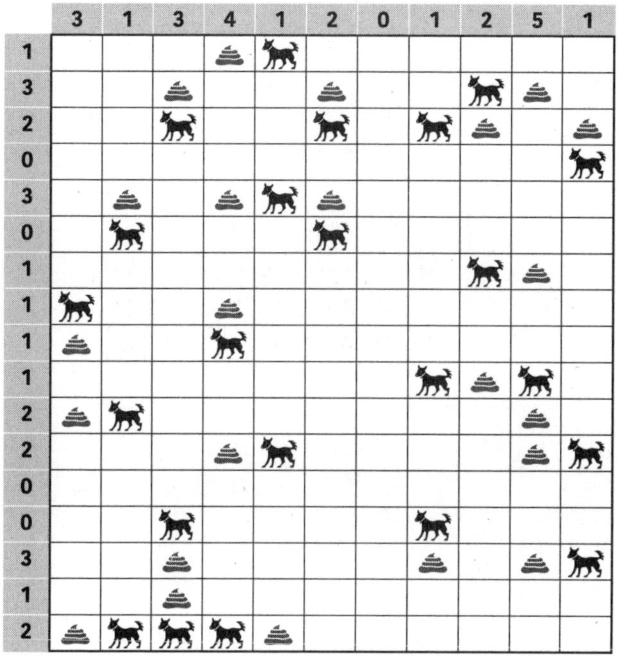

P. 367

Usage De Faux

4. Pierre Poujade, rebelle et défenseur des petits commerçants et producteurs, déclara, après une réception aux États-Unis où PMF avait réclamé du lait : « Si vous aviez une goutte de sang gaulois dans les veines, vous n'auriez jamais osé, vous, représentant de notre France producteur mondial de vin et de champagne, vous faire servir un verre de lait dans une réception internationale ! C'est une gifle, monsieur Mendès, que tout Français a reçue ce jour-là, même s'il n'est pas un ivrogne. »

P. 368

PiPiramidal

628

330 298

164 166 132

80 84 82 50

44 36 48 34 16

34 10 26 22 12 4

P. 370

Le Pendu

THYMS

Avant même d'être un pirate, le boucanier (mot formé des lettres proposées par Carline) était au XVIIe siècle, aux Antilles, un chasseur de bœufs sauvages, qui faisait « boucaner » (fumer) la viande pour la conserver. Le boucan était jadis un gril utilisé par les Indiens d'Amérique.

P. 371

7 HORREURS

P. 372

Comptant content

				C							O			
				O			N				F			
				R		S	A	T	I	S	F	A	I	T
				N			R				E			
	A	N	N	I	V	E	R	S	A	I	R	E		
				A			A				T			
C	A	L	C	U	L	A	N	T						
				D			T							

P. 373

COLLIER de perlouses

27	2	3	4	6	7
28	26	1	5	8	22
36	29	25	9	23	21
30	35	10	24	19	20
34	31	11	14	17	18
32	33	13	12	15	16

P. 374-375

(M)OTS (F)LÉCHÉS

	E		M		A		E		P		E		F		P	
E	X	P	O	R	T	A	T	I	O	N	S		A	C	R	E
	C	A	R	O	T	T	E	S		A	S	I	N	I	E	N
H	E	R	I	T	E	R		S	A	G	E	M	E	N	T	
	L	I	T		L	E	V	U	R	E		P	E	T	R	A
P	L	E	U	R	E		E	S	C	A	L	E		R	E	G
	E	R	R	A	R	E						R	U	E		O
U	N		I	L		I					M	I	N	E	U	R
	T	E	T	A	R	D						A	I		R	A
R	E	P	E	S	E	E					F	L	O	P	S	
		I	S		M	R		P		P		I	N	O	U	I
I	N	T	A	R	I	S	S	A	B	L	E	S		I	L	L
	A	R	L	E	S		S	T	R	U	C	T	U	R	A	L
E	T	E	U	L	E	S		R	E		R	E	M	I		I
	A	S	T	I		P	A	I	L	L	E		B	E	E	S
E	T		A	T	T	I	S	A		I	M	P	A	R	T	I
	I	B	N		A	N	C	R	E		A	I	N		O	B
B	O	I	T	E	R		O	C	U	L	I		D	A	I	L
	N	O		P	A	N	T	H	E	E		P	A	R	L	E
O	S	T	E	O	S	E		E	S	T	O	C		T	E	S

P. 377

Alphabête

1. Gazeux. **2.** Herbage. **3.** Muntjac (petit cerf d'Asie). **4.** Infidèle. **5.** Kumquat. **6.** Innocents. **7.** Verseau. **8.** Plumets. **9.** Wallaby (kangourou). **10.** Licorne.

P. 378

BONUS

DYSLEXIE

Entre le D initial et le E final, il faudra caser un second E (déprimes ou duveteux), un seul I (divinité), un seul S (dolosifs), un L et un X. Le I ne peut être qu'en troisième ou en septième position (sinon, il serait sur une case gris foncé quelque part) ; le second E est en troisième ou en cinquième pour la même raison. L'élimination des candidats A, B, F, H, M, N, O, P, R, T, U et V vous poussait à explorer les sept lettres précédemment trouvées, avec une huitième à choisir parmi C, D, E, G, J, K, L, Q, W, X, Y ou Z. Seul le Y vous amènera à la solution : DYSLEXIE.

P. 379

BURGER

PSITTACIDÉ

Le perroquet fait partie de la famille des psittacidés. Un seul spécimen imitatif et bruiteur de talent serait à l'origine d'une pandémie de zoopsies, ces hallucinations dans lesquelles le lecteur assidu de l'*Officiel* croit voir des animaux effrayants !

ZOO	**PS**	IES
BRU	**IT**	EUR
IMI	**TA**	TIF
SPÉ	**CI**	MEN
PAN	**DÉ**	MIE

P. 380

Calculs durs, hein !

La solution consiste à trouver 47, puis à le multiplier par 2, puis par 8 (donc par 16) ; si vous pensez avoir trouvé une autre méthode, vous avez simplement inversé une partie de la présentation.

7 × 7 = 49 ; 49 – 2 = 47 ; 47 × 2 = 94 ; 5 + 3 = 8 et 94 × 8 = 752.

P. 381

AnaPhrases

1. Entrave, vétéran, taverne.
2. Touareg, outrage, routage.
3. Revoilà, variole, raviole.

P. 382-383

GRANDES vacances

H	I	E	R	A	R	C	H	I	Q	U	E	M	E	N	T	■	T	S	U	N	A	M	I	■	O	C
E	N	V	A	H	I	S	S	E	U	R	■	U	S	U	R	P	A	T	E	U	R	■	L	A	B	O
R	H	■	P	U	M	A	■	N	I	E	C	E	S	■	I	R	M	A	■	C	E	D	E	R	■	A
C	A	M	E	R	A	■	C	A	L	■	A	Z	E	R	B	A	I	D	J	A	N	A	I	S	E	S
U	B	U	■	I	S	B	A	■	L	I	E	Z	■	N	U	I	S	I	B	L	E	■	T	O	N	S
L	I	R	E	S	■	A	S	S	A	S	S	I	N	■	N	E	E	S	■	E	S	S	E	U	L	E
E	T	A	T	S	U	N	I	E	N	■	A	N	O	D	I	N	■	T	A	S	■	O	S	I	E	R
■	U	L	N	A	S	■	O	P	T	E	R	■	M	O	T	■	D	E	B	■	A	R	■	L	V	■
C	E	■	A	N	■	T	N	T	■	C	D	I	■	N	I	E	E	■	R	E	C	O	L	L	E	R
O	L	P	■	T	O	I	S	E	R	■	I	L	O	T	E	S	■	L	I	T	E	R	I	E	■	E
P	L	A	N	E	U	R	■	N	A	I	V	E	S	■	N	O	C	A	S	■	R	A	S	S	I	S
A	E	R	E	■	L	E	O	N	■	C	I	T	E	E	■	P	E	P	■	P	E	L	E	■	S	T
I	■	A	F	F	I	R	M	A	T	I	F	■	I	N	F	E	R	I	E	U	R	E	■	M	O	I
N	I	D	■	I	P	■	E	T	A	■	I	A	L	T	A	■	I	N	C	A	■	S	P	A	■	T
■	B	E	L	F	O	R	T	■	G	E	L	U	L	E	■	P	S	■	O	N	T	■	E	T	A	U
P	E	■	U	I	■	I	T	E	■	S	I	■	E	N	D	U	I	S	■	T	E	R	R	I	N	E
O	R	A	N	■	C	E	R	N	E	A	U	X	■	D	I	S	E	U	S	E	■	A	I	N	E	E
P	E	L	E	R	I	N	E	■	M	U	S	I	Q	U	E	■	R	E	U	S	S	I	S	S	E	S

P. 385

SPHINX Ter

PAVILLON :

battre pavillon (arborer un drapeau), pavillon de verdure (tonnelle), baisser pavillon, pavillon de l'oreille, pavillon de chasse, pavillon de quarantaine (ce pavillon jaune devait – dès le XVIIIe siècle – être hissé par les navires mis à l'isolement, dès qu'un risque de contamination et d'épidémie était soupçonné).

P. 386-387

CLÉS EN MAIN

DYSPHAGIE

Cette difficulté à avaler ne semble pas atteindre Coco.

P. 389

#CROISILLONS#

	S	O	U	R	I	R	E	
	O		S			H		
	M	O	U	S	S	E		
	N		R			N		
D	I	A	P	O	R	A	M	A
	F		A			N		
	E		T	E	T	E	E	
	R		E			S		
D	E	C	U	E	S			
			R					

P. 390

Bouche-trous

1. Carabinière. **2.** Crédirentière. **3.** Brachial. **4.** Ébahissant. **5.** Brachiosaure. **6.** Bourgeoisial.

P. 391

SUDOKU-KU

2	9	7	1	4	8	3	5	6
4	1	3	6	7	5	2	9	8
8	5	6	2	3	9	1	7	4
9	7	8	5	2	1	4	6	3
1	3	5	4	9	6	8	2	7
6	2	4	3	8	7	9	1	5
3	6	2	7	1	4	5	8	9
5	8	1	9	6	3	7	4	2
7	4	9	8	5	2	6	3	1

P. 392-393

LA TÊTE AU CA-CARRÉ

THIBAUDE 22 HABITUDE	RÉVISES 3 IVRESSE	NAGARIS 11 SANGRIA	ÉMÉTISANT 20 ESTAMINET	MAROCAINE 9 AMERICANO
MONDIALE 15 LIMONADE	ALARMAS 19 MARSALA	CANTER 7 NECTAR	ERGOTA 23 ORGEAT	OPTION 1 POTION
CALMEZ 8 MEZCAL	ÉCRIÉS 21 CERISE	LOUES 5 SOÛLE	KASHER 14 SHAKER	AMOK 17 MOKA
ADOS 4 SODA	ÉPANCHA 12 PANACHÉ	INGÉRÉE 18 ÉNERGIE	ONAGRE 6 ORANGE	ATHLONE 25 ÉTHANOL
PÉTRIFIA 16 APÉRITIF	UNIFIONS 10 INFUSION	KÉAS 24 SAKÉ	OSAIS 2 OASIS	THÉBAINS 13 ABSINTHE

P	O	I	S	S	O	N
1	2	3	4	5	6	7

M	A	I	S
8	9	10	11

P	A	S
12	13	14

L	A
15	16

M	E	M	E
17	18	19	20

C	H	O	S	E
21	22	23	24	25

P. 396

FessesTifS

27 fesses et 27 tifs.

Il s'agit, comme à la page 254, d'extraite une racine carrée. La décomposition de 729 est simple : 729 = (3 × 3 × 3) × (3 × 3 × 3). En rassemblant autant d'éléments à gauche qu'à droite d'un unique signe de multiplication, on établit ainsi que 729 = 27 × 27, ce qui nous renseigne sur le nombre de fesses et de tifs de Vé*cébacter pilocula 5*.

P. 397

LE CHICHSTRAC

CONNAISSANCE

P. 398

Hello, Samuel !

« Pédicure en âge de passer la main cèderait volontiers commerce à jeune manucure lui promettant de travailler d'arrache-pied. »

P. 400-401

(M)OTS (F)LÉCHÉS

■	M	■	M	■	T	■	I	■	S	■	L	■				
P	E	R	E	G	R	I	N	A	T	I	O	N				
■	T	E	T	R	A	V	A	L	E	N	C	E				
M	A	C	R	O	C	E	P	H	A	L	I	E				
■	G	L	O	S	E	■	T	A	K	A	■	R	■	U	■	N
B	R	U	■	B	E	L	E	M	■	Y	O	L	A	N	D	E
■	A	R	K	O	S	E	■	B	E	■	R	A	D	E	A	U
E	M	E	R	I	■	V	E	R	G	O	G	N	E	■	N	R
■	M	■	A	S	T	A	N	A	■	R	O	D	R	I	G	O
C	E	R	F	■	A	N	A	■	M	I	N	A	■	L	E	V
■	■	E	T	A	N	T	■	T	A	G	■	I	B	E	R	E
I	F	S	■	D	A	I	N	E	■	A	S	S	A	M	■	G
■	E	T	I	E	N	N	E	■	A	M	I	E	■	O	I	E
B	R	E	G	M	A	■	U	G	N	I	S	■	M	U	S	T
■	R	■	N	A	R	I	N	E	S	■	E	S	U	S	■	A
S	Y	B	A	R	I	T	E	■	P	O	■	P	E	T	I	T
■	B	E	C	■	V	E	U	L	E	R	I	E	■	I	L	I
V	O	L	I	G	E	R	■	O	C	■	C	I	N	Q	■	V
■	A	G	E	E	■	E	L	I	T	E	■	S	O	U	D	E
S	T	E	N	O	S	E	E	S	■	H	I	S	S	E	E	S

P. 402

LA CIBLE

Fait plus aucunement sentir

(en lisant une lettre sur cinq).

Allais, viens boire un p'tit coup à la maison !

P. 403

Pêche à la Pêche

EXUBÉRANCE

Cette notion, naguère liée à l'abondance et à la richesse, a évolué vers un sens plus proche de l'excès. Le comportement expansif de l'exubérant est une forme de pêche, qui donne parfois à l'être le plus mesuré l'envie de lui en coller une.

P. 404

BRIQUES

« Ana, joie de l'enfant – Jean de La Fontaine »

L'ana – dont nous traitons par ailleurs dans cet ouvrage – est un recueil de mots plaisants, comme ceux des fables connues de tous les écoliers.

A	B	A	J	O	U	E
N	A	C	E	L	L	E
A	S	S	A	G	I	E
J	E	U	N	O	T	S
O	U	T	D	O	O	R
I	N	V	E	N	T	E
E	C	O	L	I	E	R
D	E	S	A	V	E	U
E	D	I	F	I	C	E
L	I	N	O	T	T	E
E	C	O	N	O	M	E
N	U	P	T	I	A	L
F	A	D	A	I	S	E
A	B	E	I	L	L	E
N	U	A	N	C	E	R
T	A	V	E	R	N	E

P. 406

ESCALETTRES

↓	BOL
+A	LABO
+I	ABOLI
+N	ANOBLI
+L	BAILLON
+T	BALLOTIN
+E	TABELLION
+U	BOUILLANTE

P. 407

7 HORREURS

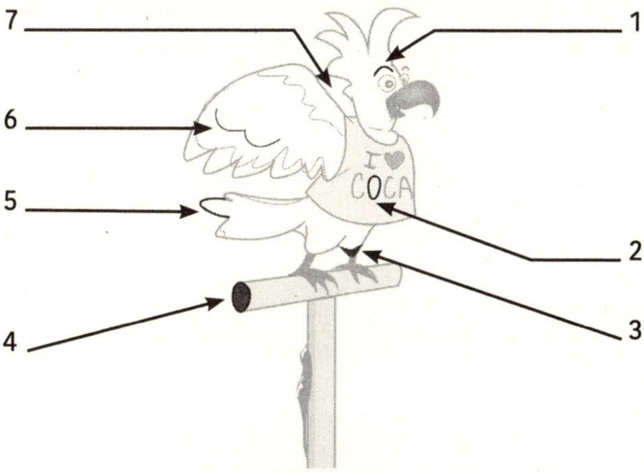

P. 408

QUID

1. Fer (*Le Trône de fer, A Game of Thrones*) **2.** Autruche. **3.** Ivoire. **4.** Lorsqu’il faisait caca, à son réveil ; les gentilshommes titulaires du « brevet d’affaire » étaient autorisés à assister à cette scène. **5.** Chrysanthème. **6.** Apollon.

P. 410-411

CROISÉS 3D

P. 412

PO-POKER

Coco : un **R** pour PERDRIX.
Doyle : un **C** pour COPIEUX.
Édith : un **L** pour EXPLOIT.

P. 413

Le Trou

1. Danseuse (Francis Cabrel, *La Corrida*).
2. Emblèmes (Véronique Sanson, *Chanson sur ma drôle de vie*).
3. Marqué (Pascal Obispo, *Lucie*).
4. Vie (Mika, *Elle me dit*).
5. Territoire (Grégory Lemarchal, *Écris l'histoire*).
6. Soldat (Lara Fabian, *Je t'aime*).

P. 415

CA-CARRÉ MAGIQUE

24	6	5	22	8
19	16	11	12	7
3	9	13	17	23
1	14	15	10	25
18	20	21	4	2

P. 416

MÉGA(cô)lon

ACCOMPAGNATEUR

On n'en a pas besoin pour aller aux toilettes !

P. 417

ALPHAKU-KU

On lit CENTIBARS sur la ligne centrale. Le bar et ses subdivisions, le centibar et surtout le millibar équivalent à l'hectopascal, sont utilisés en météorologie pour les calculs de pression atmosphérique. Le barbare, au bar, aime aussi la pression. Mais bien fraîche.

E	T	A	I	C	B	R	N	S
B	S	N	R	E	A	C	T	I
I	C	R	T	N	S	E	B	A
S	N	B	A	T	C	I	E	R
A	E	T	S	I	R	N	C	B
C	R	I	E	B	N	A	S	T
N	I	S	C	A	T	B	R	E
T	A	C	B	R	E	S	I	N
R	B	E	N	S	I	T	A	C

P. 418-419

MOTS FLÉCHÉS

	B		A		C		Z		P		Z		Q		I	
G	A	S	T	R	O	N	O	M	E		U	S	U	E	L	S
	N	A	T	U	R	A	L	I	S	A	T	I	O	N		I
A	D	R	E	T		N	A	G	E	R		D	I	V	A	N
	I	L	L	I	C	O		R	E	M	U	E		O	N	C
U	T		A	L	A	S	K	A		E	N	R	O	L	E	E
	I	N	G	E	R	E						U	I		A	R
A	S	I	E		O	C					A	R	S	E	N	E
	M	E		I	N	O						G	E	N	T	
F	E	L	I	N		N					S	I	A	L	I	S
		S	T	A	N	D		A		R		Q	U	E		U
S	P	A		P	I	E	R	R	A	F	E	U		V	A	
	A	R	E	T	E		E	C	R	A	S	E	R	E	N	T
C	R	E	V	E	C	O	E	U	R		A	S	I	M	O	V
	A	S	E		E	P		R	E	M	I		S	E	P	
A	N	T	I	N		E	B	E	N	I	E	R		N	H	L
	O	R	L	E	A	N	I	S	T	E		A	C	T	E	E
P	I	U		V	I	S	E		E	N	E	M	A		L	O
	A	P	P	E	L		R	I	E	N	D	E	R	I	E	N
A	S		Q	U	E	T	E	S		E	O	N		O	S	E

P. 421

CRYPTOGRAMME

« Deux maladies courantes : la diarrhée verbale et la constipation cérébrale. »

P. 422

BONUS

FLUVIALE

Entre le F initial et le E final, il faut caser A, un seul I et deux L (faillite), un U, plus une huitième lettre inconnue. Des mots possibles avec cette contrainte, les conjugaisons FEUILLAS, FEUILLÂT ou FEUILLAI tombent notamment avec l'absence de S, de T ou de second I ; idem pour FOUAILLE ou FUTAILLE : ni O ni T dans le mot solution. Restent FAUCILLE et FLUVIALE. Mais si le mot cherché était FAUCILLE, le L de formulée (ou le A de faillite) serait bien placé. Ne reste donc que FLUVIALE, avec un V auquel il n'était pas facile de penser.

P. 423

TAPIS C

9 pièces noires

Examinons 1 pièce trouée, sur les tapis A et B :
5 noires – 1 blanche = 2 blanches – 1 noire,
soit 6 noires = 3 blanches, ou 2 noires = 1 blanche.
Sur le tapis B doublé, 2 noires + 2 trouées = 4 blanches,
donc 2 trouées = 4 blanches – 2 noires = 4 blanches – 1 blanche = 3 blanches = 6 noires.
Si 2 trouées valent 6 noires, 1 trouée vaut 3 noires et 3 trouées en valent 9.

P. 424

Calculs durs, hein !

Les deux méthodes se terminent par 133 × 7, mais ce 133 est obtenu soit par 136 – 3, soit par 144 – 11.

Première méthode :

8 + 9 = 17 ; 17 × 8 = 136 ; 136 – 3 = 133 et 133 × 7 = 931.

Deuxième méthode :

9 + 9 = 18 ; 18 × 8 = 144 ; 3 + 8 = 11 ; 144 – 11 = 133 et 133 × 7 = 931.

P. 426-427

LA TÊTE AU CA-CARRÉ

ENTOIR 2 ORIENT	GÉNIE 15 NEIGE	OCTANES 4 TOSCANE	DÉFIÂTES 19 DÉFAITES	CORDIÉRITE 25 DIRECTOIRE
LONNES 18 NELSON	ORACLE 9 ARCOLE	TOILÉE 20 ÉTOILE	AÎNÉ 10 IÉNA	MÉTAL 8 MALTE
ADMISE 21 SAMEDI	ANISASSES 14 ASSASSINÉ	TÜVSINSIREE 13 UNIVERSITÉS	TRAQUE 12 QUATRE	BÊLE 5 ELBE
PRIMÉE 23 EMPIRE	PODESTAT 16 DESPOTAT	TIRE-JUS 6 JURISTE	ROSAY 17 ORSAY	LIN 3 NIL
ROMAGNE 1 MARENGO	CÉSAR 11 SACRE	OCRES 22 CORSE	INSTALLE 7 ANTILLES	ENNEMI 24 NIÉMEN

M	O	N	T	E
1	2	3	4	5

J	A	M	A	I	S
6	7	8	9	10	11

Q	U	A	N	D
12	13	14	15	16

O	N
17	18

D	E	S	C	E	N	D
19	20	21	22	23	24	25

P. 428

Palier pas lié

										A	
I	N	D	E	P	E	N	D	A	N	T	S
						I				T	
				F		V				E	
E	N	T	R	A	V	E	R			N	
				L		A				U	
D	I	S	L	O	Q	U	E			E	
				T						R	

P. 429

C'EST gâchis

Tous les symboles de recyclage apparaissent 9 fois, sauf celui ci-contre, dont on ne voit que 8 exemplaires.

P. 431

Usage De Faux

4. L'horloge à poids faisant du bruit n'est apparue qu'en 1283 en Angleterre, mais on pense que Shakespeare a pu intentionnellement utiliser cet anachronisme, par peur que le public ne comprenne pas les références à une clepsydre et à la quantité d'eau qui s'en serait écoulée, pour estimer l'heure... Le vers 2 est bien de Corneille et les héroïnes de Pierre Benoît ont toutes un prénom commençant par un A.

P. 432-433

QUI FAIT QUOI ?

Classes	6ème	5ème	4ème	3ème	2nde
Petites boîtes	7	6	8	4	5
Trousses	5	2	4	6	3
Chemises	14	13	12	11	15

P. 435

Bouche-trous

1. Antiaméricain. **2.** Africanisation. **3.** Axiomatisation. **4.** Antiradiation. **5.** Cannibalisation ou marginalisation. **6.** Anticapitalistes (certains dictionnaires acceptent anticapitalismes).

P. 436-437

GRANDES vacances

M	O	I	S	S	O	N	N	E	U	S	E	B	A	T	T	E	U	S	E	■	E	P	R	I	S	E
E	M	B	O	U	T	E	I	L	L	A	G	E	S	■	I	N	T	E	R	E	S	S	E	■	E	N
A	B	I	M	E	E	■	V	I	T	R	A	■	T	A	R	A	I	■	I	N	C	I	T	A	N	T
C	I	D	■	R	E	P	E	T	E	■	L	A	R	M	E	■	L	A	C	E	R	■	R	U	E	R
U	L	E	M	A	■	A	L	E	R	T	E	R	A	■	T	H	E	S	■	E	I	R	E	■	G	E
L	I	M	E	■	I	L	L	■	I	O	S	■	L	I	S	E	■	S	A	■	M	A	C	H	A	T
P	C	■	M	A	L	M	E	N	E	R	■	T	E	R	■	R	U	I	N	E	E	■	I	U	L	E
A	A	R	O	N	■	E	M	E	U	T	E	S	■	A	M	E	R	S	■	J	U	G	E	R	■	N
■	L	A	R	G	E	■	E	C	R	I	V	A	I	N	E	■	G	E	N	E	R	E	■	L	O	I
F	■	P	I	E	T	O	N	■	E	L	I	R	E	■	L	E	E	■	O	C	■	S	O	E	U	R
A	P	I	S	■	A	P	T	E	■	L	E	I	■	P	A	T	R	E	■	T	I	T	R	E	S	■
R	I	D	E	L	L	E	■	B	E	A	R	N	A	I	S	E	■	P	I	E	G	E	E	■	T	E
A	P	E	R	O	■	R	I	E	U	R	■	E	R	S	■	R	A	I	D	■	O	S	S	U	E	S
N	O	M	■	I	L	E	O	N	■	D	R	■	R	E	I	N	S	■	E	P	R	■	T	R	■	T
D	■	E	T	N	A	■	D	I	S	S	I	P	E	■	L	E	S	T	E	E	■	R	E	A	G	I
O	R	N	E	■	B	R	E	S	T	■	P	E	T	I	L	L	E	R	■	R	F	A	■	N	E	M
L	U	T	T	E	R	A	■	T	A	P	E	N	A	D	E	■	N	O	C	T	A	M	B	U	L	E
E	T	■	E	C	O	S	S	E	R	A	■	E	T	E	■	P	E	P	I	E	R	■	I	S	A	R

P. 438

Un-Zéro

Si vous pensez avoir trouvé une autre solution,
vérifiez que vous n'avez pas deux lignes (ou deux colonnes)
rigoureusement identiques, ce qui est interdit.

0	1	1	0	1	1	0	0
1	0	0	1	1	0	1	0
0	1	0	1	0	0	1	1
1	0	1	0	0	1	0	1
0	1	0	1	1	0	1	0
1	0	1	0	1	0	1	0
1	0	0	1	0	1	0	1
0	1	1	0	0	1	0	1

P. 439

chenille

SOLSTICE

	E	Q	U	I	N	O	X	E
– X + V	I	N	V	O	Q	U	E	E
– Q + A	E	V	A	N	O	U	I	E
– V + T	O	U	A	T	I	N	E	E
– E + R	T	O	U	R	A	I	N	E
– A + L	R	O	T	U	L	I	E	N
– N + C	C	L	O	U	T	I	E	R
– R + S	O	C	U	L	I	S	T	E
– U + S	S	O	L	S	T	I	C	E

P. 441

Pêche à la Pêche

CANTATRICE

« Quel rapport avec la pêche ? », me demanderez-vous à juste titre. Car sinon, le titre *Pêche à la pêche* ne serait pas juste.
« Melba ! », répondrai-je en citant un nom et non en vous intimant de porter des collants.
Le cuisinier français Escoffier créa la pêche Melba, dessert glacé à la vanille, en l'honneur de la cantatrice australienne Nellie Melba. Sa forme (celle du dessert, pas celle de la cantatrice) lui fut inspirée par la silhouette d'un cygne apparaissant dans l'opéra *Lohengrin*.

P. 442-443

(M)OTS (F)LÉCHÉS

				■	B	■	A	■	R	■	C	■	A	■	R	■
				C	O	N	T	R	E	B	A	N	D	I	E	R
				■	D	E	T	O	X	I	F	I	A	N	T	E
				L	Y	R	E	S	■	M	E	C	■	R	I	P
■	J	■	B	■	B	O	N	I	T	E	■	H	A	I	N	E
S	U	R	R	O	U	N	D	■	A	S	T	E	R	■	E	T
■	J	A	U	N	I	■	R	A	S	T	A	■	B	B	■	A
J	U	I	N	■	L	I	E	N	■	R	I	G	O	L	A	I
■	B	L	I	N	D	E	■	I	T	I	N	E	R	A	N	T
G	E	L	■	A	I	N	E	S	S	E	■	R	E	N	E	■
■	■	E	P	I	N	A	L	■	A	L	E	M	■	C	R	I
H	A	R	E	N	G	■	F	E	R	■	M	E	N	H	I	R
■	L	A	N	D	■	B	E	L	I	Z	E	■	A	I	E	■
P	I	■	D	E	M	I	S	■	N	O	U	A	I	S	■	F
■	M	O	U	J	I	K	■	B	E	N	■	I	S	S	U	E
L	E	D	■	A	R	I	D	E	■	E	V	E	■	E	R	S
■	N	I	E	R	■	N	O	C	E	■	A	U	T	R	E	S
E	T	E	N	D	O	I	R	■	V	E	L	L	E	I	T	E
■	E	U	■	I	S	■	E	C	O	P	E	■	N	E	R	E
V	E	X	A	N	T	E	■	R	E	S	T	A	U	■	E	S

P. 444

LE CHICHSTRAC

MOUCHES

P. 445

SUDOKU-KU

8	3	1	4	7	6	2	5	9
2	7	6	5	9	3	8	4	1
5	9	4	8	1	2	7	6	3
9	4	5	2	6	7	1	3	8
7	6	8	1	3	4	9	2	5
3	1	2	9	5	8	6	7	4
6	5	9	7	4	1	3	8	2
4	2	7	3	8	9	5	1	6
1	8	3	6	2	5	4	9	7

P. 446

Le Trou

1. Cloques (Vianney, *Je m'en vais*). **2.** Singe (Zazie, *Je suis un homme*). **3.** Peinture (Patrick Bruel, *Casser la voix*). **4.** Tempo (M. Pokora, *Les Planètes*). **5.** Étoile (Gilbert Montagné, *On va s'aimer*). **6.** Garni (Charles Aznavour, *La Bohème*).

P. 448

QUID

1C. Les premières images de ces documentaires ne manquant pas de matière dataient de 2002, mais personne ne voulait les diffuser... C8 a été créée en 2012.
2C. Baltard avait prévu des toilettes dans son Pavillon, heureusement, mais cette déclaration a choqué le nôtre, de pavillon – auriculaire.
3A. Ce professeur a (une) réponse à tout. *Cabou Cadin*, émission jeunesse diffusée de 1984 à 1990 sur Canal +, est une contrepèterie de « caca boudin ».

P. 450-451

CROISÉS 3D

P. 453

MÉGA(cô)lon

COLLABORATRICE

Avouez que ce mot n'est pas perçu pareil, selon les époques…

P. 454

LOGICO

H, V, L et **G**

On lit ALCATRAZ dans la première roue. Ce mot est codé dans la deuxième par le remplacement suivant (symétrie alphabétique) : A/Z, B/Y, C/X, D/W, E/V, F/U, G/T, H/S, I/R, J/Q, K/P, L/O et M/N, ce qui donne ZOXZGIZA.
En appliquant la même transformation à KAKATOÈS, il vient : PZPZGLVH.

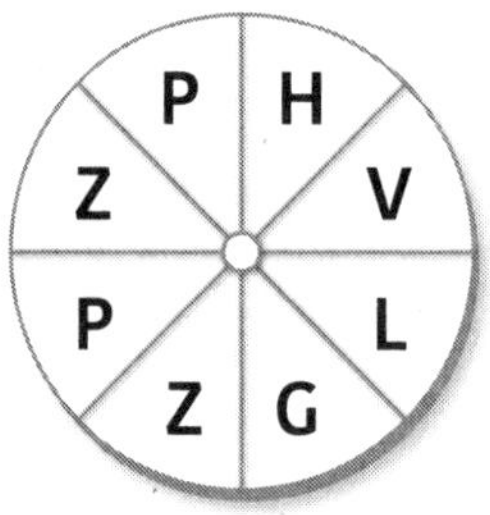

P. 455

#CROISILLONS#

	P	A	N	D	O	R	E	
	U		O			E		
	A	M	U	S	E	S		
	N		R			T		
E	T	E	R	N	U	A	N	T
	E		I			N		
	U		S	O	T	T	E	
	R		S			S		
E	S	P	O	I	R			
			N					

P. 456

ALPHAKU-KU

Altérer, c'est donner soif (avoir la pépie), mais « altérions » n'était pas la solution, pas plus qu'alertions, aliterons, laiterons, oralisent, râtelions, rentoilas (où ça ?) ou talerions. Dans la seconde colonne vide, on lit RELATIONS. Ceux qui en ont aux latrines prennent des risques… Si vous avez cru que SRETLONIA était la solution, vous parlez une langue qui nous est inconnue.

N	O	S	L	E	T	R	A	I
L	I	R	A	O	N	E	S	T
A	T	E	R	S	I	L	N	O
R	N	T	I	L	E	A	O	S
I	S	L	O	R	A	T	E	N
E	A	O	N	T	S	I	R	L
S	E	N	T	I	R	O	L	A
O	R	I	S	A	L	N	T	E
T	L	A	E	N	O	S	I	R

P. 458-459

(M)OTS (F)LÉCHÉS

	D		A		B		S		P		A					
M	E	R	C	U	R	O	C	H	R	O	M	E				
	C	O	N	T	A	G	I	E	U	S	E	S				
S	A	B	E	I	S	M	E		D	E	N	T				
	V	E		L	S		E	V	E		D	O		H		V
D	E	S	S	E	I	N		I	N	V	E	C	T	I	V	E
	E	P	I		E	U	R	A	T	O	M		I	V	A	N
A	S	I	N	E	R	I	E		I	L	E	T	T	E		G
		E	C	R	E	T	A	G	E		N	A	R	R	E	E
O	C	R	E	R		E	C	O	L	A	T	R	E		C	R
	A	R	R	O	S	E		I	L	L		I	S	O	L	E
F	R	E	I	N	E		S	T	E	P	P	E		P	A	S
	D		T	E	N	T	E	R		H	A		R	E	T	S
C	I	N	E	M	A	S		E	N	A	M	O	U	R	E	E
	O	O		E	T	A	T		E	B	E	N	I	E	R	
A	L	I	E	N		R	A	T	T	E		G	N		A	G
	O	R	A	T	O	I	R	E		T	A	L	E	R		U
A	G	E	N		U	N	I	T	E		D	E	R	A	T	E
	U		E	N	R	E	N	E	M	E	N	T		P	A	P
D	E	S	S	U	S		S	E	U	L		S	C	E	N	E

P. 460

Coup de fil

RHUBARBE,

un aliment tout aussi dangereux que l'écorce d'avocat pour les perroquets.

P. 461

SPHINX Ter

LIGNE :

mordre la ligne, ligne de bus, point à la ligne, ligne de vie, ligne de défense, pêche à la ligne.

P. 462

BRIQUES

« A telephone girl – Repeating hello »

Une fille au téléphone qui répète « allô », cela n'a rien d'étonnant. Non mais allô, quoi !

C	H	A	R	R	U	E
F	I	T	N	E	S	S
S	T	E	E	P	L	E
S	A	L	U	E	E	S
P	R	E	F	A	C	E
R	E	P	E	T	E	R
D	A	H	L	I	A	S
A	B	O	N	N	E	E
R	E	N	E	G	A	T
B	R	E	C	H	E	T
N	A	G	U	E	R	E
V	E	I	L	L	E	R
P	A	R	O	L	E	S
R	E	L	O	O	K	E

P. 464

AnaPhrases

1. Tenancier, anticerne, nectarine. **2.** Réunifier, urinifère, inférieur. **3.** Centripète, intercepté, crépinette.

P. 465

7 HORREURS

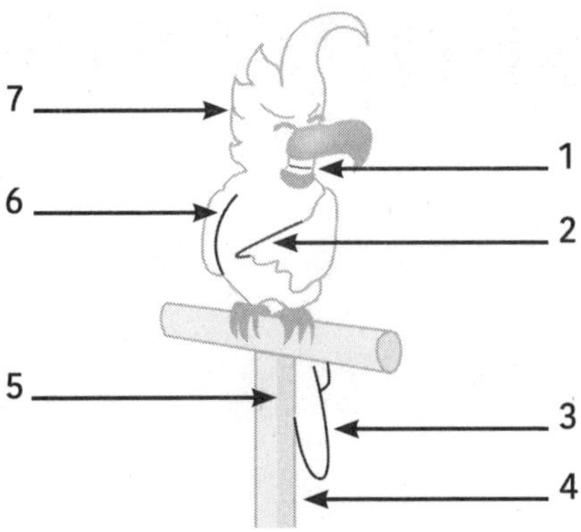

P. 466-467

LA TÊTE AU CA-CARRÉ

HÉLAIS 14 SHEILA	NAVARIN 8 NIRVANA	RAMONAI 17 MARIANO	AMYLE 5 LEMAY	SENTIER 21 TIERSEN
NEIGER 20 RÉGINE	DRAPAIS 1 PARADIS	DUCALE 24 CLAUDE	REBUTA 13 AUBERT	PASSER 7 SPEARS
ROUND 23 N'DOUR	PIFA 12 PIAF	REDIRIONS 10 NOIR DÉSIR	DRAIN 16 INDRA	APÉRO 4 OPÉRA
ÉGALES 6 EAGLES	ÉBROUONS 19 OSBOURNE	ENDURA 3 RENAUD	GAULERAI 22 AGUILERA	RÔDE 15 DORÉ
INÉGAL 2 ANGELI	SALE 25 ELSA	TENTER 11 TRENET	OSAIS 9 OASIS	PICOLE 18 POLICE

P	A	R	O	L	E	S	N	’	O	N	T	P	A	S
1	2	3	4	5	6	7	8		9	10	11	12	13	14

D	’	I	M	P	O	R	T	A	N	C	E
15		16	17	18	19	20	21	22	23	24	25

P. 468

Calculs durs, hein !

Première méthode (la plus simple et classique) :
7 × 10 = 70 ; 70 + 5 = 75 ; 4 + 7 = 11 ; 75 × 11 = 825 et 825 + 4 = 829.

Deuxième méthode :
7 × 7 = 49 ; 49 × 4 = 196 ; 196 + 10 = 206 ; 206 × 4 = 824 et 824 + 5 = 829.

Troisième méthode :
4 × 4 = 16 ; 16 × 7 = 112 ; 112 + 5 = 117 ; 117 × 7 = 819 et 819 + 10 = 829.

P. 470

BURGER

CORACOPSIS

Ce perroquet est appelé vasa ou vaza :
grand vaza, vaza noir, vaza des Seychelles…

DIS	**CO**	URS
CHA	**RA**	BIA
BRA	**CO**	NNÉ
APE	**PS**	IES
RED	**IS**	ANT

P. 471

BONUS

CONFETTI

Derrière le C, il faudra placer I, O, N, E et deux T, plus une huitième lettre à déterminer. Cahotant élimine les multiples possibilités conjuguées finissant par NT (citeront, codétint, cogitent, contient, cotaient, cotirent, cotisent, côtoient) et ne laisse que trois candidats : concetti (trait d'esprit), confetti et contrite. Le premier est éliminé par cacatois (la solution ne contient pas deux C) et le dernier par chéquier (pas de R). Lancez votre CONFETTI en l'air si vous avez trouvé.

P. 472

LA SUITE

U

Ce sont les initiales d'un compte à rebours partant de douze (D), au sommet : viennent ensuite onze (O), dix (D), neuf (N), huit (H), sept (S), six (S), cinq (C), quatre (Q), trois (T), deux (D) et le dernier terme sera le U, initiale du chiffre « un ».

P. 473

Matamore mata mort

							T		
				E			E		
		F	A	N	F	A	R	O	N
		U		J			N		
R	E	S	S	U	S	C	I	T	A
O		I		G					
I		L		U					G
	A	L	G	E	B	R	E		R
		A							E
		D	E	V	I	S	A	G	E
		E							

P. 474-475

(M)OTS (F)LÉCHÉS

■	D	■	S	■	I	■	C	■	V	■	B	■	D	■	A	■
D	E	J	E	U	N	E	R	S	U	R	L	H	E	R	B	E
■	B	O	I	T	E	R	I	E	■	E	U	E	■	A	R	T
P	R	U	N	E	S	■	A	M	I	C	T	■	E	T	U	I
■	E	R	E	■	P	E	N	E	T	R	A	N	T	■	T	E
C	A	■	E	V	E	N	T	R	E	U	S	E	■	P	I	N
■	K	O	T	E	R	■					■	O	I	L	■	N
F	E	R	M	I	E	R					O	C	C	A	S	E
■	■	P	A	N	E	E					■	L	O	U	E	■
S	P	I	R	E	■	G					K	A	N	S	A	S
■	A	N	N	U	E	L	■	S	■	R	■	S	E	I	N	E
A	L	■	E	S	S	E	N	T	I	E	L	S	■	B	C	G
■	I	S	■	E	M	M	O	U	S	C	A	I	L	L	E	R
I	N	C	I	S	E	E	■	C	O	R	■	Q	U	E	■	E
■	D	I	N	■	R	N	B	■	L	E	G	U	E	■	A	G
T	R	A	U	M	A	T	I	S	E	■	R	E	T	A	P	A
■	O	■	S	A	L	A	■	A	E	R	A	■	T	I	L	T
E	M	O	I	■	D	I	N	G	■	A	C	C	E	D	A	I
■	E	S	T	U	A	R	I	E	N	■	I	O	■	S	T	O
E	S	T	E	R	■	E	L	S	E	N	E	U	R	■	I	N

P. 477

Hello, Samuel !

« Cannibale mélomane cherche travail dans opéra-bouffe. »

P. 478

Usage De Faux

3. Le 29 septembre 2014, l'article avait pour titre *DO NOT PUB Kirk Douglas dies.* « Do not pub » signalait pourtant bien... de « ne pas publier » cette nécro préparée au cas où ! Pour le 1, c'était « vingt morts, dont trois graves » ; pour le 2, il avait confondu avec Jacques Chancel, mais Jack Lang ne se trouvait pas sur le plateau (il y était quelques heures auparavant) ;

pour le 4, c'était Martin Bouygues ; pour le 5, c'était en Belgique pour le roi Albert II qui s'était fracturé le col… du fémur.

P. 479

SUDOKU-KU

9	3	6	1	8	2	7	5	4
8	4	5	6	7	3	9	2	1
2	1	7	4	5	9	6	8	3
5	8	3	7	4	1	2	6	9
6	9	4	8	2	5	1	3	7
7	2	1	3	9	6	5	4	8
1	5	2	9	3	4	8	7	6
4	7	9	2	6	8	3	1	5
3	6	8	5	1	7	4	9	2

P. 480-481

GRANDES vacances

M	E	D	A	I	L	L	E	D	O	R	■	C	O	N	S	P	I	R	E	R	■	T	E	M	P	E
A	V	E	R	T	I	E	■	E	L	I	M	I	N	E	E	■	N	O	M	I	N	A	T	I	O	N
D	I	G	N	E	■	N	I	V	E	A	U	■	A	N	T	I	C	I	P	E	E	■	A	S	T	I
E	T	E	■	R	A	T	T	E	■	N	E	I	G	E	■	S	A	■	I	N	C	L	U	S	■	V
M	E	N	T	E	Z	■	A	N	E	T	■	U	R	■	D	E	S	I	R	■	T	U	■	E	P	R
O	R	E	E	■	A	L	L	U	M	E	R	L	E	F	E	U	■	D	E	C	A	N	I	L	L	E
I	■	R	E	G	L	A	I	■	I	S	E	E	■	A	S	T	R	E	■	A	R	E	G	■	I	E
S	P	A	■	A	E	R	E	E	S	■	T	S	A	R	S	■	A	M	P	L	I	T	U	D	E	■
E	O	S	I	N	E	S	■	L	E	A	R	■	U	N	I	E	S	■	R	E	N	T	E	R	■	D
L	U	■	M	G	■	E	T	A	■	B	O	U	D	I	N	S	■	P	I	P	E	E	■	O	B	I
L	I	M	A	■	S	N	O	B	E	R	■	L	E	E	■	T	A	L	A	I	■	S	P	I	R	E
E	L	A	G	U	E	■	P	O	L	I	E	S	■	N	A	O	M	I	■	N	A	■	A	T	O	N
■	L	I	E	S	S	E	■	R	I	■	S	T	A	T	I	N	E	■	I	S	L	A	M	■	D	E
Z	E	N	■	S	A	L	I	E	R	E	■	E	M	E	R	I	■	K	M	■	E	T	E	T	E	■
O	U	■	R	E	M	I	S	■	E	T	I	R	E	■	A	E	R	O	P	O	R	T	■	O	R	E
O	S	S	U	■	E	M	E	U	■	H	E	■	R	A	I	N	E	■	O	P	T	I	C	I	E	N
M	E	U	S	E	■	E	O	L	I	E	N	N	E	S	■	N	I	E	T	■	E	R	E	■	N	E
E	S	S	E	N	C	E	■	M	O	R	A	L	■	A	V	E	N	T	■	C	R	E	P	I	T	E

P. 483

LA CIBLE

L'épaule droite, un perroquet
(en lisant une lettre sur sept).

Pour Cocteau, l'homme imite ses pairs, soit dans les gestes (le singe), soit dans les paroles (le perroquet). Cette citation, extraite de *Thomas l'imposteur,* pourra vous faire réfléchir sur les notions d'imposture, de plagiat et de pastiche...

P. 484

Pêche à la Pêche

PHYSIONOMIE

La pêche est aussi, en argot, le visage – que l'on se fend parfois d'un sourire. Et la physionomie désigne l'ensemble des traits de la figure et l'expression du visage.

P. 485

PO-POKER

Coco : un **E** pour VANNEAU.
Doyle : un **O** pour CABANON.
Édith : un **T**, comme Carline, pour GAGNANT.

P. 486-487

LA TÊTE AU CA-CARRÉ

ALEVINER 12 VERLAINE	INAPTES 25 SEPTAIN	HONGRES 19 SENGHOR	AORTE 8 ÉRATO	GOULAFRE 1 LAFORGUE
SONDES 9 DESNOS	TOUPIE 3 UTOPIE	ANGORA 11 ARAGON	ÉPINIERS 22 INSPIRÉE	REMORDU 20 DORMEUR
EDO 21 ODE	SURINVESTIE 17 UNIVERSITÉS	TONNES 10 SONNET	MIRE 4 RIME	PÉTRIE 13 ÉPÎTRE
MALS 5 SLAM	ACIÉRÉS 14 CÉSAIRE	ARGUTIE 23 GAUTIER	ADULER 16 ÉLUARD	DÉLIAI 7 ILIADE
RICANE 18 RACINE	REPOS 6 PROSE	LYCHEES 2 ESCHYLE	AIL 15 LAI	TRENTE 24 TRENET

L	E	U	R	S
1	2	3	4	5

P	I	E	D	S
6	7	8	9	10

A	V	E	C
11	12	13	14

L	E	U	R	S
15	16	17	18	19

D	O	I	G	T	S
20	21	22	23	24	25

P. 489

C'EST gâchis

Tous les éléments sont présents en 6 exemplaires, sauf la prise avec les flèches de recyclage qui apparaît 7 fois.

P. 490

chenille

VIGILANCE

	I	N	S	O	M	N	I	E	S
– N + R	R	E	M	I	S	S	I	O	N
– S + E	M	O	I	N	E	R	I	E	S
– I + A	R	O	M	A	N	I	S	E	E
– O + L	M	I	N	E	R	A	L	E	S
– M + V	V	A	S	E	L	I	N	E	R
– S + G	N	E	V	R	A	L	G	I	E
– E + I	V	I	R	G	I	N	A	L	E
– R + C	V	I	G	I	L	A	N	C	E

P. 491

PiPiramidal

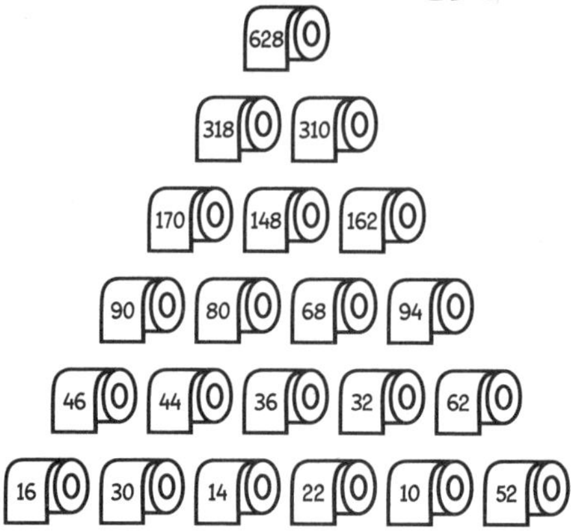

P. 492

Bouche-trous

1. Dorsolombaire. **2.** Sidérurgiste. **3.** Sentimentaliste. **4.** Surexposé. **5.** Contrepoison. **6.** Ostéoporose.

P. 494-495

Croisés 3D

P. 496

CA-CARRÉ MAGIQUE

17	4	6	15	23
11	25	18	2	9
3	7	14	21	20
24	16	5	8	12
10	13	22	19	1

P. 498

SUDOKU-KU

3	6	7	8	2	9	5	1	4
2	4	1	5	7	3	8	6	9
9	8	5	6	4	1	3	2	7
8	7	2	9	1	5	6	4	3
5	3	6	4	8	7	2	9	1
1	9	4	3	6	2	7	8	5
6	1	3	7	9	8	4	5	2
4	5	9	2	3	6	1	7	8
7	2	8	1	5	4	9	3	6

P. 499

QUID

1. Principe d'Archimède : « Tout corps plongé dans un liquide… »

2. Poète. Il était le filleul de la reine Élisabeth Ire d'Angleterre.

3. Ajax. Un calembour avec « *a jakes* », ce dernier terme signifiant « toilettes » en argot de l'époque.

4. Lépine.

5. Plus. Selon l'INSEE, ce sont environ 120 m^3, donc 120 tonnes d'eau, qui partent dans les canalisations en un an pour un foyer de 2,5 personnes.

6. *Psychose.*

P. 501

ROSACE

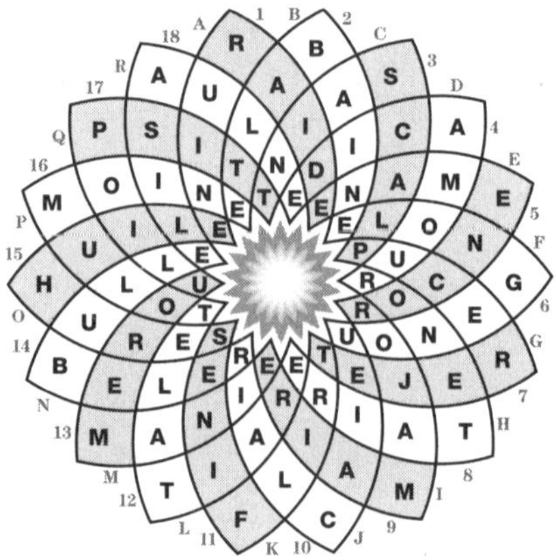

P. 502-503

MOTS FLÉCHÉS

■	Z	■	E	■	Z	■	E	■	D	■	I	■	P	■	E	■
C	O	N	F	L	I	C	T	U	E	L	S	■	O	S	T	O
■	D	E	F	I	G	U	R	E	■	I	R	R	I	T	E	R
M	I	N	E	T	■	M	I	L	I	T	A	I	R	E	■	I
■	A	N	T	I	C	I	P	E	R	■	E	D	E	N	T	E
I	C	I	■	G	E	N	E	■	M	A	L	I	■	T	O	N
■	A	■	G	E	L	■					■	C	R	O	I	T
A	L	T	O	■	L	F					S	U	E	R	■	E
■	■	A	M	O	U	R					■	L	I	S	T	E
F	O	R	M	U	L	E					V	I	N	■	A	S
■	U	T	E	■	E	U	■	A	■	E	■	S	E	E	S	■
I	B	E	R	E	■	D	E	S	I	N	F	E	C	T	E	R
■	L	A	■	R	E	I	N	E	T	T	E	■	L	A	R	A
F	I	L	I	E	R	E	■	P	E	R	I	R	A	I	S	■
■	■	A	N	■	A	N	A	S	■	E	N	O	U	E	■	A
R	E	C	R	E	S	■	C	I	V	E	T	■	D	R	A	M
■	T	R	I	O	M	P	H	E	R	■	A	R	E	O	L	E
V	I	E	■	L	E	I	A	■	A	I	S	E	■	N	O	N
■	E	M	U	E	■	E	T	A	I	N	■	V	I	T	R	E
P	R	E	S	■	B	U	S	H	■	O	P	E	N	■	S	E

P. 504

LE CHICHSTRAC

AMIS

P. 505

COLLIER de perlouses

2	1	22	23	25	26	27
3	21	5	24	38	39	28
20	4	6	37	30	29	40
18	19	7	31	36	41	42
17	15	32	8	35	43	49
14	16	33	34	9	44	48
13	12	11	10	45	46	47

P. 507

Le Pendu

CHOUCHOU

Un chou, des choux.
Mais attention, un chouchou, des chouchous !

P. 508

Le Trou

1. Potence (Élodie Frégé, *La Ceinture*).
2. Jupes (Marc Lavoine, *Elle a les yeux revolver*).
3. Cheval (Téléphone, *Cendrillon*).
4. Conquistador (Indochine, *3e Sexe*).
5. Hits (Les Brigitte, *Palladium*).
6. Défaillance (Julien Clerc, *Ma préférence*).

P. 509

7 HORREURS

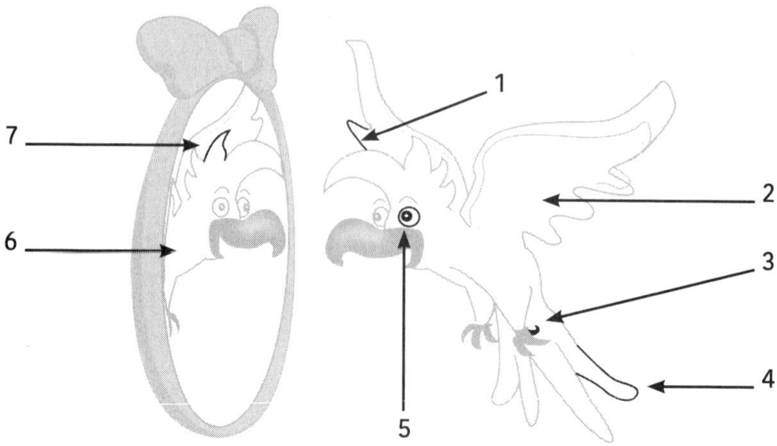

P. 510-511

LA TÊTE AU CA-CARRÉ

MARCIEU 18 MAURICE	MORUE 24 MÉROU	CANOËS 5 OCÉANS	ORGANISÉE 6 NAGEOIRES	LIVRA 12 AVRIL
CHANTE 22 TANCHE	ANTILOPE 3 LAPOINTE	DÉDORA 9 DORADE	ROULANTS 15 ULTRASON	TÂTONNAI 16 NATATION
REM 1 MER	NOME 7 NEMO	ENFLÂT 13 FLÉTAN	TARÉE 19 ARÊTE	CHÈRE 25 ÉCHER
FEELING 10 ÉGLEFIN	TOLET 11 LOTTE	CAILLÉE 17 ÉCAILLE	DIE 23 IDE	RICTUS 4 CURTIS
NIVÉAL 14 ALEVIN	ORGUE 20 ROUGE	ALDINES 21 ISLANDE	GAULLIEN 2 ANGUILLE	TUILE 8 UTILE

M	A	L	C	O	N	N	U	D	E	L	A
1	2	3	4	5	6	7	8	9	10	11	12

F	A	U	N	E	M	A	R	I	T	I	M	E
13	14	15	16	17	18	19	20	21	22	23	24	25

P. 513

Calcululs durs, hein !

5 × 7 = 35 ; 35 – 1 = 34 ; 34 × 7 = 238 et 238 – 1 = 237.

P. 514-515

CLÉS EN MAIN

ENGLOUTIR

Coco connaît bien ce verbe, comme en témoignent les traces en bas de son perchoir...

P. 517

#CROISILLONS#

	R	E	C	U	R	E	R	
	A		E			L		
	M	I	N	U	T	E		
	A		T			V		
A	S	S	E	S	S	E	U	R
	S		N			U		
	E		A	L	E	S	E	
	U		I			E		
A	R	B	R	E	S			
			E					

P. 518-519

MOTS FLÉCHÉS

■	F	■	B	■	E	■	Z	■	C	■	A	■				
C	L	A	U	S	T	R	O	P	H	O	B	E				
■	I	N	T	E	R	I	O	R	I	S	E	R				
A	C	N	E	■	O	O	■	E	G	A	L	E				
■	K	U	R	D	I	S	T	A	N	■	I	S	■	C	■	P
T	A	S	■	E	T	■	A	L	O	S	E	■	T	H	A	I
■	■	H	A	L	E	F	■	P	L	A	N	C	H	E	R	■
N	E	O	C	A	S	T	R	I	E	N	■	A	E	R	A	T
■	P	R	E	S	S	I	O	N	■	C	A	L	O	■	K	H
V	A	R	■	S	E	R	G	E	N	T	G	A	R	C	I	A
■	M	I	C	A	■	E	N	■	O	U	R	S	I	N	■	N
B	I	B	I	N	E	■	A	I	N	S	I	■	S	I	M	A
■	N	I	C	T	A	T	I	O	N	■	P	R	E	D	I	T
P	O	L	E	■	U	R	■	D	E	S	P	E	R	A	D	O
■	N	I	R	O	■	I	V	E	T	T	E	S	■	I	A	N
A	D	S	O	R	B	E	E	■	T	E	■	T	E	R	S	A
■	A	■	N	E	O	■	B	I	E	N	N	A	L	E	■	U
A	S	S	E	M	B	L	E	R	■	T	O	U	E	■	L	T
■	■	T	S	U	■	A	R	A	G	O	N	■	V	O	I	E
E	G	O	■	S	A	C	■	K	E	R	O	S	E	N	E	S

P. 520

MÉGA(cô)lon

CLASSIFICATION

Ce qui distingue l'acquis de Linné...

P. 522

MOTOCROTTE

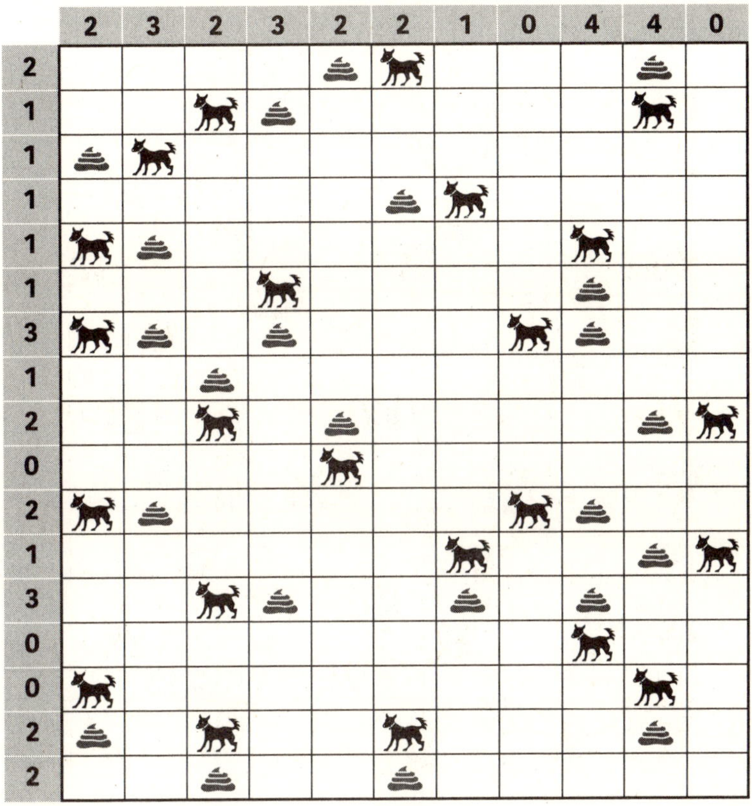

P. 523

SPHINX Ter

TRÔNE :

Le Trône d'Isis est un roman et la déesse Isis apparaît le plus souvent coiffée d'un trône, le discours du trône (tenu par un souverain devant le Parlement), salle du trône, la Foire du Trône (fête foraine parisienne), monter sur le trône (pour lire cet *Officiel des Toilettes*), *Le Trône de fer (Game of Thrones)* : ta, tatata ! ta, tatata ! ta, tatata !

P. 524

SUDOKU-KU

4	1	8	3	7	9	6	5	2
3	6	7	5	2	4	9	8	1
2	9	5	1	6	8	4	3	7
1	2	3	9	4	6	8	7	5
6	7	4	8	5	1	3	2	9
5	8	9	2	3	7	1	4	6
9	4	2	7	1	3	5	6	8
8	5	6	4	9	2	7	1	3
7	3	1	6	8	5	2	9	4

P. 526-527

GRANDES vacances

M	O	U	S	S	A	I	L	L	O	N	■	S	T	O	M	A	C	A	L	E	■	F	A	R	C	E
E	N	T	O	U	R	L	O	U	P	E	T	T	E	S	■	B	A	L	I	N	A	I	S	■	A	L
M	I	E	N	■	M	I	T	■	T	O	U	R	T	E	R	E	L	L	E	■	F	L	I	P	P	E
O	R	■	N	E	E	■	T	O	I	■	N	E	U	R	A	L	■	E	N	F	I	L	E	R	■	V
R	I	D	E	R	■	G	E	R	M	E	E	S	■	A	I	■	A	G	■	I	N	O	■	I	P	E
A	Q	U	E	U	S	E	■	M	A	C	■	S	A	I	N	E	M	E	N	T	■	N	A	S	A	■
B	U	E	■	C	A	R	M	E	L	I	T	E	S	■	U	N	I	M	E	N	T	■	S	E	R	F
L	E	G	I	T	I	M	U	S	■	M	O	R	S	U	R	E	■	E	P	E	I	S	T	E	■	O
E	■	N	O	E	■	A	N	S	E	E	S	■	I	S	E	R	A	N	E	S	■	U	R	S	I	N
M	I	E	■	S	E	N	I	O	R	■	C	A	S	H	■	V	E	T	■	S	O	D	A	■	O	C
E	R	S	E	■	M	I	■	N	E	P	A	L	■	E	P	A	R	S	E	■	S	I	L	E	N	E
N	I	■	C	A	U	S	A	■	M	A	N	D	A	R	I	N	E	■	N	A	S	S	E	S	■	R
T	S	A	R	S	■	T	A	P	I	S	■	I	L	■	E	T	E	R	N	U	A	T	■	P	I	■
■	E	D	I	C	T	E	■	A	S	S	O	N	A	N	T	E	■	O	U	■	T	E	T	I	N	E
P	R	E	T	E	R	■	B	U	T	A	S	■	R	O	I	■	A	D	I	E	U	■	H	O	S	T
O	■	P	E	T	I	T	E	■	E	N	L	U	M	I	N	U	R	E	■	C	R	O	O	N	E	R
N	E	T	■	E	P	I	N	E	■	T	O	L	E	R	A	N	T	■	F	R	E	I	N	■	R	E
D	R	E	S	S	E	R	■	V	U	S	■	M	E	S	S	■	S	E	A	U	■	E	S	S	E	S

P. 528

CrYPtoGramme

« La démocratie me manque, le papier toilette aussi. »

P. 529

C'EST gâchis

Tous les symboles de recyclage apparaissent 7 fois sauf le triangle le plus anguleux, qui n'est présent qu'en 6 exemplaires.

P. 530

BONUS

OFFICIEL

Les deux premières lignes vous fournissent le squelette : O _ _ I _ I _ _, lettres auxquelles il faudra adjoindre un seul C (occupant), un E et un L. Pour trouver les deux lettres manquantes, parmi celles qui n'étaient pas exclues par l'un des mots (M, N, V, O, R, B, U, S, C, P, A, T, D dans leur ordre d'apparition), un peu d'intuition était nécessaire. La solution figurait sur la couverture de votre livre de jeu : OFFICIEL.

P. 531

FessesTifS

1 fesse et 77 tifs.

Le nombre 77 n'a qu'une décomposition en facteurs premiers : 7 × 11, ce qui devrait amener Coco a la solution « 7 fesses et 11 tifs ». Mais, contrairement au problème de la page 88, Carline n'a pas précisé que la bactérie « n'a ni 1 fesse ni 1 tif ». C'est de ce côté que se trouve l'unique solution : *Vécébacter pilocula 6* possède 1 fesse et 77 tifs.

P. 532

Usage De Faux

4. Mohammed Anas, en 2017, après un match du championnat sud-africain de football.

Pour le 1, c'est Thierry Beccaro qui a commis cette bourde dans *Motus* ; pour le 2, c'était chez Nagui (*Tout le monde veut prendre sa place*) et la réponse attendue était « Le crime » ; pour le 3, c'était Patrick Carmouze dans une émission spéciale ; pour le 5, c'est Johnny Hallyday qui a confondu Zazie et Zizou.

P. 534

TAPIS C

4 pièces noires

En observant les deux premiers tapis, 3 pièces noires = 4 blanches – 1 trouée = 2 trouées – 2 blanches.
Par conséquent, 6 blanches = 3 trouées (2 blanches = 1 trouée ou 4 blanches = 2 trouées).

Sur le tapis A, 4 blanches = 2 trouées = 1 trouée + 3 noires, donc 1 trouée = 3 noires et, par suite, 1 trouée + 1 noire = 3 noires + 1 noire = 4 noires.

P. 535

Feins faim !

						P			
		D	E	S	I	R	S		
		A				E			
		L		S		T			
		L		I		E			
	T	E	R	M	I	N	U	S	
				U		D			
C	O	N	C	L	U	S	I	O	N
				E					

P. 536

Alphabête

1. Latitude. **2.** Jars (mâle de l'oie). **3.** Klaxon. **4.** Darwinien. **5.** Quiz. **6.** Bécasse. **7.** Ouvrage. **8.** Pavois. **9.** Fémur. **10.** Hydre.

Seul QUIZ peut contenir le Q et KLAXON le K. Le Y (clayon, playon ou hydre) n'offre alors plus que HYDRE. Aucun autre mot que DARWINIEN ne permet de placer le W et les quatre possibilités du premier mot (carotide, parotide, habitude à écarter à cause de HYDRE, latitude) utilisent toutes un I. En étudiant les différentes pistes, une seule solution subsiste.

P. 538-539

(M)OTS (F)LÉCHÉS

	V		E		C		S		A		F		K		P	
D	I	A	G	N	O	S	T	I	C		R	I	G	O	L	E
	C	H	O	U	C	H	O	U	T	E	E	S		B	U	S
O	T	A		M	U	E		L	E	G	I	O	N	S		S
	O	N	C	E		I	S	E	R	A	N		U	E	L	E
P	R	E	O	R	A	L	E	S		L	E	G	E	R	E	
	I		D	O	R	A						R	E	V	E	R
R	E	G	A	T	E						V	I	S	A		O
	U	R	G	E	N	T						B		T	R	I
O	S	E	E		E	R					F	O	I	R	E	
	E	V		A	S	O		D		A		U	N	I	T	E
U	S	I	N	E		G	A	R	A	N	T	I		C	O	I
		S	I	R	E	N	E		M	E	I	L	L	E	U	R
J	E	T		E	L	O	D	I	E		G	L	U		R	E
	L	E	I		A	N	E	T		B	R	E	T	O	N	
C	A		M	A	N		S	A	P	E	E		H	U	E	E
	G	R	I	N	C	E		L	A	S	S	A	I	T		N
G	U	E	T		E	C	R	I	R	A		B	E	R	E	T
	E	L	E	V	E	U	S	E		C	O	U	R	E	U	R
H	E	U	R	E	S		A	N	G	E	R	S		R	E	E

P. 540

ESCALETTRES

↓	FIN
+A	NAIF
+C	CANIF
+E	FIANCE
+E	FAIENCE
+S	FASCINEE
+D	DEFIANCES
+E	DECAFEINES

P. 541

chenille

RENDEZ-VOUS...

en 2022 pour votre *Officiel des Toilettes.*

	C	O	N	G	R	A	T	U	L	E
– N + A	C	A	T	A	L	O	G	U	E	R
– G + E	C	O	L	A	U	R	E	A	T	E
– A + X	E	L	E	C	T	O	R	A	U	X
– L + D	E	X	T	R	A	D	O	U	C	E
– X + S	D	O	U	C	E	A	T	R	E	S
– A + V	D	E	C	O	U	V	E	R	T	S
– T + N	C	O	V	E	N	D	E	U	R	S
– C + Z	R	E	N	D	E	Z	V	O	U	S

Achevé d'imprimer en septembre 2020
par Normandie Roto Impression s.a.s., 61250 Lonrai
N° d'impression : 2003214
Imprimé en France